上海派商业文化丛书
上海商学院学术专著出版基金支持

抱布贸丝

近代通俗小说中的上海商业文化叙事

赵鸿飞 著

上海科学技术文献出版社
Shanghai Scientific and Technological Literature Press

图书在版编目（CIP）数据

抱布贸丝：近代通俗小说中的上海商业文化叙事 / 赵鸿飞著. —上海：上海科学技术文献出版社，2021
ISBN 978-7-5439-8393-9

Ⅰ.①抱… Ⅱ.①赵… Ⅲ.①通俗小说—小说研究—中国—近代 Ⅳ.① I207.41

中国版本图书馆 CIP 数据核字（2021）第 150612 号

策划编辑：朱文秋
责任编辑：李 莺　刘蔓仪
封面设计：张琳洁

抱布贸丝：近代通俗小说中的上海商业文化叙事
BAOBUMAOSI: JINDAI TONGSUXIAOSHUO ZHONG DE SHANGHAI SHANGYE WENHUA XUSHI
赵鸿飞　著
出版发行：上海科学技术文献出版社
地　　址：上海市长乐路 746 号
邮政编码：200040
经　　销：全国新华书店
印　　刷：常熟市人民印刷有限公司
开　　本：720mm×1000mm　1/16
印　　张：25.75
字　　数：533 000
版　　次：2021 年 9 月第 1 版　2021 年 9 月第 1 次印刷
书　　号：ISBN 978-7-5439-8393-9
定　　价：98.00 元
http://www.sstlp.com

目录

绪论 ······ 001

第一章　近代通俗文学中商业叙事与上海印象的基本概况 ······ 007

第二章　上海印象中的商业人物形象 ······ 018
　　第一节　官僚买办 ······ 019
　　第二节　奸商及其他 ······ 038

第三章　华洋杂处的都会生活空间 ······ 053
　　第一节　作为工具性空间的租界 ······ 054
　　第二节　作为政治性空间的都市社会 ······ 066
　　第三节　空间合理性竞争下的欲望书写 ······ 077

第四章　上海印象中商人的精神世界 ······ 090
　　第一节　以"商战"为核心的经济民族主义 ······ 092
　　第二节　红尘浊世中的义利之辨 ······ 108
　　第三节　市声喧嚣中的家国情怀 ······ 116

第五章　商风浸淫下的情感空间与人性视域 ······ 123
　　第一节　畸情——金钱笼罩下的欲望书写与情色消费 ······ 124
　　第二节　亲情——浊世中劫波度尽后的温柔港湾 ······ 134

第三节　友情——超越血缘关系的异姓情谊 ………………………… 141
　　第四节　家国情——国族认同、家国情怀与个人利益 ………………… 152

第六章　上海印象中的商业空间 ………………………………………… 162
　　第一节　近代上海金融业发展概述 ……………………………………… 163
　　第二节　外资银行与上海商业 …………………………………………… 166
　　第三节　中资银行与上海商业 …………………………………………… 173
　　第四节　金融业影响下的上海商风民俗 ………………………………… 177
　　第五节　租界、商场、交易所、企业等与商业投机 …………………… 183
　　第六节　公园、戏院、妓院、跑马场等娱乐空间与都市欲望 ………… 193

第七章　上海印象中的商业伦理 ………………………………………… 204
　　第一节　传统商业伦理的历史演进 ……………………………………… 205
　　第二节　传统价值导向下的上海商业伦理 ……………………………… 215
　　第三节　揭露与批判视角中的商业伦理 ………………………………… 225

第八章　上海印象中的商业法规 ………………………………………… 243
　　第一节　晚清时期上海近代商事立法的背景 …………………………… 243
　　第二节　商会的出现与民间商事立法的初步尝试 ……………………… 250
　　第三节　国家层面的商业立法及其影响 ………………………………… 258

第九章　上海印象中的商业运营模式 …………………………………… 268
　　第一节　传统商业运营模式的历史回顾 ………………………………… 268
　　第二节　东西合璧、多元共生的商业运营模式 ………………………… 279
　　第三节　上海作为商业中心的特点与由来 ……………………………… 291

第十章　上海印象中的商业文化叙事美学 ……………………………… 298
　　第一节　商业文化叙事的主题选择 ……………………………………… 299
　　第二节　地域视野中的上海背景 ………………………………………… 311
　　第三节　商业文化叙事审美维度的另类呈现 …………………………… 327

第十一章　近代上海通俗文学传播机制的商业化色彩 ············ 341
第一节　通俗小说繁盛的时代因素与文化生态 ················ 342
第二节　传播媒介与通俗文学的商业传播 ···················· 347
第三节　商业化逻辑下传播主体与接受主体的新变 ············ 356
第四节　广告文化与商业文化叙事的传播路径 ················ 368

结语 ·· 384

后记 ·· 399

主要参考文献 ·· 401

绪　论[①]

鸦片战争以来,上海的迅速崛起,已经成为中国近代史上的一个重大事件,与此相关的种种话题也成为学界历久不衰的关注热点。作为商业化色彩十分浓郁的近现代都市,上海的发展对整个中国形成了辐射和带动作用,在很多方面对近代中国社会都产生了巨大的影响。这一时期,上海商业文化的产生、发展、衍变,及其各种异彩纷呈的表象,在以上海印象为背景的商业文化叙事中都有非常生动的体现。

本书试图从"源头"上梳理近代(特指1840年至辛亥革命前)以来,通俗文学如小说、弹词、鼓书、竹枝词等,尤其是小说当中对上海印象和商业叙事的文学书写与表达方式,以其所包孕的历史困境与精神纠葛为出发点,深入小说所建构的历史图景与生活现实,触摸时代衍变的脉搏,探究由此发生的道德伦理渐变,追索其中蕴含的人文情怀、商业精神和对上海城市成长的诸多影响,进一步启动对上海近代历史转型的再考察,重新思考文化更新过程中的精神现象、价值观念与生活真相,及其社会意蕴、文学内涵和历史价值,力图有助于我们对当代消费文化与文学生产关系的理解,也为"上海文化"品牌建设提供若干可资参照和借鉴的历史经验。

近代描写上海的文本以小说、笔记最多,其中的"上海印象"无疑最为重要。孙楷第的《中国通俗小说书目》、日本学者樽本照熊的《新编增补晚清民初小说总目》、陈大康编著的《中国近代小说编年》,以及邓大情在其博士论文《广州与上海:近代小说中的商业都会》文末所附的"近代小说中涉及上海的主要作品列表",这些文献中罗列了近代不下百种以"上海"为题的小说。保守估计,以上海为背景、与上海有关的小说当在数百种之多,笔记、竹枝词等也不计其数。

上述通俗文学作品中对上海印象和商业叙事的描摹是兼而有之,几乎是同步进行的,只是各自的侧重点有所不同而已。其中也有相当一部分主要以商业题材见长的作品,姑且称之为商业小说或商业叙事,它们以晚清资本主义商界为表现对象,晚清商人

[①] 本书为上海商学院2018年"上商学者"项目《上海印象、商业叙事与海派文学》的最终成果之一,项目编号18KY-SSXZ-05。

为主人公及其商业活动为中心,涉及商业思想、商人形象、工商业发展、工商业经营管理等方面。

谈及这些作品,就不得不涉及海派文化和海派文学,而这一直都是现当代文学所关注的热门话题之一。"海派"概念的出现可以上溯至19世纪30年代。陈思和先生认为,"海派"这个词,原先含有文化性格的概念,老派的上海人形容某种举止豪迈、出手大方,或者夸夸其谈的吹牛性格,常常用一个词叫"海威",这是沪语中"海湾"的变音,海湾水势浩大,惊涛拍岸。现在"海威"这个词已经淡出,由"海派"取代。[①]

鲁迅先生1934和1935年曾经分别发表两篇标题几乎相同的文章《"京派"与"海派"》《"京派"和"海派"》。鲁迅先生的经典论断是,"北京是明清的帝都,上海乃各国之租界,帝都多官,租界多商,所以文人之在京者近官,没海者近商,近官者在使官得名,近商者在使商获利,而自己也赖以糊口。要而言之,不过'京派'是官的帮闲,'海派'则是商的帮忙而已。"鲁迅先生给"海派"下的定义为"海派是商的帮忙",略带调侃意味。此说可视作"海派文学"最初的也是最经典的定义。

事实上,"海派文学"是一个比较含糊的概念,二十世纪三四十年代的归类已不适用于当下,很难确定哪些作家的作品属于海派文学。陈子善先生认为,文学作品中只有体现出一个作家对这座城市(上海)的情感和认知,才能称之为真正的海派文学。[②]陈思和先生也认为,"像上海这样一个城市,其自身的历史风貌和文化形象在文学创作上获得艺术再现并不是一个30年代才出现的要求,而是开埠以来的洋场生活逐渐对文学创作发生影响的长期结果,就其具体所指的风格内涵来说,则与上海人口中一般所指的'海派'有较大的区别"。[③] 笔者对两位陈先生的观点深以为然。个人以为,"海派文学"的出现与发展实际上是一个漫长的动态的过程,自有其前世、今生和未来。鉴于现代学术严格的门墙分野限制,当下学界花费巨大精力所反复研讨的所谓"海派文学",侧重其"今生和未来",这实际上已经成为现当代文学研究者们的重要领域和主要志业之一。本人无意与前贤时彦在此较长论短,而是想集中精力主要关注"海派文学"的前世,即"前海派文学"。正如鲁迅先生在《上海文艺之一瞥》中曾经指出的那样,从清末民初的狭邪小说,到黑幕小说、鸳鸯蝴蝶派小说,正是海派文学的初始。沈从文二十世纪三十年代也说过:"过去的'海派'与'礼拜六派'不能分开。那是一样东西的两种称呼。"[④]陈思和先生也指出,"海派文学"是"开埠以来的洋场生活逐渐对文学创作发生影响的长期结果"。

所谓"前海派文学",亦即开埠以来至辛亥革命前这一时段中,以上海这座城市及其中的人和事为题材,并将其作为情感和认知对象的作家、作品,特别是其中涉及商人、商

---

① 陈思和,《论海派文学的传统》,《杭州师范学院学报》,2002年第1期,第1页。
② 陈子善,《海派文学与海派文化的来龙去脉》,《新华书目报》,2017年11月3日第5版《话题》。
③ 陈思和,《论海派文学的传统》,《杭州师范学院学报》,2002年第1期,第1页。
④ 沈从文,《论"海派"》,《大公报》,1934年1月7日。

业活动、商业伦理、商人生活和商业叙事美学等方面的商业文化叙事,是本书关注的重点领域。因此,这些文本共同构成了近代文学中的上海印象和商业叙事,也成为本书的重要研究对象和研究内容。

一、本书研究的基本思路:尝试从以下方面对近代通俗文学特别是小说进行研究。1. 从文学史发展的角度来考察这一时期有关上海印象与商业叙事小说的产生背景,主要包括政治、经济、思想和文化;2. 通过文史互证的方法并结合作者的创作意图来分析通俗小说中表现的商业主题与上海印象;3. 通过对这一时期商业叙事具体文本的解读分析,来探讨半殖民地半封建社会时期的商人形象与上海印象的具体呈现;4. 结合历史学、经济学、管理学、社会学等知识揭示近代工商业现代化转型及其对中国社会和知识分子思想、心灵和情感的影响。

二、具体的研究方法:1. 本书将综合运用文学研究、文化研究与历史研究相结合的方法,从近代通俗文学,尤其是小说中的上海印象与商业叙事,以及叙事方法,观察人物的角度、感受生活的方式,特别是从审美表现的形式入手,深入分析它与当时都市生活和商业文化的联系——它们从不同角度以不同方式展现了历史的现代化进程,和人类现代生活处境相通的物质状态、精神状态和情感状态,及其蕴涵的对传统生活方式、经营方式、信仰和态度的深刻渗透与持久影响。揭示近代通俗文学中的上海印象与商业叙事的产生,与中国现代化进程中经济资本与文化资本的介入,特别是与消费文化的密切关系。

2. 以文献搜索为基础的实证研究。大量占有原始文献,对文献的爬梳与研读,是整个课题得以顺利进行的前提和基础。

3. 文本细读与理论阐释相结合。以文本为中心,以细读的方式,贴近人物处境与故事脉络,力图重返历史现场,在历史与现实的互文性解读中,体认人物的精神困境与生活状态,揭示生存空间与社会风气的转化对人物内心及故事进程的影响。

4. 案头研究与实地走访相结合。在前述案头研究的基础上开展实地走访。

三、本书的基本框架和结构如下:

1. 绪论:有关概念的界定;

2. 近代通俗文学中商业叙事与上海印象的基本概况;

3. 上海印象中的商业人物形象;

4. 上海印象中的商业伦理;

5. 上海印象中的商业法规;

6. 上海印象中的商业经营模式与手段;

7. 上海印象中的商业空间;

8. 上海印象中的商人的精神空间;

9. 上海印象中的商人的情感空间与人性视域;

10. 上海印象中的商业叙事美学;

11. 结语。

本书通过对近代通俗文学特别是小说文本的爬梳，考察在世界强势资本浪潮的冲击下，商品经济对上海乃至中国传统小农经济的渗透之后，社会各阶层人物呈现的生存状态与精神世界，揭示中国式的商业化经营在跨文化语境下的命运与抗争，在多文化的纠葛与并存状态中，晚近中国实业家的思维方式、经营模式、生活态度，乃至其中色彩鲜明的上海印象。还有在这种特定时空下，近代一大批知识分子中的有识之士对上海，乃至中国未来道路和命运的追索与思考，对人性复杂多元内涵的书写与表达，兼及他们作为先知先觉者的心灵成长史与精神探索史。

难点有二：一是如何梳理海量的文献资料，如何在有限的时间里搜罗、阅读和梳理这些资料。这是一个耗费大量时间和精力的难题，也是考验研究者耐力和能力的一项重要内容。二是如何从文本中提炼出自己的核心论点，如何准确地解读这些资料。这不仅要检验研究者的知识储备、学识水准，还涉及研究者的理论素养和语言文字表达能力，对于整个课题完成的水平与质量至关重要。

四、本书的主要观点：

1. 近代上海发展进程中强烈的商业精神

商业精神是构成商业文化的核心，商业文化是人类在商品流通领域所创造的商业物质财富和精神财富的总和，涵盖商业物质文化、商业制度文化、商业行为文化和商业精神文化。上海自开埠以来迅速崛起，成为集工业、商贸、金融和文化娱乐业于一身的、高度繁荣的国际大都会，商业在上海经济发展中一直处于主导地位。总体上看，上海近代文化是基于工商业经济基础上产生出的现代文化形态，作为近代工商业经济的产物，上海市民社会在文化形态上必然带着鲜明的都市工业文化和商业消费色彩，具有强烈的商业精神和浓郁的商业化气息。

2. 繁华与堕落共在、批判与期待并存的上海印象

上海是中国近代化和现代化的前沿与缩影，是复杂多义的都市空间。在世界性因素及多元文化交互的历史语境中，近代文学作品中关于上海印象与商业叙事的书写，还有其所传达的思想观念，与知识分子的思想观念是一脉相承的。在他们身上，体现出来的是社会震荡和转型过程中，必然带来的人格性情的精神困窘、内心贫瘠和与价值虚空。因此，在列强强势资本和欧风美雨殖民文化的共同作用下，知识分子对上海的情感也是爱恨交加，既充满了无情的批判和嘲讽，又给予了无限的憧憬和希望。上海印象的形成过程也就充满了知识分子自身认知的混乱与迷茫，形成了繁华与堕落共在、批判与期待并存的双重影像。

3. 知识分子的成长史和心灵史

上海作为繁华的工商业都市，对应的是内地农耕文明的日益衰败，这使得晚近一代传统读书人以科举入仕为代表的价值诉求、"修齐治平"的传统大道与伦理德行，部分实现了向金钱拜物的经济和欲望的转变，大批文人不得不改变谋生方式，而上海经济发展

又恰逢其时。这种新时空下知识分子的知识结构、观察视野和广泛的社会联系,再加上近代上海自由开放的政治文化环境,使他们能够得风气之先,有能力对国家政治、社会公共事务公开发表意见。在上海乃至整个中国的近代化、现代化转型的过程中,知识分子的精神面貌与心灵世界也发生着深刻的变化,他们的成长史和心灵史与国家民族的命运是同步的。可以说,一部上海发展史,也是一部知识分子的成长史与心灵史。

4. **人性的幽灵**

资源的有限性与人性欲望的无限性,以及个体禀赋的差异性,对于人类个体生存而言,永远是一个巨大的悖论,这就势必造成人在物欲与情欲的激烈交战中原形毕露。在上海这个名利场中,普罗大众、市井商贾和中下层知识分子疲惫而敏感的灵魂,无时无刻不在遭受无情的碾压,寻求心灵的释放和人性的欢愉成为市民生活的应有之义。在这些关于上海商业叙事和上海印象的文本中,无时无刻不闪现着人性的复杂与幽暗,呈现出一种光怪陆离、五色斑斓的光谱。

5. **文学的现代性因素**

工商业经济的深入发展带来了城市社会结构的转变,产生了一个涵盖广泛、占城市人口主体的市民群体。市民大众决定着文化消费市场的需求和走向,文化形态必然具有大众化、通俗化、流行化等内涵。作家、报刊编辑也在引导着文化市场走向。文学主要面向市场,必然在思想价值、审美趣味上以市场为导向。此外,作家职业化、传播媒介转型、工业生产的物质化操作方式、商业消费的多样态市场需求等因素,都在左右着文化市场的商业性和快餐化的结构模式,这些现代性因素共同形成这一时期的文学内涵和审美品位。

6. **海派文学的远祖**

开埠以来至辛亥革命前这一时段,大约七十年左右。在此期间,西方殖民者短时间内把上海这个东海之滨、名不见经传的小渔村变成了颇具异域风情的东方"魔都",传统的自给自足的农耕文明和温良恭俭、保守拘谨的东方伦理,在西方强势文化的冲击下迅速土崩瓦解。文人们带着爱恨交加的情感,对于上海发生的一切均以鉴赏和批判的眼光不遗余力地进行着书写,从韩邦庆的《海上花列传》、孙玉声的《海上繁华梦》,到曾朴的《孽海花》、吴沃尧的《二十年目睹之怪现状》,再到《市声》《黄金世界》《歇浦潮》等等,无一不是以上海为叙事背景,其中的人和事都充满了浓郁的上海风情和魔都况味,充满了对上海这座城市的文化认同和情感依赖。可以说,这一时期的商业文化叙事和上海印象,是嗣后大行其道的"海派文学"的远祖,无论在文化血脉、叙事传统,还是在叙事主题和审美风貌上,它们都一脉相承,同根同源。

五、本书的创新之处:

1. *切入视角*:本书试图将商业叙事与城市文学相结合,总体上考察研究上海商业文化弥漫下的文学现象和城市印象,这种文学现象是商业气息笼罩下的文学,而上海印象也是这种商业气息笼罩下的文学作品,尤其是小说中的上海印象。

2. 关注重点：本书除了关注相关的商业文化背景及其文学作品之外，试图挖掘在社会转型期中作为个体的人性表现与心灵成长。

3. 终极指向：本书的完成不仅仅是为研究而研究，为著述而著述，主要的目的是基于某种莫名的使命感，试图梳理上海文化的前世姻缘，展望上海文化的今生愿景，为打响上海的文化品牌略尽绵薄之力。

4. 研究方法：本书写作过程中除了秉承传统的案头研究方式之外，还试图尝试将案头研究与实地走访结合起来，通过实地考察上海相关的文物遗存与历史旧迹，在获得第一手研究素材的同时，更进一步增强感性认识，提升研究质量。

第一章 近代通俗文学中商业叙事与上海印象的基本概况

上海开埠以来,由于资本的集聚效应人口膨胀也如影随形,上海县的人口从开埠后1852年的54万余人迅速增长到1910年的128万余人,净增长了74万人,增长速度达到137%,①可谓惊人。这些新增的人口,大部分是上海周边地区,如浙江、江苏、安徽、江西等地的移民,而且绝大部分是在农村无法立足的失地农民。也有一部分是科举制度下久困场屋的落第士子、企慕西学的新型知识分子,和进城寻找商机以便一夜暴富的乡村士绅。另外也有为数不多的外国人,如传教士、外交官、商人、学者、旅行者等等,他们是上海的高等阶层,文化水准和审美水准一般高于普通华人。这种五方杂处、文化水准参差不齐的文化生态,为通俗文学的大行其道提供了广阔的消费市场,这个市场中的生产者其实也是消费者,反之亦然。

据阿英《晚清小说目》统计,晚清共出版创作小说462种,其中能够确定是上海出版的有311种。今人补充阿英《晚清小说目》遗漏的小说有137种,均为创作小说,其中能确定为上海出版的有58种。二者合计,晚清的创作小说共为599种,确定为上海出版的有369种,占总数的61.6%。阿英的《晚清小说目》列翻译小说608种,其中确定为上海出版的有515种,暂时不能确定出版地点的有58种,上海出版的翻译小说占全国总数的84.7%。

晚清出版的创作小说加上翻译小说共计约1207种,其中上海出版的总数为884种,占全国总数的73.2%。全国近代文学期刊和以文学为主的期刊共有90种,其中上海出版的有75种,占总数的83.3%。《马关条约》之前全国文学期刊只有5种,全部都在上海出版。《马关条约》签订后到辛亥革命之前全国文学期刊共有26种,上海出版的有15种,至少占总数的57.7%,民国初期出版的文学期刊有59种,其中上海出版的有55种,占全国总数的93.2%。阿英的《晚清小报录》所列举的文学小报如《上海白话报》

---

① 邹依仁,《旧上海人口变迁的研究》,上海人民出版社,1980年版,第7页。

(1910)、《世界繁华报》(1901)、《笑林报》(1901)、《苏州白话报》(1902)等 27 种,都是在上海出版的。①可以说,通俗小说是近代以来上海数量最多、成就最高的文学体裁,某种程度上,上海通俗小说的成就和水平也代表了全国的水准。

在近代这些描写上海的文本中,以小说、笔记最多,其中的"上海印象"无疑最为重要。据孙楷第的《中国通俗小说书目》、日本学者樽本照雄的《新编增补晚清民初小说总目》、陈大康编著的《中国近代小说编年》,以及邓大情在其博士论文《广州与上海:近代小说中的商业都会》文末所附的"近代小说中涉及上海的主要作品列表"中,罗列了近代不下百种以"上海"为题的小说。如《海上花列传》《火烧上海红庙演义》《夜雨秋灯录》《海上尘天影》《海上名妓四大金刚奇书》《海上繁华梦》《海天鸿雪记》《淞隐漫录》《孽海花》《负曝闲谈》《文明小史》《二十年目睹之怪现状》《九尾龟》《新石头记》《何典》《官场现形记》《发财秘诀》《上海游骖录》等等。保守估计,以上海为背景、与上海有关的小说当在数百种之多,笔记、竹枝词、戏剧等也不计其数。

这些以上海为题材的通俗小说,在反映社会生活的价值指向和主题思想的深度与高度上,大致不外以下诸端:对上海社会中官场、赌场、妓院等"恶之花"的抨击;对商界恶德恶行的揭露;对时政的影射;对未来社会的悬想等等。

陈思和先生曾经指出:"'海派文学'的最大特色——繁华与糜烂的同体文化模式:强势文化以充满阳刚的侵犯性侵入柔软糜烂的弱势文化,在毁灭中迸发出新的生命的再生殖,灿烂与罪恶交织成不解的孽缘。当我们在讨论海派文学的渊源时,似乎很难摆脱这样两种文化的同体现象,也可以说是'恶之花'的现象"。②应当说,陈思和先生的论断是非常精准的,特别是他在追溯海派文学渊源的时候,切中肯綮地指出了其"恶之花"的形象。笔者在前述绪论中曾经提及,"海派文学"的前世,或者远祖,是可以从 19 世纪 30 年代一直追溯到开埠之初的。因而,这一时期以上海为题材的文学作品,尤其是通俗文学,诸如小说、弹词、戏剧等,无不在不同程度上具有这一特征。所以,这些作品对上海社会中官场、妓院等恶之花的抨击也就不遗余力。譬如《海上花列传》《十尾龟》《冷眼观》《海上繁华梦》《海天鸿雪记》《海上名妓四大金刚奇书》等,都是以上海的妓院为叙事背景和叙事内容,对上海的娼妓业以及市民生活有比较详尽的描述:

> 这里也是园原算是城中一个名胜之所,听得老辈中人说起,从前上海没有租界的时候,那些秦楼楚馆,多开在城里头县桥左近,甚么三多堂、五福堂的,很是热闹。每到荷花开放,就有许多狎客,带着他们到这里来顽,仿佛目下张家花园一般。自从红巾扰乱之后,有了洋场,这些堂子慢慢地多搬到洋场上去,城里头遂没有了顽的地方,这也是园也就没人到了。③

---

① 陈伯海、袁进主编,《上海近代文学史》,上海人民出版社,1993 年版,第 66—67 页。
② 陈思和,《杭州师范学院学报》,2002 年第 1 期,第 2 页。
③ 海上漱石生,《海上繁华梦》,上海古籍出版社,1991 年版,第 190 页。

第一章　近代通俗文学中商业叙事与上海印象的基本概况

上海的色情业形成了一种畸形的发展，王书奴的《中国娼妓史》中描写其盛况说"上海青楼之盛，甲于天下。十里洋场，钗光鬓影，几如过江之鲫。每逢国家有变故，而海上北里繁盛，益倍于从前。贵游豪客之征逐于烟花场中者，肩摩毂击。一岁所费金钱，殆难数计"。①

> 谁都（不）情愿干这没廉耻的事，吃这碗饭也要做没法。有的因为家里穷，被父母卖掉的。有的是出嫁后，丈夫没出息拿来押掉的。也有被拐子拐出来的。谁都（不）情愿干这勾当。阿根道"为甚不逃走？"张阿三道："那个不想逃走，但是要逃得掉也很非容易。他们看守得何等的严，万一逃不掉被他们捉住了，反倒吃苦。"②

娼妓业是社会中的贱业，娼妓通常也是处于社会最底层被人鄙视的妇女，所以"谁都（不）情愿干这没廉耻的事"。数量庞大的色情业从业人员，其来源无非是因为"穷"，有的是被父母卖掉的，有的是被丈夫拿来充抵利息的，也有的是被人贩子拐卖出来的，几乎都是情非得已，被逼无奈。一旦入了这一行，要想逃走就难上加难，逃跑未遂还会招致更大的灾殃。

> 那野堂子里女本家，没有一个不拼探伙的，没有一个探伙问起来不开野堂子的。老实说，直把巡捕房的权势，明目张胆的拿来，替他们抗娼。诸如我听见前年北边兵乱的时候，有个甚么租界里最有名誉的包探名下一个小伙计，我一时忘记他的名姓，只知绰号叫作"都天大舅舅"。从北路买来若干的女孩子来，候去年北省平靖了，他又把这起女孩子一个个贩到牛庄、威海等埠去出卖。只要哪处有水旱偏灾，哪处就是他的发财方向。成船累载的运到上海来，拣面孔漂亮的留到自己堂子里卖娼，或是送去唱髦儿戏，或是收着做小老婆。那脚大脸丑的，尽着本埠各家野鸡花烟间先选择。③

"野堂子"与"探伙"相互勾结，狼狈为奸，是娼妓业的常态。"野堂子"通过与巡捕房联手，"直把巡捕房的权势，明目张胆的拿来"，得到了合法经营的保护伞。而包探们则通过妓院找到了销赃、贩卖人口，并从中渔利的顺畅通道。越是灾害频仍的年份，越是这些包探们大发横财的良机，"只要哪处有水旱偏灾，哪处就是他们的发财方向"。

约成书于19世纪末、署名"半痴生"的《火烧上海红庙演义》对上海的商业活动和民风民俗都有介绍；署"南亭亭长著"的《官场现形记》第六十回写陶子尧到上海采买机器，上海买办们的瞒天过海、坑蒙拐骗之术；姬文的《市声》④对于上海市面工商业的盛况有比较全面的描述：

---

① 王书奴，《中国娼妓史》，上海：三联书店，1988年版，第296页。
② 〔清〕陆士谔，《十尾龟》，中国文史出版社，2003年版，第27—28页。
③ 〔清〕八宝王郎，《冷眼观》，载《中国近代珍稀本小说》第16册，沈阳：春风文艺出版社，1997年版，第141—142页。
④ 共二卷三十六回，光绪三十一年（1905）由《绣像小说》第43—72号陆续推出。

浩三领了余、许二人,一处处地看来。只见做木器的,做竹器的,做玩器的,织绒毯的,织线毯的;漆工、绣工、刻工无一不精,外间工人哪里做得到?还有学制机器的,学制五金器具的;最上等的,却在书本上用功,更是深莫能测。晴轩觉得洋洋大观,赞叹不已。知化却合浩三讨论制造方法,晴轩全然不懂,无从插嘴。看完后,浩三自去上讲堂。知化又领晴轩到劝工所。陈列的各种器物,五光十色,夺目怡神。内中一个大瓶,却系铜质,上面花纹比景泰蓝还好数倍。经理人说,要卖五十两银子哩。外国人买去三个,这一个前天送来,大约不久就有人买去的,晴轩非常艳美。看够各种,知化要走,晴轩请他到汇中西菜馆吃了西餐,这才各散。——《市声》第三十六回《提倡实业偏属乡愚　造就工人终归学业》

在这里,作者写到了上海的制造业,"做木器的,做竹器的,做玩器的,织绒毯的,织线毯的",虽然也不乏传统的色彩,如"做木器的,做竹器的",但制造工艺是十分先进的,"漆工、绣工、刻工无一不精,外间工人哪里做得到?"至于说"还有学制机器的,学制五金器具的",则显然是舶来品,来自于西方。期间书中人物晴轩,如同进了大观园的刘姥姥,所看到的五光十色,目不暇接,"制造方法""比景泰蓝还好数倍"的铜质大花瓶、"劝工所""中西菜馆"等等,无一不是闻所未闻,见所未见,充满了新奇和异样。而这一切的变化,毋庸讳言,都同西方强势文化和资本的渗透有着千丝万缕的关系。正如这一回的回目所揭示的:"提倡实业偏属乡愚　造就工人终归学业"。鸦片战争以来,中华民族事实上面临着"三千年来前所未有之大变局",传统的生产方式、生活方式和道德准则,都不得不做出相应的调整,以期适应迅速变化的世事。小说中的主人公对此显然还没有做好充分的思想准备,一切都显得措手不及。其思想和行为,仍然停留在自给自足的小农经济阶段。他想提倡实业,却不能明了当下的情势,以至于方凿圆枘,处处抵牾。即使是办实业所需要的劳动力,也绝非简单地雇佣一批劳动者即可奏效,而必须通过专业学校的培训,才能提供大批训练有素、掌握一定技能的工人。

有研究显示,从开埠到20世纪30年代,上海全市产业工人,约有四分之三在雇用工人30名以上的较大工厂里做工,创造全市产值的四分之三。当时上海工业制造的格局大致是,在现代工厂工作的工人数量占全国现代产业工人数量的43%,现代工厂的产值占全国工业生产总值的51%——纺织工业是上海最主要的工业门类,食品工业列第二位,服装工业列第三位,此外尚有皮革和橡胶制品、纸张和印刷、化学工业、机器工业,分别列第四、五、六、七位。杨树浦是全市最大的工业制造区,上海市内的工厂与水道关联密切,几乎所有的棉纺织厂和面粉厂都设置在可航行的河流附近,经由这些河流取得原料供应,并且输出它们的制成品。[①] 数量如此庞大的制造业,所需要的从业人

---

① 〔美〕罗兹·墨菲,《上海——现代中国的钥匙》,《上海史料丛刊》上海社科院历史研究所编译,上海人民出版社,1986年版,第196页。

员、劳动力、资金、土地、设备等等诸多生产要素,就不是一个小数目。由此而带来的对整个社会各方面的冲击与影响也就不言而喻。《市声》这部小说,及其同题材的相关作品,就给我们提供了这种借以了解彼时情状的绝佳文本。

署"蘧园撰"的《负曝闲谈》[①]和署"南亭亭长新著"的《文明小史》[②]均写到了上海维新人士的政治活动;署"东海觉我"的《情天债》[③]写到了上海自立会领袖在徐园开会,呼吁抵制清政府与俄国签订卖国条约;署"碧荷馆主人著"的《黄金世界》[④]写到了上海商界抵制美货的活动;署"虎林真小人撰,泉唐布衣评"的《一字不识之新党》[⑤]写到了西方文化精神对上海的影响,新党在张园开会演讲,介绍西方政治体制、法律制度、婚姻自由等各种新事物;署"冷眼旁观人"的《新旧社会之怪现状》[⑥]写到了上海租界的管理制度以及上海新鸿文学堂的情形:

> 原来,那时候上海地方,几乎做了维新党的巢穴。有本钱有本事的办报,没本钱没本事的译书,没本钱没本事的全靠带(打)着维新党的幌子,到处煽骗。弄着几文的,便高车驷马阔得发昏,弄不了几文的,便筚路蓝缕,穷的淌尿。
>
> 他们自己跟自己起了一个名目,叫作"运动员"。有人说过:一个上海,一个北京,是两座大炉,无论什么去了,都得化成一堆。
>
> ……
>
> 却说上海那些维新党,看看外国一日强似一日,中国一日弱似一日,不由他不脑气掣动,血脉贲张,拼着下些功夫,要在天演物竞的界上,立个基础。又为着中国政府事事压制,动不动便说他们是乱党,是莠民。请教列位,这些在新空气里涵养过来的人,如何肯受这般恶气?有的著书立说,指斥政府,唾骂官场。又靠着上海租界外人保护之权,无论什么人,奈何他们不得。因此,他们的胆量渐渐的大了,气焰渐渐地高了。又在一个花园里,设了一个演说坛,每逢礼拜,总要到那演说坛里去演说。[⑦]

蘧园的《负曝闲谈》所呈现的,是上海维新党人的种种活动,有办报的,有译书的,"有的著书立说,指斥政府,唾骂官场",也有的挂着羊头卖狗肉,"没本钱没本事的全靠带(打)着维新党的幌子,到处煽骗"。当然,其中也不乏真正的维新志士,他们看到老大中国在西方列强的威逼欺压下,国事国运日渐衰飒,"不由他不脑气掣动,血脉贲张,拼着下些工夫,要在天演物竞的界上,立个基础"。而开启民智,当时维新志士认为这是变

---

① 三十四回,1903年连载于《绣像小说》。
② 六十回,光绪二十九年(1903)五月连载于《绣像小说》。
③ 四回,1903年载于《女子世界》第一至四期。
④ 二十回,光绪丁未年《小说林》社刊。
⑤ 三十三回,光绪三十三年上海彪蒙书室石印本。
⑥ 五回,光绪三十四年三月汇通印刷馆印刷,鸿文书局发行。
⑦ 〔清〕蘧园,《负曝闲谈》,第十二回至十九回,吉林文史出版社,1987年版。

法维新的第一步。

梁启超在《论小说与群治之关系》中指出,"欲新一国之民,不可不先新一国之小说。故欲新道德,必新小说;欲新宗教,必新小说;欲新政治,必新小说;欲新风俗,必新小说;欲新学艺,必新小说;乃至欲新人心,欲新人格,必新小说。何以故?小说有不可思议之力支配人道故"。因而他们发起了"小说界革命",大力倡导通俗小说的创作与刊行,以此来启迪人心,呼吁变法维新。这篇文章也成为"小说界革命"的宣言书,首先,梁启超强调了小说对于社会改革和社会进步的积极作用,将其地位提高到经史、语录、律例之上,打破了千百年来鄙薄小说的传统偏见;其次,提倡小说界革命,将小说创作纳入资本主义社会改革的轨道,并为小说做出新的分类,为新小说的创作题材揭示了广泛而现实的内容范围;第三,揭示了小说具有"浅而易解""乐而多趣"的艺术特点,分析了小说具有"支配人道"的"熏""浸""刺""提"四种艺术感染力量:"抑小说之支配人道也,复有四种力:一曰熏,熏也者,如入云烟中而为其所烘,如近墨朱处而为其所染,《楞伽经》所谓'迷智为识,转识成智'者,皆恃此力。……二曰浸,熏以空间言,故其力之大小,存其界之广狭;浸以时间言,故其力之大小,存其界之长短。浸也者,入而与之俱化者也。……三曰刺,刺也者,刺激之义也。熏、浸之力,利用渐;刺之力,利用顿。熏、浸之力,在使感受者不觉;刺之力,在使感受者骤觉。刺也者,能入于一刹那顷忽起异感而不能自制者也。……四曰提,前三者之力,自外而灌之使入;提之力,自内而脱之使出,实佛法之最上乘也。凡读小说者,必常若自化其身焉——入于书中,而为其书之主人翁……此四力者,可以卢牟一世,亭毒群伦,教主之所以能立教门,政治家所以能组织政党,莫不赖是。文家能得其一,则为文豪;能兼其四,则为文圣。有此四力而用之于善,则可以福亿兆人;有此四力而用之于恶,则可以毒万千载。而此四力所最易寄者惟小说。"①

受此影响,从1902到1910年间,全国共有25家文艺期刊问世,其中16家在上海。笔者在前述《绪论》中也曾提及,1902至1919年间,全国问世的文艺期刊总共为59种,上海出版发行有55种,据全国总数的93.2%。阿英的《晚清小说目》中记录,近代全国出版创作类小说599种,其中上海问世的369种,占总数的61.6%,翻译作品上海占全国的84.7%。鲁迅先生称之为清末著名"四大谴责小说"的《官场现形记》《二十年目睹之怪现状》《老残游记》《孽海花》也都是1902年以后问世于上海。1902年创刊于日本的《新小说》杂志,第二年移师上海。此后《绣像小说》《月月小说》《小说林》等一大批近代我国著名的以刊登小说为主的文学期刊也都是在1902年后在上海诞生的。可以说,上海近代文学的繁荣,上海成为全国文化中心与梁启超的"小说界革命"理论是无法分开的。

小说的功能与影响固然不可小视,但毕竟小说从创作到刊发,再到普罗大众读者的手中,需要经历漫长的生产和流通过程,时效上可能会打许多折扣。相形之下,当众演

---

① 《新小说》,1902年第1期,1902年11月14日。

讲则可以避免这些短处和不足,它几乎是零距离地当场将演讲者的思想诉诸大众的听觉器官,直接而又快捷,效果自然会比纸质传播强许多。蘧园《负曝闲谈》中,维新党人在张园集会上的演讲,无疑是宣传维新思想的重要场所和机会之一。当时,西方资本主义已进入迅速发展的阶段,第二次工业革命的完成,促使资本主义开始向垄断阶段过渡,继美、德、英、法等老牌资本主义国家之后,原本相对落后的俄国、日本,也迅速强大起来。特别是日本,主要是通过明治维新走上了发展资本主义的道路并迅速崛起,这些都使中国人为之神往。而此时的中国则被列强分割成了一块块的"势力范围",整个国家已呈豆剖瓜分之势,而且边疆地区也出现了新危机。甲午战争的惨败,《马关条约》的签订,使得中国再次遭受割地、赔款,以及大量主权进一步丧失的厄运,亡国灭种的危急形势迫使一些先进的中国人开始寻找新的救国救民道路,维新运动应运而生。虽然,囿于周遭时势的严峻及维新党人自身能力的欠缺,维新运动最终功败垂成,但我们不能以成败论英雄,维新党人为了救亡图存、挽狂澜于既倒所做的种种努力还是为人所钦佩,文学作品中留下他们的雪泥鸿爪也是理所当然的。

陆士谔著《新上海》①对上海社会政治、经济、文化等各个方面进行了全面的描述;《最近女界秘密史》,②写到上海城隍庙下元节的热闹,并描述了新时代上海女性性格更加张扬的特点;署"老少年撰"的《新石头记》③写了理想中的"文明世界",并悬想上海举办万国博览会的盛况:"治外法权也收回来了,上海城也拆了,城里及南市都开了商场,一直通到制造局旁边。吴淞的商场也热闹起来了,浦东开了会场,此刻正在那里开万国博览大会。"博览会上,"各国分了地址,盖了房屋,陈列各种货物。中国自己各省也分别盖了会场,十分热闹,稀奇古怪的制造品,也说不尽多少"。不一会再到汉口去看那里正在举办的首届万国和平会,各国或皇帝亲临,或派大员代表,盛况空前,会议公举中国皇帝为会长。贾宝玉见此情景,不禁恍恍惚惚地感叹道:中国也有今日吗!④

扬眉吐气,比肩西方列强,一直是近代中国人挥之不去的强国梦,像上述《新上海》《新石头记》《新中国未来记》等小说,就是这个期盼的最佳注脚。小说对上海社会政治、经济、文化等各个方面进行的全面描述,其意义不仅仅在于对上海一城一地的描摹,而是通过上海这一最具代表性都市的缩影,折射出整个中国面貌的焕然一新和欣欣向荣。譬如,"治外法权也收回来了",在汉口举行的、盛况空前的首届万国和平会,不仅"各国或皇帝亲临,或派大员代表",而且还"公举中国皇帝为会长"。众所周知,近代中国,由于国力孱弱,连自己的主权都丧失殆尽,何谈治外法权。作为国家元首的中国皇帝,除了签订丧权辱国的不平等条约之外,就是荒淫无道,涂炭黎民,其在百姓心中的地位大

---

① 六十回,有宣统二年改良小说本。
② 十九章,初集上编题春江香梦词人编,南浦慧珠女士评;下编末页署作者天公,宣统二年十一月上海新新小说社刊本。
③ 四十四回,光绪三十一年(1905)八月载于《南方报》。
④ 邓大情,《广州与上海:近代小说中的商业都会》,上海师范大学,博士论文,2010年4月,第200—307页。

抵如此。但在小说家的笔下,皇帝不仅召集了万国和平会,而且还荣膺会长。那种中华帝王"九天宫殿开阊阖,万国衣冠拜冕旒",君临天下,协和万邦的气势似乎又呼之欲出了。这一切,如果不是国力强盛,国富兵强,恐怕只能是南柯一梦吧。

梁启超的《新中国未来记》(光绪二十八年)也铺陈了关于"上海世博会"的设想:"那时我国决议在上海开设大博览会,这博览会却不同寻常,不特陈设商务、工艺诸物品而已,乃至各种学问、宗教皆以此时开联合大会,处处有论说坛、日日开讲论会,竟把偌大一个上海,连江北,连吴淞口,连崇明县,都变作博览会场了。"这一设想,是中国人理想中的文明世界,也是当时一代代人生死以之、孜孜以求的强国复兴梦!

文学不是孤立的存在,任何一种文学形式、文学作品或者文学思潮、文学运动的产生都是特定时空下的产物,具有它特定的历史和文化背景,因而必然与孕育它的时代、社会的各种文化因素浑然一体、密不可分。鸦片战争后近百年,这一时期文学的发展,事实上是一个承前启后的过渡阶段,既承接着传统文学的血脉,又开启了未来新文学的先声。因此,无论在形式上、内容上,还是在文学表达方式的审美风貌上,这一时期的文学都不同程度地呈现出与以往不同的发展路径与言说方式,其近世性的特征十分明显。换言之,作为连接中世文学与现代文学的桥梁,这一时期的文学具有如下特征:一是开始强调以个人为本位的要求人性解放的精神;二是在自觉融入世界现代文学潮流并已有了相应的表现;三是表现为对文学自身特征的重视与探索。① 这些特征即使是在商业文化叙事中也屡见不鲜,特别是其中以上海为背景的所谓"前海派文学"中尤其如此。这个时间段的上海已是一个新兴的国际化商业大都市,商品文化和商业活动,无论在人们的社会生活、经济生活,还是在日常生活中,都扮演着须臾不可或离的角色。商业水平的发达使人们的日常生活充满着商业的气息,人们充分地享受着商业的便利,并不断提升商业生活的文化内涵,"以南京路为充分展示商业文化个性魅力的长廊,以引导市民日常生活基本消费为宗旨,集吃、穿、用、玩于一体,中西合璧,兼有销售、展示功能"。② 可以说,繁华的南京路成了上海商业文化的缩影,商业因素是"海派文化"的重要特征之一,因而"海派文化"是一种典型的商业文化。③

东西方文化在这里激烈碰撞,在这样的背景下进行文学创作,自然受到世界文化的多重影响,同时也受到商业文化的渗透和影响,很多文学作品中都描写了上海的都市生活和人生百态,揭示了在商品文化熏习下的各种都市欲望、都市罪恶和人性泥潭中苦苦挣扎的各种灵魂。艺术上也表现出学习西方、借鉴西方,进而达到东西融合的现代性特征。所以,对此一领域的关注日渐成为学术热点也就并不稀奇。

本书涉及多学科领域,首先是上海百年来的发展史,这方面成果颇丰,如张洪祥的《近代中国通商口岸与租界》、唐振常的《上海史》、罗苏文的《近代上海都市社会与生

---

① 郑利华,《中国近世文学与"近代文学"》,《复旦大学学报》(社科版),2001年第5期。
② 陈伯海,《上海文化通史》,上海文艺出版社,2001年版,第2023页。
③ 杨剑龙、林雪飞,《世界潮流中的海派文化与海派小说》,上海文化出版社,2012年版,第29页。

活》、熊月之主编的《上海通史》、朱国栋的《上海商业史》等等,都是极有价值的研究成果。张仲礼先生主编的《上海社会科学志》的第一编第七章,即"历史学"类中的"上海史"部分,将上海史的研究分为十个方面,分别为:资料的整理与研究,通史和综合性研究,城市史研究,古代史研究,租界史研究,人民斗争和革命运动史研究,经济史研究,文化史研究,社会史研究及上海人和上海人物研究。李孝悌的《恋恋红尘:中国的城市、欲望和生活》、李长莉的《晚清上海社会的变迁:生活与伦理的近代化》《晚清上海:风尚与观念的变迁》等,都能从细节入手讨论近代上海的城市问题。[①]

由熊月之先生主持的多卷本"上海城市社会生活史丛书",是2009年上海市哲学社会科学规划重大项目"上海城市社会生活史丛书"的成果,由来自上海社会科学院历史研究所、文学研究所、欧亚研究所,复旦大学历史系、华东师范大学历史系、东华大学、上海市档案馆等单位,30多位学者历时3年编著而成,丛书共25种800万字,该丛书从多时段、多角度、多侧面切入研究上海城市社会生活,侧重于1843年开埠至1949年的近代时期,兼及古代、当代。各分卷或以空间为维度展开,如关于公共活动场所、公共娱乐场所和校园生活的研究;或以职业、阶层为维度展开,如关于买办、医生、报人、律师、舞女、工人生活的研究;或以国别、民族为维度展开,如关于日本人、俄国人、犹太人的研究;或从不同时段综合讨论上海城市社会生活;或从唱片、照相机等器物入手,讨论科技进步与社会文化的关系。各分卷关注点以广义的社会生活为主,包括人们的衣食住行、学习工作、收入消费、休闲娱乐、社会交往、婚丧嫁娶、待人接物、时令节气、风俗习惯,兼及其政治态度、精神生活,既有物质层面的,又有精神层面的。以独特的视角、丰富的内涵,全方位诠释了上海的城市变化与特质,全景式展示了鲜活的上海城市社会生活。将上海城市史的研究引入具体生活细节当中,为后来的研究者提出了很多可资借鉴和参考的思路。

概而言之,这一时期对上海史特别是近代上海史的研究趋向于综合而多元,学科间的交叉渗透已成为一种行之有效的方法论,不仅考察上海城市发展进程中的政治、经济,而且对其社会史、生活史、城市史及思想史的研究也越来越周详丰赡,而且与这一时期文学作品的相互印证自然也是其中必不可少的部分,上海社科院熊月之先生的《历史上的上海形象散论》即是这方面的力作。该文将史学、文学等不同学科内容综合起来,考察了上海晚清民初古今转变过程中史料文本和文学文本中的上海形象,而且将报章文字、小说作品作为重要的证据资料而加以运用。

关于上海印象的研究也是硕果累累,如吴福辉的《阴影下的学步——晚清小说中的上海》和《多棱镜下有关现代上海的想象——都市文学笔记》,孟兆臣的《十九世纪末至二十世纪上半叶海上洋场小说研究》,宋莉华的《上海、法租界与晚清小说对异域的想象

[①] 罗紫鹏:《近代小说中的上海——论近代知识分子时空观念之变迁》,苏州大学,硕士论文,2012年4月,第1—2页。

性建构：以〈孽海花〉为中心》，谢燕的《从〈海上花列传〉看晚清上海洋场文化》，欧阳丽花的《从〈海上花列传〉看社会变迁对上海叙事的影响》，施晔的《时代焦虑与都市憧憬：陆士谔小说的上海书写与想象》，邓大情的《广州与上海：近代小说中的商业都会》等等。

学界对近代小说中商业叙事的研究，一般是从历史和社会学角度入手，成果也十分喜人。举其要者有余英时的《中国近世宗教伦理与商人精神》、傅凌衣的《明清时代商人及商业资本》、唐力行的《商人与中国近世社会》《商人与文化的双重变奏：徽商与宗族社会的历史考察》、张正明的《明清晋商及民风》、李琳琦的《徽商与明清徽州教育》、王振忠的《明清徽商与淮扬社会变迁》、王保民的《晋商翘楚：乔致庸用人、经商、处事之道》、刘建生的《明清晋商制度变迁研究》、王坤的《徽商与晋商：官商·家族经》。有的学者开始转变角度，以一些专题研究来展示商人的生活状态，如王日根的《乡土之链：明清会馆与社会变迁》、范金民的《明清商事纠纷与商业诉讼》、陈学文的《明清时期商业书及商人书之研究》、邱昭雄的《明清商贾小说与经商管理艺术》、张清芬的《从〈歧路灯〉看商人的资本积累》等。

除此之外，学术界还出现了把历代涉及商业、商人的文学作品作为整体来研究，展现商业叙事文学作品的发展状况。邱昭雄编辑出版的《商贾小说史》和《商贾小说作品选》，将涉及商人的小说按朝代编排罗列，力图展示这一类小说的发展脉络。周柳燕的《中国商业文学发展概论》以朝代为分期，介绍小说、戏曲、诗歌和散文中涉及商人的文学作品。邵毅平的《中国文学中的商人世界》同样是分朝代来研究文学作品对商人生活的反映。

上海与近代文学之间的紧密关系，是近年来学界关注的领域。诸如造成近代文学诸多特点的外部环境因素，文学文本中所展现的城市变迁和发展预言等问题成为研究的焦点。如樊祥鹏的《近代上海狭邪小说与都市性》、王雅辉的《近代上海都市化与鸳鸯蝴蝶派言情小说》、刘永丽的《被书写的现代：20世纪中国文学中的上海》、葛永海的《古代小说与城市文化研究》、张鸿声的《晚清文学中的上海叙述》、曾佩琳的《完美图像——晚清小说中的摄影、欲望与都市现代性》、李莉的《陆士谔小说与近代上海元素》等。

海外相关研究的成果亦不俗，汉学家韩南以注重史料发掘与史识并进的方法，推进了中国近代文学研究的发展；而王德威、李欧梵、米列娜等海外中国文学研究者，提出了近代小说的现代性命题，尤其是罗兹·墨菲的《上海——现代中国的钥匙》、王德威的《被压抑的现代性——晚清小说新论》、李欧梵的《上海摩登——一种新都市文化在中国（1930—1945）》《未完成的现代性》等等，更是引领了学术界的风潮。

罗兹·墨菲指出："上海，连同它在近百年来成长发展的格局，一直是现代中国的缩影。就在这个城市，中国第一次接受和汲取了19世纪欧洲的治外法权、炮舰外交、外国租界和侵略精神的经验教训。就在这个城市，胜于任何其他地方，理性的、重视法规的、科学的、工业发达的、效率高的、扩张主义的西方和因袭传统的、全凭直觉的、人文主义的、以农业为主的、效率低的、闭关自守的中国——两种文明走到一起来了。两者接触的结果和中国的反响,首先在上海开始出现,现代中国就在这里诞生。

"中国的经济变革,像中国民族主义运动一样,在黄浦江边,充分地生长出最早的现代根苗,两者共同描绘出当代的图景。从经济角度来看,随着中世纪的结束而在西方产生的,在十九世纪到达奇葩吐艳、盛极一时的阶段的各种组织制度,更不用说,对待各种价值准则的态度和规范,都被移植到上海来。正当上海城市由于依仗这种令人迷惑而富于滋养的食粮而成长之际,它的成长促使不断扩大的变革格局在全国范围内推广。就上海发展演变的经济结构而论,就经济发展上必须解决的问题而论,就应运而生的妥协方案和杂糅产物而论,就现代商业、金融、工业都市的最后成熟阶段而论,上海提供了用以说明中国已经发生和即将发生的事物的钥匙。"[1]

诚然,鸦片战争以来的一百多年,风起云涌,沧海桑田,是中国,也是上海社会各方面发生前所未有巨变的一百年,置身其中的文学自然也不可能脱离这一大的时空背景和文化语境而自生自灭,所谓"文变染乎世情,兴废系乎时序""时运交移,质文代变""歌谣文理,与世推移"。[2] 这一时期的上海文学——"前海派文学",无论在形式上,还是在内容上,以及在精神气质、创作技巧、叙事风格与美学风貌,乃至价值观、人生观和文学观等方面上,都与时代的变迁息息相关。考察这一时期上海文学发展进程中的种种新异与各种嬗变,不仅仅是文学自身的需求,也是全面考察和理解上海社会的需要。一百年来,上海从一个名不见经传的普通县域小镇一跃而成为国际化的大都市,商品经济和商业文化在其中发挥了极大的催生与助推作用。可以说,上海这座城市的兴起,是与无孔不入的商业文化密切相关的,没有遍布大街小巷的商铺、门店、茶楼、妓院、旅舍、饭店、钱庄、洋行、舞厅、夜总会、咖啡馆、跑马厅、游乐场、大戏院、百货公司,以及随处可见的报纸广告、招贴广告、霓虹灯广告甚至是无线电广播广告等等,就没有上海的繁华,也就没有消费至上、充满"东方巴黎"梦幻风情的上海。因此,从文学作品入手,考察这一时期上海商业文化叙事的前世今生,探寻其商风熏习下的世道人心,索绎其变化腾挪的路径趋向,不失为一种快捷可行的方式。如果说,"上海提供了用以说明中国已经发生和即将发生的事物的钥匙",某种程度上,"前海派文学"的作品则是了解和理解彼时上海的一把钥匙。

---

[1] 〔美〕罗兹·墨菲,《上海——现代中国的钥匙》,上海社科院历史研究所编译,《上海史料丛刊》,上海人民出版社,1986年版,第4—5页。
[2] 〔梁〕刘勰撰,范文澜注,《文心雕龙·时序》,人民文学出版社,1962年版,第671—675页。

第二章 上海印象中的商业人物形象

商业的发达和商人群体的崛起,是上海城市发展史上的一个标志性特征,上海城的横空出世与商业的发达及商人群体的崛起是相伴而生的。可以说,没有商业的发达和商人群体的崛起,就没有上海的繁荣,也就没有上海作为国际大都市地位的产生。这种相生相伴、彼此依存的关系,在关于这一时期上海印象的商业文学叙事中,都有着广泛而深刻的反映。特别是商人群体,作为商业活动的主要参与者与从业人员,一直是商业叙事所关注的重点对象,他们的形象或许不是十分高大伟岸,也并不光鲜正面,但他们的身影,总是若隐若现、若明若暗,不时出没于各种商业叙事的文本中,成为我们考察这一时期上海印象、商业叙事与前海派文学时不容忽视的一个客观存在。

由辛亥革命上溯到上海开埠,这一时期是所谓的"前海派文学"阶段,主要由一批寓居海上的落魄文人操刀,创作了一大批以上海印象为内容的通俗小说作品,包括前已提及的宣鼎的《夜雨秋灯录》《夜雨秋灯续录》、王韬的《淞隐漫录》《淞滨琐话》、韩邦庆的《太仙漫稿》《海上花列传》、邹弢的《海上尘天影》、张春帆的《宦海》、八宝王郎的《冷眼观》、陆士谔的《官场怪现状》《六路财神》、佚名的《绿林变相》,以及《海上繁华梦》《海天鸿雪记》《孽海花》《二十年目睹之怪现状》《官场现形记》《老残游记》《负曝闲谈》《文明小史》《九尾龟》《新石头记》《何典》《品花宝鉴》《青楼梦》《花月痕》等。写商业投机的有姬文的《市声》、大桥式羽的《胡雪岩外史》、吴趼人的《发财秘诀》、云间天赘生的《商界现形记》《上海游骖录》等。

这些商业叙事文本中的商人形象,应当就是前海派文学中最早出现的一批不同于以往锁国阶段、小农经济藩篱下的传统商人,而是在列强强势资本冲击与左右下的、具有异质思想的新兴商人。他们既有传统商人的保守固执和谨小慎微,也有新兴商人的开放宏通,兼具了转型时期商人所必备的两重身份与双重性格。这批商人的身份也十分复杂,既有身居庙堂、手握权柄的达官显宦和官僚买办,也有心无旁骛、一心图谋实业救国的真正实业家,也有本小势孤、营营于蝇头小利的小商人,更有凭借三寸不烂之舌、空手套白狼的商场掮客,可谓泥沙俱下、鱼龙混杂、形形色色、百态毕现。

第一节 官僚买办

官僚与买办其实是不同的,但彼此之间又有某种联系。官僚的本业其实是做官,属于庙堂中人。由于自己所处的位置,占有对大宗资源的支配权或分配权。虽则如此,在官言官,官场有官场的规矩,官场毕竟不是商场。官员虽然拥有资源的支配权或分配权,但毕竟不能直接将资源据为己有,这将为授予他们权利的利益集团和政权机制所不容,他们自己也会碍于公论和某种道德戒律而有所顾忌,从而不敢采取公开的方式将公共资源公然变为私有资产。这就必须寻找某种合适的渠道,才能堂而皇之、理直气壮地实现财富和资源的转化和变现,而以官方的名义,通过商业渠道敛财,也就成了这些庙堂中人的必由之路。借此,官僚商人的形成也就水到渠成,呼之欲出。

譬如近代最著名的官商胡雪岩和盛宣怀,他们凭借卓越的才干横空出世,成为炙手可热的一代巨富。胡雪岩的生意,一类是借助政商关系的"特殊"生意,如:为政府采购军火、机器,筹措外资贷款等;另一类则是"正常"生意,如:钱庄、当铺、生丝、药局等。"阜康钱庄"是胡雪岩的金融平台,也是其核心产业。清咸丰元年(1851),在王有龄任湖州知府期间,胡雪岩在湖州办丝行,涉足生丝行业。接着又说服浙江巡抚黄宗汉入股开办药店,药店快速发展起来。同治元年(1862),胡雪岩获得新任闽浙总督左宗棠的信赖,被委任为总管,主持杭州城解围后的善后事宜及浙江全省的钱粮、军饷,使阜康钱庄大获其利,也由此走上官商之路。清同治五年(1866),胡雪岩协助左宗棠在福州开办"福州船政局",成立中国史上第一家新式造船厂。清同治十一年(1872),阜康钱庄支店达20多处,布及大江南北。资金2 000万余两,田产万亩。清同治十三年(1874),筹设胡庆余堂雪记国药号。清光绪二年(1876)于杭州涌金门外购地10余亩建成胶厂。清光绪三年(1877),胡雪岩帮左宗棠创建"兰州织呢总局",这是中国近代史上最早的一所官办轻工企业。清光绪四年(1878),55岁的胡雪岩成立"胡庆余堂"药号,正式营业。由于先后辅助左宗棠平定太平军和收复新疆有功,被授江西候补道,可用二品红色顶戴,赐穿黄马褂,是一个典型的"红顶商人"。

盛宣怀是官办商人、买办,洋务派代表人物,著名的政治家、企业家和慈善家,有"中国实业之父""中国商父""中国高等教育之父"的美誉。盛宣怀创办了许多开时代先河的事业,创造了多项"中国第一",涉及轮船、电报、铁路、钢铁、银行、纺织、教育等诸多领域,影响巨大,中外著名,并垂诸后世:1872年,办理创办中国第一家民用股份制企业轮船航运企业轮船招商局,同年拟定中国第一个集商资商办的《轮船招商章程》;1880年,创建中国第一个电报局——天津电报局;1886年,盛宣怀创办中国第一个内河小火轮公司;19世纪90年代后期建成中国第一条铁路干线京汉铁路;1897年5月27日,盛宣怀还在上海外滩开办了中国通商银行,这是中国的第一家银行;1898年,盛宣怀开办萍乡煤矿,1902年创办中国勘矿总公司,1908年将它与汉阳铁厂、大冶铁矿合并成立中国第一家钢铁煤联合企业——汉冶萍煤铁厂矿公司;1897年在南洋公学首开师范班,是为中国第一所正规高等师范学堂,是为上海交通大学、西安交通大学等的前身;1895年10月2日,盛宣怀成立天津北洋西学学堂,后更名为北洋大学,此为中国近代史上的第一所官办大学,也是天津大学的前身;1910年2月27日创办了中国红十字会,并任首任会长。

而买办通常是指经纪人,亦称"康白度",是葡萄牙语(comprador)的音译,原意是采买人员,中文翻译为"买办"。最初,"买办"专指中国公行的采购人或管事,他们专门为居住在广州十三行的外商服务,后来逐步发展为特指在中国的外商企业所雇用的居间人或代理人。他们本业是商人,但由于受雇于外国人,因而具有了外企雇员和独立商人的双重身份,这样就受到了外国势力的保护,有可能超越中国的法律约束,成为独立商人的买办。这些买办阶层神通广大,不仅经营钱财的进出和保管,也参与业务经营和商品交易事宜,在同中国商人商定价格、订立交易合同、货物和货款的收付等方面具有一定的自主权,也能取得双方的信任,日久他们逐渐成为外商对华贸易的代言人和垄断中外贸易的中间商。这样,买办阶层由于利益的诱惑而形成的对外商巨大的依附性,就使得他们形成了事实上的利益共同体。一些买办为了一己私利,逐渐失去公平的立场,胳膊肘往外拐,有时还为虎作伥,反过来欺压中国商人。

《二十年目睹之怪现状》开头便说:

> 上海地方,为商贾麇集之区,中外杂处,人烟稠密,轮舶往来,百货输转。加以苏扬各地之烟花,亦都图上海富商大贾之多,一时买棹而来,环聚于四马路一带,高张艳帜,炫异争奇。那上等的,自有那一班王孙公子去问津;那下等的,也有那些逐臭之夫,垂涎着要尝鼎一脔。于是乎把六十年前的一片芦苇滩头,变作了中国第一个热闹的所在。
>
> 唉!繁华到极,便容易沦于虚浮。久而久之,凡在上海来来往往的人,开口便讲应酬,闭口也讲应酬。人生世上,这"应酬"两个字,本来是免不了的;怎奈这些人所讲的应酬,与平常的应酬不同。所讲的不是嫖经,便是赌局,花天酒地,闹个不休,车水马龙,日无暇晷。还有那些本是手头空乏的,虽是空着心儿,也要充作大老官模样,去逐队嬉游,好像除了征逐之外,别无正事似的。所以那"空心大老官",居然成为上海的土产物。这还是小事。还有许多骗局、拐局、赌局,一切稀奇古怪,梦想不到的事,都在上海出现——于是乎又把六十年前民风淳朴的地方,变了个轻浮险诈的遡逃薮。①

上海滩作为"富商大贾之多"的"商贾麇集之区",聚集了各色商人,其中能量巨大、

---

① 〔清〕吴趼人,《二十年目睹之怪现状》,人民文学出版社,2006年版,第1页。

最能呼风唤雨的一类商人便是横跨政商两界的官僚买办商人。《官场现形记》第七回《式宴嘉宾中丞演礼　采办机器司马滥交》中，山东洋务局老总的舅爷、候选通判绍兴人氏陶华陶子尧，看见同僚们纷纷给抚院上条陈，劝抚院大人同外国人做生意，而且"候补班子里很有两个因此得法"，也心痒难耐，心想："像我在这里当文案委员，每月拿他二十四两银子薪水，就是当一辈子也不会出头。现在既有这个机会，我何不也学他们上一个条陈？或者得个好处，也未可知。就是说的不好，像我这候选的，又不求他甚么，谅来是没事的。"于是便把去年考大考时候买的"商务策""论时务"一篇《整顿商务策》中抄上几条，官场款式，无一不知，把头尾些许改了几个字，又添上两行，做成了一篇条陈提交给了抚院大人，本来并不抱多大希望，只是投其所好，去碰碰运气。结果深得抚台大人的赏识，"老兄的章程，竟有一大半可以行得。内如榨油、造纸，成本不多，至于赚钱却是拿得稳的。但是这些机器总得外洋去买。你那章程里头说的几样机器，依兄弟的意思，不妨每样买上一份，带来试用。"陶子尧就坡骑驴，连忙回说："办机器要到上海甚么瑞记洋行、信义洋行。那行里的买办，卑职都有朋友，同他们相好。只要托了他们，同外国人订好合同，签过字，到外洋去办，不消三五个月，就可以来回。"于是，"先在善后局拨给二万银子，带了去办。如果不够，等到讲定价钱，电禀请示，随时筹拨"，陶子尧摇身一变，从一个不名一文的底层文案委员，一跃而成为手握巨资的买办，来到了"商贾麋集之区"的上海，开始了他在上海滩风光无限、不可一世的买办生涯。

陶子尧是做官人，为了贪图吉利，到了上海就择了棋盘街的高升客栈下榻。席不暇暖，便有在赴上海的轮船上结识的账房先生刘瞻光为之摆宴洗尘，"即请棋盘街高升栈陶子尧大人，驾临四马路老巡捕房对过一品香九号，番酌一叙。勿却为幸！此请台安。"做官和做僚属的待遇及其声望真是不啻云泥！虽则如此，陶子尧毕竟是从山东地方所来，比起开放洋派的大上海，差距是明显的，颇有些刘姥姥进大观园的感觉。况且，陶子尧一直是一个普通文案委员，眼界的局限性和行事的保守性也是显而易见的。

在刘瞻光举行的接风宴上，陶子尧结识了上海滩的几位买办商人，一位是魏翩仞，另一位是专做军装机器的仇五科。由于陶子尧初到上海滩，土与洋，保守与开放，传统文化与异质文明的冲突与矛盾，一下子便显得突兀而尖锐，令人猝不及防。对陶子尧而言，一切都那么突兀和荒诞，洋车夫的欺诈，酒席宴上众人的装束、发型和香水的味道，以及四马路笙歌彻夜、通宵灯火辉煌的景致，都令他目迷五色、目不暇接。特别是席间众人纷纷叫局，对他的刺激尤甚，由山东临来的时候，姊夫曾叮嘱过他，说："上海不是好地方，你又是初次奉差，千万不可荒唐！花钱事小，声名事大！"陶子尧做官心切，便把此话牢记在心。他认为"不叫局，不吃花酒"，是自己的底线，基本的目的是"免得上当"，最终的目的是做官，期望官阶能层楼再上，步步高升。

作为未来生意的合伙人，为了保证生意成功，有利可图，上海滩上的买办商人们必须进行前期投资（包括经济上的和情感上的），对这个土头土脑的乡巴佬进行启蒙教育，以使其适应上海滩的商业氛围和文化环境，最终和他们同流合污，沆瀣一气，在攫取金

钱的路上一路狂奔:

> (魏翩仞)一力劝他说:"子翁,古人有句话说得好,叫作大德不逾闲,小德出入可也。像你子翁不叫局,不吃酒,自然是方正极了。然而现在要在世路上行事,照此样子,未免就要吃亏。"陶子尧听了不胜诧异,一定要请教。魏翩仞道:"兄弟不是一定要拉子翁下水,但是上海的生意,十成当中,倒有九成出在堂子里。你看来往官员,哪一个不吃花酒,不叫局?"陶子尧道:"你说生意,怎么又说到做官的呢?"魏翩仞道:"你不要听了奇怪。即如你子翁,谁不知道你是山东抚院的委员?你子翁明明是个官,然而办的是机器。请问这样机器,那样机器,那一项不是生意呢?要办机器就要找到洋行,这些洋行里的康白度,哪一个不吃花酒? 非但说请你,还得你请他,他请你,一半是地主之情,一半是拉你的买卖。你请他,是要劳他费心,替他在洋人跟前讲价钱,约日子。只要同你谈得来,包你事事办得妥当。而且又省钱,又不会耽误日子,岂不一举两得呢?"陶子尧道:"如此说来,一定叫兄弟吃酒叫局的了。"魏翩仞道:"这个自然。你不叫局,你到哪里摆酒请朋友呢?"①

在魏翩仞的循循善诱和身体力行之下,陶子尧也并非铁板一块,口风渐趋松动,耐不住旁人的苦劝和引诱,终于破了戒,搭上了"同庆里"的名妓小陆兰芬和新嫂嫂。为了抬高身价,开始大吹大擂:

> "我这番来,抚台给我几十万银子,托我办机器。我动身的那一天,抚台还坐着八抬大轿,亲自送我到城外。藩台以下那些大人们,离城十里搭了一座彩棚,在那里候着送。等我到得那里,抚台也赶到了,把公事谈完,随手在靴页子里掏出一张四万银子的汇丰银行的汇票,托我到上海替他留心买四位姨太太。大约一万银子一个。如果不够,叫我打电报去问他拿。"②……
>
> 陶子尧又说道:"刚才的话没有说完。抚台拿银票交代与我之后,我拿过来往马褂袋里一放,随即起身上轿。抚台还要敬酒,我被他们闹得脑子疼,再三辞谢,方才免了。抚台带领大小官员,送至轿前,齐打一恭,我也还了一个揖。只听得耳朵旁边泊隆通、泊隆通。"新嫂嫂道:"格当中啥个缘故?"陶子尧道:"营里的兵开大炮送我,所以耳朵旁边只听得泊隆通、泊隆通。"③

从此以后,陶子尧一心被新嫂嫂迷住,但觉与新嫂嫂日渐情投意合,如漆如胶,遂竭力报效,核计所花之钱,旬日之间,和酒、局账,不过一百多元,买东西,做衣服,通扯已不

---

① 〔清〕李伯元,《官场现形记》,第七回《式宴嘉宾中丞演礼 采办机器司马滥交》,《中国近代文学大系》第2集·第4卷·小说集二,上海书店出版社,1995年版,第96—97页。

② 〔清〕李伯元,《官场现形记》,第八回《谈官派信口开河 亏公项走投无路》,《中国近代文学大系》第2集·第4卷·小说集二,上海书店出版社,1995年版,第102—103页。

③ 〔清〕李伯元,《官场现形记》,第八回《谈官派信口开河 亏公项走投无路》,《中国近代文学大系》第2集·第4卷·小说集二,上海书店出版社,1995年版,第103页。

下三四千金之谱。再加别的用度,通算起来,带来的二万,不过才用得四分之一。自己一算,还不为多,将来机器买成,无论哪注账里多报销一笔就够了。如此一算,心上一宽,依旧乱花浪费起来。

可见此等人的底线多么的虚弱,多么的不堪一击,一旦冲决,势必一溃千里,势不可挡。人情人性的篱笆本来就形同虚设,面对突如其来的巨大美色诱惑,能够做到坐怀不乱,不为所动,几乎是难于上青天之事。当然,这么说并不意味着我们就认同陶子尧的所作所为,也绝非原谅他的荒唐。作为政府大员,他身负采买机器、实业救国的职责。他离开山东远赴上海,首要的职责是如何完成上峰的使命,采买到价格公道、质量上乘的机器。必要的交际和应酬当然必不可少,但是他却忘记了自己所为何来,到青楼里同烟花女子追欢买笑,旬日之间居然把带来购买机器的二万资财挥霍掉了三四千金之巨,真是让人切齿。

要命的似乎还不止于此。上海滩上的一班买办混混,如刘瞻光、魏翩纫、一个军装买办的外甥仇五科之流,其实也算不上真正的商人,而是打着商人的幌子,专做坑蒙拐骗之事的市井流氓。说他们是买办商人是有名无实,说他们是专业骗子倒是名副其实。他们利用久居上海、熟悉上海的风俗习惯和人情世故的有利条件,经常联手做局,专门欺蒙陶子尧这样初到上海、两眼墨黑,而又钱多人傻的乡巴佬。再加上他们又具备一定的官方背景,既同华人官府中的中上层官员有瓜葛,又同洋人中的中下层人士或者熟悉洋人事务的华人过从甚密,所以,在上海这个华洋杂处的花花世界,就具有了勾结中外、出入华洋两界的能量。在陶子尧这样不明就里的人看来,魏翩纫、仇五科、刘瞻光之流就成了上海滩上无所不能的人物。尤其是洋人的介入,更使得陶子尧之流凭空多了一份对上海的敬畏和神秘感。众所周知,自鸦片战争以来,西方列强的炮舰政策使得腐朽的清政府一而再再而三地割地赔款、俯首称臣。清政府对洋人的臣服与惧怕已经深入到骨子里,早已丧失了泱泱大国的尊严。洋人未来之前,华族的草民们敬畏的只有本国的官府和老爷们,国门洞开洋人纷纷涌入后,则在原先的官老爷们之外又多了一重祖宗。从官到民,无不如此。所以,陶子尧面对魏翩纫、仇五科、刘瞻光之流伙同洋人联手打造的骗局,除了全盘接受外,根本没有任何识别能力和任何抵抗力。

> 魏翩纫看见他的钱花的淌水一般,不加爱惜,心上便想:"他的钱,也就用的不少了。若不从此时下手,更待何时?"次日先去同仇五科商量。仇五科道:"这种寿头,不弄他两个弄谁?"魏翩纫道:"想个甚么法子去弄他?"仇五科道:"容易。你去同他说,后天开公司船,他要办机器,同他到我这里来。大家都是自己人,还他便宜就是了。"魏翩纫同仇五科本来是做惯联手的,心上明白,急急奔至同庆里,找到陶子尧。其时新嫂嫂正坐在客堂窗下梳头,陶子尧坐在旁边坐着吃汤团。一面吃汤团,一面看梳头。恰在出神的时候,底下喊:"客人上来。"正思躲避,见是魏翩纫,才缩住了脚。当下寒暄了几句,魏翩纫便拉他到正房间里坐下,同他讲到买机器的

话。说:"不要看这桩事情,倒是很不容易办的。听见仇五科说,明天有公司船开。有甚么图样,一块带了去,三个月就有回音。倘若明天不寄,等到下一班,又要多少天。五科是自己人,替朋友帮忙,难道还要你的好处吗。他叫我来问你一声,有甚么话,你去同他说亦好,我替你传话亦好。"陶子尧连说:"费心。"忙问:"我的当差的来了没有?"房中娘姨一迭连声地叫:"陶大人当差的,当差的上来。"陶子尧便交给他一把钥匙,叫他回栈房"把枕箱开开,里面有个纸包,抚台的札子统统在内。把那个纸包替我拿了来。"这里两个人闲谈,不多一刻,当差的回来,将纸包呈上。陶子尧打开,取出一片账目,大约开着几件机器,也不详细,递与魏翩仞。魏翩仞道:"就是这个账吗?"陶子尧道:"这里头该有几件东西我也不知道,本来要请教五科,我们此刻就去看他。"魏翩仞道:"同去也好。"新嫂嫂道:"啥个要紧事体,托仔魏老,勿是一样格?啥事体要一定自家去。"魏翩仞道:"恩得来,一歇歇才离勿开格哉!"新嫂嫂拿眼睛眇了他一眇,也不说别的,仍旧梳他的头。陶子尧想要去,真是听了新嫂嫂的话,就有点懒怠去了。

魏翩仞道:"你不去也好,我就替你问一声,叫他替你开一篇账,寄到外洋,将来银子是要你付的呢。"陶子尧道:"这个自然,价钱克己点。"魏翩仞道:"这个是外国定好了来的价钱,贵贱我们做不得主的。"一面说,一面穿马褂。趁空陶子尧又拉他到一旁,说道:"不瞒翩翁说,兄弟当这一趟差使,上头发的盘川,不过是个名色,不够用的。况且到了上海,又不能不应酬。这里头托你同五科讲一声,将来开账的时候,叫他酌量开,总算他照应我的。"魏翩仞道:"这个还要你说吗,不过照这篇账,有限的几样东西,看上去不过二万银子的进出,多开上一千、八百也望得见的。子翁,我听见人说,你这遭来不是要办几十万银子机器吗?我们都是好朋友,你别拿小注的给我们,拿大注的又去照应别人。"陶子尧听说,愣了一愣,说道:"机器是还要添办,先要看这个办的便宜,再办别的。"魏翩仞见此情形,心下明白,也不再追问了,便说:"今天托五科寄信去,价钱替你合准,包你便宜。只要你明天同外国人当面签个字就完了。"说着扬长而去。①

或者,陶子尧也正要借助这种势力以便得逞自己更大的私欲,上海滩上的混混们的所为,正中其下怀。为了弥补宿包同庆里新嫂嫂的巨大亏空,陶子尧不得不联手魏翩仞和仇五科做假账,虚开机器价格。此外,还向山东发电报,请求抚台另外再拨一万五千两银子到上海来,不料变故突发,电报打去已经二十天了,依旧杳无音信,把他急得熬不住,只得又打一个电报去催款。后来终于回电,说抚宪请病假,藩宪代理。机器已经另外托了外国人办好,价钱很便宜,而且包用,叫他不要办了,并催他即日回山东。陶子尧得了这个电报,赛如一瓢冷水,从顶门上浇了下来,急得无法。只得央求魏翩仞终止

---

① 〔清〕李伯元,《官场现形记》,第八回《谈官派信口开河 亏公项走投无路》,《中国近代文学大系》第2集·第4卷·小说集二,上海书店出版社,1995年版,第107—109页。

交易,魏翩仞道:"同了外国人打的合同,怎么反悔得来?倘若账目没有寄出去,还可收得转,如今已经二十多天了,只怕已经到了外洋,怎么好收转?"陶子尧道:"打电报去止住。"魏翩仞道:"说得好容易!人家不是被你弄着玩的,我也不好说出口。"此处魏翩仞所言倒并不为虚,西方人颇具契约精神,白纸黑字,一旦签订了合同,就具备法律效力,不容更改和违反,否则便要承担法律责任。陶子尧不懂游戏规则,无此现代意识,以为做生意愿做就做,不愿做就不做,一切可以随心所欲,这或许就是传统文化与现代商业文明冲突的表征之一吧。

陶子尧从一开始其实就是为了借办差为名中饱私囊,眼见得即将大功告成,不成想风云突变,不仅即将到手的大把银子要泡汤,就连先前挥霍的款项也要悉数吐出来,因为"上峰不允购办机器。婉商务退款二万,悉数交王观察收。"而且立马派了王观察赴沪。王观察是奉了东抚之命,前往东洋考察学务,顺便考察农、工、商诸事,添派四个委员,大小十几个学生。因此就叫他顺便向陶子尧手里讨回那二万银子做盘川,如果银子现成,他就立刻派人来取。债主上门,坐等催讨!前有洋人拒绝退款,后有上峰催逼讨要,陶子尧受到双面夹击,几乎到了走投无路的境地。解铃还须系铃人,且看上海滩的买办如何转圜:

> 魏翩仞道:"现在机器是万万退不得的。退了机器,你没有生发了。洋人那里,但凭五科一句话,要退便退。现在老实对你说,是我替你抗住不退。你明天见了王观察,只说机器的事,一到上海就同洋人打好合同。索性多说些,二万二的机器,乐得说他四万银子。二万不够,又托朋友在庄上借了二万。价钱统统付清,机器不日可到,洋人那边是万万不肯退的。现在既然山东来电一定要退,只好请讼师同他打官司。倘若打不赢外国人,你这机器本不要退,这笔讼费至少也得几千两,还有别的费用,也只好由你报销。况且王观察面前也有得推托,叫他不至于来逼你。你说这话可好不好?"①

"一到上海就同洋人打好合同",把陶子尧到上海来的荒唐时日一笔勾销,而且还给人以勤勉敬业的印象;"二万二的机器,乐得说他四万银子。二万不够,又托朋友在庄上借了二万",虚开一倍的价格,为进一步中饱私囊预留伏笔,胃口之大,令人咋舌;"价钱统统付清,机器不日可到",木已成舟,事情已不可逆转;"洋人那边是万万不肯退的。现在既然山东来电一定要退,只好请讼师同他打官司。倘若打不赢外国人,你这机器本不要退,这笔讼费至少也得几千两,还有别的费用,也只好由你报销",最后才使出撒手锏——抬出洋人来打官司,不仅不可能退机器,而且诉讼费还需由山东巡抚支付,经济上的损失较之退货更加令人难以承受,孰轻孰重,一望便知。而且,迫在眉睫的是可以借此摆脱已经上门坐等银子的王观察的催逼与纠缠。如此一来,硬生生把一盘死棋变

---

① 〔清〕李伯元,《官场现形记》,第九回《观察公讨银翻脸 布政使署缺伤心》,《中国近代文学大系》第2集·第4卷·小说集二,上海书店出版社,1995年版,第116页。

成了活棋,陶子尧可谓绝处逢生,为他谋划这一计策的魏翩仞、仇五科之流则不啻是他的重生父母、再造爹娘,真是成也萧何败也萧何,上海滩混混买办翻云覆雨的手段不得不让人叹为观止。

为了假戏真做,魏翩仞还真的请了外国律师,"找到一个讼师公馆,先会见翻译。彼此都是熟人,把手脚做好,然后翻译走到公事房里,一五一十地告诉了讼师。讼师答应立刻先替他写两封外国信:一封是给仇五科的洋东,说要退机器的话;一封上给新衙门的,等陶子尧禀帖写好,一块送进去。"眼前的危机只是暂时得到了缓解,山东巡抚派来的王道台宦海沉浮多年,熟谙官场规则,算得上世事洞明、人情练达,也绝非省油的灯。他对陶子尧在上海滩的所作所为,通过察言观色,以及其他渠道汇总的信息,其实早已洞悉,只不过囿于官场潜规则和同寅情面暂时不愿点破而已,如果能够顺利催讨到所欠银两,他也不愿意过分开罪陶子尧,乐得做个两面见光的好好先生。陶子尧的一味推诿,再加上自己的私欲作怪,使得王道台不得不痛下杀手,对陶子尧的催逼渐趋严厉,既然已经付款给洋人,带洋文的收据总归有的吧。这些催逼无异于催命符,逼得陶子尧无可退步,情急之下只得再找魏翩仞问计:

> 魏翩仞道:"这事须得同五科商量,我想除掉借洋人的势力克伏他,是没有第二个法子。"说完,便约了陶子尧一同去见仇五科,告诉他王道台情形。"……如此做品,陶子翁包你的机器一定办得成。敲开板壁说亮话:合同打好,再由你退,我们行里只好替你们白忙,生意也不要做了。陶子翁你去同王道台说,叫他不要来逼你。他再来逼你,叫他提防些。我要出他的花样,上海地方还轮不着他海外哩。"陶子尧听了千多万谢。①

又是魏翩仞、仇五科联手,"我想除掉借洋人的势力克伏他,是没有第二个法子。"计之所出,无外乎拉大旗作虎皮,借洋人的威势来打压中国官府,"这事须得请洋东即刻打个电报到山东,托他们的总督向山东抚台说话,就说:'定了机器,无故要退,商人吃亏不起。委员已经同我们打官司,他们山东官场上又派甚么姓王的道台来到这里提钱。我们的招牌已经被他们闹坏了,以后不能做生意。现在非但不准他退生意,而且还要山东抚台赔我们的招牌。'照此电报打去,外国的总督没有不帮着自己商人的。"为防万一,还预备了假合同,"跟手魏翩仞替他出主意,叫他同仇五科另外订了一张定办四万银子机器的假合同,写好两分,两人签过字,一人拿着一张,预备将来真果打官司,好呈上去做凭据。仇五科也叫陶子尧另外写了一张借银二万,即以订办机器合同作抵的字据,连合同交给魏翩仞收好。"

仇五科果然把此事始末根由,又编上许多假话,告诉了本行洋东,请洋东打个电报给本国总督,请他照会山东巡抚。总督得了电报,果然外国的官专以保商为重,不比中

---

① 〔清〕李伯元,《官场现形记》,第九回《观察公讨银翻脸 布政使署缺伤心》,《中国近代文学大系》第 2 集·第 4 卷·小说集二,上海书店出版社,1995 年版,第 123 页。

国官场是专门凌虐商人的,一个电报打过去,除了机器四万不能退还分文外,还要索赔四万。新任山东抚台胡鲤图由于惧怕洋人,再加上陶子尧的姐夫从中照应,王道台的出洋经费另外由山东拨汇,以安王道台之心,便不至于与他舅爷为难。后来果然由山东又汇来两万银子,采买机器一事暂且告一段落。

此一节故事中,魏翩仞、仇五科二人出力甚多,若无二人竭力周旋,陶子尧身败名裂的结局恐怕是免不了的了。但由于有了上海滩洋场上买办此二人的鼎力相助,陶子尧成功实现了翻盘。无利不起早,魏翩仞、仇五科绝非古道热肠、行侠仗义的绿林好汉,而是洋场上强取豪夺、无恶不作的江洋大盗。他们的一切,都是为了牟利,而且都是重利。他们为陶子尧所做的一切,也都是牟利前的必要投资,等到水到渠成,瓜熟蒂落之时,势必要期望一个大大的回报,陶子尧自以为从此可以高枕无忧、安享一万八千两的厚利了,岂知螳螂捕蝉,黄雀在后!

> 魏翩仞道:"……但是我们出了力叫人家受用,却是犯不着。现在总共是一万出头银子的货,上头倒报了四万。姓陶的一个人已先亏空了将近万把,据我的意思,也可以不必再分给他了。"仇五科道:"山东汇来的银子,依旧要在他手里过付,恐怕由不得我们做主。"魏翩仞道:"怕他怎的!他一共有两份合同在咱手里,一份是前头打的,是二万二千银子;一份是第二次打的,上头却写得明明白白是四万。原是预备同山东抚台打官司的,虽说是假的,等到出起场来。不怕他不认。他能够放明白些,不同我们争论,算他的运气。若有半个不字,我拿了这两份合同,一定还要他找二万二出来。"仇五科道:"有两份合同,要两份钱,就得有两份机器。"魏翩仞道:"原要有两份机器才好。他多办一份,我们多得一份用钱,不过不能像四万头来得容易罢了。"仇五科听了有财可发,把他喜得嘴都合不拢,便催魏翩仞去问陶子尧,山东银子几时好到,叫他照付。①

后来,经过王道台下属周老爷和仇五科的舅舅——专做军装买办的王二调的调解,陶子尧答应各送仇、魏二人二千,却另外送了周老爷一千五百。周老爷拿了四千的银票,仍去找了王二调,把这件事交割清楚。陶子尧出的假笔据,统统收了回来。只等机器一到,就可出货,运往山东。当下仇五科,因为娘舅之命,不敢多说什么,只有魏翩仞心上还不甘愿,又通过新嫂嫂讹了一千五百,加上陶子尧的谢仪五百两,魏翩仞从此事中总共获利四千多两。当然,最大的赢家还是陶子尧,他通过此次做买办到上海采买机器,不仅花天酒地、吃喝嫖赌,过着神仙般的日子,而且最终还从中获利一万八千两!而这些白花花的银子,都是公帑,都来自百姓的血汗钱,就这样被这群国贼禄蠹肆意挥霍,不是打了水漂,就是满足了个人私欲,要么就是中饱了私囊。这便是官商买办的嘴脸。

---

① 〔清〕李伯元,《官场现形记》,第十回《怕老婆别驾担惊　送胞妹和尚多事》,《中国近代文学大系》第2集·第4卷·小说集二,上海书店出版社,1995年版,第134—135页。

作为官商买办的陶子尧(逃之夭夭)、魏翩仞(为骗人)、仇五科,虽然可鄙可恶可恨,但也只是骗些钱财,一时半会儿尚不至于动摇国本。但另一种官商买办之所为,则不仅骗财,而且还充当卖官鬻爵的捐客,无异于直接挖国家的墙脚,则是名副其实的蛀虫,《官场现形记》第二十四回以后中的京城钱商黄胖姑便是其中之一。黄胖姑是京城一家钱店的掌柜,"黄胖姑是绍兴人,因为在京年久,说的一口好京话,京城上下三六九等人都认得,外省官场也很同他拉拢。大家为他养的肥胖,做起事来又有些婆婆妈妈的腔调,所以大家就送他一个表号,叫他作黄胖姑。"①照理说,黄胖姑作为钱店的掌柜,其主要的业务应当是如何揽储,如何放贷,但这只是他的副业,他的主业就是在达官显贵和求职求缺者之间拉皮条,充当捐客,自己吃回扣渔利。且看他的朋友圈:

> 一位是新科翰林钱运通钱太史;一位是甲班主事王占科王老爷;一位是个宗室老爷,名字叫作溥化,排行第四,人家都尊他为溥四爷;一位是银炉老板姓白号韬光;一位是琉璃厂书铺掌柜,姓黑名字叫作黑伯果,天生一张嘴能言惯道,一到席面上,咭咭呱呱,只有他一个人说的话,大家叫顺了嘴,把黑伯果三个字竟变为"黑八哥"了;还有一位,是在前门外开古董铺的,姓刘名厚守,新近捐了一个光禄寺署正,常常戴着白顶子,同大人先生们往来。这些人除去钱、王二位是带还东的,其余全是黄胖姑的好友,而且广通内线,专拉皮条。②

黄胖姑本人的业务也是十分繁忙,无非替人家捐官上兑,部里书办打招呼,以及写回信、打电报,大小事情,每天足足十几件,真正是"能者多劳",忙得不亦乐乎。

朋友圈中的古董铺老板刘厚守(留后手),东家便是华中堂,开古董铺的本钱便是华中堂所出。同黄胖姑一样,刘厚守也只是一个名义上的古董铺老板,所操之术无非是"广通内线,专拉皮条",勾结朝中大佬,专干买官卖官的勾当。只是方式上有些别出心裁:

> 黄胖姑道:"……你晓得厚守是个什么人?"贾大少爷道:"他是古董铺的老板。"黄胖姑哼地一笑道:"古董铺的老板?你也忒小看他了。你初到京,也难怪你不晓得。你说这古董铺是谁的本钱?"贾大少爷一听话内有因,不便置辞。黄胖姑又道:"这是他的东家华中堂的本钱。"贾大少爷道:"他有这个绷硬东家,自然开得起大古董铺了。"黄胖姑道:"你这人好不明白,到如今你还拿他当古董铺老板看待,真正有眼不识泰山了。"贾大少爷听了诧异,定要追问。黄胖姑道:"你也不必问我。你既当他是开古董铺的,你就去照顾照顾,至少头二万两银子起码,再多更好。无论甚

---

① 〔清〕李伯元,《官场现形记》,第二十四回《摆花酒大闹喜春堂 撞木钟初访文殊院》,《中国近代文学大系》第2集·第4卷·小说集二,上海书店出版社,1995年版,第370页。
② 〔清〕李伯元,《官场现形记》,第二十四回《摆花酒大闹喜春堂 撞木钟初访文殊院》,《中国近代文学大系》第2集·第4卷·小说集二,上海书店出版社,1995年版,第372页。

么烂铜破瓦,他要一万,你给一万,他要八千,你给八千,你也不必同他还价。你把古董买回来,自然还你效验。"贾大少爷听说,格外糊涂,心上思想:"一定是我买了他的古董,便算照顾了他,他才肯到中堂跟前替我说好话。"便把这话问黄胖姑道:"可是不是?"黄胖姑道:"天机不可泄漏!到时还你分晓。"①

河南臬台贾筱芝(假孝子)的大少爷贾润孙为了升官,带了巨资到京城运作,先是投奔他父亲的老师周中堂,无奈周中堂因为保举了维新党而受到皇上的斥责,虽不至于丢官罢职,也几近失宠失势,不可能再有大的作为了,诚如黄胖姑所言,"这种背时的人,你巴结他也没用。"几经周折,才最终确定一切经由黄胖姑操办。在黄胖姑的指点下,贾大少爷来到刘厚守的古董铺,说要选买几件古董孝敬华中堂的。计开烟壶两千两,古鼎三千六,玉磬一千三,挂屏三千二,一共花了一万零一百两银子。刘厚守一再声言,"这位老中堂别的不稀罕,只有这样东西收藏的最多。他有一本谱,是专门考究这烟壶的。上个月底结账,总共收到了八千零六十三个,而且个个都好,没有一个坏的,拿这样东西送他顶中意。""这位老中堂,他的脾气我是晓得的,最恨人家孝敬他钱。你若是拿钱送他,一定要生气,说:'我又不是钻钱眼的人,你们也太瞧我不起了!'本来他老人家做到这么大的官,还怕少了钱用?你们送他钱,岂不是明明骂他要钱,怎么能够不碰钉子呢?所以他爱古董,你送他古董顶欢喜。"

当贾大少爷嫌贵要同他讲价钱时,刘厚守早已一声不响,仰着头,眼望到别处去了。幸得黄胖姑打圆场,提醒贾少不可讨价还价,才勉强成交。交易已成,刘厚守仍不忘拿腔托大:"如果不是胖姑的面子,我这一对烟壶,任你出甚么大价钱我不卖。不瞒你二位说:我有个盟弟,亦在河南候补。上年有信来,说是也要拜在我们这位老中堂门下,托我替他留心几件礼物。这对烟壶我本要留给他的。如今被贾润翁买了去,中堂见了一定欢喜。不过我有点对不住我那个盟弟。"买好了行贿的东西,只是万里长征走完了第一步,如何送进去,才是关键。有黄胖姑指点,自然轻车熟路,一客不烦二主,一不做二不休,索性一起托了刘厚守。除了卖古董,还需打点八千银子的门包,总共费银一万九千两。这样,连买带送,自收自支,全凭刘厚守一人操办。至于送不送,只有天晓得。一桩交易就这样在谈笑间尘埃落定。

世路难行钱作马,有钱好使鬼推磨。有了大把银子铺路,贾大少爷先后谒见了华中堂、黄军机、徐军机等,但也仅仅是见个面而已,几万银子也不过就是个见面礼,真想升职求缺,仍需孔方兄开路。黄胖姑晓得贾大少爷这种人不差钱,也深知功名利禄对这些人的重要性,所以也乐得从他们身上广开财源。除了前述几位朝中大佬外,黄胖姑还另外托了黑八哥的叔叔黑大叔,黑八哥过来说道:"不瞒润翁说,我们家叔原是一个钱不要的。这二万银子,不过赏赏他的那些徒弟们。你不要疑心他老人家要钱。就是我兄弟

---

① 〔清〕李伯元,《官场现形记》,第二十五回《买古董借径谒权门 献巨金痴心放实缺》,《中国近代文学大系》第2集·第4卷·小说集二,上海书店出版社,1995年版,第390—391页。

替人家经手,我们家叔亦早吩咐过,不准得人家一个钱。我们是知己,又是黄胖姑托了我,我就带你去见见。等我今天把银子拿了去。"果然见到了黑大叔,但升职之事尚遥遥无期。

黄胖姑又别出心裁,想出新的赚钱门路:

> 不是别的,为的是上头现在有一个园子已经修得有一半工程了,但是款项还缺不少,这个原是八哥他叔叔关照说:'有甚么外省引见人员,以及巨富豪商,只要报效他,都可以奏明上头,给他好处。'朝廷还怕少了钱,盖不起个园子?不过上头的意思,为的是游玩所在,不肯开支正帑,这也是黑大叔上的条陈,开这一条路,准人家报效。我想你老弟不是想放实缺吗?趁这机会报效上去,黑大叔那里,我们是熟门熟路,他自然格外替我们说好话。你自己盘算盘算,依我看起来,这个机会是万万不好错过!①

而且黄胖姑许诺,只要贾大少爷再报效十万银子,保证实缺到手,料到贾少目下银根吃紧,并且连银子的来路都想好了。这个人也是一个到京城走门路的地方官广西时筱仁(是小人)时太守,此番进京引见,也汇来十几万银子,预备过班上兑之后,带着谋干。不料原保大臣被人参了几本后获罪革职,以致所谋不成,晓得他有银子存在京里,一时不会拿出来使用,便想把他拉来,叫他借钱予贾大少爷,自己从中取利。黄胖姑对贾大少爷说是二分半的利息,对时筱仁讲是五厘半的利息,仅此一项,便净赚了一分半的利息,十万银子合计下来,便是一千五百两的赚头,仅凭口舌之利,就稳赚如许利润,获利不可谓不丰。官场的黑暗,政治的剥败,商人盘剥之严酷,于此可见一斑。

及至皇帝召见过后,当天奉旨是发往直隶补用,并交军机处存记。黄胖姑又进一步为贾大少爷筹划,连前头用剩的以及新借的,总共有十三万五千银子,当下黄胖姑替他分派:报效二万两;孝敬黑大叔七万两;再孝敬四位军机二万两。余下二万五千两,以二万作为一切门包使费,经手谢仪,以五千作为在京用度。每一次都是离开钱不办事,而且价码一再抬升。若以为黄胖姑的手段到此为止,就大错特错了。正当贾大少爷踌躇满志,以为大把银子出手后肥缺即将到手,遽料又横生枝节,突然冒出了一个包松明(包送命)的人,自称由华中堂推荐,来做贾大少爷的跟包,传话说华中堂十分喜欢贾大少爷先前所送的一对鼻烟壶,希望再得一对同样款式的。贾大少爷只得再到刘厚守的古董铺求购,不料刘厚守拿出来的鼻烟壶同自己上次送过的那对竟然毫无二致,不由得疑心先前的那对是否送出去过,但价码已由先前的两千银子涨到了八千。其实,这样的疑心岂非此地无银三百两!不但如此,除了鼻烟壶之外,还有几件其他的配送物件,乃是一个扳指、一个翎管、一串汉玉件头,总共二千银子,连着烟壶,一共一万。当下又议定三千两银子的门包,仍托刘厚守一人经手。又一次盘剥!

---

① 〔清〕李伯元,《官场现形记》,第二十五回《买古董借径谒权门　献巨金痴心放实缺》,《中国近代文学大系》第2集·第4卷·小说集二,上海书店出版社,1995年版,第400—401页。

贾大少爷被黄胖姑连蒙带骗，几十万两银子花费下来，最终还是竹篮打水一场空，不仅官没有升成，还欠了一屁股债，为了归还借时筱仁的十万银子，不得不回河南去取银子，以后还有什么变故，不得而知。无论如何，竹篮打水一场空的结局是免不了的。

黄胖姑名义上的本业是钱店掌柜，是商人，理论上开好钱店才是他安身立命的资本，但事实上他早已将自己的经营业态从钱店掌柜转化成了职业捐客，专门从事卖官鬻爵的勾当，因为这一行业的利润大大超过了正常经营的收获，远远高于其开钱店的盈利。正是暴利的诱惑，才使得他投身于这一行业且乐此不疲。不过，平心而论，这一行业从业人员的素质要求也比较高。不仅要聪明过人、眼观六路、耳听八方，而且必须还要结交官府、手眼通天，同政商两界都有密切的来往，拥有深厚的人脉资源，编织庞大的关系网络，否则便不可能在朋友圈中呼风唤雨、兴风作浪。政治腐败、吏治黑暗造成的大量中下层官僚的积压的强烈升职需求，为黄胖姑们充当卖官鬻爵的中介人提供了广阔的市场。官职是管理国家的职位，意味着对权利和资源的掌控与分配，自然而然属于稀有资源。而大量闲散准官员的存在，就使得这些职位的稀缺性变得更加突出，竞争的激烈程度也日盛一日，如何在这样激烈的竞争中占据先机，就成了所有候补官员的强烈愿望，由此而滋生腐败也就不难理解。

正是在这种前提下，从事或参与卖官鬻爵活动的，不仅有唯利是图的不法商人，也有假公济私的朝廷命官。他们本身就是掌握和支配资源的人，他们手中的官帽就是最抢手、最具市场价值的优质商品，而且他们也是这个商品的最后定价人。因此，这些商品以什么价位卖出，什么时候卖，卖给谁，就全由这些官员们自己做主。虽然他们是朝廷经过各种渠道层层选拔出来的国家管理者，是国家的官员，但相当一部分官员已经辜负了授予他们管理国家权力的阶层和机构，堕落成了以官位官帽为商品进行交易以期牟取厚利的商人，事实上已经完成了身份的转换与变异，只不过表面上还是峨冠博带、道貌岸然的朝中大佬，是挂着羊头售卖的狗肉。

从《官场现形记》第四回《白简留情补祝寿　黄金有价快升官》中，我们看到：

> 独有那位藩台大人，是盐法道署的。他这人生平顶爱的是钱，自从署任以来，怕人说他的闲话，还不敢公然出卖差缺，今因听得新抚台不久就要接印，他指日也要回任，这藩台是不能久的，他便利令智昏，叫他的幕友官亲，四下里替他招揽买卖。其中以一千两起码，只能委个中等差使。顶好的缺，总得头二万银子。谁有银子谁做，却是公平交易，丝毫没有偏祜。有的没有现钱，就是出张到任后的期票，这位大人也收。①

身为藩台大人，虽然骨子里深爱孔方兄，但在正常情况下，尚能顾及体面，并不敢公

---

① 〔清〕李伯元，《官场现形记》，第四回《白简留情补祝寿　黄金有价快升官》，《中国近代文学大系》第2集·第4卷·小说集二，上海书店出版社，1995年版，第49页。

然出卖差缺。因为职务交接,新抚台不久就要接任,他指日也要卸任,权力马上就要易手,有权不用,过期作废,此时再不抓紧将权力变现,恐怕过了这个村就没有这个店了,所以便利令智昏,广泛发动他的幕友、官亲,四下里替他招揽生意,而且明码标价:以一千两起码,只能委个中等差使,顶好的缺,总得头二万银子。谁有银子谁做,却是公平交易,丝毫没有偏倚。有的没有现钱,就是出张到任后的期票,这位大人也收。真是细大不捐,来者不拒!

> 藩台道:"一个知府总不止这个数。要是知府止卖二千,那些州、县岂不更差了一级呢?"三大人道:"缺分有高低,要看货讨价。这代理不过两三个月的事情。"藩台道:"代理就不要挂牌吗?"三大人道:"牌是自然要挂的。"藩台道:"要挂这张牌,至少叫他拿五千现银子。代理虽不过两三个月,现在离着收漕的时候也不远了。这一接印,一分到任规,一分漕规,再做一个寿,论不定新任过了年出京,再收一分年礼,至少要弄万把银子。现在叫他拿出一半,并不为过。况且这万把银子,都是面子上的钱。若是手长些,弄上一底一面,谁能管他呢。"①

"缺分有高低,要看货讨价",同样的官职,不同的上任时间,价码也大有区分,正式任职和代理职务也有区别。考虑到上任后马上有"一分到任规,一分漕规,再做一个寿,论不定新任过了年出京,再收一分年礼,至少要弄万把银子"等大笔进项,所以"现在叫他拿出一半(五千现银子),并不为过"。

第五回《藩司卖缺兄弟失和　县令贪赃主仆同恶》中写道:

> 三荷包道:"我知道的,爹爹不在的时节,总共剩下也有十来万银子,先是你捐知县,捐了一万多,弄到一个实缺,不上三年,老太太去世,丁艰下来,又从家里搬出二万多,弥补亏空。你自己名下的,早已用过头了。从此以后,坐吃山空,你的人口又多,等到服满,又该人家一万多两,凭空里知县不做了,忽然想要高升,捐甚么知府,连引见走门子,又是二万多。到省之后,当了三年的厘捐总办,在人家总可以剩两个,谁知你还是叫苦连天,论不定是真穷还是装穷。候补知府做了一阵子,又厌烦了,又要过甚班。八千两银子买一个密保,送部引见,又是三万两,买到这个盐道。那一注不是我们兄弟的钱。"②

三荷包由于下手太狠,被他哥何藩台抢白了几句,气不过,同哥哥口角起来,一气之下揭了何藩台的底:一万多捐了个实缺知县,两万多捐了个知府,三万八千两银子买了个盐道。这是何藩台自己买官所费银两,属于前期投入的支出。投入自然希望有回报,

---

① 〔清〕李伯元,《官场现形记》,第四回《白简留情补祝寿　黄金有价快升官》,《中国近代文学大系》第2集·第4卷·小说集二,上海书店出版社,1995年版,第51页。
② 〔清〕李伯元,《官场现形记》,第五回《藩司卖缺兄弟失和　县令贪赃主仆同恶》,《中国近代文学大系》第2集·第4卷·小说集二,上海书店出版社,1995年版,第54—55页。

三荷包给他哥哥算的账真是笔笔分明、不差分毫:

> 三荷包见他哥无话可说,索性高谈阔论起来。一头说,一头走,背着手,仰着头,在地下踱来踱去。只听他讲道:"现在莫说家务,就是我做兄弟的,替你经手的事情,你算一算,玉山的王梦梅是个一万二,萍乡的周小辫子八千,新昌胡子根六千,上饶莫桂英五千五,吉水陆子林五千,庐陵黄霭甫六千四,新喻赵苓州四千五,新建王尔梅三千五,南昌蒋大化三千,铅山孔庆辂、武陵卢子庭,都是二千,还有些一千八百的,一时也记不清,至少亦有二三十注。我笔笔都有账的。"①

这"二三十注"交易,最少的也在一千或八百左右,则总额度当不下数十万元之巨。试问天下哪一种商品的获利率能比得过官爵呢?哪一种交易活动的投入产出比能超过买官卖官的呢?这些人明着是官员,但他们的所作所为又是哪一个商人能望其项背呢?

吴趼人在《二十年目睹之怪现状》中,写了数十位商人,以所营行当言之,有珠宝商包道守、卖洋货商恽阿来、扬州盐商、金融商古雨山、金属商陈秩农等;以所营手段言之,有诈骗商人钟雷溪、走私商祖武、假冒商人沈经武等;以出身言之则有官商吴继之、王伯述等。其中浓墨重彩加以重点描述的则是官僚买办商人。作者写道,"其实用买办倒没有弊病,商家交易一个九五回佣,几乎是个通例的了。制造局每年用的物料,少说点也有二三十万,那当买办的,安分照例办去,便坐享万把银子一年。"②这是说买办商人在交易过程中吃百分之五的回扣,认为这"没有弊病",而且"几乎是个通例",事实上是肯定了这一做法的合理性。通常而言,在一般的正常经营和交易活动中,收取一定量的佣金也情有可原,并非不可接受,何况这个百分之五回扣的比例也还中规中矩,也是在可接受的范围内。虽然是一个不成文的行业潜规则,并非十恶不赦。不过,由于经营的数额庞大,这一比例的回扣累积起来也是一个惊人的天文数字,难怪书中人物艳羡不已,"那当买办的,安分照例办去,便坐享万把银子一年"。有研究显示,不同行业买办的收入各不相同,先看银行买办:"银行买办之薪俸,各家所规定均甚微薄,麦加利月薪二百五十两,汇丰、道胜均二百两,东方百五十两,正金、花旗不过百两。但买办经手收入之中国银票、期票、汇票,每千两准提一两二钱五分以为买办之手续费,即佣金。卖出千两,其手续费亦同,正俸之外,杂项收入颇多,有至四、五万两一年者。"再看轮船公司:"轮船公司之买办,太古、怡和月俸二百元,大阪一百五十元,日本邮船会社和瑞记均为一百元,其他手续费等杂项收入亦不少。通常输出之货物,买办应得之费百分之五。"经营进出口业务的洋行:"买办收入除正俸外,则有输出入货物之手续费,例如日商福爱洋行规定,进口洋布、绒线,照买入原价,每千两付买办八两绢棉织物,卖千两付银十两;纯

---

① 〔清〕李伯元,《官场现形记》,第五回《藩司卖缺兄弟失和 县令贪赃主仆同恶》,《中国近代文学大系》第2集第4卷小说集二,上海书店出版社,1995年版,第55页。
② 〔清〕吴趼人,《二十年目睹之怪现状》,第六十三回《设骗局财神遭小劫 谋复任臧获托空谈》,《中国近代文学大系》第2集•第5卷•小说集三,上海书店出版社,1994年版,第462—463页。

丝绸缎每千两亦付十两；出口货粗、细丝和丝绵等，照卖出原价每千两付买办银五两。盈亏由行商担任，买办概不负责。而在此正俸及手续费等杂项公开收入以外，更有不正当额外收入，或取自卖主或取自买主，所得实多。"① 虽然略有差等，但各行业买办的收入还是非常丰厚的，何况除了正俸外，还有提成和回扣，以及"不正当额外收入"，则其待遇之优渥、薪俸之丰裕可以想见。

不可否认，经济基础决定上层建筑，丰盈的钱袋子必然带来尊崇的社会地位。小说第七十九回中写道，"他得了那买办的头衔，又格外阔起来。本事也真大，居然被他一帆风顺地混了这许多年。又捐了一个不知靠得靠不住的同知，加了个四品衔，便又戴了一个蓝顶子充官场"。② 主流封建社会草根阶层一般的上升路径是"学而优则仕"，通过科法博取个人价值的最大化，最终封妻荫子，光宗耀祖，这被视作正途，这也成为大多数人的价值取向，所谓"万般皆下品，唯有读书高"。而不由科举，通过其他途径获得功名声望，则被视作旁途，等而下之，不为人所重。至于经商，就更为人所不齿。但到了晚清，封建社会已经是日薄西山，气息奄奄了。再加上西风东渐，西方的许多新的理念渐次涌进国门，那些不合时宜的陈腐之论，也相形见绌了。忠孝节义、心性义理的道德高标，也渐次让位给安富尊荣、衣食丰足的现世享乐，则买办商人的走俏市井、显贵人前也就不是什么不可理解之事。买办有了大把银子，自然会考虑如何提升自身的社会地位，满足自己受人尊敬这一更高层次的欲望和需求。中国人向来崇尚官本位，官不仅意味着权力，更是一种身份和地位的象征。一官遮百丑，有了官职在身，犹如鲤鱼跳龙门，一登龙门便身价十倍。"(苏秦)说秦王书十上而说不行，黑貂之裘弊，黄金百斤尽，资用乏绝，去秦而归，赢縢履蹻，负书担囊，形容枯槁，面目犁黑，状有愧色。归至家，妻不下纴，嫂不为炊，父母不与言。苏秦喟叹曰：'妻不以我为夫，嫂不以我为叔，父母不以我为子，是皆秦之罪也！'""(苏秦)将说楚王，路过洛阳，父母闻之，清宫除道，张乐设饮，郊迎三十里。妻侧目而视，倾耳而听。嫂蛇行匍伏，四拜自跪而谢。苏秦曰：'嫂何前倨而后卑也？'嫂曰：'以季子之位尊而多金。'苏秦曰：'嗟乎！贫穷则父母不子，富贵则亲戚畏惧。人生世上，势位富贵，盍可忽乎哉？'"③ 这种情势下连至亲骨肉都前倨后恭，更何况外人乎？这种巨大转折的原因就在于"以季子之位尊而多金"，又有钱又有地位，几乎是成功人士的标配，古今中外，概莫能外！世情如此，夫复何言？

人性的复杂与幽暗本来就如同大海一般深不可测，无论是小说作者本人还是小说中的人物，面对买办这一新出现的特殊阶层，他们的心态是五味杂陈的。一方面，出于巨大利益的诱惑和对高人一等的艳羡，他们在某种程度上表现出对买办阶层的认同与

---

① 市文史馆等编，《上海地方史资料三·旧上海的洋行买办》，上海社会科学院出版社，1982—1988年版，第219页。
② 〔清〕吴趼人，《二十年目睹之怪现状》，第七十九回《论丧礼痛砭陋俗　祝冥寿惹出奇谈》，《中国近代文学大系》第2集·第5卷·小说集三，上海书店出版社，1994年版，第595页。
③ 〔汉〕刘向，《战国策·苏秦始将连横》，据清黄丕烈士礼居覆宋本。

接受。另一方面,家国情怀的若隐若现,又使得相当一部分国人,对买办阶层秉持一种拒斥乃至鄙视的态度。他们总是认为,买办端着外国人的饭碗,自然胳膊肘向外拐,帮助外国人敲诈勒索自己的同胞,几近于卖国贼。《二十年目睹之怪现状》中,多处写到面目可憎的买办,对他们的举止言行、所作所为无不流露出鄙弃之色:

> 继之摇摇头叹道:"有甚么办法!船上人送他到了巡防局,船就开行去了;所有偷来的赃物,在船上时已被各人分认了。他到了巡防局,那局里委员终是他的朋友,见了他也觉难办。他却装作了满肚子委屈,又带着点怒气,只说他的底下人一时贪小,不合偷了人家一根烟筒,叫人家看见了,赶到房舱里来讨去;船上买办又仗着洋人势力,硬来翻箱倒箧地搜了一遍,此时还不知有失落东西没有。那委员听见他这么说,也就顺水推船,薄薄地责了他的底下人几下就算了。你们初出来处世的,结交个朋友,你想要小心不要?他还不止做贼呢,在外头做赌棍、做骗子、做拐子,无所不为。结交了好些江湖上的无赖,外面仗着官势,无法无天的事,不知干了多少的了。"①

> (李雅琴)前几年又弄着一个军装买办,走了一回南京,两回湖北,只怕做着了两票买卖。这军装买卖,是最好赚钱的,不知被他捞了多少。②

> 这侯翱初是一家甚么报馆的主笔,当下见了淡湖,便乜斜着眼睛,放出那一张似笑非笑的脸来道:"好早啊!有甚么好意?你许久不请我吃花酒了,想是军装生意忙?"淡湖赔笑道:"一向少候。今日特来,有点小事商量。"翱初拍手道:"你进门我就知道。你们这一班军装大买办,平日眼高于天,何尝有个朋友在心上!除了呵外国人的卵脬,便是拍大人先生的马屁,天天拿这两件事当功课做;余下的时候,便是打茶围、吃花酒,放出阔佬的面目去骄其娼妓了,哪里有个朋友在心上!所以你一进门,我就知道你是有为而来的了。这才是无事不登三宝殿啊。"③

其他小说中也有许多关于买办的描写:

> 那康伯度乃宁波人,说得一口"也斯""喔来"的外国话,写得好一手"爱皮西提"的外国字,在西人大拉斯开的大商洋行做买办。……见他年约二十余岁,一张雪白的不笑似笑脸儿,一双桃花眼睛。身上穿一件枣红缎子琴襟洋灰鼠出风马褂,蜜色

---

① 〔清〕吴趼人,《二十年目睹之怪现状》,第四回《吴继之正言规好友 苟观察致敬送嘉宾》,《中国近代文学大系》第2集·第5卷·小说集三,上海书店出版社,1994年版,第21—22页。
② 〔清〕吴趼人,《二十年目睹之怪现状》,第七十九回《论送礼痛砭陋俗 祝冥寿惹出奇谈》,《中国近代文学大系》第2集·第5卷·小说集三,上海书店出版社,1994年版,第595页。
③ 〔清〕吴趼人,《二十年目睹之怪现状》,第六十六回《妙转圜行贿买蔷言 猜哑谜当筵宣谑语》,《中国近代文学大系》第2集·第5卷·小说集三,上海书店出版社,1994年版,第437页。

花缎灰鼠袍子，内衬淡雪妃绉纱小袖紧身，法兰绒小袖里衫，下身淡月白花缎套裤，白丝绒袜，玄色缎子挖花京鞋，头上戴一顶漳绒方顶小帽，湖色帽结。口里头衔着一支香烟，这烟咬嘴是真蜜蜡的，将右手三个指头承着。指上边戴着两只金刚钻戒指，一只石榴红嵌宝戒指，打扮得异常华丽。①

他本是我从前麒麟洋行里一个伙计，洋文还好，人还漂亮。家里虽有点田地，拼拼凑凑也不满五千块钱财产。他在上海混熟了，结识了一班轮船买办，天天听见些朋友夸说轮船买办能赚大钱，不费劳力，局面阔绰的一派议论，心里便跃跃欲试地动了做轮船买办的念头。刚巧前年我们轮船公司里新添了一只走长江的船，他便来要求做买办。我因为和他是老朋友，便劝他安心仍旧做洋行里头的事，不必来上这圈套。这长江轮船买办看是很容易谁也做得了，不过你不内行一定吃亏的。将来水脚包下来，做不到这预定的地位，不但白吃辛苦还要赔钱，那真不上算，后悔莫及。他当时误会我这番话是恫吓他、推辞他的意思，他一定说自己虽不十分内行，却有几个熟悉朋友肯出力帮忙。行家又有熟人照应，似乎有几分把握，一定要来做。并且抵押了产业拼凑了些现款来缴做押柜，一面又找了好几个人向我请托。我也不能固执，这轮船买办一席便派了他。照以上的情形他已犯了没资本、不内行的两件毛病了。谁知他接手买办以后，以为联络庄家客号非多多的应酬不可。在上海是不消说得，天天花天酒地，船到汉口也是夜夜选色征歌。后来船泊南京、镇江、芜湖，到一处有一处的应酬。应酬当中拉着生意不过十分二三，其余靡费消耗到占了十分七八。隔了一年，除了他上海的大本营以外，他索性汉口、芜湖都有了小老婆。小老婆的出身不必说是堂子里出身，哪里知道节俭。小公馆的建设又都为娱乐开心起见，又怎肯朴素。这样几个口岸几方面的浪费，他如何禁得起，自然亏空愈弄愈大。公司里一年要结一次总账，算下来他照合同要补出万把两银子，一时他哪里调动得转。况且我们商界里一样也是势利的。钱庄上的挡手眼光比鬼还凶，耳朵比德律风还灵，他一看你这人入不敷出，手面不灵，休想用他分文。平常应酬场中什么哥，什么兄叫得应天价响，到了缺银子的时候，你去求他，你叫他几声亲爷，他也不肯帮你一帮。林瑞斋现在已差不多到水尽山穷的地步，所以他方才只得向我下跪。②

买办者，西语称之为"康发度"，我人鄙之曰"扛勿动"，又名"江摆渡"。良以洋行买办泰半不识之无而未受教育者。其所懂之英语不过"也是""噢来"几句洋泾浜

---

① 孙玉声，《海上繁华梦》第五回，《攀相好弄假成真　遇拆梢将无作有》，上海古籍出版社，1991年版，第40页。
② 〔清〕娑婆生，《人间地狱》，第七回《蛾眉设阱泛宅浮家　豺虎磨牙抽厘助饷》，上海古籍出版社，1991年版，第56—58页。

而已。其职务则将外人之货物意图兜售于华人,从中取几百佣金而已。贪蝇头之微利致使中国金钱千千万万流入外国。既有是辈走狗,欲国家之不贫,其可得乎?非特此,也因其毫无教育,故其所作所为非谄媚外人,即贻辱华人,令人见之心痛,闻之发指。①

> 云旂评道:"他在这里兼了五家洋行买办,如何走得开?"庆云道:"这也是没法的事。不过为的是两个钱罢咧。"以善道:"兼了五家买办,还怕没有钱?还忙到汉口做甚么?"庆云道:"为办茶去的。前两年霭兰在汉口跌倒了,前年俯臣帮了他一把忙,重新又爬起来。俯臣先是为看霭兰去的,看了两次,把做茶的门径看熟了,所以自己又办起来。"②

客观地说,买办阶层成功之处在于依靠和借重外国人的势力,他们能在短期内迅速聚敛数量惊人的财富,攫取令人瞩目的社会地位和声望,不仅维持了自身的生存,而且还实现了个人的发迹,离开了洋人这股庞大的势力几乎是不可能的。但其失败之处亦在此。他们为了取媚洋人,实现自身的实际利益的最大化,必然做出许多鱼肉国人、伤害同胞之事,为同胞所鄙弃和唾骂,当然也是情理中之事。吴趼人作为一个当时有识鉴、有思想的正直的知识分子,面对民族危亡、千年未有之变局,其见识自然要比一般的引车卖浆之流高出许多。但他毕竟是一个从乡村步入都市的普通读书人,虽然对时势有相当的了解,但也仅限于浮光掠影式的直观印象,并不洞悉更大视野内社会发展的未来走势,无法做出像资深政治家或者思想家那样的预言。因此,他出于民族感情和民粹立场,对买办阶层形诸笔墨,进行口诛笔伐也就不难理解。

如此说来,把买办当作一个一无是处、十恶不赦的罪恶阶层,似乎也有失公允。不可否认,买办阶层的出现是近代中国社会一件影响深远的事情,霍塞在《出卖的上海滩》中说:"一个中国人的买办社会已经同白人的大班社会并肩地兴起,它的成员控制了中国。"③据研究,"上海买办人数,据日本同文会列表,有姓氏可稽的有朱葆三、虞和德、王一亭等一百七十余人。而大中型洋商行号雇用买办者,有银行汇丰等十一家,保险业有瑞记等五十五家,轮船公司有太古等二十三家。其他大公司有茂生等七家,代理经销商有祥记等二十六家,代理店及公司有礼和等七十家。经销人有利泰等四十一家,杂项商行有汇泰等一百三十一家。各家除本身营业外,还有代理国外其他行商业务者,如茂生洋行代理国外五十四户。每一行号至少雇用买办一人,太古、怡和各轮船公司,一家且多至数十人,若统计上海买办全部人数,至可惊人"。④ 这些服务于外国人商务而开办的公司或洋行,广泛地接触了外部世界的思想、文化和先进的经营管理理念与方法。在

---

① 〔清〕白沙黄花奴等,《上海秘幕》,第2册,上海一社出版部1917年版,第66页。
② 〔清〕吴趼人,《发财秘诀》,天津古籍出版社,1986年版,第56页。
③ 〔美〕霍塞著,纪明译,《出卖的上海滩》,商务印书馆,1962年版,第231页。
④ 上海市文史馆等编,《上海地方史资料三·旧上海的洋行买办》,上海社科院出版社,1984年,第219页。

企业活动中,他们按照外国雇主的要求,率先采用了西方先进的技术设备以及经营管理方式。在经营活动中,他们把追求最大利润当作经商的终极价值追求。作为从业的副产品,他们也学来了西方资产阶级穷奢极侈的生活方式,投机和享乐成了买办的共性。可以说,从事买办这一行业的人大多是人群中的慧黠机敏之徒,他们都保有商人对待自身职业的敏感性和敬业精神,能够尽职尽责地完成雇主的所托,也以此实现了自我价值。揆诸今日,所谓"屁股决定脑袋",则买办的这种精神似乎也不好过分苛责。更何况,相当一部分买办还是拥有一颗中国心,中国人的传统美德在他们的血液中还是一脉相承的。不仅如此,他们在有意无意中也把西方工业革命以来许多颇具现代色彩的科学技术、政治制度和文化成果传播到中国来,使得国人有了一个认识世界的新视角,对于推进中国的现代化进程还是有一定的促进作用的。

第二节 奸商及其他

现实生活中,买办商人由于其自身殷实的经济实力和煊赫的社会地位,自然成为社会中令人瞩目的焦点,作为社会生活反映的文学作品,买办商人充当商业叙事的主角也就理所当然。不过,除了官僚买办之外,作为配角的其他商人也不可或缺。生活本身的丰富复杂性决定了文学作品内容的广泛性和芜杂性。

在《官场现形记》《二十年目睹之怪现状》《海上花列传》等有关的商业文化叙事中,作家的笔下出现了许许多多形形色色性格迥异的其他商人形象。

大商人黎篆鸿是《海上花列传》中最受人"尊敬"的商人。据清末民初的人说,该书中的许多人都有原型,黎篆鸿的原型即为胡雪岩。小说中黎篆鸿财大气粗,出手阔绰,有钱大宴宾客,叫局不满四个不罢休,"单是一件五尺高景泰窑花瓶就三千洋钱哚"。① 陶云甫、陶玉甫、朱蔼人、李实夫叔侄、于老德、屠明珠、陈小云、洪善卿、汤啸庵、李鹤廷、朱淑人等一班人都众星捧月般地巴结他,三月三日包了一日戏酒,为他在大观园办生日宴会,"中饭吃大菜,夜饭满汉全席。三班毛儿戏末,日里十一点钟一班,夜头两班,五点钟做起"。② 客人为他叫局一叫就是十几个,每个局三块钱,十几个局就是三四十块钱,其奢靡的程度令人心惊,但这一切都是为了讨他的欢心。

洪善卿是永昌参店的老板,赵朴斋的舅舅。他经常追随王莲生,由于王莲生腿脚不利索,洪善卿就替他跑腿,办一些闲杂事情,从中谋点小利。以他的经济实力,其实并不具备到高级风月场所消费的底气,但为了便利生意起见,同时也是入乡随俗,适应上海

---

① 〔清〕韩邦庆,《海上花列传》,第二十一回《问失物瞒客诈求签 限归期怕妻偷摆酒》,《中国近代文学大系》第2集·第3卷·小说集一,上海书店出版社,1991年版,第309页。
② 〔清〕韩邦庆,《海上花列传》,第十八回《添夹袄厚谊即深情 补双台阜财能解温》,《中国近代文学大系》第2集·第3卷·小说集一,上海书店出版社,1991年版,第292页。

滩十里洋场的生活时尚,不得已到应酬场中找个长三相好,便于请客、会友、密谈,同时赚点外快。

庄荔甫是一个古玩掮客,经营内容无非是"或是珍宝,或是古董,或是书画,或是衣服"。他之经常出入长三堂子,主要的目的还是为了寻找买家。

陈小云作为商人,单纯从业务经营的需求出发,他也必须建立可靠稳定的朋友圈,或者说人脉资源,追逐声色犬马的人性弱点,也使他经常出入长三堂子,一则以结交名流,一则以寻欢作乐。

李实夫也是商人,比起大商人黎篆鸿来,无论在经济实力上,还是声望地位上,毕竟要局促得多,多叫几个"长三"局便心疼钱了,"一会儿工夫嘿,也百把洋钱了。黎大人是不要紧,我们嘿叫冤枉死了,两个人花二十几块。"并发誓"这下回他要请我们去吃花酒,我不去",真的也就不大去了。这种相形见绌、捉襟见肘的做派自然会影响到他交游的范围和质量,导致的直接结果便是他自身生意的清淡和业绩平平。

赵朴斋是从淳朴的乡野农夫堕落成灯红酒绿的大都市上海的精明商人的一个典型代表。他初到上海,不谙都市里的生存之道,花光积蓄后,迭遭蒙骗、嘲弄和被殴打,最后落魄到去拉洋车谋生。物极必反,赵朴斋的人生曲线开始触底反弹,他的商业意识在经历了炼狱般的淬炼后终于开始觉醒,而且也终于等到了对他来说千载难逢的重要商机,以自己的胞妹为资本开设妓院也就水到渠成。赵朴斋蜕变成小商人的成长历程,意味着千百年来深入人心的乡土意识和传统观念,在西方异质文化浸淫下的全面崩溃,也折射出商业意识渗透到人们的生活当中去,进而改变着人们的思想意识、价值观念和行为习惯,并最终成为一个都市社会的意识主流,是一个势不可挡、无法逆转的强大走势。

《二十年目睹之怪现状》中有各种各样的商人,多达数十人。

诈骗商钟雷溪,"他是个四川人,十年头里,在上海开了一家土栈,通了两家钱庄,每家不过通融二三千银子光景;到了年下,他却结清账目,一丝不欠。钱庄上的人眼光最小,只要年下不欠他的钱,他就以为是好主顾了。到了第二年,另外又有别家钱庄来兜搭了。这一年只怕通了三四家钱庄,然而也不过五六千的往来。这年他把门面也改大了,举动也阔绰了。到了年下,非但结清欠账,还些少有点存放在里面。一时在钱庄帮里都传遍了,说他这家土栈,是发财得很呢。过了年,来兜搭的钱庄,越发多了。他却一概不要,说是我今年生意大了,三五千往来不济事,最少也要一二万才好商量。那些钱庄是相信他发财的了,都答应了他:有答应一万的,有答应二万的,统共通了十六七家。他老先生到了半年当中,把肯通融的几家,一齐如数提了来,总共有二十多万,到了明天,他却'少陪'也不说一声,就这么走了。土栈里面,丢下了百十来个空箱,伙计们也走的影儿都没有。钱庄上的人,吃一大惊,连忙到会审公堂去控告,又出了赏格,上了新闻纸告白,想去捉他;这却是大海捞针似的,哪里捉得他着?你晓得他到哪里去了?他带了银子,一直进京,平白地就捐上一个大花样的道员,加上一个二品顶戴,引见指省,来到这里候补。你想市侩要入官场,哪里懂得许多。"①他通过"倒账"的方式,卷走十六七家钱庄共二十多万银两,而且用骗来的钱捐上了一个二品顶戴,从不名一文的土栈老板摇身一变而成为朝廷的二品命官。

假冒商沈经武,也是四川人,从小就在一家当铺里学生意,由于年纪尚小,被东家山仲彭派到内宅使唤,不料却与东家的丫头日久生情。虽然后来升了伙计,也娶妻生子,却始终不能忘情于那个丫头。便设法拐了出来,带了家眷,逃到了湖北住在武昌,居然是一妻一妾,学起齐人来。他的神通可也真大,又被他结识了一个现任通判,拿钱出来,叫他开了个当铺,不上两年就倒了。几经周折,竟然跑到上海开了一家药店,他开的药店假冒招牌,不仅挂上京都同仁堂的招牌,还在报上登了京都同仁堂的告白。假李鬼碰上真李逵,结果被北京的真同仁堂找上门来打官司索赔。沈经武用计稳住北京来人,并将其用酒灌得烂醉如泥,然后把招牌上"同仁堂"的"仁"改作了其他的字,成功地回绝了北京同仁堂的索赔。从此以后,便自以为足智多谋,在上海滩上生意居然还过得去。

其中的盐商,集中描写扬州一带,通过吴继之和"我"——九死一生的视野所及,对麇集于此的盐商进行了穷形尽相的揭示和挞问:

> 原来扬州地方,花园最多,都是那些盐商盖造的;上半天任人游玩,到了下午,园主人就来园里请客,或做戏不等。
>
> 这天述农同了我去逛容园。据说这容园是一个姓张的产业,扬州花园,算这一所最好。除了各处楼台亭阁之外,单是厅堂,就有了三十八处,却又处处的装潢不同。游罢了回来,我问起述农,说这容园的繁华,也可以算绝顶了。久闻扬州的盐商阔绰,今日到了此地,方才知道是名不虚传。②

物以稀为贵,乃古今通例。古代由于盐铁资源稀缺,其价格注定要比其他商品昂贵几倍乃至十几倍,因此,盐铁业自古以来就是暴利行业,是国家的重要财源之一,理所当然也是由国家政权掌握和经营的垄断性行业。盐商是政府特许的具有食盐运销经营权的食盐专卖商人,他们有机会攫取巨额的商业垄断利润,成为清代显赫一时的豪商巨贾。由于特殊的地理位置,政府把盐业垄断管理机构两淮盐运史和两淮盐运御史都设在扬州,使得扬州成为全国最大的食盐集散地。所以,明清以来,扬州一直是极其重要的盐业中心,聚集了大批主营盐业的徽商。这些徽商在暴富后,开始追求一些金钱之外的旨趣,也就是精神愉悦和审美享受,舍得在吃喝玩乐、声色犬马等娱乐方面进行投资和消费。18世纪的扬州旅游指南、李斗的《扬州画舫录》中曾经屡屡提到扬州盐商奢侈的消费风气:选美选腻了,开始选丑;炫富,在金箔上刻上自己的名字,集体跑到镇江金

---

① 〔清〕吴趼人,《二十年目睹之怪现状》,第七回《代谋差营兵受殊礼 吃倒账钱侩大遭殃》,《中国近代文学大系》第2集第5卷小说集三,上海书店出版社,1994年版,第41—42页。
② 〔清〕吴趼人,《二十年目睹之怪现状》,第四十五回《评骨董门客巧欺蒙 送忤逆县官托访察》,《中国近代文学大系》第2集第5卷小说集三,上海书店出版社,1994年版,第322页。

山的宝塔上,把金箔往外扔,看谁家的金箔第一个飘到扬州。而修建园林则是其中最富奢靡之风的情形之一而已。不仅如此,他们还豢养戏子,大肆投资艺术品市场,大量收购名人字画、古玩等。事实上,他们大部分花的都是冤枉钱,收购的名人字画大多是赝品。因为他们自己缺乏这一行当必备的鉴赏力和足够的艺术文化修养,再加上受"流传千年的古董必定是不完整的"等错误理念的诱导,专门收藏那些残破的旧藏,即使是真正的古玩珍品放到他们面前,也未必能看得出来,"养了一班读书不成的假名士在家里,以为是亲近风雅,要借此洗刷他那市侩的名字"。这样,就惹得一班古董商投其所好,故意用许多赝品来糊弄他们,以便骗取钱财。

他们如此的"拿着钱不当钱用",无非是钱来得容易,赚钱不费力气:

"闻得两淮盐额有一千六百九万多引,叫作'纲盐'。每引大约三百七十斤,每斤场价不过七八文,课银不过三厘多;运到汉口,便每斤要卖五六十文不等。愈远愈贵,并且愈远愈杂。这里场盐是雪白的,运到汉口,便变了半黄半黑的了。有部帖的盐商,叫作'根窝'。有根窝的,每盐一引,他要抽银一两,运脚公用。每年定额是七十万,近来加了差不多一倍;其实运脚所用,不及四分之一,汉口的岸费,每引又要派到一两多,如何不发财?所以盐院的供应,以及缉私犒赏、赡养穷商子孙,一切费用,都出在里面。最奇的,他们自己对自己,也要作弊:总商去见运司,这是他们商家的公事了;见运司那个手本,不过几十文就买来了,他开起账来,却是一千两。你说奇不奇?"我听到这里,不觉吐出了舌头道:"这还了得!难道众商家就由得他混开么?"述农道:"这个我们局外人哪里知道?他自然有许多名目立出来。其实纲盐之利,不在官不在民,商家独占其利;又不能尽享,大约幕友、门客等辈分的不少,甚至用的底下人、丫头、老妈子,也有余润可沾。船户埠行,有许多代运盐斤,情愿不领脚价,还怕谋不到手的,所以广行贿赂,连用人也都贿遍了,以求承揽载运。"我道:"不领脚价,也有甚好处么?"述农道:"自然有好处。凡运盐到了汉口,靠在码头上,逐船编了号头,挨号轮销。他只要弄了手脚,把号头编得后些,赶未及轮到他船时,先把盐偷着卖了;等到轮着他时,却就地买些私盐来充数。这个办法,叫作'过笼蒸糕'。万一买不着私盐,他便连船也不要了;等夜静时,凿穿了船底,由它沉下去,便报了个沉没。这个办法叫作'放生'"。①

盐业本身就是暴利行业,即使以正常手段进行经营,也会获利颇丰。但商人们对利益的追求是永无止境的,盐商们自然不能例外。为此,手段的翻新也就理所当然,无所不用其极。借书中人物之口把盐商敛财的种种舞弊手段诸如转手涨价、虚开账目、倒卖私盐、造假事故等等,进行了淋漓尽致的揭露。清承明制,盐法基本上实行引岸制度。盐商要想从事盐业,须先向盐运使衙门交纳盐课银,领取盐引,获得运销食盐的许可凭

---

① 〔清〕吴趼人,《二十年目睹之怪现状》,第四十五回《评骨董门客巧欺蒙　送忤逆县官托访察》,《中国近代文学大系》第2集第5卷小说集三,上海书店出版社,1994年版,第325—326页。

证,然后才可以到指定的产盐地区向灶户买盐,运往指定的行盐地区销售。但领取盐引则须凭引窝(又称窝根、根窝),即证明拥有运销食盐特权的凭据。盐商为了得到这种特权,需要提前通过交纳巨额银两向政府主管部门认窝。这样,握有引窝的盐商就有了世袭的运销食盐的特权。为了谋求这种特权,盐商们绞尽脑汁,费尽心机,即便如此,也未必都能如愿以偿。

  原来这一家人家,本来是杭州的富户,祖上在扬州做盐商的;后来折了本,倒了下来,便回杭州。生意虽然倒了,却也还有几万银子家资。后来的子孙,一代不如一代,起初是卖田,后来卖房产,卖桌椅东西,卖衣服首饰,闹的家人仆妇也用不起了。一天在堆存杂物的楼上看见有一大堆红漆竹筒子,也不知是几个。这是扬州戴春林的茶油筒子,知道还是祖上从扬州带回来的茶油,此刻差不多上百年了,想来油也干了,留下他无用,不如卖了。打定了主意,就叫了收购旧货的人来,讲定了十来个钱一个,当堂点过,却是九十九个,都卖了。过得几天,又在角子上寻出一个,想道:"这个东西原是一百个,那天怎样寻他不出来。"摇了一摇,没有声响,想是油都干了。想这油透了的竹子,劈细了生火倒好,于是拿出来劈了。原来里面并不是油,却是用木屑藏着一条十两重的足赤金条子。不觉又惊又喜,又悔又恨。惊的是许久不见这样东西,如今无意中又见着了;喜的是有了这个,又可以换钱花了;悔的是那九十九个,不应该卖了;恨的是那天见了这筒子,怎么一定当他是茶油,不劈开来先看看再卖。只得先把这金子去换了银来。有银在手,又忘怀了,吃喝嫖赌,不上两个月又没了。他自想眼睁睁看着九百九十两金子,没福享用,吊把钱把他卖了,还要这些东西作什么?不如都把他卖了完事。①

  这个盐商虽然败落了,但瘦死的骆驼比马大,毕竟还有几万银子的家资,尚不至于一贫如洗。俗话说得好,"富不过三代",他的儿孙们果然是一代不如一代,终致从豪富人家堕落成赤贫草根,靠变卖祖宗遗下的破烂苟且度日,将九十九个竹制茶油筒当作破烂卖给了收旧货的。某日发现还剩一只藏在角落里,觉得可以当劈柴用,劈开后却发现竹筒内藏有一条十两重的足赤金条子,捶胸顿足,后悔不迭,不该把那九十九个全卖了!这一故事令人欷歔不已。富贵穷通,似乎冥冥之中皆有定数,非人力可为。这个盐商未雨绸缪,为个人计,为子孙后代计,不可谓不深远,不可谓不周到,但到头来一切都是枉然。常言道,有钱不种河湾地,江里来水里去。诚哉斯言!想必此公当初的大笔金银也来路不正吧。

  《二十年目睹之怪现状》向来被视作"谴责小说",或"暴露小说",诚然是不错的,但似乎并不止此。上述败落的杭州盐商的故事,传统的因果报应因素若隐若现,便给人很深的劝诫意味,类似的情节在小说中时有显现。小说的一开头写道,作者的父亲在杭州

---

① 〔清〕吴趼人,《二十年目睹之怪现状》,第四十一回《破资财穷形极相　感知己沥胆披肝》《中国近代文学大系》第2集第5卷小说集三,上海书店出版社,1994年版,第291—292页。

商号里过世,帮忙料理后事的有一位伙计名叫黎景翼的,是广东人,父亲黎鸿甫是一个做官的,欢喜作诗做名士,叫他的第二个儿子景企赵翼,故名景翼。本来也算得上是衣冠缙绅、诗礼传家,却做出种种恶德恶行,臭名昭著,终至斯文扫地,出家而终:先是用计逼死乃弟希铨,继之图卖弟妇秋菊到妓院;其妻本是"咸水妹"出身,见他落魄,带了五岁的女儿,卷了几件银首饰和绸衣服出逃了;孤家寡人之际,把所租房子里的几件木器及空箱子等,一齐卖了四十多元,房租也不还,就去赌博,结果输得一干二净,出了赌场,碰见他的老婆,他便去盘问。谁知他老婆已经另外跟了一个人,便甜言蜜语地引老婆回去,却叫后跟的男人,把他毒打了一顿。真是屋漏偏逢连夜雨,船破又遇顶头风,祸不单行。最后跑到天竺寺出家当了和尚,出家期间奸淫妇女,非偷即盗,最终彻底走向了堕落和败亡。

《二十年目睹之怪现状》中也写到了一些另类的中小商人,他们不同于传统的商人受到官府刁难和压榨,或切身利益受到侵害时,只是一味地忍气吞声,逆来顺受,而是运用自己的智慧,同官府斗智斗勇。有时,为了获得更大的商业利益,也敢于突破底线,不惜撕破脸皮同官府进行博弈,对高高在上的官府和权力进行戏弄和羞辱,借以发泄心中的不满和怨气:

> 有一个私贩,专门贩土,资本又不大。每次不过贩一两只,装在坛子里面,封了口,粘了茶食店的招纸,当作食物之类,所过关卡,自然不留心了;然而做多了总是要败露的。这一次,被关上知道了,罚他的货充了公。他自然是敢怒不敢言的了。过了几天,他又来了,依然带了这么一坛,被巡丁们看见了,又当是私土,上前取了过来,他就逃走了。这巡丁捧了坛子,到师爷那里去献功。师爷见又有了充公的土了,正好拿来煮烟,欢欢喜喜的亲手来开这坛子。谁知这回不是土了,这一打开,里面跳出了无数的虼蜢来,却又臭恶异常。原来是一坛子粪水,又装了成千的虼蜢。登时闹得臭气熏天,大家躲避不及;这虼蜢又是飞来跳去的,闹到满屋子没有一处不是粪花。你道好笑不好笑呢?①

虽然有些龌龊不堪,却将小商贩的机智与怨毒表现得入木三分。

> "在我病的时候,忽然来了一个眼线,报说有一宗私货,明日过关。这货是一大宗珍珠玉石,却放在棺材里面,装作扶丧模样。灯笼是姓什么的,甚么衔牌,什么职事,几个孝子,一一都说得明明白白。大家因为这件事重大,查起来是要开棺的,回明了委员,大众商量。那眼线又一口说定是私货无疑,自家肯把身子押在这里;委员便留住他,明日好做个见证。到了第二天,大家终日地留心,果然下午时候,有一家出殡的经过,所有衔牌、职事、孝子、灯笼,就同那眼线说的一般无二。大家就把

---

① 〔清〕吴趼人,《二十年目睹之怪现状》,第十二回《查私货关员被累 行酒令席上生风》,《中国近代文学大系》第2集・第5卷・小说集三,上海书店出版社,1994年版,第71页。

他扣住了,说他棺材里是私货。那孝子又惊又怒,说怎见得我是私货?此时委员也出来了,大家围着商量,说有甚法子可以察验出来呢?除了开棺,再没有法子。委员问那孝子:'棺材里到底是甚么东西?'那孝子道:'是我父亲的尸首。'问:'此刻要送到哪里去?'说:'要运回原籍去。'问:'几时死的?'说:'昨日死的。'委员道:'既是在这作客身故,多少总有点后事要料理,怎么马上就可以运回原籍?这里面一定有点蹊跷,不开棺验过,万不能明白。'那孝子大惊道:'开棺见尸,是有罪的;你们怎么仗着官势,这样横行起来!'此时大众听了委员的话,都道有理,都主张着开棺查验,委员也喝叫开棺;那孝子却抱着棺材,号啼大哭起来。内中有一个同事,是极细心的,看那孝子嘴里虽然嚷着像哭,眼睛里却没有一点眼泪,越发料定是私货无疑。当时巡丁、扦子手,七手八脚地,拿斧子、劈柴刀,把棺材劈开了。一看,吓得大众面无人色,那里是甚么私货,分明是直挺挺地睡着一个死人!那孝子便走过来,一把扭住了委员,要同他去见上官;不由分说,拉了就走。幸得人多拦住了。然而大家终是手足无措的。急寻那眼线的,不提防被他逃走去了。这里便闹到一个天翻地覆。从这天下午起,足足闹到次日黎明时候,方才说妥当了,同他另外买过上好棺材,重新收殓,委员具了素服祭过,另外又赔了他五千两银子,这才了事。却从这一回之后,一连几天,都有棺材出口,我们是个惊弓之鸟,哪里还敢过问。其实我看以后那些多是私货呢。他这法子想得真好,先拿一个真尸首来,叫你开了,闹了事,吃了亏,自然不敢再多事,他这才认真地运起私货来。"①

这样的巧计真可谓想落天外,出人意表,商人的贪婪和奸诈借此得以充分显示,贪官污吏们颟顸愚蠢的嘴脸也由此而跃然纸上。奇思妙想,足以解颐!

比较起来,小说《二十年目睹之怪现状》中的人物大都是龌龊灰色的,令人心灰气沮。但其中以卖卜为生的蔡侣笙却是个例外,堪称是"一塌糊涂的泥塘里的光彩和锋芒"。② 蔡侣笙的登场还要从"我"和端甫搭救黎景翼的弟妇秋菊说起。为了打听秋菊的下落,"我"和端甫顺藤摸瓜,找到了秋菊的老东家蔡侣笙家,看到了侣笙贫寒萧条的家境,又听了蔡嫂一番鞭辟入里的高论:"黎二少枉了是个读书人,怎么做了这种禽兽事!无论他出身微贱,总是明媒正娶的,是他的弟妇,怎么要卖到妓院里去!纵使不遇见这两位君子仗义出头,我知道了也是要和他讲理的,有他的礼书、婚帖在这里。我虽然受过他一百元财礼,我办的陪嫁,也用了七八十。我是当女儿嫁的,不信你到他家去查那婚帖,我们写的是义女,不是甚么丫头;就是丫头,这卖良为娼,我告到官司去,怕输了他!你也不是个人,怎么平白地就和他干这个丧心的事!须知这事若成了,被我知道,连你也不得了;你四个儿子死剩了一个,还不快点代他积点德,反去作这种孽。照你

---

① 〔清〕吴趼人,《二十年目睹之怪现状》,第十二回《查私货关员被累 行酒令席上生风》,《中国近代文学大系》第2集·第5卷·小说集三,上海书店出版社,1994年版,第72—73页。

② 鲁迅,《南腔北调集·小品文的危机》,《鲁迅全集》第四卷,人民文学出版社,2005年版,第591页。

这种行径，只怕连死剩那个小儿子还保不住呢！"①不禁令人对蔡嫂刮目相看，不料这荜门圭窦中竟有此等明理女子，真是十步之内，必有芳草。有其妇必有其夫，有这等见识的妇女不知其夫君是何等样人？在邻居们看来，"（蔡侣笙）是一个废人，文不文，武不武，穷的没饭吃，还穿着一件长衫，说甚么不要失了斯文体统。两句书只怕也不曾读通，所以教了一年馆，只得两个学生，第二年连一个也不来了。此刻穷得了不得，在三元宫里面测字。"②这是一个落魄到靠摆摊测字、卖卜为生的穷酸读书人。"我"和端甫来到三元宫"蔡侣笙论字处"，果见摊上坐了一人，生得眉清目秀，年纪约有四十上下，穿了一件捉襟见肘的夏布长衫。

蔡侣笙到上海已经十多年了，虽然落拓如此，却是明理之人，正直之人。同上海的马道台是同乡，也是旧识，侣笙的父亲曾经周济过困窘的马道台。本想通过旧情让马道台帮忙寻个馆地谋生，却被乃弟进谗言而为马道台所厌恶，自然不能得馆。设蒙馆教书也被人排挤而不遂，不得已只能以卖卜为生。通过和蔡侣笙的几次交接，"我"发现此人不仅学问渊博，而且为人正派，虽生活在风尘中却自视甚高，廉介高洁，不降身辱志，不趋炎附势。"我"不由得肃然起敬，萌生了要帮他谋一差事，以嘉奖其高风亮节。恰逢吴继之要扩大业务，需要"我"交卸了原先的书启（秘书）职务，另有任用，"我"趁便推荐了蔡侣笙，终于得偿所愿。由于蔡侣笙能诗、能酒、能写、能画，又能谈天，而且品行端方，不久之后，就被吴继之推荐给藩台做了清客，"只见蔡侣笙穿了衣冠，带了底下人，还有一个小厮挑了两个食盒。侣笙出落得精神焕发，洗绝了从前那落拓模样，眉宇间还带几分威严气象"。③ 后来，蔡侣笙做了山东候补知县，很快就有了署事消息，居然也有了出身。为官以后，仍是一介不取、两袖清风。在蒙阴做知县时，沂州一带起蝗虫，把大麦小麦吃了干净，各县的县官非但不理，还要在征收上忙钱粮。只有蔡侣笙垫出款子，到镇江去贩了米粮到蒙阴散赈。非但蒙阴百姓忘了是个荒年，就连邻县的百姓赶去领赈的，也几十万人，蔡侣笙也一律地散放，直到六月里方才散完。这一下子，只怕救活了几百万人。各邻县虽同是被灾的，却又匿灾不报，闹得上头疑心起来，说是蝗虫是往来无定的，何以独在蒙阴？就派了查灾委员下来查勘。也不知他们是怎样查的，都报了无灾。却诬蔡侣笙"捏报灾情，擅动公款"，上面参了出来，奉旨革职严追。侣笙闹了个典尽卖绝，连他夫人的首饰都变卖了，连下属文述农历年积蓄的都借了去，几件衣服也当了，七拼八凑，还欠着八千多银子。

"政声人去后，民意闲谈间"，当地黎庶感念他的德政，在他离任时为他送行，"县前

---

① 〔清〕吴趼人，《二十年目睹之怪现状》，第三十四回《蓬荜中喜逢贤女子　市井上结识老书生》，《中国近代文学大系》第2集·第5卷·小说集三，上海书店出版社，1994年版，第232页。
② 〔清〕吴趼人，《二十年目睹之怪现状》，第三十四回《蓬荜中喜逢贤女子　市井上结识老书生》，《中国近代文学大系》第2集·第5卷·小说集三，上海书店出版社，1994年版，第233页。
③ 〔清〕吴趼人，《二十年目睹之怪现状》，第四十一回《破资财穷形极相　感知己沥胆披肝》，《中国近代文学大系》第2集·第5卷·小说集三，上海书店出版社，1994年版，第294页。

大街的一个十字街口,此时头上还是纷纷大雪,那些人并不避雪,都挤在那里……过去一看,只见沿街铺户,都排了香案,供了香花灯烛,一盂清水,一面铜镜。几十个年老的人,穿了破缺不全的衣帽,手执一炷香,都站在那里,涕泪交流……正在怀疑之间,忽然见那一班老者都纷纷在雪地上跪下,嘴里纷纷地嚷着,不知他们嚷些什么,人多声杂,听不出来,只仿佛听得一句'青天大老爷'罢了。""有两个老百姓,撑着雨伞,跟在后头,代他挡雪;又有一顶小轿,跟在后头,缓缓地往前去了。后头尾随的人,也不知多少,一般的都是手执了香,涕泪交流的,一会儿都渐渐跟随过去了。"①闹到百姓如此爱戴,真是不愧为民父母了。

　　蔡侣笙是一个典型的落魄书生形象,虽然饱读诗书、满腹经纶、多才多艺、识见高远,奈何时运不济、科场蹭蹬,弄到连养家糊口、求一温饱尚不可得,更不必说卖卜期间遭受的种种羞辱和困顿。但他并没有因此而自甘堕落、自暴自弃,以丧失人格去谋求平步青云。对于丑陋愚钝的丫鬟秋菊,虽是主奴关系,却并不以婢女视之,而是关爱有加,为秋菊的未来殚精竭虑。困顿之中,虽得"我"和端甫的鼎力相助,也并不得陇望蜀,期望更大的钱财回馈,只是希望得一馆地借此养家糊口就感恩不尽了。任职吴继之幕府后,对"我"曾经给予的提携一直念念不忘。传统读书人都有"穷则独善其身,达则兼济天下"的情怀,一旦得遇良机,势必会实现自己兼济之志。更高远的志向是"为天地立心,为生民请命,为往圣继绝学,为万世开太平"。所以,蔡侣笙做官后,一直秉持正直廉介、两袖清风的品质,甚至拿出自己的私蓄赈灾救民,哪怕丢官罢职也在所不惜,纯然是一副不折不扣的"清官"模式。蔡侣笙一片忠心,却受到同僚的嫉妒和排挤,更重要的是上峰的昏聩,使他最终被黑暗政治、人欲横流的官场和尘嚣浊浪所吞没。他的黯然去职充满了凄凉和悲壮,意味着"道德救国"理想的彻底破产。某种程度上,蔡侣笙的形象,寄托着作家的理想和追求,正如 1910 年李葭荣在《天铎报》发表的《我佛山人传》指出的那样,这部小说反映了作家"救世之情竭,而后厌世之念生",追求与幻灭的心路历程。鲁迅先生也指出,吴趼人"其在小说,则揭发伏藏,显其弊恶,而于时政,严加纠弹,或更扩充,并及风俗。虽命意在于匡世,似与讽刺小说同伦"。②

　　同蔡侣笙一样,吴继之和"九死一生"也是作者在小说中着力打造的正面人物形象。从技术层面来看,吴继之和"九死一生"是贯穿始终的两个重要人物,不仅起着衔接小说情节、沟通前后人物的作用,而且也是各种事件和怪现状的见证人。从叙事学的角度来看,两人事实上是发挥了全知全能的叙事功能。

　　虽然,吴继之和"九死一生"在小说情节中的实际地位悬殊,一个是高官,一个是幕友,但实际上"九死一生"在其叙事中所占的比例和重要性都远远超过了吴继之,因为"九死一生"作为全知全能叙事的主角,小说的几乎所有情节和各种怪现状,都是通过他

---

① 〔清〕吴趼人,《二十年目睹之怪现状》,第一百八回《负屈含冤贤令尹结果　风流云散怪现状收场》,《中国近代文学大系》第 2 集・第 5 卷・小说集三,上海书店出版社,1994 年版,第 833—834 页。
② 鲁迅,《中国小说史略》,上海古籍出版社,1998 年版,第 205 页。

的视角来加以呈现的,每一个章节几乎都离不开他。相形之下,吴继之出现的次数和频率则远逊于"九死一生"。不过,从人物形象的独特性和差异性来看,吴继之和"九死一生"几乎没有什么太大的区别,他们性格相近,都比较低调内敛;价值观也近于相同,都不太汲汲于功名利禄,对之抱一种无可无不可的态度。更重要的是他们对世事和时势也有近似的看法。二人的这些相似点或者相同点,成为二人能够长期保持共同交往的思想基础和价值观共性。甚至我们也可以大胆地说,吴继之和"九死一生"实际上是一枚硬币的两面,也是一对孪生兄弟,彼此互为各自的影子。

"九死一生"出身商人家庭,在乡下还有少量的土地和房产。他父亲是在杭州跟人合伙经营商号的商人。虽则如此,但他并未跟随父亲熏习经商,子承父业,而是一直在乡下读书,尽管也十分勤勉聪慧,却并未进学,个中缘由,耐人寻味。他从七岁就开始读书,但"从小就不望这条路上走","看见八股头就大",所以连秀才也不曾去考。小小年纪,便有此等识见,令人钦佩。如果排除了作者有意拔高的溢美之词,那这定然是九死一生的天性使然。众所周知,明清以来的科举考试,十分看重八股文,"八股文作得好,随你做什么,都是一捆一掌血,一鞭一条痕"。可以说,掌握了八股文,就意味着掌握了通往成功之门的钥匙,掌握了改变人生命运的密码。他的家人因此劝他参加科考挣个秀才,或出钱捐个功名,都被他一一拒绝了。他认为,"读书只求明理达用,何必要为了个功名才读书与做官呢"。同时,他也看到了科场上考生、考官们种种舞弊的套路,和举子们的各种丑态、夹带、考场内外互相勾结、用信鸽传递消息,甚至连主考的房师也备了朱笔随时更改举子的试卷,中举者欣喜若狂,落第者垂头丧气。他觉得,"作了几篇臭八股,把姓名写到那上头去,便算是个举人,到底有什么荣耀?这个举人又有什么用处?可笑那班人便下死劲地去争它,真是好笑!"①千百年来,"学而优则仕"是不变的规训,读书的目的就是为了做官发财。"读书明理"不过是个好听的借口,没人当真。"九死一生"偏偏要大反其意,将读书与做官对立起来,大胆提出了"学以致用"的口号。

他父亲去世时,他才十五岁,年未弱冠。面对伯父鲸吞父亲遗产和族人黑心谋夺家业,他义无反顾,毅然变卖家产,背井离乡,到异地谋生。继否定科举之后,"九死一生"连所谓的家族血脉也否定了。穷途当中,幸而在南京邂逅了"同窗的学友,姓吴,名景曾,表字继之。他比我长了十年,我同他同窗的时候,我只有八九岁,他是个大学生。同了四五年窗,一向读书,多承他提点我。前几年他中了进士,榜下用了知县,掣签掣了江宁。我一向未曾想着南京有这么一个朋友,此时见了他,犹如婴儿见了慈母一般"。②此后"九死一生"一直与吴继之形影相随,成为其书启及生意上的合伙人,至此,二人完成了形与影的合体,而且几乎不曾分开。

---

① 〔清〕吴趼人,《二十年目睹之怪现状》,第四十三回《试乡科文闱放榜　上母寿戏彩称觞》,《中国近代文学大系》第2集・第5卷・小说集三,上海书店出版社,1994年版,第309页。
② 〔清〕吴趼人,《二十年目睹之怪现状》,第三回《走穷途忽遇良朋　谈仕路初闻怪状》,《中国近代文学大系》第2集・第5卷・小说集三,上海书店出版社,1994年版,第13页。

"九死一生"不得已摒弃了家族血脉,独自走上了异乡的谋生之路。但他抛弃举业则是由于自己的主动出击,不仅如此,他还将与科举有着千丝万缕联系的官场也一并唾弃,将其骂了个狗血喷头:"这个官竟然不是人做的!头一件先要学会卑污苟贱,才可以求得着差使;又要把良心搁置一边,放出那杀人不见血的手段,才弄得着钱。这两件事情我都办不到的,怎么好做官"。① 而仕途官场是人们历来趋之若鹜,奉若神明的。"九死一生"的这一言论堪称振聋发聩、石破天惊。尽管他涉世不是很深,在官场中的浸淫也还不是十分之久,但他对官场弊端及其官场的罪恶本质却是洞若观火、一目了然,因而揭露起来才能一针见血、入木三分。由此我们也看出,"九死一生"绝非是吮吸着封建传统思想乳汁熏陶培育出来的一介书生,在他身上,已闪现出近代文学中强调自我、尊重自我、讲求个人价值的新质。而这些思想的萌生,则是随着欧风东渐,民智渐开的新形势而渐露机芽的。

另一方面,"九死一生"作为一个正直的有良心的知识分子,面对列强日盛一日的进逼和掠夺,国家却由于积贫积弱而国事日非,他岂能坐视不管。对于那一班"单讲究读书",读成了名士,做了高官,却无视外部世界的日新月异和沧海桑田的巨变,只知道在衙门里饮酒赋诗,盘算着如何鱼肉乡民,如何聚敛财富的读书人,"九死一生"早已绝望了。他觉得,作为读书人要睁开眼看世界,了解天下大势,而不能死守古籍,皓首穷经去钻研空疏无用的学问,必须"把读书的路改正了","上下齐心协力地认真办起事来",讲究实学,大兴实业,走实业救国的道路,国家才有可能强大,民族才有可能自立,才有可能摆脱落后挨打的困境。因此,他不肯、也不愿与之同流合污,更不愿改变自己的人格品质和价值取向,所以他义无反顾地摒弃了官场而选择了商场。由此,我们看到,九死一生以经商作为自己的人生道路,不仅反映了一代觉醒的知识分子对实业救国道路的积极探索和认真思考,也说明了他在民族危亡和新的历史时空下,逐渐摆脱了封建思想的牢笼和束缚,已经完成了旧知识分子的精神蜕变,确立了新的价值观,基本上具备了现代知识分子的批判精神和独立人格。

吴继之的身份要比"九死一生"复杂得多,他是作者倾力打造的主要角色,某种程度上也是作者自己的化身。他本是乡村士绅之后,依靠科举谋得晋身之路,后来又弃官经商,是一个身兼官僚、地主与商人的重要人物。在他的身上,无不聚集着作者自身的理想和期待。因此,他既奉行着儒家的某些道德原则,又在努力寻求突破传统对个性的束缚,探索一条适合自己个性的新路,并坚持走自己的路。通过科举,他在仕宦的阶梯上一步步攀升。在官场混迹多年后,他的每一次擢升,都使得他对官场的认识更深入一层,对官场的厌恶也与日俱增。"科名这东西,局外人看见,似是十分名贵,其实也贱得狠。你还不知道,中了进士去殿试,那个矮桌子,也有三条腿的,也有两条腿的,也有破

---

① 〔清〕吴趼人,《二十年目睹之怪现状》,第五十回《溯本源赌徒充骗子 走长江舅氏召夫人》,《中国近代文学大系》第2集·第5卷·小说集三,上海书店出版社,1994年版,第364—365页。

了半个面子的,也有全张松动的,总而言之,是没有一张完全能用的。到了殿试那天,可笑一班新进士,穿了衣冠,各人都背着一张桌子进去。你要看见了,管你肚肠也笑断了,嘴也笑歪了呢。"①看似隆重庄严、风光无限、为国选才的殿试,其实不过是一场乱哄哄的儿戏与闹剧。堂堂殿试考场的桌凳居然残缺不全,"也有三条腿的,也有两条腿的,也有破了半个面子的,也有全张松动的",衣冠楚楚的新科的进士们只得自己背了桌子进去考试,滑稽而又可笑。"其实官场上面的笑话,车载斗量,也不知多少。"②中法之战的时候,由于畏敌如虎,福建长门炮台竟然无人敢守,却被一个无赖趁机谋去了高职,从都司升到了总兵,居然戴起红顶子来;台湾的刘省三大帅,十分厌恶吸食鸦片,下属中有抽鸦片者,立刻撤差驱逐,片刻不许停留。"(下属们)设法先通了他的家人,许下了重谢。省帅向来用长烟筒吃旱烟,叫他家人代他装旱烟时,偷掺了一个鸦片烟泡在内,天天如是。约过了一个多月,忽然一天不掺烟泡了,老头子便觉得难过,眼泪鼻涕,流个不止。那家人知道他瘾来了,便乘机进言,说这里瘴气重得很,莫非是瘴气作怪,何不吃两口鸦片试试看。他哪里肯吃,说既是瘴气,自有瘴气的方子,可请医生来诊治。那里禁得医生也是受了贿嘱的,诊过了脉,也说是瘴气,非鸦片不能解。他还是不肯吃。熬了一天,到底熬不过,虽然吃了些药,又不见功效,只得拿鸦片烟来吃了几口下肚,便见精神。从此竟是一天不能离的了。"③精明严厉的省帅居然也逃不过手下人的算计,也被拉下马染上了烟瘾,成为鸦片的吸食者,从此也就再没有资格去约束别人,终于沉瀣一气,同流合污,天下太平了。作为一个过来人,吴继之对官场内幕与种种弊端的了解恐怕要比"九死一生"全面得多,也深刻得多。尽管他在官场上如鱼得水、游刃有余,但却认为"从到省以来,当过几次差事,做了两年实缺,觉得所办的事,都是我不曾经练的,兵、刑、钱、谷,没有一件事不要假手于人,我纵使处处留心,也怕免不了人家的蒙蔽。只有那回分校乡闱试卷,是我在行的。此刻回想起来,那一班其中的人,将来做了官,也是和我一样。老实说一句,只怕他们还不及我想得到这一层呢"。④宦海沉浮,他待人接物比"九死一生"更为成熟,也更圆滑世故,但他毕竟不是一个贪官污吏,他有自己的底线和分寸。

因而,当时机来临,他对官场的鄙弃也就决绝的多,拿得起放得下,义无反顾,绝不恋栈。常在河边走,岂有不湿鞋?毕竟官场是一个充满凶险和危机的地方,稍有不慎便会得罪上司,开罪同僚,甚至结怨下属。吴继之的最终疏离官场早就在情理之中,不过

---

① 〔清〕吴趼人,《二十年目睹之怪现状》,第四十三回《试乡科文闹放榜　上母寿戏彩称觞》,《中国近代文学大系》第 2 集·第 5 卷·小说集三,上海书店出版社,1994 年版,第 306 页。
② 〔清〕吴趼人,《二十年目睹之怪现状》,第四十七回《恣儿戏末秩悔上官　忒轻生荐人代抵命》,《中国近代文学大系》第 2 集·第 5 卷·小说集三,上海书店出版社,1994 年版,第 337 页。
③ 〔清〕吴趼人,《二十年目睹之怪现状》,第四十七回《恣儿戏末秩悔上官　忒轻生荐人代抵命》,《中国近代文学大系》第 2 集·第 5 卷·小说集三,上海书店出版社,1994 年版,第 341 页。
④ 〔清〕吴趼人,《二十年目睹之怪现状》,第六十回《谈官况令尹弃官　乱著书遗名被骂》,《中国近代文学大系》第 2 集·第 5 卷·小说集三,上海书店出版社,1994 年版,第 833—834 页。

是早晚而已。他在江都县令任上不久,恰逢老迈昏庸的制军代天巡狩,手下的戈什哈向他额外索贿五百两银子,被他拒绝。那大帅护犊心切,再加原本就颠顶昏聩,糊里糊涂地参了继之一本,使得继之得了个撤任调省的处分,只是还没有一撸到底,尚有咸鱼翻身之日。继之明知官场黑暗,欲加之罪,何患无辞?遂无心翻案,便索性向上级衙门请个长假,弃官携眷到上海做生意去了。在别人看来,丢官罢职总是一件令人沮丧的事情,未免着恼。然而,对吴继之而言,这其实无意中满足了他另谋他就的愿望,是成全,也是救赎。所以,当别人对他的撤任调省处分作宽解安慰时,他却说"这有什么可恼的。得失之间,我看得极淡的";"我又不想回任,又不想求差,只管住在南京做甚么。我打算把家眷搬到上海去住几时,高兴我还想回家乡去一趟。这个措资假,是没有定期的,我永远不销假,就此少陪了,随便他开了我的缺也罢,参了我的功名也罢。我读书十年,总算上过场,唱过戏了,迟早总有下场的一天,不如趁此走了的干净","从此以后,我无官一身轻"。[①] 千里搭长棚,天下没有不散的筵席,继之对于官场的见解可谓达言,真是洒脱之至。正因为有了前面对官场黑暗的充分认识,才有后面的恬淡心境。但他也并不后悔从前的为官经历,"寒家世代是出来做官的,先人期望我是如此,所以我也不得不如此还了先人的期望。已经还过了,我就可告无罪了。以后的日子,我就要自己做主了。"吴继之毕竟是过来人,年龄也比"九死一生"略大,他的阅历较之"九死一生"更复杂,对世事和人生的感触更深,他的价值取舍也更具思想史的意义。意味着旧营垒里参与者和建设者们,已经意识到了旧机制的病入膏肓和无可救药,及早抽身退步也就成了明智之举。这一点上,吴继之与"九死一生"倒是殊途同归,所以他们作为各自的投影,也就所言不虚。

弃官之前,吴继之就未雨绸缪,暗中开始经商活动,在多地设立商号,委托信得过的家人、朋友或下属代为经营,并让"九死一生"负责巡查协调、稽查账目,因此丢官并未对他的整体事业产生直接的重大影响。弃官之后,他摆脱了官场功名利禄的引诱和束缚,毅然决然地走上了经商之路,开始心无旁骛,全身心地投入到商业经营活动中。他在上海设立总店,北京、天津、汉口、九江、宜昌、芜湖、镇江、南京、苏州、杭州、广州等处遍设分店,各处管事都用吴家本族的人,大规模地收购各地土产,贩到天津、牛庄、广州等地去发卖,甚至连偏僻荒凉的塞外山城张家口都有他的业务。继之的生意在此后的日子里开始逐渐达到鼎盛,但也并非一帆风顺,没有任何波折。而作者却在第八十回《贩丫头学政蒙羞 遇马扁富翁中计》中就提到了芜湖生意被人倒账的事,"刚去得上海,便接了芜湖的信,说被人倒了一笔账,虽不甚大,却也得去设法。我就附了江轮到芜湖去,耽搁了十多天,吃点小亏,把事情弄妥了,便到九江走了一趟。"虽然这次事件"我"轻易地将其解决了,但它也说明生意最终的失败并不是凭空而生,这次的"倒账"事件,竟是后

[①] 〔清〕吴趼人,《二十年目睹之怪现状》,第六十回《谈官况令尹弃官 乱著书遗名被骂》,《中国近代文学大系》第2集・第5卷・小说集三,上海书店出版社,1994年版,第833—834页。

来整个生意满盘皆输的一个预兆。小说的最后,由于"我"去山东接叔父的孤儿,继之回乡丁忧,"继之接了丁忧电报,我们一面发电给你,一面写信给各分号。东家丁了忧,通个信给伙计,这也是常事。信里面不免提及你到山东,大约是这句话提坏了,他们知道两个做主的都走开了,汉口的吴作猷头一个倒下来,他自己还卷逃了五万多。恰好有万把银子药材装到下江来的,行家知道了,便发电到沿江各埠,要扣这一笔货,这一下子,可全局都被牵动了。那天晚上,一口气接了十八个电报,把德泉这老头子当场急病了。我没了法子,只得发电到北京、天津,叫停止交易。苏、杭是已经跟着倒下来的了。当夜便把号里的小伙计叫来,有存项的都还了他,工钱都算清楚了,还另外给了他们一个月工钱,叫他们悄悄地搬了铺盖去,次日就不开门了。""大约连各处算起来,不下百来万。"①一点小小变故,终于导致全线崩溃,红红火火的商业帝国,顷刻间土崩瓦解,上百万的产业烟消云散。至此,以蔡侣笙为代表的"道德救国"梦和以吴继之为代表的"实业救国"梦,经过"九死一生",均告彻底破产,吴继之真的无人继之了!

虽然小说并未言明吴继之破产的具体原因,但正如第八十回的"倒账"事件一样,其前因作者早已预留伏笔,第六十三回《设骗局财神遭小劫 谋复任臧获托空谈》中,讲到外面倒了一家极大的钱庄,钱庄的老板姓古,名雨山,实际上就是影射胡雪岩,从其姓名上各取一半,便是古雨山。有资料显示,清光绪八年(1882),胡雪岩耗银 2 000 万两,在上海开办蚕丝厂。由于生丝价格日跌,胡雪岩意欲垄断丝茧贸易,从外国商人手中夺回生丝市场,却引起外商联合抵制,引起了一场百年近代商业史上的中外大商战。开始,胡氏高价尽收国内新丝数百万担,占据上风,但也消耗了巨额资金。华洋双方均呈骑虎之势,彼此都已到忍耐极限,眼见胜负当判,胜利的天平似乎已经开始向胡雪岩一方倾斜。孰料风云突变,欧洲意大利生丝突告丰收,中法战争也硝烟四起。市面为之剧变,金融危机突然爆发。事已如此,胡雪岩无力回天。1883 年夏,胡雪岩被迫贱卖新丝,亏损白银近千万两,家资去半,周转不灵,风声四播。各地官僚也趁机竞提存款,群起敲诈勒索。十一月,顺天府尹毕道远等上《阜康商号关闭现将号伙讯究各折片》,告知朝廷京城阜康银号倒闭的消息。至此,胡雪岩赖以起家的阜康银号正式倒闭,小说中所讲的其实就是这一真实事件。民族资产阶级面对国内传统势力和外国列强的双重挤压,生存空间的逼仄与艰难,可以想见。其不堪一击的脆弱性也由此而越发鲜明。吴继之和"九死一生"历尽艰辛苦心经营的产业,瞬间崩塌的结局,其实也是胡雪岩悲剧的翻版与再现。

顺便提一下另外一个弃官经商的王伯述。他本来是世代书香的人家,自己出身是一个主事,补缺之后,升了员外郎,又升了郎中,放了山西大同府。因为得罪了上司,弃官之后做了书商。虽然此人尖酸刻薄,十分健讼,也有许多行径上不得台面,但他贩书

---

① 〔清〕吴趼人,《二十年目睹之怪现状》,第一百八回《负屈含冤贤令尹结果 风流云散怪现状收场》,《中国近代文学大系》第 2 集・第 5 卷・小说集三,上海书店出版社,1994 年版,第 836 页。

并非仅仅是一种逐利行为,更主要的是怀有救国的宏愿,志在济世,是以自己力所能及的方式参与醒民救国,"我所以别的买卖不干,要贩书往来之故,也有个深意在内:因为市上的书贾,都是胸无点墨的,只知道甚么书销场好,利钱深,却不知什么书是有用的,什么书是无用的。所以我立意贩书,是要选些有用之书去卖"。① 所以他推荐"九死一生"读实用的《富国策》,了解和掌握经邦济世的实学,而不要做空疏无用的书呆子。他意识到现在中国的文化根基,在外来的强势文化的大肆侵略下,正经受前所未有的挑战,整个国家民族正在面临空前的生存危机,所以他提出了自己的救国方案,"只要上下齐心协力地认真办起事来,节省了那些不相干的虚糜,认真办起海防、边防来就是了"。② 自己虽已沦落为与贩夫走卒为伍的市井书贾,却还不能忘情于国事,一片爱国的热肠,真是盛意可感。

此外,姬文的小说《市声》中,所描述的扬州巨商李伯正、华发铁厂老板范慕蠡,是近代上海印象中的商业文化叙事中比较不多见的正面绅商形象,他们视野宏阔,思想开放,已经摆脱了传统商人的陈腐观念和种种教条,同时面对亡国灭种的民族危机,又极具强烈的爱国心和民族自尊心,不满列强雄厚资本对中国市场的操控与垄断,以微薄的力量与外商展开商战,争茧市、兴实业、办劝工所、建负贩团,进行了顽强的阻击和自救。杀敌一千,自损八百,尽管他们的实业救国并不成功,但正是他们所代表的新兴绅商阶层的不懈努力,促进、推动了近代民族资产阶级的形成和发展,有助于中国向现代文明的靠拢、迈进,是一种值得肯定的善举。

---

① 〔清〕吴趼人,《二十年目睹之怪现状》,第二十二回《论狂士撩起忧国心 接电信再惊游子魄》,《中国近代文学大系》第2集·第5卷·小说集三,上海书店出版社,1994年版,第143—144页。

② 〔清〕吴趼人,《二十年目睹之怪现状》,第二十二回《论狂士撩起忧国心 接电信再惊游子魄》,《中国近代文学大系》第2集·第5卷·小说集三,上海书店出版社,1994年版,第143页。

第三章 华洋杂处的都会生活空间

1843年上海开埠以来,以租界和华界为界限而形成的物理空间,也将上海的社会空间和精神空间分割成了华洋两界。但是,这种分割不是"鸡犬之声相闻,老死不相往来"的史前文明式的绝对隔离状态,而是一种你中有我、我中有你、杂糅共处、水乳交融的存在。黄浦江上汽轮与舨渡并波、洋幡与龙旗齐飘;马路上人力车与洋马车竞走、西服与旗袍掺杂;海堤畔是堂皇西厦,林荫处却是苏州亭园。此处所以用了"分割"一词,只是为了研究和表述的方便起见,临时借用而已。无论在物理空间、精神空间,还是在社会历史空间上,上海都是一个密不可分的整体,华洋杂处是上海都会生活空间的显著特色之一,而且从上海开埠以来,这一特色就相伴而生,构成了上海都会生活空间的独特景观。

都市空间(Urban Space)作为都市的一种表征,不只是都市人群活动的物质载体或物理意义上建筑物的感性外延,同时也是积淀着人类理性价值内涵的社会历史构成,通常包含物理空间、精神空间和社会历史空间三个层面的内涵。这三个层面并非彼此隔离,互不相干,恰恰相反,它们是一个有机的整体,彼此间相互融合、升华。法国思想家列斐伏尔是"空间生产"批判思潮的开启者和首要代表,在《空间:社会产物和使用价值》一文中阐释了"生产空间"和"空间的生产"范畴。他认为,由于城市化的迅速进行和都市空间的急剧膨胀等因素,人类的生产方式已经"由空间中事物的生产转向空间本身的生产"。[①] 因此,人类不仅是空间的生产者、组织者,也是空间的占有者和消费者,同时也受益和受制于空间,既享受自己所生产空间的便利和舒适,也不断寻求从空间中挣脱和解放,抛弃空间带给人类的种种不适与不快,而都会便是一切空间及空间关系的纽结点。另一位重要的思想家福柯着重继承了列斐伏尔的空间政治思想,继续强化了社会批判的空间视角,并从政治权力的角度考察了空间生产,从而拓展了"空间生产"批判的视域。福柯的空间政治权力观可以分为三个方面:工具性空间生产、政治性空间的

---

① 包亚明主编,《现代性与空间的生产》,上海教育出版社,2003年版,第47页。

生成和空间合理性的竞争。①

　　就上海而言,其短暂却迅猛的成长史、繁华与堕落的同在的市井百态、传统与现代并存的文化版图,以及汗牛充栋、丰富多彩的文学文本,为我们钩稽和考察这一时期的上海印象、商业文化叙事和前海派文学提供了极大的可能性,对此,我们不能不心存感激。

第一节　作为工具性空间的租界

　　列斐伏尔认为,一切生产实践都必定处于特定的空间形态中,包括"空间中事物的生产"和"空间本身的生产",而空间生产既能涵盖宏观的全球化和微观的个人感知空间,又能呈现为中观的国家的空间生产;既蕴涵着资本主义生产方式、社会关系和政治意识,又蕴涵着人的身体本能和精神追求。上海的租界,从诞生的那天起,就是西方列强资本扩张和资本输出的产物,它用坚船利炮为武器,以武力胁迫的方式为突破口,再辅之以貌似公正的契约,人为地在一个主权国家划出一块土地建立国中国,并把自己的制度模式、器物文明和文化文明一并移植过来。从此,租界不仅改变了中国人的生产方式、社会关系和政治意识,也激发了中国人对自身价值的认识和追求,极大地影响了中国社会的发展和未来的走向。所以,上海租界作为一种"空间中事物的生产"和"空间本身的生产"的空间,不只是抽象的社会范畴,而且是体现着社会关系制造和物质生产动态过程的实践概念;不仅是事物所处地点场景的经验设置,而且还是生产态度和政治意识;不仅具有社会关系意义,而且还依托社会关系呈现自己,并将社会关系投射于其中,其工具性不言自明。②

　　自然地理环境包括地形、气候、水文、土壤等因素,制约并影响着人的生理机能、地区植被和自然生态,构成人类生产、生活的物质基础。上海地理位置优越,既能够辐射整个东南沿海和长江三角洲地区,也能远涉东南、中原、西北和东北地区,深入广袤的内陆腹地。同时,上海是长江、运河、南北沿海贸易的转运中枢,拥有河海交汇、地理位置优越的天然良港,是太湖流域最大的商港。其滨江临海,面向大洋的地理位置,也使其具有走向深海,通向世界的无限可能。不仅如此,上海周边毗邻地区向来是华夏的精粹膏腴之地,"原泽沃衍,有鱼稻海盐之富,商贾辐辏"③的景象,号称"文物财富甲于东南",农业、手工业和商贸业都十分发达,具备综合开放的区位优势。

　　16世纪,随着文艺复兴、启蒙运动、资产阶级革命、宗教改革、地理大发现和工业革

---

① 孙全胜,《空间生产——从列斐伏尔到福柯》,《江汉大学学报》(社科版),2015年8月,第32卷第4期。
② 孙全胜,《空间生产——从列斐伏尔到福柯》,《江汉大学学报》(社科版),2015年8月,第32卷第4期。
③ 〔清〕宋如林修,孙星衍等纂,《嘉庆松江府志·风俗》,清嘉庆23年刻本。

命等一系列政治、经济和文化方面的剧烈变革,欧洲国家开始步入现代资本主义的飞速发展阶段。生产力的发展和科学技术的进步,以及交通、运输、信息和经济的发展,使得世界上原本分散、封闭的地方性社区,逐渐连接成息息相关的一个整体,呈现多元一体的格局。这一时期,中国虽然一如既往地继续实行闭关锁国的政策,但面对浩浩汤汤的世界大势,也身不由己被裹挟到这一大潮中来,明清时代的东南沿海地区,相应被纳入西方资本主义进行海外贸易的远东市场。18世纪60年代,英国资本主义的发展进入工场工业阶段,市场拓展由国内延伸到远东——欧洲-印度-中国,英国的商品顺势东进。为了巨大的贸易利益,英商要求本国政府与中国签订经商条约,在中国沿海地区取得一个或几个岛屿,作为贸易基地。在那里,英国人可以生活在不列颠法律保护之下,借以避免中国政府的控制和干扰。这样,上海、宁波、福州、厦门、广州就进入了英国殖民者开拓海外市场的视野。

英国人最早发现了上海优越的水陆交通和地理环境。1832年,东印度公司高级职员、英国鸦片商人,同时也是间谍的林赛等人从广州出发,乘商船北上到达上海吴淞口,名义上是面见上海知县和上海道台,传递"紧急公文",实际上是为了考察开辟新的通商口岸。他发现,上海既可出吴淞口溯长江深入中国内地,又可停泊商船、军舰,便利进出贸易,地理位置十分优异。在最后的考察报告中,林赛"确认上海为一绝佳之转运口岸"。[①] 1840年鸦片战争后,《南京条约》签订,根据该条约第二条:

> 自今以后,大皇帝恩准英国人民带同所属家眷寄居大清沿海之广州、福州、厦门、宁波、上海等五处港口贸易通商无碍,且大英君主派设领事、管事等官住该五处城邑,专理商贾事宜,与各该地方官公文往来,令英人按照下条开叙之例,清楚交纳货税、钞饷等费。

明确规定允许英人"寄居"上海、宁波、福州、厦门、广州等五处港口,开展贸易通商,确定了英人在上海开埠通商的法律依据。但对于以何种方式在上海"寄居",却并无明确规定。1843年10月8日,中英双方签订《虎门附加条约》(又名《善后事宜清册附粘和约》),明确英人可在通商口岸"租屋"或"租地造屋",成为日后租界开辟的正式法律依据:

> 在《万年和约》内言明允准英人携眷赴广州、福州、厦门、宁波、上海五港口居住,不相欺侮,不加拘制。但中华地方官必须与英国管事官各就地方民情,议定于何地方,用何房屋或基地,系准英人租赁。其租价必照五港口之现在所值高低为准,务求平允。华民不许勒索,英商不许强租。英国管事官每年以英人或建屋若干间,或租屋若干所,通报地方官,转报立案。惟房屋之增减,视乎商人之多寡,而商人之多寡,视乎贸易之衰旺,难以预定额数。

[①] 岑德彰,《上海租界略史》,大东书局,1937年版,第4—6页。

根据这些条约,11月8日,英国第一任驻沪领事乔治·巴富尔(George Balfour)抵达上海,双方约定于11月17日宣布上海正式开埠。

上海成为五个通商口岸之一,并非自己的主动选择,而是在外族列强武力逼迫下的不得已之举。对中国人来说,带有极大的屈辱性和悲壮性,从情感上来说,这并不是一件愉快的事情。但是,也不得不承认,上海由此走上了发展繁荣的快车道,在短时期内迅速崛起成为一个集商业、贸易、金融、航运和文化于一身的世界级国际大都市,成为代表中国未来发展模式的标杆型城市。

开埠之初,华洋之间尚处于相互的磨合期,彼此都带着各自的文化传统和文化习俗,双方力量的对比是不对称的,一方是咄咄逼人的强势文化,另一方则是处于守势的弱势文化。外国人和华人一道,通常多租住在上海县城中,对于双方来说,都在相互试探和相互适应阶段,彼此之间尚能安然相处。但毕竟是两种异质文化的碰撞,扞格不入,乃至龃龉纠纷都在所难免。仅1855年一年,英国领事法庭就审理了500起中国人的案件,这些案件有的系"英商图利,租地造屋赁与华人"而引发,有的系外商吸收富裕难民的资金作为开办商行的股本而生出的纠纷,偷盗斗殴现象的发生也变得极为平常和频繁。而有的人犯事,简直让人啼笑皆非。譬如《二十年目睹之怪现状》第六十七回《论鬼蜮挑灯谈宦海　冒风涛航海走天津》中所载:

> 金子安道:"这点冤枉算得什么。我记得有一回,一个乡下人才冤枉呢。静安寺路一带,多是外国人的住宅。有一天,一个乡下人放牛,不知怎样,被那条牛走掉了,走到静安寺路一个外国人家去,把他家草皮地上种的花都践踏了。外国人叫人先把那条牛拴起来。那乡下人不见了牛,一路寻去,寻到了那外国人家;外国人叫了巡捕,连人带牛交给他。巡捕带回捕房,押了一夜。明日早上解送公堂,禀明原由;那原告外国人却并没有到案。那官听见是得罪了外国人,被外国人送来的,便不由分说,给了一面大枷,把乡下人枷上,判在静安寺路一带游行示众;一个月期满,还要重责三百板释放。任凭那乡下人叩响头哭求,只是不理。于是枷起来,由巡捕房派了一个巡捕,押着在静安寺路游行。游了七八天。忽然一天,那巡捕要拍外国人马屁,把他押到那外国人住宅门口站着,意思要等那外国人看见,好喜欢他的意思。站了一天,到下午,那外国人从外面坐了马车回来,下了车看见了,认得那乡下人,也不知他为了甚事,要把这木头东西箍着他的颈脖子。便问那巡捕,巡捕一一告诉了。那外国人吃了一惊,连忙跳上马车,赶到新衙门去,拜望那官儿。那官儿听说是一个绝不相识的外国人来拜,吓得魂不附体,手足无措,连忙请到花厅相会。外国人说道:'前个礼拜,有个乡下人的一只牛,跑到我家里……'那官儿恍然大悟道:'是,是,是。这件事兄弟不敢怠慢,已经判了用五十斤大枷,枷号在尊寓的一条马路上游行示众;等一个月期满后,还要重责三百板,方才释放。如果密司不相信,到了那天,兄弟专人去请密司来监视行刑。'外国人道:'原来贵国的法律是

这般重的?'官儿道:'敝国法律上并没有这一条专条,兄弟因为他得罪了密司,所以特为重办的。如果密司嫌办得轻,兄弟便再加重点也使得,只请密司吩咐。'外国人道:'我不是嫌办得轻,倒是嫌太重了。'那官儿听了,以为他是反话,连忙说道:'是,是。兄弟本来办得太轻了。因为那天密司没有亲到,兄弟暂时判了枷号一个月;既是密司说了,兄弟明天改判枷三个月,期满责一千板罢。'那外国人恼了道:'岂有此理!我因为他不小心,放走那只牛,糟蹋我两棵花,送到你案下,原不过请你申斥他两句,警戒他下次小心点,大不了罚他几角洋钱就了不得了。他总是个耕田安分的人。谁料你为了这点小事,把他这般凌辱起来!所以我来请你赶紧把他放了。'那官儿听了,方才知道这一下马屁拍在马腿上去了。连忙说道:'是,是,是。既是密司大人大量,兄弟明天便把他放了就是。'外国人道:'说过放,就把他放了,为甚么还要等到明天,再押他一夜呢?'那官儿又连忙说道:'是,是,是。兄弟就叫放他。'外国人听说,方才一路干笑而去。那官儿便传话出去,叫把乡下人放了。又恐怕那外国人不知道他马上释放的,于是格外讨好,叫一名差役,押着那乡下人到那外国人家里去叩谢。面子上是这等说,他的意思,是要外国人知道他唯命是听,如奉圣旨一般。谁知那外国人见了乡下人,还把那官儿大骂一顿,说他岂有此理;又叫乡下人去告他。乡下人吓得吐出了舌头道:'他是个老爷,我们怎么敢告他?'外国人道:'若照我们西例,他办冤枉了你,可以去上控的;并且你是个清白良民,他把那办地痞流氓的刑法来办你,便是损了你的名誉,还可以叫他赔钱呢。'乡下人道:'阿弥陀佛!老爷都好告的么!'那外国人见他着实可怜,倒不忍起来,给了他两块洋钱。你说这件事不更冤枉么?"[①]

静安寺的外国人住在带有草坪的房子里,中国的农民依然以养牛种田为生,不同的国度,不同的种族,不同的文化,不同的生活方式,在这里的对比是十分鲜明的。农民的牛踏坏了外国人草坪上的花草,外国人自然感到心疼,把肇事者交给巡捕申斥训诫也是题中应有之义。一点琐碎的民事纠纷,所幸外国人并没有索赔,只不过欲借此警诫一下肇事者,下不为例而已。倒是当时的华官对自己的同胞诛求不已,百般凌辱,除了枷打之外,还游街示众,不过是为了讨好外国人,兼展示自己权力的傲慢,根本谈不上依法办事。外国人发现此种做法后大光其火,不仅斥之为荒唐,还怂恿农民反告那个华官,"乡下人吓得吐出了舌头道:'他是个老爷,我们怎么敢告他!'外国人道:'若照我们西例,他办冤枉了你,可以去上控的;并且你是个清白良民,他把那办地痞流氓的刑法来办你,便是损了你的名誉,还可以叫他赔钱呢。'"封建帝制下,向来都是官府欺压百姓,视百姓如刍狗,岂有百姓反告官府之理?当时的东西方在此一事关个人尊严和名誉认知上的差异,真是不啻天渊之别!

[①] 〔清〕吴趼人,《二十年目睹之怪现状》,第六十七回《论鬼蜮挑灯谈宦海 冒风涛航海走天津》,《中国近代文学大系》第2集·第5卷·小说集三,上海书店出版社,1994年版,第498—499页。

陈无我的《老上海三十年见闻录》也记载一则趣闻：一个北方人初次来到上海租界，居然随地大便，结果被巡捕抓了进去。处理的结果也简略：罚款放人。问题是这个北方人不服，还同巡捕吵闹，于是此人被送公堂，更判他加倍罚款。可是这个北方人更加不明白，他大声责问道："难道上海人都从不大便吗？"审判官说："我们不是禁止你大便，而是你不应该在马路上随便大便。"北方人听这一说，总算点了点头，但他还是申述自己的理由说："既然如此，老爷何不多贴一些告示，这明明是欺侮像我一样初来上海的人嘛。上海人腹中能容得许多粪便，我可熬不住。"审判员忍俊不禁，只得下令将此人逐出。

类似的冲突、矛盾、纠纷，在上海滩租界的日常时空下，时有发生。本来，以通商贸易为手段富国强兵的外国人，其野心并不止于找到一块与异族相处的乐土。开疆拓土、追本逐利是他们与生俱来的天性，所以，他们绝不会仅仅满足于在租界里静待岁月静好下去。上海开埠一年后，黄浦滩一带已设立英关商行11家，每家分别容纳两三个商人常驻上海。其中不少人还在县城里租到了房产，安置家属，同时继续在城外寻找地方，设立仓库和临时码头。实行华洋分居、扩大租界已是箭在弦上。

巴富尔为了满足英商不断扩大的业务需求，深谋远虑，软硬兼施，一再逼迫上海道台宫慕久同意英国人在城外租地。1845年11月29日，上海道台宫慕久以告示形式，公布了与巴富尔商定好的《上海租地章程》。① 《章程》中写道，"本道台兹依照条约，顾全民情与地方情形，决定将洋泾浜以北，李家庄以南之地，准租与英国商人，为建筑房屋及居留之用。"这块允许租与英商的土地就是居留地，其北界是李家庄（今北京东路），南界是洋泾浜（今延安东路），东面以黄浦江为自然界限，西界未曾明确。1846年9月24日，双方又进一步议定了以界路（今河南中路）为西界，英"租界"的四界至此全部确定，面积830亩（约为0.554平方千米），至此英租界初见雏形。《章程》内容还涉及来沪的英国商人在上海租地建房居住的范围、租地办法、租地范围内所建房屋的用处、道路修筑以及租地区域内环境、治安管理等多项条款。巴富尔扩大地盘，实行华洋分居的谋求初步实现。巴富尔也如愿以偿地将领事馆搬出了上海县城，搬到了他早就相中的黄浦江和苏州河交汇处的外滩。

1848年，宫慕久的继任者麟桂和第二任英国领事，也是巴富尔的继任者阿礼国订立了扩大上海英租界面积的协定。从而将租界西面经界从界路（今河南中路）扩大到了泥城桥（今西藏路），北面从李家庄扩大到了苏州河，全部面积增加到了2 820亩（约为1.88平方千米），增加了约2.5倍。其后，几任外国驻沪领事利用一些事件为契机，通过威逼利诱等手法胁迫上海道台，一次又一次扩展租界的范围，最后使得上海租界区域的总面积接近6万亩（约为40平方千米）。

"华洋分居"表面看似乎仅是物理空间上的分割，是城市居民居住形式的一种具体

---

① 又称《上海土地章程》，王铁崖编，《中外旧约章汇编》第1册，上海三联书店，1957年版，第65—69页。

体现,是一种生存状态,其实并不止于此。它实际上意味着西方人对中国土地拥有了"永租权"。允许外国人随意长期使用界内土地,实际上是承认了他们有权永远占有并支配这些土地,这才是问题的实质,也是巴富尔们真正看重的。其后,美国、法国等列强也纷纷跟进,援引所谓"片面最惠国"待遇,于1852、1849年分别建立了独立的美租界、法租界。

1854年7月11日,租界内的租地人在英国领事馆召开大会,会议在英国领事阿礼国主持下,英、美、法三国领事共同通过了《上海英美法租界土地章程》,内容涉及租地范围、租地办法、租金、华人管理设置巡捕等多项规定。并决议成立一个专门管理租界公众事务的机构,这就是后来被称为"工部局"的机构。英国人认为,制定这一章程的目的,是使得租地内的全体西方人可以由此获得自治的权利和为市政目的而征税的权力。因为仅靠领事来行使职权,而没有一个市政机构就不足以确保租界的安全,所以必须着手建立某种形式的市政机关。这个市政机关完全是一个"自治政府",它的职权不再限于道路、码头等事项,而应保障全体西方人生命财产的安全。这个"自治政府"能够带来的最大利益,便是使驻在当地的文武官员,出于一种实际的需要而不得不采取的许多办法合法化。这为外国人进一步加强对租界的治理提供了法律依据。

通过《上海英美法租界土地章程》的签订,列强取得了对上海租界的自治权,攫取了本应属于中国政府的合法权益。

租界开辟的根本目的,是为了满足西方列强输出资本、争夺世界市场、攫取巨大商业利益的欲望。因此,当上海租界完成了物理空间上的跑马占地之后,接下来的事情便不言自明了:市政基础设施建设、工商业布局、城市管理、城市公共卫生、娱乐业等等各项事业的开办与实施,以及由此带来的东西方文化的碰撞、冲突和融合,共同构成了上海租借地光怪陆离的景观。

基础设施建设:上海开埠时,老城厢的道路基本上是传统的土路或石板路,仅供居民出入通行,不便于大规模的交通运输。1844年,巴富尔组织成立了道路码头建设委员会,开始筹划在上海的租界内建设新道路,这些新建成的道路通常由压实的砂土、碎石、煤屑、碎砖、花岗石或圆卵石等材料构成路面,解决了雨天泥泞不堪的问题。曾有文人记载修路时的情景:

> 租界大街由东至西者统称"马路"。同治初,惟英界大马路稍觉宽畅,亦不免泥水垢秽。经工部局陆续整理,两旁砌以石礅,较马路稍高。石礅下砌石条微侧,引水入沟,雨过即可行走。专司马路工程者为马路管,又称街道厅。其法先将旧泥锄松,满铺碎石或瓦砾七八寸,使小工以铁锤击碎,再加细沙一层。用千斛铁擂,令数十人牵挽,从沙面滚过,其平如砥。遇小缺陷,随时修补。……以石灰胶泥拌掺缝内,水不存积,历久不坏。且每日扫除两次,尤为干净。[①]

---

① 〔清〕葛元煦撰,郑祖安标点,《沪游杂记》卷1,上海书店出版社,2006年版,第4页。

后来工部局在道路码头建设委员会筑路的基础上,先在南京路南面铺筑了九江路、汉口路、福州路和广东路四条东西向主干道。在河南路西面铺筑了一条南北向干道山东路,形成租界内道路布局的框架。此后按照这个布局,陆续铺筑其他马路,到1865年时,形成了由26条道路构成的英租界干道网。这个道路网东西和南北向各有13条干道,纵横交错,遍及整个租界,显示了租界道路格局的大致轮廓。19世纪60年代中后期,又相继开展了道路的延长和拓宽工作,先后修筑了爱文义路、马霍路、坟山路、牛庄路、北海路、昆山路、河南北路等。到19世纪末,工部局共筑道路70余条,长达20公里。到1926年,公共租界内道路总长度达170.516公里。① 在修筑道路的同时,人行道建设、行道树栽种、道路消防设施、下水道、桥梁等配套设施也同步进行建设。道路由砖石路发展到水泥路、柏油路,桥梁由木架桥发展到水泥桥、钢架桥。同治年间(1862—1874)上海《竹枝词》描述"洋场"之情景有云:"火轮坊转木桥西,马路迢迢草色齐;流水是车龙是马,一鞭争逐夕阳低。"②"租界鱼鳞万国分,洋房楼阁入氤氲,地皮万丈原无尽,填取申江一片云"。③

从1860年起,洋商开始建造轮船码头。1860和1861年,伯和、宝顺、旗昌等洋行先后在虹口建造了轮船码头;1863年旗昌洋行又在法租界外滩建造了一座300英尺(约为91.44米)的轮船码头;1864年法国火轮船公司在洋泾浜到新开河之间建造了当时规模最大的轮船码头,码头岸线长1649英尺(约为503米);1865年英国蓝烟囱轮船公司在虹口建造了虹口公司码头(又称蓝烟囱码头),太古洋行也建造了太古轮船码头。70年代初期,仅美商旗昌轮船公司一家就先后建成金利盛、金利源、金益盛、虹桥、南码头和金方东等6座大型轮船码头,怡和洋行在19世纪70年代初经营的公和祥码头公司拥有虹口、华顺、顺泰、其昌东栈和其昌西栈等5座大型码头和大量仓库堆栈,是当时远东最大的码头企业。④

除了道路、码头、桥梁等基础设施外,西方人还建造了领事馆、洋行、银行等各种类型的西式建筑。开埠前,上海老城厢的建筑基本上是传统江南风格的中式建筑。开埠后,西方建造师开始进入上海,设计建造了大批体现西方政治、经济、文化、宗教风格的建筑,逐渐形成了以西洋建筑为主流的上海城市建筑格局。到19世纪90年代,上海已有各式的银行、洋行建筑近百家,⑤如英国的汇丰银行,中国通商银行,德和洋行,有利银行,日本横滨正金银行,俄国华俄道胜银行,法国东方汇理银行,美国花旗银行等。外滩上的西方建筑已是鳞次栉比,马路上的楼房更是纵横交错。著名的有英国领事馆、江

---

① 马长林,《上海的租界》,天津教育出版社,2008年版,第70—72页。
② 《沪北竹枝词》,刊于《申报》(同治壬申年4月12日),台湾学生书局影印本之《申报》第15册,第115—117页。
③ 《申报》同治壬申4月23日,台湾学生书局影印本,第15册,第187页。
④ 陆兴龙,《租界与近代上海城市建设》,张仲礼主编,《中国近代城市企业、社会、空间》,上海社会科学院出版社,1998年版,第41页。
⑤ 唐振常,《上海史》,上海人民出版社,1989年版,第150页。

海关大楼、工部局市政厅等。据统计,到1864年仅公共租界内的西式建筑就达269幢。① 这些外来西式建筑,较之于石库门里弄的两层楼,多在三层以上,属于高层建筑,这些高楼为无山可登的上海人提供登高远望不可多得的去处。福州路上有一座五层楼的茶楼,茶客登楼品茶之余,俯视其下只见人如蚁聚,颇有"神仙立云端,正视尘寰"的幻觉。难怪晚清上海文人的笔记中对高楼的感受往往是惊叹其高,"高楼广厦,触目皆是",而对建筑的功能、设施似乎并不在意。"申江好,高爽指洋楼。耸出重霄云欲接,洞开八面景全收。四顾豁双眸"。②

这些西洋风格的新式建筑,迥异于传统的江南建筑,为千年封闭保守的上海滩平添了许多妩媚和亮色,形成了一道独特的风景。它们不仅是人们栖息空间大小、样式和风格的改变,更重要的是呈现出一种强势凌厉、融合了艺术与科技的霸气和态度。这些建筑深刻、持续地改变着上海的城市空间、结构与整体的风格流向,一座脱胎于老城厢的、中西合璧式的现代都市已初具规模。

市政设施建设:外国人试图按照自己的理念与逻辑对上海进行全方位的解构与重建,他们带来的不只是生活空间诸如建筑领域里的改变,市政设施建设方面也煞费苦心。就照明设备而言,开埠前室内照明通常是用菜油灯、豆油灯,室外用纸糊灯笼。开埠后,外国人带来了煤油灯、煤气灯和电灯。南京路的道路照明最早用上了煤气灯,耀眼的灯光使这段繁华的南京路如同白昼,上海成为远东最早点亮煤气路灯的城市。当崭新的煤气灯在夜空绽放光明时,引起了行人的极大好奇,他们纷纷驻足围看,观者如堵。时人记载当时的情形道:"树竿置灯所以照道,皆自来火,由地道出,光焰绝明,彻夜不灭";"铁管遍埋,银花齐吐,当未设电灯时代,固足以傲不夜城也。"③初到上海的著名文人王韬,曾对使用煤气照明的上海租界夜景赞叹不已:"西人于衢市中设立灯火,远近疏密相间。其灯悉以六角玻璃为之,遥望之灿若明星。后则易之以煤气,更为皎彻。……其火皆由铁管以达各家,虽隔河小巷,曲折上下皆可达。街衢间遍立铁柱,柱空其中,上置灯火。至晚燃之,照耀如昼。富贵家或多至数十盏,以小铁管暗砌堂壁,令火回环从上而下,宛如悬灯……其人工之巧,几乎不可思议矣。"④这是一种迥异于传统农耕文明的新式文明。

饮用水也由井水、江水、河水及沙滤水变成了自来水。1880年11月2日组成了上海自来水股份有限公司,额定资本为10万英镑,水厂拟建在杨树浦原自来水厂的厂址上,规模为每天供水1.5百万加仑(6 819立方米),可以向公共租界、法租界、上海城厢

---

① 熊月之,《上海通史》第5卷,上海人民出版社,1999年版,第193页。
② 〔清〕葛元煦撰,郑祖安标点,《沪游杂记》,载《上海滩与上海人丛书》,上海古籍出版社,1991年版,第79、142、144页。
③ 袁祖志,《沪北竹枝词》,见顾炳权编著,《上海洋场竹枝词》,胡祥翰《上海小志》,上海古籍出版社,1989年版,第9页。
④ 〔清〕王韬,《瀛壖杂志》(1875年),上海古籍出版社,1989年版,第125页。

及越界筑路区域静安寺路供水。为此公司在杨树浦、许昌路附近黄浦江边购地 74 867 平方米建造水厂,该处是黄浦江最宽的河段,在涨潮后一小时的最高潮位时取水,以确保水质。1883 年 6 月,杨树浦自来水厂建成投产,耗资 12 万英镑。6 月 29 日,北洋通商事务大臣李鸿章应邀到杨树浦水厂参加放水典礼,宣告了近代中国最早的城市供水系统在上海启用。[①]

自然经济下的传统中国城市,居民出行的方式绝大部分是步行,间或也有骑马坐轿或乘车子的,但仅限于有身份的官员或仆役。上海开埠前,"邑境水乡,有舟无车",水上交通优于陆地交通。据地方志记载,1814 年上海县城内共有 66 条衔,大多数是狭窄小巷,一般仅有 6.5 英尺(2 米)宽。[②] 而且这些街巷道路,仅仅是为了满足一般居民的出行需求,并不具备运输货物的功能和条件。开埠后,交通工具也从轿子、羊角车发展到马车、人力车直至电车、汽车,还有自来水、洒水车、消防车等辅助设备。对城市交通的管理也渐入佳境。据葛元煦所著《沪游杂记》记述的《租界例禁》20 条中,其中 7 条例禁与道路和交通有关,如"一禁马车过桥驰骤。一禁东洋车、小车在马路随意停走。一禁马车、东洋车夜不点灯。一禁小车轮响。一禁道旁小便……一禁不报捕房,在门外砌路、开沟及拆造临街房屋"。[③] 国人看到整洁平坦的街道、飞来疾去的车马时,备感震惊,不禁发出赞叹,当时人写的竹枝词描述道:"斗捷如流水,交飞马足尘。遥听来得得,疾卷去辚辚。似仿奇肢制,终须正轨循。扬鞭真得意,十里便寻春。"[④]

不仅如此,黄浦江畔外滩上的大自鸣钟,以及快捷方便的电报、电话等颇具现代色彩的通信工具也开始进入都市各阶层、各行业的日常生活。1883 年黄式权在《淞南梦影录》中记载"据云十二点钟内,可传遍地球五大洲。差藉电通流,故能迅速若此也","如欲邀人对谈,无异一室晤言"。市民也在竹枝词中赞美电话:"不须鲤寄与鸿传,电线音驰万里天。两地语言传顷刻,胜于羽箭疾离弦。"[⑤]人们用巧夺天工等词语来形容电话:"东西遥隔语言通,此器名称德律风。沪上巨商装设广,及如面话一堂中。"[⑥]电报、电话瞬息万里、快速高效的信息传播方式,已为华洋各界所普遍接受和认可,成为其商业活动和日常生活中必不可少的工具之一,对于人们的生产方式、生活方式和思维方式的影响和改变具有不可估量的作用。

工商业布局:西方人一方面把上海当作"通商口岸",着力把上海打造成远东首屈一指的商业大都会,另一方面,也没有放弃在租界建造工业企业。自 1843 年上海开埠不久,就开始陆续在租界投资办厂,"到 1894 年止,设立的工厂有七八十家,资本总额近

---

① 马长林、黎霞、石磊,《上海公共租界城市管理研究》,中西书局,2011 年版,第 381—382 页。
② 〔清〕王大同、李林松,《嘉庆上海县志》卷 1《图说》,嘉庆十九年刻本。
③ 〔清〕葛元煦,《沪游杂记》,《上海滩与上海人丛书》,上海古籍出版社,1991 年版,第 3 页。
④ 〔清〕葛元煦,《沪游杂记》卷 4,《上海滩与上海人丛书》,上海古籍出版社,1991 年版,第 49 页。
⑤ 罗苏文,《上海传奇》(1553—1949),上海人民出版社,2004 年版,第 105 页。
⑥ 颐安主人,《沪江商业市景词》卷 2《德得风洋行》,1906 年石印本。

百万元"。① 据统计,清末民初(1895—1911),外国资本在中国开设的资本在10万元以上的企业共91家,总资本为4 855.40万元,其中上海为41家,总资本为2 090.30万元,占外资对华投资的45%以上。② 至此,上海出现了沪东杨树浦、闸北等相对集中的工业区。民族工业也开始起步,洋务运动之后,从政府到民间都掀起了一股办工厂的热潮。上海近代最早、最大的民族工业企业——江南制造总局,即后来的江南造船厂,位于黄浦江畔高昌庙地区,当地自然而然地发展为一大工业区。正如小说《二十年目睹之怪现状》第一百回《巧机缘一旦得功名 乱巴结几番成笑话》所描绘的那样:"高昌庙本是一个乡僻地方,从前没有甚么巡防局的;因为同治初年,湘乡曾中堂、合肥李中堂,奏准朝廷,在那边设了个'江南机器制造总局',那局子一年年的扩充起来,那委员、司事便一年多似一年,至于工匠、小工之类,更不消说了,所以把局前一片荒野之地,慢慢地成了一个聚落。有了两条大路,居然是个镇市了,所以就设了一个巡防局。"③印刷、船舶、机器修造等企业是起步较早的行业,主要为从事贸易的洋行提供急需的服务。使用新兴机器作业的缫丝、轧花、面粉等工厂,也比较有利可图。此外,由于上海离江南原料产区比较近,可以就近采购蚕丝等原料,因此在上海设丝厂,丝茶成为出口大宗。在沪西曹家渡、小沙渡、潭子湾和江苏路等苏州河两岸,建有许多缫丝、棉纺织、丝织厂和面粉企业,如著名的荣家企业福新面粉、申新纺织企业,吴蕴初天字号化工企业,华生电器厂,日资内外棉、丰田、日华等棉纺织和印染厂等。

  外资工业和民族工业的繁荣壮大,海外贸易的进一步扩大,人口的持续增长,市政基础设施的极大改善,这一切都为上海租界商业的发展创造了重要的条件,中外商人纷纷聚集上海租界的商业街区。19世纪末20世纪初,租界里店铺林立、车水马龙,南京路、大马路等路段逐渐形成了万商云集、八方辐辏的商业都会景象。《负曝闲谈》中写几个人高谈阔论,认为上海堪与当时世界上最繁华的城市相媲美,"上海张园一带栽着许多树木,夏天在边上走不见天日,可以算它东京帝国城。大马路商务最盛,可以算它英国伦敦。四马路是著名繁华之地,可以算它法国巴黎。黄浦江可以算它泰晤士河,苏州河可以算它尼罗河"。④ 在《沪游杂记》中介绍几个租界时,都指出了它们人气之旺和工商业之发达,"三国租界英居中,地广人繁,洋行货栈十居七八,其气象尤为蕃盛;法附城东北隅,人烟凑密,惟街道稍觉狭小,迤东为闽、广帮聚市处;美只沿江数里,皆船厂、货栈、轮舟码头、洋商住宅,粤东、宁波人在此计工度日者甚众"。⑤ 在谈及上海"各货聚市"的情况时该书说"上海货物皆有聚市之所,如绸缎在抛球场路南及东门内外;纱缎蟒

---

① 丁日初,《上海近代经济史》第2卷,上海人民出版社,1994年版 第5页。
② 汪敬虞,《中国近代工业史资料》第2辑,科学出版社,1957年版,第11页。
③ 〔清〕吴趼人,《二十年目睹之怪现状》,《中国近代文学大系》第2集·第5卷·小说集三,上海书店出版社,1994年版,第768—769页。
④ 〔清〕蘧园,《负曝闲谈》,《中国近代珍稀本小说》第17册,春风文艺出版社,1997年版,第291页。
⑤ 〔清〕葛元煦撰,郑祖安标点,《沪游杂记》,上海书店出版社,2006年版,第2页。

袍在盆汤弄,丝茶栈居二摆渡者多,洋布呢羽在大马路、抛球场及东门内;衣庄在大东门内彩衣街东街,洋广杂货在棋盘街及四马路,古玩玉器在新北门内,眼镜在新北门内,照相楼在二、三马路……酒馆、戏馆、茶馆宝善街一带居多"。① 仅小说《新上海》,就涉及了许多商界新兴行当,具体包括保险、拍卖、炒地皮、经租、自来水公司、救火会、律师、办报、银行、洋货铺、洋行、西药房、整容、西医、公司、股票、外汇期货投资等二十种,可谓花色繁多,琳琅满目。

  生产、流通和消费是一个有机的整体,开埠以来的上海,由于外来资本的强势介入,短期内工商业迅速繁荣,加速了城市化的进程和都市空间的极大变化,也带动和引领了教育、医疗、服务、文化、娱乐等公共事业的发展。这种变化意味着庞大的潜在市场和海量的消费需求,因此,规模更大、数量更多的服务型行业和设施,如银行、学校、医院、旅社、酒楼、戏院、电影院等不同类型的新式建筑的大量涌现,也就顺理成章。这些伴随着新行业而出现的新建筑、新设施,特别是舒适豪华的娱乐设施,在满足了市场和消费需求以后,迅速转化成更大的消费欲望和更高的利益诱惑。李伯元的《海天鸿雪记》第一回写道"上海一埠,自从通商以来,世界繁华,日新月异,北自杨树浦,南至十六铺,沿着黄浦江,岸上的煤气灯、电灯,夜间望去,竟是一条火龙一般。福州路一带,曲院勾栏,鳞次栉比,一到夜来,酒肉熏天,笙歌匝地。凡是到了这个地方,觉得世界上最要紧的事情,无有过于征逐者。正是说不尽的标新炫异,醉纸迷金"。② 如此,大量移民为了追逐大上海的繁华,纷纷从各地涌入上海,又反过来促进整个城市空间的扩大,直接表现就是城市居民区的不断扩大,随之而来的是个体拥有的栖息空间急剧缩小,这就势必需要解决这一矛盾。从1845年英租界建立到1914年,公共租界、法租界面积扩大了100多倍。据统计,上海租界总面积最大时达到了48 653亩(约为32.43平方千米)。③ 这样,就导致了城市功能区的出现和划分,亦即工业区、商业区和独立的新型居住建筑,并且彼此分离,各司其职。城市功能区的划分是都市空间现代化的重要标志,也是上海向国际大都市迈进的必经阶段。通常而言,花园洋房集中于上海西区,为外国人、官僚、资本家等城市的统治阶级所居,属于上流社会的高级居住区;公寓住宅的居民则包括收入较丰的高级职员、商人、外国人等,是城市的中产阶级;里弄住宅是最大多数普通市民的居所,大致属于小资产阶级群体,是城市建筑的主体和上海文化的主要载体;而棚户区和简易住房则是社会最底层的劳工苦力、草根阶层和流离失所的普罗大众的栖身之地。这些不同功能、不同类型的居住区,分布在不同的城市区域和不同的位置,居住着不同阶层的市民群体,也承载着不同的阶级、阶层和社会文化内涵。④

---

① 〔清〕葛元煦撰,郑祖安标点,《沪游杂记》,上海书店出版社,2006年版,第106页。
② 〔清〕李伯元,《海天鸿雪记》,第一回《一品香篾片吃镶边 小广寒冤家攀相好》,江西人民出版社,1989年版,第191页。
③ 熊月之,《上海通史》第1卷,上海辞书出版社,1999年版,第37页。
④ 杨东平,《城市季风:北京和上海的文化精神》,东方出版社,1994年版,第161页。

第三章　华洋杂处的都会生活空间

租界的开辟，无疑是上海城市发展的重要转折点。租界市政设施的这些巨大变化，以一种新异独特的姿态呈现在上海各界的视野，对于这些迥异于传统的市政设施，上海人"初则惊，继则异，再继则羡，后继则效"，他们情感上的变化是复杂的，由此开阔了眼界，看到了自身以外另一种文化的独异之处，也进一步激起了奋起直追的勇气。可以说，租界在此情态下所起的示范作用是不可忽视的。经过近半个世纪，到了清末民初，上海华界面貌也已有很大改善，徐家汇、静安寺、曹家渡、杨家库、土山湾等地区次第成市，如位于法华乡北三里许"地甚荒僻，绝少行人"的曹家渡，"同治二年，英商开筑马路至梵王渡（万航渡）"，"光绪十八年，有人购地建筑油车，是为成市之始。继而西段开办缫丝厂，东段开办面粉厂，召集男女工作，衣于斯，食于斯，聚居于斯者，不下数千人。由是，马路两旁造屋开店，百工居肆而市成矣。面临吴淞江，帆樯云集，富商巨贾莫不挟其重赀，设厂经商。除缫丝、面粉两厂外，若洋纱厂、织布厂、鸡毛厂、牛皮厂、榨油厂、电灯厂，不数年间相继成立。市面大为发达，东西长二里许，鳞次栉比，烟户万家，火车站在其西，轮船埠在其东，交通之便，本乡首屈一指焉"。[①] 市政设施若此，工业、商业等各行各业无不经历了先排斥、再欣羡、后效仿的过程。借此，上海作为新兴都市空间的地理空间位置变得至关重要，从滨海小城一跃而成为晚清帝国经济、文化和外交事业的中心。而且，上海还集聚了大量的内外人力、信息、资本，以及科技、教育、文化等智力资源，19世纪和20世纪之交，上海终于成为集工业、商贸、文化、教育、医疗、娱乐等多种现代城市功能于一身的国际大都市。

前已述及，对于上海乃至整个中国来说，上海租界作为一种"空间中事物的生产"和"空间本身的生产"的空间，不只是抽象的社会范畴，而且是体现着社会关系制造和物质生产动态过程的实践概念；不仅是事物所处地点场景的经验设置，而且还是生产态度和政治意识；不仅具有社会关系意义，而且还依托社会关系呈现自己，并将社会关系投射于其中，其工具性不言自明。租界的开辟，带来的不只是另外一种生产方式和生活方式，也意味着都市空间的开辟。道路、桥梁、码头、电报、电话、银行、学校、医院、剧场、影院等现代化市政设施的引入和建设，无疑是都市空间扩大、都市空间功能提升和都市生活节奏加快的必然结果。这种结果对于都市空间、都市生活又产生巨大的反作用，刺激和促进了都市空间的生产效率、都市生活速度的提高，同时也对自身内部性质及功能的升级起到极大的敦促和拉升作用，更新着都市人群对空间和时间的感知与体验。

西方自从走出中世纪，摆脱蒙昧时代以后，思想文化领域发生了前所未有的巨大变革，民主、自由、科学等等现代观念，成为西方主流社会的主流意识形态，因此而带来的生产方式和生产关系的空前巨变，直接影响了人类的整体进程和未来走向。当然，这一进程中也不缺乏血腥、暴力、交易等肮脏龌龊的成分，它们的负面影响自然也

[①] 王钟、胡人凤编纂，《法华乡志》（卷1），民国十一年（1922）铅活字大字本。

不可低估，特别是在资本输出、制度输出和文化输出的过程中尤其如此。不过，比起封建社会的独裁专制，现代民主社会无疑是一个巨大的历史性进步。上海租界的开辟，就是这一进程的产物。西人将欧美的物质文明、市政设施和制度文化移植到上海，对上海都市物理空间的发展产生了强大的示范、辐射作用，极大地改变了上海都市空间的形态。作为强势的异质文化，它对古老中国的冲击是空前的、巨大的，其意义也是耐人寻味的。①

第二节　作为政治性空间的都市社会

福柯认为都市空间不仅是一种工具性空间，是"生产空间的空间"，而且都市空间也是一种权力空间。政治权力既是强制性的做法，又是生产性的工具。国家追求无限的政治权力与过量空间生产之间的平衡，从而引起一种政治空间生产的机制。在此框架下，国家结构作为资本主义社会的"上层建筑"来表达资本家的利益，并控制和利用相关的公共媒体为"统治阶级"服务，认为当代社会是一种"监狱化"的组织，凭借空间高压和管制，展示政治控制能力。②

上海都市空间的扩大及城市功能的转型，是都市空间发挥其"生产空间"功能生产出来的结果。在这个空间中，作为最高政治权利体现的国家，在西方列强的强力介入与干涉下，已经难以正常发挥其对社会的掌控功能，把掌控社会的权力逐渐让渡给洋人。租界里的华人政府如上海县道，虽然与租界里的洋人治理机构工部局属于平行的两套权力机构，但事实上两者的地位并不平等，上海地方政府在很大程度上必须仰人鼻息，听命于洋人，某种程度上，类同于傀儡，地位十分尴尬。作为事实上的上海最高统治阶层和统治集团，租界管理者们理所当然要表现出自己的意志和意愿，并且通过各种制度建设和机制的不断完善来实现自己的目的，有时甚至通过空间高压和管制，展示其政治控制能力。众所周知，鸦片战争以后，随着租界这一异质文化空间强行嵌入上海，在坚船利炮的武力支撑下和以领事裁判权为代表的不平等条约的庇护下，西方列强通过种种卑劣手段占有并不断扩大租界空间的势力范围，在完成对上海物理空间的划分之后，还逐步建立起带有浓郁政治空间色彩且日益完备的警察、法庭、监狱等国家机器，"会审公廨""提篮桥监狱""老闸巡捕房"等"空间中的空间"就是其中的突出代表。伴随着这些有形空间的生产，立法、行政、司法等日趋严密的系统管治体制也在无形之中相应确立，中国的主权也一步步遭到蚕食、窃取和掠夺，最后上海租界区事实上沦为政治性空

---

① 李勇，《上海都市空间和通俗小说审美（1890—1930）》，华中科技大学，博士论文，2015 年 5 月，第 1—12 页。
② 孙全胜，《空间生产——从列斐伏尔到福柯》，《江汉大学学报》（社科版），2015 年 8 月，第 32 卷第 4 期。

间的"国中之国"。①

所以,从这个意义上来说,都市空间实际上又是一个巨大的政治性空间。正如列斐伏尔所言,"空间里弥漫着社会关系;它不仅被社会关系支持,也生产社会关系和被社会关系生产","空间的生产,实际是社会关系的生产"。② 在这个空间中,不同阶层、不同身份、不同利益的人,诸如官员、买办、资本家、普通职员、产业工人和苦力等,都不得不成为其中的一分子,人人都在为争取自己更大的生存空间以及更大的政治、经济利益而苦苦挣扎。

如果说,作为工具性的空间,都市空间显示的是那些看得见摸得着的高楼大厦、声光电话、车水马龙的街市和熙来攘往的人群,那么,政治性空间的都市社会,则是超越了市容景观和环境生活,杂糅了东方与西方、传统与现代、保守与文明,是从价值取向、思维方式和精神意识等向度切入的新视野、新景观,是一种不可视的新空间。

众所周知,上海开埠以来,都市空间经历了华洋之间合居—分居—再杂居的复杂过程,这一过程中,不仅人口的数量实现了迅速的膨胀,而且人口的结构也呈现出新的面貌。有资料显示,至1910年,"华界"人口67.2万,而公共租界、法租界人口共61.7万,上海人口总数128.9万。而其中非上海籍贯人口占比为82%,上海籍贯人口比重仅为18%。③ 由此可以看出,上海人口绝大部分是外来移民。尽管这些移民鱼龙混杂,泥沙俱下,但不可否认的是,其中大部分人的生存能力和适应能力极强,他们背井离乡,来到一个完全陌生的环境中求生存,谋发展,没有一定的魄力和能力,要想在上海立足几乎是不可想象的。伴随着上海都市空间的不断生产,以及上海社会经济的结构性变迁,这些移民在激烈的生存竞争中,日渐脱胎换骨,化蛹成蝶,从乡野农夫、中小士绅,或者高官显宦,蜕变成了颇具近现代色彩的上海市民群体,包括精英阶层或曰上流社会的官员、商人、资本家,中产阶级的职员、文人、下层官吏等,以及底层社会或曰草根阶层的产业工人、苦力和无业人员。

官僚、买办、商人和资本家,他们的身份有时很难做出明确清晰的界定,因为这些人有时是单一的官僚、买办、商人或资本家,有时又集两种或两种以上的身份于一身。

1902年,上海商务总会成立,其中聚集了一大批曾经在19世纪末和20世纪初叱咤风云的成功商人,譬如在银行业和金融界称巨子的有盛宣怀、虞洽卿、严信厚、黄奕柱、周金箴、傅筱庵等;执船运业牛耳的朱志尧、虞洽卿、唐廷枢、唐述臣家族、郑观应、张子标、李雨亭等;制造业中有缫丝厂及织布厂的行家施则敬,荣宗敬、荣德生兄弟,祝大椿;开面粉厂、碾米厂的朱葆三、荣氏兄弟;五金厂的朱志尧、祝大椿;洋货业和南北行的

---

① 许峰,《空间视野下的"现代"上海——开埠以后上海都市文化的生发与嬗变》,上海大学,博士论文,2012年1月,第3页。
② 〔法〕亨利·列斐伏尔著,王志弘译,《空间:社会产物与使用价值》,薛毅,《西方都市文化研究读本》(第三卷),广西师范大学出版社,2008年版,第24—25页。
③ 邹依仁,《旧上海人口变迁的研究》,上海人民出版社,1980年版,第90—91、112页。

有叶澄衷、邵琴涛、郭伟、郭顺家族、马应彪、蔡兴等；保险业的朱葆三、虞洽卿；出版业的夏粹芳；火柴业的刘鸿生等。他们之所以成功，归结起来，无非是用一种理性而明智的态度，始终抱有明确的营利目的，充分摄取和利用"传统"和"现代"中有利的因素，成就各自的财富帝国。换言之，他们在"传统"和"现代"之间，寻找到了最佳的平衡点，并且受益于这种"异质多元"社会所带来的各种选择和机会，徜徉其中、游刃有余，而且乐此不疲、流连忘返。其中大部分企业家和商人都是传统士绅及官僚出身，有很密切深厚的官方背景，例如盛宣怀、严信厚、沈敦和，及民初之大商家聂其杰，皆系官宦之家出身，之后才投身实业，或为救国，或营私利。①

买办的职业身份是中介人。上海开埠之初，西方人在开办经营各种商业、金融或企业活动中，由于业务需要，急于寻找一大批既熟悉本地风土人情，又具备一定业务能力的当地土著，这样，买办也就应运而生了。这种职业要求比较高，起码要熟知东西方的文化习俗，而且必须精通某种行业内部的运作方式和规律，如果具备一定的外语基础，当然更是求之不得的人才，故而买办这一职业并非所有的人都能够胜任。杨勋的《别琴竹枝词》说："多少洋行康八杜，片言茹吐费疑猜。"《沪游竹枝词》谓："糠摆度名不等闲，宁波邦口埠香山。逢人自诩呱呱叫，身列洋行第几班。"所以，他们很多人本身就是资本家或业界翘楚。由于熟悉本地民情、商情，买办们能在商业活动中为雇主争取更大的利润，同时也为自身牟取更大的利益，在上海近现代对外贸易、金融事业及民族工商业中发挥着类似桥梁的沟通作用。买办不仅是外商企业的雇员，而且还是对华业务的中介人和合作伙伴，他们有独立的办公场所——买办间，其间的雇员都由买办自己独立招募，买办须向外商企业交纳保证金，为他们提供担保，其数额根据经营业务的性质而有高低之分，银行买办的保证金最高。买办往往雇用亲族、友朋、下属等关系密切的人，以便于控制、减少风险，这样便造成了买办职业的家族化现象，譬如徐润家族、席正甫家族等。近代上海其他著名的买办家族还有朱葆三家族、朱志尧家族、沈志贤家族、胡寄梅家族等。买办横跨华洋两界，混迹于名利场中，属于都市社会中的特殊阶层，因此他们在上海社会经济结构中的地位、待遇都极为可观。

1883年前，买办徐润所拥有的资产大致如下：

> 余所购之地者达2 900余亩，已建筑者计320余亩，共造洋房51所又222间，住宅2所，当房3所，楼平房街房1890余间，每年可收租金12万2980余两，地亩房产名下共合成本223万6 940两，外又买存各项股票，除沽外实存42万6 912两，八折作34万1 530两，又合业典当架本34万8 571两3钱，七折作24万4 000两，股票抵押各欠39万7 000两，共计实有银340万9 423两3钱，股票八折、典本七折作银321万9 740两。②

---

① 梁元生，《近代城市中的文化张力与"视野交融"——清末上海"双视野人"的分析》，《史林》1997年第1期。
② 徐润，《徐愚斋自叙年谱》，江西人民出版社，2012年版，第34—36页。

据统计,19世纪80年代人均国民生产总值为7.4两,这一数额按批发价可以购买一个中国人平均每年所消费大米数量的2倍。而当时京官中汉族一品文官的年俸307.8两,地方一品文官的年俸只有180两。① 以"富比王侯"来形容这些买办的巨额财富可谓恰如其分!②

上海近代以来的资本家群体兼有工商业者和资产者的双重身份,是两者的集合体,其产生自然也应追溯到开埠之初。西方人将上海作为通商口岸,对华洋双方而言,都是一个重要的契机。外国人在租界兴建银行、洋行及企业,把西方的生产方式、消费方式移植到上海,并不单纯仅仅为了从事商贸活动,投资办厂也是其中的必然选择。因为,面对上海广阔的市场、廉价的土地、原料和劳动力,以逐利为生的列强,是不会放弃这一千载难逢的发财机会的。甲午战后,中国政府放开了西人开设工厂的限制,大量外资企业更是如雨后春笋般地纷纷涌现。洋务运动的兴起和洋务派人士的崛起,也使得许多私人资本开始创办民族工商业。就商业流通体系来看,棉布商业、五金商业和百货商业是较早起步的。1862年叶澄衷开设的老顺记五金号为第一家五金商号,在上海滩十分有名。到清末民初,民族工业产品替代进口工业产品出现了高潮,面粉、棉纺织、火柴、卷烟、肥皂等民族资本工厂纷纷建立。这些工商业主,成为上海最早的一批民族资本家,尽管他们在上海人口结构中所占的比例很小,尚不到1‰,但他们对上海经济发展所起的作用却不可估量。他们对上海市民社会的价值观念和体系的形成,也起到了引领和导向作用,推动着上海由传统社会向现代社会转型。

除了商人、买办、资本家之外,上海市民社会精英阶层的另一个重要组成部分则是官员,官员的三个来源和层次大致分为朝廷大员、国企高管和地方官等。

前已述及,像盛宣怀、胡雪岩这样的朝廷大员,可以说是身兼数职,集官员、商人、买办和资本家于一身。他们的身份、实力、地位,毋庸置疑地在上海政商两界发挥着风向标的重要引领和示范作用,是作为政治空间的上海市民社会精英阶层中的顶级精英。

而建立于1865年的江南制造总局,是晚清自强自救运动中成立的近代军事工业生产企业,为彼时中国最重要的军工厂,也是清政府洋务派开设的规模最大的近代军事企业。江南制造总局不仅是洋务运动的标志性成就之一,也是上海乃至全国最早的国有企业。制造局最高领导人是督办,曾国藩、左宗棠、张之洞、容闳等人均曾担任,但大多时期是由李鸿章担任。督办以下为行政主管,早期由李鸿章选任冯焌光和沈保靖充任,并由上海道台(1865年时为丁日昌)加以监督,具体技术管理方面的工作则多由西方人负责。制造局中的中高级管理人员,也是后来各地兴办实业时争相延聘的优秀人才。据有关资料显示,其后江南制造总局出身的官员,到各地充任现代实业总办、督办和教习的不计其数,例如天津制造局、湖南制造局、直隶池州制造局、天津机器局、山东机器

---

① 张仲礼,《中国绅士的收入》,上海社会科学院出版社,2001年版,第33—34、288页。
② 张秀莉,《近代上海买办家族的谱系》,《东方早报》2012年7月31日。

局、吉林机器局、北京同文馆、热河煤矿局、贵州矿务局、广州制炮局等企业的高级管理人员均有在江南制造总局任职的经历。① 上海的招商局是另外一个培养现代实业人才的渊薮，许多招商局的办委，以后在轮船、铁路、纱厂、铁厂等各项工程中，均担当重要的高级管理角色。

作为地方政府，在上海担任行政官员的人员，通常都是身兼二任，体制上既是地方行政管理人员，同时也是官办新兴企业的负责人。以驻上海之地方官来说，上海道台（即管理苏、松、太区之官员）是最高之行政官，而他也是江南制造总局的督办；海防同知是仅次于上海道台的上海第二位高官，而他也是"洋务局"的负责人。可以说，办理"洋务"、主持并管理现代化企业是上海地方官们的职责所在，而且有可能是最重要的一部分工作，不能掉以轻心，更不可置之不理，必须全力以赴，尽职尽责。因此，尽管有犹疑、反感，乃至抵触，但绝大部分上海的地方官还是比较开明通达的，对于工业化、科技化和都市化及其所代表的价值理念、思维方式，易于认同和接受。开埠后的20多位上海道台，绝大部分都是洋务派。譬如吴健彰、薛焕、吴煦等人，1860年前主要靠办外交著名，皆为当时"深晓夷务夷情"的人物。其后，以"自强""自救"为目的的"洋务运动"兴起，朝廷鼓励新兴工业，江南制造总局、招商局在上海开办，作为最高行政官的上海道台皆有机缘参与或主持其事，以至被时人目为"洋务专家"。中央政府对这批人在洋务方面的成就颇为认可，刘瑞芬、邵友濂、龚照瑗、吕海寰、蔡钧等多位上海道台被调任为驻外使节，便利其充分发挥各自的从政优长。

不论是朝廷政要、地方大员，还是国企高管，上海的官员们总的趋向是顺应时代发展的大势，能够以迥异于时流的目光与识见，看到了三千年未有之大变局对传统社会根基的冲击和动摇，也看到历史潮流所带来的机遇和抉择，敢于站立潮头，不期而然地成了时代的弄潮儿。这一点我们毋庸置疑，应当给予理解之同情和一定程度的肯定。不过，历史是悠远而复杂的，也是零星而琐屑的。在众声喧哗的历史大合唱中，也不是每一个音符都应节而动，按律而行，总有一些反复，总有一些不和谐音裹挟其中。坦率地讲，上海各个阶层、各个级别的官员们对待时势，对待洋务运动，并非众口一词毫无疑义。即使在同一个人身上，也有可能表现出前后不一致乃至矛盾之处。譬如，继丁日昌出任上海道台的应宝时，对引进现代工业却并不赞成，尤其竭力反对兴建铁路。他曾写过一篇题为"七不可"的文章，举出七个反对建铁路的理由。致仕后，他几乎完全与"洋务"脱节，回归到了一个传统的绅士。应宝时的继任者涂宗瀛，虽然时人均称之为"察时情，通洋务"，但他的旧上司及洋务大僚李鸿章在其《朋僚函稿》中述及其旧部涂宗瀛有云："朗轩一介传统文人，不谙洋务。"② 涂宗瀛后来官至督抚，任内却置洋务于不顾，专以提倡儒学及名教纲常为己任。其后的两任上海道台冯焌光与刘瑞芬在热心洋务的同

---

① 梁元生，《近代城市中的文化张力与"视野交融"——清末上海"双视野人"的分析》，《史林》1997年第1期。
② 李鸿章，《李文忠公全集·朋僚函稿》卷9，光绪三十一年金陵刊本。

时,也不乏保守之举。冯焌光在任内反对兴建吴淞铁路,竟有建成后又买回拆毁,并将铁轨当作废铁运往台湾之举;刘则反对"火水灯",恐其招致火患。在道德操守方面,二人皆以儒家自励:冯尤重孝德,甚至为孝亲之故弃官归梓;刘则对辞章训诂情有独钟,且始终不渝。

毕竟他们是吸吮着传统文化的滋养成长起来的权力精英和人生赢家,骨子里充溢着传统儒家"齐家治国平天下"的情怀和道义。作为深受国恩的朝廷命官,恪尽职守,完成朝廷赋予的管理地方治安、行政、风教、民生等各项职责,自是义不容辞。但是,时易世变,上海开埠以来,由于洋人的介入,在完成传统的安民理政职责以外,又多出了一项新的内容,那就是如何与异质文化相处,如何在华洋之间行走,如何在传统和现代之间找到心理和精神上的平衡点,就成了摆在这些官员面前的紧迫课题,不管是否情愿,都必须做出回答。所以,在他们身上所体现出来的某种保守情绪,某种对传统文化的执着与迷恋,以及对西方强势文化的疑惧与抵触,也就不难理解。这种情感上的焦灼和抉择的痛苦,也彰显了他们在东西方文化双重夹击之下的左支右绌,以及在传统与现代之间暧昧不明、左右摇摆的游移态度。任何一个置身其中的人恐怕都难以独善其身。对此,我们深表同情。

传统"士"阶层即知识分子,由于缺乏对资源的占有权和分配权,历来是一个缺乏独立生存能力、依附性极强的阶层,但他们是知识的拥有者和传播者,有可能通过某种特殊的方式、投靠某种势力,将自己所拥有的知识变现,从而实现个人的价值,科举制就是其中最便捷、最有效,也是最重要的途径和方式之一。"朝为田舍郎,暮登天子堂",知识分子的人生际遇和穷通祸福,充满了极大的不确定性。当然,真正能够致身通显、平步青云的知识分子,总是凤毛麟角,只有少数幸运儿才能如愿以偿。绝大部分都是名姓不彰,蹭蹬坎坷,最终老死林下,永远淹没在历史的尘埃中。面对鸦片战争的炮火与硝烟,古老中国不得不直面现实,极不情愿地开启了艰难地由传统农业文明向现代工业文明转变的历史进程,这一进程其实也是中国现代化以及中国知识分子转型的逻辑起点。在这个过程中,亡国灭种迫在眉睫的刺激和源远流长的修齐治平情结,使得这一时期的知识分子在社会文化心理上充满了自强自立、报仇雪耻的民族主义渴望,虽然也不乏迷茫、消极甚至沉沦,但总体上还是呈现出了转型期中国传统知识分子由来已久以天下为己任的担当意识和使命意识。时易世变,与时俱进,他们在顺应时代潮流,寻找救国方略之际,完成了以"屈辱"的形式接受西方现代文明的过程,也完成了自身由传统向现代的转变。

上海开埠以来,由于近代工商业经济的迅猛发展与城市社会的急剧转型,对于周边的苏浙等地区形成强大的示范作用与虹吸效应,使得一大批传统文人纷纷汇聚上海。租界的开辟与扩大,西方的器物、制度、精神文化输入的速度不断加快,催生了上海新式教育、新闻报刊和文化出版事业产生与发展。不同于以往传统的自给自足的农耕社会,上海这种以工业化生产、自由经济贸易,以及知识生产、消费、流通为核心的新型知识经济社会,其空间结构和制度条件,成为知识分子的转型和都市化生存的重要契机。1857年,中国第一份中文报刊《六合丛谈》在上海创刊;1872年,中国新闻史上影响最大的《申报》创刊;1843年,现代出版印刷企业墨海书馆在上海创立;1897年商务印书馆在上海创立;"到19世纪末,中国人自己创办的报刊已达30余种,至辛亥革命前,更猛增至500余种。与现代报刊发展齐头并进的,还有现代出版业;1904年,出版重心已经转移到民营出版业……它们面向社会、大众和平民,支撑着新思想新知识的传播与表达。"[1]这些也是吸引知识分子聚集上海的重要因素之一。研究显示,至1903年,上海至少汇聚了3 000名具有一定现代知识的知识分子。[2] 除了发达的报刊、出版业等现代传媒工具的出现,租界里相对自由、宽松、安全的城市公共空间,也为知识群体的社会活动提供了极大的便利。特别是1907年创办的《小说林》公布的稿费标准,更进一步标志着文学产业化制度的形成,为职业作家出现提供了生活保障,使他们不必依靠出仕、游幕或充当私塾先生谋生,仅仅依靠卖文,也可以维持体面的生活。

1905年,清政府废除科举制,大批文人由此失去了传统的晋身之路和出人头地的机会,不得不重新思考如何改变实现人生价值的途径,当务之急是寻找眼下的谋生方式与渠道,而这一时期上海的人文环境和经济发展为文人们提供了施展自己才华的舞台和机会。因此,知识分子群体背弃了以地域乡村血缘为中心的宗法家族,渐渐游离出乡村(乡镇)进入城市,上海就成了他们出外谋生并实现人生理想的首选之地。虽然大部分人处于非权力核心的位置,却获得了较少人身依附的自由和独立,同时又在都市中完成了向教师、编辑、自由撰稿人、出版家,甚至包括律师、商人、军人、买办、医生等职业身份的转变。他们学贯中西、兼通中外的现代化学养和观察视野,以及广泛的社会联系,使他们能够洞悉社会发展的走向和细微之处,并能够对国家政治、社会公共事务公开发表意见。而从形而上角度看,他们利用近代上海提供的自由开放的政治、文化环境等公共平台发表言论,抒发情怀,在公共空间的精神、文化层面起着协调、整合的作用,不仅丰富了都市文化,同时又保持着忧患意识与知识精英阶层的优越感。[3]

这批知识分子,本是受传统教育的一批文人,不但熟知经史子集,长于诗词歌赋,有极深的旧学根基,很多人还有秀才或举人的名衔,迫于洪杨之乱带来的纷扰和动荡,他们背井离乡,携妇将雏,避居到上海的租界寻找安身之地,即使寄人篱下也在所不辞。借此机缘,引发对西学之兴趣或与西人交往之渊源,所以,他们能够融摄东西,广取博收,西学的修养也非同一般。传统知识分子除了像儒家那样具有极强的依附性之外,也有深具道家情怀,优游林下的另类选择。可以说,游走于远庙堂和山林之间,一直是中

---

[1] 李洁菲,《现代性城市与文学的现代性转型》,陈晓明主编,《现代性与中国当代文学转型》,云南人民出版社,2003年版,第36页。

[2] 张仲礼,《近代上海城市研究》,上海人民出版社,1990年版,第1026页。

[3] 钱旭初,《都市空间与知识分子的生存方式——兼谈鲁迅的都市化生存》,《江苏社会科学》,2013年第1期。

国知识分子的常态。这批进入新型都市上海的知识分子,意识到了跻身庙堂的可能性已经微乎其微,所以,在租界这种自由氛围浓郁的空间中,诗酒风流、笑傲江湖的才子习气也就成为一种时尚。很多人成为率性而行、潇洒旷达的海上名士、狂士。被目为"海天三友"的王韬、蒋剑人和李善兰就是如此。此外,像周腾虎、赵烈文、管嗣复、应雨耕、应兰皋、郭友松、龚孝拱、黄胜、马相伯、马建忠、沈皖桂、徐寿、徐建寅、华蘅芳、赵元益、郑观应、范祎等,在1880—1890年的一段时间内,也都属于这一风格类型的知识分子。

王韬(1828—1897),生于苏州府长洲县甫里村(今江苏省苏州市吴中区甪直镇),1845年考取秀才。1849年应英国传教士麦都士之邀,到上海墨海书馆工作。1862年因化名黄畹上书太平天国,为太平军出谋划策,被誉为"长毛状元"。后条陈落入清军之手,清廷下令逮捕,在英国驻沪领事麦华陀爵士帮助下逃亡香港。其间,应邀协助英华书院院长理雅各将十三经译为英文。1867年11月20日,受到朋友的邀请和资助,王韬开始了他在欧洲的游历。他取道新加坡、槟榔屿、锡兰、亚丁、开罗,出地中海,经意大利墨西拿抵达法国马赛,又从马赛转搭火车经里昂到达巴黎,在巴黎游览罗浮宫等名胜,并拜访索邦大学汉学家儒莲,随后继续搭火车到加来港口,转搭渡轮过英吉利海峡到英国多佛尔港,最后又到了伦敦。其间,他还应邀前往牛津大学、爱丁堡大学作学术演讲,介绍孔子的仁爱之道。此番游历和考察,加深了他对西方现代文明的了解。光绪五年(1879)三月,王韬应日本友人的邀请赴日考察。在日期间,王韬考察了东京、大阪、神户、横滨等城市,写成《扶桑游记》。1884年,回到阔别二十多年的上海,次年任上海格致书院院长,直至去世。王韬也是较早的报人,1870年后在香港集资创办《循环日报》,评论时政,提倡维新变法,影响极大。

蒋敦复(1808—1867),初名金和,又名尔锷,更名敦复,字克父,一字剑人,天命之年后自号江东老剑。① 宝山(今属上海)人,是晚清著名词人,谭献的《复堂词话》曾将其列入清词后七家之一,"后七家则皋文、宝绪、定庵、莲生、海求、鹿潭、剑人"。② 一生历嘉庆、道光、咸丰、同治四朝。他自幼有神童之誉,九岁就已读毕儒家经典十三经,生性旷达,落拓不羁。清道光二十二年(1842)英军入侵,敦复上书两江总督牛鉴,直言犯谏,险被逮捕,不得已避祸入月浦净信寺为僧。鸦片战争结束,牛鉴被撤职查办后,蒋才还俗,浪迹大江南北。晚年寓居上海,常与当代名士交往,先与王韬、李善兰并称"海天三友",后又与王韬、马建忠称为"海上三奇士"。著有《啸古堂诗文集》《芬陀利室词集》等。

李善兰(1811—1882),字壬叔,号秋纫,浙江嘉兴海宁人。以数学家名世,为中国数学史上的杰出代表,近代数学家的先驱。他著述颇丰,主要著作都汇集在《则古昔斋算学》内,共13种24卷。其中《方圆阐幽》《弧矢启秘》《对数深源》三种,是关于幂级数展

---

① 〔清〕蒋敦复,《丽农山人自叙》,《啸古堂文集》同治十年刻本。
② 谭献,《复堂词话》,《词话丛编》,中华书局,1986年版,第3998页。

开式方面的研究。他一生翻译西方科技书籍甚多,将近代西方科学从天文学到植物细胞学的最新成果介绍传入中国,对促进近代科学的发展做出了卓越贡献。他也是中国近代数学教育的鼻祖,从事数学教育十余年,其间审定了《同文馆算学课艺》《同文馆珠算金针》等数学教材,培养了一大批数学人才。

他们个人的才具和能力毋庸置疑,无论在西学领域还是传统国学领域,都有惊人造诣,这一点尽人皆知,和同一时期沪上其他的知识分子并无多大不同,他们也以此自负,傲视不群。王韬有诗记他们三人云:"蒋诩天下士,李颀世无偶,韬也虽不才,未敢居人后。"① 然他们异于常人的是各自的性格气质和操行举止,较之时流,确有与世扞格之处。首先是性格上的狂傲放诞,目空一切,不同于儒家所说的谦谦君子。王韬说:"我本甫里一狂客……跋扈飞扬意志雄。"蒋说:"诗词骈体,鄙人皆登峰造极,沪上寓居诸公无一人是抗手。"② 其次是行为上的狂放不羁。传统文人的偎红倚翠,声色犬马,甚至狂嫖滥赌的浪子行为,也照单全收。由于他们皆为英人慕维廉(William Muirhead)主办的墨海书馆之常客,帮忙做翻译的工作,故而有时也爱作西人的打扮,高帽长衣,轻裘驷马,招摇过市,十分令人侧目。且经常与西人来往,相约出入于上海的青楼酒肆和餐馆教堂,狂歌豪饮,挥剑狂舞,"剑花摇摇酒花热,裸身大叫千年魄。"③ 毫不避忌,尽弃名教之常规于不顾,时人目之为"三怪"。④

龚自珍的儿子龚孝拱,出身于书香诗礼之家,家中藏书甲于四海,父祖皆一代名儒,而他本人也天资绝人,深通典籍。比父亲更厉害的是,龚孝拱还精通满、蒙、藏及英语,学贯中西,颇具才名。1858 年得识英国驻华使馆汉务参赞威妥玛,为其佐理文墨,1860 年随其入京。但行为却是放浪不羁,古怪孤僻,寡言少语,好为狎邪游。据传他晚年自号半伦,意谓无君臣、父子、夫妻、兄弟、朋友之道,只爱一个小妾,五伦去了四伦半,故曰半伦。有记载说他西服革履、头戴高冠,与西人出入与共,时人目之为"胡儿"。

这些人异于常情常理的言行,有背公义,为士林所不齿,认为他们不仅自己斯文扫地,而且辱没先人,是自甘堕落和逐臭海滨。他们自己也时以"获罪名教""非得已矣"而自我开脱。事实上,这些人之所以狂悖乖谬,并非其天性使然,而是环境与时势所迫,自感怀才不遇,报国无门,不得已才随波逐流,与世沉浮,破罐子破摔,也算是对黑暗时世的一种无奈与消极抗争吧。⑤

职员在构成上海都市市民社会政治性空间的层级分布上,介于精英阶层和草根阶层之间,职员群体涵盖范围广,层次差别大,流动性大,上升或下降的空间也都比较大。一部分高级职员也可能跻身精英阶层的上流社会,同样,一部分低级职员也有可能沦为

---

① 于醒民,《上海:1862 年》,上海人民出版社,1991 年版,第 405 页。
② 于醒民,《上海:1862 年》,上海人民出版社,1991 年版,第 405 页。
③ 于醒民,《上海:1862 年》,上海人民出版社,1991 年版,第 415 页。
④ 于醒民、唐继无,《从闭锁到开放》,上海:学林出版社,1991 年版,第 247—248 页。
⑤ 梁元生,《近代城市中的文化张力与"视野交融"——清末上海"双视野人"的分析》,《史林》1997 年第 1 期。

普罗阶层。他们通常是活跃在商业、金融、企业、教育、医疗等行业,或行政机关、文化机构中从事非体力劳动的从业人员,他们是伴随着城市近代化进程和社会化分工产生的结果,是带有明显时代特征、迥异于传统农业文明的一个新的社会职业群体。开埠到民国时期的职员已经成为仅次于工人的第二大社会群体。就所属行业而论,商业职员最多,工业部门的职员中纺织业占绝对优势。不同于那些旧式职业从业人员,如旧式学徒、伙计、帮工、仆役等,这些职员尽管大都来自农村,与乡村文化有着千丝万缕的关系,但他们一般都有良好的教育背景,基本上都受过小学以上的教育,有较高的文化水准,至少也是粗通文墨,不至于是完全目不识丁的文盲。所以,他们都具备或掌握一定程度的专业理论知识和技能技巧,具有从事某种专门职业基本能力。一般来说,这些职员以自己的知识和技能作为交换条件,通过受雇于某个机构或雇主的方式,用自己的服务和劳动换取报酬。较之传统农业生产的那种剧烈持久的体力劳动,职员们在都市的高楼大厦里无须忍受风吹雨淋之苦,且有上下班和节假日制度,劳逸有时有度。除此之外,他们的经济收入也比较稳定,不必靠天吃饭,基本上可以做到旱涝保收。经济上处于小康水平,除基本生活开支之外还略有剩余。所以,职员不失为一种体面的就业方式和职业群体。他们通过某种契约的形式,与企业、机构或雇主之间建立起了这种按劳取酬的关系,实际上这是一种以资本为纽带而形成的雇佣和被雇佣的关系,是一种具有现代资本主义色彩的新型生产关系。

职员也是市民社会政治性空间的重要组成部分,虽然这一群体已经构成了一个独立的阶层,在经济、政治、文化等各方面都有自己的独特性,但是,客观地说,总体上这一阶层的发展是比较缓慢的。长期都市生活熏陶所形成的职业资质、文化素养和理性识鉴,使他们具备了能够敏锐体察社会变革、理性思考社会问题、独立发表个人见解的能力,同时,对民主政治、个体权益、公民意志等现代性社会诉求有着更多的主动和自觉,是推动都市社会政治空间合理建构、促进市民社会价值观形塑、擅长表达诉求的主体。[①]

属于底层社会或曰草根阶层的产业工人、苦力、流民和无业人员等,是构成上海都市政治空间的最后一层级,也是最底层人数最多,境遇最差的一个层级。

1842年《南京条约》签订之后,作为五口通商口岸之一的上海,被正式纳入了世界资本主义市场体系中。西方人利用"胡萝卜加大棒"政策,即以武力胁迫和经济利益为驱动,在上海大肆开办工厂企业、银行等一系列旨在掠夺中国财富的机构。西方人到上海来,不论是征战,还是通商,大都是通过轮船从海上远涉重洋而来,船舶就成了他们最重要的交通工具。为了维持正常的航海交通,上海自19世纪50年代起,已有一些船舶修造厂出现,一些工人由此出现。其后,随着外资企业与民族资本企业的增多,包括造船厂、兵工厂、纺织厂、丝厂、自来火厂、汽水厂、烟草公司、印刷厂等,工人越来越多。到

[①] 李勇,《上海都市空间和通俗小说审美(1890—1930)》,华中科技大学,博士论文,2015年5月,第7页。

1894年，上海已有5万工人。租界扩大后，市政设施和公用事业的运行与维护，也雇用了不少工人。上海近代工业的产生、发展和壮大，不仅极大地冲击了传统小农经济，也给上海以近代企业为代表的民族资本主义的兴起起到了示范作用。1865年，李鸿章在上海创办江南制造总局，后又陆续创办一批军事、民用企业，也吸纳了大量的产业工人。经济生活的主角发生了变化，原先自给自足的小农经济逐渐退出了上海经济生活的舞台，取而代之的是外国资本主义、国家资本主义和民族资本主义在经济生活中唱主角。1895年甲午战后，外资在上海投资速度加快，不断扩大在上海的工业输出。同时，清末洋务运动时期及民国建立以后，民族工业奋起，私人资本在工业领域的投资也在加倍增长，上海逐渐成为全中国工业中心，与此相适应，上海产业工人的数量日益增多。

由于经济生活的主角发生了变化，与之最为密切的经济生活方式也有相应的变动，自给自足的封建生产方式面对资本主义机器大工业生产的冲击显得孱弱无比，最终支离破碎。由于封建经济的崩盘，原先依靠其生存的人们开始寻找新的就业途径和方式，大量的农村农业人口涌向了城市，直接导致了上海的城市人口急剧膨胀，"上海也从一个不惹人注目的中等城市，一跃成为全国最大的城市"。[①] 这些大量进城的农村人口就成了最早的产业工人。据粗略估计，1914年前上海约有产业工人14万至15万人。[②] 1919年，上海工人总数已超过51万，其中工业工人超过18万，交通运输业工人超过11万，手工业工人超过21万。[③]

产业工人大部分来自农村，主要是由传统农民、手工业者和无业流民转化而来。他们或为逃避灾荒，或为躲避战争，或为谋生发展，这几种因素往往交织在一起。农民进入城市以后，无论是工作还是待业，其身份都发生了改变。这些产业工人构成上海庞大的体力劳动大军，工作十分艰辛，苦、脏、累是常态，而且收入微薄，生活没有保障。但是，由于他们是由上海城市现代化过程孕育而生，很多人直接从事现代化机器大工业生产，不仅受到了现代企业严格管理的熏陶，初步意识到技术、科技及管理制度的潜在力量，而且也耳濡目染了上海的市民社会价值观念，逐渐认同和接受了自我权益保护意识，以及民主、平等、法律、公义等现代价值观念，虽然身处政治权力金字塔的最底层，却也是最具爆发力和冲击力的一支不可忽视的力量存在。

苦力的身份类似于产业工人，也是上海开埠后迅速膨胀的职业群体，但整体境遇上比产业工人更糟糕。近代上海以下各类人员基本上是由农民直接转化或稍加培训后转化而来的，大都可以归入苦力这一阶层，譬如农业人口（农业、林业、花果、畜牧、渔业）、交通运输（服务于一切舟车、邮电行业）、劳工（人力车夫、肩夫工人）、家庭服务、学徒、佣工、杂役（理发、镶牙、扦脚、擦背）、无业（流浪汉、捡垃圾、乞讨、残疾、无正当职业者）等

---

① 张仲礼主编，《近代上海城市研究》，上海人民出版社，1990年版，第19页。
② 赵亲，《一九二一年以前上海工人阶级状况》，载《学术月刊》1961年第7期，第19页。
③ 熊月之，《近代上海城市对于贫民的意义》，载《史林》，2018年第2期，第3页。

等。① 他们大部分是由苏北及内地其他地方逃荒流落到上海的农民,通常靠出卖体力维持生计,多从事人力车夫、码头装卸等工作。20世纪初,人力车夫大多是苏北人和山东人,而码头工人则有镇江帮、扬州帮、安徽帮等类似同乡帮会的组织。由于没有固定的雇主,所以也没有固定收入,经常处于失业或半失业状态,连温饱都难以为继。他们是物质上和精神上都游离于都市上海之外、处于社会最底层的"乡下人",常常遭受官府衙役盘剥、租界巡捕欺凌课罚和地痞流氓的欺侮凌辱,是属于这座城市苦难、卑微与黑暗的最敏感的神经末端。因而他们对基于温饱之下的平等、尊严和公正,需求最为迫切,感受最为直接,抗争也最为暴烈。他们自身物质经济地位的寒微与精神领域的荒凉,迫使他们逐渐抛弃传统生产关系所受的各种桎梏,逐渐转型为具有朴素市民社会意识的劳动者群体。

作为政治性空间的上海都市社会,是以现代意义上的公共领域即市民社会的形成为标志的。上海现代工商业经济的发展、壮大,导致了新社会阶层的出现,以及社会结构的转型。特别是商业活动成为社会生活中绝对占据主流的重要内容,促使与商业有关的商会等团体与机构不断更新提升自身的职能,涉足公用事业的建设与管理。这一时期的知识分子,运用报纸、书刊等现代传媒方式,多方体现自己的参与意识,表达除本身以外其他各阶层的意见与诉求,俨然成为社会良心和公众代言人。此时此刻,资本主义的生产方式、生活方式及价值观念逐渐普遍化、日常化,商业逻辑、商业伦理、规则意识和契约精神已经成为市民群体所共同信守和尊崇的普遍共识、价值取向和文化立场。

不同阶层、不同职业建立起来的市民互补、共生关系,是一个休戚相关、生死与共的命运共同体,实质上是以经济为基础的利益交换关系。因此,为了维护这一共同体的正常运转和持久繁荣,就必须确立以契约为原则的价值体系,并通过建立公平正义的法律体系来捍卫契约的合法地位,同时限制权力机构对契约的破坏和对相关利益的染指。不仅要在庙堂层面建立保障个人权利的良性政治体制,实现政治权力的社会化,民间层面也要在实践中践行契约精神,以维护开放的市场和自由、平等交换的原则,以及对个体价值的充分尊重。

第三节 空间合理性竞争下的欲望书写

列斐伏尔和福柯各自对空间理论的关注点并不相同,前者重点考察资本积累逻辑下的空间矛盾,后者则关注生产实践暗藏的政治权力争夺。福柯意识到了政治权力的无处不在,同时也觉察到了政治权力强度的变化。他对空间合理性的阐释主要呈现在

---

① 熊月之,《近代上海城市对于贫民的意义》,载《史林》,2018年第2期,第3页。

"异托邦"思想和在管制策略中对合理性的审视上。他总结了西方从中世纪宗教空间的等级性到牛顿时代物理空间的延展性,再到当代的关系空间之乌托邦性和分化性,从而提供了一个空间"不是什么"的研究视角。这种视角既渗透在对空间生产的考察中,也呈现在其对主体化的空间性审思上。不仅如此,福柯总是从消解知识霸权的角度审视空间变化,他建构了"权力空间""医疗空间"和"艺术空间"等各种空间形态。在这里,空间已经由一种分析工具变成了政治权力运作的对象和场所。福柯指出,"空间是任何公共生活形式的基础,是任何权力运作的基础"。① 空间经由关系而确立,并与权力和知识交织。权力无处不在,"权力的实施通过约束、纪律等形式来完成"。② 在空间中所处的人们,无时无刻不被权力的规训和复杂的技术所驯服。为此,需要解释被历史遮蔽的知识,制定正确的社会制度规则,厘清空间、权力和知识的互动关系。这将空间研究深入到对空间政治性的研究,将管制策略从物理空间形态延伸到空间的政治权力机制,这其中既包括对计算和空间的理性关系问题的研究,也包括对空间合理的追求。③

开埠以来的上海,迅速实现了从乡村到都市、从封闭到开发、从落后到文明的华丽转身,不仅实现了都市空间的生产,也完成了权力空间和政治性空间的建构,这一过程,实际上是一种建立在资本主义商业逻辑基础上的各种形式的社会空间组织在上海乃至全中国范围内的扩张与相互交织。银行、商厦、报馆、出版社、交易所、大马路、跑马场、夜总会、电影院、旅馆、公园、舞厅、咖啡厅等,官员、商人、资本家、职员、文人、下层官吏、产业工人、苦力和无业人员,以及工部局、会审公廨、商会、契约、规则、交换、平等、法律、民主等,就是关于上海各种空间的无限想象。既包括物理空间,也包括精神空间和情感空间,可谓包罗万象,无奇不有。这些空间均经由各种关系而确立,并始终与权力保持一种剪不断理还乱的纠葛,权力的魅影无处不在,而权力的实施则通过约束、纪律等形式来完成。置身于这一空间中的每一个个体,都无时无刻不被权力的规训和精巧的技术所驯服。但权力、规则、技术和每一个人之间的关系,并非简单的规训与被规训、驯服与被驯服的关系,而是一种双向互动、彼此制约的关系。对于权力和各种规训、技术而言,总是试图仰仗无所不在的强大魔力,威逼利诱,软硬兼施,去感召、碾压或征服每一个个体,通常情况下都能奏效。而对于势单力孤的个体而言,看起来弱不禁风,不堪一击,实际上人人都是金刚不坏之身,虽经千锤百炼,总能绝处逢生。每个人都在为自己争取更大的空间,每个人也都在为空间的合理性而不懈抗争。这种竞争或抗争,充满了都市空间下的各种人生欲望,权力势位、金钱财富、名望地位、声色犬马等,不一而足,因人而异,亦因时、因地而异,方式不一,途径各异,完全是一副芸芸众生生活百态的浮世绘。所谓欲望,按照丹尼尔·贝尔的看法,就是指超过了绝对的需要,满足个人优越感,

---

① 〔法〕福柯、保罗·雷比诺,《空间、知识与权力:福柯访谈录》,包亚明,《后现代性与地理学的政治》,上海教育出版社,2001年版,第1页。
② 〔法〕福柯著,刘北成、杨远婴译,《规训与惩罚》,生活·读书·新知三联书店,1999年版,第41页。
③ 孙全胜,《空间生产——从列斐伏尔到福柯》,《江汉大学学报》(社科版),2015年8月,第32卷第4期。

表明个人地位的永无止境的东西。① 主要的目的无非是为了满足身体的适意、情感的放纵和心灵的愉悦。譬如20世纪初期《申报》上同人们衣食住行有关的各种商品和服务类广告,努力为你提供各种官能刺激和满足,貌似事无巨细地关心着你身体的安闲、健康和生活的舒适安逸,其实背后却无不充斥着物欲享受。几乎所有的广告都在不遗余力地向你传达这样的箴言——人生的所有幸福快乐和终极意义就存在于各种欲望的满足之中。社会也不再是有着共同目标的人的自然结合,而成了单独的个人各自追寻自我满足的混杂的场所。

上海开埠以来到民国肇始,由于在中国的特殊地位和经济格局,商业文化已经成为昭然若揭、不可抗拒的一种社会存在,它的必然衍生物——欲望,在文学文本中也不可避免地出现了。前海派文学近70年有关上海印象的商业叙事中,上海留给读者和世人的观感是双重的,是一种繁华与糜烂共存的同体文化模式:强势文化以充满阳刚的侵犯性侵入柔软糜烂的弱势文化,在毁灭中迸发出新的生命的再生殖,灿烂与罪恶交织成不解的孽缘。② 譬如:

> 内中单表一个少年人物。这少年也未详其为何省何府人氏,亦不详其姓名。到了上海,居住了十余年。从前也跟着一班浮荡子弟,逐队嬉游。过了十余年之后,少年的渐渐变作中年了,阅历也多了;并且他在那嬉游队中,狠狠地遇过几次阴险奸恶的谋害,几乎把性命都送断了!他方才悟到上海不是好地方,嬉游也不是正事业,一朝改了前非,回避从前那些交游,唯恐不迭,一心要离了上海,另寻安身之处;只是一时没有机会,只得闭门韬晦。自家起了一个别号,叫作"死里逃生",以志自家的悼痛。③

> 陶子尧是初到上海。由山东临来的时候,姊夫曾叮嘱过他,说:"上海不是好地方,你又是初次奉差,千万不可荒唐。花钱事小,声名事大。"陶子尧做官心切,便把此话牢记在心,自己拿定主意,到了上海,不叫局,不吃花酒,免得上当。④

> 此番却是陶子尧不好,不该应一连两三个月不曾寄得家信。太太没有钱用还是小事,实因常常听见人说,上海地方不是好地方,婊子极多,一个个狐狸似的,但

---

① 〔美〕丹尼尔·贝尔著,赵一凡等译,《资本主义文化矛盾》,生活·读书·新知三联书店,1989年版,第34页。
② 陈思和,《论海派文学的传统》,《杭州师范学院学报》,2002年1月,第1期。
③ 〔清〕吴趼人,《二十年目睹之怪现状》,第一回《楔子》,《中国近代文学大系》第2集·第5卷·小说集三,上海书店出版社,1994年版,第1—2页。
④ 〔清〕李伯元,《官场现形记》,第七回《宴洋官中丞娴礼节 办机器司马比匪人》,《中国近代文学大系》第2集·第4卷·小说集二,上海书店出版社,1994年版,第95页。

凡稍些没有把握的人,到了上海没有不被他们迷住的。①

上海不是什么好地方。我虽没有到过,老一辈子的人常常提起,少年子弟一到上海,没有不学坏的,而且那里的混账女人极多,花了钱不算,还要上当……我劝你收了这条心罢。如果一定要到上海,好歹等我闭了眼,断了气,你们再去不迟。有我一日,断乎不能由你们去胡闹的。②

它既灯红酒绿、衣香鬓影,且摩登时尚,繁华透顶,"居之者几以为乐土",③深溺其中而流连忘返。同时上海又纸醉金迷、光怪陆离、道德迷乱、人心不古,充满了桃色的漩涡和肉欲的陷阱,制造了"海上梦境"的生命感悟。这一时期,相关文本中欲望书写的基本主题无非是开掘并表现人的生物本能,寻找内在隐秘欲望和肉体疯狂释放宣泄的渠道,进而表达对权力、金钱、名望等的占有欲,最终落脚在对人性的解放和自我救赎出路的探寻上。

19世纪中后期到20世纪初,一般初次从外地来到上海的人,进入视野最大、最深刻的印象就是所谓上海的繁华:楼宇、马路、灯光、商店、茶楼、酒肆、妓院、戏院、公园、电车等等,其中最著名的当数当时上海的标志性马路——大马路(今南京路)和四马路(今福州路)。前者是第一条横贯租界东西的马路,源于1851年的派克弄(Park Lane),延筑至浙江路,俗称大马路。1862年再次向西延伸至西藏路,1865年后,在扩建该路的同时正式命名为南京路。后来南京路又向东向西不断延伸扩展,马路两旁的商业街也随之不断兴建,商业就此开始繁荣起来。沿路陆续有福利公司、惠罗公司、泰兴公司(今连卡佛)和汇司公司等外资公司,以及先施公司、永安公司、新新公司和大新公司等侨资公司。此外还有宝大祥、老介福、亨达利钟表、恒源祥、张小泉、老凤祥等专业特色店铺进驻。南京路东起外滩,西抵静安寺,全长5.5千米,所谓"十里洋场",成为上海最繁华、最著名的商业街。

四马路是上海开埠前通向黄浦江的四条土路之一。开埠之初,仅限于外滩至界路(今河南中路)一段,由泥沙石子筑成,因附近设有基督教伦敦会传教机构,故称布道路或教会路。曾于清咸丰六年(1856)和同治三年(1864)两次扩建,1865年12月命名为福州路,俗称四马路。四马路的名气,仅次于大马路。这里报刊书肆、笔墨笺扇、仪器文具行业相继创设,戏园、茶楼竞相峥嵘,中西菜馆、服务行业随之兴起。至19世纪末,福州路及其附近,报馆、书局、笔墨文具店集中,戏园、电影、茶园书场、游乐场、舞厅等文化娱乐场所密布,专业戏班演出频繁,文化街已初露端倪。其中,仅报馆就有20余家,《申

---

① 〔清〕李伯元,《官场现形记》,第十回《怕老婆别驾担惊 送胞妹和尚多事》,《中国近代文学大系》第2集·第4卷·小说集二,上海书店出版社,1994年版,第137页。
② 〔清〕李伯元,《文明小史》,昆仑出版社,2001年版,第97—98页。
③ 胡祥翰、李维清等,《上海小志 上海乡土志 夷患备尝记》,上海古籍出版社1989年版,第68页。

报》《新闻报》《时报》三大报馆,在申城形成三足鼎立之势,《上海洋场竹枝词》述"集中消息望平街,报馆东西栉比排。近有几家营别业,迁从他处另悬牌"。这里成为上海的新闻发布中心,人称"报馆街"。中华、大东、世界、传薪、开明等大型书局(店)、商务印书馆先后开设;传统的文房四宝行业老周虎臣、周兆昌、曹素功、胡开文等笔墨庄也迁入福州路附近营业。酒肆、旅馆等服务业聚集;洋行、药铺、百货、照相、钟表行、拍卖行、烟号、茶食等商业初具规模,商市繁荣,形成申城最早的现代热闹大街之一。

不仅如此,四马路还以发达的娼妓业蜚声于中外色情界。妓业的兴盛是洋场繁华的重要象征之一,"千个里名万个堂,日斜楼上尽新妆",①描绘的是晚清上海租界妓业兴盛的景象。就建筑风格来说,较之同妓院相匹配的其他娱乐设施,如茶楼、烟馆、戏园等,这些场所一般宏伟气派、空间敞豁,通常是地标性建筑,而妓院的建筑单元显得小巧、简洁,或是里弄一个三开间或两开间的单元。为了寻求规模效应,大多是比邻而设,小则三五家,多则数十家。有资料显示,四马路一带妓业分布大致如下。

三马路(即汉口路,福州路北、福建路以东路段):主要有清和里(内通同安里、美仁里、东西荟芳里)、同安里(47人,美仁里西隔壁,南通东西荟芳里,东通美仁里、清和里)、美仁里(同安里东隔壁,内通与同安里同)、公阳里(28人,同安里斜对过)。

四马路南(福州路,福建路以西路段):主要有同庆里(33人,天仙戏园北首,普庆里隔壁,与兆富里、兆贵里对弄)、久安里(西口通大新街丹桂戏园,斜对过南首通兆富里)、小久安(在久安里)、兆富里(西通丹桂戏园对过,东口通天仙戏园,斜对过南首通兆贵里、日新里、久安里,北门通四马路)、普庆里(38人,天仙戏园隔壁,兆富里对弄,东南北通与下述西尚仁里同)、小普庆里(20人,普庆里东首底)、新普庆里(天仙戏园贴近北隔壁,北通普庆里)、日新里(26人,四马路石路)。

四马路东段路南(麦家圈):主要有东尚仁里(26人,仁济医院南首,内通与下述太和丰里同)、西尚仁里(20人,同庆里北隔壁,兆富里斜对过,北通太和丰里,南通中尚仁里、百花里、贵兴里、东通尚仁里)、中尚仁里(30人,东西尚仁里之间)、群玉坊(中尚仁里与东西贵兴里之间)、东荟芳里(北通美仁里、与太和丰里对弄)、西荟芳里(四海升平楼茶馆隔壁,北通同安里,与太和丰里对弄)、太和车里(东荟芳里对弄,内通中东西尚仁里、普庆里、新普庆里、小普庆里、百花里、桂兴里)、兆贵里(37人,天仙戏园斜对过,兆富里南首通宝善街)。② 1883年时人有"英界为沪上之胜,而四马路又为英界之胜"的说法。③

上海租界妓业的繁荣,既是这一职业悠久绵长的历史惯性使然,也是人性中自私、

---

① 《上海新报》(1862—1872),沈云龙主编,《近代中国史料丛刊》第3辑,文海出版社,第8册,1997年版,第3602页。
② 罗苏文,《弄、里、楼——近代上海商业空间的拓展》,《中国近代城市企业·社会·空间》论文集,上海社会科学院出版社,1998年版,第373—377页。
③ 〔清〕葛元煦,《沪游杂记》,《上海滩与上海人丛书》,上海古籍出版社,1991年版,第156、163页。

堕落恶魔性欲望因素的必然逻辑。虽然这一古老的职业一直处于社会的灰色地带,历来为主流社会所不容,也为正人君子所不齿,官府也有种种清规戒律禁绝掌握公权力的官员和负有风化导向的士人嫖宿娼妓,流连风月场所,但实际上一直是屡禁不止,其中的原因十分耐人寻味。清康乾年间曾严令禁止官员等宿娼:"凡(文武)官吏宿娼者杖六十,(挟妓饮酒亦坐此律)媒合人,减一等。若官员子孙(应袭荫)宿娼者,罪亦如之。"同时规定"监生、生员……及挟妓……问发为民,各治以应得之罪"。① 虽然收效甚微,并未根本阻止城市娼妓业的蔓延,但对官员和读书人却起到一定的遏制作用。由于租界的特殊地位,清政府的管辖权基本上是鞭长莫及,有心无力,再加上租界当局的默许,甚至为类似于书寓这样的高级妓院颁发执照,允其公开营业,按期缴纳捐税,一定程度上对娼妓业的泛滥与繁荣起到了推波助澜的作用。

在上海这样的近代都市社会里,人类最基本的生理欲望已经按照市场化的逻辑被充分地商品化了,商业化的市场规则已经渗透到了人们的日常生活和思维方式中,经济关系理所当然地支配着城市运行和人际交往。"在这里,每个人都是商品,每样东西都可以出卖:从初来乍到的乡村女孩的青春之躯到憨厚朴实的苦力的肌肉体力……身体,一样成为可以用金钱交换的商品"。② 在商业逻辑的冲击之下,千百年来铸就的传统道德伦理大厦不堪一击,轰然倒塌,情爱、尊严都成为过眼云烟。人们不断膨胀的身体欲望被尽情地释放和宣泄,享受着金钱带来的前所未有的欲望狂欢。

所以,在上海都市中的大马路和各类建筑间游走、徘徊、流连,其实是一种欲望的空间表达形式。当这些人在上海这个充满陌生人的流动、敞开的现代都市空间自由漫步的时候,本身就意味着一种临时性的解放或者解脱,意味着他们暂时摆脱了各自日常生活着的那个由熟人构成、稳定封闭而自给自足的中小城镇空间。在那里,血缘纽带、等级关系和世袭生活决定了它几乎一成不变的静止状态。西美尔认为,这种具有较强自我约束性的人际关系,进一步剥夺了其成员更大发展的可能性。它不仅设置了障碍,"阻止个人的行动与关系向外发展",而且"也在个体自身内部设置障碍,阻止个体的独立和与众不同的色彩"。③ 所以,当他们从那个空间及其中错综复杂的各种社会关系网中抽身而出的时候,就意味着暂时脱离了原先僵化、刻板、千篇一律的各种印象,而面对像上海这样新的都市空间的时候,在某种程度上,他们就获得了更多的自由。不同于乡村集镇这样的熟人社会,在完全是由陌生人组成的浩瀚广大的空间里,每个个体相互之间其实都是匿名的,因而相互也就不会有责任感或负罪感,也就特别容易诱使人们率直而"大胆地自我表达",而暂时忘却自我克制。④

---

① 《大清律例》,天津古籍出版社,1993年版,第558页。
② 卢汉超,《霓虹灯外:20世纪初日常生活中的上海》,上海古籍出版社,2004年版,第12页。
③ 〔德〕齐奥尔格·西美尔著,费勇等译,《时尚的哲学》,文化艺术出版社,2001年版,第192—195页。
④ 宋晓萍,《欲望、货币和现代都市空间——重读施蛰存的〈春阳〉》,《文艺理论研究》,2015年,第4期,第104—105页。

米歇尔·德·塞都在《城市漫步》中把行走视为"一种城市经历的基本形式",把身体在"城市文本"中的流动看作一种言语行为,一种空间表述。通过步行,他们也将自己的身体空间插入城市空间,这意味着他们在潜移默化中吸收了多种多样的社会模式、文化风俗、个人因素,也能敏感捕获不同空间之间的微妙差异和冲突,许多潜伏在身体当中的欲望也都在这一行走过程中被或迟或速地激发出来。都市空间正越来越深地介入和干扰着他们的身体,并通过人群和周遭的物理环境对其构成巨大的空间压力,使其身体表现出某种程度的混乱和失控,这种由身体内新旧空间的交错和摩擦引发的局促不安、不适应以及某种挫败感,迫使他们的欲望和理性不得不在自己身体中进行激烈的博弈。在这个痛苦的磨合过程中,力量的对比此消彼长。通过种种不适和尴尬,以及诸多层次的矛盾冲突,他们完成了对自身及其所适应和习惯的传统空间的怀疑和否定,并通过自我否定暂时抹掉了先前那个熟悉空间的痕迹,调整并适应了新的都市空间,使之完全融入都市人群的旋律中。最终,身处都市空间的这个肉身及其由此产生的种种欲望逐渐占据上风。且看《二十年目睹之怪现状》中江西巡抚夫人眼中的上海滩:

> 到了这天,诰封夫人、晋封一品夫人、赵宪太太陆夫人,在天妃宫行辕坐了绿呢大轿登程。前头顶马,后头跟马,轿前高高的一项日照,十六名江西巡抚部院的亲兵,轿旁四名戴顶拖貂佩刀的戈什,簇着过了天妃宫桥,由大马路出黄浦滩,迤逦到十六铺外滩。转弯进了小东门,便看见沿路都是些巡防局勇丁,往来梭巡。这一天,城里的街道,居然也打扫干净了,只怕从有上海城以来,也不曾有过这个干净的劲儿。走不多时,忽见前面一排兵勇,扛着大旗,在那里站队。有一个穿了灰布缺襟袍,天青羽纱马褂,头戴水晶顶,拖着蓝翎,脚穿抓地虎快靴的,手里捧着手版。宪太太的轿离着他还有二三丈路,那个人便跪下,对着宪太太的轿子,吱啊,咕啊,咕啊,吱啊的,不知他说些甚么东西,宪太太一声也不懂他的。肚子里还想道:格格人朝仔倪瘌形怪状格做啥介?想犹未了,又听得一声怪叫,那路旁站的兵队,便都一齐屈了一条腿,作请安式蹲下。一路都是如此。过了旗队,便是刀叉队、长矛队、洋枪队。忽见路旁又是一个人,手里捧着手版跪着,说些甚么,宪太太心中十分纳闷。过去之后,还是旗队、刀叉队、洋枪队。抬头一看,已到辕门,又是一个捧着手版的东西,跪在那里吱咕。宪太太忽然想道:这些人手里都拿着禀帖,莫非是要拦舆告状的,看见我护卫人多,不敢过来?越想越像,要待喝令停轿收他状子,无奈轿子已经抬过了。耳边忽又听得轰轰轰三声大炮,接着一阵鼓吹,又听得一声"门生叶某,恭迎师母大驾"。宪太太猛然一惊,转眼一望。原来已经到了仪门外面。①

江西巡抚赵啸存的夫人陆蘅舫原是上海滩四马路西哨芳的一个妓女,在风月场上

---

① 〔清〕吴趼人,《二十年目睹之怪现状》,第九十一回《老夫人舌端调反目 赵师母手版误呈词》,《中国近代文学大系》第2集·第5卷·小说集三,上海书店出版社,1994年版,第694—695页。

最初中意的是叶伯芬,是一向有了交情的,海誓山盟,已有白头之约,而且也得到过叶老夫人和叶太太的首肯。在一次由叶伯芬主持的花酒中,为了巴结新得记名的、不久就可望得缺的未来官僚赵啸存,临时荐给赵出局的。在其后二十多天的交往中,赵啸存与叶伯芬拜了把兄弟,陆蘅舫改换码头,也成了赵啸存的红粉知己,被赵娶作姨太太。赵啸存将陆蘅舫一向带在任上,升任福建抚台原配夫人去世,就把她扶正了,作为太太,从此陆蘅舫便居然成为夫人了。

这位巡抚夫人,在上海滩出行的路线是,过了天妃宫桥,由大马路出黄浦滩,迤逦到十六铺外滩,转弯进了小东门,最后到达上海道的仪门外面。正是从租界向东拐弯出来,由北到南走完外滩,再向西进城门入华界的。作为上海滩曾经的风尘女子,虽然她也依靠自己的姿色和机敏打拼出一片小小的天地,受到堂倌和恩客们的青睐,但她的身份和地位是屈辱卑微的。做了赵啸存的姨太太和夫人后,地位日渐抬升,受到的尊崇也越来越多。但当她以巡抚大人宪太太、诰封夫人、晋封一品夫人的身份,重回上海滩,旧地重游的时候,一切已经今非昔比了。她不再是那个谨小慎微、仰人鼻息的二流妓女,也不再是局促于福建或江西的那个土里土气的乡下官太太,她所身处的空间也不再是妓馆的狭窄闺房。上海滩的市容街道也空前的干净整洁,"只怕从有上海城以来,也不曾有过这个干净的劲儿"。在这一段不算太远的游走中,她的身心、观感都迥异于从前的任何一个空间,上海都市空间的整洁干净、道台仪仗的煊赫、下属兵丁的恭敬,种种新异的社会模式、文化风俗和个人因素,以迅雷不及掩耳之势,迅疾攻陷了她心中并不牢固的防线,许多潜伏在身体当中的欲望也都在这一行走过程中被迅速地激发出来。尽管她对这些官方仪仗的威武、强势和恭顺,感觉有些惊异,纳罕,但当她看到昔日的恋人,今日的上海道台及其家眷以门生下属的身份执弟子礼、行跪拜大礼迎候她的时候,还是感到了由衷的开心快意,甚至也不乏倨傲和骄矜,权利的欲望在瞬间被唤醒激活:叶太太却要拜见师母,叫人另铺拜毡,请师母上坐;宪太太连说"不敢当",叶太太已经拜了下去。宪太太嘴里连说"不敢当,不敢当,还礼还礼",却并不曾还礼。然后从前的恋人叶伯芬以弟子和下属的身份进来叩见师母,居然也是一跪三叩首,宪太太却还了个半礼。这位妓女出身的诰命夫人,完成了身心的调试过程,适应了新的都市空间,已经完全融入了上海都市人群的网络中。

新科状元金雯青,原籍是苏州。苏州是一座有三千年历史的古城,文化底蕴十分深厚,特别是明清以来,一直是领风气之先的城市,在时尚娱乐方面尤其如此,开埠前的上海也以苏州为风向标,惟苏州马首是瞻。而开埠后,上海后来居上,影响和地位逐渐走到了苏州的前头。难怪小说中的人物认为苏州科举所获状元数目的多寡,竟然直接关系到了国运的兴衰:嘉庆手里,只出了吴廷琛、吴信中两个;嘉庆十六年辛未这一科,状元虽不是,那榜眼、探花、传胪都在苏州城里,也算一段佳话。自后道光年代,就只有吴钟骏一人了,然而国运是一代不如一代了。至于咸丰手里,索性脱科了,只有潘八瀛先生,中了一个探花,从此以后,状元鼎甲已绝响于苏州了。到了同治年间,似乎中兴有道,国运是要万万年,所以这一科的状元,肯定是苏州人。果不其然,金雯青不负众望,一举夺魁,成为新科状元。他从北京请假省亲,乘轮船到上海,得便游玩上海景致,他的行走路线如下:

> 出门上了马车。那马夫抖勒缰绳,但见那匹阿拉伯黄色骏马,四蹄翻盏,如飞地望黄浦滩而去。沿着黄浦滩北直行,真个六辔在手,一尘不惊。但见黄浦内波平如镜,帆樯林立。猛然抬头,见着戈登铜像,矗立江表。再行过去,迎面一个石塔,晓得是纪念碑。二人正谈论,那车忽然停住。二人下车,入园门,果然亭台清旷,花木珍奇。二人坐在一个亭子上,看着出入的短衣硬领、细腰长裙、团扇轻衫、靓妆炫服的中西士女。……俄见夕阳西颓,林木掩映,二人徐步出门,招呼马车,仍沿黄浦滩进大马路,向四马路兜个圈子,但见两旁房屋尚在建造。正欲走麦家圈,过宝善街,忽见雯青的家丁拿着一张请客票头,招呼道:"陈大人请老爷即在一品香第八号大餐。"①

从名利栈出发,望黄浦滩而去,沿着黄浦滩北直行,入外滩公园,再由黄浦滩进大马路,向四马路兜个圈子,这是实际行走的路线。意欲游走的路线则是走麦家圈,过宝善街,最后是在棋盘街下车,到一品香吃大餐。虽然金雯青同上述江西巡抚夫人行走的路线不尽相同,但也大致近似,重点游走的线路几乎都是要经过大马路、外滩、四马路等上海最繁华的标志性地段,而这些地段所呈现出来的自然完全是最具诱惑力和刺激性的空间。只不过二人的身份、经历、地位不同,各自原本的内在储备各具特色。对于金雯青而言,他是状元郎,对自身的期许自然要比妓女出身的陆蘅舫高出不知多少。修齐治平当然是他的终极价值取向,事实上他后来也真的做了清政府的驻外公使。所以,他在苏州和北京两地的经历、经验和期待,在上海这样的都市空间中行走时,不期而然地就会触发他内心隐秘的欲望。黄浦江内平镜般的水波,林立的帆樯,戈登铜像,短衣硬领、细腰长裙、团扇轻衫、靓妆炫服的中西士女;有着玛瑙般双眼的外国人和说着外语的中国人等,一切都令人耳目一新。而在英国领事馆后园举行的赛花会同样让他大开眼界:园内高耸的洋楼,脚下华丽柔软的法兰西地毯,无数标着西方文字、千姿百态的中外名花,俨然一幅小型世界花博会;著名的西洋传教士傅兰雅和两个中国人正在谈论着举办舞会的事宜……这些都市空间中的各种物象,几乎都暗蕴着浓郁的西洋风情,契合他内心的预设和未来人生的走向。可以说,在这样的都市空间中行走,周遭的一切既是一种隐喻,也是一种预言。而这种隐喻和预言,又无不和主人公内心期望走出国门、研习西学,祈盼仕途波平如镜般如意洽惬的欲望暗通款曲。

如果说游走或行走是欲望表达的空间形式,在这一过程中,人物内心的各种潜在欲望被次第唤醒,那么游走过程当中伴随着的观看、赏玩,则确乎是欲望关系和欲望对象

---

① 曾朴,《孽海花》,(第三回)《陆孝廉访艳宴闻门 金殿撰归装留沪渎》,《中国近代文学大系》第2集·第6卷·小说集4,上海书店出版社,1992年版,第22—23页。

之间的确认或互换。因为，在那样一个陌生、熙攘、繁华的巨大都市空间中，有着无限的梦幻和无限的可能性，在那种喧嚣的市声中，在那种似乎应有尽有、无所不包的，完全被市场规则和商业逻辑左右着的丰饶的商品世界里，徜徉其中的每一个个体都置身于一种无限渴求的氛围中，被禁锢许久的欲望如同被释放出来的魔鬼，充满了强烈的攫取欲和占有欲。观看、赏玩的过程中，观赏者是主动的，他目力所及的一切都是他观赏的对象；反过来，他又是被动的，也是被观赏的对象。所以，在这样的过程中，他既是观看者，也是被看者。通过观看和被观看而产生，并经由都市宏大景观放大的欲望，以及对欲望对象和欲望关系的想象，至此变得越来越明晰，越来越不可抗拒，欲望关系和欲望对象之间的确认或互换最终尘埃落定。

《海上繁华梦》二集第二十四回写到杜少牧婚宴上长三、书寓出堂唱曲的情形，是主人公看到的上海风月场所的风情与习俗：

> 少牧道："安哥叫了公阳里盛月娥罢。此人能弹《平沙落雁》《夕阳箫鼓》《卸甲封王》并《龙船》等大套琵琶，也是青楼中的有数人物。"聘飞道："堂子里能弹小套琵琶的，兆贵里有个吴小卿尚还纯熟，弹大套的，除了前数年有个徐琴仙甚是擅长，并能开白说书，此外果少有了。"鸣歧道："安弟果叫月娥，我来叫东尚仁里的程渔卿，他能唱开白弹词，叫他到新房里唱回《三笑姻缘》，岂不很好？"众人多说这倒有趣得很。少牧遂又写了两张局票。交代车夫去叫，并大家议定，停回月娥、渔卿两个，叫他们到新房里坐，一个弹套琵琶，一个说回《三笑》。戟三道："金菊仙也好使，他在新房里唱支全本滩簧。"
>
> ……
>
> 唐家弄的出路不甚很远，不消一点钟左右，叫的局陆续而来。菊仙、月娥、渔卿、小玉四个真个多到新房里去。月娥弹了一支《卸甲封王》、一支《龙船》，因有转局，匆匆即去。……菊仙唱了一支《赐福》、一支《昭君和番》。
>
> ……
>
> 渔卿叫新房里娘姨端了一张书桌，一把交椅，在靠窗口打横放好，跟局娘姨取出一把纸扇，移过茶碗，放在桌中，渔卿坐将下去，弹动琵琶，唱过开篇，喝了口茶，摇动扇子，表白一番，唱了一回《点秋》。那白口、唱片、手势，一切真与男唱书的一般无二。楼下许多宾客此时多在新房里头，称赞菊仙、渔卿二人绝技。幼安问渔卿："上海能够唱书的妓女，共有几人？"渔卿道："前时有袁云仙、严丽贞、殷蕙卿等甚多，目今不听见说起了。只有徐琴仙会唱《双珠凤》，普庆里王蔼卿会唱《果报录》。蔼卿是从宁波来的，唱的书，宁波人叫作文书，与我们所唱不同。况且多已嫁了人了。"幼安道："偌大洋场，竟少女说书先生，也是一桩憾事。"菊仙道："女说书的无锡一带尚有，上海听说只有瞽目，唱一天书一块洋钱。从前虽闻还有个沈新宝，住在小东门康家弄内；一个江幼梅，住在大东门火腿弄内。他们二人并非妓女，所

以没有客人往来,也不出局。人家叫他唱书,每天三块洋钱书钱,一元洋钱轿钱,另外加些喜封。如今老的老了,不出来的不出来了,真个不听见再有别人。"①

《海上繁华梦》是一部描写海上繁华的洋场小说,其实也是一部写妓女生活的小说,上引片段中的女性如盛月娥、吴小卿、徐琴仙、程渔卿、金菊仙、袁云仙、严丽贞、殷蕙卿等都是风月场中人物,但不同于一般的青楼卖笑女子,这些人都是书寓或长三,属于高级妓女。最初,书寓称先生或词史,都有良好艺术修养,从小学习苏州评弹,会说书,善唱曲,能操琴书。书寓先生们是高等艺妓,卖艺而不卖身。如日本上等艺妓,专为客人度曲侑酒,不轻易留客。即侑酒亦必距客坐处约一二尺之遥,轻颦浅笑,亦只清歌一曲而已。长三是仅次于书寓的高等艺妓,因其出局三元,度夜三元,如骨牌长三之数,故名曰长三。书寓与长三,本没有多大区别,只不过一个标称卖艺不卖身,一个卖艺又卖身。生存竞争中,两者的界限消失,彼此不再有什么区别,都是既卖艺又卖身的海上高等妓女。不消说,这些妓女的身价都不菲,不是一般人能消费得起。自然,像谢幼安、杜少牧这样的人,也不同于一般仅仅满足于生物冲动的普通嫖客,他们不仅要消费、观看、鉴赏风尘女子的花容月貌,还要欣赏她们的才情技艺。在这个过程中,他们作为高等人士的虚荣心、占有欲得到了极大的满足,也由此激发了他们更大的欲望,那就是在社会上取得更高的地位,攫取更多的财富,在人生阶梯的攀爬中登上更高的层级。同样,对于那些被观看、被鉴赏的妓女们,她们选择服务对象,以自己的色艺为商品,在为他人提供服务,满足别人需求的同时,自己也获得了展示自己才艺和色相的机会,以及实现自己欲望的可能,自然也会伴随有经济利益上的获得。

到了次日,我想甚么大出丧,向来在上海倒不曾留心看过,倒要去看看是甚么情形,便约定继之,要吃了早饭一同出去看看。继之道:"知他走哪条路,到哪里去碰他呢?"子安道:"不消问得,大马路、四马路是一定要走的。"于是我和继之吃过早饭,便步行出去,走到大马路,自西而东,慢慢地行去。一路走过,看见几处设路祭的,甚么油漆字号的,木匠作头的,煤行里的,洋货字号里的,各人分着帮,摆设了猪羊祭筵,衣冠济济地在那里伺候。走到石路口,便远远地望见从东面来了。我和继之便站定了。此时路旁看的,几于万人空巷,大马路虽宽,却也几乎有人满之患。只见当先是两个纸糊的开路神,几乎高与檐齐。接着就是一对五彩龙凤灯笼。以后接二连三的旗锣扇伞,衔牌职事,那衔牌是甚么布政使司布政使,甚么海关道,甚么大臣,甚么侍郎,弄得人目迷五色。以后还有甚么顶马、素顶马、细乐、和尚、师姑、道士、万民伞、逍遥伞、铭旌亭、祭亭、香亭、喜神亭、功布、亚牌、马执事等类,也记不尽许多。还有一队西乐。魂轿前面,居然用奉天诰命、诰封恭人、晋封夫人、累封一品夫人的素衔牌。魂轿过后,便是棺材,用了大红缎子平金的大棺罩,开了六

---

① 孙家振,《海上繁华梦》二集,第二十四回《逗豪情点戏一百出 杀水气摆酒十六台》,光绪三十二年(1906),上海《笑林》报馆大型铅印本。

十四抬。棺材之后,素衣冠送的,不计其数,内眷轿子,足有四五百乘。过了半天,方才过完,还要等两旁看热闹的人散了,我们方才走得动。和继之绕行到四马路去,谁知四马路预备路祭的人家更多,甚么公司的,甚么局的,甚么栈的,一时也记不清楚。我和继之要找一家茶馆去歇歇脚,谁知从第一楼(当时四马路最东之茶馆)起,至三万昌(四马路最西之茶馆)止,没有一家不是挤满了人的,都是为看大出丧而来。我两个没法,只得顺着脚打算走回去。谁知走到转角去处,又遇见了他来了。我不觉笑道:"犯了法的,有游街示众之务。不料这位姨太太死了,也给人家抬了棺材去游街。"①

上海一家轮船公司的督办,其姨太太死了要大出丧,兴师动众,十分排场。照常理,姨太太过世是不必风光大殓、高调举办丧礼的。不过其中事出有因,不得不如此。原来,督办微时与这位姨太太相识于妓院,这位妓女从良后嫁给蒯姓绸缎庄东家为妾,暗中仍与督办藕断丝连,后来携巨资离家与督办私奔,相约若督办日后得意,将以嫡礼视之。进京后用从蒯家卷来的银子打点,不到半年便放了海关道,堂哉皇哉地带了家眷,出京赴任。后来正室死了,本欲将其扶正,但迫于老太爷的压力,不得已续娶了醋意十足的继室夫人,继室夫人也不久于人世,于是便顺水推舟,终于把出身妓女的姨太太扶上了正室夫人的宝座。督办大人却是情种,知恩图报,不忘自己微时姨太太对自己的眷顾,所以在她死后,要风风光光地为其出大丧。这个出殡仪仗队伍的威势和气派真的是风光无限。其游走的线路主要是大马路和四马路,这是当时上海的最繁华所在,目的就是为了昭告世人,炫耀他的权势和地位。途经的各家商铺,油漆字号的,木匠作头的,煤行里的,洋货字号里的等,也纷纷摆设了猪羊祭筵,衣冠济济地在那里伺候。其实这些人跟这个死去的姨太太和他的高官丈夫并无任何亲眷关系,如此致祭,也无非是为了做给活人看,为了拍这位高官的马屁。仪仗中的旗锣扇伞,衔牌职事,以及顶马、素顶马、细乐、和尚、道士、万民伞、逍遥伞、铭旌亭、祭亭、喜神亭、功布、马执事,和奉天诰命、诰封恭人、晋封夫人、累封一品夫人的素衔牌等等,也无一不是在炫耀权势。这里,看和被看的界限已经不甚了然了,双方都在惊奇艳羡,也都在自鸣得意,背后隐藏着的对权势、富贵的欲望,却以寒意彻骨的冷笑睥睨众生,从未缺席。

游走、赏鉴于上海都市空间中所激发、滋生、蔓延、膨胀和破裂发出的各种欲望,构成了旧海派文学关于商业叙事故事发展的结构方式和情节逻辑,那就是自始至终都暗伏着金钱/货币几乎无所不在的影子,欲望的滋生与终结,都离不开金钱的力量。

高升领命,径往尚仁里黄二姐家。黄二姐见是高升,满面堆笑,请去后面小房间。高升曰致主人之言,立等要那拜盒。黄二姐道:"拜盒来里呀,我要搭罗老爷说句闲话。耐要紧,请坐哩。"高升不得已坐下。黄二姐喊人泡茶,从容说道:"耐来得

---

① 〔清〕吴趼人,《二十年目睹之怪现状》,第七十八回《巧蒙蔽到处有机谋　报恩施沿街夸显耀》,《中国近代文学大系》第2集·第5卷·小说集三,上海书店出版社,1994年版,第591页。

正好。我有多花闲话来里,拜托耐去说拨罗老爷听。先起头翠凤来里做讨人,生意闹猛得野咪;为仔倪搭开销大,一径无拨多洋钱。翠凤赎仔个身末,勿好哉,生意一点也无拨,开销倒省勿来。一千洋钱个身价,勿知勿觉才用完,难末无法子哉!原来搭个翠凤商量,借几百洋钱用用,陆里晓得个翠凤定归勿借;跑仔好几埭,俚倒定归回报我无拨。我想耐翠凤小个辰光,梳头缠脚才是我,出理耐到故歇,总当耐是亲生囡件,耐倒实概无良心!我第一转开口,耐就一点情面才无拨,故末气得来要死。今朝我也勿说哉,有心要拿俚个赎身文书难难俚。拿着仔俚赎身文书末,喊俚转来,原搭我做生意。俚倘然再要赎身末,定归要一万洋钱咪。再勿靠账拿差仔,勿是个赎身文书,倒拿仔罗老爷个拜匣。罗老爷是再要好也无拨,生意浪末照应仔倪几几花花,就是小个场花也幸亏罗老爷十块廿块借拨我用。我勿像是翠凤个无良心,时常来里牵记个罗老爷。坎坎晓得是罗老爷个拜匣,我就忙煞个要送得来。不过我再来里想,翠凤搭仔罗老爷赛过是一个人,罗老爷个拜匣赛过是翠凤个拜匣。我末气勿过个翠凤,要借罗老爷个拜匣押来里,教翠凤拿一万洋钱来赎得去。等翠凤一万洋钱拿仔来,我就拿拜匣送还拨罗老爷。耐转去搭罗老爷说,教罗老爷放心末哉。"①

金钱不是万能的,没钱却是万万不能的。金钱能满足人的各种欲望,能让人快乐,能满足人的虚荣心,有了金钱才能享受人生。所以,如何攫取和占有大量财富,就成了许多人一生的志业,而各自的手段也因人而异,甚至有为达一己之私利而不择手段的:譬如《海上花列传》中的黄二姐。她在妓院中的地位远逊于黄翠凤,不过是一个粗使佣人,仗着自己是当红妓女黄翠凤的老妈子,小时候曾经给翠凤梳过头缠过脚,有在翠凤面前倚老卖老的资格;又眼热翠凤生意红火、身价过千,钱多得花不完。为了满足自己轧姘头的欲望,便动了向翠凤借钱(其实是敲诈)的念头,却遭到了翠凤的拒绝。于是便恼羞成怒,偷了翠凤的恩客罗子富的拜盒去,以里面的文书和房契作要挟,教翠凤拿一万洋钱来赎得去,最后终于如愿以偿,硬是讹了罗子富五千洋钱。在欲望的驱使下,传统的道德原则已经不堪一击,为满足自己的私利和欲望,善良、淳朴、克俭、声誉、贞操等,都可以拿来做交换。

潘多拉盒子已经开启,欲望之门已经洞开,在上海这个充满欲望的现代都市空间里,多年来潜伏在人们身体深处、不为人知甚至也不自知的无穷欲望,都将一一浮现,干柴烈火,不可遏止。它们将由槁木死灰变得热烈红火,引燃它们的,是鲜活的浮世狂欢——金钱、权力、声望、地位,最重要的是饮食男女。

---

① 孙家振,《海上繁华梦》二集,第二十一回《攫文书借用连环计 挣名气央题和韵诗》,光绪三十二年(1906)上海《笑林》报馆大型铅印本。

第四章　上海印象中商人的精神世界

通常说来,人类实践活动的结果生成衣食住行等物质世界,而人的意识活动的结果则形成思想、文化、艺术、宗教、制度等精神世界。精神一词源自拉丁文"spiritus",原意指轻微的风动,或轻薄的气流,现在一般用来指称相对于物质而存在的一切意识现象、意识活动及其活动结果的总和,它在本质上揭示的是人的精神性。人的精神世界包含四个具有层递关系的层面,即心理层面、思维层面、伦理层面和精神层面。心理层面是人与动物共有的,它是没有自我意识的精神领域,也是人的一种本能;思维层面及其相应的思维领域,它们共同构成精神世界的能力素质部分,心理层面与思维层面的分界在于感性认识,形成感性认识是心理的终结同时也意味着思维的开始;思维层面和伦理层面及其相应的道德领域共同构成精神世界的道德品质部分;而精神层面及其相应的审美领域、信念领域、信仰领域和理想领域则构成精神世界的精神境界部分。这些不同的层面,体现在具体某个个体身上,则是千差万别,体现在不同人的个人能力素质、人品人格修养,以及精神境界的高下。

每个人都同时生活在物质和精神两个不同的世界里,两个世界互通有无,并行不悖。精神世界最终得通过物质世界来完成,如果没有物质基础作为支撑和依傍,这个精神世界就完全成了空中楼阁,没有任何意义和价值。同样,物质世界如果缺乏精神世界的引领和指导,没有精神世界的智力支持,缺乏灵魂的善良、丰富和高贵,那么这个物质世界肯定就会失去发展的方向和发展的动力。

大千世界里,没有两片完全相同的树叶,人与人之间也存在着巨大的差异,除了性别、基因、年龄、身份、地域、种族、民族等外在显性差异外,最大的差异在于内在精神世界的不同,从而形成了精神世界的贫富差异。一个人精神世界的富有并不是说拥有多少知识,拥有多少物质财富,而在于生命的深度、广度、宽度和温度,以及灵魂的每一个角落里潜藏的人性光芒。

如果一个人拥有丰富的知识,智慧高深,识见宏远,并且具有充盈的亲情、爱情、友情,有德性,有信仰,热爱自然,热爱生命,具备真善美、爱信诚诸多美好峻洁的光辉品质,那么这个人的精神世界一定是丰富多彩、充实丰润的,洋溢着温柔和繁华。反之,其精神世界必如荒漠绝域,贫乏荒凉,空虚枯寂,充满了冷硬和荒寒。可以说,物质世界和精神世界一样,都是人生须臾不可或缺的一笔财富。拥有丰饶的物质财富和充实的精神世界,人生的穷通进退,起落浮沉,才会应付如裕,才会挥洒自如,人生才能称得上美好。只拥有豪奢的物质财富,而精神世界却贫乏的人,犹如行尸走肉、鬼魅精灵,其人生也必定缺少生命的精彩和亮色。

上海开埠以来,西方资本主义工业文明以强劲之势迅速渗透到了上海社会生活的许多方面,在经济领域尤其如此。马克思·韦伯认为:"近代资本主义扩张的动力首先并不是资本主义活动的资本额的来源问题,更重要的是资本主义精神的发展问题。不管在什么地方,只要资本主义精神出现并表现出来,它就会创造出自己的资本和货币供给来作为达到自身目的的手段,相反的情况则是违背事实的。"①资本主义精神的核心意涵包括以下诸端:1. 拥有土地、设备、机器和工具等一切物质生产手段,作为独立经营的私人企业可任意处置自己的财产;2. 必须有自由市场;3. 有合理的簿计会计制度;4. 依据可预测的规律进行管理;5. 必须有自由劳动;6. 经济生活必须商业化。② 这种前所未有之局面的出现,无疑引发了晚清社会对整个传统价值观念和思想体系的反思与解构,对传统贱商思想进行较为彻底的否定和批判,并促使整个社会重新认识商业和商人的价值,由此成为中国商人脱胎换骨的历史起点,也成为开埠后重商主义思潮勃兴的滥觞。不仅如此,作为当时经济民族主义最重要的组成部分,晚清重商主义思潮的勃兴既是近代"千古变局"冲击效应的产物,又是中国主动效法西方的结果,其对中国未来社会走向的影响是十分深长而持久的。③

在这一过程中,中国近代商人的精神世界也同时具有了东西方不同文化因素的渗透和融合,但又绝非两者的简单叠加,其内涵又远较两者更为复杂。由于长期以来的锁国政策,导致自身的闭目塞听和盲目自大,中国近代以来商人的商业伦理,不同于西方资产阶级以基督新教观念为核心的经济伦理,并不明目张胆地声称金钱利益至上和个人主义的原则,而仍然秉承儒家修齐治平的理念,以仁、义、礼、智、信等儒家道德规范为其内核,提升商人和商业活动的社会高度,将其与治国平天下等量齐观。而且把宽容大度、至诚待人、信用第一、义在利先等个人品格修养,升华为经商的基本原则,反对唯利是图、见利忘义的做法,将商业利益和道德修为合二为一。同时又按照儒家"入世主义"的原则,强调商人的社会责任感和群体意识、家庭观念、国家观念,以服务社会、有利于公益为目的。君子爱财,取之有道。因此可以说,中国近代商人精神世界的价值取向,既有现实利益的正当谋取,也有高蹈昂藏的道德情怀;既包括介于传统与现代之间的商业伦理精神、法律精神、企业精神、重商主义精神,也容纳了民族主义意义上的爱国主义

---

① 〔德〕马克思·韦伯,《新教伦理与资本主义精神》,生活·读书·新知三联书店,1987年版,第49页。
② 〔德〕马克思·韦伯,《世界经济通史》,上海译文出版社,1982年版,第234—235页。
③ 马敏,《商人精神的嬗变:近代中国商人观念研究》,华中师范大学出版社,2001年版,第70页。

精神、尊商意识、义利之辨、公益情怀等。随着时间的推移和资本主义工商经营实践活动的不断深入拓展,这种带有深刻传统烙印的近代儒商伦理逐步与西方资本主义经营方式与管理方式相融合,从而构建出融儒家文化色彩与西方资本主义于一体的精神世界。中国近代商人的商业伦理、价值取向和精神世界也存在一定的地域性、个体性、民族性等差异(如沿海与内地的商人观念就有很大不同,每个人的商业观念也未必相同,不同民族间的商业观念也未必相同),必须对之进行全面深入的探索,方能把握其构成要素及其近代走向,真正呈现中国近代商人真实的精神世界。①

作为近代最早开放的通商口岸,上海的地位和影响是举足轻重的,其发展的历史就是一部中国近代史的缩影。上海印象中的商业文化叙事,其中所呈现和揭橥的商人精神世界,足以体现和代表近代中国商人在此一精神领域内的追求、探索,以及所获得的成就与不足。

人猿相揖别是人类进化史上的重大成就,标志着人类由此实现了直立行走,可以解放出自己的双手,从事更多更复杂的生产劳动,创造更多的物质财富,也由此为人类进一步创造和丰富自己的精神世界提供了可能性。尽管我们一再被告诫,人与动物最大的区别在于是否会制造和使用工具,但事实上人与动物的真正差别在于人的理性思维,这种思维具有"超越性",它具有能把人类基于劳动实践基础之上的文化现象、精神现象以及人类的社会性等各种因素综合起来、熔为一炉的特性。人由动物进化而来,因而保留了一定程度的动物性。但人类终究进化成了人类,获得了智慧,获得了人性。可以说,人类的进化史就是从动物性向智慧性升华的历史。

因此,我们从商业文化的角度入手,对上海印象中商人的精神世界进行探讨与梳理,是一个稳妥得当的途径,不仅可以由此洞见其幽远与深邃,亦可领略其厚重与渊涵。除此之外,我们也不妨从其他的角度来考察这些商人的精神世界,譬如文学的、美学的、哲学的、社会学的,抑或从人性的维度入手,也不失为一个可行的途径。

第一节 以"商战"为核心的经济民族主义

光绪二十年二月十一日(1894年3月17日),清驻美公使杨儒与美国国务卿W.Q.葛礼山(W.Q. Gresham)于华盛顿签订《限禁来美华工保护寓美华人条约》,简称《华工条约》。条约凡六款,主要内容是:以十年为期禁止华工入美;居美华工离美期逾一年者不得返美;不准华人加入美籍;居美华工照美国国会通过的苛待华工条例进行登记。这是美国政府为限制、排斥在美华人而强迫清政府订立的不平等条约,此条约使得饱受

---

① 马敏,《商人精神的嬗变:近代中国商人观念研究》,华中师范大学出版社,2001年版,第22—23页。

歧视凌辱的在美华人处境更加艰难。光绪三十年（1904），美国拒绝废约，并要求续订，引起中国人民的强烈愤慨。碧荷馆主人的长篇小说《黄金世界》即以此为背景，作者意在反对《华工条约》、反对帝国主义，主张国人同仇敌忾，共御外侮。小说内容深刻悲壮，包括三方面的主题：赴美洲的华工被虐待的情况，上海等地反美华工禁约抵制美货的情况，作者所憧憬的一个"世外桃源"黄金世界——螺岛。

小说的前半部分，叙述美国人勃来格，在广东招工去古巴开荒垦地，当地著名财徒贝弗仁为摆脱自身困境，主动为勃来格充当走卒，助其诱骗华人入彀，"贝弗仁引勃来格另坐小轮，到沙面找所客栈，安顿行李，连夜刷印长红，城里城外，四处张贴。广东那时米薪昂贵，十有九人度日艰难，十有七人闲居失业，听说古巴水土怎样好，起居怎样便当，工价怎样贵，东家怎样和气，章程怎样完善，人人都动了心。"①贝弗仁手下又有四个大工头，叫作戎阿大、狄阿二、万阿三、倪阿四，都是眼睁睁、手长长、玲珑尖利、有名的好汉。以下又招十余个小工头，每人名下限招五十人。有个赌徒花船驾长朱阿金与妻陈氏也被骗上了赴古巴的船，船上的生活苦不堪言，不仅空间狭窄，几百人挤在一起，用铁链锁在一起，而且动辄遭受呵斥打骂。更可恶的是饮食严重不足，饿得发昏，种种苦况，万般难忍。航程万里，等到达古巴码头时，大舱中因伤因病，先后死去一百余人，共存一千四百七十三人。即便卖身投靠洋人、帮虎吃食的四十个小工头也不能幸免，许多人惨死在路上，"我们好兄弟四十人，死的二十七人，虽说自作之孽，究竟也上洋人的当，活的十三人，吃时欠饱，病时无医，同诸位一样受苦"。②中间还穿插着许多被骗华工饱受凌辱、命丧海外的惨况。

小说中这些关于赴美华工的悲惨遭遇，并不全是作者的虚构，事实上，赴美华工也是一个西方殖民的产物。鸦片战争后，欧美主要国家已相继完成了工业革命，实现了从自由资本主义向垄断资本主义的过渡，正处于资本主义发展的上升期。那时，西方帝国主义国家需要大量的劳工，以供国内日渐增长的工业需要。而一些殖民地的土著，此时已差不多全被消灭，1862年，"奴隶贩卖"在国际上已被禁止。这样，他们便将目光转向了东方亚洲，而中国更成为众矢之的。大批贫穷的年轻农民被骗签了合同，远去秘鲁、古巴、美国和其他地方做工。招募公司人员或者对他们使用诡计和威胁，诱之以利；或者遭到绑票或拐骗，诉诸暴力。为从事这种"贸易"而武装起来的船只，简直就是漂浮的"地狱"。每一次船上都有谋杀和暴动的事件发生，死亡率有时高达45%。据原国家外文图书出版局的陈依范（Jack Chen）先生《美籍华人》（*The Chinese of America*）一书的研究，在运往古巴的14万中国人中，死在途中的有16 000多人，甚至还有很多人因受苦而死在抵达目的地之后！

---

① 〔清〕碧荷馆主人，《黄金世界》，第一回《丧心作马骗人也当猪　得意出羊城奴乎非犬》，《中国近代文学大系》第2集·第6卷·小说集四，上海书店出版社，1992年版，第563—564页。
② 〔清〕碧荷馆主人，《黄金世界》，第二回《谋食舟中初犯禁　酿金道上又921》，《中国近代文学大系》第2集·第6卷·小说集四，上海书店出版社，1992年版，第572—573页。

19世纪60年代,美国西部出现淘金热,大批华工参与其中,加利福尼亚、内华达、亚利桑那、科罗拉多、华盛顿、爱达荷、犹他、新墨西哥、阿拉斯加等各州的矿区无不闪动着华工勤劳、忙碌的身影,他们为美国人创造了难以数计的巨额财富。美国在修建第一条连接太平洋和大西洋铁路的时候,雇用了大量华人劳工。仅仅太平洋铁路公司一家,就雇用了约14 000名华工,华人在建筑这一铁路交通网上,扮演了一个重要的角色。而这个交通网就是20世纪美国工业力量的运输基础,这对帮助美国成为一个连成一体的国家来说,是比其他任何因素都重要的。在铁路修建过程中,华工干最苦的工作,拿最低的工资,铁路建成后就被解雇了。

华工不仅吃苦耐劳,任劳任怨,而且天资聪慧,学习和接受新知识、新技能的能力超强,再加上工资价格低廉,在劳务市场上十分抢手。他们在美国修铁路,当矿工,在农场做农民,甚至开洗衣店,开中餐馆,风生水起,成就斐然。但是,面对勤劳智慧的华人劳工,美国白人劳工却抱怨华人抢了他们的饭碗,遂将怨气迁怒于华工。在美国工会的强大压力下,美国联邦政府在1882年通过《排华方案》,宣布禁止华人劳工赴美工作,华工自由赴美工作的时代戛然而止。加上很多已经来美的华工纷纷返回故乡,美国华人数量大幅下降,最低时接近8万人。

小说中所反映的就是基于这样的背景下,海外华工的悲惨屈辱境遇。这一背景成为该小说以后情节铺叙的逻辑起点,后来的废约废例、抵制美货、建设螺岛等等情节,均为此背景下小说叙事的进一步展开。

小说还描写了一个颇有意味,甚至带有浓厚乌托邦色彩的海外桃源胜地——螺岛。这个所谓的螺岛几乎就是陶渊明笔下桃花源的翻版,从背景到发现的经过,再到岛内的生存状况,和桃花源差不多一模一样。桃花源中人说是"先世避秦时乱,率妻子邑人来此绝境,不复出焉,遂与外人间隔",而《黄金世界》中则如是说:

> 怀祖似已微解其意,叹口气道:"不瞒姊姊说,我上祖系鲁王世子。国变时,同拙荆远祖,大学士张肯堂之子张茂兹,又有一位汝应元,一位申懋堂,拥王妃同定西侯张名振的夫人,在舟山逃出,初意欲至日本,不想遭风,吹到这座岛外。这岛前面两山如屏,一水中界,小舟出入,尚且不能自由,大船更无容议。当日远祖们不知用了若干心思,若干气力,运来许多动植物的种子,留为子孙衣食。"①

明朝国变时,民间有"前三藩,后三藩"之说。"后三藩"通常是指清朝定鼎后,皇太极为安抚汉人降将,决定重用吴三桂、尚可喜、耿仲明,封为"三藩"。后来"三藩"坐大,势力渐强,几乎危及清朝统治,康熙时终遭撤藩。"前三藩"则是分别指福王朱由崧(1607—1646)、唐王朱聿键(1602—1646)和桂王朱由榔(1623—1662),都是朱明王朝的残余势力。除了这些明余势力之外,监国的鲁王朱以海(1618—1662),虽未称制建元,

---

① 〔清〕碧荷馆主人,《黄金世界》,第四回《蓦相逢意外缘中 到此地人间天上》,《中国近代文学大系》第2集・第6卷・小说集四,上海书店出版社,1992年版,第583页。

却为东南众望所归。

鲁王一生事实,在地理上关系最重的是舟山地方。孤臣遗老,多在其中。庚寅九月城陷,文武军民死节者数千。因为先前曾经乞师日本,到此时有些不甘剃发的,便想借海外三神山做避世的桃源,驾一只海里鳅,装载了应用物件,乘乱逃出蛟门,把定舵,认准罗盘,布帆饱满,以为指顾可到。不想风利不得泊,随波逐浪,直望东南大洋冲下。①

此一番情节和背景与桃花源中人为躲避秦乱远走他乡如出一辙,只不过"秦乱"换成了"清乱","桃花源"换成了"螺岛"而已。"桃花源"如何发现,陶渊明未作交代,后人无从得知,但碧荷馆主人笔下的"桃花源"——"螺岛"的发现却备尝艰辛,险象环生,一班不愿做亡国之民的孤臣遗老,率领一众文武军民亡命海外,踏上了漂泊海上、听天由命的漫漫危途:

约莫到了南纬六十五六度中间一座荒岛边,砰訇一声,船底触礁,海水汩汩而入,赶忙查看。幸亏不过方圆三寸的窟窿,急取现成木板将洞钉塞,再用棉花掩尽四围水渍,方始涂抹桐油。修整已毕,想把船身退下,却如蚍蜉撼树,丝毫不能移动。便去测量水势,原来不上两尺,无怪不能浮送了。船上诸人至此有些着慌,迎面悬崖峭壁中劈一沟,沟水汹涌外泻,声如雷霆,望里边若明若暗,似深似浅,不敢轻入。因用小划,周围去看,有无岸滩可以随人登陆。谁知围抱七八十里,竟无处可插一趾。诸人回到大船,相对欷歔,无计奈何,便在桅顶挂了一面遭风旗,或有他舟经过,好来救援。

那知连守五日,竟无只影。莫非坐困舟中待死不成。便商议进沟,探看形势。除留女人守船外,四人分坐两只划子,用竹篙点底,撑到沟口,水往外流,船从下上,费了无数力气,好容易进了口门。五步一折,十步一曲,山势高耸,阳光不到,又是千湾百转,黑黢黢地,认面不真。前后舟以声应和,并且沟势越窄,竹篙使不成,只好放下用双手扶壁,双足一踣一挺,逐步挪上,如此一步一步,走了十余里。忽然有丝亮光,透入眼轮,正如瞽者复明,这一喜,直到三十六重天上。喜定凝视,才知前面开个石阙,高广三尺,恰容小划出入。阙外便是这条既低且窄,既黑且曲的小沟;阙内中间是溪水沧漪,两岸是平原旷野。四人伏身船舷,依旧手扶足挺,慢慢挪到阙口。岂知水势分外湍悍,把船打下,不是拼命撑持,险些全船粉碎。情知这划子是再不能逆流而上了,四人便跨在水中,用带扣住两舷的铁圈,水与船争,人与水争,居然拉倒阙口,伏身便入。太阳当顶,知是午时,再入舟中,撑到岸边,在棵大树根上系了带,才上岸来。只觉一阵寒噤,帽中领口,袖边衣角,滴沥滴沥地有水淋

---

① 〔清〕碧荷馆主人,《黄金世界》,第四回《蓦相逢意外缘中 到此地人间天上》,《中国近代文学大系》第2集·第6卷·小说集四,上海书店出版社,1992年版,第580页。

下。看划子中,也积有三寸多水,恍然大悟,知沟中两壁,必有钟乳。幸亏里面气候比外边和暖十倍,卸衣脱帽,就地拾些细石压定四角,迎日晒晾,赤身跣足,往前进行。暗香浮动,疏影横斜。隔河对排整千株十人合抱的大梅树,白萼舒苞,绿英露蒂,就是元墓山,也没这样多而且盛。行尽梅林,天生一条青石梁,横在河中。渡过对岸,便有莹青露翠的小山迎人而立。山顶一排矮松,斜坦到地,顺着松林盘上山顶,举目四望,才见积方四五十万亩的平野。野外四周,大山环抱,从外进来。除那条小沟,竟无可通之路。四人这一喜,觉得就是琼楼玉宇、长生久视的仙乡,也兑换不过。①

总算天无绝人之路,在历尽千难万险之后,他们终于找到了一处孤悬海外,"积方四五十万亩的平野,野外四周,大山环抱",却又安详开阔、生机盎然的桃源胜地,也终于找到了一片可以安居乐业的栖息之地,一座"琼楼玉宇,长生久视的仙乡",这便是螺岛。

在这里,他们开天辟地,建梁造屋,事事停妥,在石阙内传子传孙,别开世界。只看花开花落,便分春秋,人死人生,才知悲喜。二百六七十年,世人不知有这一块干净土,岛中人亦不知外边还有许多恶浊大地。② 与桃花源中"不知有汉,无论魏晋"之风味,何其相似! 而且,该岛上的居民几百年来基本上实行自治,推举有才德之人轮流做岛主,且有一定的任期,任期届满方得卸任。到朱怀祖做岛长时,正逢西方排华甚烈、海外华工遭受虐待正苦之时。他们还推行教育,"我们上祖传下定章,不论男女,到六岁,都要上学。又为各姓不能家家延师,每二十家,便设一学堂,以此四姓到今。虽只五千人,倒开了四十所学堂,可算无不读书的人了"。③ 货币也是他们自行发行的,"本岛货币,恐外间不能通用。好得矿中产金日富,不如多带些熔成的金饼,倒到处可以兑换"。④ 比起陶渊明笔下"阡陌交通,鸡犬相闻。其中往来种作,男女衣着,悉如外人。黄发垂髫,并怡然自乐"的桃花源,此处螺岛上的居民似乎更具现代意识。

后来,企图以抵制美货为手段进而达到废约废例目的的运动失败后,建威、怀祖等人退而求其次,将海外华工两万五千多人用船运回,悉数接到螺岛安置。此前旅途中结识的建威一家七人、图南夫妇、陈氏夫妇、侣华母子、胡三麻子一家三人,及学成回岛的学生连怀祖夫妇,共计政治生二十人,法律生十人,商业生二十人,理化生四十人,机械生二十人,均一同上岛。岛长才代众报告道:"去年四轮载来二万五千余工人,前岛长张峰多半派进矿山,又开三座铸铁厂,照寄来图样,铸成许多器械。那知工人中颇有几人

---

① 〔清〕碧荷馆主人,《黄金世界》,第四回《蓦相逢意外缘中 到此地人间天上》,《中国近代文学大系》第2集·第6卷·小说集四,上海书店出版社,1992年版,第580—581页。
② 〔清〕碧荷馆主人,《黄金世界》,第四回《蓦相逢意外缘中 到此地人间天上》,《中国近代文学大系》第2集·第6卷·小说集四,上海书店出版社,1992年版,第582页。
③ 〔清〕碧荷馆主人,《黄金世界》,第四回《蓦相逢意外缘中 到此地人间天上》,《中国近代文学大系》第2集·第6卷·小说集四,上海书店出版社,1992年版,第584页。
④ 〔清〕碧荷馆主人,《黄金世界》,第四回《蓦相逢意外缘中 到此地人间天上》,《中国近代文学大系》第2集·第6卷·小说集四,上海书店出版社,1992年版,第585页。

能辨矿苗,因用新器开了几个新矿,出产便日富一日。又拨些未开的基地,分派承种。今年我接任后,为矿中运物,每每行途觅路,才定计另辟几条捷径。织丝、纺纱、织布、织麻的大厂,也从今年毕工。石门外又添一百号小船,就近海采捕海鱼,所获不多,却也可添本岛的食料哩。"①由此"开出一座锦绣江山,花团世界,做我同胞父子兄弟夫妇朋友子子孙孙的殖民地,政治道德的完善,还比现在文明国胜过十倍,岂非我同胞绝大的幸福么?"②在建威、怀祖等受过英伦现代高等教育的领袖们的领导和仁人志士们的帮助下,螺岛不仅建立起了现代工业、现代农业,还建立起了社会保障稳定、男女平等的社会制度,一个宏伟壮丽、所有受苦受难的同胞都欢聚一堂的美好国度已经横空出世。至此,螺岛作为桃花源的翻版或替代品,终于实至名归,功德圆满。

略有不同的是陶渊明笔下桃花源中人比较保守,只愿永远固守自己的一方乐土,终生厮守自己的家园,更不愿自己安详宁静的田园生活被外人所侵扰,故此处情况"不足为外人道也"。所以,即使有慕名而来的追随者,终究不得其门而入:"(渔人)既出,得其船,便扶向路,处处志之。及郡下,诣太守,说如此。太守即遣人随其往,寻向所志,遂迷,不复得路。"而在碧荷馆主人笔下的螺岛,虽然最初也不乏保守者反对与外界交接,但最终还是与怀祖等开放派做了妥协,所以才有后来大量安置归来的海外华工和留学生的豪举,孤悬海外、与世隔绝近三百年后,螺岛终于回归到了主流社会的怀抱。这似乎也隐喻着一种晚清中国的乌托邦想象,一种试图跻身于世界一流强国,与欧美列强并驾齐驱、一决高下的雄心壮志。

这种乌托邦想象,在晚清这种国族遭受空前生死存亡威胁的特定背景之下,受到传统家国情怀和新的世界意识的双重驱使,企图走出自我隔绝、自我封闭的保守状态,积极融入世界,不再是现代文明的逃避者或纯粹的接受者,而是一个世界文明和世界秩序的积极参与者和建构者,其最终的指向是自由、平等、和谐的文明世界。他们以奔放的想象,为种族多元的世界描绘出了一幅惊世骇俗的美丽蓝图,昭示着作者与众不同的进步意识和理想情怀。③ 碧荷馆主人的《黄金世界》里位于南太平洋的螺岛,便是这样的一个所在。《黄金世界》出版之后的第二年(1908),碧荷馆主人在他的新著《新纪元》中,对这种乌托邦想象又有了进一步的发挥,《新纪元》以后又多次重印,到1936年已达到第八版,足见其影响之大。

尽管海外华工的悲惨屈辱境遇和作为乌托邦想象的螺岛等情节在《黄金世界》中占有相当的篇幅,但在碧荷馆主人的书写策略和叙事结构中,这样的情节显然并不占据核心的位置。可以说,海外华工的遭遇是整个小说叙事链条中的起因,而螺岛的出现,则

---

① 〔清〕碧荷馆主人,《黄金世界》,第二十回《精卫海潮寒可怜身世　杜鹃山月苦且此婆婆》,《中国近代文学大系》第2集·第6卷·小说集四,上海书店出版社,1992年版,第679—680页。
② 〔清〕碧荷馆主人,《黄金世界》,第二十回《精卫海潮寒可怜身世　杜鹃山月苦且此婆婆》,《中国近代文学大系》第2集·第6卷·小说集四,上海书店出版社,1992年版,第681页。
③ 李广益,《"黄种"与晚清中国的乌托邦想象》,《中国现代文学研究丛刊》2014年第3期。

是这一事件的结果。而建威、怀祖们企图通过商战——抵制美货,来实现废约废例目的的过程,才是作者倾注全部心力和财力精心结撰的小说核心内容。

建威是这场商战的领袖人物,原本姓夏,南直隶应天人氏,是旅居美国纽约的华裔海外巨商,风闻上海传来一电,说商会学界公议,所有美货,一概不定用,以迫使美国改良禁约。因而蓦地感动,遂将巨额家资尽数变卖,除住宅和几只轮船依然留在公司,其他行厂、货物、地皮、房产等,净得美金八百万元,存放银行收取利息,以为家人日用,然后便孤身一人附轮返回中国,以为奥援,为此一运动助一臂之力。途中在轮船上得识历风涛之险、万里归来的受害的海外华工何图南、何去非父子。何去非自幼读书,"坐困经生,长而涉猎书传,始知九州以外尽有须弥,六合以内何止拳石?便有乘风破浪之志。"①却不幸被广东猪仔骗往巴西,一路之上舟中情形,固已奇苦万状,及到工次,更是披星戴月,劬劳不止。所居之室,低矮污秽,形如囚牢,状类牛棚。日食三餐,每日每人只给三盒黑料豆,生吞活剥,虽不至和草咬嚼,其实与驴马所差几何?幸得去非识文断字,且粗通医道,劳作之余采草药为工友治病,亲眼看到始初陆续所来万人同胞,病死屈死,最终所剩不过三百人,都是疮痍遍体,忧患余生,进退郎当,莫知究竟。后来去非终于在采药之际得以脱身,离开巴西,辗转来到纽约。正愁落魄穷途,将为翳桑之续,幸天假奇缘,即于纽约与老父相遇,才得附轮东返回归故国。

建威与何氏父子虽是旅途所遇,萍水相逢,但却是后来商战时肝胆相照、意气相投的生死之交,包括同样是在旅途结识的朱阿金、陈氏夫妇,怀祖、张氏夫妇和胡三麻子等人。

建威作为资深商人,且又准备回国擘画商战,则他对此一问题的见解,包括他对各方形势的了解,对整个态势的判断,以及他的策略和举措,对于整个商战的成败就显得至关重要。

> 建威道:"就禁约一面说,知病所在,始可以奏功;不知病之所在,杂药乱投,标未愈,将本益伤,思之已可寒心。就抵制一面说,能从我之所以对待人,与人之所以对待我者,彻始彻终,筹划到万妥万善,始制人不为人制。不然,任你火一般热的心,水一般沸的血,等到害人自害的时候,终究瓦解冰消。小弟怀此两疑,愁此两端,所以不惮跋涉,要寻内地的同胞,重与细论。倘然破除成见,从要害处根究,不从枝叶上搜寻,从此得了法律上自护的权利,才算争回国体,才算替十万侨民,造无上的幸福哩。"②

建威所言不差,可见并非空有一腔孤勇的鲁莽之士。对症下药,即以其人之道还治

---

① 〔清〕碧荷馆主人,《黄金世界》,第三回《闻抵制破产东归 遇乡亲连床西笑》,《中国近代文学大系》第2集·第6卷·小说集四,上海书店出版社,1992年版,第576页。
② 〔清〕碧荷馆主人,《黄金世界》,第五回《破镜忽重圆无限悲欢成一哭 宝山尽空人且留身命问当归》,《中国近代文学大系》第2集·第6卷·小说集四,上海书店出版社,1992年版,第587页。

其人之身,道理人人都懂,但真的事到临头,面对纷繁复杂的局面,恐怕绝非一蹴而就之事。所以建威先要做些实地调查,获得实际情况的第一手资料,"所以不惮跋涉,要寻内地的同胞,重与细论",怀祖夫妇、何氏父子、朱阿金夫妇便是最好的调查对象。现状并不乐观,"下流社会,见目前不见将来,果真不免此弊。但是兔死狐悲,物伤其类,岂有圆颅方趾,全然没些良心?但看那班工头,到利害生死的关头,一样结盟联会,互相提携,至死不易其志。像胡大哥后来见朱大哥脱难来归,便殷勤接待,往返相偕,足见初时虽贪小利,也由不知彼中苛待的情形,以致冒昧尝试,并不是真肯以自己血肉,献给别人做刀俎之物。若然读书明理,上中社会的人物自然更无此心了。"下流社会如此,而中国上中两社会之人,还比不上下流社会呢,"中国上流的代表是官绅,中流的代表是士商。官呢,升官发财,是他的目的;钻营倾轧,是他的手段。等到退归林下,好的求田问舍,不好的便武断乡曲,侵吞公款,凭借越大,气焰越盛,小小州县的举人秀才,便是绅了。若到省会,固然无可作为,并且人数过多。此之所是,彼之所非,此有所党,彼亦有所争,总不肯同心同德,做一件有益的事。因此虚名虽好,实权倒不及商人。那些商人呢,乘时捷足,争先攘臂,是他的好处;同行嫉妒,互相贬抑,吞并了同类,倒便宜了外人,这是他的坏处。总而言之,私利的心盛,便无团体,团体一解,害公败群之事,相因而至,倒不如下流社会,日谋一饱,夜谋一睡,混混沌沌,还不失赤子之本心。有大力量,大慈悲,当头一棒,顶胸一椎,立地回悟,居然肯疾病相扶,痛痒相关,生死不相残害。请问上中两社,可做得到么?"①他们本身出身于社会底层,洞悉底层社会的每一个藏污纳垢的褶皱,所以对社会弊端的分析可谓既透彻,又深刻。

建威从同行诸人的经历中得知,我辈同胞积衰积弱已久,只晓得忍气吞声,不知道振筋挺脊,一味地忍让退缩,不敢为自己争权利,谋福祉。社会各阶层也各有各的打算,不大可能做到同仇敌忾,万众一心。颇有几分"哀其不幸,怒其不争"的心思在其中。不过尚未到彻底绝望之时,"凡事不可从一面看,凡论人不可从一面说。下流中有好人,何尝没有坏人?上中两社有坏人,何尝没有好人?即如所说团体这一层,拿抵约事来作证,一人高呼,万众响应。单就目前论,心何尝不齐?志何尝不坚?可见我同种全体,并非不能团结。若然得机得法,几十年和血吞牙,从此也渐渐扬眉吐气了。"②关键是主事者要高屋建瓴,引导得法,方有可能扬眉吐气,尽雪前耻。"我辈不明白这个道理倒也罢了,既然自负前知,提倡扶持,责任正是不轻呢。"③天下兴亡,舍我其谁?

建威看到《海上日日新闻》报载有东越人冯亚泉以拒约事饮药自戕的报道,而记者却评论其死得"无名"且"愚",是"徒死",不禁义愤填膺,竟有失魂落魄的情景,意识到

---

① 〔清〕碧荷馆主人,《黄金世界》,第六回《物是人非抚今吊古　形随步换触目伤心》,《中国近代文学大系》第2集·第6卷·小说集四,上海书店出版社,1992年版,第593—594页。
② 〔清〕碧荷馆主人,《黄金世界》,第六回《物是人非抚今吊古　形随步换触目伤心》,《中国近代文学大系》第2集·第6卷·小说集四,上海书店出版社,1992年版,第594页。
③ 〔清〕碧荷馆主人,《黄金世界》,第六回《物是人非抚今吊古　形随步换触目伤心》,《中国近代文学大系》第2集·第6卷·小说集四,上海书店出版社,1992年版,第594页。

"'拒约'两个字本为全体公益,不为一人私计,然在他人不过牺牲些钱财,方事之始,冯君乃并性命牺牲之,难道不自知其愚,不自知其无名么?正恐长夜漫漫,前路茫茫,拼以一身,鼓我全国的锐气,激我全国的决心。想其定志决策时,不知流了若干血泪,绞了若干脑髓,然后毅然引药,长往不返。但生之前既有无限的踌躇,死之后自有无限的希望,轻轻地把'徒死'两个字一笔抹杀,中国的舆论可想而知了,中国的人心也可想而知了。"①中国的舆论和人心由此可见一斑,开始领略到世事的险恶与艰难,也预示着建威即将参与和领导的以抵制美货为主的商战前景并不美妙,必将是充满险阻和困难的一次艰难之旅。

建威在上海登陆后即开始交接相关人士,以为同志联络。第一个接触的是上海巨商孙问锄,以其与外人交易极广,势力极雄,拒约议起,亦复身与其列;不定美货之决议,未尝有人强迫,毅然签允。觉得孙某人是我国商人中愿意牺牲个人利益以谋全群之益的代表,故而十分心仪其为人。建威以自开农牧、自兴制造、自辟路矿三说谋求与之合作的时候,孙氏却顾左右而言他,唯唯诺诺,无可无否。原来孙氏所担忧的是,抵制美货,首先吃亏的就是自己,因为"偏我行中底货尚多,外洋定而未到者,计算货价又在五百万两上下。一经他们提倡,人人抱定不用的宗旨,货无去路,本无归期,外人没要紧,我第一个先不免倾家破产"。②建威建议先将现存底货和未到的订货合计出总额,然后交由商会粘贴印花,不在抵制之列,仍可继续销行,销完后不再续订新货。孙氏百般推脱,终以"别有办法,君无多言"八字收场,孙氏面目于此可见。建威抵沪后初战即铩羽而归,方知"呈单请罪盖印并销,是转为其疏通,又示人以拒约之无实际,也是万不可行的"。③则商战未来胜负难料,前景堪忧!

以抵制美货、使其贸易受损的经济手段,达到废除或修改歧视华工的不平等条约的政治目的,商战初衷不差,但实际上却错综复杂。即以商界而言,涉及不同的利益阶层和利益诉求,特别是面对个人利益的得失,很难做到整齐划一,一致对外。倘若真的将抵制美货运动进行到底,则市场必现萧条之况,银根吃紧,流动资金短缺,亦必引起金融动荡,"中国商人,即使慢藏厚拥,要以田房为信用,取之存户,取之钱商,以出入周转,而决无数百万实银,任其取携自便。母财一滞,本商之赢亏且不计,存户知有货在,不至骤然提还,亦且置为后谈。彼钱商者,今日取之甲,明日又输之乙;今日输之丙,明日又取之丁,乃能于其间计赢取利,决不能任一人二三人,宕欠数十万金,经年不还。且钱商亦非自有数百万之实银,以与用户往来,不过仍取之存户,存户之与钱商往来者,长存者少,短存者多,诚为一人二三人,宕欠数十万金。万一存户提银,无从应付,则钱商可以

---

① 〔清〕碧荷馆主人,《黄金世界》,第八回《弱主遇强宾宾主而今真易位　私情遏公理公私两字本殊途》,《中国近代文学大系》第2集·第6卷·小说集四,上海书店出版社,1992年版,第603页。
② 〔清〕碧荷馆主人,《黄金世界》,第八回《弱主遇强宾宾主而今真易位　私情遏公理公私两字本殊途》,《中国近代文学大系》第2集·第6卷·小说集四,上海书店出版社,1992年版,第606页。
③ 〔清〕碧荷馆主人,《黄金世界》,第八回《弱主遇强宾宾主而今真易位　私情遏公理公私两字本殊途》,《中国近代文学大系》第2集·第6卷·小说集四,上海书店出版社,1992年版,第608页。

立倒。钱商一倒,则弟所谓相承而及,绝不止数人者,其事又将立见。至此时上海市面,尚堪复问么?"① 所以,建威通过实地调研,发觉商战大局开始即误,非仓促之间可以转圜,必须经历持久之战方建功效。以往上海众商所预订之美货,已延至明年十月,此一年有余将近两年之内,如不疏通,所受害者不在外人,却在我中国之商人。并且夜长梦多,事难逆料,政府的软弱导致在外交上的无所作为,最终妥协,迁就订盟,恐将不免。"遂思及早保全上海之商场,方可集众公商,定一持久之法。一年不成则两年三年,两三年不成则八年十年,有进无退,有死无生,庶几犹有可望",② 算得上是明智之举。况且,"海外之工可忧,国内之工尤可忧。我辈所主兴垦、立厂、造路、开矿之数端,至此殆无可缓。然富者贫之母,富者将贫,贫者又将何赖? 能无痛心么?"③ 兴垦、立厂、造路、开矿诸业,在当时亟须施行,倘无巨额资金资助,亦必成为泡影。商战一开,种种不利接踵而至,富商已经财尽,穷人又从何办起实业? 我拒用洋货,假如洋人反其道而行之,亦可拒用华货,譬如盛产于江南的茶叶、蚕丝等,必定也久滞难销,则茶农、蚕农也必受其害。真是牵一发而动全身。所以,商战绝不仅仅是商人之间的事,牵涉政治、外交、商贸,乃至文化、制度等等方面,其实是一场综合国力的博弈。

上海者,全中国人才之所萃,而今者抵制之中心点也。建威在上海的努力是多方面的,除了与商界人士接触外,他还参与了学界、工界、女界以及侨界的若干活动,各界对于废约、废例或改约意见不一,均各执一词,互不相容。拒约领袖主改良,争约学会主废约;商界有人创议疏通转圜,然学界中坚持不用不买,极力鼓煽,与商界为难。抵制运动的领袖甚至还遭到了刺杀的恫吓,谋其事者企图通过运动政府、运动外人二端,破坏抵制运动,使其胎死腹中。"只看目前的议论,分途歧出,倒不如初时画一,那些怀挟隐私、掉弄唇舌的,无论言之是非,皆不足道。就是一二主持清议的,也不过以空谈争胜,谁肯从实地上做番事业? 浩浩大劫,泄沓视之,怕真无可补救了!"④ 可见阻力之大!

阻力之大本属意料中事,原不足为奇,知难而退也非建威本怀,知其不可为而为,方显建威根植于儒家兼济志向的家国情怀。为了抵制大业,建威可谓殚精竭虑,百般谋划。他以来自海外,与商界学界均无芥蒂的身份,作为鲁仲连替两面解纷排难,曾向商界领袖建议过二法:其一,转口贸易,即暗中运动欧洲、日本商界,以折扣价请其转售国人预订之美货,再以买货之资,还而如价买彼之货,一出一入,彼已有利可图。我方虽薄有所耗,考虑到将来货搁不销,栈租拆息亏数谅不能小,何如急谋脱手,既内保成本,外

---

① 〔清〕碧荷馆主人,《黄金世界》,第九回《聊共联床话通夕 莫从行野怨三春》,《中国近代文学大系》第2集·第6卷·小说集四,上海书店出版社,1992年版,第609—610页。
② 〔清〕碧荷馆主人,《黄金世界》,第九回《聊共联床话通夕 莫从行野怨三春》,《中国近代文学大系》第2集·第6卷·小说集四,上海书店出版社,1992年版,第609页。
③ 〔清〕碧荷馆主人,《黄金世界》,第九回《聊共联床话通夕 莫从行野怨三春》,《中国近代文学大系》第2集·第6卷·小说集四,上海书店出版社,1992年版,第611页。
④ 〔清〕碧荷馆主人,《黄金世界》,第十四回《议疏通中朝腾尺素 掩耳目一纸贴凭单》,《中国近代文学大系》第2集·第6卷·小说集四,上海书店出版社,1992年版,第639页。

又不开罪于社会,可谓两全之策。其二,成立股份制专门公司,专营现有和已预订之美货。凡上海美货,不论已到未到,均令减成买入,由公司逐件盖用硬印,汇总批发各号卖与公司。公司与各号,亦不用现银,而用股份票。譬如定单值银一千万两,公司即出九百作一千之股票,交各号收执,货到时仍令备银出栈。如此于商人岂非甚有所不利么?却是每千一百之虚数,公司必从卖价收回,即以之制物置产,另再计数填票,分给各号,从此各号又为新厂地之主人。将出产日多,销路日拓,所有余利,均归各商号主人所独享。①对于第一条,商界人士认为,欧洲和日商虽有利可图,恐会由此而开罪于强国,故不可行;对于第二条,其人觉得,以后能否独享其利尚属渺茫,但目前却要承担10%的实耗,未见长远利,先吃眼前亏,故此策亦断不可从! 一场努力,终化泡影。

经过种种曲折,建威自知力有不逮,兹事体大,绝非一己之力可以扭转乾坤,倡言商战,抵制美货云云,有些一厢情愿了。好在天无绝人之路,退而求其次当不失为明智之举。"或农牧,或工厂,择一为之。但本国工人不如居外者之机巧,且弟自彼来,目睹同胞子身漂泊,茫无归依,尤觉为之惨伤。故下手第一法,先将失业的工人载之回国。"②先从最易措手处下手,将失业的工人载之回国,或农牧,或工厂,择一业其之安身立命之资,然后再徐图长久之计:"华商在外的贸易,小部分是赚外人的钱,大部分还是赚中国工人的钱。工人一去,彼国虽有遍山遍地的金银,我华商所分不过毫厘,试问毫厘的子金能容若干华商? 自然而然要随工人回国了。工商皆归,他货姑不论,试问彼之食物,要少销若干种,彼之行厂,要多添若干别种工人? 今日罢工,明日又索加佣金,能不受累么? 再加吾祖国诸同胞,人人抱定'不用美货'四个字,为抵御外侮无上的势力,内外一逼,彼何能支? 必有低首下心,俯就范围的日子。那时废例、废案,我将何求不得?"③此一策略不啻为釜底抽薪,若果能实施,未必不会如愿以偿。不过,种种设想一旦接触实际,难免隔靴搔痒,不得要领。书生意气、纸上谈兵的不足便昭然若揭。建威与怀祖一日之间连走十余处,都是空劳往返,并且还得到一个信息:南北各地政府均已行文,明令禁止集议抵制。合众营业的一招,镜花泡影,茫无凭准,又告失败。

不独建威、怀祖等人的努力徒劳无功,为其声援的女界亦毫无寸进。

怀祖作为建威的同道,虽也致力于以商战为主的抵制运动,但地位上远逊于建威,奔走、筹谋、擘画诸端,亦不如建威用力之勤,用心之殷。当局者迷,旁观者清,故有时能从旁观者的角度,显出中肯、理性之见地。他为建威分析目前抵制运动的情景,认为已经无济于事,不足留恋了:第一,例与约之争,建威主废例,但学界多数主废约,商界多数主改良,信建威之说者不过二三私交,寡不敌众,不言而喻,是言约者胜。第二,不用

---

① 〔清〕碧荷馆主人,《黄金世界》,第十五回《天降之殃竟夜波涛听澎湃 女兮何恃一宵情话自缠绵》,《中国近代文学大系》第2集·第6卷·小说集四,上海书店出版社,1992年版,第647—648页。
② 〔清〕碧荷馆主人,《黄金世界》,第十四回《议疏通中朝腾尺素 掩耳目一纸贴凭单》,《中国近代文学大系》第2集·第6卷·小说集四,上海书店出版社,1992年版,第639页。
③ 〔清〕碧荷馆主人,《黄金世界》,第十四回《议疏通中朝腾尺素 掩耳目一纸贴凭单》,《中国近代文学大系》第2集·第6卷·小说集四,上海书店出版社,1992年版,第639—640页。

美货与疏通美货之争。建威始主疏通,后主不用。主疏通者企图运动中外政府,主不用者运动个人。政府虽有强权,不能遍及个人,将来运动个人者胜,运动政府者将不战自败。第三,争约风潮,及于全体,谈实业者无人响应,商界、学界及女界之种种努力迄无成效,将来华用华货,华定华货,必流于空谈。此三层为本题之主要,余外枝叶,殆不足辩。由今度后,皆知其必不胜。[①]"我从前以为此事从海上起,自然该从海上下手,那知着着失败。并且商界中以义声提倡天下的,近来也藏头缩颈,悄无声息。只剩几个学界中人,奔走呼号,表面上似还热闹,其实势孤力薄,万万不能有为,就算能有为了,隔靴搔痒,也万万不能恰到好处。"[②]"我血已冷,我脑已冰。我将结我舌,锁我喉,不再说抵制;我且将闭我眼,不再见抵制的文字;我并将塞我耳,不再闻抵制的议论。"[③]至此,建威关于商战、抵制运动云云,尽成画饼。

痛定思痛,建威总结反思商战失败的原因,拈出地方主义,即所谓省界之说。此次商战主要在上海筹划,而上海商界领袖多为宁波人,所欲援救的海外华工和学生却以粤闽人士居多,"抵制的发现,在我辈认为同胞全体公共之利害,在宁商目中,只见多数之粤人,少数之闽人,与彼无所关涉。既无关涉,我辈谓彼为袖手,彼方自谓守分。我辈谓彼为犯清议,彼且谓我为谬谈。推原其故,皆由先有省界的恶因,才有破坏的恶果。"[④]此一说法,固然有一定的道理,不能说完全不对,但却没有看到问题的根源和实质。归结起来,还是国人缺乏团体精神,一盘散沙,事不关己、明哲保身的劣根性所致,非得从改造国民素质入手,而不能收立竿见影之效果于目前。

独木不可以成林,孤掌不可以共鸣,知难而退,另谋他图,已是势所必然。

这一场终于偃旗息鼓的商战,在使人叹惋国势衰颓、矮人一等的同时,也使我们看到当时一班有志之士不甘屈辱、力争国权的努力,他们在国家遭受列强政治上侵辱之际,具有强烈的民族危机意识,毅然肩负起经济上的民族主义,在可能的情况下尽力为我国族和同胞争取应得的权益。他们意识到商战和兵战、学战一样,都是列强入侵他国的方式,但以商战为时最久,为害最烈。鸦片战争后不久,曾国藩、薛福成、郑观应、王韬等人相继撰文探讨此一问题,提出了许多精辟的见解:

> 当此竞争之世,商战最烈时也。昔者商务之广,工业之盛,首推英国。近则欧美各国,靡不振兴农工商务,皆孜孜讲求。有数艺学堂,有工艺学堂,有商务学堂,有矿物学堂,有铁路学堂,有格致学堂,人才日出,新器日多,精益求精,所以有优胜

[①] 〔清〕碧荷馆主人,《黄金世界》,第十六回《莫慢潮声听歇浦 且将归思问珠江》,《中国近代文学大系》第2集·第6卷·小说集四,上海书店出版社,1992年版,第651—657页。

[②] 〔清〕碧荷馆主人,《黄金世界》,第十七回《此地何地尽欲无言 为人在人卿乾甚事》,《中国近代文学大系》第2集·第6卷·小说集四,上海书店出版社,1992年版,第658—659页。

[③] 〔清〕碧荷馆主人,《黄金世界》,第十七回《此地何地尽欲无言 为人在人卿乾甚事》,《中国近代文学大系》第2集·第6卷·小说集四,上海书店出版社,1992年版,第660页。

[④] 〔清〕碧荷馆主人《黄金世界》,第十八回《一士作色二士失色 非路为权惟财有权》,《中国近代文学大系》第2集·第6卷·小说集四,上海书店出版社,1992年版,第663页。

劣败矣。①

......

夫兵战之日短,商战之日长。兵战之亡速而有形,譬如风吹灯灭。商战之亡缓而无形,譬如油尽灯灭。有形者易备,无形者难防。而人反畏兵战而不畏商战。吾知二十世纪因商战之败而亡国者,必较兵战为尤胜。②

郑观应认为,商战是当时世界上竞争最激烈的领域,谁在此一领域占据先机,谁就将成为世界强国,英、美、欧洲无不如此。比起兵战的倏起倏灭,商战也是持续时间最长的竞争,其危害与烈度绝不下于兵战。所以,他主张,"我之商务一日不兴,则彼之贪谋亦一日不辍,纵令猛将如云,舟师林立,则彼族谈笑而来,鼓舞而去,称心餍欲,孰得而谁何之哉?吾故得一言断之曰:'习兵战不如习商战。'"③有过旅英经历的王韬,对英国曾经进行过比较详细的考察,对于其以商立国的国策深有体会,"盖英之立国以商为本,以兵为辅,商之所在,兵亦至焉。而兵力之强,全在商力之富,以商力裕兵力,二者并行,而乃无敌于欧洲"。④ 由此,他倡言我国亦应以商战为主,兵战为辅,向英国学习,与西方争长较短。"盖商业无论巨细,皆与国家有密切之关系。能于外洋收回一分利权,即为国家增长一分势力;能于商界多占一分位置,即为国家多获一分光荣"。⑤ 由此可知,经济领域的商战,其实是举全国之力,动员国家经济力量同列强进行的一场生存竞争,关系到一个国家的兴衰成败和存亡续绝。晚清的这批先进的中国人,把商战当成是以"经济的民族主义"抵制列强"经济的帝国主义"⑥及其经济掠夺的战略举措,其重要性是不言而喻的。

碧荷馆主人的《黄金世界》正是在这一背景下,对中国商人商战过程的一个生动反映。除此之外,这一时期中,还有许多涉及对外商战题材的篇什,诸如《胡雪岩外传》《市声》《官场现形记》等等,都为我们考察和研习这一时期上海印象中商人们的精神世界提供了很好的素材。

姬文的《市声》,始刊于光绪三十一年(1905)《绣像小说》第43—72期,共25回,但尚未终篇,光绪三十四年(1908)三月商务印书馆发单行本时,方由作者补成全璧,凡36回。《市声》是晚清为数不多的专以上海工商界生活为题材的小说之一,反映了彼时商界在纺织、茶业等方面,由于外资大举入侵而面临日渐萧条的境况,以及若干有志之士如李伯正、华达泉、范慕蠡、刘浩三、杨成甫、余知化等新兴的民族资本家,热心创办实业,欲振兴民族工商业的雄心壮志和豪举。他们不惜工本购置机器设备,研究钻研先进工艺,开办专门学堂训练和培养专业技术人才,目的就是为了"纺织各种新奇花样丝绸

---

① 〔清〕郑观应,《盛世危言后编》卷八,中华书局,2013年版,第33页。
② 〔清〕郑观应,《盛世危言后编》卷七,中华书局,2013年版,第28页。
③ 夏东元编,《郑观应集》上册,《商战(上)》上海人民出版社,1982年版,第586页。
④ 〔清〕王韬,《上丁中丞》,《弢园尺牍》,清光绪十九年沪北淞隐庐铅印本,第124页。
⑤ 〔清〕郑观应,《兴商为强国之本说》,《东方杂志》第1卷,第3期。
⑥ 马敏,《商人精神的嬗变:近代中国商人观念研究》,华中师范大学出版社,2001年版,第80页。

等类,夺他们外洋进来的丝布买卖",①与外国资本和技术一较高低,反映了他们强烈的民族自尊心和经济民族主义思想。商人最终资金耗尽,事业无成,但那种不屈不挠、锲而不舍的抗争精神还是令人钦佩。小说同时也批评和谴责了国人的某些劣根性,特别是工商界内部如以钱伯廉、汪步青为代表的一大批奸商猾贾,种种卑鄙龌龊、尔虞我诈的行为。他们在"振兴工业"的幌子下,哄骗欺诈,投机倒把,吃里爬外,中饱私囊,挖空了民族工业的墙脚,小说对他们的揭露是颇为深刻的,也为我们提供了晚清工商业社会生活的一幅风俗画。

小说第一回的开篇词《贺新凉》写道:"陶、顿今何在? 只俺、般圆规方矩,千年未改。谁信分功传妙法,利市看人三倍。但争逐锥刀无悔。安得黄金凭点就,向中原淘尽穷愁海! 剩纸上,空谈诡。饮羊饰毳徒能鬼。又何堪欧商美贾,联镳方轨! 大地英华销不尽,岁岁菁茅包匦。有外族持筹为宰。榷税征缗成底事,化金缯十道输如水! 问肉食,能无愧?"②感慨千年未改的陈规依然如故,商人们为了三倍的利润,虽与刀锥争逐也无怨无悔,而且充满了机诈和陷阱。作者痛心的是欧商美贾的联袂入侵,使得我华夏大地年年将税赋入供外人,那些浅薄鄙陋、执掌国柄的肉食者们难道不感到羞愧吗?

彼时,鸦片战争后国门洞开,特别是上海开埠以来,外国列强的兵战依靠坚船利炮逼迫清政府签订了丧权辱国的城下之盟,紧接着又用商战的釜底抽薪之术,把国人辛苦积累的财富如蚂蟥吸血般地吮吸殆尽,使我华夏儿女日渐贫瘠,积贫积弱之势遂一发而不可收拾。之所以如此,固然离不开兵战的强势,但也端赖其发达先进的科学技术。"现今中国,农的农,工的工,商的商,难道没有实业? 但和五洲比较起来,中国的实业跟不上欧美百分之一。学界的口头禅,都说现时正当'商战'。据兄弟看来,其实是'工战'世界。工业兴旺,商战自强。实因商人是打仗的兵卒,工人是打仗时用的克虏伯炮,毛瑟枪。"③欧美之所以兵战、商战皆能无往而不胜,就在于其科技的进步,人家使用的是毛瑟枪、克虏伯炮,而我们使用的是大刀、长矛、土枪、土炮等落后的冷兵器。

即以养蚕一事言之,也可见出中外之差异。孙新,表字拙农,是无锡的一位养蚕专家。他养的蚕,没有一些儿病的,做得一个个又厚又好的茧子,他本不在乎卖钱,只是想把这个先进的养蚕法子试验后教给别人,他在养蚕技术方面的心得是独一无二的。他在实践当中认识到,我国蚕茧业不如外国人的有以下诸端:第一,养蚕方式的落后。他认为,国人在列强入侵后仍然沿用传统的方式养蚕,跟西洋人比较起来是非常落后的。

---

① 〔清〕姬文,《市声》,第六回《扬州府豪商出世　上海滩茧市开盘》,《中国近代文学大系》第2集・第7卷・小说集五,上海书店出版社,1992年版,第40页。
② 〔清〕姬文,《市声》,第一回《折资本豪商返里　积薪工贫友登门》,《中国近代文学大系》第2集・第7卷・小说集五,上海书店出版社,1992年版,第6页。
③ 〔清〕姬文,《市声》,第三十三回《留学生说明实业　小富翁信用高谈》,《中国近代文学大系》第2集・第7卷・小说集五,上海书店出版社,1992年版,第207页。

西洋人用显微镜观察蚕病,更有科学家巴斯陡用"种蚕分方法"的科学方法预防和治理蚕病,确保其正常生长。东洋的日本人则用"戳记法"区分蚕种的优劣,择优弃劣,确保蚕种本身的优质健康。第二,国家关注养蚕事业与否。拙农认为,"人家是国家有人替百姓经理的,我们只得自己留心",国家力量的参与自然要比蚕农个人的单打独斗有力量得多。第三,是乡民落后愚昧的小农意识,缺乏学习和接受新知识的热情和能力,"乡愚再也不肯听信人的话,随你说得天花乱坠,他总有个牢不可破的见识"。凡此种种,都是短板,在和外国人的较量当中,已经注定处于劣势,所谓的商战,还没开始,其实就败局已定。蚕桑事业如此,再看西洋法制茶的长处:

  我国的茶叶,都是用手足揉搓的,卷来不能匀净。我们收了青叶,晒得棉软,把来倒入机器,每两刻时卷得匀净圆紧,然后用机器烘焙。这机器名为'押皮杜拉符',有抽气管,叫叶味不散。从前用炉火烘焙,那烟气都贯入叶里。如今用了这机器,安好烟囱,烘焙起来,免了许多弊病。烘焙好了,筛来长短整齐。那装箱又是件要紧的事,我们把制好的熟茶,用竹箩盛着,外面裹了铅皮,再钉入箱里,闭得极严。随他搁到许久,开出来香味扑鼻,再不散的。我们公司里派人出去,到各路出茶的山上,安放机件,随收随制。汉口茶商,归入我们一气,都是这样办法。很要多销出口,这利益是被我们挽回转来的了!①

传统手工作坊式的操作,在现代机器面前的劣势显而易见,不仅效率低下,而且质量也很难保证。西洋式的制茶方式是,"我们把制好的熟茶,用竹箩盛着,外面裹了铅皮,再钉入箱里,闭得极严。随他搁到许久,开出来香味扑鼻,再不散的。"速度的迅捷,效率的惊人,固然也值得称道,但更重要的是质量的保证,不仅没有手工制作的烟火气,而且能保证茶叶味道的纯正、持久。

所以,华达泉、李伯正、钱伯廉、周仲和、张老四、胡少英以及范慕蠡等一批具有现代意识的中国民族资本家,作为经营丝蚕业和制茶业的商人群体,面对这种来自海外同行的冲击,他们的心态是复杂沉重的。一方面,颓弱的国势没有为他们奋起抗争提供强大的国家后盾,面对外来经济体和商业力量强大资本与技术的轰然而至,他们始则惶恐震惊,继之茫然无措,再则痛定思痛,终于面对现实,不得不以西人为师,虚心学习,"师夷长技以制夷","师夷"——学习——不是目的,而是最终达到"制夷"目的的手段。另一方面,他们也必须量力而行,在被动地参与竞争和商战的过程中,以及其后艰难困苦的实践中,不断调整自己的斗争策略、应对手法和处置方式。"如今中国茶业,日见销乏,推原其故,是印度锡兰产的茶多了。他们是有公司的,一切种茶采茶的事,都是公司里派人监视着。况且他那茶,是用机器所制,外国人喜吃这种,只觉中国茶没味。我记得十数年前,中国茶出口,多至一百八十八万九千多担,后来只一百二十几万担了,逐渐减

---

① 〔清〕姬文,《市声》,第八回《诸茶商讲求新法　小席伙独积薪工》,《中国近代文学大系》第2集·第7卷·小说集五,上海书店出版社,1992年版,第57—58页。

少。茶商还有什么生色呢？我开这个公司的主意，是想挽回利权，学印度的法子，和园户说通，归我们经理，叫园户和商家联成一气，把四散的园户，结成个团体，凑合的商人，也并做一公司。"①独木不成林，单丝不成线，他们意识到了外商的强悍，也意识到了自身的弱小，依靠一两家公司的单枪匹马去迎战洋人的入侵，毕竟势单力薄，难成气候，需要集体的力量："农工商贾，就是合成的一个有机动物——斗起笋来，全都活动；拆去一节，登时呆住了。"②应当将工农学商等各界都联合起来，结成一个命运共同体，一道抗衡洋人："现在除了学界人知道外面的世局，以外就只商界里的人，开通的多。农工两界，十分闭塞。农民呢，只知种他的田，合商界没甚交涉。工界却和商界直接交涉哩。我想二位负了这样的大才，又有资本，为何不提倡一番？"③所以，只有联合起来，结成团体，用现代化的公司制，通过集约化的商界合纵连横，将传统自给自足的个体经济体模式转向互通有无、协同经营的现代化生产经销。这不仅意味着将打破小农经济所带来的固有藩篱，使整个国家的经济形成一个规模化的效益，而且这些举措本身就带有强烈的经济民族主义色彩，因而也就具有了抵抗外侮和民族自强的意义。

他们宁肯自己吃亏赔本，也要跟外国人抗争，《市声》中李伯正就是这样被作者赋予了理想化色彩的民族资本家：

> 我的做买卖，用意和别人不同：别人是赚钱的，我是不怕折本。我这收茧子，难道不吃亏么？原要吃亏才好。我这吃本国人的亏，却教本国人不吃外国人的亏，我就不算吃亏了。但是我一人的资本有限，譬如来折完了，我们中国人，依然要销到外洋去，把些生货贩出去，等他外国制造好了，再来取我们的重利。一年一年拖去，那有活命！但就目前而论，从前茧子是什么价钱？如今是什么价钱？再下去，还连这样价钱都没有。你不知道印度、日本，都出的极好茧子吗？为的是中国地大物博，价钱便宜，落得贩去生发些利息罢了，难道真靠我们茧子不成？我所以开个茧行，替中国小商家吐气，每担只照市价加五两收下，我有用处。④（第六回）

他是盐商之子，有良好的教育背景和资质禀赋，曾中过第一名商籍秀才。后来只为专心商务，不去乡试。他喜欢西学，爱读新翻译出的书。所以他有爱国心，重视工商业教育，懂得现代工商业的运作方式和规律，在一定程度上堪与外商抗争。他的目的十分明确："我这吃本国人的亏，却教本国人不吃外国人的亏，我就不算吃亏了。"他自己就是为了跟外国人争利，使本国人不吃外国人的亏，达此一目的，他也就算成功了。

---

① 〔清〕姬文，《市声》，第五回《还花银侠友解囊　遇茶商公司创议》，《中国近代文学大系》第2集·第7卷·小说集五，上海书店出版社，1992年版，第38页。

② 〔清〕姬文，《市声》，第三十四回《扶工业高人远见　派捐资财房潜逃》，《中国近代文学大系》第2集·第7卷·小说集五，上海书店出版社，1992年版，第215页。

③ 〔清〕姬文，《市声》，第三十三回《留学生说明实业　小富翁信用高谈》，《中国近代文学大系》第2集·第7卷·小说集五，上海书店出版社，1992年版，第210页。

④ 〔清〕姬文，《市声》，第六回《扬州府豪商出世　上海滩茧市开盘》，《中国近代文学大系》第2集·第7卷·小说集五，上海书店出版社，1992年版，第43—44页。

然而,《市声》所呈现在读者面前的,不是一个中国工商业从业人员在民族主义大纛下团结御侮、凯歌高奏的欢乐嘉年华,而是恰恰相反。众所周知,上海开埠以来,民族工商业在自身的发展过程以及与国外的竞争中,都困难重重,举步维艰,所遭遇到的困境都是前所未有、难以想象的。小说最后,无论是商人还是企业家,这一批最先知先觉的民族工商业者,在一种内忧外患、萎靡不振的社会环境中,都或多或少地陷入各自的泥淖中不能自拔,他们的命运令人扼腕叹息。这个群体在异质文化和强势资本的进逼面前,节节败退,最终溃不成军,土崩瓦解,却又势所必然,其中显示出了个体与群体、工业与商业、官方与民间等等各个层面生存发展的现状与隐忧。李伯正、范慕蠡们的路还很长。

第二节　红尘浊世中的义利之辨

"君子喻于义,小人喻于利";"不义而富且贵,于我如浮云哉";"生,亦我所欲也;义,亦我所欲也;二者不可得兼,舍生而取义者也"。千百年来,儒家的这种义利观成为人们在社会上行走安身立命的不二法则,也是衡量一个人道德水准高下的重要标准。按照儒家构建的道德体系和诠释系统,利,一般就是指看得见摸得着的物质利益,无论利己、利他,还是互利,均以物质利益为前提或基础;义者,宜也,就是适宜,就是合理性。义,是一种情怀,一种情操,是基于某种道德标准的思想行为,是一种比较抽象的精神活动,属于精神文明的范畴。利,剔除道德因素外,君子小人都可以获得,几乎没有什么门槛。"义",却需要有某种道德理念作支撑,只有君子才能获得。孔子要求"利"归于小人,"义"归于君子。归根结底,"罕言利""重义轻利"是一个历久不息的传统。

近代以降,西方的某些道德观念、价值观念传播东渐,传统的义利之辨受到质疑和挑战。因为,在现代社会中,资源的稀缺性注定了竞争的必然性和残酷性,商业逐利的本性也决定了商人或企业家必须独占或垄断稀缺资源和专门信息,才有可能在市场竞争中处于不败之地。君子不言利、重义轻利的观念已经不合时宜了。事实上,义利是一枚硬币的两面,彼此不必截然分开,求利乃是一切生物维持生存的本能,人类自不能免,故无须刻意阻抑。利之所在,人争趋之。即便是满口仁义道德的圣人,如果没有物质基础和一定的利益支撑,仅仅单纯让他去追求仁义,恐怕也是势所不能。1907年第4期的《东方杂志》上,有一篇题为《论中国儒学之误点》的文章,对此进行了剀切的批评:

> 儒家言恒多误点。其大为人心风俗之害,至于今而不可救药者,则讳言利之说是也。人之生也,与禽兽草木未有以大异,其所以克自生存,以渐进今日之文明者,皆恃此趋利避害之一念耳。
>
> 义利者一合而不可稍离者也,故凡真正利己之道,未有与道德相违反者。西儒惟深明此义,斯密·亚丹及边沁之书尤能推阐详尽,故其国群进步之势一日千里,

遂以有今日之富强。吾国在孟子首斥言利,江都董氏继之,义利既分,儒者之视功利如蛇蝎之不可手触。持不衷之说以生心害政,流毒于社会者遂数千年,由学术而酿成风俗,而积为政教。品四民者以工商为末流,讲经济者以富强为杂霸……呜呼,言谋国之道而顾以富强为大戒,此真环球万国未有之奇闻。

义利合一,不可分离。西方国家之所以能以一日千里的速度进步,达到今天的富强,就在于能将义利合二为一。他们强调个人价值和个人利益,肯定个人追逐私利的权利,国家机器不得干预。在此前提下,他们鼓吹金钱至上,财富面前人人平等,不分等级贵贱等西方近代资本主义社会所奉行的价值准则。我们从边沁、爱尔维修、亚当·斯密等人所倡导的西方近代功利主义思潮中,不难看到类似的这些主张。而儒家自孟子始,继之以董仲舒,将义利拆分对立,使得世人不敢言功利,且视之如蛇蝎。此种流风绵延千年,由学术思想而酿成风俗,进而成为政教准则,以至于品四民者以工商为末流,讲经济者以富强为杂霸,害人不浅,对整个社会价值取向产生了巨大的负面作用。康有为、梁启超、何启、胡礼垣等维新思想家,试图借用西方的近代功利主义等思想资源,并根据中国社会的实际情况,融合了传统文化中的某些合理成分,以期改变传统重义轻利的社会观念。他们以近代西方功利主义价值观取代中国传统的伦理型价值观,为提升商业和商人的社会地位,进而使商人作为一支重要的社会力量登上历史舞台的中心,寻找其合理合法性依据。这种根本社会价值观的转变,正是国门洞开以后,晚清重商思潮蔚成风气的社会思想基础。

与这一思潮相印证,这一时期,以上海印象为核心的商业文化叙事中,一批具有西学背景或者维新思想的作家们,不遗余力地推崇和欣赏这样的价值观与价值取向,向读者传达和灌输这些迥异于传统观念的思想和行为,显出了他们视野的宏阔与识见的通达。不过,可以肯定的是,无论这些作家们如何激进,西化程度多么深,他们毕竟还是中国这块古老土地上滋生出来的文化阐释者与传播者,不能完全割断与传统的脐带,甚至在批判的同时,也还仍然在吸吮着传统文化的乳汁。这样,他们在大力推崇西学的精粹的时候,也不能放弃对旧有文化的钟情,在恨铁不成钢的怨愤中从另一个向度完成对西方价值理念的推阐。譬如它们对"不义"之举的鞭挞,就时时行诸笔端。

小说《市声》开篇第一回就写到了"算计着要和洋商争胜负",且"有志做个商界伟人"的宁波富商华达泉,"挟了重资,乘轮北溯。及至到得上海,同人家合起公司来,做几桩事业,都是极大的成本。就只用人多了,未免忠奸不一。弄到后来年年折阅,日日消耗。看看几个大公司,支持不住,只得会齐了各股东,把出入款项账目,通盘结算。幸而平时的生意还好,不至于再要拿出银子去赎身。但是生生把百万家私,折去了九十多万。所存五六万银子,想留着做个养命之源,不敢再谈商务了。"[①]他把百万家私拿到上

---

① 〔清〕姬文,《市声》,第一回,《折资本豪商返里 积薪工贫友登门》,《中国近代文学大系》第2集·第7卷·小说集五,上海书店出版社,1992年版,第6页。

海与人合伙开办公司,结果几年之内就弄到关门闭户、倾家荡产,"生生把百万家私,折去了九十多万",从一个身家百万的富商,摇身一变而成为一个穷光蛋。而推究他做生意失败的根本原因,不是对手过分强大,也不是自己太过无能,而是合伙人或手下人的吃里爬外,监守自盗,"我拿银子同人家合了几个公司,用的自然是同乡人多。谁知道他们自己作弄自己,不到十年,把我这几个公司,一起败完。像这样没义气,那个还敢立什么公司,做什么生意!想要商务兴旺,万万不能的了。要知道一人弄几个非义之财,自不要紧,只是害了大众。一般的钱,留着大家慢慢用不好么?定要把来一朝用尽。你道可恼不可恼!"①虽然作者并没有事无巨细地描述这些人作弄自己、败坏公司的具体手段和方法,但我们不难想象,这些人依仗自己的同乡关系,取得了华达泉的好感和信任,然后不讲义气,通过各种手段侵吞他的资产,"弄几个非义之财",不到十年,居然将几家公司一起败完。作者对华达泉不无同情和叹惋,这就从另一个角度对他的经营能力表示了肯定,其实也是质疑,华达泉太看重同乡间的情义,而忽略了对他们人品和能力的考察,认为他们必然会像他一样看重同乡之谊,不会牟取不义之财,以致在商业竞争中后院失火,最终两败俱伤。所以,他总结自己的失败原因是认为这些合伙人"没义气"。这是别人的罪过,其实也是他自己的短板。倘若他不必顾及同乡之谊,与其他的人合伙,就可能避免由于人情面子而疏于严格管理,最终养虎遗患,遗憾终身。即使是同乡,若能将公司的利益和未来放在首位,也断不会弄到"一起败完"的局面。

苏州人钱清钱伯廉,原来是棉纱厂总办金罗章手下的采办,为金罗章任用收购棉花,因挪用三千银子公款到无锡和人合伙贩卖蚕茧被辞退,后到张老四的茶栈管账,同时在李言李伯正的"惠商收茧行"中做事,后自开茶叶店。钱伯廉的发迹,几乎都是靠发不义之财起的家。他挪用公款贩卖蚕茧赚了一笔钱,为李伯正收蚕茧时收受回扣三四万,和人投资卖假止咳药水赚了五六万银子,这样他才有本钱自开茶叶店。他在无锡帮李伯正收蚕茧时,不到一月,收了三十万担茧子,计算扣头,也有四万多银子。他本想独吞,不分给别的伙计,但是"要不分给他们,于理上又说不过去。况且李东翁是个大财东,将来还要靠他做点事业,搁不住他们去三言两语,断送了我的前程,还是分了为是。"②但又不甘心,双方各动一番脑筋,各耍一段伎俩后,最后是钱伯廉与另两人将二万五千两银子五五分成了结。一方面在李伯正面前装得勤勉、干练,勇于任事,一方面又暗下黑手,中饱私囊。没有同袍之谊,也缺乏职业操守,是企业当中的扒手和蠹虫。此外,小说中还写到了账房做假账、工头陆桐山克扣工人工钱、女工偷卖棉纱、商人汪步青扣皮货人的钱而伙计又赚汪步青的钱等情节,大量这样吃里爬外的人寄生在企业中,企业还能屹立不倒,真是天理难容。

---

① 〔清〕姬文,《市声》,第一回《折资本豪商返里 积薪工贫友登门》,《中国近代文学大系》第2集·第7卷·小说集五,上海书店出版社,1992年版,第7—8页。
② 〔清〕姬文,《市声》,第七回《九五扣底面赚花银 对半分合同作废纸》,《中国近代文学大系》第2集·第7卷·小说集五,上海书店出版社,1992年版,第48页。

第四章　上海印象中商人的精神世界

一个商人,或者一家企业,由于不善经营,在商海浮沉中折戟沉沙,本是商海惯例,不足怪,亦不足惜。但一个行业如果因为见利忘义,胡作非为而导致整个行业的刬败,就不得不令人深思了,譬如制茶业:

> 制茶的法子,即使暂用人工,也要十分讲究。我另有说法,将来细谈。最坏是我们茶户专能作假:绿茶呢,把颜色染好;红茶呢,掺和些土在里面,甚至把似茶非茶的树叶,混在里面,难怪人家上过一次当,第二次不敢请教了。倘若合了公司户商一气,好好监视,这种弊病先绝了,茶能畅销外洋,这不是商家的大幸么?①

开埠后,制茶业开始采用机器,高效快捷,质量也有保证。而传统制茶业都用人工手工炒制,不但效率低,而且不免会有些烟火气,败坏茶叶的口感、味道,影响茶叶的质量。虽然这会影响茶叶贸易的总额度,但还不是最要命的,不至于断送整个制茶行业。尤为让人不可接受的是茶户为了利益,竟然置商业操守和人性良知于不顾,大肆造假,"绿茶呢,把颜色染好;红茶呢,掺和些土在里面;甚至把似茶非茶的树叶,混在里面。"这如何能走出国门,与洋人一较高下呢? 究其原因,还是小农经济的思维与心态作祟,不懂甚至无视商业规则,见利忘义罢了。

吴趼人除了《二十年目睹之怪现状》之外,尚著有中篇小说《发财秘诀》(又名《黄奴外史》)十回,最初连载于《月月小说》,又有上海月月小说社排印单行本,惜不多见。

作者虽以广东、香港为背景,但主要人物的活动舞台却在上海。作者秉持民族主义立场,描述了港沪两地在半殖民地状态下,许多无良商人及汉奸买办为了获得巨额财富,不顾民族大义,丧失国格、人格的无耻行径。对于中国官僚的昏庸及侵略者的威势,也痛加鞭挞,给予无情嘲讽。末回作者自注道:"著者尝言生平所著小说,以此篇为最劣。盖章回体例,其擅长处在于描摹,而此篇下笔时,每欲有所描摹,则怒眦为之先裂。"可见作者对笔下人物的痛恨之深、之烈。某种程度上,《发财秘诀》这部小说,可以说是一部见利忘义无良商人的群丑图。

小说先写了一个广东南海县张搓乡的小贩区丙,因穷困而贩卖新奇玩具"料泡"及窑货小人到香港给外国人,引起外国人的好奇,遂争相购买。他用二钱银子,大大小小买了二三百个"料泡",小的值二三文,大的不过十一二文,却阴差阳错,每一个卖到一个银圆,来回十来次,居然积了六七千银圆,转瞬间变为富翁。他的窑货小人单价不过六七文,首批贩运一千个,像"料泡"一样,售价两个银圆,那消一日工夫,这一千多个小人儿早变了上三千的洋银了。如此三个月过后,盘点结账,已经是拥有五万两银子的富翁了。连作者自己也不得不感叹区丙超常的感悟能力和天才的商业禀赋,"凡实业家,无论为操艺术者,操转运者,皆当默察社会风气,随之转移,然后其业可久可大。……区丙

---

① 〔清〕姬文,《市声》,第五回《还花银侠友解囊　遇茶商公司创议》,《中国近代文学大系》第2集·第7卷·小说集五,上海书店出版社,1992年版,第38—39页。

一小负贩,乃能潜窥默察,投其所嗜好者。呜呼!毋谓其富为幸致也。"①暴富后的区丙应当说还是比较低调的,夫妻两个依旧是和平常一般度日,不过一切用度比较前头稍微宽动些罢了。但随后也就慢慢煊赫起来,一两年之间,不仅盖房子置田产,还把二三万的现银存在十三行第一家字号"伍怡和"里吃利息,而且先后在藩台衙门前和香港中环地方各开了一家"丙记"洋货字号。真是俗话说的一顺百顺,福至心灵了。虽然年年赚钱,日渐富厚,然而他还是乡人本色,平日只穿的是蓝布短打、黑布裤,脚上穿的一双细蓝布袜,除了拜年、贺节、赴席之外,轻易不穿长衣白袜,所以上中下三等人他都交处得来。

　　区丙发达后,结交各色人等,提供食宿,颇有点仗义疏财的风范,其中因在广东犯了劫案逃到澳门的关阿巨,也在其结交之列。此人后来投靠英国人额尔金,做了英国人的侦探。关阿巨许以做英国人的侦探"每月坐得五十两,其余每件事五十两"的厚利,区丙觉得有利可图,从此专意招接衙门的主顾,打听些海防洋务的事情,"几时佛山办团练,几时黄埔修炮台,虎门添了若干兵,四方炮台添了几尊炮,买了一刀竹纸来,真是有闻必录",居然成了英人的坐探,专门向外国人提供军事情报。甚至利用叶名琛好佛,帮助外国人得城,终致广州城失守,成为出卖国家利益的汉奸。更有甚者,为了方便直接跟外国人接触获得更大的利益,区丙又让儿子阿牛跟英国渣打银行大班的跟班陶庆云学英文,以期建立"汉奸世家"。"结交亡命,亦足以间接发洋财,在当局者虽或出于意料所不及,然自旁观者视之,即不得不引为秘诀矣。"②其愚不可及,见利而忘义,真真令人发指。

　　接着登场的是陶庆云、花雪畦、魏又园、舒云旆、陶俯臣、陶秀干等人。这批人中有的原来就是香港的混混,如陶庆云、花雪畦、魏又园、陶秀干等人,后来辗转都来到上海。陶庆云最得意,已经是台口洋行的副买办了,不久就要升正买办了。花雪畦因偷窃被"游刑"所罚,不能再在广州立足,受到区牧蓄资助后逃到香港,俟其赌输之后,既没其财,又鬻其身,靠拐卖猪仔(拐卖人口)谋生,不得不谓之狠心。到上海后,企图通过魏又园叔父之手买地转道契,借一只辣手出来以逞其欲。魏又园的叔父是个厨子,在总会里做大司务,本不是什么大官,魏又园不过是给一个兵船上的大副当跟班,且没有薪水,暂居在叔父家里,属于寄人篱下,是最为落魄的了。秀干已得了关上事情。舒云旆是炒地皮的,依靠洋人之手买地转道契。陶俯臣虽是五家洋行的买办,为了赚钱却还要远赴汉口去做茶叶生意,据说一个茶市要赚到十万呢,而且用的全是权术:

　　云旆吐出舌头道:"这还了得?比我们搬弄地皮的好得多了。到底外国人的钱

---

① 〔清〕吴趼人,《发财秘诀》,第二回《察嗜好货郎逐利　发储藏夫妇秤金》,天津古籍出版社,1986年版,第19页。
② 〔清〕吴趼人,《发财秘诀》,第三回《开店铺广交亡命　充汉奸再发洋财》,天津古籍出版社,1986年版,第25页。

好赚。"庆云道:"做了汉口茶栈,要靠赚外国人的钱,可就难了;纵然发财也有限得很。"

雪畦听到这里,不觉愕然道:"听说办洋装茶,是专做外国人生意的,请教不赚外国人的钱,还赚谁的钱呢?"庆云道:"赚外国人的钱是有数的,全靠赚山客的钱。"雪畦道:"甚么叫作山客?"庆云道:"山客是从山里贩茶出来的。到了汉口,专靠茶栈代他销脱,要赚他们的钱,全靠权术。他初到的时候,要和他说得今年茶市怎样好、怎样好,外洋如何缺货、洋行里如何肯出价。说得他心动了,把货捺住不肯就放手。一面还要向洋行里说谎话,说今年内地的茶收成怎样好,山客怎样多,洋行自然要看定市面再还价了,把他耽搁下来。耽搁到他盘缠完了,内地有信催他回去了,这边市面价钱,却死命不肯加起来,闹得他没了法子,那时候却出贱价和他买下来,自然是我的世界了。"雪畦道:"这样一办,那山客吃亏大了!"庆云道:"岂但吃亏? 自从霭兰这样一办,那山客投江的、上吊的、吃鸦片的,也不知多少。那个管他! 须知世界上不狠心的人一辈子也不能发财,就以俯臣家兄而论,他兼了五家买办,难道都是东家仰慕他,请他做的么? 都是他自己设法钻路子弄来的。至于钻路子的时候,就不能问前任的买办是亲戚是朋友了,也不能问我谋夺了他的席位,他要如何落魄、如何潦倒了的。必要有了这等的手段,方才可以望发财。不然,俯臣家兄到上海来不满十年,就弄了五六十万么。"

雪畦听了,默默领会,暗想:"他们的手段比我拐卖猪仔还要利害,从此倒要留心学着他们呢。"①

通过外国人的势力,用欺骗手段,欺行压市,坑害自己同胞,赚昧心钱,发不义财。若要发财,非狠心辣手不可,"须知世界上不狠心的人一辈子也不能发财。"发财秘诀,真是一语道破。在义利面前,这些黑心商人毫不犹豫地选择了"利",而抛弃了"义",诚实不欺的古老商业道德在暴利面前已经一败涂地。

不过也不可一概而论,在一片尔虞我诈的欺瞒世界中,那种诚恳老实的做人之本和经商之道,犹如一道闪电,灵光一现,刺破黑暗,让人觉得龌龊世界中尚有一线微光闪烁,尽管势单力薄,但也不失为一点希望。即使是陶庆云本人,到上海后运交华盖,平步青云,与一班狐朋狗友呼风唤雨,活得好不滋润,起步阶段也还是靠着淳朴实诚赢得了洋人的好感:

一天外国人叫庆云去换一块钱的角子,那天市价是十一角零五十文,他换了来,便如数交了。那外国人很以为奇,便问怎么样有这许多。他也老实回说今天市价是这样。外国人倒不懂起来了。等他走开了,又叫别人去换一块,别人可是只交给他十角。大约这是人人如此的。本来外国人只知道一元换十角,就是赚了他的,

---

① 〔清〕吴趼人,《发财秘诀》,第八回《花雪畦领略狠心法 杭森娘演说发财人》,天津古籍出版社,1986年版,第56—57页。

他到死也不能明白，又何妨嫌呢？那外国人看见别人只换来十角，也只放在心上，等到公事完了，叫了庆云，一同出去。走到钱铺门前，在身边摸出一块洋钱，叫庆云去换角子，自己在旁边看着。果然见是换了十一角五十文来，便着实夸赞庆云诚实可靠，说他所见过的中国人没有一个好的，只有庆云是个好人。不多几天，便把他升做二买办。你说侥幸不侥幸？①

当然，陶庆云的这个在外国人眼里的所谓的"诚实可靠"，并非天然未凿，出自最初一念之本心，而是一个处心积虑的骗局，是为了博得洋人好感以求获得进身之阶的伎俩，"他平日会巴结。无论甚么事，外国人叫他做，他没有不肯做的。"即使外国人有难言之隐的不情之请也在所不辞。此外，我们再看他后来的行止：他接到总办死了消息的时候正与端木子镜、言能君、蔡以善、陶秀干、舒云旃、花雪畦等朋友吃花酒，得此消息，众人纷纷恭喜他即将上位升任正总办，此前外边即纷传他马上就要做正总办了，这一次总办谢世等于是给他让出了位置，可谓天遂人愿，他也乐得顺水推舟，所以也就心安理得接受了大家的贺酒，"从此轰饮起来。尽醉方散，庆云要到那里正买办家里，做一回假惺惺，别过众人而去。"则陶庆云之虚伪狡诈已跃然纸上，活灵活现，哪来的"诚实可靠"，除了利益的谋划和算计之外，哪还顾得上什么"义"？他甚至说，"我们不必谈那许多，就以上海而论，外国人花了几千万，开了这个码头，筑了马路，给我们做生意，就是你老兄，今日也在这里就馆。一个人总要饮水思源，难道你倒说外国人不是好人么？"②认为外国人是其衣食父母，竟要饮水思源、感恩戴德的了，连民族大义都置诸脑后，真是既无知又无耻了。

森娘是沦落风尘的烟花女子，迎来送往，倚门卖笑，居然也讲究"老实"：

> 森娘道："总要老实点的好，你不知道乾昌老班是靠老实发财的么？"
>
> 雪畦听了，暗暗诧异，道："不信天下有靠老实发财的人。"想罢便问道："哪一个乾昌老班？怎样靠老实发财？倒要请教请教。"森娘道："这乾昌老班也是我们浙江人，从小苦得很，几乎饭也没得吃了，幸得一个钱庄上的先生照应他，借给他二千铜钱，叫他做小生意。做做倒也顺手，慢慢积了二三十钱。"雪畦笑道："这就叫发财了。"森娘道："早呢！他也会做生意。终日提了个篮子，总拣人家走不到的地方他才去，上海各处都被他跑遍了。后来他忽然又想到做船上的生意，雇了一只小船，带了些洋肥皂、小手巾、吕宋烟之类，摇到吴淞口，跑到外国兵船上或公司船上去卖。他走得多了，那船上的外国人也认得他了。有时外国人手边钱银不便，叫他记账，到下次去收，久而久之，这记账也成了老例了。有一只公司船的外国人不知怎样欠了他十多块洋钱，一回他去讨账，恰好那公司船已经起锚要开行了。那外国人

---

① 〔清〕吴趼人，《发财秘诀》，第七回《洋奴得意别有原因　土老赴席许多笑话》，天津古籍出版社，1986年版，第48页。

② 〔清〕吴趼人，《发财秘诀》，第十回《舒云旃历举得意人　知微子喝破发财诀》，天津古籍出版社，1986年版，第71页。

匆匆给了他一卷小洋钱,叫他赶紧走,不然要把他载到外国去了,那小洋钱,叫他回去点一点,多少下回再算罢。他便匆匆下了小船回来。打开那小洋钱要点数,谁知不是小洋钱,竟是一包金四开(外洋金钱,上海方言谓之金四开)。他吃了一惊。"雪畦听到这里,暗想道:"果然发了财也。"只听森娘又道:"若是别人,岂不是就此发财了?谁知他却不想发这个财,把那金四开收藏起来,动也不敢动。直等到下回那公司船来了,他拿了那包金四开,原去还了那外国人。那外国人欢喜得了不得,说他老实,问他有店没有?他回说没有。外国人叫他赶紧开一家店铺,答应荐生意给他。他就自己凑点,和人家借点,开了这家乾昌。那外国人果然到处荐他的生意,又把他送还金钱的事,上在外国新闻报纸上,所以外国人都相信他,说他老实。凡买东西,都到他店里去,他店里没有的东西,也叫他代办,所以他生意好得了不得。去年初,开店的时候,不过一间门面的小店,今年已经撑到三间门面了。他从此以后,怕不全是发财的日子么?"①

这位浙江人乾昌老板倒确乎是靠勤劳诚实起家的,先是提篮子摆地摊做小生意,"总拣人家走不到的地方,他才去。上海各处都被他跑遍了,后来他忽然又想到做船上的生意。"因为拾金不昧,得到洋人的褒奖,提携他开了门店,又给他推荐生意,并把他的事迹登报传扬,为其延誉。一年左右的时间内,已经从开张时的一间门店扩展到三间门店了,而且由于外国人的信任,生意好的不得了,"他从此以后,怕不全是发财的日子么?"这里似乎有点上海人耳熟能详的宁波人叶澄衷发家的影子,在义利之辨面前守住了底线,没有溃不成军,多少有点励志的正能量。

花雪畦通过在上海的游历,与陶庆云、陶俯臣、言能君、舒云旃、陶秀干、蔡以善、木子镜等辈交接,耳濡目染,悟得了发财秘诀的三昧,便约了一个姓袁的同乡,合出资本开了一家米店。倒也年年顺利,四五年间,无不赚钱。姓袁的染疾而终后,花雪畦把原订的合同用火烧了,又寻出了好些股份票及钱庄存折之类,干没了这一注巨款,统统据为己有。随后就撤了那米店不做,另外开了一家字号,专做客货。雪畦发财,实得陶庆云以次诸人之心传也。魏又园也咸鱼翻身,先做了福州的福山洋行的买办,后又被荐到上海有利银行来做买办。看上去每个人都是前程似锦,一片辉煌。

陶庆云得意之际总结个人发财致富的成功秘诀,说是"根本就在懂说话。你想如果不懂说话,就有本事也无从干起。就会看颜色,也轮不到你看。所以我历年以来,所著的那部学外国话的书,近日已经发刻了,不久就可以刷印成书。成书之后,我卖四块洋钱一部。等我们中国人看了,都从这书上学起话来,好叫一个个的中国人都懂了外国话,发了洋财,那时才知道外国人的好处呢!"②学洋文,说洋话,巴结洋人,所谓"发财秘

---

① 〔清〕吴趼人,《发财秘诀》,第八回《花雪畦领略狠心法　杭森娘演说发财人》,天津古籍出版社,1986年版,第59—60页。
② 〔清〕吴趼人,《发财秘诀》,第九回《世态炎凉寸心生变幻　荣枯得失数语决机关》,天津古籍出版社,1986年版,第67页。

诀"即此之谓也。但也不尽然,花雪畦、言能君不会洋话也能发财,端木子镜会说洋话反而不及花雪畦,可见真正的发财秘诀不在于会不会洋话,而在于个人的心肠是人心还是兽心,在于义利之间取舍的结果。否则,势必会像花雪畦新聘的那位时运不济、落魄在上海的文案先生冷雁士那样,"……二十年中坐致者,已远万金。天之待阁下者,不为不厚。阁下乃天与勿取,既不肯持此万金去巴结贵人,从仕路上发财;又不肯经营商业,从权术上发财;更不肯重利盘剥,向刮削上发财;却如此浪用。兄弟既有五人,丧葬之事,何必一人担任?四个兄弟,各有各事,成家读书,与你何干?却一一都揽在身上。至于令叔一事,更为荒唐。山东与广东,相去何止千里?乐得佯为不知。押追家属,试问押死了令婶、令弟,何能伤及你一毛,却要你如此巴结?说到善堂一层,更是不知所谓了。天下穷人,不知其数,博施济众,尧舜犹病,你岂欲功迈尧舜么?若照你之所为,饿死就在目前也!"①"你若要发财,速与阎罗王商量,把你本有的人心挖去,换上一个兽心。"②这才是真正的发财秘诀,也是小说作者真正的命义之所在。

鸦片战争后兴起的重商思潮,使得中国社会实现了两个转变,一是从传统的农业社会向近代工商社会的转变,二是从过去的"四民"等级社会向近代职业社会的转变,当然这些过渡都是缓慢的,绝非一蹴而就。在这一过程中,一个以工商业的空前发展为基础,以资产阶级化绅商为主干的新型社会阶层——民族资产阶级开始逐步形成并走上历史舞台,而且也奠定了清末民初社会转型的方向,加快了中国社会近代化的步伐。③

对于义利之辨,从古到今,随着时势的变迁替嬗,国人认知的变化也是与世推移的,时代的交替中孕育着价值观念的更新,从不争到争,从空谈义礼到崇尚实利,由富民强国到民族自立,不仅是时势所迫,也是国家民族之所需。但在这一过程中,难免鱼龙混杂,泥沙俱下。异质文化的冲击,传统势力的痼疾,再加上人性深处对利益的贪婪,在王纲解纽、礼崩乐坏的大趋势之下,也势必会影响民风民气的改变,以致出现许多光怪陆离、矫枉过正之怪现状。"往者不可谏,来者犹可追",如何营造一个义利兼顾、风清气朗的商业文化环境,依然是当下我们必须深入思考的重要问题之一。

第三节 市声喧嚣中的家国情怀

我国自古有"贱商"的传统,"士农工商"四民中,商人排位最低,商业及商人在整个社会经济链条中处于贱业和贱民的地位,被排斥于主流社会生活之外。正如梁启超评

---

① 〔清〕吴趼人,《发财秘诀》,第十回《舒云舫历举得意人 知微子喝破发财诀》,天津古籍出版社,1986年版,第74—75页。
② 〔清〕吴趼人,《发财秘诀》,第十回《舒云舫历举得意人 知微子喝破发财诀》,天津古籍出版社,1986年版,第75页。
③ 马敏,《晚清重商主义思潮之再思》,载《人文论丛》集刊,2000年11月,第99页。

的那样,"我国自昔贱商,商人除株守故业,计较锱铢外,无他思想"。① 但尽管如此,商人的身份结构也还是复杂的,明清以来,好货好色、奢靡享乐之风盛行,失地农民、落第举子、罢官废吏等等,纷纷加入到商人行列中来。特别是19世纪中后期,商战的需要,富国强兵的热望,使得重商主义大行其道,士人和官员向工商界的转化大大加剧,"弃儒经商"已蔚然成时尚,一些朝廷重臣如李鸿章、张之洞、盛宣怀等人也兴办实业,加入到经商大军中来。1895年,新科状元张謇奉命在南通兴办大生纱厂,成为"通官商之邮"的大绅商。次年,同治年间的状元陆润庠在苏州创办苏纶纱厂,"状元办厂"一时传为美谈。这些蟾宫折桂、科举时代最高功名的获得者"状元",居然涉足一向为士人所轻视的工商业,确是意味深长,反映出在普遍的重商思潮下,传统修齐治平思想已经渐露疲态,不合时宜。主要以资源和货币拥有量衡量成功与否的工商业活动,实际上已成为仕宦之外,另一条可以为士人们所接受的实现个人价值的晋身之阶。状元如此,其他级别的绅士弃儒经商的,更是所在多有,不计其数。

这批由士入商的新型商人,把士人阶层与生俱来的功利之思和家国情怀带给了商界,他们不仅改变了传统商人的身份结构,而且也提升了商界整体的文化水准、精神视野和精神境界。虽然他们不至于把"为天地立心,为生民请命,为往圣继绝学,为万世开太平"作为口头禅天天挂在嘴上,但是"匈奴未灭,何以家为""位卑未敢忘忧国""天下兴亡,匹夫有责"的情怀却是深入骨髓的。这种士大夫的人文精神不断下移,在整个民族遭受苦难之后迭经重构与再建,千锤百炼,浴火重生,这些已经渗透到血脉中的家国情怀和文化基因,在这些儒商们的身上便不时有所流露。

《胡雪岩外传》十二回,又名《胡雪岩》《雪岩外传》,署大桥式羽著。有光绪二十九年(1903)五月日本东京爱美社排印本。作者真实姓名及身份不详,据本书序、题词等推测,当是浙江杭州人。

在社会阶层和社会地位变迁的过程中,张謇、陆润庠以状元身份由士而商,是从上而下流动,而胡雪岩则是先商后仕,"商而优则仕",是自下而上,从较低层级向较高层级流动,属于一种逆向流动。当他由商人摇身一变而成为官员后,也就意味着他认同和接受了以儒家入世思想为导向的官僚体制价值观,也意味着他必须自觉地以儒家的价值取向和情感认同来规范自己的商业活动和商业行为。事实上,胡雪岩也确实践行了这些价值理念,他的商业活动,几乎都与乡邦亲情、国族天下、民族精神、爱国主义等精神传统密切相关。

胡雪岩(1823—1885),名光镛,字雪岩,安徽绩溪人,是近代全国闻名的金融巨人,又是一个深得朝廷青目的"红顶商人"。《胡雪岩外传》,虽以胡雪岩为主人公,但并非像本传那样严格意义上的传记,而是"外传"。所谓"外传",是相对于"内传"而言,是指附经作传,广引事例而不完全以解释经义为主的书,譬如《韩诗外传》《左传》,分别是《诗

---

① 梁启超,《梁启超选集》,上海人民出版社,1984年版,第578页。

经》和《春秋》的外传,因其文不主于经,故号为外传。也可以指传记文的一种,人物为正史所记载,或正史已有记载而别为作传,也可能是野史,记其遗闻逸事者,亦称"外传",如《赵飞燕外传》《高力士外传》等。这篇《胡雪岩外传》显然既不是正史,甚至也算不上遗闻逸事,作者的着眼点不在于人物的事业和社会活动,而是按照自己的想象,纯粹凭空杜撰,模仿《红楼梦》的写作技巧和手法,铺陈渲染胡雪岩穷奢极侈、豪纵糜烂的私生活,以印证所谓盛极必衰的循环之理。正如曹雪芹在《红楼梦》第一回《甄士隐梦幻识通灵　贾雨村风尘怀闺秀》中批评过的那样,"历来野史,或讪谤君相,或贬人妻女,奸淫凶恶,不可胜数。更有一种风月笔墨,其淫秽污臭,荼毒笔墨,坏人子弟,又不可胜数。至若佳人才子等书,则又千部共出一套,且其中终不能不涉于淫滥,以致满纸潘安、子建、西子、文君,不过作者要写出自己的那两首情诗艳赋来,故假拟出男女二人名姓,又必旁出一小人其间拨乱,亦如剧中之小丑然。且鬟婢开口即者也之乎,非文即理。故逐一看去,悉皆自相矛盾,大不近情理之话",不过作者要卖弄文笔和才情,写出自己的那两首情诗艳赋来,艺术上略有可取之处,思想内容上则无足称道。但开篇第一回却以神魔小说的笔法,假托西湖飞来峰得道的老猿(自称姓袁),对胡雪岩的未来做了预言,说他"逃不过盛极必衰的道理,冰消瓦解便在指顾之间"。袁公和名士尹芝的对话即透漏了这方面的信息:

  那袁公道:"连日见先生在此山前山后测量形势,闻说是替某富室治一园亭,意欲仿此,凿石为山。可有此意么?"尹芝道:"是。"袁公笑道:"但不知这位富翁是哪样一类人物?"尹芝道:"老先生难道不知道么?如今普天下的富绅巨室,都赛他不过。况当今圣眷正隆,荣贵无匹。若讲起他的姓氏来,连孺子妇人也都知道的。"

  袁公笑道:"这人到底姓甚名谁,便有这等势耀?"尹芝伸一个指头道:"便是胡君雪岩。当日国家收还伊犁,俄人多方狡展,关内外防营需饷孔殷,协借迫不及待。旋又议给伊犁守费,饷力愈难。而山右陕豫各省却当荒旱,西征之饷几难为继。三次均经胡公一手措借华洋商款,至千二百五十余万之多。当蒙圣恩予以极品,赐黄马褂入朝。此外,钱江义渡难民局,指不胜屈。凡浙江最大的善举,不是他为首倡,也是他为协助,由是名噪天下。人皆以胡君可信,以金贵交代收储,动以万计。迄今凡十有八省,各省皆设有金银等号。使石崇、邓通尚在,想亦无过于彼。"

  袁公笑道:"原来就是此人!但先生可知道他的来历?"尹芝蹙额道:"若讲他的来历,也却是从艰难辛苦中来的呢。当初他老大人在日,家境也并不素封。当此公弱冠时节,也曾弃儒为商,在某钱铺学徒数年。继以故旧吹嘘,得入前浙抚王中丞之幕。因其为人有古道风,得中丞赏识。当时贼匪乱临城下,中丞早拚捐躯以报君民,将细累家事重托此公。讵适奉运饷差遣回,而城已陷。胡君遂将饷转运江苏,以济急需。嗣为人所诬,谓以浙饷运售江苏,私得重价。于是逻者四出,君固尚未自知。适四边不靖,遂挟赀遨游国外,聊复贸易。后贼兵溃散,时难中官民苦无所归者以千计。君独力开发火轮,四方接渡,造德亦匪鲜浅。致有今之荣贵,使其老母妻儿得共安乐,亦天报之耳。"

袁公听罢,不禁呵呵大笑起来,道:"原来先生只知其来历如此。实对先生讲,此人本与我契好,但目下移气养体,大非昔比了。土木经年,宅第埒于王侯。朝野风气未开,人事尚难与天道争胜。且此老立于商战之世,素来不明商学,全靠这些天生的宿根,动要与外人争衡。窃恐骄奢事小,顽锢祸大,逃不过盛极必衰的道理,冰消瓦解,便在指顾之间。先生却不知棒喝醒他,还要替他治这园亭。先生休矣!"尹芝听说,不禁愕然道:"老丈虽如此说,只是他正在热中时候,怎能瞥地将冷水浇醒他呢?"

袁公笑道:"既先生不信,且看后日罢了。"说罢,便曳杖欲行。尹芝忙一把扯住道:"依老丈说,当如何?"袁公道:"呸!你等同在黄粱未熟时,还问我什么?"言罢狂笑一声,竟化为白猿而去。①

湖北人氏尹芝,乃同治间名士,学问渊博,三通六艺,无不精晓。曾为京师某王爷门下清客。凡王治园辟地,山林花鸟,皆是他一手布置,精巧绝伦,因此名重天下。此番受胡雪岩聘请来杭改造一座大园。得道老猿一番话,使得尹芝醍醐灌顶,猛然惊悟,"既不能当热中下一冷语,不如退休,免后人讥笑。我明日就此起身,还做我的王侯清客去的干净"。于是将胡雪岩所托之事交付好友魏实甫,自己飘然而去。

尹芝自负才情,又受名满天下的巨富胡雪岩之聘,肯定会被奉若上宾,投桃报李,尹芝自然也不会说胡雪岩的坏话,所以,在上述与老猿的简短对话中,几乎把胡雪岩半生的功业囊括殆尽,且都是非常积极的正面评价:

首先肯定胡雪岩的声望地位,"如今普天下的富绅巨室,都赛他不过。况当今圣眷正隆,荣贵无匹。若讲起他的姓氏来,连孺子妇人也都知道的。"不仅是无人匹敌的当今首富,而且还深受皇上宠爱,"圣眷正隆,荣贵无匹",是家喻户晓、妇孺皆知的大名人。我们知道,由于先后辅助左宗棠平定太平军和收复新疆有功,胡雪岩曾被授江西候补道,可用二品红色顶戴,赐穿黄马褂,是一个典型的"红顶商人"。一般人能获得其中一项已经非常厉害了,胡雪岩一人居然身兼数项,其声望地位用"如日中天"来形容一点也不过分。

其次,收复伊犁。"当日国家收还伊犁,俄人多方狡展,关内外防营需饱孔殷,协借迫不及待。旋又议给伊犁守费,饷力愈难。而山右陕豫各省却当荒旱,西征之饷几难为继。三次均经胡公一手措借华洋商款,至千二百五十余万之多。当蒙圣恩予以极品,赐黄马褂入朝。"左宗棠收复伊犁事在清光绪二年(1876),左时任陕甘总督、钦差大臣,奉命督办新疆军务。当时西征军官兵的粮饷,每年共需经费约八百余万两白银。如小说

---

① 〔日〕大桥式羽,《胡雪岩外传》,第一回《精测绘湖山入画 托寓言月夜逢仙》,中国书店出版社,2015年版,第4—6页。

所言,彼时"山右陕豫各省却当荒旱,西征之饷几难为继"。危急时刻,胡雪岩出手相助,因旗下的"阜康钱庄"是其核心产业,也是胡雪岩的金融平台,并且与英国渣打银行有生意往来,于是胡雪岩亲自出面,向英人借款。经过多次艰苦的秘密谈判,双方终于就利息、期限、偿还方式等细节达成一致。胡雪岩以苏、浙、粤三省的海关收入为担保,为西征军筹得第一笔军饷二百万两。此后更是如法炮制,依靠自己在上海滩生意场上的商业信誉,先后四次出面向汇丰银行等英国财团借得总计白银一千五百多万两,解决了西征的经费问题。由此,胡雪岩获清廷赏赐黄马褂一件,佩二品红色顶戴。小说所言,大致不虚。

第三,慈善事业。小说中尹芝称道胡雪岩在慈善方面的成就,"钱江义渡难民局,指不胜屈。凡浙江最大的善举,不是他为首倡,也是他为协助,由是名噪天下。"胡雪岩的生意,涉及范围极广,大致分为两类,一类是借助政商关系的"特殊"生意,如为政府采购军火、机器、筹措外资贷款等;另一类则是"正常"生意,如钱庄、当铺、生丝、药局等。除此之外,慈善事业也是他商业活动中的重要组成部分。他设船为杭州百姓开设钱塘江义渡,为候渡乘客提供方便,也便利了上八府与下三府的联系,广受赞誉,所谓"指不胜屈"。他还多次向直隶、陕西、河南、山西等涝旱地区捐款赈灾,到清光绪四年(1878),他向各地捐赠的赈灾款估计已达二十万两白银。同治十三年(1874)筹设胡庆余堂雪记国药号,光绪四年(1878)"胡庆余堂"药号正式营业。此外,他还两度赴日本,高价购回流失在日本的中国文物。

第四,开办银号。"人皆以胡君可信,以金贵交代收储动以万计。迄今凡十有八省,各省皆设有金银等号。使石崇、邓通尚在,想亦无过于彼。"前已言及,"阜康钱庄"是其核心产业,"阜康"的兴盛,离不开时任浙江巡抚王有龄和左宗棠的鼎力支持。清咸丰十年(1860),正值庚申之变,太平军洪杨之乱也如火如荼,清廷内外交困,光景惨淡。胡雪岩利用帮助王、左办理钱粮、军饷,综理漕运等重任,几乎掌握了浙江一半以上的战时财经,阜康钱庄由此大获其利。太平军平定后,胡雪岩的银号专门负责为左宗棠筹办军饷和军火,并在各省设立阜康银号二十余处。其拥有的财富,即使是史上巨富石崇、邓通复生,亦难望其项背。

第五,协办船政。"后贼兵溃散,时难中官民苦无所归者以千计。君独力开发火轮,四方接渡,造德亦匪鲜浅。致有今之荣贵,使其老母妻儿得共安乐,亦天报之耳。"胡雪岩于同治五年(1866)在福州协助左宗棠开办"福州船政局",成立中国史上第一家新式造船厂。同治八年(1869)秋船厂的第一艘轮船"万年清"号下水成功。

第六,发迹过程,起于微末。"若讲他的来历,也却是从艰难辛苦中来的呢。当初他老大人在日,家境也并不素封。当此公弱冠时节,也曾弃儒为商,在某钱铺学徒数年。继以故旧吹嘘,得入前浙抚王中丞之幕。因其为人有古道风,得中丞赏识。当时贼匪乱临城下,中丞早拚捐躯以报君民,将细累家事重托此公。讵适奉运饷差遣,回而城已陷。胡君遂将饷转运江苏,以济急需。嗣为人所诬,谓以浙饷运售江苏,私得重价。于是逻者四出,君固尚未自知。适四边不靖,遂挟赀遨游国外,聊复贸易。"胡雪岩少年失怙,12岁那年父亲病逝。次年即开始孤身出外闯荡,先后在杭州杂粮行、金华火腿商行当过小伙计。后到杭州"信和钱庄"当学徒,从扫地、倒尿壶等杂役干起,三年师满后,就因勤劳、踏实成了钱庄正式的伙计。民间流传,胡雪岩起家是由于有识人之鉴,以钱铺学徒的身份,冒着被东家开除的风险,挪借钱铺银票500两资助王有龄补官。此说是否为确,无从稽考,姑妄听之。咸丰元年(1851),王有龄奉旨署理湖州知府一职,不久后调任杭州知府,开始帮助胡雪岩发展丝业贸易,壮大钱庄,经办粮械、综理漕运,事业开始有大发展。

小说将胡雪岩的最终落败归结为"盛极必衰",不能说没有道理。因为,任何事物的有无、生灭、盛衰、盈亏、祸福、成败等,都按照自身的内在规律有条不紊地运行,不以人的意志为转移,所谓"天道有常,不为尧存,不为桀亡"。而且,"祸兮福所倚,福兮祸所伏",因果也都是可以彼此互相转化的,这种转换甚至就发生在俯仰之间。胡雪岩在他大半生的人生之旅中,无疑是非常成功的,不论财富、功名、声望,在某一时段内都已达到顶峰,鲜花着锦,烈火烹油,已经无以复加了。犹如圆满莹润的明月,望日过后必然逐渐转亏,终归于寂灭无声,故其败落也就不足为奇。

不过,胡雪岩黯然谢幕的具体原因还是令人五味杂陈。如同阿喀琉斯之踵(Achilles' Heel)一样,每个人或许都有致命的弱点。聪明的人常怀忧惕之心,常存敬畏之意,时时意识到自己的短处和不足,这样才能够保持清醒的头脑,不至于在名缰利锁面前失去方向感,最终才能够扬长避短,趋利避害。不求闻达于诸侯,方能苟全性命于乱世。胡雪岩在巨大的财富和荣宠面前,显然不具备保持清醒头脑的定力。而且终其一生,一直在孜孜不倦地汲汲于富贵,戚戚于贫贱。他在商场上是所向披靡的常胜将军,但在官场上就未必。他不善于察言观色,不善于揣摩风向,只知道埋头走路,不善于仰望星空。当他在左宗棠势力的庇护下陶醉在日进斗金的财富梦中时,日后盛筵散场的伏笔其实早已经埋下了,只是他浑然不觉而已。剿灭太平军后,朝廷中汉人大臣的地位日益显要,曾国藩、左宗棠、李鸿章三人手握重权,在朝廷中举足轻重。处世精明睿智的曾国藩深知功高震主的道理,解散湘军悄然引退,而他培养起来的两员朝廷重臣——左宗棠和李鸿章则继续明争暗斗,不可开交。曾国藩在世之时,相安无事。同治十一年(1872)二月曾国藩死后李、左分道扬镳,互相排挤。位于上海的江南制造局是李鸿章的禁脔,绝不容他人染指。左宗棠趁李鸿章丁母忧暂时回籍之际,跑到上海,企图插手江南制造局,引起李鸿章不快。作为左宗棠倚重的股肱心腹,胡雪岩也成了李鸿章的眼中钉,必欲去之而后快,况且,隔山打牛,借力打力,整胡雪岩也就是打了左宗棠的脸。所以,李鸿章暗中授意手下搜集胡雪岩"奸商谋利""病国蠹民"的罪证,准备不惜一切代价击垮胡雪岩。由于外商势力庞大,胡雪岩与外商的商战也处于不利地位,囤积的生丝也不得不亏本甩卖。同时,阜康钱庄也遭遇前所未有的挤兑风潮,信用一落千丈。一时之间,胡雪岩身受商场、官场、华洋两界的多重夹击,已是在劫难逃。正如小说中袁公所言,"此老立于商战之世,素来不明商学,全靠这些天生的宿根,动要与外人争衡。窃恐骄奢事小,顽锢祸大",可谓切中肯綮,一语成谶!

所谓的"家国情怀",是一种思想理念,也是一种精神归属。其基本内涵包括家国同构、共同体意识和仁爱之情。其实现路径强调个人修身、重视乡邦亲情、心怀国族天下,既与行孝尽忠、民族精神、爱国主义、乡土观念、天下为公等传统文化血脉相连,某种意义上又结合了时代精神和地域特征,是对这些传统文化的超越。胡雪岩不是标准的士大夫,也不是道德楷模,他本质上只是一个比较成功的商人,他用自己的方式,将自己的家国情怀渗透在商道,流传于后世,任由后人品评。

总而言之,大千世界里,没有两片完全相同的树叶。每一个身处乱世之际的商人,他们各自的精神世界也不尽相同,或丰盈,或荒凉,或高尚,或卑下,但都不过是历史天幕上稍纵即逝的流星,纵有刹那间的繁华与辉煌,终究也还是要湮没于浩瀚星空,寂灭无声。

第五章　商风浸淫下的情感空间与人性视域

气之动物,物之感人。人非草木,孰能无情?商人重利轻别离,自古以来商人在情感领域中留给世人的就是这样一幅薄情寡义的形象。无论在亲情、友情、爱情,还是家国情、民族情方面,一旦与他们的利益发生冲突、需要做出抉择的时候,通常利益自然是放在第一位的。因此,世人普遍认为商人重利轻情,不可深交。事实上,在商言商,人人都有追求自我价值实现的权利与自由,商人自然也不例外,追求规则和道义之内的利益原本就无可厚非。"春种一粒粟,秋收万颗子","十年寒窗无人问,一举成名天下知",如果我们认同并赞美讴歌农夫祈盼丰收和士子希冀金榜题名的崇高性,那么就无须奉行双重标准,以道德高标来苛责商人将本逐利的合理性和合法性。选择了从商,就意味着要东奔西走、走南闯北,要舟车劳顿、风餐露宿,要抛妻弃子、背井离乡,要承担风险、忍受盘剥。

"春风春鸟,秋月秋蝉,夏云暑雨,冬月祁寒,斯四候之感诸诗者也。嘉会寄诗以亲,离群托诗以怨。至于楚臣去境,汉妾辞宫。或骨横朔野,或魂逐飞蓬;或负戈外戍,杀气雄边;塞客衣单,孀闺泪尽;又士有解佩出朝,一去忘返;女有扬蛾入宠,再盼倾国:凡斯种种,感荡心灵,非陈诗何以展其义,非长歌何以骋其情?"①并非每个商人都是深明大义、循规蹈矩的至诚君子,总有一些见利忘义、道德沦丧的势利小人,为了蝇头小利和一己之私不惜铤而走险,乃至践踏人间法律和道德良知,这些人和事也就成了文学作品常写常新的不竭源泉,也就成了文学作品用来规劝世人、进行道德劝诫的永恒母题之一。

常识告诉我们,任何物质财富的增长都必须以一定数量体力或脑力(或兼而有之)的劳动为前提,作为这种劳动成果的商品,只有在交换和流通中才能实现价值的增长,才能获得一定数量的利润,而商人就是实现商品这种流通和交换功能的主要承担人。物质财富增长和商品交换的流通性、易变性,也就注定了商人的物理空间和精神空间、情感空间等方面的多重流动性。因此,上海印象中商人的情感空间与人性视域的流动

---

① 〔梁〕钟嵘撰,曹旭集注,《诗品集注·序》,上海古籍出版社,1994年版,第47页。

性、变异性与复杂性也就不言而喻。当然,商人也不是不食人间烟火的化外之民,他们具有和普通人一样的喜怒哀乐和七情六欲,只不过在上海这种商业氛围空前浓郁的都市空间里,较之常人更多了一份商业气息,在一般人的儿女情长和情色欲望中,夹杂了较多的铜钿味道与霉腐渣滓,那种隐藏在人性背后的幽暗与曲折更加复杂深邃而已。

第一节 畸情——金钱笼罩下的欲望书写与情色消费

上海印象中的商业文化叙事,不同于武侠、公案、言情、黑幕等类型文学书写的内容,其旨归大抵在铺陈和渲染西方强势资本咄咄逼人态势下,本土小农经济所受到的种种冲击和断崖式溃败,以及商业领域中从业人员受制于人的挣扎、血泪、猥琐和无奈。可以说,书写儿女情长不是以上海为背景的商业文化叙事文学表达的核心价值取向。不过,就文学的本质是人学这一判断而言,人性深处的欲望、情感和梦幻,特别是以两性关系为叙述对象的叙事与书写,即使是作为一种背景,也永远是文学不变的主题,承担着推动故事情节发展、充实人物形象、增强读者阅读兴趣等功能。在这类文学书写中,商业领域中从业人员的情感更多的是带有明显金钱笼罩下恣意妄为的特质,这种情感绝不同于传统的以白头偕老、厮守终生为依归的男欢女爱和两情相悦,而是一种"人走茶凉"式的即时消费,是一种笼罩在温情脉脉面纱背后赤裸裸的欲望交换和情色消费。因而这种情感,虽也披着所谓"爱情"的华美衮服,却是一种散发着霉腐气息的畸情,布满了肥圆的蛆虫。《花月痕》《品花宝鉴》《青楼梦》《海上花列传》《海上尘天影》,以及《九尾龟》《海上繁华梦》等向来被推崇为描写此类情感的代表作,而《海上花列传》尤为人所称道。

《海上花列传》曾经受到鲁迅、胡适、刘大杰、章培恒和张爱玲等人的极大推崇,认为其是艺术上的杰作。正如鲁迅先生所说,这部小说"实写娼家",其中写了大约38位有名有姓的妓女,依据她们的出身、才貌以及应酬能力的高低被划分为不同的等级,其中有28位书寓长三、5位幺二、2位官府家妓、2位野妓和1位花烟间妓女。她们赖以托身和活动的生活空间就是妓院。客观地说,妓院就是一个商场,所出售的商品就是一个个女性的容颜和青春的胴体,穿梭往来、络绎不绝的嫖客就是消费者,资本笼罩下十里洋场那些中外的富商巨贾、达官显宦、文人墨客、地痞流氓等就是广阔的消费市场,丰盈的钱袋和超强的荷尔蒙分泌功能就是潜在的、无限的消费需求。从这个意义上说,妓院里的妓女和老板、老鸨一样,都是商人,或者同时集商品和商人于一身。所以,不论是业内还是业外,大家一致将妓女以出卖自身色相为主的服务行为称之为"做生意",以客人的有无、多寡作为衡量"生意好""生意不好"或"有没有生意"的标准。在这个特定的空间里,她们甚至理直气壮地将此生意等同于一般意义上的商业往来,从而不觉有甚么不恰当或不体面的。当然，一般的妓女和妓院里的老板和老鸨还是有所不同，老板和老鸨是股东，是合伙人，而妓女只是伙计，在利益分肥中处于不利地位，一直忍受着股东的盘剥和压榨，她们在付出大量投入后，所获无多，仅能获取维持自身生存和便于再生产的基本保障。

这种商业模式和商业关系，在妓院这个生存空间里，由老板、妓女和嫖客之间形成的一个封闭循环的食物链中也体现得淋漓尽致。在这里，老板是出资方，他购求一定数量和质量的妓女，以便形成一定的规模效应，并且还要对这些新手进行岗前培训，调教她们具备基本的待人接物的礼数和必备的专业技能，以便吸引消费者前来消费。这样，妓女们就成了待价而沽的商品，静候消费者的光顾，而这些商品本身的资质和服务水准的高低，也就决定了商品的价值和价格。而嫖客们则是挑剔的、持币待购的消费者，作为消费者，他们是众多商家争相捕获的猎物，他们消费水准的高低也就决定了投资方钱袋丰盈与干瘪的程度。老板、妓女和嫖客之间，在这样一个封闭循环的食物链中，互利共生，共存共荣。

因此，我们在这里得以看见在资本笼罩下，饱受商业利益驱动的各色人等光怪陆离的众生相，也得以于此窥见龌龊时世中，深陷人性泥淖中不能自拔的诸种荒诞、离奇和不伦。

老鸨们使尽浑身解数，对妓女百般调教，就是为了使她们能够最大限度地取悦客人，魅惑客人不断加大消费的力度，唯其如此，老板们才有利可图。也唯其如此，妓女们才能在老板们的评价体系中占得上风，获得老板的青睐，实现自身的保值增值，增大自己生存的保险系数，否则便会遭到老板的白眼和冷遇，乃至饿饭、毒打、停薪的责罚。周双宝和诸金花的遭打，就是因为她们不会做生意，"一个多月做了一块洋钱的生意"，投入产出比太低，不受待见也是"理所当然"。十里洋场的繁华世界，阅人无数的资深嫖客们有着非同寻常的鉴赏能力。可以想见，没有相当水准的烟花女子，是很难入了这些老克勒们的法眼的。所以，她们必须努力提高自身的素质，除了颜值、身材、肤色这些先天的条件短期内不可能有较大改观外，譬如琴棋书画、吹拉弹唱、言谈举止，以及待人接物的态度和方式等情商方面，还是具有大幅提升的空间，这样才能增加自身的魅力，扩大自身的商业价值，吸引更大的消费群体，为老板创造更多的商业利润，同时也为自身赢得更大的生存空间。小说中所写公阳里的周双珠、周双宝、周双玉三姐妹的境况颇能说明此一方面的问题。

周双宝常常受到老鸨周兰的数落，原因就在于她的生意清淡，较少恩客上门，不止是因为她姿色平平，更重要的是她不擅长应酬，在迎来送往的技巧方面有待提高。所以，当后起之秀双玉进门后，双宝就不得不把房间腾出来让给了双玉，自己从楼上搬到了楼下去，和一帮干粗笨活计的娘姨们同处一处。这种空间位置的由高到低，不仅是一种物理形态的变化，更是一种精神层面的跌落，意味着双宝在公阳里脂粉堆中的位次和身份的下降，也意味着她商业价值的萎缩。所以，当广亨南货店的倪小开为她赎身时，她的身价才只有区区五百块。较之后来双玉从良出来时，五千块赎身、五千块办嫁妆的身价，不啻天壤之别。

双玉人长得"风韵可怜可爱"，是清倌人，且又能吹拉弹唱，自然身价不菲，不少客人都愿意为她捧场，因此人气飙升，生意火爆，故而神气活现，傲气十足，颇有几分目空一切的感觉。鄙俗势利的老鸨自然不会无视双玉身上这种潜在的巨大商业价值，所以竭尽笼络讨好之能事，譬如抢夺双宝的水烟筒以借花献佛送给双玉，双玉同双宝怄气不肯出局却责打双宝，乃至为了赢得双玉的欢心而欲出卖双宝给另一个更狠毒的老鸨等等。老鸨的目的无非是维护双玉的摇钱树地位，期望其继续为自己挣得万贯家资而已。

周双珠作为老鸨的亲骨肉，没有双宝和双玉那样的生存危机，不必担心因生意不好而被责打，但她既嫉妒双玉由于生意好而带来的春风得意，也同情双宝地位跌落后的屡受责骂。这种双重心理，一方面是由于她自身商业价值的萎缩，由双宝今天的沦落看到了自己的未来。另一方面，她意识到商业价值意味着金钱、地位和自家身价。自己昔日的荣耀和风光实际上是十分脆弱、不堪一击的，青春再美，也总有凋零的一天，自己这种由血缘关系和商业价值共同建立起来的尊崇独大地位，只是暂时的，目前已经受到更具商业冲击力的后来者的挑战与威胁，而濒临被取代的命运。"一朝春尽红颜老"，等到自己人老珠黄的时候，难保不落得双宝这般的光景，推己及人，自是感同身受。

嫖客与妓女之间，抛开道德评判，就是纯粹各取所需的买与卖、消费与被消费的商品交换关系。因此，这种关系中很难会有真正的心灵契合，很难会产生真正意义上的爱情。即使有，恐怕大多数都是一厢情愿的单相思，海市蜃楼，镜花水月，是介于虚无缥缈之间的一种畸情吧。

在《海上花列传》中，有许多这种基于金钱至上的畸恋、畸情，譬如陶玉甫和李漱芳、王莲生与沈小红、洪善卿与周双珠、陶云甫和覃丽娟、赵二宝与史三公子等等，均是如此。

陶玉甫和李漱芳无疑是《海上花列传》中，最凄美、最真挚、最令人感动的恋情，没有之一，算得上是一塌糊涂泥塘里的光彩和锋芒。

李漱芳不同于一般的烟花女子，"生来不想作倌人的"，只因她是老鸨李秀姐的亲生女儿，不得已随喜做了妓女，但其身份、地位，却是属于烟花行当中品秩较高的长三，仅次于最高级别的书寓，她们所接触的客人通常都是较有身份地位的那些旅居沪上的富商巨贾、公子王孙、文人学士和官僚豪客。而且，她们交接客人时有较大的选择权，对于自己不中意的客人可以拒绝接待，因而她的入幕之宾只有一个，就是陶玉甫。陶玉甫和陶云甫是嫡亲弟兄，系上海本城宦家子弟，年纪不上三十岁，与苏州有名的贵公子葛仲英世交相好。陶玉甫和李漱芳可谓一见钟情，心心相印：

> 罗子富送客回来，说道："李漱芳搭俚倒要好得野咪！"陶云甫道："人家相好要好点，也多煞唻，就勿曾见歇俚咪个要好，说勿出描勿出咪！随便到陆里，教娘姨跟

好仔,一淘去末原一淘来。倘忙一日勿看见仔,要娘姨、相帮哚四面八方去寻得来,寻勿着仔吵煞哉! 我有日子到俚搭去,有心要看看俚哚,陆里晓得俚哚两家头对面坐好仔呆望来哚,也勿说啥一句闲话。问俚哚阿是来里发痴? 俚哚自家也说勿出哕。"汤啸庵道:"想来也是俚哚缘分。"云甫道:"啥缘分嗄! 我说是'冤牵'! 耐看玉甫近日来神气常有点呆致致,拨来俚哚圈牢仔,一步也走勿开个哉。有辰光我教玉甫去看戏,漱芳说:'戏场里锣鼓闹得势,勍去哉。'我教玉甫去坐马车,漱芳说:'马车跑起来颠得势,勍去哉。'最好笑有一转拍小照去,说是眼睛光也拨俚哚拍仔去哉,难末日朝天亮快,勿曾起来,就搭俚恬眼睛,说恬仔半个月坎坎好。"①

竟至于"一日不见如隔三秋",因为总是一起出门一起进门,形影不离,难得有一天玉甫不去李家,李家的娘姨大姐相帮都会去把他找来。二人这种如胶似漆的亲密关系,连玉甫的哥哥云甫都有点嫉妒,想探究两个人独处时到底在做什么。于是一天故意闯进去,发现两个人只是四目相视,深情对望,呆呆地坐在窗前你看着我,我看着你,含情脉脉,眉目传情,可谓此时无声胜有声,一切尽在不言中。及至云甫叫玉甫去坐马车,漱芳因身体不好怕颠簸,玉甫也就不去;看戏漱芳说太吵,拍照漱芳说闪光对眼睛不好,而玉甫偏偏全听她的,把个云甫搞得哭笑不得。一对情好日密的甜蜜恋人形象跃然纸上。

李漱芳脆弱而敏感,具有林黛玉般的细腻复杂的心思和情感。第十九回《错会深心两情浃洽　强扶弱体一病缠绵》中,陶玉甫陪大商人黎篆鸿祝寿,其间多次偷空回到东兴里探望李漱芳微恙,李漱芳担心陶玉甫因此而受到哥哥云甫的责怪,被人说闲话,给陶玉甫带来负面影响。李漱芳那天本也身体欠佳,但还是强扶弱体,抱病出局应酬,"局还勿曾齐,我阿好意思先走?"一直坚持到最后终局,仍然是顾及自己的形象,担心被人说三道四。她冰雪聪明、凡事用心太过。在第三十五回《落烟花疗贫无上策　煞风景善病有同情》中她自己也曾对陶玉甫说过,"我个心勿晓得那价生来浪,随便啥事体,想着仔个头,一径想下去,就困勿着,自家要豁开点,也勿成功"。心性使然,即使明白自己要善自珍摄,但事到临头,却总是身不由己。正因其为人绝顶聪明,加之用心过度,所以忧思烦恼,乱梦颠倒。更由于先天不足,气血两亏,生来娇弱,终至积劳成疾,得了与林黛玉、茶花女同一病症——痨症。当漱芳罹患沉疴,花容憔悴,自知不治的时候,心里想的也还全是别人:

"我自家生个病,自家阿有啥勿觉着! 该个病,死末勿见得就死,要俚好倒也难个哉。我是一径常恐无姆几个人听见仔要发急,一径勿曾说,故歇也只好说哉。耐末也白认得仔我一场。先起头说个几花闲话,勍去提起哉,要末该世里碰着仔,再补偿耐。我自家想,我也无啥撂勿开,就不过一个无姆苦恼点。无姆说末说苦恼,终究有个兄弟来里,耐再照应点俚,还算无啥,我就死仔也蛮放心。除脱仔无姆,就

---

① 〔清〕韩邦庆,《海上花列传》,第七回《恶圈套罩住迷魂阵　美姻缘填成薄命坑》,《中国近代文学大系》第2集・第3卷・小说集一,上海书店出版社,1991年版,第214页。

是俚。"说着,手指浣芳。"俚虽然勿是我亲生妹子,一径搭我蛮要好,赛过是亲生个一样。我死仔倒是俚先要吃苦。我故歇别样事体才勿想,就是该个一桩事体要求耐。耐倘然勿忘记我,耐就听我一句闲话,依仔我:耐等我一死仔末,耐拿浣芳就讨仔转去,赛过是讨仔我。隔两日,俚要想着我阿姐个好处,也拨我一口羹饭吃吃,让我做仔鬼也好有个着落,故末我一生一世事体也总算是完全个哉。"①

这番话颇有几分托孤意味在,她第一割舍不了的是自己念兹在兹的恋人,相识一场,未能永结同心,白头偕老,总觉得心有不甘,似乎虚掷了光阴,荒废了青春,有些愧对玉甫的一片深情,只得将希望寄托在来世,如果有缘,再做补报吧。其次,她也放心不下自己的母亲,因为母亲的娼家身份,才使得她终生不能脱籍,改变不了自己的倌人身份,不能还自己的清白之身,也才导致了她与玉甫有情人难成眷属。可怜一片无瑕玉,误落风尘花柳中。可她不怨天不尤人,还是选择了谅解母亲的难处,知道母亲对此也是愧悔交加,痛惜无奈。幸亏还有个兄弟可以照应母亲,约略可以撒手。第三牵念的就是她的闺蜜浣芳。两人虽非骨肉,但共同的生活处境拉近了彼此的距离,她怜惜穷苦人家出身的浣芳,以姐妹之情待之,处处眷顾呵护她。所以,两人的关系不是姐妹,却胜似姐妹,已经超越了血缘亲情,相互成为彼此的心灵寄托和现实奥援。她想她死后把浣芳嫁给玉甫,其实是仍然不能忘情于玉甫,浣芳不仅是自己的好姐妹,更是自己来世灵魂的化身,了解他的脾气,明白他的品性,知道他的爱好。浣芳嫁给玉甫,就好比自己嫁了他,会知冷知热地照顾他,自己仍然可以和他朝夕相处,共沐爱河。倘若浣芳有子嗣,更会想着姐姐的好处,死了她也不是孤魂野鬼。东兴里痴情悲催的林黛玉遇上了重情重义宝哥哥"陶玉甫",虽两情相悦却注定劳燕分飞,"心比天高,命比纸薄",李漱芳终于香消玉殒,他们的命运令人不胜唏嘘。正如王德威先生所言,"她的坚持,有人也许要讥为自暴自弃,但何尝不是择善弃恶固执的美德表现。无论她在喧嚣的上海妓院中郁郁死去是多么卑微可笑,她的死亡标志着她在道德上不仅战胜了上流社会的虚伪,而且也战胜了自己当初为了顺从社会期待而显现的自卑与虚荣",②诚哉斯言!

虽然出身卑贱,但却是"人在曹营心在汉",一心一意想和陶玉甫结成美满姻缘,终成眷属。她烟花出身的身世,使得她在茫茫人海中得以遇到愿意托付终身的如意郎君,但却因此而失去了和他白头偕老的可能,讲究诗礼传家、清白门第,世代官宦出生的陶家怎能接受她这样的女子做玉甫的正妻?尽管事实上她只是人在堂子里,除了陶玉甫之外从没做过别的客人,她的感情是单一的,也是纯洁的。但"众不可户说兮,孰云察余之中情",她不能昭告天下,也不能跑去对人说她不是柳如是。本来只要相亲相爱,终生厮守,即使做妾,如果陶家愿意,她也愿意以身相许。李漱芳没有像杜十娘那样遇人不

---

① 〔清〕韩邦庆,《海上花列传》,第二十回《提心事对镜出谵言 动情魔同衾惊噩梦》,《中国近代文学大系》第2集·第3卷·小说集一,上海书店出版社,1991年版,第306—307页。
② 王德威,《被压抑的现代性——晚清小说新论》,北京大学出版社,2005年版,第106页。

淑,看走了眼,但值得称道的是,陶玉甫确实是个至诚君子,作为真心相爱的生死恋人,他不能、也不会让漱芳受这个委屈,他要给她名分,他要明媒正娶,用八抬大轿从正门把漱芳娶进门。玉甫对漱芳的真情不只体现在日常生活中的爱恋、牵绊,更体现在生离死别之际的不离不弃。漱芳病重期间,他每天衣不解带、目不交睫地照顾她,以至自己也开始感冒发热。当漱芳殁后云甫解劝他时,他说自己是漱芳今生唯一能生死相托的知己,从此以后,斩断一切青丝恨缕,终身不娶,决意为漱芳守节。漱芳殁后,玉甫哭得昏厥欲死,整个人都伏倒在他为她选的楠木棺材里,几天不曾合眼,差不多天天以泪洗面,茶饭不思。后来偶尔听齐韵叟说知,他想名正言顺迎娶李漱芳其实并不难,只要当初把李漱芳算作他的干女儿就万难俱消,玉甫不禁又锥心大恸。如果李漱芳未死时听到这个主意,或许一切都会峰回路转,可是一切都太晚了,陶玉甫成了世界上最伤心的男人。平心而论,他的伤心是真挚的、纯粹的,不掺杂任何物欲。在晚清上海十里洋场那个金钱笼罩下尔虞我诈的时代里,迥异于赤裸裸的欲望交换和情色消费,他们彼此爱得恳切深沉,爱得没有世俗的功利性,是淤泥中的清莲,这不得不说是一个异数。

上海洋场独特的经济和人文环境,形成了迥异于内地传统小农经济社会的风尚、习俗和人情世故,崇富恶俭、虚伪势利、声色犬马之风浸染和熏习着洋场社会的每一个角落、每一个阶层和每一个生活的日常。因此,《海上花列传》中的富商巨贾、达官显宦们都追求纸醉金迷、醉生梦死的奢侈生活,他们身着华丽的衮服,乘坐轩敞的大轿,纷纷出入豪华的酒楼、妓院等休闲娱乐场所去猎艳寻芳,追欢买笑。欢场中的那些靠卖笑为生的各色风尘女子,就都成了他们追逐玩弄的猎物。小说中最大的富豪杭州来的黎篆鸿,甫一出场就先声夺人。听说他要到上海来,上海滩的一班商人如洪善卿、庄荔甫、赵朴斋等人,早早地就做好了准备,开列了关于珍宝、古董、书画和衣服,连带明标价值号码的折子,意欲投其所好,大拍其马屁。到上海后,就由朱蔼人陪着到各处青楼吃花酒、打牌、狎妓。至于其家中数不清的财富、成群的妻妾就更是令人咋舌,李鹤汀艳羡道:

"我说倒也是俚本事。耐想口,俚屋里末几花姨太太,外头末堂子里倌人,还有人家人,一塌刮子算起来,差勿多几百哚!"周少和道:"到底阿有几花现银子?"李鹤汀道:"啥人去搭俚算嗄。连搭俚自家也有点模糊哉。要做起生意来,故末叫热昏搭仔邪! 几千万做去看,阿有啥陶成!"大家听了,摇头吐舌,赞叹一番,也就陆续散去。[①]

等到黎篆鸿正式闪亮登场时,其气度之不凡,出手之阔绰,果然与众不同:

不多时,黎篆鸿到了,又拉了朱蔼人同来,相让就座。黎篆鸿叫取局票来,请朱蔼人叫局。朱蔼人叫了林素芬、林翠芬姊妹两个。黎篆鸿说太少,定要叫足四个方

[①] 〔清〕韩邦庆,《海上花列传》,第十四回《单拆单单嫖明受侮 合上合合赌暗通谋》,《中国近代文学大系》第2集·第3卷·小说集一,上海书店出版社,1991年版,第263页。

罢。又问于老德:"耐哚三家头叫仔几花局嗄?"于老德从实说了。黎篆鸿向李实夫一看道:"耐啥也叫两个局哚?难为耐哉哕!要六块洋钱哚口!荒荒唐唐!"李实夫不好意思,也讪笑道:"我无处去叫哉哕。"黎篆鸿道:"耐也算是老白相哕,故歇叫个局就无拨哉,说出闲话来阿要无志气!"李实夫道:"从前相好,年纪忒大哉,叫得来做啥?"黎篆鸿道:"耐阿晓得?勿会白相末白相小,会白相倒要白相老;越是老末,越是有白相。"李鹤汀听说,即道:"我倒想着一个来里哉。"

  黎篆鸿遂叫送过笔砚去,请李鹤汀替李实夫写局票。李实夫留心去看,见李鹤汀写的是屠明珠,踌躇道:"俚光景勿见得出局哉口。"李鹤汀道:"倪去叫,俚阿好意思勿来!"黎篆鸿拿局票来看,见李实夫仍只叫得三个局,乃皱眉道:"我看耐要几花洋钱来放来哚箱子里做啥!阿是来哚我面浪来做人家哉?"又怂恿李鹤汀道:"耐再叫一个,也坍坍俚台,看俚阿有啥面孔!"李实夫只是讪笑。李鹤汀道:"叫啥人口?"想了一想,勉强添上个孙素兰。黎篆鸿自己复想起两个局来,也叫于老德添上,一并发下。①

在这场花酒中,黎篆鸿是当仁不让的主人,朱蔼人、于老德、李实夫、李鹤汀等人都是陪客,是配角。黎篆鸿叫局一定要凑足四个,方显阔绰,而且别人也要叫四个局,否则就是坍台,就是不给自己面子。当他发现李实夫只叫两个局时,就忍不住对其进行奚落,"说出闲话来阿要无志气!"其实,李实夫不过是个土财主,并非上海土著,但住在上海近郊区,来往比较方便,来往上海住的通常是公馆或客栈。他沉溺花街柳巷里的温柔富贵乡不能自拔,却又为人吝啬,惜财如命。他去不起高级妓女的长三书寓,只流连于暗娼诸十全家,得了花柳病还不知道诸十全人尽可夫的放荡,真是愚蠢颠顶,不可救药。鄙俗吝啬的李实夫,还被诸十全"借"走了三百大洋,使得诸三姐得以有钱买幺二诸金花。但买回来的诸金花初出茅庐,不善与客人周旋,又饱受诸三姐的凌辱,经常被打得体无完肤。

黎篆鸿过生日,朱蔼人、陶云甫等人竭尽铺张之能事。陶云甫道:"三月初三是黎篆鸿生日,朱蔼人分个传单,包仔大观园一日戏酒。"朱蔼人道:"中午吃大菜,夜饭满汉全席。三班毛儿戏末。"生日那天,陶云甫、陶玉甫、李实夫、李鹤廷、朱淑人、于老德等人悉数到场,专候黎篆鸿。草草看戏、用餐过后,黎篆鸿就弃其他帮闲人等和出局的十几个烟花女子于不顾,单独晤洽朱淑人和屠明珠,却对朱淑人青眼相加:"黎篆鸿令朱淑人对坐在榻床上,问他若干年纪,现读何书,曾否攀亲。朱淑人一一答应。一时,屠明珠把自己亲手剥的外国榛子、松子、胡桃等,两手捧了,送来给黎篆鸿吃。篆鸿收下,却分一半与朱淑人,叫他:'吃点口。'淑人拈了些,仍不吃。黎篆鸿又问长问短。"②而朱淑人是一

---

① 〔清〕韩邦庆,《海上花列传》,第十五回《屠明珠出局公和里 李实夫开灯花雨楼》,《中国近代文学大系》第2集·第3卷·小说集一,上海书店出版社,1991年版,第266页。
② 〔清〕韩邦庆,《海上花列传》,第十九回《错会深心两情浃洽 强扶弱体一病缠绵》,《中国近代文学大系》第2集·第3卷·小说集一,上海书店出版社,1991年版,第296页。

第五章　商风浸淫下的情感空间与人性视域

个相貌清俊的年轻男子,却被黎篆鸿以屠明珠辈视之,其用心连屠明珠都"微喻其意",其用情之滥、趣味之低下,于此可见一斑。及至看到朱淑人的意中人周双玉,不由得叹道"真真是一对玉人"。羡慕嫉妒之情溢于言表。

《海上花列传》中的商人和显贵们,深受上海滩十里洋场新质文化的浸淫与濡染,在这里,传统"重农轻商"的思想被"重商"思潮所取代,儒家奉行千年"重义轻利"的价值观为"重功利"的价值观所置换。这样,现实生活中金钱至上、利益至上、实用至上的价值取向大行其道也就不足为奇,以至渗透到人们立身行事的每一个细节中去。一言以蔽之,金钱成了个人乃至社会中一切的主宰,金钱的数量与个人的权力、身份、地位、声望等构成正比例关系,谁有钱谁就是大爷。至于金钱之外的情感,则成了可以明码标价的商品,在风月场中可以任意买卖。所以,在十里洋场的上海滩,即使是洪善卿、赵朴斋、李实夫、李鹤汀这种以帮闲面目出现的、不入流的中小商人也都将风月场中的情感视若敝屣。这种实用观念,在"做生意"的妓家那儿也明显地体现出来。落魄的酸腐文人方蓬壶固执地认为,写诗吹捧妓女更能扩大影响,也更能带来客观的商业利润,因为"天下十八省个人,陆里一个勿看见? 才晓得上海有个赵桂林末。"比打牌吃酒,写诗的传播效果更佳。而赵桂林的娘姨,作为务实的生意人却说:"耐辛辛苦苦做仔啥物事,送拨俚,俚用勿着唲,就勿是碰和吃酒末,有场花应酬,叫叫局,故也无啥。"① 外婆认为只有立竿见影的滚滚财源才是实用的,何必舍近求远,与其为赵桂林写诗坐等广告效应的产生,还不如当下就打牌、吃酒、叫局,即便来钱不多,但走着总比站着强,把真金白银收入囊中才是看得见摸得着的当下。

孙家振的《海上繁华梦》中也写了许多类似的"畸恋""畸情",不过这些恋情未必完全发生在商人身上,但却具有浓郁的商业气息,依然浸淫着资本笼罩下的铜臭味,与弥漫于整个十里洋场的纸醉金迷、奢华糜烂之风息息相关。

该书作者孙家振生于沪,长于沪,以沪人道沪事,自幼耳熟能详。况花丛选梦、情场历劫二十年,个中况味,一一备尝,应当说是本色行当了。他写此书的目的,犹如如来之现身说法,"冀当世阅者或有所悟","殆亦有功于世道人心",劝世之意十分显豁。② 在第一回的开篇词里他写道:"沧海桑田几变更,繁华海上播新声。烟花十里消魂地,灯火千家不夜城。车水马龙游子兴,金樽檀板美人情。闲来编作新书看,绮梦迷离细品评。"③言明小说中故事的发生地及其背景就是十里烟花的海上繁华之地上海,主要的故事内容将"车水马龙游子兴,金樽檀板美人情"编作新书,供人品评鉴赏。作者着力塑造的两对"畸情"谢幼安与桂天香、杜少牧与巫楚云,共同构成小说故事情节的主要框

---

① 〔清〕韩邦庆,《海上花列传》,第五十九回《老夫得妻烟霞有癖　监守自盗云水无踪》,《中国近代文学大系》第2集・第3卷・小说集一,上海书店出版社,1991年版,第599页。
② 孙家振,《海上繁华梦・初集序》,上海古籍出版社,1991年版,第1页。
③ 孙家振,《海上繁华梦・初集》,第一回《谢幼安花间感梦　杜少牧海上游春》,上海古籍出版社,1991年版,第3页。

架。谢幼安、杜少牧本是苏州城里的饱学秀才。谢幼安因其母梦满堂丝竹而生,故以"景石"二字命名,幼安为号,取谢安石东山丝竹之意。杜少牧的命名不消说自是仰慕杜牧的诗酒风流了。二人因为向往上海的繁华,所以携手同游沪上。他们不仅叹服于上海洋场繁华的宏达轩昂,更沉溺于烟花场的温柔乡中而难以自拔。

妓女桂天香因为过于雅静,凡是闹些的客,她俱看不上眼,因此走动的人甚少。幼安生性温雅爱静,虽是个目中有妓、心中无妓的人,但乍见之下却为其风度气质所慑服,"年约二十左右,身穿一件蛋青缎子银鼠皮紧身,内衬淡雪妃湖绉小袄;下系元色绉裙,天蓝缎裤子,足上湖色花鞋。打扮得甚是幽净。不长不短身材,一张鹅蛋脸儿,脂粉不施,真是天然本色",而且"人品沉静,尚无青楼中打情骂俏那些恶习",①心中暗暗器重,自然与她气味相投,甚为投契。当他们一道乘小火轮前往龙华时,天香的谈吐更为幼安所倾倒:

> 幼安道:"旱路去的风景比着水路如何?"天香道:"旱路上,若是清明节在二月天气,近龙华一带人家多是种桃为生,到了这个时候,一路上桃翻红浪,柳映绿波,流水小桥,闲云野舍,那种天然的画景,真是观之不尽,玩之有余。若是三月清明,桃花已经开过,那就无甚景致,不过夕阳塔影,幽径钟声,可以扑去尘俗,避些叫嚣嘈杂罢了,还比不得水面上去,波光一片,极目澄清,令人心旷神怡,觉得别有风趣的好。"这一片话,吐属幽雅,幼安听了暗想:此人举止行为,看他甚是清高绝俗,因何落在烟花队中?我如不遇见他也罢,既经与他相识,缓日须把些言语打动,叫他早出火坑,勿在风尘久溷。遂动了一片超拔之心,暗地里要用好言劝他。②

天香遭辱染疾,幼安敬其品格,遂纳其为妾。新婚之日,子清前来贺喜,筵宴间谈及道少安遭妒恨被杀、如玉身染毒疮、夏逢时花烛夜被烧死种种烟花间惨事,少牧耳闻目睹,终看破声色,返回姑苏。后来幼安染疾,天香精心侍奉,幼安渐愈,天香却染病身亡。幼安悲痛不已,众好友劝其出游散心,遂至上海重游故地,伤悼往事。

少牧迷恋妓女巫楚云,楚云也献媚取怜,曲意逢迎,因为"少牧是个初出来容易伏侍的客人,年纪又轻,人才又好,又是有钱,自然要放出手段做他",并非对他真情相待,而是为了取其钱财。少牧因曾得罪地痞计万全,屡遭算计。幼安劝其抽身退步,早日返归苏州故里,却被拒绝,一心流连烟花。常言道,"婊子无情,戏子无义",虽显刻薄,但也多是实情。因为她们要维持生计就必须广泛结交各路恩客,这样才可能做到财源广进,提高自身的声名地位,增强自己的商业价值。所以,也就无暇顾及什么情不情了,脚踏几

---

① 孙家振,《海上繁华梦》,第八回《看跑马大开眼界 戏拉缰险丧身躯》,上海古籍出版社,1991年版,第69页。

② 孙家振,《海上繁华梦》,第九回《龙华寺广结香火缘 高昌庙盛赛清明会》,上海古籍出版社,1991年版,第84页。

只船也就成了常态。故而巫楚云既与杜少牧来往,同时又与潘少安相好。少牧一气之下,遂弃之转嫖如玉。如玉贪其钱财,一面假意款待,以便肥水不流外人田,一面暗中仍与少安私通款曲,被少牧撞破后,遂与如玉断绝来往。可见烟花风月场上,俱是逢场作戏,假多真少,笑语欢颜不一定就是亲热,软语温存未必就是体贴,于此谈"情",未免天真,可谓愚不可及。后来少牧又与楚云重逢,二人旧情复萌,重归于好。楚云从良下嫁周策六,被其妻骗尽钱财后饱受凌辱,不得已逃往苏州重张艳帜,为少牧认出后,又回上海重操旧业。后楚云街头卖唱,凄惨而死,少牧感念旧情,出资将其安葬。风流浪子俱孽海沉浮,历尽劫波,不得不回头上岸归于正途。

  不难看出,书中人物绝大部分均非上海土著,即使是李子靖、平戢三等这样的上海常住民,也不是上海本地人,其他人等更是如此:商人游冶之、郑志和、经营之、金子多等是来沪做生意逐利的,杜少牧、谢幼安等人是从苏州来沪冶游猎艳的,钱守愚父子则是来沪见识都市繁华开眼的,屠少霞的家在上海郊外,他们和当时许多蚁附上海的外埠人一样,如同黄浦江上无数熙来攘往的大小船只,看似数不清,其实只有两只船,一只是"名",一只是"利"。"酒阑花谢黄金尽,花不留人酒不赊",在追名逐利的旅途中,他们又深陷烟月场中而乐此不疲:商人游冶之和郑志和大摆排场,迎娶妓女花艳香和花媚香,最后郑志和求乞,游冶之患疮;此外,钱守愚一再受愚,屠少霞始终不悟,贾逢辰受报,夏时行出丑,颜如玉落难,姚景桓破家,温生甫着魔,巫楚云误嫁,邓子通枪毙潘少安,谢幼安情娶桂天香等等,都是"畸情""畸恋",是一场场以金钱为主导的、商风熏习下的旖旎"绮梦"。

  《商界现形记》中的上海钱商陈鹤卿之子陈少鹤,老太爷刚刚过世,尚未终七,大孝在身,正是寝苫枕块之际,就娶了六七个小老婆,丢了银子十来万。不过两三个月之内,已失去了家私三分之一。尽管如此,仍然耐不住寂寞,又跑到群玉坊碧玉楼家狎妓,在老鸨阿金姐的怂恿下搭上了捐客周子言的相好——当红妓女谢秋云。一般的狎客至多也就是出个双台,陈大少为了取悦谢秋云,也为了炫富,一出手就要摆八八双台的宴席,菜钱、连住夜,所费共需二千洋钱,当场就在小皮包里找出两张一千元的汇丰银行钞票来,果然一掷千金,出手不凡,让见惯大场面的阿金和谢秋云瞠目结舌,陈大少的虚荣心由此得到了初步的满足。其实,阿金和秋云不过是想算计一个不经世事的少年,遇到如此的戆大,真是正中下怀。三天之内,陈大少就在谢秋云处将五千洋钱挥霍一空,最后竟致身无分文。陈大少又被秋云魅惑要娶她,于是议定章程,五千洋钱的身价,立刻退下牌子,发表嫁人之事。陈大少自作主张,不舍得以秋云为小老婆视之,一样的凤冠霞帔,红灯花轿,鼓吹清音,迎归府第。看上去似乎结局不错,其实,离开了孔方兄,一切都不过是镜花水月,竹篮打水一场空,正如他家钱铺里的老当手方端伯所言:

  至于妓女,哪里有什么真情真义呢?总而言之无非想你几个钱罢了。假如说你陈少鹤是个光身穷汉,那秋云就不认得你了,不要说是个光身穷汉,只消是个平常经纪人,也不睬你一睬了,睬也不睬你一睬哩。①

真是肺腑之言,堪称的论!

第二节 亲情——浊世中劫波度尽后的温柔港湾

商风熏习的上海滩十里洋场,空气中弥漫的似乎都是铜臭的气味,人们浸淫其中,其所思所想、所言所行,从情感深处的心灵世界,到日常生活中的待人接物,无不打上这一特定时空的烙印,折射出人性的复杂与多歧。特别是在以血缘关系为纽带的亲情领域中,理论上应当是父慈子孝,兄友弟恭,琴瑟谐和,其乐融融,家庭和亲情,理应成为浊世中劫波渡尽后的温柔港湾。但这不过是心地良善者的一厢情愿,事实上,即使在骨肉亲情之间,也充满了各种算计、阴谋,乃至于血淋淋的屠戮。作为"人学"的文学,其使命所负与职责所在就是反映这种复杂性和深邃性,倘其能够对世道人心起到警醒、策励的功能与作用,方不负作者动笔为文的一片苦心。

《二十年目睹之怪现状》中,作为主人公的"我"——"九死一生"与吴继之,虽然是接受了新思想、新观念的亦官亦商、周旋于政商两界的商人和官僚,但在他们身上,也还是能够看到传统孝悌亲情的流风余韵,在一片金钱至上的氛围中,得以窥见人性的光芒,感受到亲情的温度。在滚滚红尘中,名缰利锁的束缚,声色犬马的诱惑,容易让心智不坚的人目迷五色,忘记来路,进而丧失自我,逐渐荒唐起来,终致灵肉分离,成了行尸走肉。但"我"——"九死一生"心中始终长存一份对亲情的眷恋,始终保有一份赤子之心。当他在外地接到母亲寄来的包裹和书信时,忍不住扑簌簌落泪,感念慈母手中线的温暖。当他看到一个苏州的穷苦老太太到上海找儿子,不仅找不到儿子,就连船钱都付不起,被船家纠缠不得脱身时,不禁触景生情,想起了自己的老母,于是代她还了船钱,又给了她四百文饭钱和盘缠钱,打发她回乡。在经商的父亲病殁于杭州,经历过伯父侵吞资产和族人的欺凌盘剥后,"我"携带着老母、寡婶和寡姐远走他乡,到南京投奔吴继之,期冀靠一己之力为自己的人生开辟出一片新的天地。"我"对待母亲,晨昏定省,嘘寒问暖,甚至不惜效仿古人斑衣戏彩,承欢膝下,可谓恪尽孝道。

> 姊姊讶道:"读了两年书的孩子,发出这种议论,有这种见解,就了不得!"我道:"本来我们家里没有生出笨人过来。"母亲道:"单是你最聪明!"我道:"自然。我们家里的人已经聪明了,更是我娘的儿子,所以又格外聪明些。"姊姊道:"了不得,你

---

① 《商界现形记》,第四回《电报传来火油飞涨 下堂求去艳帜仍张》,宣统三年四月上海商业会社刊行。

走了一次苏州,就把苏州人的油嘴学来了;从来拍娘的马屁,也不曾有过这种拍法。"我道:"我也不是油嘴,也不是拍马屁,相书上说的,左耳有痣聪明,右耳有痣孝顺。我娘左耳朵上有一颗痣,是聪明人,自然生出聪明儿子来了。"姊姊走到母亲前,把左耳看了看道:"果然有一颗小痣,我们一向倒不曾留心。"又过来把我两个耳朵看过,拍手笑道:"兄弟这张嘴真学油了!他右耳上一颗痣,就随口杜撰两句相书,非但说了伯娘聪明,还要夸说自己孝顺呢。"我道:"娘不要听姊姊的话,这两句我的确在《麻衣神相》上看下来的。"姊姊道:"伯娘不要听他,他连书名都闹不清楚,好好的《麻衣相法》,他弄了个《麻衣神相》。这《麻衣相法》是我看了又看的,哪里有这两句。"我道:"好姊姊!何苦说破我!我要骗骗娘相信我是个天生的孝子,心里好偷着欢喜,何苦说破我呢。"说的众人都笑了。①

"我"、母亲、婶母、姊姊和吴继之的母亲、夫人等一道,欢聚一堂,笑语言言,欢快而温馨,和合而融洽,一幅亲情欢聚的图景宛在目前。不仅对待自己的母亲如此,而且对待寡婶和寡姐,"我"也能做到一视同仁,不分彼此。虽然伯父在父亲过世后,屡次以各种名目侵吞资产,"我"心知肚明,但却能待之以礼,不止一次到其府上或者衙门里探望,甚至兼祧其后嗣。其在山东为官的叔父及婶母由于疠疫盛行而亡故后,遗孤两人才七八岁。"我"和叔父虽然生平未尝见过一面,但是两个兄弟,同是祖父一脉,"我"断不能不招呼的,只得到山东走一趟,带他回来。后来,"我"历尽千辛万苦终于把叔叔的灵柩和一双遗孤带回了故乡,了却了一桩心事。

书中的另一个主人公吴继之与"我"一样,也是事母至孝,公务之余不像一般的官员或商人那样,到风月场中去寻花问柳,消磨时日,而是经常待在家里,或者看书,或者与人谈天,但更多的时候是同母亲厮守在一起,继之的夫人亦能做到夫唱妇随,竭尽孝道:

> ……继之夫人也是喜欢得了不得,说道:"从此我们家热闹起来了!从前两年我婆婆不肯出来,害得大家都冷清清的,过那没趣的日子,幸得婆婆来了热闹些;不料你老太太又来了,还有婶老太太,姑太太,这回只怕乐得我要发胖了!"一面说,一面跟了他同走。老太太道:"阿弥陀佛!能够你发了胖,我的老命情愿短几年了。你瘦的也太可怜!"继之夫人道:"这么说,媳妇一辈子也不敢胖了!除非我胖了,婆婆看着乐,多长几十年寿,那我就胖起来。"老太太道:"我长命!我长命!你胖给我看!"②

虽说不过是婆媳之间的笑谈,但由此可以看出彼此之间的关系绝非虚情假意,而是和谐融洽的,不存任何"妇姑勃豀"式的芥蒂和隔阂,而且都能够设身处地从对方的立场

---

① 〔清〕吴趼人,《二十年目睹之怪现状》第三十九回《老寒酸峻辞干馆 小书生妙改新词》,《中国近代文学大系》第2集·第5卷·小说集三,上海书店出版社,1994年版,第276页
② 〔清〕吴趼人,《二十年目睹之怪现状》第二十三回《老伯母遗言嘱兼祧 师兄弟挑灯谈换帖》,《中国近代文学大系》第2集·第5卷·小说集三,上海书店出版社,1994年版,第147页。

出发，希望对方安好，方可各自心安。即便是从婆媳之间随意谑笑这件事本身而言，这个家庭各个成员之间的关系，也是温馨舒适的，充满了欢快和乐的融融暖意。比起那些等级森严、礼数周全的巨商仕宦之家，做长辈的高高在上，整天不苟言笑，冷若冰霜，做晚辈的噤若寒蝉，低眉顺眼，彼此之间哪里还敢开什么玩笑？哪里还谈得上什么亲情？所以，继之的老太太最恨的是规矩，作为一家之主，她主张：

> 一家人只要大节目上不错就是了，余下来便要大家说说笑笑，才是天伦之乐呢。处处立起规矩来，拘束得父子不成父子，婆媳不成婆媳，明明是自己一家人，却闹得同极生的生客一般，还有甚么乐处？你公公在时，也是这个脾气。继之小的时候，他从来不肯抱一抱。问他时，他说《礼经》上说的："君子抱孙不抱子。"我便驳他："莫说是几千年前古人说的话，就是当今皇帝降的圣旨，他说了这句话，我也要驳他。他这个明明是教人父子生疏，照这样办起来，不要把父子的天性都泪灭了么！"这样说了，他才抱了两回。等得继之长到了十二三岁，他却又摆起老子的架子来了，见了他总是正颜厉色的。我同他本来在那里说着笑着的，儿子来了，他登时就正其衣冠，尊其瞻视起来。同儿子说起话来，总是呼来喝去的，见一回教训一回。儿子见了他，就和一根木头似的，挺着腰站着，除了一个"是"字，没有回他老子的话。你想这种规矩怎么能受？后来也被我劝得他改了，一般的和儿子说说笑笑。①

继之的老太太认为，家庭成员之间，不论父子、兄弟、婆媳、妯娌、姑嫂，大家聚在一处，第一件要紧的是和气，其次就要大家取乐了。礼仪规矩云云，都是做给外人看的，居家期间大可不必拘执于礼数，无非是看重亲情的重要性。

继之的老太太也是一个通情达理、温婉贤淑的母亲形象，虽有做高官、广有钱财的儿子，却并不以自己的地位骄人。她理解儿子在官场和商场上打拼的不易，也深味人世的艰难，理解和同情他人的困境。"我"因为父亲物故，加之又受到家族内部的倾轧，接受继之的知遇之恩，到南京投奔了他。继之深体老太太的心意，为了不使母亲寂寞，不仅给"我"一家租了房子，而且还特意安排在继之一家的隔壁。为了两家来往方便，还在书房的天井里，专门开了一个便门通过去，使得两家变成了一家。继之对母亲的慈爱和孝心，自然体现出他对亲情的看重。而继之老太太对"我"一家的盛情，不仅彰显了她对亲情的珍爱，也见出老太太与人为善、助人为乐的高风亮节。老太太喜爱"我"的姊姊，继之便怂恿她将其收在膝下认作干女儿，其实"不过老人家欢喜，我们也应该凑个趣，哄得老人家快活快活，古人'斑衣戏彩'尚且要做，何况这个呢。"②

《黄金世界》中何图南与何去非父子之间的亲情关系读来也让人为之动容。何图南

---

① 〔清〕吴趼人，《二十年目睹之怪现状》第二十六回《干嫂子色笑代承欢　老捕役潜身拿臬使》，《中国近代文学大系》第2集·第5卷·小说集三，上海书店出版社，1994年版，第172页。
② 〔清〕吴趼人，《二十年目睹之怪现状》第二十三回《老伯母遗言嘱兼祧　师兄弟挑灯谈换帖》，《中国近代文学大系》第2集·第5卷·小说集三，上海书店出版社，1994年版，第150页。

之子何去非,本是广东虎门一带的读书人,少就傅训,坐困经生,通过读书,知道世界之大,遂有乘风破浪之志。一日偶游海滨欣赏洋人豪华游轮,不幸被人诱骗上船,沦为贩往巴西的"猪仔",一颗掌珠顿入匪人之手。何图南遽失爱子之后,痛不欲生,穷思极想,忽然得个计较:到本省节度使处请咨游历,想借钦使的斡旋,还其阶前玉树。但踏遍美洲竟毫无音信,正待归正首丘,却不料回到纽约,居然与其子不期而遇。原来去非自被诱骗上船后,一路蹭蹬,海上漂泊数月后方到达巴西。上岸后,即沦为劳工,每天未明上工,见星始休。所居之室,矮不类屋,秽不如牢,挨挤不及马棚猪棚,秋霖霉雨,终夜如在水中。日食三餐,居然是每日每人三盒黑料豆,生吞活剥,虽不至和草咬嚼,其实与驴马所差无几。工作期间,还要忍受鞭笞之苦。后来机缘凑巧,何去非终于逃离巴西,与万里寻子的老父亲在纽约邂逅。小说的主题固然意在展示列强对我同胞的苛刻酷烈,以便激发起国人的义愤和强烈的民族认同感,亲情似不在其主题表达之内。但我们从中不难看出,之所以造成这种骨肉分离的局面,逼迫老父亲远涉重洋、万里寻子的原因,其实就是列强借助坚船利炮,强行在世界范围内长途贩运廉价劳动力,以便降低成本,最大限度地攫取超额商业利润。而老父亲何图南万里寻子,可以想见,在一个极端陌生的环境里,这位语言不通的老父亲,寻子过程势必经历了种种不为人知的艰难困苦,体味了无数背井离乡的辛酸无奈,而这一切,背后的动因也无非是不能割舍骨肉亲情而已,家庭、亲情才是人一生最安全、最温暖的栖息之地。

以亲情为纽带构建浊世中劫波渡尽后的温柔港湾,《二十年目睹之怪现状》中的蔡侣笙夫妇当数楷模。侣笙夫妇是市井上的老书生、蓬荜中的贤女子。他们清贫苦寒,落魄穷酸,"只见屋内安着一铺床,床前摆着一张小桌子,这边放着两张竹杌;地下爬着两个三四岁的孩子;广东的风炉,与及砂锅瓦罐等,纵横满地。原来这家人家,只住得一间破屋,真是寝于斯、食于斯的了。"①但他们却收留了丑笨的流浪女菊花,名为丫鬟,实际上情同骨肉,视如己出。不仅使其有了栖身之处,而且还为菊花的未来着想,将其以女儿而非丫头的名义嫁与瘫子黎希铨,希望她能有个安身立命之所。但丈夫去世,菊花被其大伯子卖到妓院,幸得"我"与王端甫解救,才重回蔡家。后来侣笙夫妇恐怕又像嫁给黎家一样,夫家仍只当她丫头,所以认真当女儿嫁了,那女婿是个木匠。不久以后,秋菊就生了儿子。而且,自从出嫁之后,也不像从前那般蠢笨,聪明了许多。不仅如此,秋菊还知恩图报,颇知道点好歹,在家里供着王端甫和"我"的长生禄位,旦夕香花供奉,朔望焚香叩头,真是得其所哉!若非生性纯良、古道热肠的侣笙夫妇好意收留,视如己出般地热心呵护,则秋菊的命运真不知伊于胡底。这种不是亲情、胜似亲情的懿行善举,已经远远超越了血缘纽带,成为冷硬荒寒的滚滚红尘中,使人倍感欣慰的温馨港湾。

侣笙的妻子蔡大嫂,虽处荜门圭窦中,却是明理达意,识见高远,令人有"十步之

---

① 〔清〕吴趼人,《二十年目睹之怪现状》,第三十四回《蓬荜中喜逢贤女子 市井上结识老书生》,《中国近代文学大系》第2集·第5卷·小说集三,上海书店出版社,1994年版,第232页。

内,必有芳草"之叹。侣笙本是仕宦书香人家的落魄书生,但在邻居眼里,"是一个废人,文不文,武不武,穷的没饭吃,还穿着一件长衫,说甚么不要失了斯文体统。两句书只怕也不曾读通,所以教了一年馆,只得两个学生,第二年连一个也不来了。此刻穷得了不得,在三元宫里面测字。"①当时侣笙只能靠测字卖卜为生,沦落如此,却还狷介孤高,清廉自守,不降身辱志,不失书生本色,不肯轻易为人题字作诗,怕污了自己的笔墨。所谓"慷慨丈夫志,跌宕古人心",是他自身的绝佳写照。他日后做了官,也是受万民拥戴的清官。

《二十年目睹之怪现状》中的石映芝母子,当是亲情中的另类。石映芝是北通州人,虽是仕宦人家出身,但一直穷酸落魄,"他祖父是个翰林,只放过两回副主考,老死没有开坊,所以穷得了不得。他老子是个江苏知县,署过几回事,临了闹了个大亏空,几乎要查抄家产,为此急死了。遗下两房姨太太,都打发了。那时映芝母子,本没有随任,得信之后,映芝方才到南京去运了灵柩回来。可怜那年映芝只得十五岁。"②映芝到天津通商局任职,偕母一道赴任,娶亲一年后就因为婆媳不和而大伤脑筋:

> 那位老太太因为和媳妇不对,便连儿子也厌恶起来了,逢着人便数说他儿子不孝。闹得映芝没有法子,便写了一纸休书要休了老婆。他老太太知道了,更闹得天翻地覆起来,说映芝有心和他赌气:'难道你休了老婆,便罢了不成!左右我和你拼了这条命!'如此一来,吓得映芝又不敢休了。这位媳妇受气不过,便回娘家去住几天,那柴米油盐的家务,未免少了人照应。老太太又不答应了,说道:'我偌大年纪了,儿子也长大了,媳妇也娶了,还要我当这个穷家!'映芝没法子,只得把老婆接了回来。映芝在招商局领了薪水回来,总是先交给母亲,老太太又说我不当家,交给我做甚么;只得另外给老太太几块钱零用,她又不要。及至吵骂起来,她总说'儿子媳妇没有钱给我用,我要买一根针、一条线,都要求媳妇指头缝里宽一宽,才流得出来!……'诸如此类的闹法,一个月总有两三回。他老太太高兴起来,便到街坊邻舍上去,数落他儿子一番;再不然,便找到映芝朋友家里去,也不管人家认得她不认得,走进去便把自己儿子尽情数落。③

更有甚者,这位老太太还对路过暂住的客人数落儿子的"不孝",竟跑到招商局里去求见总办,要告他儿子的不孝。总办不见就在招商局门外哭诉,昼夜轮番吵闹责骂不休。儿媳妇不堪其扰躲回娘家,老太太就自寻短见,报信的小孩子到招商局找映芝回来,说是老太太上吊了。结果被一个和映芝不睦的同事听去,传扬起来,说甚么天

---

① 〔清〕吴趼人,《二十年目睹之怪现状》,第三十四回《蓬荜中喜逢贤女子 市井上结识老书生》,《中国近代文学大系》第2集·第5卷·小说集三,上海书店出版社,1994年版,第233页。
② 〔清〕吴趼人,《二十年目睹之怪现状》,第六十九回《责孝道家庭变态 权寄宿野店行沽》,《中国近代文学大系》第2集·第5卷·小说集三,上海书店出版社,1994年版,第512页。
③ 〔清〕吴趼人,《二十年目睹之怪现状》,第六十九回《责孝道家庭变态 权寄宿野店行沽》,《中国近代文学大系》第2集·第5卷·小说集三,上海书店出版社,1994年版,第513—514页。

津地方要出逆伦重案了,要快点派人去抓,不要叫那逆子逃脱了。受此影响,总办便把映芝的差事撤去,二十两银子的馆地从此没了。映芝在天津无法立足,只好搬回通州去了。老太太还不止于此,继续造儿子的谣,说儿子赚了钱只顾养老婆的全家,不顾娘的死活,还亲自出马打到亲家门上吵闹,结果弄得儿子再一次丢了差事。好不容易弄了一个筹防局的小馆地,一个月只有六吊大钱。他自己一个人,连吃饭每月只限定用一吊五百文,给老婆五百文的零用,其余四吊,是按月寄回通州老娘那里去的。由于工作忙,数月不曾回家看老娘,老太太就赶了来到筹防局找儿子,却误找到了巡防局。人家说没这个人,她不相信,说是儿子串通门丁不认娘了,撒泼打滚,大闹一场。局勇不堪其扰驱赶她,她又说儿子赶娘了。回到邸舍,又哭喊了一夜。第二天见了映芝,便是一场大骂,说她指使局勇,羞辱母亲。映芝和她分辩,说她走错了地方,但担心她又去上门骚扰,就没告诉她真正的工作地点,老太太便天天和映芝闹。可怜映芝白天去办公事,晚上到母亲那里来挨骂,如此一连八九天。这里房饭钱又贵,每客每天要三百六十文,五天一结算。映芝实在是穷,把一件破旧熟罗长衫当了,才开销了五天房饭钱。再一耽搁,又是第二个五天到了。映芝再三央求她回通州去,老太太竟然发怒把映芝的头都打破了。

  常言道,父可以不慈,子不可不孝。对于映芝而言,其母岂止是"不慈"二字所能了得,简直就是一个恶母、泼妇的形象。她不顾念母子情意,只把儿子当作私有财产,所有权、使用权都紧紧地抓在手里,不允许别人染指。不知道儿子除了恪尽孝道、侍奉双亲之外,还需娶妻生子、成家立业,既是人子,亦为人夫、人父,而且这几种角色所承担的职责有时也是不能混为一谈,这就需要一个明事理、重亲情的家长来协调,母亲通常就是这一角色的最佳人选。不幸的是,映芝的母亲不是这样的人。她把"孝"字当成紧箍咒,不分时间、不分场合、不分事体,稍有不适便大施淫威,把自己的亲生骨肉搞得声名狼藉,以至于在社会上连立足之地都快丧失殆尽了,真正让人扼腕叹息。于映芝而言,固然是为了顾及母子亲情,一再忍让,一再妥协,即使到了山穷水尽、措身无地的地步也毫无怨言,把一切悲苦、不快和不幸都咽进了肚里,诚如鲁迅先生在《我们现在怎样做父亲》中所说"自己背着因袭的重担,肩住了黑暗的闸门",成全了母亲的恣意妄为和飞扬跋扈。但是,我们也不得不说,映芝的这种行止,其实是一种在"愚忠愚孝"观念支配之下,完全放弃了自身的价值追求,也放弃了作为个体的独立和尊严,是一种违背人性、严重扭曲的畸形的母子亲情关系。不言而喻,这样的亲情关系,已经没有任何温情可言,更看不到人性的光辉,留给世人的只是一片无边的荒漠。类似的情景,我们在其他篇什或文本中也屡见不鲜。

  譬如同样在《二十年目睹之怪现状》中,"我"的伯父,虽与"我"的父亲一奶同胞、至亲骨肉,却借着亲情的名义,屡屡对"我"进行侵吞和盘剥:父亲丧事期间,伯父写的账,头一笔就付银二百两,底下注着代应酬用;以后是几笔不相干的零用账;往下又是付银三百两,也注着代应酬用;像这样的账,不下七八笔,总费银一千八百两,其实都是虚列开支,中饱私囊。后来又有一笔钱是付找房价银一千五百两,十条十两重的赤金也不翼而飞。母亲将办丧事所余五千两银子一齐都交给伯父带到上海,存放在妥当钱庄里生息,后来连本带利,都不知所终了。对孤儿寡母平常也疏于照拂眷顾;伯父无子,伯母病重之际,欲使我兼祧,表面上是为了将来承袭家业,其实不过为的是开吊、出殡时有个孝子,面子上好看点罢了。其后,"我"叔叔在山东亡故,留有幼子两人无人抚养,打电报给伯父,伯父回信说"以不必多事为妙",婉拒了对侄子的抚养责任。而到最后,自己留下的产业也不知会被谁占去。除了自私自利,见钱眼开,哪里还顾及什么骨肉亲情?

两榜出身的符弥轩是一位道学先生,开口便讲仁义道德,闭口便讲孝悌忠信。他的一个儿子,名叫宣儿,只得五岁,弥轩便天天和他讲《朱子小学》,认为"仁义道德,是立身之基础;倘不是从小熏陶他,等到年纪大了,就来不及了"。这样的一位貌似君子的人却不养自己的祖父,甚至把自己的祖父当狗一样对待,逼得祖父向邻居乞讨充饥,而且还虐待老人:

> 打杂王三便道:"……昨天晚上半夜里,我起来解手,听见东院里有人吵嘴,我要想去听听是甚么事。走到那边,谁想他们院门是关上的,不便叫门,已经想回来睡觉了;忽然又想到咱们后院是通的,就摸到后院里,在他们那堂屋的后窗底下偷听。原来是符老爷和符太太两个在那里骂人,也不知他骂的是谁,听了半天,只听不出。后来轻轻地用舌尖把纸窗舐破了一点,往里面偷看,原来符老爷和符太太对坐在上面,那一个到我们家里讨饭的老头儿坐在下面,两口子正骂那老头子呢。那老头子低着头哭,只不作声。那符太太骂得最出奇,说道:'一个人活到五六十岁,就应该死的了,从来没见过八十多岁人还活着的!'符老爷道:'活着倒也罢了,无论是粥是饭,有得吃吃点,安分守己也罢了;今天嫌粥了,明天嫌饭了!你可知道要吃好的,喝好的,穿好的,是要自己本事挣来的呢。'那老头子道:"可怜我并不求好吃好喝,只求一点儿咸菜罢了。'符老爷听了,便直跳起来说道:'今日要咸菜,明日便要咸肉,后日便要鸡鹅鱼鸭;再过些时,便燕窝鱼翅都要起来了!我是个没补缺的穷官儿,供应不起!'说到那里,拍桌子打板凳地大骂;骂了一回,又是一回,说的是他们山东土话,说得又快,全都是听不出来。骂到热闹头上,符太太也插上了嘴,骂到快时,却又说的是苏州话,只听得'老蔬菜'(吴人詈老人之词)、'杀千刀'两句是懂的,其余一概不懂。骂够了一回,老妈子开上酒菜来,摆在当中一张独脚圆桌上,符老爷两口子对坐着喝酒,却是有说有笑的。那老头子坐在底下,只管抽抽咽咽地哭。符老爷喝两杯,骂两句;符太太只管拿骨头来逗着叭儿狗顽。那老头子哭丧着脸,不知说了一句甚么话,符老爷登时大发雷霆起来,把那独脚桌子一掀,砰訇一声,桌上的东西翻了个满地,大声喝道:'你便吃去!'那老头子也太不要脸,认真就爬在地下拾来吃。符老爷忽地站了起来,提起坐的凳子对准了那老头子摔去,幸亏

旁边站着的老妈子抢着过来接了一接,虽然接不住,却挡去势子不少,那凳子虽还摔在那老头子的头上,却只摔破了一点头发;倘不是那一挡,只怕脑子也磕出来了!"①

虐待老人,又打又骂,种种恶行,令人发指,疑其非人乎?

此外,这种丧失亲情、抛弃人伦的行为,在《二十年目睹之怪现状》中也还所在多有:苟才为了自己的顶戴,不惜跪求儿媳,对上司进行性贿赂,最终竟然被自己的另一个亲生儿子毒杀;黎景翼为了谋夺钱财,设计逼死了自己的亲弟希铨,又把弟妇卖到了妓院,最后他自己的妻子也跟人私奔,自己沦落到出家的地步。更有甚者,小说第八十三回《误联婚家庭闹意见　施诡计幕客逞机谋》中,堂堂的巡抚言中丞为了巴结侯制军,居然愿意把自己的女儿嫁给制军的男宠——"兔爷"侯虎,无异于投畀豺虎,把自己的女儿往火坑里推。人性的复杂与幽暗,再一次被体现得淋漓尽致,入木三分。

第三节　友情——超越血缘关系的异姓情谊

《二十年目睹之怪现状》以"我"——"九死一生"与吴继之的行迹交谊作为结构全文的线索,但两人事实上也是志同道合、情同手足的朋友,两人的友谊基本上贯穿全文,结构始终。他们之间的友情始于同乡、同窗之谊。继之姓吴,名景曾,表字继之。他比"我"年长十岁,读书的时候,"我"只有八九岁,尚为少年,而他则是个"大"学生。同窗共读了四五年,多承他提点照顾"我"。从"我"这一方来说,算得上是总角之交了。后来继之中了进士,榜下用了知县,掣签了江宁。由此两人各奔东西,多年未曾谋面。"我"在父亲物故之后,因为要向血亲伯父追讨父亲的遗产,不得已来到南京,却屡遭冷遇,一而再、再而三地吃闭门羹。羁旅穷愁,正在一筹莫展、计不知何所出之际,偶遇了暌违已久的旧日同窗吴继之。由此接续上了中断多年的友情,而这一友情也由此而绵延不绝,一以贯之。"家庭违骨肉,车笠遇天涯",②走穷途忽遇良朋,近末路又逢至交,血缘至亲反为陌路,而昔日旧友却类同手足,苍茫世事中人情冷暖,世态凉凉,于此可见一斑。

"我"此时的处境其实非常危殆,父亲亡故,顿失怙恃,母亲女流之辈不可能全面承担起父亲的职责,家族中均为冷漠势利的虎狼之辈。自己虽已成年,但仍稚嫩,尚未成熟到足以顶门立户的时光,正是上不着村,下不着店,无依无助之际。吴继之的出现,真

---

① 〔清〕吴趼人,《二十年目睹之怪现状》,第七十四回《符弥轩逆伦儿酿案　车文琴设谜赏春灯》,《中国近代文学大系》第2集·第5卷·小说集三,上海书店出版社,1994年版,第555—556页。
② 〔清〕吴趼人,《二十年目睹之怪现状》,第二回《守常经不使疏逾戚　睹怪状几疑贼是官》,《中国近代文学大系》第2集·第5卷·小说集三,上海书店出版社,1994年版,第12页。

不啻是苦海慈航、悬崖援手,使得"我"的处境瞬间得到了改观。吴继之不仅给我结算了客栈的房饭钱,还将"我"带到其私宅,与夫人一道,盛情款待,解衣推食,在书房为"我"安顿了床铺,免了"我"孤身作客、颠沛流离的苦况。吴继之不仅给"我"提供了食宿,还借给"我"五十两银子让"我"同家书一道寄回家给母亲,免得母亲悬念。继之虑及"我"的处境,为"我"谋到了书启的差事,同时在大关的账房里挂名,书启的薪水和挂名账房里得的好处,两项合计大约出息还不很坏,这样就算是找到了赖以立足的饭碗,使"我"不至于沿门托钵,无枝可依。

又过了七八天,继之对我道:"我将近要到差了。这里去大关很远,天天来去是不便当的,要住在关上,这里又没有个人照应。书启的事不多,你可仍旧住在我公馆里,带着照应照应内外一切,三五天到关上去一次;如果有紧要事,我再打发人请你。好在书启的事,不必一定到关上去办的。或者有时我回来住几天,你就到关上去代我照应,好不好呢?"我道:"这是大哥相信我、体贴我,我感激还说不尽,哪里还有不好的呢。"当下商量定了。又过了几天,继之到差去了;我也跟到关上去看看。吃过了午饭,方才回来。从此之后,三五天往来一遍,倒也十分清闲。不过天天料理几封往来书信。有些虚套应酬的信,我也不必告诉继之,随便同他发了回信,继之倒也没甚说话。从此我两个人,更是相得。①

继之委"我"所做书启的差事,其实就是文秘一类事务性的僚佐,工作内容并不多,不必坐班,不过料理一些虚套应酬礼节性的往来书信。由于"我"是继之的亲信之人,这些无关宏旨的往来书札,不必请示继之,自己就可以做主。固是微末之事,其实也是志于仕途经济之道的必修课,历练途径之一。此外,继之对"我"赋以重任:继之在关上办公不在家期间,或者回家不在关上期间,"我"都可以受其委托代为照应。"照应"云云,其实就是代行职权,有事时可以相机处理,便宜行事,其用心、用意不言自明。看似权宜之计,但其中深蕴继之意图在仕途上提携"我"的长久之计,继之于"我"可谓用心良苦,两人友谊之深切挚厚,亦由此可见一斑。"从此我两个人,更是相得",彼此之间的这种友谊、友情,是一种心有灵犀的默契,是一种志同道合的应和。

如果"我"与继之的交谊仅止于衣食住行的提供,和"我"的感恩戴德、知恩图报,那么这种友谊和友情也就止于以物质利益为基础的势利之交,而非基于共同的价值理念、是非认同和情感趋向的道义之交、君子之交。继之于"我",以及"我"于继之,是一种相互平等、相互尊重、相互珍惜的管鲍之交。当然,继之在年辈、阅历、见识,以及事实上的地位与实力,使得他在"我"的面前,不自觉地常以兄长,乃至导师或教父的身份与面目出现。无论文字的纰缪,处世的机宜,"我"随时随事得其教诲,可谓知无不言,言无不尽,继之尽到了净友、畏友和兄长的职责。

---

① 〔清〕吴趼人,《二十年目睹之怪现状》,第四回《吴继之正言规好友 苟观察致敬送嘉宾》,《中国近代文学大系》第2集·第5卷·小说集三,上海书店出版社,1994年版,第25页。

第五章　商风浸淫下的情感空间与人性视域

"我"刚到继之公馆的时候,应是正处于初出茅庐、不谙世事的阶段,惊奇于"野鸡道台的新闻"。继之不厌其烦,条分缕析,为"我"详述其间的每一个曲折,使"我"初步了解了官场的黑暗和市井深处的肮脏龌龊。譬如说,"跑街",就是钱庄里到外面收账的雇员,有时到外面打听行情,送送单子,也是他的事;"打野鸡"——去嫖流娼就叫"打野鸡";"黄鱼"——南京人叫大脚妓女作黄鱼;"装干湿"——嫖客花一块洋钱去坐坐,妓家拿出一碟子水果,一碟子瓜子来敬客,这就叫作"装干湿"。如此等等,不一而足。这些关节,这些奇谈怪闻,于继之而言是司空见惯,于"我"而言,则是闻所未闻。

作为在任的官员,继之熟谙这个庞大官僚机器上的一切运作机制,也深知其中的一切不公和弊端,他以自己的所见所闻,以及亲身经历现身说法,充当了"我"的官场教父。"我"无意中瞥见苟观察殷勤送客、礼贤下士的情形,忍不住好奇心,想探知究竟:

> 我一心只牵记着那苟观察送客的事,又问起来。继之道:"你这个人好笨!今日吃中饭的时候你问我,我叫你写贾太守的信,这明明是叫你不要问了,你还不会意,要问第二句。其实我那时候未尝不好说,不过那些同桌吃饭的人,虽说是同事,然而都是甚么藩台唎、首府唎、督署幕友唎这班人荐的,知道他们是甚么路数?这件事虽是人人晓得的,然而我犯不着传出去,说我讲制台的丑话。我同你呢,又不知是甚么缘法,很要好的,随便同你谈句天,也是处处要想……教导呢,我是不敢说;不过处处都想提点你,好等你知道些世情。我到底比你痴长几年,出门比你又早。"①

继之当着众人的面,不愿回答"我"关于苟观察的询问,并非不知道,而是另有心机。他一则不愿意揭露同僚的底细,以防开罪上司;再则也是"处处要想……教导呢,我是不敢说;不过处处都想提点你,好等你知道些世情"。他欲言又止,将"教导"换作"提点",不留神露出了真意,他其实是想以教父的身份对"我"进行"教导",目的是"好等你知道些世情",长些见识。以二人的关系,本来是平等的,"教导"似乎有些托大,所以临时改作了"提点",就将彼此的关系重新拉回到同窗或兄弟之间的水准上。而这种话自然不可当众言明,而只能在私下里说私房话、体己话,所以"我"对继之的感激也是发自肺腑的:

> 此时我想起小时候读书,多半是继之教我的。虽说是从先生,然而那先生只知每日教两遍书,记不得只会打,哪里有甚么好教法,若不是继之,我至今还是只字不通呢。此刻他又是这等招呼我,处处提点我。这等人,我今生今世要觅第二个,只怕是难的了!想到这里,心里感激得不知怎样才好,几乎流下泪来。因说道:"这个非但我一个人感激,就是先君、家母,也是感激得了不得的!"此时我把苟观察的事

---

① 〔清〕吴趼人,《二十年目睹之怪现状》,第六回《彻底寻根表明骗子　穷形极相画出旗人》,《中国近代文学大系》第2集・第5卷・小说集三,上海书店出版社,1994年版,第35页。

早已忘了,一心只感激继之,说话之中,声音也咽住了。①

而这个所谓的苟观察,确实是下作无耻,当初穷到和老婆轮流合穿一条裤子,吃烧饼时,连掉在桌缝里的芝麻都要掌击拍出来蘸着口水吃掉。为了自己升官、固宠,无所不用其极,乃至跪求儿媳,对上司进行性贿赂;巡抚言中丞为了巴结侯制军,居然愿意把自己的女儿嫁给制军的男宠——"兔爷"侯虎,真是无耻之尤。官场中的男盗女娼、贿赂公行已经成为一种普遍的风气,置身其中,欲做到出淤泥而不染,可谓难上加难。

继之为官的同时,也涉足商海,"今年正月里,就在上海开了一间字号,专办客货,统共是二万银子下本","立一个小小基业,以为退步"。②"我"第一次参与到继之的商业行为中来,是代继之到上海为藩台老太太生日置办寿礼,同时到继之的货栈对账。置办好藩台老太太的生日寿礼后,未及回南京,就接到继之的信,托"我"同另一个伙计德泉到苏州去开办新的坐庄,接应上海的货物,继续开拓新的业务。自此,"我"不仅成为继之官场上的幕友,也成了生意场上的商业伙伴:

> "我这个生意,上海是个总字号,此刻苏州分设定了,将来上游芜湖、九江、汉口,都要设分号;下游镇江,也要设个字号,杭州也是要的。你口音好,各处的话都可以说,我要把这件事烦了你。你只要到各处去开辟码头,经理的我自有人。将来都开设定了,你可往来稽查。这里南京是个中站,又可以时常回来,岂不好么。"我道:"大哥何以忽然这样大做起来?"继之道:"我家里本是经商出身,岂可以忘了本?可有一层,我在此地做官,不便出面做生意,所以一切都用的是某记,并不出名;在人家跟前,我只推说是你的。你见了那些伙计,万不要说穿,只有管德泉一个知道实情,其余都不知道的。"③

继之信任"我",不仅代"我"将二千银子入股,提携"我"做了上海货栈的股东,而且还将"我"视作心腹,成为他的代理人,将所有商号稽查对账的重任委托于"我"。④ 其后,继之的一切商业活动,事无巨细,都与"我"筹划。从上海回南京不久,"我"就受继之所托,先后到芜湖、九江、汉口、镇江、杭州等地去找房子,开货栈,不断扩大业务范围,将货物贩到天津、牛庄、广东等处去发卖,生意十分顺手。"我"只管往来稽查账目,各地奔波,行色匆匆,原先为继之承担的书启差事,也让给了落魄中的贫苦书生蔡侣笙。

我不觉笑道:"我本来是个读书的,虽说是我生来的无意科名,然而因在家里没

---

① 〔清〕吴趼人,《二十年目睹之怪现状》,第六回《彻底寻根表明骗子 穷形极相画出旗人》,《中国近代文学大系》第2集·第5卷·小说集三,上海书店出版社,1994年版,第36页。
② 〔清〕吴趼人,《二十年目睹之怪现状》,第二十八回《办礼物携资走上海 控影射遣伙出京师》,《中国近代文学大系》第2集·第5卷·小说集三,上海书店出版社,1994年版,第185页。
③ 〔清〕吴趼人,《二十年目睹之怪现状》,第三十九回《老寒酸峻辞干馆 小书生妙改新词》,《中国近代文学大系》第2集·第5卷·小说集三,上海书店出版社,1994年版,第277页。
④ 〔清〕吴趼人,《二十年目睹之怪现状》,第三十九回《老寒酸峻辞干馆 小书生妙改新词》,《中国近代文学大系》第2集·第5卷·小说集三,上海书店出版社,1994年版,第277页。

第五章 商风浸淫下的情感空间与人性视域

事,总不免要走这条路。无端地跑了出来,遇见大哥,就变了个幕友,这几年更是变了个商家了。"继之笑道:"岂但是商家还是个江湖客人呢。你这回到广东去,怕要四五个月才得回来,你不如先回南京一转,叙叙家常再去。"①

继之对"我"的信任,完全是基于真挚不疑、倾心相托的友谊和友情。

这种超越血缘亲族,纯粹以道义联结的友谊和友情在《黄金世界》中夏建威与朱怀祖的身上,也有极为生动的体现。夏建威是旅居美国纽约多年的华裔巨商,因闻祖国有拒用美货、抵制禁约之举,遂变卖家资,远涉重洋,不远万里只身回到中国。朱怀祖原是南明王室鲁王的后裔,鲁王抗清兵败后受海风侵袭,被吹送到南太平洋的一个荒岛螺岛上,一干人等苦心经营多年,硬生生把一个荒岛变成了世外桃源。岛上的朱、张、申、汝四姓,一年一轮做岛长,具有了民主管理的初步形态。建威在归国的旅途当中,邂逅了朱怀祖。两人均睽违故国多年,对国内的形势所知甚少,尤其是在抵制禁约问题上,具体的实际情形究竟如何,确是一无所知。两人通过试探、笔谈等方式,逐渐了解了彼此的心迹、见解和观点,对同种病根的抉发指摘,所见几乎略同,肝胆相照,颇觉意气相投。相见恨晚、惺惺相惜之感油然而生,而这也是他们结为生死交情的思想基础,成为维系他们之间友谊和友情的纽带与桥梁。

> 船过锡兰,怀祖手持远镜,在甲板上徘徊眺望。恰好图南走来,怀祖指给他看道:"那边隐隐约约巨人的足迹,不是我佛如来当年说法处么?近数百年,宗门歇绝,灯焰不明,七宝楼台,弹指间也做了强宾供养。天行回转,浩劫当前,入世的解脱不来,出世的又何尝不在旋涡中呢?"图南道:"人生无百年,忧乐且相忘。兄台为佛生愁,为禅预虑,真正何苦呢?"怀祖默然,图南便邀他来找建威,问些美洲的胜景,说些海外的奇闻,怀祖渐渐面有笑容。图南又提起甲板上的问答,建威道:"我佛初地,早被外族玷污了庄严。此外南洋三国,也是佛教极盛的地方。迩来缅甸归英,越裳属法,只剩暹罗,暂留残喘,然为两大竞争的烧点。后来茫茫,事未可知。综其致亡就衰之迹,虽说别有原因,只是崇尚虚无,遗弃迹象,也就失了立国的本原了。"怀祖道:"采石者忘璧,买椟者还珠,自是采者买者之咎。信佛而得恶果者,毋乃类是?但我追想先朝,以楚昭之入随,似黎侯之寓卫,式微已甚,性命苟全。因以为利者,犹发三患二难之议,迫诸逆旅,躐我游魂,莽苴亦弃旧事新,饰辞相给,遂致膏涂原野,血溅蒿莱,无争无尤,何为而致此? 思之裂眦,言之痛心,迄今枝叶离披,根本摇动,哀我人斯,求如暹罗而不得,又将蹈缅甸越裳之覆辙。祸福倚伏,得失循环,可胜浩叹么?"欷歔相对了一回,图南觉有倦意,便先告睡。怀祖、建威也各回房歇息。

> 不数日,到了香港,图南父子,阿金夫妇,要换船上省。怀祖本是借此游历的,

---

① 〔清〕吴趼人,《二十年目睹之怪现状》,第五十五回《箕踞忘形军门被逐 设施已毕医士脱逃》,《中国近代文学大系》第2集·第5卷·小说集三,上海书店出版社,1994年版,第400—401页。

也要领略五羊的风景,以与建威肝胆相照,意气相投,早结成生死交情,坚邀同行。①

君子和而不同,小人同而不和。怀祖和建威一个是亡命海外的前朝后裔,一个是旅居美洲的豪商巨富。怀祖的言谈之中难免有亡国之痛与身世之感,他把数百年来佛教的衰败"宗门歇绝,灯焰不明",归结为人心的迷失,"采石者忘璧,买椟者还珠",结果是"入世的解脱不来,出世的又何尝不在旋涡中呢?"而建威将佛教的衰灭归结为自身的"崇尚虚无,遗弃迹象",终致"失了立国的本原了"。一个强调客体,一个强调主体,但根本上并无大的分歧,祸福倚伏,得失循环,无论盛衰,留给后人的无非是浩叹而已。他们之间,虽有小异,却存大同,各美其美,美人之美,这便是君子之交。建威认为,"我之此行,专为抵约而来,兄虽所志不同,何妨姑赴春申,暗为我助,默窥同种之真相,以决将来之进退。过去之事,且请付之达观。"在"抵约"事业上,虽着力点不同,但目标是一致的。

建威读到《海上日日新闻》报纸上冯君亚泉者,在美经商多年,愤同种之受侮,奋然有以尚武为雪耻之志,于是返国就学海上之某社,预备入日本陆军学校,戒行不日,忽然因为拒约之事,于某月某日饮药自戕。而记者转述读者来函却说冯君死得"无名"且"愚",是"徒死",白白送了性命。建威拍案大怒道:"卑怯的中国人,无廉耻的中国人,几为地球通行的口头禅!彼何人欤?彼何人欤?"索性放声长号大恸起来,进而至于摩胸抚髀、失魂落魄,近乎疯厥,幸亏怀祖及时以良法解劝,方恢复正常。建威与怀祖两人为了抵约事业,以各自的方式齐心协力,同舟共济,也不为孤了。

建威与怀祖抵达上海后,眼见战舰、巡洋舰、炮舰、鱼雷舰,衔尾分列,从三夹水直进黄浦江,两面树林似的高桅,桅顶挂满了各色旗帜,迎风招展,映日飞扬。细数龙旗,只得四竿,还是二三等巡船,有两条只堪迎送。禁不住相顾愕然,感慨不已。他们愤慨于列强"开放主义"使国家丧失主权,国魂顿失,江山故国,黎民百姓均陷于剥败困顿之中且无力自拔。建威登岸后交接的沪上巨商孙问锄,交易极广,势力极雄,拒约议起,亦复身与其列,一时成为焦点人物。初次接触,造门请谒,握手深谈,觉其意识之坚定,言词之慷慨,令人五体投地,甚至有顾影自惭之感。但触及实质性问题,诸如合作"自开农牧,自兴制造,自辟路矿",及抵约拒用美货等为我国族同胞争气之事,则顾及自身利益得失,唯唯诺诺,无可无否,顾左右而言他。事实上,拒用美货是一场贸易战,是一盘大棋,涉及方方面面,国际商家、国内商家、钱庄等许多行业都将牵涉其中,可谓牵一发而动全身,必须通盘考虑,方可毕其功于一役,收到预期的效果,否则将祸不单行,杀敌一千,自损八百。以建威、怀祖一己之力鼓动号召,其实是力所不逮、困难重重之事。

小说中的建威,是变卖了自己的产业、专程回国奔走拒约事业的,可以说是拒约事业的领袖人物,其目的性和指向性都是十分明确的。他的目的地是开放程度最高、万商

---

① 〔清〕碧荷馆主人,《黄金世界》,第六回《物是人非抚今吊古　形随步换触目伤心》,《中国近代文学大系》第2集·第6卷·小说集四,上海书店出版社,1992年版,第594—595页。

云集的上海滩。所以,他在上海的活动构成了他此次故国之行的核心内容。如前所述,他率先接触和运动的是商界的头面人物孙问锄,期望孙氏能够登高一呼,应者云集,但未料到孙氏是个叶公好龙式的人物,不过是沽名钓誉,徒有虚名的江湖骗子而已。怀祖重返故国的目的固然不是像建威那样纯粹为了抵约和拒用美货,但作为长期孤悬海外的桃花源中人,在凭吊故国、缅怀先人的同时,对故国的爱也是无法克制的情怀。在这一点上,怀祖是建威的同道人是无可置疑的。所以,当他发现建威的抵约大计屡遭打击的时候,也不能袖手旁观。建威游说孙问锄失败后,又去留春戏园、徐园去演说鼓动抵约之事,但均因意见不合铩羽而归,悲愤难抑。怀祖除了深表理解和同情外,还赞同自己的夫人出面草拟会议檄文,协助建威到女界去活动,自己亲自出马陪同建威在雅仙戏园演讲,结果可想而知,终是草草收场。"将无作有,讹虚为实,正是阻力的发端。未来事黑如漆,安得复有冯君不惜生命,激励同胞的锐气呢?"①就连怀祖的夫人张氏也看出了其中的端倪,"只看目前的议论,分途歧出,倒不如初时划一,那些怀挟隐私、掉弄唇舌的,无论言之是非,皆不足道,就是一二主持清议的,也不过以空谈争胜,谁肯从实地上做番事业?浩浩大劫,泄沓视之,怕真无可补救了!"②偌大中国,茫茫人海,欲觅一志同道合的同道,何其难哉;欲成就一番事业,又何其难哉!两人所言诚不我欺也。

建威抵约的种种努力终究化为泡影,但不得不说,虽经万般挫折,建威仍然还是一个理想主义者,总是想尽自己努力做一番事业,或农牧,或工厂,择一为之,走的无非是实业救国一途。并且说干就干,此间富商多多,两人试图动员一二同志,共襄大业。两人奔波竟日,连走十余处,都是空劳往返,而且官方也已出面,南北节度,都已行文令禁各会集议抵制,令人大为沮丧,又一条奇思妙想胎死腹中。努力种种,皆成画饼!"机之已失,事无可图。然我不能强人必为,人亦不能强我必不为,拼破一家,争寸便寸,争尺便尺,此外别无计较"。③虽然所见所闻,无处不令人灰心,但两人所为同胞计者,可谓至诚。相较建威,怀祖的态度似乎有些犹疑、动摇,他觉得与其无济于事而滞留上海,何若乘风归去,回到螺岛上建公司,做些力所能及的事情,以至于引起建威的怀疑和不快,"弟以兼善为志,兄乃以独乐导我,相去霄壤,不如各行其是罢","公司是兄一岛的事,抵制是我一国的事,二者相衡,孰轻孰重?公司已成之局,抵制正在艰危困阻的时节,二者相较,孰缓孰急?兄既为社会自献此身,万不可中道沮丧,遽谋引退呵!",④两人似有分道扬镳,各奔东西之意。不过,两人胸襟阔大,器识宏远,在抵制外洋、扶助同胞的大方

---

① 〔清〕碧荷馆主人,《黄金世界》,第十四回《议疏通中朝腾尺素　掩耳目一纸贴凭单》,《中国近代文学大系》第2集・第6卷・小说集四,上海书店出版社,1992年版,第639页。
② 〔清〕碧荷馆主人,《黄金世界》,第十四回《议疏通中朝腾尺素　掩耳目一纸贴凭单》,《中国近代文学大系》第2集・第6卷・小说集四,上海书店出版社,1992年版,第639页。
③ 〔清〕碧荷馆主人,《黄金世界》,第十六回《莫慢潮声听歇浦　且将归思问珠江》,《中国近代文学大系》第2集・第6卷・小说集四,上海书店出版社,1992年版,第651页。
④ 〔清〕碧荷馆主人,《黄金世界》,第十六回《莫慢潮声听歇浦　且将归思问珠江》,《中国近代文学大系》第2集・第6卷・小说集四,上海书店出版社,1992年版,第654页。

向上始终是志同道合,并无二致的,不过是在具体的方法、取径方式及策略上小有不同而已,无关宏旨,并不影响大局。所以,当建威做了最后一搏,仍然无济于事的时候,决计知难而退,与怀祖一道同行,共赴螺岛。他们在岛上开辟出了新的事业:

> 去年四轮载来二万五千余工人,前岛长张虎峰多半派进矿山,又开三座铸铁厂,照寄来图样,铸成许多器械。那知工人中颇有几人能辨矿苗,因用新器开了几个新窟,出产便日富一日。又拨些未开的基地,分派承种。今年我接任后,为矿中运物,每每行途觅路,才定计另辟几条捷径。织丝、纺纱、织布、织麻的大厂,也从今年毕工。石门外又添一百号小船,就近海采捕海鱼,所获不多,却也可添本岛的食料哩。[1]

他们不仅接回旅居海外的华工,实现了扶助同胞的心愿;而且也将在伦敦学成的学子接回岛内效力,其中包括政治生二十人,法律生十人,商业生二十人,理化生四十人,机械生二十人,为未来的事业发展储备了大量后继人才;不仅如此,他们还在岛上开辟了矿山,兴建了铁厂,铸造了大量新机器,织丝、纺纱、织布、织麻也将完工,交通运输、渔业航海等也相继而兴,初步形成了比较完整的工业体系。由此,"开出一座锦绣江山,花团世界,做我同胞父子兄弟夫妇朋友子子孙孙的殖民地,政治道德的完善,还比现在文明国胜过十倍,岂非我同胞绝大的幸福么?"[2]建威当初所议,自兴农牧,自开工厂,为现在、为将来,都是力争上游的胜算,彼之志愿,海不足涵,山不足负,彼之胆气,壮士不足勇,丈人不足豪,宁有馁时?而这样的宏愿,诚如怀祖所言,"想建威决要举行,我辈也略助一臂"。而今,这样的宏图终于在远离故国的海外孤岛变成了现实,若非怀祖这样的知己倾心相助,为建威的理想提供了赖以落地生根的现实土壤,建威的理想再美好,恐怕仍然是纸上谈兵吧。而建威与怀祖的关系,本没有血缘或亲情上的关联,纯粹是出于道义的君子之交,这种交谊和友情又是基于共同的志向、共同的理想和共同的价值取向。反过来,这种共同的认知,又构成事业成功的思想基础和价值基础,而这些才是无价之宝。

比起上述"我"与吴继之、夏建威与朱怀祖之间的君子之交,韩邦庆笔下《海上花列传》中的行商坐贾们,他们之间也有交际来往,也有相互帮衬,但基本上都是风月场中的逢场作戏,或者是利益角逐中的相互利用,"心交如美玉,经火终不热。面交如浮云,顷刻即变灭",[3]都是"面交",人走茶凉,谈不上什么交谊,更说不上什么道义风骨。一言以蔽之,都是势利之交,小人之交。"以势交者,势倾则绝;以利交者,利穷则散,故君子

---

[1] 〔清〕碧荷馆主人,《黄金世界》,第二十回《精卫海潮寒可怜身世 杜鹃山月苦且此婆娑》,《中国近代文学大系》第2集·第6卷·小说集四,上海书店出版社,1992年版,第679—680页。

[2] 〔清〕碧荷馆主人,《黄金世界》,第二十回《精卫海潮寒可怜身世 杜鹃山月苦且此婆娑》,《中国近代文学大系》第2集·第6卷·小说集四,上海书店出版社,1992年版,第681页。

[3] 〔宋〕释智圆,《闲居编·心交如美玉》,傅璇琮主编,《全宋诗》第三册卷一三九,北京大学出版社,1991年版,第1560页。

第五章 商风浸淫下的情感空间与人性视域

不与也"。① 而以权相交者,权失则弃;以情相交者,情断则伤。唯有以心相交者,方能成其久远。

《海上花列传》中最大的商人是黎篆鸿,他是杭州巨富,但常到上海走动。他在上海滩的朋友圈有齐韵叟、庄荔甫、洪善卿、王莲生、罗子富、朱蔼人、葛仲英、汤啸庵、陶云甫、陶玉甫、李鹤汀、李实夫、于老德等人,大都是洋场上的豪商巨富、高官显宦、浪游子弟、风流雅士,乃至豪门清客。据清末民初人的有关材料称,这些人物多有原型,而将真实姓名隐去,如齐韵叟为沈仲该,史天然为李木斋,李实夫为盛朴人,李鹤汀为盛杏苏,黎鸿篆为胡雪岩等等。这批人在一起,无非就是四个字——吃喝嫖赌:抽鸦片烟、叫局、碰和、吃花酒、猜拳行令、眠花宿柳,无所不为。黎篆鸿尚未出场,就已先声夺人,闻说他要来上海,为了迎接他,庄荔甫老早就开始筹办礼物,购物的折子上开列的或是珍宝,或是古董,或是书画,或是衣服,明码标价,委托洪善卿操办。第十五回《屠明珠出局公和里 李实夫开灯花雨楼》中,黎篆鸿终于粉墨登场,陪他的人有朱蔼人、李鹤汀、李实夫、于老德等。他一出场,就出手不凡,仅他一个人就叫了六个局,而且一定要其他每个人也都叫齐四个局,李实夫心疼洋钱只叫了两个局,就不断地受到黎篆鸿的奚落,最终逼其就范,终于叫齐了四个局才罢休。"这一席原是双台,把两只方桌拼着摆的。宾主只有五位,座间宽绰得很,因此黎篆鸿叫倌人都靠台面与客人并坐。及至后来坐不下了,方排列在背后。总共廿二个倌人,连廿二个娘姨、大姐,密密层层,挤了一屋子。"② 此一席,黎篆鸿是唯一的主宾,其他的如朱蔼人、李鹤汀、李实夫、于老德,以及廿二个倌人和廿二个娘姨、大姐等人都是陪客,可谓花团锦簇,众星捧月,这些上海滩的商人们为了巴结黎篆鸿,真的是不惜代价。

其实在下人眼里,这位杭州富商的形象不过如此:

> 匡二也笑道:"四老爷,耐看俚阿好嗄?门前一路头发末才沓光个哉,嘴里牙齿也剩勿多几个,连面孔才咽仔进去哉。俚搭黎大人来咪说闲话,笑起来阿要难看!一只嘴张开仔,面孔浪皮才牵仔拢去,好像镶仔一埭水浪边。倪倒搭俚有点难为情!也亏俚做得出多花神妖鬼怪!拿面镜子来教俚自家去照照看,阿相像嗄!"③

不过是一个头童齿豁、面皮干缩的干瘪老头而已,仗着自己有钱,"做得出多花神妖鬼怪","拿面镜子来教俚自家去照照看",实在是没有自知之明。作为下人,如此评价主人的朋友本属失礼之举,不但没有受到主人的斥责,反而还得到了附和,可见主仆的认识是一致的,对黎篆鸿的评价也是相同的。则李鹤汀、李实夫叔侄与黎篆鸿的交情浅深也就昭然若揭。三月三日是黎篆鸿的生日,仍然是由朱蔼人出面,在大观园包了一日戏

---

① 〔隋〕王通撰,张沛校注,《中说校注·礼乐》,中华书局,2013年版,第167页。
② 〔清〕韩邦庆,《海上花列传》,第十五回《屠明珠出局公和里 李实夫开灯花雨楼》,《中国近代文学大系》第2集·第3卷·小说集一,上海书店出版社,1991年版,第266页。
③ 〔清〕韩邦庆,《海上花列传》,第十五回《屠明珠出局公和里 李实夫开灯花雨楼》,《中国近代文学大系》第2集·第3卷·小说集一,上海书店出版社,1991年版,第269页。

酒为其庆生。参与出席的人物有陶云甫、陶玉甫兄弟,李鹤汀、李实夫叔侄,朱淑人,共是六个人做东,于老德作陪。这一次,黎篆鸿倒不强求大家多叫局,"喜欢多叫就多叫点,叫一个也无啥",但却心有旁骛,既不在意叫局吃花酒,也不在意看戏庆寿,而是看上了初次见面的朱蔼人的弟弟朱淑人,疑有龙阳之兴。因为此时淑人年方十六,眉清目秀,一表人才。后来发现朱淑人与倌人周双玉关系亲密,就转而为朱周两人做媒人,其实仍是醉翁之意,无非是借机讨好朱淑人,以便寻找亲近之机,真是令人匪夷所思。

另一位大佬齐韵叟,是位高官,也是个风流广大教主,看上去年逾耳顺,花白胡须,一片天真,十分恳挚。他的交际圈自然不同于黎篆鸿,虽然也与商界大佬黎篆鸿交往、为黎氏之女与朱淑人的婚事周旋,但更偏向于官家子弟、文人清客一类,诸如华铁眉、葛仲英、陶云甫、朱蔼人、史天然、高亚白、尹痴鸳、马龙池等辈。他们聚会席间所行的酒令,虽未必有多么高雅,但毕竟不同于一般的俗客,多少还保有一点书卷气的斯文:

> 痴鸳道:"旧年韵叟刻仔一部诗文,叫《一笠园同人全集》,再有几花零珠碎玉,不成篇幅,如楹联、匾额、印章、器铭、灯谜、酒令之类,一概豁脱好像可惜,难末教我再选一部,就叫《外集》。故歇选仔一半,勿曾发刻。"
>
> 天然取书在手,翻出二段,看是"白战"的酒令。天然道:"'白战'两个字,名目就好。"再看下面有小字注道:"欧阳文忠公小雪会饮聚星堂赋诗,约不得用玉、月、梨、梅、练、絮、白、舞、鹅、鹤等字。后东坡复举前体,末云:'当时号令君记取,白战不许持寸铁。'此令即仿此意。各拈一题,作诗两句,用字面映衬切贴者罚。"第一条"桃花"为题,诗曰:
>
> 一笑去年曾此日,再来前度复何人?
>
> 天然长吟点头道:"倒勿容易口!"痴鸳道:"该个两句无啥好,耐看下去。先要看仔俚诗,再猜俚是啥个题目。题目猜勿出,故末诗好哉。"说着,揩干手面,楚过桌傍,接那书来,翻过一页,掩住题目,单露出两句诗给天然看。诗曰:
>
> 谁欤是主何须问?我以为君不可无。
>
> 天然道:"空空洞洞,陆里有啥题目嗄!"痴鸳笑而放手。天然见题目是"修竹",恍然大悟道:"懂哉,懂哉!果然作得好!"痴鸳复以一条相示。诗曰:
>
> 借问当年谁得似?可怜如此更何堪!
>
> 天然麇颇沉吟道:"上头一句像飞燕,下头一句勿对哉喔。"细细地想了一会,终想不到是"残柳"的题目;及至看了,却即拍案叫绝道:"好极哉!"冉看诗曰:
>
> 淡泊从来知者鲜,指挥其下慎无遗。
>
> 痴鸳道:"该个是'诸葛菜',借用个典故陆里猜得着!"天然道:"因难见巧,好在不脱不粘!"此后还有两条,已经痴鸳涂抹,看不清楚。①

---

① 〔清〕韩邦庆,《海上花列传》,第四十回《纵玩赏七夕鹊填桥 善俳谐一言雕贯箭》,《中国近代文学大系》第2集·第3卷·小说集一,上海书店出版社,1991年版,第453—454页。

第五章 商风浸淫下的情感空间与人性视域

齐韵叟尤为赏识的是一位姓马号龙池的幕友:

> 这马师爷别号龙池,钱塘人氏,年纪不过三十余岁,文名盖世,经学传家,高谊摩云,清标绝俗。观其貌则蔼蔼可亲,听其词则津津有味。上自贤士大夫,下至妇人孺子,无不乐与之游。齐韵叟请在家中,朝夕领教,尝谓人曰:"龙池一言,辄令吾三日思之不能尽!"
>
> 龙池谓韵叟华而不缛,和而不流,为酒地花天作砥柱,戏赠一"风流广大教主"之名。每遇大宴会,龙池必想些新式玩法、异样奇观,以助韵叟之兴,就是七夕烟火,即为龙池所作,雇募粤工,口讲指划,一月而成。但龙池亦犯著一件惧内的通病,虽居沪渎,不敢胡行。韵叟必欲替他叫局,龙池只得勉强应酬。初时,不论何人,随意叫叫,因龙池说起,卫霞仙性情与乃春有些相似,后来便叫定一个卫霞仙。①

这些人的交谊,其实就是高官显宦与风流名士之间互相借重,互相吹捧的关系,高官爱声名,名士好风流,双方各取所需,两不亏欠。而彼此间维系交往关系的纽带也无非是风月场所的花前月下、声色犬马。至于其间的诗酒雅谑,都不过是欢场上的佐料与点缀而已。

洪善卿是《海上花列传》中的一个小商人,不过是永昌参店的小老板,来自苏州乡下。在上海滩,比不上黎篆鸿、齐韵叟的豪奢阔绰,靠开参店勉强维持生计而已。当他的亲外甥赵朴斋到上海投奔他的时候,他都无力照应,任其在欢场胡吃海嫖,东游西荡,弄到不名一文的时候,只得去拉人力车谋生。洪善卿的朋友圈不可谓不大,从黎篆鸿、庄荔甫、朱蔼人、罗子富、王莲生、陈小云、汤啸庵、葛仲英、齐韵叟,到胡竹山、姚季莼、吴松桥、张小村、杨柳堂、吕杰臣、钱子刚等,三教九流,各色人等,均有来往,但真正可以生死以托之朋友,可以说凤毛麟角。

他所能做的就是帮人跑跑腿,揩点油,赚点差价,攒点吃花酒的钱。譬如王莲生要结交某位宦人,预备送礼,自己不方便出面,这时候洪善卿就派上了用场,"蕙贞乃请莲生吃烟。莲生去床上与善卿对面躺下,然后说道:'我请耐来,要买两样物事:一只大理石红木榻床,一堂湘妃竹翎毛灯片。耐明朝就搭我买得来最好。'善卿道:'送到陆里嗄?'莲生道:'就送到大脚姚家去,来哚楼浪西面房间里。'"②王莲生原先一直和荟芳里的沈小红要好,已经好了三四年了,后来耐不住沈小红的泼辣专横,偷偷移情祥春里的张蕙贞,被沈小红发现后,遂醋意大发,同王莲生发生了激烈的口角,埋怨王莲生不该变心跳槽。第九回《沈小红拳翻张蕙贞 黄翠凤舌战罗子富》中,沈小红找到静安寺,当着

---

① 〔清〕韩邦庆,《海上花列传》,第四十回《纵玩赏七夕鹊填桥 善俳谐一言雕贯箭》,《中国近代文学大系》第2集·第3卷·小说集一,上海书店出版社,1991年版,第449页。
② 〔清〕韩邦庆,《海上花列传》,第四回《看面情代庖当买办 丢眼色吃醋是包荒》,《中国近代文学大系》第2集·第3卷·小说集一,上海书店出版社,1991年版,第189页。

王莲生和众人的面拳打了张蕙贞,打得蕙贞桃花水泛,群玉山颓,素面朝天,金莲堕地。王莲生、沈小红、张蕙贞,及沈小红的两个跟班,五个人满地乱打,索性打成一团糟,引得围观之人拍手大笑。沈小红作天作地,寻死觅活,不惜以死相要挟,逼迫王莲生改弦更张。这种场合下,洪善卿主动帮王莲生斡旋,在王、沈、张之间充当调停人,"堂子里做个把倌人,只要局账清爽仔末是哉。倌人欠来哚债,关客人啥事?要客人来搭俚还!老实说,倌人末勿是靠一个客人,客人也勿是做一个倌人,高兴多走走,勿高兴就少走走,无啥多花枝枝节节哕!"①竭力为王莲生开脱,所言似乎也不无道理。其实,沈小红对王莲生纠缠不清,并非对他多么的情深意长,难以割舍,而是在王莲生包养期间,沈小红有爷娘、兄弟要养活,还有首饰、衣物、坐马车等等许多开销欠下的债没有还清,王莲生一走,这些债务就成了巨大的负担。如果理清了这些旧账,王莲生爱谁就谁,沈小红根本不会放在心上,如洪善卿所言,"倌人末勿是靠一个客人"。所以,当王莲生一再表白,自己还是会替沈小红还债的,沈小红这才转怒为笑,与王莲生和好如初。后来王莲生到外地做官后,就与沈小红断了联系。

　　洪善卿交际圈中的朋友,无非就是这样一批吃喝嫖赌的狐朋狗友,所关心的也无非是叫局、花酒、拉皮条、做捐客之类的事情。他曾经以过来人的身份教导自己的嫡亲外甥赵朴斋,"耐就上海场花搭两个朋友也刻刻要留心。像庄荔甫本来算勿得啥朋友,就是张小村、吴松桥算是自家场花人,好像靠得住哉,到仔上海倒也难说。先要耐自家有主意,俚哚随便说啥闲话,耐少听点也好点。"②无论如何,洪善卿也算是上海滩十里洋场历练出来的老江湖了,在他眼里,像庄荔甫本来就算不上什么朋友,至于同乡的张小村、吴松桥,虽然曾经是知根知底的乡亲,但在上海滩这样的环境里,也未必靠得住。可以说,上海滩根本就没什么朋友可交,所谓的朋友,都不过是泛泛之交、势利之交。他的这番话应该是他曾经沧海后的肺腑之言吧。"对坐成参商,咫尺成胡越。我有心交者,不见几岁月。"只有以心相交的友谊,才能像日月一样传之久远,历久弥新。

第四节　家国情——国族认同、家国情怀与个人利益

　　近代上海开埠以来,由于外来资本强势拉动所形成的集聚效应,短短数十年间,上海迅速发展成为东南沿海首屈一指的商业都会。置身于这一宏大背景之下的商界从业人员,一身肩荷了传统文化和外来文化的双重重压。一方面,他们既要面对西方强势文

---

①　〔清〕韩邦庆,《海上花列传》,第十回《理新妆讨人严训导　还旧债清客钝机锋》,《中国近代文学大系》第2集·第3卷·小说集一,上海书店出版社,1991年版,第235页。
②　〔清〕韩邦庆,《海上花列传》,第十三回《挨城门陆秀宝开宝　抬轿子周少和碰和》,《中国近代文学大系》第2集·第3卷·小说集一,上海书店出版社,1991年版,第252页。

化在经济生活、社会生活和文化生活等各个领域的全面渗透,以期在新的生存竞争中分得一杯羹,不至于遭受灭顶之灾;另一方面,他们毕竟是土生土长的中国人,血脉里、骨髓中浸淫的依然是传统文化的强大基因,与生俱来的那种家国情怀和国族认同,是他们价值取向的基本底色。尽管商界中也不乏见利忘义、唯利是图的奸商,但在民族危亡的关键时刻,大部分商人也很难在义利之辨等大是大非的抉择面前意乱情迷,总体上商界的从业人员还是能够固守基本的道德原则,在维护民族自尊心、增强民族工业的经济实力、促进城乡各地的经济文化联系等方面做出了自己应有的贡献。近代持续不断的以抵制洋货大量进口,宣传和购买国货产品,推动国货生产,以发展我国民族经济为宗旨的国货运动就是一个极好的例证。在这一运动中,许多有操守的民族企业和民族资本家,譬如南洋烟草公司的简玉阶、棉纺织业的翘楚申新七厂的荣宗敬、鸿生火柴厂的刘鸿生、华生电器厂的叶友才等等,他们奔走呼号,身体力行,成为近代工商界中令人神往的精英和楷模。关于上海近代商业文化叙事的文学表达中,自然不会不打上时代的烙印,对这种现象都有很好的描摹和呈现。

  姬文《市声》中的无锡人范慕蠡,是华发铁厂的小老板。小说中他初次出场,是受惠商收茧行买办苏州人钱伯廉、茶栈里的张老四、祥和皮货店里的老板胡少英、申张洋行里的买办周仲和四人的委托,合股到无锡去收蚕茧。范慕蠡独出三万金,周仲和出二万,张、胡两人合拼出三万,伯廉允了万金,共计九万金。范慕蠡到苏州后,偶遇旧日情人周翠娥,两人原本藕断丝连,现在又重温旧梦,一连缠绵了半月之久,好容易等到慕蠡发愿肯动身时,人家已占了收茧的先机了。勉强收了一千三百担左右,价格已涨至四十四两一担,打算把三百担照本卖,剩下的一千担赚一千银子,如此算来,基本上白辛苦一趟,没赚什么钱。个中缘由固然是慕蠡流连风月,贻误商机。另一个重要的原因是外国商家的挤压和对市场的操控,"外国丝一年多似一年,中国商家,还有甚么指望呢!他们一个行情做出来,不怕你们不依。"①作为个体的民族工商业者,由于资本单薄,实力不济,自然无力与外商资本抗衡,失利也就在情理之中。范慕蠡是富家公子,不在赚钱折本上计较,总要拗过这口气来。所谓"拗过这口气来",就是意图与外商一较高低,挽回失败的颜面,"诸位不须着急,只宜静候,我倒要博他一博。"②

  一会儿胡少英也到了。原来这一局,正是为茧子的事。慕蠡便道:"恭喜诸位,我们的茧子,不但不折本,还要赚到四五两银子一担哩!如今扬州府出了一位大豪商,家俬有个几千万两,诚心和外国人做对,特地放出价钱收买茧子,自己运了西洋机器来,纺织各种新奇花样丝绸等类,夺他们外洋进来的丝布买卖。这位大豪商,少兄昨天已经会过。据说今儿便去登报告白,暂借了新垃圾桥北块一块空地,支起

---

① 〔清〕姬文,《市声》,第五回《还花银侠友解囊 遇茶商公司创议》,《中国近代文学大系》第2集·第7卷·小说集五,上海书店出版社,1992年版,第35页。
② 〔清〕姬文,《市声》,第五回《还花银侠友解囊 遇茶商公司创议》,《中国近代文学大系》第2集·第7卷·小说集五,上海书店出版社,1992年版,第36页。

帐篷,请朋友收买,不用什么掮客从中过付,讲定买卖,便有人同到银号里去兑银子。他拟定的是五十两一担,货色却要鲜明。"①

这位"诚心和外国人做对"的扬州大商家李伯正,靠盐商起家,有几千万两的家私,具备一些与洋人抗衡的经济实力,不仅放价大量收买茧子,还自己运了西洋机器来,开办工厂,纺织各种新奇花样丝绸等类,夺他们外洋进来的丝布买卖,与洋人争夺市场。这一举动,不仅让范慕蠡解了因收购价过高而无利可图的尴尬和困境,替他出了一口恶气,也为他和洋人竞争提供了契机。所以,此人理所当然地成了范慕蠡的知音和朋友同道。当钱伯廉怀疑中国也有这种阔人的时候,慕蠡笑道:"你也太小看了中国人了!只要有钱,哪一个不会做豪举的事。譬如有了这么大的资本,怕不和外国的商家争他一争么?"这种自豪之情,应该算是由衷的吧。李伯正后来集资开办玻璃厂、造纸厂和制糖公司时,范慕蠡积极响应,慷慨解囊,一次性入了十万银子的股本,对李伯正这种以振兴民族制造业的豪举表示了极大的声援和支持,可见当时许多商界和实业界的同胞具有相同的见解和一样的热肠。

这种热肠即使在民间草根阶层也不乏知音:

只见乡里踱来一位先生,这先生和天生认识的,他姓孙名新,表字拙农。他家里也养蚕,只不知他哪里得来的法子,他养的蚕,没有一些儿病的,做得一个个又厚又好的茧子,把来自己烘了,只卖不出去。为什么呢?他本不在乎卖钱,也怕难为情,和那些行里讲价。他的意思,是把这个养蚕法子试办试办,想教给人的。怎奈人家虽然羡慕他茧子好,却没工夫去听他演说那番道理。只葛天生是很信他的话。二人见面,天生道:"孙先生,你来得正好,看看我们收的茧子怎样?"就对慕蠡、陶安道:"这位孙先生,是养蚕的名家。我佩服他养的蚕,没一条不做成极好的茧子。不信时,他身边一定带几个做样,你二位看看如何?"拙农微微笑着,从怀里掏出几个茧子来。大家细看时,果然又坚致,又厚,不免叹美一番。

天生打开收的样茧来,拙农仔细看了一遍,道:"这都是'盐卤种','天撒种'就好了。"天生点头。慕蠡、陶安不懂,急问所以。拙农道:"蚕子要于下雪时放在露天里,任那雪撒上去,所以叫作'天撒种'。那'盐卤种'呢,就是盐卤里泡出来的。'天撒种'的茧子做得极厚,'盐卤种'就差得许多。但是乡里人贪图省事,总是用盐卤的多。再者我们养蚕,只知道蚕的病难治,不晓得察看茧子。西洋人是把那蚕身用显微镜细细照看,内中有什么一种微粒,西语叫作'克伯司格'。这个病,叫作'椒末瘟',西名'伯撒灵'。这病极容易传染,一蚕犯了这病,把他蚕都带累坏了。从前法国学士,有一位名巴斯陡,知道这病在蚕身上发得极快,不但传染别蚕,就是它将来变成蛾,生了子,这子也受那老蚕的遗传病。冬季里是不发出来,春季时它长成了

---

① 〔清〕姬文,《市声》,第六回《扬州府豪商出世　上海滩茧市开盘》,《中国近代文学大系》第2集·第7卷·小说集五,上海书店出版社,1992年版,第39—40页。

个蚕,这病一时俱发。巴斯陡想出一个法子:候那两蛾成对时,用小木榼或小竹圈,把它一对对地隔开,编了记号;待它生下了子,把那蛾一个个的放在乳钵里磨碎了,拿显微镜照看,那个有微粒的,就弃掉了不用,所以永远不出毛病。这法叫作种蚕分方法。日本国的法子,更来得周到,他察出高地的蚕子,比低地好。为什么呢?那低地养蚕稠密,不如高地稀疏,力量足些。所以把高地养的蚕子纸,盖了戳记,准人售买。还要预先派人照料他养蚕子的各事,没经过照料的,不肯盖戳记。这时获利,比前加了几倍。人家是国家有人替百姓经理的,我们只得自己留心。怎奈乡愚,再也不肯听信人的话。随你说得天花乱坠,他总有个牢不可破的见识。譬如养蚕如何喂养,如何预备桑叶,如何每眠前后将蚕移到新床,蚕屋内如何生暖,蚕山如何编造,如何拆山收茧,这些成法,大约不甚离奇。只用显微镜的法子,除却学堂里人懂得些,乡愚哪里得知,倒喜禁止人说杂话。看得那一条条的蚕,都像有神道管着的一般,你说奇怪不奇怪!要知道这显微镜察看的法子,还有许多妙处,除椒末瘟外,还晓得那蚕有小五方形质,血轮形质,小腐质,小水虫质,一种种分别起来。优的劣的,肚里都有个主意。他们有什么养蚕公院,大家在内考较的。我们国家不能照办,暗中亏损不少。那用显微镜看蚕的事,最好叫女工做去。据说外国女工,每天能看四百个哩!近两年蚕务不能兴旺,我细想起来,又有一种弊病,都是种的桑树太密了。养蚕的屋也挤在一处,传染生病,也是有的。总之一件事没条理,件件事都坏。自己知道弊病,肯改就好了!"拙农说了这半天,只天生还有几句话听得进。慕蠡、陶安只觉他说来全不切当,暗道:"关我们收茧子什么事呢?这人真是个迂儒,唠叨可厌!"便怏怏地不睬他。拙农见他们爱理不理,自觉空发议论,来得无趣,只得搭讪着告辞而去。①

这位孙拙农先生,是无锡的蚕农,虽居乡间,却识见不凡,会用科学方法养蚕。他主张养蚕要用"天撒种",而不用"盐卤种"。所谓"天撒种",是在下雪时把蚕子放置于露天,任那雪撒上去,谓之"天撒种",这种蚕的茧子,就做得极厚;而"盐卤种"是盐卤里泡出来的,茧子就差得多。另外,养蚕还需通晓蚕的生理结构,懂得如何防治常见的蚕病。这些知识,均得益于他的广博学习与识见,他不仅熟知法国科学家巴斯陡(巴斯德)的防治方法,对日本的养蚕技术也了如指掌,如数家珍。他也指出,我国和外国在养蚕技术上的差距,主要在于政府的关注度不够,"人家是国家有人替百姓经理的,我们只得自己留心"。再加上乡愚们冥顽不化,墨守成规,不肯在养蚕技术上花工夫,诸如如何喂养,如何预备桑叶,如何每眠前后将蚕移到新床,蚕屋内如何生暖,蚕山如何编造,如何拆山收茧,至于显微镜、养蚕公院(医院)之类,就更是茫然无知了。这一番见解,真是高屋建瓴、醍醐灌顶,高出时流不知凡几。若果能够实行,则何愁不能越迈洋人,为我同胞和国

---

① 〔清〕姬文.《市声》,第四回《话蚕桑空谈新法 查账目访悉弊端》,《中国近代文学大系》第2集·第7卷·小说集五,上海书店出版社,1992年版,第28—30页。

族扬眉吐气,一雪前耻?

所以,他养的蚕没有任何病虫害,而且做的茧子又厚又好,却不愿卖出。一方面是他羞于同茧行里的人讨价还价,另一方面也是他不愿以此牟取高价贾利。而是别有情怀,意欲将此一先进的科学养蚕方法授之于人,以此与洋人的丝业对抗,为同胞争气,为国族争光。

像孙拙农这样的有识之士,在乡间并非凤毛麟角。有一位叫作赛孔明余知化的农夫就发明了割麦子的机器。余知化家世代务农,余知化却偏喜做工。他发明了耙车和割稻车,一台机器抵得上几十个人工,大大提高了工作效率。他为了把自己的制造技术进一步推广,也为了提高自身的工艺水平,不顾乡民的不解和冷眼,把两个儿子送到了范慕蠡和刘浩三开办的工业学校,来学习机器制造技术。

作为一个具有强烈家国情怀的民族资本家,范慕蠡不仅热心实业,襄助李伯正开办玻璃厂、造纸厂和制糖公司,自己也身体力行买卖蚕茧,通过各种方式来表达自己企图与洋人争高下的宏愿。同时,他也看到了西方先进科技的巨大潜在力量,意识到这种力量对国计民生的深刻影响。他和当时一部分先进的中国人一样,想要以夷制夷,用西方的先进技术制约和抵抗其步步深入、咄咄逼人的态势,试图为自己的同胞国族争得苟延残喘,乃至东山再起的机会和实力。因此,他结交具有真才实学的实业人才如刘浩三、杨成甫等辈,目的就在于此。

刘浩三,江西南昌人,秀才出身,曾在国外工业学校留学三年,归国后先到北京拜访了几位当道名公,他们虽都很赏识他,却无位置安置,刘浩三只得出京。闻说湖广总督樊云泉督帅喜好机械制造,就慕名前往,结果一候几个月,连面都没见到,不得不发出"不稀罕这腐败官场的事,宁可做外国人的奴隶吧"的喟叹。

(浩三)一天闷坐无聊,踱到张园安垲地,登那最高的一层楼上,只见四面人烟稠密,一派都是西式瓦房。远远望去,那汽机的烟囱林立,浩三不觉感慨道:"汽力发明,不知多少年代,如今连电力都已经发明了,我们中国连汽机的学问都还没有学到。只看这上海,还是外国人的机器厂多,中国人的机器厂少。若到内地,更不知机器为何物,至多不过有两部脚踏洋机,缝纫些衣服罢咧。学堂里或言还有汽机一科,那是绝无仅有。况且纸片上的学问,说不到施之实用,机器都须办自外洋,开不了个造机器的厂,如何望工业上发达?工业上不发达,商业上决不能和人家竞争,终归淘汰罢了!"①

刘浩三之所以去外国学习机器制造业,就是痛感故国与西方的差距越来越大,人家已经从蒸汽时代步入电气时代,而我国连蒸汽机的基本原理都不知道。就连上海这样开放发达的沿海城市,也是外国人的机器厂多,中国人的机器厂少。至于内地,就更不

---

① 〔清〕姬文,《市声》,第三十回《谈骗局商界寒心 遇机工茶楼把臂》,《中国近代文学大系》第2集·第7卷·小说集五,上海书店出版社,1992年版,第192页。

知机器为何物了,顶多也就是有几台脚踏缝纫机做些衣服罢了。处处步人家的后尘,永远没有旗鼓相当的日子。况且,国人不讲究工艺,工业不发达,商业上也无法与人竞争,在商界上的地位一年不如一年,将来民穷财尽,优胜劣败,势必落到大家都做外国人奴隶牛马的地步。倘若政府出面,譬如国家奖工艺,或是优与出身,或是给凭专利,自然会形成导向作用,大家都注重工艺,产品自然有信誉,久而久之,自然富国强兵,工农士商皆可从中受益。如此,则不必自贬身价,事事仰洋人鼻息。可惜中国的官僚士商私心自用,鼠目寸光,不肯从大处着眼。

刘浩三终因穷困无着,不得已到上海投奔范慕蠡,协助范筹办尚工学堂。他凭自己的学识和实践经验,看出了当时上海某些工艺学堂没有效验、出不了人才的症结之所在,是吃亏在没有实验,仅限于纸上谈兵,不注重实际操作;再就是工人把技术当作谋生的不传之秘,进行技术封锁;另外,中国人普遍好高而心不细,缺乏专业精神和对精深工艺的敬畏,敷衍了事,得过且过。他之投奔范慕蠡,协助范筹办尚工学堂和劝业所,"兄弟的意思,总想我们中国人,集个大大的资本,开个制造机器的厂,兄弟进去指点指点,或者还不至于外行。将来发达起来,各种机器,不要到外洋去办,这才利权在我。"①目的非常明确,就是让自己学以致用,把自己的专业知识派上用场,不要到外洋去采办各种机器,同外国人争利权。

另一位与刘浩三相似、也是留学归来的有识之士杨必大,字成甫,浙江杭州府钱塘县人,是东京职工学堂的卒业生。杨成甫虽然满腹经纶,却是不修边幅,率性自然,使倒屣相迎的范慕蠡大为失望,只是为了不给世人留下恃富而骄的恶名,才勉强打起精神应酬他。不料甫一开口,杨成甫便语惊四座,令人刮目相看:

成甫道:"我等素昧平生,论理不该过来惊动,只是兄弟在东洋学堂里,就听得人家传说,上海的实业家,著名的就只有两位:一是扬州李伯正先生,一是慕翁。兄弟的意思,现今中国,农的农,工的工,商的商,难道没有实业?但和五洲比较起来,中国的实业跟不上欧美百分之一。学界的口头禅,都说现时正当'商战'。据兄弟看来,其实是'工战'世界。工业兴旺,商战自强。实因商人是打仗的兵卒,工人是打仗时用的克虏伯炮、毛瑟枪。那兵卒没有器具,哪里打得过人家呢?农人便是粮饷。有了枪炮,没有粮饷,兵丁不至解散么?所以农业也该讲求的。这都是实业上的事。朝廷立了农工商部,虽说逐件振兴,但这些事靠定政府的力量,也还不足恃,总要人民能自己振兴才是哩。兄弟来的意思,并不是想和慕翁合公司、创实业,只不过胸中有这些愚拙的见识,要和慕翁谈谈罢了。"②

---

① 〔清〕姬文,《市声》,第三十一回《刘浩三发表劝业所 余知化新造割稻车》,《中国近代文学大系》第2集·第7卷·小说集五,上海书店出版社,1992年版,第194页。
② 〔清〕姬文,《市声》,第三十三回《留学生说明实业 小富翁信用高谈》,《中国近代文学大系》第2集·第7卷·小说集五,上海书店出版社,1992年版,第207页。

杨成甫率先恭维范慕蠡是与李伯正齐名的海上著名实业家,而且早已声名在外,自己远在东瀛学堂里就已得闻大名,可见二人绝非等闲之辈。而这样的开场模式瞬间使得交谈的对象心花怒放,虚荣心得到了极大的满足,接下来的谈话势必如行云流水,一泻千里,也可见出访客同样深谙待人处世之道,而且身怀利器,不肯以华丽的衣帽和外表示人。仅此一点,则可知其见解绝非泛泛之谈,必是切中肯綮,有的放矢。以杨成甫自己的立场和视角来看,中国的实业落后,不及欧美的百分之一,这是导致商战失利的主因。而商战中的商人如同士卒,工人如同枪炮,农民如同粮饷。犹如军事行动,没有过硬的武器在手,获胜自是痴人说梦。实业落后的原因在于人民自己不能振兴,不能仅仅归咎于政府的不作为。这些见解确实不是拾人余唾、人云亦云。所以,为开风气起见,成甫主张开办学堂,以半工半读的方式培育人才:读书只拣粗浅的科学及初级的国文历史教授;做工分五类,即竹工、本工、漆工、罐头食物和洋烛,均为小巧实用、价廉物美的小商品。针对中国历来农工商各自为政、彼此隔膜的传统和现状,成甫进一步主张要统一农工商三界,使之成为一个共同体,提出了两种办法,都能开通工界的人,鼓舞工界的人,叫他们艺业发达。一是开工品陈列所,二是工业负贩团。

  慕蠡道:"惭愧!我们做的事业,都是为己的,没有为人的。"成甫道:"这倒不尽然,为己的利益,就是为人的利益。"慕蠡道:"这话怎讲?"

  成甫道:"自己有了利益,才能分给别人。表面上看去,大股东设的大公司,固然官利、红利,通都入了自己的囊中,殊不知他公司里养的一班人,都是分他的利益的。批发、贩卖、出口、销货,从中又有许多人得了利益。偏灾水旱,捐助多少,国家又获着他许多利益,亲戚朋友不时沾润,同乡里面又得着了许多利益。农民的生货,都卖给他去制造,农民不是又得了利益么?总之,一个人做事,做不成一桩事;一个人想获厚利,获不着分毫的利。农、工、商、贾,就是合成的一个有机动物——斗起笋来,全都活动;拆去一节,登时呆住了。我国的人,悟不到此,大家有个独攘利权的念头,你争我夺,就如自己的手和自己的脚打架。相残过度,甚至把这一个有机动物毁坏了,方肯罢手。譬如把夺利的心放淡些,人家也获利,自己也获利,这利源永远流来,岂不更好么?慕翁倒和寻常的商人不同:除了自己的实业,还肯开劝工场、工业学堂;再创办这个负贩团,件件谋的公益,我们人人佩服的。"①

杨成甫和范慕蠡之间关于个人利益与他人利益之间关系的讨论,是意味深长的,特别是杨成甫的相关见解,应该说是颇有见地的。即使是在当下,杨成甫关于个人与他人利益关系的见解,仍然不是社会成员的普遍共识,而是一少部分视野宏阔之士的真知灼见。因为有部分中国人勇于私斗,怯于公战,对于私利的追逐不遗余力,而对于公益则漠不关心。其实,没有公心,私利必不久;缺乏私心,公益之开拓与获得必缺乏动力。只

---

① 〔清〕姬文,《市声》,第三十四回《扶工业高人远见　派捐资财房潜逃》,《中国近代文学大系》第2集·第7卷·小说集五,上海书店出版社,1992年版,第214—215页。

有以公益心为旨归,私利才可以久远,公益亦可借此得以丰润、扩大,并由此沾溉众生。试想范慕蠡若不是先萌生了牟利之私心,怎么会去办实业,开劝工场、工业学堂,创办负贩团?但范慕蠡值得称道之处,就在于他能不囿于一己之私,还能将自己的利益分享、惠及大众,"为己的利益,就是为人的利益"。尽管他们的动机有些一厢情愿,实际的效果也差强人意,但毕竟出发点是基于积贫积弱的国势和对列强的义愤,不是为了一己之私,所以仍然是值得后人景仰的。

《胡雪岩外传》中的胡雪岩,是一个艺术化了的、极具近代化色彩的民族工商业者,尽管如此,书中的主角与现实中的胡雪岩还是存在着某种剪不断理还乱的复杂关系。在小说《胡雪岩外传》中,胡雪岩是一个圣眷正隆、荣贵无匹、家喻户晓、妇孺皆知的天下第一富绅巨室,"迄今凡十有八省,各省皆设有金银等号。使石崇、邓通尚在,想亦无过于彼"。① 此等泼天的富贵,难免不会有豪华奢靡之举。所以,我们在小说中看到,胡雪岩花费巨资,聘请造园名师和工匠为其设计营造园林。落成后,仅大假山一座,便费八万金,整座园林共建有十六处造型风格各异的院落,仿佛隋炀帝的十六院一般,亭台楼榭,雕窗绣槛,茂林修竹,鸟语花香,花团锦簇,精细极伦,分储十三位花容月貌的姨太太和自己的千金小姐。胡雪岩建成园林后,为了方便与各位姨太太联络,还请人在各房安装了德律风,需要哪位太太陪侍,只需一个电话即可上门,无须自己行走劳动。日常生活中,诸如逢年过节,老太太寿诞等等,胡雪岩大摆筵宴之外,还要拜大寿,唱大戏,放花灯,办道场,星桥火树,琼宇瑶台,灯烛辉煌,珠圆翠绕,也是竭尽奢靡。然而,盛极必衰,是古今必然之理。正如胡雪岩的姨太太螺蛳所言:

> 咱们府里的用度,如今竟太大得收不小了,什么前儿除夕,各房送压岁钱,竟都向账房支了元宝来送。总共十几房,竟领去了五十余只元宝。再那赏给丫头们的赏封,也竟拿了金锞儿,十锭五锭的,也不问个价值地赏给。照此,那里还搅得下去?虽咱们府里的不愁的没钱,到底也抵挡不住。像年底结下账来,庆余堂折了七万,阜康折了十一万,再加京城、上海、镇江、宁波、福州、湖南、湖北等处银号,也亏了不止数十万两。不是我讲,若竟托信了人,如范姑老爷那么样搅去,恐三五年下来,也就招架不住了。②

任你有万贯家资,若不开源节流,以有当无,一味地穷奢极侈,终究会捉襟见肘,入不敷出,败亡是必然的了。果然不久就有户部尚书阎敬铭奏请拿办胡雪岩的折子,幸而护理江督曾制台与左宗棠是最要好的朋友,极力保全,得蒙浙江巡抚刘中丞一气相生,同上一封免拿的折子,但败落是无可挽回的了。其实,小说家言未必完全可信,《胡雪岩

---

① 〔日〕大桥式羽,《胡雪岩外传》,第一回《精测绘湖山入画　托寓言月夜逢仙》,中国书店出版社,2015年版,第4页。
② 〔日〕大桥式羽,《胡雪岩外传》,第十二回《发寒热香官逝世　惊炎凉左爵赍书》,中国书店出版社,2015年版,第74页。

外传》的作者不过是截取了现实生活中主人公人生履历的一鳞半爪,敷衍成文,言外之意是"后之人慎毋以雪岩之败为挥霍大戒,而危燕釜鱼,厚藏以赍盗粮,且终其身大惑不解也"。纵观胡雪岩的一生,自是晚清政商两界不可忽视的奇人之一。作为杰出的商业奇才,他以钱庄起家,数十年间,独立宇内,四顾无匹,横跨工商农医兵学各界,联络中外,结交华夷,纵横捭阖,风生水起,叱咤政商两界,成为炙手可热的红顶商人。在他的商业帝国中,很多事业具有强烈的民族主义色彩,譬如,开银行、办铁路、做慈善、创办轮船公司、电报公司、丝业公司等等。《二十年目睹之怪现状》中,也提到了古雨山的垮台,"你看他这回的倒账,不是为囤积了多少丝,想垄断发财所致么! 此刻市面各处都被他牵动,吃亏的还不止上海一处呢"，①这个古雨山,其实就是胡雪岩名字各取一半而已。他的最终落败,固然有自身难以克服的性格缺陷和人格缺陷,"忽有不学无术,恃其天真烂馒之身以出,而与环球诸巨商战者",②土木声妓,奢侈太过,最根本的还是洋人势力和官府同僚的综合力量过于强大。压垮骆驼的最后两根稻草一是丝价的飙升,一是银行资金链的断裂,两件事的背后都闪烁着洋人和他的同僚们诡异的身影,幽深厚重的帷幕后面无不飘荡着他们狞厉的冷笑。他以一己之力与之抗衡,确实是力不从心,失败也就是早晚的事。

小说第一回《精测绘湖山入画　托寓言月夜逢仙》中,化身为游人的西湖边上的千年老猿就说过,"支那风气未开,人事尚难与大道争胜。且此老立于商战之世,素来不明商学,全靠这些天生的宿根,动要与外人争衡。窃恐骄奢事小,顽锢祸大,逃不过盛极必衰的道理,冰消瓦解便在指顾之间。"算得上是知人之言了。

《黄金世界》中的夏建威,依照小说的描述,是华夏本土之外具有强烈家国情怀的志士仁人之一。他旅居美国纽约多年,是当地的巨富,拥有住宅和轮船、行厂、货物、地皮、房产等产业,算得上是旅居海外华人中的成功人士了。他之变卖家资,只身回国,就是听闻"上海传来一电,说商会学界公议所有美货一概不定不用,以为抵制,非待彼国改良禁约不肯罢手。中国全国到处响应,已经定期实行。旅外同胞喜得以手加额,遥祝祖国诸君的胜利"。③ 拳拳之心,盛意可感。他在归国旅途的客船上结识了何图南、何去非父子,朱怀祖、张氏夫妇、朱阿金、陈氏夫妇等人。到上海后,又结识了苏隐红、侣华母子等人,无一不是爱国心切、侠肝义胆的同志和朋友。建威为了抵制美货和废约废例之事而夙兴夜寐,殚精竭虑,虽然一再遭受挫折和打击,依然痴心不改,知其不可为而为。当他在报纸上读到一篇报道,"冯君亚泉,东越人。少佣于墨西哥,积赀入美,以贸迁为业者有年矣。愤同种之受侮,奋然有以尚武为雪耻之志,乃返国就学海上之某社,为入日

---

① 〔清〕吴趼人,《二十年目睹之怪现状》,第六十三回《设骗局财神遭小劫　谋复任臧获托空谈》,《中国近代文学大系》第2集·第5卷·小说集三,上海书店出版社,1994年版,第466页。
② 浙东市隐,《胡雪岩外传·序》光绪二十九年(1903),日本东京爱美社排印本。
③ 《黄金世界》,第三回《闻抵制破产东归　遇乡亲连床西笑》,《中国近代文学大系》第2集·第6卷·小说集四,上海书店出版社,1992年版,第575页。

本陆军学校之备。戒行有日,忽以拒约事,于某月某日,饮药自戕。"报道之后有记者的评论道:"拒约不至以死争,而冯君竟死,其死也无名。禁工毋害于冯君,而冯君且死,其死也愚。以愚死,以无名死,冯君其徒死哉!"读完这些,夏建威为冯君廉顽立懦、警世醒民的壮举感动流涕,钦佩不已,"不因不由,脑门作酸,眼角里流下许多红泪,按捺不住,索性放声长号大恸起来",[①]竟为之神魂颠倒,差一点精神失常。因为建威与冯君所从事的事业、所具有的襟怀是相同的、一致的,可谓心有戚戚,惺惺相惜。所以,心灵相通,自然易于引起共鸣,以致哀感过度,伤心欲绝。其爱国的热肠和对国族的认同,真是发自肺腑,情见乎辞,令人无限感佩。

宋代名臣范仲淹曾说"先天下之忧而忧,后天下之乐而乐",学者张横渠先生主张"为天地立心,为生民立命,为往圣继绝学,为万世开太平",这些既是他们本人的自我期许,更是对整个文人士大夫阶层的整体策励。清初顾炎武先生更是以"天下兴亡,匹夫有责"相号召,其对文人士大夫的期待自不待言,更重要的是,他把天下兴亡的职责也赋予了凡夫俗子,使得每一个人都有一份责任。因为,国家、天下不是仅仅属于帝王将相和文人士子的私产,而是属于所有人的公产。国家、天下的存亡绝续和兴衰成败,每一个人都休戚与共。可以说,这种家国情怀,是一种绵延不绝的传统。清中叶后,由于西方强势文明的进入,中国人面临数千年未有之大变局,亡国灭种的危机空前强烈。虽然清朝上层社会贪腐成风,孱弱不堪,但整个基层民众的爱国热情还是空前高涨,士农工商,贩夫走卒,以及引车卖浆之流,无不奋袂攘臂,群情激愤,欲为振兴国族、光复神州而尽绵薄之力。即便是在以利益为导向的商界,亦是如此。

[①] 《黄金世界》,第七回《能有所弃乃为英雄　毋谓无人何来之子》,《中国近代文学大系》第2集·第6卷·小说集四,上海书店出版社,1992年版,第601页。

第六章　上海印象中的商业空间

　　人类社会的生存与发展,是一个复杂的过程,也是各种因素综合作用的结果。都市空间是人类生存的社会空间之一种形态,是物质文明和精神文明发展到一定阶段的必然产物,它综合了物理空间、精神空间和社会空间的所有功能和特征,不但是都市人群活动的容器或建筑物的感性外延,而且也是积淀着人类理性价值内涵的社会历史构成,为我们提供了关于主观感受、空间感觉经验的价值评价等方面的研究领域。因此,作为人类生存空间的都市空间,亦是如此,物理空间、精神空间和社会空间大致呈现出一种你中有我、我中有你的综合态势。

　　因此,有学者如地理学家约翰斯顿将社会空间定义为"社会群体感知和利用的空间",在该空间中能够反映出社会群体的价值观、偏好和追求等。也有学者将城市社会空间看作与物质空间和经济空间相对应的概念,社会空间是社会活动和社会组织所占据的空间,按照活动对象将城市的社会空间划分为居住空间、行为空间和感应空间等,并按照空间等级大小划分为邻里、社区和社会区等。

　　随着生产力的发展和商品经济的形成与发达,商业活动也由不定期到定期,由赶集成为集贸,由流动的时空进至特定的时空。在近现代社会中,商业空间横空出世,几乎占据了人类生存社会空间的半壁江山。商业空间是人类活动空间中最复杂最多元的空间类别之一,基本上可以说是由消费者、消费对象及物理空间三者之间的相对关系所构成,广义上是指所有与商业活动有关的空间形态。物理空间为消费者和商品或服务提供了容纳与储存机能,作为消费者的人,在与物的交流过程中,亦即消费活动过程中,获得或满足了物质的拥有、精神的愉悦与知性的需求。在这一过程中,消费者、商品或服务,亦即物理空间,几乎同时出席,缺一不可,共同完成了一次消费活动或者商业空间的构建活动。狭义上则可以把商业空间理解为社会商业活动中所需的物理空间,即实现商品交换、满足消费者需求、实现商品流通的固定化的物理空间环境及其商业设施,诸如银行、商场、博物馆、展览馆、步行街、写字楼、宾馆、餐饮店、专卖店、美容美发店等空间均可以包含在内,以便利来往顾客的出入。

所以,商业空间的环境氛围,附属的休闲娱乐设施,及其新的建筑方法和材料,都会影响消费者对购买的商品或服务是否产生信任感,催生购买欲,并最终促成商业活动。

近代上海作为中国最发达、最繁华的商业都市,它的异质性、多元化与超前性,使得其商业空间具有无与伦比的复杂性和广阔性,深入探索与研究这一时期上海商业空间的意义,也就不言而喻。

第一节　近代上海金融业发展概述

上海作为近代中国最大的金融中心,乃至远东地区的国际金融中心,其中心地位的形成和发展,有着自身独特的曲折过程。

回溯既往,上海金属货币流通历史悠久,本地出土金属钱币最早的有秦汉五铢钱。最早的信用机构为典当,至清康熙中期,上海县有典质铺89家。钱铺和钱兑店在明后期出现,至明末清初发展成为钱庄。清乾隆年间,上海钱庄已有相当规模。清乾隆四十一年(1776)到嘉庆元年(1796),承办钱业公所事务的钱庄有106家。钱庄发行的庄票18世纪已用于市面。

开埠后,上海城市经济的结构发生了重大变化,逐渐成为近代航运业的枢纽,出现了近代的房地产业,成为内外贸易的中心。在此基础上,逐渐产生了服务于航运、贸易的近代金融业,相应地也出现了新型的金融机构银行。清道光二十七年(1847),英国丽如银行率先在租界设立机构,19世纪50年代设立的还有麦加利等4家英资银行。同治四年(1865),汇丰银行在上海设立分行。咸丰年间,山西票号在上海设分号。银行、票号等金融机构的发展,形成上海多种金融机构并存的局面。到19世纪80年代,上海已有外资银行11家、票号分号24家、汇划钱庄62家。货币市场活跃,金融业务庞大,金融业在上海商业活动中居于举足轻重的地位。

清光绪二十三年(1897),首家中资银行——中国通商银行在上海开办。此后户部(大清)银行、交通银行在上海设分行,信成、四明银行在上海设总行。第一次世界大战期间,上海商业储蓄银行等一批银行成立,开始形成著名的"南三行"(上海商业储蓄、浙江兴业、浙江实业银行)和"北四行"(盐业、金城、中南、大陆银行)。上海逐渐成为中资银行集中地,从整体上看,上海金融业已具有了跨地区的全国性影响了。尽管中国通商银行和其他华商银行陆续在上海设立开业,但是直到辛亥革命前夕,外商银行在上海金融业仍然占据支配性地位。

辛亥革命之后,这种格局开始发生明显变化。中国银行的设立,可以视作这一变化开始的标志。据史料记载,民国时期的上海中外银行麇集,其中由著名银行家陈光甫创办的上海商业储蓄银行创造了近代中国金融史上多项"第一",成为民族银行业艰难发展的典范。1925年五卅运动后,中国人大量提取在外资银行的存款,拒用外资银行发行的货币,中资银行存款大增,业务获得较大发展,中资银行资力在上海金融机构中比重上升到40.8%,外资银行降为36.7%,钱庄占22.5%。①

20世纪20年代,上海发展成为全国最重要的工商业城市,促进了上海金融业在全国地位的提升。中国国民党的创始人、中国旧民主主义革命的先驱孙中山先生较早就注意到上海在国内金融业发展中所居的重要地位。在辛亥革命之后,他曾积极主张在上海发展本国银行业、证券业,并且与金融界人士建立了密切的关系,如积极支持在上海设立由大清银行改组的中国银行等等。

1928年11月,中央银行总行在上海成立,中国、交通、金城、盐业、大陆、中国实业等银行总行先后移至上海,在沪的各大银行又在内地广设分支机构,形成全国性的纵横交叉的融资网络,进一步确立了上海在全国的金融中心地位。1927年南京国民政府建立后,取得上海金融界巨大经济支持,以后银行界又取得中央政府对公债的吸纳与推销的支持。至30年代初期,上海金融市场兴旺,黄金市场成交量仅次于伦敦与纽约,超过巴黎、东京和孟买;外汇市场活跃远超日本;证券交易居全国之首,1934年上海证券交易所债券成交额47.7亿元,远高于北京证券交易所的成交额1亿元。上海众业公所上市中国和远东各地外商公司、企业的债券和股票,已具有一定的国际性。银行业吸收的存款,占全国银行总存款的1/3乃至2/5。至1937年,到抗日战争爆发前夕,上海有86家中资银行、27家外资银行、48家汇划钱庄、6家信托公司、30余家中资保险公司、155家外资保险公司。

中央、中国、交通、中国农民等4家政府银行的总行都设在上海,实收资本总额1.675亿元,在全国各地有491个分支机构;中中交农四行放款总额为19.139亿元,占全国各银行放款总额的55.2%;四行存款总额为26.764亿元,占全国各银行存款总额的58.8%。全国73家商业银行中有36家总行设于上海,实收资本总额达6 210万元,占全国商业银行实收资本总额的74.6%;上海36家商业银行在各地共有278个分支机构,占全国商业银行分支机构总数的68.1%。另外,上海共有27家外商银行,远超香港(17家)、天津(14家)、北平(10家)、汉口(10家)、广州(7家)等地。国内5家跨地区的储蓄会(局),即中央、四行、四明、万国和邮储,其总会、总局都设在上海。国内12家信托公司,有10家设总公司于上海,如中央、中一、中国、生大等;国内最著名的保险公司的总公司也大多设在上海,如中国、太平、宝丰、安平、泰山、天一、兴华等。上海华商证券交易所,1934年交易额便达47.7亿元,不仅在全国,而且在远东也是最大的证券交易所。此外,上海的信托、金银、外汇、票据交换等金融市场,也是全国唯一或最大的。总体来看,当时的上海体现了按照金融现代化和国际化的客观要求,进行金融业的布局和相应的资源配置。上海发展成为全国金银外汇的总汇和货币发行的枢纽,左右全国的

---

① 丁日初,《上海近代经济史》第二卷(1895—1927),上海人民出版社,1997年版,第500—520页。

利率、汇率和多种金融资产行市。资金总量集中程度的加深,使资金集散、吞吐作用的进一步加强,与各地金融联系亦更加广泛,金融的辐射作用和枢纽地位越发显著,上海成为全国金融中心、远东国际金融中心之一。

1937年上海沦陷后,各大银行在重庆设总行,同时继续维持上海原总管理处,管辖沦陷区的分支行。太平洋战争爆发后,敌伪放松金融管制,上海金融机构数量空前扩张,共有银行195家、钱庄229家、信托公司20家。外资银行中,日资银行占垄断地位,英、美、荷、比等4国银行被日军接管停业,尚存的12家外资银行,日资银行占2/3。

抗日战争胜利后,国民政府直接经营的"四行两局"(中央、中国、交通、中国农民四银行和中央信托、邮政储金汇业两局)挟其巨大金融势力由重庆重返上海,存款、放款额分别占全部银行存款、放款总额的91.7%和93.3%,另有近9亿美元外汇和600万盎司黄金(约合3亿美元)储备。外资美、英、比、荷银行复业,美、英商银行分别有5家和4家。1946年3月,政府在上海开放外汇市场,抛售黄金。到1947年初,消耗一半外汇储备和60%的黄金。私营中资银行的存款、放款实值,因通货膨胀加剧远低于抗日战争爆发前,已无力扶植私营工业,变成纯粹收支出纳和办理结算的机构。恶性通货膨胀导致法币崩溃。1948年8月19日改发金圆券,通胀变本加厉,仅几个月,货币金融全面崩溃。1949年5月,上海有中外金融机构200多家,其中国家资本银行7家、省市银行6家、官商合办银行5家、私营银行113家、钱庄80家、信托公司5家、外商银行15家。[①]

平心而论,近代上海的金融中心地位,是特定历史时空下的产物,有其特殊的内在因缘。首先是特殊环境的结果。毋庸赘言,1843年以来,上海的公共租界、法租界,其城市基础设施的现代化起步早、功能全,城区治理比较规范。尽管这一切带有明显的殖民化色彩,但客观上使得上海成为一个现代化与国际化程度最高的大都市。可以说,这为上海开展现代金融、国际金融业务提供了不可或缺的最先进的交通、通讯、信息、传媒等方面的服务支撑。其次是市场选择的结果。上海是最重要的多功能大都市:是国内机器制造业、轻纺业的基地,还是内外贸易的中心;上海处于中国经济最为发达的长三角,是整个长江领域与南北经济的交汇点;同时,上海一直是中国近代工商业的中心、水陆交通的枢纽,因而对金融的需求最高。可以说,是长期以来形成的上海的经济地位,决定了上海的金融地位。反过来,上海作为全国最大的金融中心,又对上海地区工商交通业的发展有明显的推动与反哺作用。第三,也是中央政府鼎力扶持的结果。1927年南京国民政府成立后,政治重心南移,首都南京仅作为中央政府机关所在地,而毗邻首都的上海则被定位为全国金融中心,这一决策始终没有改变,并且相应地在上海设立中中交农四大国家银行总部、中央信托局和邮储局总局,导引各大商业银行总部移入上海;为上海构建证券、保险、信

[①] 吴景平,《近代上海金融中心地位与南京国民政府之关系》,《史林》,2002年第2期,第90—98页。

托、金银、外汇、期货、票据等完整的多层次金融市场体系,提供制度和运作方面的支持。

不过,上海金融业的发展和金融中心地位的确立,不可避免地带有那个时代的殖民色彩。可以说,中国银行业是在帝国主义列强已经控制中国金融市场的情况下发展起来的,直接或间接受在华外资银行的操纵支配。在银行资本构成上,纯粹民族工商业者的投资较少,而军阀、政客、官僚、地主、大买办商人的投资却占了相当大的比重。在银行的行政管理上,军阀官僚股份多的就居于控股支配地位,多数银行均有政治背景,在政治风云变幻中,银行成了许多政治集团的金融支柱。而且,在资金运用方面,银行的投机性也非常突出。上海是金融中心,也是投机家兴风作浪的渊薮。特别在恶性通货膨胀的情况下,金融投机活动趋于狂热,整个金融投资市场中弥漫着混乱疯狂的气氛,从事投机和高利拆放几乎为金融业的主要活动。这些银行除从事公债投机外,资金主要投放的对象是商业,而商业放款中很大一部分是直接或间接地为西方的商品倾销和掠夺原料提供融资服务。

第二节 外资银行与上海商业

外资银行在近代中国的大量涌现,离不开当时的具体环境与时代背景。西方自工业革命后,资本主义获得了空前的巨大发展,社会财富与社会资本大量积聚。这些巨额的商品和资本需要有一个宣泄的出口和通道,以便在资本循环中攫取更大的利益。因此,寻找海外殖民地、开拓海外市场,输出资本,便成为不二之选。鸦片战争后,中国成为西方列强倾销商品、掠夺资源和资本输出的最佳选择。外资银行就是顺应从事中外贸易的洋行在华交易时金融调度的需求而发展起来的。

上海开埠之初,到19世纪90年代以前,上海的外资银行主要为英国人开办。1847年,丽如银行开始在上海挂牌开业。其后,麦加利银行、汇丰银行等接踵而至。

丽如银行(Oriental Bank),原先是总行设在印度孟买的一家英国皇家特许银行,原名西印度银行(Bank of Western India),后与锡兰(今斯里兰卡)的锡兰银行(Bank of Ceylon)合并,改称丽如银行(Oriental Bank),并于1845年将总行移至伦敦,实收资本60万镑。该行在香港开业当年(1846)即发行钞票,发行总额为56 000元港钞,于1851年才获取发行港钞的皇家特许状,成为"特许银行",起到殖民地银行的作用,并将英文名称改为Oriental Banking Corporation,[①]资本增至120万镑。到1857年,该行的钞票被当时的香港政府库房接纳为缴付政府费用的合法货币。该行作为香港地区首要银行的地位达20年之久,到19世纪70年代,它到了极盛时期,当时连在香港地区开业多年

---

① 许涤新、吴承明,《中国资本主义发展史》(第二卷),人民出版社,2003年,第1070—1088页。

的香港上海汇丰银行和渣打银行,也难望其项背。它通过经办国际汇兑等,从包括鸦片贸易在内的英国对华贸易中攫取了巨额的暴利。作为"特许银行",丽如银行在发挥殖民地银行的职能方面得到了英国政府的特别庇护和支持,"皇家特许状"甚至授予其在中国的"发行银行的资格"。

它是外资在华建立的第一家银行,建立时间比中国自己的第一家银行中国通商银行早半个世纪。丽如银行在华建立之初,专为外国洋行在华的贸易办理外汇。后来因为经营不善,宣布破产保护,停业清理。同年下半年改组,在原创办人卡基尔(W. W. Cangia)推动下,在行名上加了个"新"字,称"新丽如"(New Oriental Bank),总行仍设在伦敦,并成为第一家在中国发行纸币的外资银行。后在外汇经营上遭到损失,1892年6月9日伦敦总行决定停止营业,上海分行亦即告结业清理。1892年年底,上海分行营业大楼售与麦加利银行,结束了47年的在华历史。

"麦加利银行"(Chartered Bank of India, Australia & China)的行名意为"印度,澳洲和中国特许银行",为英国政府特许银行,成立于1853年,是获得皇家特许而设立的,专门经营东方业务。1858年在上海设立分行,1859年在香港设立分行,以后又陆续在汉口、上海、福州、厦门、天津、广州、北京、哈尔滨、大连、青岛、西安、昆明等处设立分行。当时第一任总经理为英国人麦加利,故称为麦加利银行,行址在今上海中山东一路18号。该行额定资本为77.4万英镑,实收一半。随着英国在华势力的扩张,该行也成为英国在华资本的一个重要金融机构。经营范围甚广,其业务量在诸外资银行中仅次于汇丰。

香港上海汇丰银行,原本的名称为香港上海汇理银行(Hongkong and Shanghai Banking Company Limited),1866年英文名称改为 The Hongkong and Shanghai Banking Corporation,是大英轮船公司的香港监督汤麦斯·苏若兰(Thomas Sutherland)于1864年8月6日在香港成立的,1881年中文名称改为香港上海汇丰银行。"汇丰"这两个字据说是由华人买办古应春在测算过笔画吉凶之后建议的,取其"汇款丰裕"之意。1865年7月,香港上海汇丰银行伦敦分行开业,并于旧金山开设代理机构,直到1875年成为提供全面服务的分行。1866年,汇丰在日本横滨开设分行,成为日本政府的咨询顾问。1888年,汇丰泰国分行成立,成为泰国第一间银行,并为泰国发行首批钞票。至1900年,汇丰在远东其他地区,如印度、新加坡等地也设立了分行。1911年后,汇丰取得中国关税、盐税的收存权。到了20世纪初,汇丰已经成为远东地区第一大银行。由汇丰经手买卖的外汇经常占上海外汇市场成交量的60%~70%。第一次世界大战期间汇丰业务曾暂时中断,随着战争结束,公司的业务进一步扩张。第二次世界大战中,汇丰业务再次受影响,并暂时将总办事处迁往伦敦。战争结束后,香港地区的业务恢复运作,并取回香港总行营运权。香港上海汇丰银行最初是为在华的外国企业(以英资为主)提供金融服务,虽然在成立初期已经在全球建立分行以及代理行网络,但是主要业务范围依然是中国以及亚太其他地区,以中国为开展主要业务的平台,满足当地贸易上的需要。所以汇丰银行一开始就把总行设在中国,成为把总行设在中国的唯一的一家外资银行。至1894年时,汇丰银行在与中国有贸易往来的地方,有华人居住的地方几乎都设立了分行,其分支机构基本上涵盖了中国主要的贸易和人员往来区域,如香港、上海、汉口、宁波、汕头、福州、厦门、广州、九江、北海、烟台、天津、北京、牛庄、澳门、基隆、打狗(高雄)等地。此外,还在全球各地设立了分支机构,如新加坡,日本的横滨、神户、大阪、长崎,印度的加尔各答、孟买,荷属东印度(今印度尼西亚)的巴塔维亚(今雅加达)、泗水,暹罗(今泰国)的曼谷,缅甸的仰光,锡兰(今斯里兰卡)的科伦坡,法属印度支那(今分属越南、老挝、柬埔寨)的西贡(今胡志明市),菲律宾的马尼拉、怡朗,马来西亚的槟榔,英国的伦敦、爱丁堡,法国的巴黎、里昂,德国的汉堡,美国的纽约、旧金山,智利的瓦尔帕来索,以及澳大利亚的悉尼、墨尔本。① 股东中的大亨都是长期在中国参与经济活动、具有丰富经验的头面人物。第一任经理是法国人,后来不少股东陆续退出,全权落入英商手中,从此汇丰银行成了英国在华经济利益的代表,英国资本的代理人。汇丰银行成为这一时期实力雄厚、影响力深远的外资银行之一。

  小说《九尾龟》第一百八十九回《吞存款市侩昧良　萎慈萱北堂弃养》中曾写到章秋谷与汇丰银行的业务往来,"章秋谷听了太夫人这番说话,越发的把银钱看得真个就如傥来的物件一般,随意挥霍。到了这个时候,刚刚只剩得其盛典铺一万五千银子的股本,汇丰银行的一万三千银子存款,统统合起来,不到三万银子。"②第一百九十一回《救灾黎大开赛珍会　放焰火普照不夜城》中也写道,"且说章秋谷把家计安排了一会,便商订行期,自己一个人到上海来,提取汇丰银行的存款,兼带着看看万国赛珍会的情形。"③《官场现形记》第三十三回《查账目奉札谒银行　借名头敛钱开书局》中写到陶子尧奉命到上海银行查账的情形,"外国人银行开在上海的,原是为着做中国人生意来的,那一爿不好存银子?并不光汇丰一家是如此。但是汇丰两个字,人家说起来似乎熟些,或者余某人的银子就放在他家也未可知。方伯就先到他家去查查也不妨。"④以上诸例中,官民均与汇丰银行发生了金融业务往来,汇丰银行的影响犹如触角一般,已经渗透到了中国社会各个角落。

  如果说,19世纪70年代前是外资银行发展的第一阶段,那么70年代以后则是其发展的第二阶段。第二次鸦片战争后,中国的门户进一步面向西方洞开,沿海各省、长江两岸及各地边境口岸开放了30多个港口和商埠,洋货进入内地,经领子口税

---

  ① Frank H. H. King with Catherine E. King and David J. S. King, The Hongkong Bank in Late Imperial China, 1864 - 1902: on an even keel. The History of the Hongkong and Shanghai Banking Corporation. Volume I. Cambridge: Cambridge University Press 1987 p.395.
  ② 〔清〕张春帆,《九尾龟》,人民中国出版社,1993年版,第1087页。
  ③ 〔清〕张春帆,《九尾龟》,人民中国出版社,1993年版,第1099页。
  ④ 〔清〕李伯元,《官场现形记》,《中国近代文学大系》第2集·第4卷·小说集二,上海书店出版社,1994年版,第536—537页。

单,免纳一切税厘;1870年苏伊士运河通航,东西方的航程大为缩短,大大便利商品和人员往来;不久以后的1873年,欧洲爆发经济危机,转移剩余产能成为必然,廉价的工业品进一步倾销中国市场。这些因素导致中西方贸易额急剧扩大,资金周转加快,对金融业的服务需求进一步水涨船高。原先实力雄厚的外资银行,趁机扩大了业务范围,增设了分支机构,同时,一批新的银行陆续跟进,试图分一杯羹,诸如德意志银行、德丰银行、大东惠通银行、中华汇理银行、德华银行(Deutsch-Asiatische Bank)、日本横滨正金银行(Yokohama Specie Bank Ltd.)、华俄道胜银行(Russo-Asiatic Bank)、东方汇理银行(Banque del'Indochine)以及花旗银行(International Banking Corporation)等,先后在上海开办分行,使上海的外资银行呈现出群雄逐鹿的局面。

德华银行(Deutsch-Asiatische Bank),即德意志亚洲银行,1889年成立于上海,最初位于外滩14号,1920年代重新来华后,新址坐落九江路89号(四川路)口。该银行是由德意志银行牵头,德国十三家大银行联合投资组成、并在华开办的银行,资本总额为白银五百万两。德华银行属德国海外银行系统,为德国资本在华活动的中心机构,主要服务于德国与亚洲地区的贸易,经营存放款、外汇、发钞和投资业务,向中国政府的借款曾达到上亿美元。德华银行是1912年成立的五国银行团成员之一,在1914年以前是在华影响力仅次于香港上海汇丰银行的外国银行。在其成立后的二十年中,先后在天津(1890)、加尔各答(1896)、汉口(1897)、青岛(1898)、香港(1899)、济南(1904)、北京、横滨(1905)、神户、新加坡、汉堡(1906)以及广州(1911)等13个城市设立了分支机构。在中国发行纸币一元、五元、十元、二十五元、五十元银圆券,和一两、五两、十两、二十两的银两票。1914年欧战爆发后,日本对德宣战,德华银行青岛分行及其在山东投资的铁路、矿山、公司全部被日本接收,德华银行的钱钞已不能在市面流通。1917年,我国政府也对德正式宣战,该行即停业清理。其山东资产被日本夺去,山东分行以外的资产由中国政府接管。欧战结束后的20世纪20年代,德华银行重新来华发展,总分行除济南以外,相继复业,但其实力已不可与以前同日而语了。直至第二次世界大战后,才由国民党政府指定银行接受清理。

华俄道胜银行(Russo-Asiatic Bank),华俄道胜银行于1895年12月10日成立,是近代中国第一家、也是唯一一家由清政府官方与外资合办的银行,同时也是代表俄国在华利益的金融机构。由俄国圣彼得堡万国商务银行与法国霍丁银行、巴黎荷兰银行、里昂信贷银行、巴黎国家贴现银行等合资成立,注册资本600万卢布,总行设在圣彼得堡。1896年6月,沙俄派道胜银行董事长到北京,希望清政府参股该银行,以便在同其他银行竞争中取得优势。清政府也意识到完全由外资垄断我国的铁路建设于己不利,因此同意此要求,出资500万两白银,合756万卢布,与俄、法一道,联合组成华俄道胜银行。最初,华俄道胜银行上海分行设在外滩29号法兰西银行内,面积较小。1899年,该行从爱顿特手中购进外滩15号地块,开始兴建华俄道胜银行大楼,

1902年竣工。大楼占地1 460平方米,建筑面积5 018平方米,成为今天外滩万国建筑群中的主要组成部分。此后在中国开设了上海、营口、汉口、天津、烟台、北京、哈尔滨、旅顺、大连、长春、满洲里、海拉尔、吉林、海城、沈阳、铁岭、张家口、青岛、黑河、香港、乌鲁木齐、伊犁、库伦等20多处分行。华俄道胜银行享有在中国代收关税、盐税,经营铁路建筑、发行卢布(羌帖)等各项特权。1910年,它与另一家俄法合资的银行——北方银行合并,改称"俄亚银行"(英语:Russo-Asiatic Bank)。1917年十月革命后,在俄总行和85处分行被苏联政府收归国有,即改以巴黎分行为总行,但实力受到严重削弱。1926年9月25日因巴黎总行外汇投机失败而清理停业。同年9月6日,在华分行也停业清理,上海的经营就此结束。

花旗银行(International Banking Corporation),该行是美国华尔街最古老的商业银行之一,其历史可以追溯到1812年。这年的7月16日,华盛顿政府的第一任财政总监塞缪尔·奥斯古德(Samuel Osgood)上校与纽约的一些商人合伙创办了纽约城市银行(City bank of New York),即今日花旗集团的前身。当时,该银行还是一家在纽约州注册的银行。在创建之初,纽约城市银行主要从事一些与拉丁美洲贸易有关的金融业务。1865年7月17日,按照美国国民银行法,纽约城市银行取得了国民银行的营业执照,更名为纽约国民城市银行(National City Bank of New York)。此后,纽约国民城市银行迅速发展成为全美最大的银行之一。

20世纪初,花旗银行开始了向海外拓展,先后分别在新加坡、英国、中国、日本、菲律宾和印度开设分行。万国宝通银行成立于1901年,当时主要是为了发展对中国及菲律宾的贸易,次年它在上海成立了美国在华的第一家银行分行,其首要目的则是替美国政府收解清政府的"庚子赔款"。花旗最初在上海外滩附近开设分行时,门口总是插着很多美国国旗,上海人觉得读"Citibank"英语太别扭,但大家都知道Citibank是一家美国的银行,美国国旗又好像一块蓝红相间的碎花布,久而久之,上海人就干脆把Citibank叫成"花旗银行",之后该行中文名称定为"花旗银行",并被一直沿用至今。

银行是商品货币经济发展到一定阶段的产物,其产生和发展是同货币商品经济的发展相联系的,前资本主义社会的货币兑换业是银行业形成的基础。货币兑换业起初只经营铸币兑换业务,以后又代商人保管货币、收付现金等。这样,兑换商人手中的钱就逐渐聚集了大量货币资金。当货币兑换商从事放款业务,兼营货币保管、收付、结算、放贷等业务,货币兑换业就发展成为银行业。银行经营货币信贷业务,是市场经济的重要组成部分,也是金融机构的主要组成部分。所以,存款、放款、汇兑等业务就成了银行的基础。可以说,近代以来,我国境内外资银行的主要业务也不外乎这几项。

第一,国际汇兑业务与外汇买卖。这是近代上海外资银行最重要的利润来源。据有关资料记载,1933—1940年,花旗银行上海分行的外汇买卖盈利平均约占其总收入的 90%，而利息与手续费收入仅占 10% 左右。① 上海的汇票价格原来由麦加利银行挂牌决定，后由汇丰银行取而代之，其电报间每天接收世界重要商埠的汇票行情，基本上做到了同步进行交易。②

第二，吸收存款，为外资企业筹措资金。早期外资银行主要客户是一些洋行，存款不多，对存款不付息，对活期存款还要收取手续费。不过，中国的一些企业也会将闲置资金存入外资银行。例如，中纺公司、上海电力公司和上海电话公司等华资企业就是花旗银行的大客户。后来宗教、教育、慈善机构和租界行政部门逐渐把余款存入银行，中国政府和私人存款的数额也越来越大。1918 年 11 月，江苏都督李纯将 15 万两白银存入花旗银行上海分行，银行年息 9 厘的高息，意图从其手中获得更多存款。1941 年太平洋战争爆发后，日军占领上海租界，接收了上海的外资银行。据日本人调查，宋子文在花旗银行存有法币 60 万元，在汇丰银行拥有股份 20 万英镑；宋子良在花旗银行存有法币 55 万元；宋蔼龄拥有花旗银行股份 50 万美元；孔祥熙拥有汇丰银行股份 30 万英镑等等。③

政府存款多系作为外债抵押的关税款收入，旧中国的关税和盐税也是外资银行重要的存款来源。中国盐税收入则早在辛亥革命爆发后的 1913 年"善后大借款"时，就被强迫存入以汇丰为首的五家外资银行。④ 汇丰、德华和华俄道胜银行也是上海关税收入不得不存入的外资银行。"一战"爆发后，德华银行停业。1926 年华俄道胜银行宣告清理，于是关税存管权落入汇丰银行一家。国民党建政并实行关税自主后，到 1929 年 2 月中国关税收入才大部分存放于中央银行。

放款也不只是为贸易融通资金，还展开了证券和投资业务，主要是投入外资企业。最显著的例子仍为汇丰银行。从 1865 到 1894 年，它的存款由 338 万港元增为 10 430 万港元，增长了近 30 倍；贴现与放款由 314 万港元增至 4 422 万港元，增长 13 倍，并增加有价证券及投资 737 万港元，资产总额超过 1.5 亿港元。⑤ 随贸易额急剧增加，国际汇兑扩大了，中国国内的埠际汇兑也在扩大。汇丰银行在甲午战争前所买卖的外汇占市场成交量的 70%，左右着外汇行市。埠际汇兑业务的扩大，又使外商金融势力深入内地。此外，金银的进出口也垄断在外国银行手中。

第三，发行纸币。作为近代中国最早出现的一家外商银行，1847 年，丽如银行在上海设分理处时即已在香港地区发行了以西班牙银圆为单位、数额约 5.6 万元的纸币，首开外商银行在近代中国纸币发行的先河。紧随丽如银行之后，又有一些外商银行如麦加利、汇丰陆续来华设立分支机构，并从事纸币发行活动。汇丰在 1894 年的发行额近

---

① 刘遂，《跨国银行与金融深化：兼花旗银行汇丰银行案例分析》，上海远东出版社，1998 年版，第 168 页。
② 《20 世纪上海文史资料文库(5)》，上海书店出版社，1999 年版，第 7 页。
③ 中国人民银行金融研究所，《美国花旗银行在华史料》，中国金融出版社，1990 年版，第 590—593 页。
④ 陈礼茂，《试论近代上海的外资银行——以汇丰、花旗银行上海分行为例》，《泰山学院学报》，2005 年 9 月，第 27 卷第 5 期，第 55 页。
⑤ 许涤新，吴承明，《中国资本主义发展史》(第二卷)，人民出版社，2003 年版，第 1070—1088 页。

1 000万港元,估计有三分之二流通在中国内地。外商银行的纸币流通于中国并无条约根据,它们有无发行准备、准备多少亦无稽考。这种纸币流通,相当于外商银行利用中国的社会积累。

第四,对华输出资本,并以此干预中国内政。19世纪50年代清地方官员即向外商洋行借小额款项用于镇压太平军起义。1867至1881年,左宗棠在率军镇压捻军、回民起义以及收复新疆的过程中,曾派遣军需官胡光墉在上海办理借款,史称"西征借款"。该借款共有6次,其中汇丰银行承办过3笔,总额达1 000多万两。1874年,汇丰银行经办的福建台防借款200万两,为期10年,在国外发行英镑债券,以海关洋税为抵押,则已具有了后来政治借款的性质。汇丰银行还参与了列强给中国政府的几笔巨额贷款,包括1896年的"英德借款"、1898年的"英德续借款"和1913年的"善后大借款"等等。总计从鸦片战争到甲午战争,已查明的对外借款44笔,总额4 630余万两,其中90%是借自外商银行。①

小说家陆士谔在《新上海》中,就列举了上海市面上流通的多种外币:

> 上海通行的银圆,总名叫作洋钱,一种墨西哥银圆,就是鹰洋,又叫英洋;一种西班牙银圆,就叫本洋;一种本国银圆,就叫龙洋;再有日本旧银圆,也叫龙洋。此外更有扯旗、马剑各种名目,现在已不大有得看见了。钞票,上海通行的共有两种,一种是银两钞票,一种是银圆钞票。大清银行、华俄道胜银行,只有银圆钞票,没有银两钞票。此外如通商、汇丰、正金、麦加利、德华和兰华比、花旗各银行,银圆、银两通有。②

《官场现形记》第三十三回《查账目奉札谒银行　借名头敛钱开书局》写朝中有人奏参余荩臣贪墨钱财存放在上海外国银行,藩台奉命来上海银行查账的情况,小说写道:

> 藩台无奈,只得回家部署行装。因系钦派案件,不敢耽误,次日有下水轮船,遂即携带随员、幕友径赴上海。一路上,两手很捏着一把汗,深悔自己多嘴,惹出这件事来。次日轮船到了上海,上海县接着迎入公馆。跟手进城去拜上海道。见面之后,叙及要到银行查账之事。上海道道:"但不知余某人的银子是放在那一爿银行里的。"藩台大惊道:"难道银行还有两家吗?"上海道道:"但只英国就有麦加利、汇丰两家银行。此外俄国有道胜银行,日本有正金银行,以及何兰国、法兰西统统有银行,共有十几家呢。"③

这些描写,印证了近代上海外国银行无处不在的现状,可以说是一个生动的写照。

---

① 时湘云,《外资银行在近代中国的发展概况》,《甘肃科技纵谈》,2005年(第34卷)第3期。
② 〔清〕陆士谔,《新上海》,上海古籍出版社,1997年版,第243页。
③ 〔清〕李伯元,《官场现形记》,人民文学出版社,1957年版,第567页。

第三节　中资银行与上海商业①

外资银行的大量涌入，以及它们对中国金融业的控制，已经渗透到中国的军事、外交各个方面。从十九世纪七八十年代，清政府洋务派从创办轮船招商局开始，先后创办了许多洋务企业，它们在创办经营过程中，先后都向外国银行借过款，就连关系到自身存亡的国防用款都得向外国银行举借。

这一时期，我国传统金融业态的局限性也日渐显露。随着通商口岸的开放，国际贸易和地区间的埠际贸易日趋发展，国内外贸易和商业活动，在范围上得到了延伸，在数量上也得到了扩大。虽然埠际汇兑历来是中国传统金融业钱庄和票号的主营业务，但是传统的钱庄由于缺乏足够的资金，力量薄弱，在承担庞大的贸易量资金周转任务上比较吃力。票号虽说在资金的实力上要比钱庄雄厚，可是由于其在60年代以后承担了清政府巨额公款的汇解，从比例上来说，用在商业上的资金比重必然会有所减少。总而言之，传统的票号和钱庄在商业经营上都缺乏足够的资金周转。这样就给外国的银行渗入内地的汇兑业务提供了可乘之机。

有统计资料显示，到19世纪80年代，外国银行对中国内地市场的汇兑活动已经很常见了，"以当时内汇中心的汉口为例，在六七十年代，外国银行虽已在汉口和上海之间经营内汇业务，但两地之间贷款清偿仍需以运现为主要形式。到了80年代后期，这种运现清偿的方式明显的有所减少，代之以银行的汇兑"。② 这就表明，传统的钱庄和票号已经不能够适应经济发展，必然会被新兴的银行所取代。

90年代初，汉口的海关报告中在述及汉、沪之间贷款清偿方法时指出：几年之前，汉沪之间运现的情况，还不断有所增加，不过"最近才发现中国钱庄比较愿意以外国银行的汇票向上海汇款"，汉口海关认为这种现象表明"中国商人对外国银行、特别是汇丰银行信任日增，并且推许为汉口金融市场的一个主要特点"。③ 连钱庄都用银行的汇票，而且对外国的汇票形成了强大的依赖性，这也说明中国传统金融机构独立自主地位的丧失，逐渐沦为外国银行的附庸，因此也就无法跟西式银行相抗衡。

与此同时，国人自主意识不断增强。中国社会除了传统的金融机构向新式金融机构转型之外，其金融思想也开始了由传统向新的金融思想转变的历程。当时有一部分最早和外国势力发生接触，放眼看世界的中国人，已经产生了仿效西方资本主义模式创办新式银行的设想。主张"师夷长技以制夷"的魏源在其所撰《海国图志》中向国人具体

---

① 参见何益忠，《变革社会中的传统与现代——1897—1937年的上海钱庄与华资银行》，《复旦学报》（社会科学版），1998年第3期，第65—70页。
② 张国辉，《中国金融通史》第二卷，中国金融出版社，2002年版，第261页。
③ 同上。

介绍了西式的银行,其中有"国立银局,内收税铜、出银票以敷所用";"在国中及大邑任商别立银局,来往川流,不须动之实项";"列国中惟英国银局最信,各国之商俱寄资取利焉"①等句。虽然没有提出在中国创办新式银行的具体建议,但字里行间,明显表达了对英国银行制度的向往之情。

其后不久,太平天国干王洪仁玕、早期留学耶鲁大学的容闳、轮船招商局总办唐廷枢、广东帮商人陈桂生、李鸿章,以及李鸿章的幕僚马建忠、美国商人米建威、盛京将军依克唐阿、资产阶级维新派的代表人物郑观应、胡橘棻、汪康年等人也先后建议或筹谋建设华资银行,但均化为泡影,未能付诸实践。

列强金融业对中国经济侵略和控制的加深,中国传统的金融通机构固有的局限性,再加上国人自主意识的增强,使得创办国人自己的银行已经成为一种需要。因此,仿效西方,建立一家中国人自己的银行,也就很顺理成章了。甲午战争后,清政府为了应付巨额的赔款,支持银行的开办,更是加快了其创办进程。②

1895年5月,由督办铁路总公司事务大臣、太常寺少卿盛宣怀,向户部尚书翁同龢提议开办"招商银行";1896年11月16日,根据李鸿章的意向,可定名为中华商会银行;1897年1月27日,盛宣怀致总理衙门报告拟定名为中国通商银行。中国通商银行最终于1897年5月27日成立,总行设在上海。③ 通商银行在甲午战争后成立,绝不是偶然的,它的诞生是由各种因素共同作用的结果,顺应了时代发展的潮流。

继中国通商银行之外,上海又陆续有信成、四明、裕商等华资银行设立,它们一般有纸币发行权,并在外埠设有分支机构或代理机构。从整体上看,上海金融业已具有了跨地区、甚至全国性的影响了。但从整体看,直到辛亥革命前夕,外商银行在上海金融业仍占据支配性地位。"本埠金融,在前清末年,完全操于外商银行之手。民国以还,华商银行同人奋力经营,从事改进,外商银行势力渐呈微弱。"④中国银行的设立,可以视作这一变化开始的标志。北洋时期被称为南三行的上海商业储蓄银行、浙江兴业银行、浙江实业银行的崛起,则是上海地区"华商银行同人奋力经营"的最重要的标志。除了南三行之外,中国、交通、北四行、新华、聚兴诚等多家银行在上海先后开设的分行,都有很高的营业额。据统计,截止1936年,在上海开设总部或分部的中资银行有83家,这还不是全部,大胆估计,当时上海的中资银行当在百家以上。⑤ 这些银行中既有官办的,也有民营的,其中的佼佼者主要有中国银行、交通银行和中国通商银行等。

---

① 魏源,《海国图志》,岳麓书社,1998年版,第51卷,第6页。
② 吴昊,《盛宣怀与中国通商银行的创办》,华东师范大学,硕士论文,2011年5月,第17—24页。
③ 齐国华、季平子,《甲午中日战争——盛宣怀档案资料选辑之三》(下册),上海人民出版社1982年版,第449—页450页;中国人民银行上海市分行金融研究室,《中国第一家银行》,中国社会科学出版社,1982年版,第91页。
④ 《李馥荪对于财政金融之演说词》,《银行周报》第11卷第26号(1927年7月12日)。
⑤ 高玮,《近代上海中资银行效率实证研究(1918—1936)》,《徐州工程学院学报》(社会科学版),2011年3月,第26卷第2期,第8—12页。

官办银行主要有中国通商银行、户部银行(大清银行)和交通银行。

中国通商银行,由清朝邮传部大臣盛宣怀创办于1897年5月27日,是中国第一家新式银行。资本额定为白银500万两,先收半数现银250万两,并商借户部库银100万两。该行创办资本中的主要投资者,多是封建地主官僚、买办和商人。在实收资本中,盛宣怀任总办的招商局认80万两、电报局认20万两,而招商局与电报局当时还都是有官股的。盛宣怀本人和李鸿章、王文韶等其他官僚共约认百万两,余下的才是一般商股。此外,通过翁同龢、李鸿章的关系,由户部拨存中国通商银行100万两"生息官款"存于中国通商银行,实际上也成为开办伊始的中国通商银行的最初营运资金。

其组织制度和经营管理办法模仿汇丰银行,并聘外国人担任"大班",执掌业务和行政大权。总行第一任大班是在汇丰银行任职数十年的英国人美德伦。中国通商银行这家银行形式上是商办的民族资本银行,实际上处于以盛宣怀为代表的官僚买办和封建势力的共同控制之下。中国通商银行总行设在上海,并陆续在北京、天津、汉口、广州、汕头、烟台、镇江等地设立分行。开办之初,除经营存款、放款业务外,清政府即授予发行纸币的特权,并兼办代收库银的业务。

户部银行(大清银行),是中国最早的中央银行,1905年在北京开业。该行资本额为库平银400万两,户部认购半数,其余一半由私人认股。在户部银行开办之初的三年中,陆续在上海、天津、汉口、济南、奉天(沈阳)、张家口、营口、库伦(乌兰巴托)等地设立分行。上海分行于当年10月31日成立,行址设于上海英租界汉口路3号(现为汉口路50号)。1908年,户部改为度支部,户部银行亦改称为大清银行,资本增至库平银1 000万两。清政府颁布《大清银行则例》二十四条,重申该行为国家赋予发行货币、代理国库及代政府经办公债和各种证券特权的国家银行。《大清银行则例》明确规定了大清银行的八大业务:短期拆息;各种期票之贴现或卖出;买卖生金银;汇兑划拨公私款项及货物押汇;代为收取公司银行商界所发票据;收存各种款项及保管紧要贵重物件;放出款项;发行各种票据。

1908—1909年,在原户部银行机构的基础上,增设了重庆、南昌、杭州、开封、太原、福州、长春、广州、芜湖、长沙、西安、昆明、江宁(南京)等13个分行,并在成都、温州、厦门、吉林、香港、青岛等地设立分号。清王朝灭亡之后,大清银行改组为中国银行。民国中央政府由南京迁至北京后,于1912年8月在北京成立了中国银行的总行(后改为总管理处),上海中国银行改称为中国银行上海分行,并积极发展各项业务。上海分行是中国银行在上海的营业机构,简称为"沪行",位处冲要,业务繁忙。在整个北洋政府时期,中国银行在上海仅有上海分行一家营业机构,分股办事。1928年,中国银行总处南迁至沪,上海分行在总处的领导下积极发展业务,陆续设立同城办事处,并管辖周边的几家分行,业务范围和营业机构都有了新的发展。

交通银行,是中国银行史上的重要银行,于1908年1月由清政府邮传部在北京设立。清政府建立交通银行的目的,是设置一个附属于邮传部的银行,以办理轮船、铁路、电报、邮政等四种事业的款项收付，包括必须由银行办理的存款、汇兑借款等等，以便集中资金，妥为营运，改变过去款项分头存储，此盈彼绌，不能互相调剂的状况；同时又可利用银行筹措资金，经理债票、股票，借以振兴轮、路、电、邮等四政事业。交通银行资本定为库平银500万两，邮传部出资200万两，是最大的股东，其余300万两招商入股。交通银行除经办轮、路、电、邮等四政的存款、汇兑、拆借等业务外，还极力承做普通商业银行的存款、放款、汇兑、贴现、买卖金银、代客保管贵重物品、发行银行券及各种银票等业务。随着南京国民政府成立，交通银行总管理处也在1928年11月全部从北方迁到上海。可以说，上海金融中心地位的崛起，加速了交通银行的南移，而交通银行的南迁，又加强了上海金融中心的地位。

民族资本银行中的佼佼者主要有信成商业储蓄银行、四明商业储蓄银行、兴业银行和信义银行等诸家。

信成商业储蓄银行是1906年在中国出现的第一家纯粹由私人资本创办的商业储蓄银行。由无锡富商周廷弼在日本考察后回国创办，总行设在上海，并在无锡、北京、南京、天津等地设有分行，于辛亥革命后停业。该行是中国较早开办小额储蓄业务的银行，凡满一元就可起存生息，不论农工商民的零星款项均可存储。

四明商业储蓄银行，1908年浙江人李云书等人集资开办，总行设在上海，宁波、南京、汉口等地设有分行。信成、兴业、四明等银行，都经清政府批准，发行银行券，经营的储蓄业务不发达，实际上都以经营商业银行业务为主。

兴业银行，浙江铁路兴业银行，后改称浙江兴业银行，1907年由浙江铁路公司创办，是为浙江自办铁路筹集股款而成立的一家比较典型的民族资本银行，总行先设于杭州，后迁上海，并在北京、天津、汉口等地设有分行。

信义银行，1907年由尹寿人在镇江创办，两年后因滥发通用票造成挤兑而倒闭。

商业之与金融业，犹如鸡之与蛋，是一种互融共生、水乳交融的共同体，互相依存，共同发展。商业和贸易的繁荣，为金融业的兴盛提供了坚实的实体支撑，使得金融业成为有源之水，有本之木。反过来说，金融业又为商业和贸易提供了资金支持，使得商业和贸易底气十足，在商海博弈中游刃有余，立于不败之地。

因此，19世纪末，以中国通商银行为代表的华资银行的出现，与上海乃至中国商业的发展密切相关。就对外贸易而言，光绪二十年（1894），中国进出口贸易总额是290 207 433海关两，宣统三年（1911）增加到848 842 109海关两，十七年间，增加了1.9倍。[①] 对外贸易额不断上升，直接促使金融业务量不断扩大。就政府的财政而言，庚子以后，清政府的收支规模急剧扩大，严重入不敷出。光绪二十九年（1903），清政府财政亏空额达3 000万两，而宣统二年（1910）度支部制订的宣统三年（1911）财政预算中，亏

---

① 杨端六，《清代货币金融史稿》，上海三联书店，1962年版，第368页。

空额更达4 169万两,是为庚子以前财政亏空额的3倍以上。① 就企业资金而言,中日甲午战后,洋务军用企业的资金日绌,而新政以来商办企业的资金也是大量短缺。对外贸易额的不断增加,国内财政经济的危机以及企业资金的匮乏,都使得政府和社会对货币量和货币流通的需求急剧增加。尽管如此,这些中资银行仍然是重要商业活动的主要资金来源。从对外贸易来看,当时部分外国垄断资本集团开始以经销、包销的方式推销其商品。这些财团实力雄厚,一般均以赊销方式将进口商品交华商经销或包销,如买办周宗良等1920年组织的谦和靛油公司,资本达140万两银子,负责包销谦信洋行的靛青,谦和在全国各地设分号或代销处,以各地染坊为销售对象,且一般都做放账生意,逢三节(端午、中秋、春节)才结账。美孚石油公司在"一战"后便废除了买办制,采用经销商制度,即在其划定的区域内物色合适的中国商人经销美孚石油,经销商再从乡镇商业中心物色商户成立分销处,从而形成三级销售网。英美烟草公司采用类似的销售方法。垄断财团的这些推销方式并非限制中国中间商人在洋货销售的作用,而是直接渗透到产品在中国销售的大部分过程中,这种渗透的结果是促进了银行业在这些商品销售过程中的资金供给功能。②

中资银行的迅猛发展也影响了后来国民政府的商业统制政策,因为已经超出了本文的论述范围,故不辞费。

第四节 金融业影响下的上海商风民俗

金融业催生了上海商业中至关重要的银行,创造了最具影响力的商业空间,它对上海商业的影响是有目共睹的。明末清初,上海已有"小苏州"之称,由航运业的发展促进了传统商业的兴盛。据史书记载,上海自康熙年间"海关设立,凡远近贸易,皆由吴淞口进泊黄浦,城东门外,舳舻相衔,帆樯栉比,不减仪征、汉口"。③

近代以降,随着大量外资金融业的涌入,上海的资本主义新式商业,也经历了一个从无到有、从小到大、逐渐繁荣的历程。首先是从洋行开始,其后发展于华商洋庄及洋布、五金、西药等行业。

以百货商业为例,近代上海的百货商业是在京广杂货店的基础上发展起来的,以后形成了日用小百货和环球百货两大类。19世纪下半叶,上海先是出现了英商开设的福利公司和泰兴公司,稍后又有汇司、惠罗等外商百货公司开设。19世纪70年代中期兴起的京广杂货店逐渐形成百货商业的雏形,到20世纪初京广杂货店纷纷改称为百货商

---

① 周育民,《晚清财政与社会变迁》,上海人民出版社,2000年版,第384页。
② 上海政协文史资料委员会编,《旧上海的外商与买办》(上海文史资料选辑第56辑),上海人民出版社,1987年版,第185—188页。
③ 〔清〕王大同、李林松,《嘉庆上海县志》卷1,清嘉庆十九年刻本。

店。20世纪初华商经营的大型百货公司从香港发展到上海,主要有先施、永安、新新、大新、丽华、中国国货、大陆商场等几家。前四家是近代上海环球百货业中著名的"四大公司",外商经营的福利、惠罗和华商开设的丽华、中国国货被称为"四小公司"。① 1930年成立百货商业同业公会,会员多达500多家,连同非会员商店,全市共有700多家。② 环球百货商业的兴起标志着近代新式商业发展到了高峰时期。《负曝闲谈》中谈到上海说:"上海商务,是要算繁盛的了;天下四大码头,英国伦敦、法国巴黎、美国纽约、中国上海,这是确凿不移的。"③

概括来说,上海给人的总体印象就是一个由林立的商铺、忙碌的港口、密集的人群、销魂的娱乐等众多元素组成的城市。杨国明的《晚清小说与社会经济转型》一书中,曾以《新上海》为例,列举了其中所写到的商界新兴行当,具体包括保险、拍卖、炒地皮、经租、自来水公司、救火会、律师、办报、银行、洋货铺、洋行、西药房、整容、西医、公司、股票、外汇期货投资等20多种。④ 这一时期的许多小说对此有过详尽的描绘,譬如《冷眼观》中夸说这座城市之繁华:"我从前听得人说,上海繁华,比英京伦敦还要富丽十倍。"《负曝闲谈》中写几个人高谈阔论,认为上海足以媲美当时世界上最繁华的城市:"上海张园一带栽着许多树木,夏天在边上走不见天日,可以算它东京帝国城;大马路商务最盛,可以算它英国伦敦;四马路是著名繁华之地,可以算它法国巴黎;黄浦江可以算它泰晤士河,苏州河可以算它尼罗河。"李伯元的《海天鸿雪记》第一回写道:"上海一埠,自从通商以来,世界繁华,日新月异,北自杨树浦,南至十六铺,沿着黄浦江,岸上的煤气灯、电灯,夜间望去,竟是一条火龙一般。福州路一带,曲院勾栏,鳞次栉比。一到夜来,酒肉熏天,笙歌匝地,凡是到了这个地方,觉得世界上最要紧的事情无有过于征逐者。正是说不尽的标新炫异,醉纸迷金。"这里不仅描绘了上海灯火通明的不夜城形象,也写到了它是一个声色犬马之地,是一个娱乐的天堂,以至于外地的游子到上海后都乐不思归了。

随着租界的开辟,大量金融资本的迅猛涌入,商业经营追逐利润的强大动力,英法等国对上海的近代化改造也迅速地展开。近代西式的城市场景开始一点点儿渗透到国人的日常生活中来,城市的主题变成了交通、娱乐和商业,上海从前是一个闭塞的小县城,而此时却可以连接整个世界,以至于后来随着租界面积的扩张,新式马路越建越多。"1865年工部局决定统一路名,东西向的马路从北到南有:苏州路、北京路、宁波路、天津路、南京路、九江路、汉口路、福州路和广东路。南北方向的马路从东到西有:四川路、江西路、河南路、山东路、山西路、福建路、湖北路、浙江路、广西路和云南

---

① 陆兴龙,《近代上海商业企业的发展和制度演进》,载刘兰兮主编《中国现代化过程中的企业发展》,福州:福建人民出版社,2006年版。
② 《上海近代百货商业史》,上海社会科学院出版社,1988年版,第32页。
③ 〔清〕蘧园《负曝闲谈》,《中国近代珍稀本小说》第17册,春风文艺出版社,1997年版,第291页。
④ 杨国明,《晚清小说与社会经济转型》,东方出版中心,2005年版,第55—56页。

路。马路宽度一般可容三四辆马车并驰,并以碎石铺成,天雨也无泥淖之患。"①而上海县城的情况,则是"除官署、庙堂以外,都是店肆街坊。城内街道极为狭隘,阔只六尺左右,因而行人往来非常混杂拥挤。垃圾粪土堆满道路,泥尘埋足,臭气刺鼻,污秽非言可宣……"。②正是由于这种强烈的对比,使近代国人在失地的屈辱和华界市政的落后中,一边暗叹不如一边开始了模仿和学习。"在相邻的租界影响下,效法租界先进设施之心甚强……租界日盛,华界日衰的局面给予地方绅商和知识分子的刺激相当强烈,他们迫切希望'变通'和'自强'",③"以向租界市政看齐为主要内容的华界市政近代化运动,从二十世纪初开始取得成效,使华界的市政有了大规模的改进。"④

在对上海租界的描写中,四马路是一个小说中关注度很高的地方。四马路,原名"布道街",得名于工部局董事、传教士麦杜斯基督教讲经布道的场所。这里不仅书局报馆、商铺、酒楼、茶肆、梨园行等比比皆是,而且还是上海最著名的红粉街,汇集了上海城中的名妓花魁,也带旺了整个地段的商业。在《痴人说梦记》第五回写贾希仙刚来到上海,就被四马路上"香车宝马,络绎不绝"的场面震住了。小说《最新女界鬼蜮记》第三回描述四马路上"车来马往,电掣星驰,热闹到极步也",满马路的灯球闪烁,好似秋夜飞萤,有几家大商号,连招牌字都是用灯光拼成的。城隍庙、龙华寺等地本来只是上海的宗教场所,但是由于信徒众多,来往的香客络绎不绝,这些地方又成了远近闻名的旅游景点,带动了周边地区商业的繁华。

在这种商风浸染中的上海俗世生活浮世绘,特别是在岁时节令、婚丧嫁娶、生辰寿诞和民间信仰等方面,都呈现出商业文化的独特底色和内蕴。⑤

春节是中华民族传统节日中最重要的一个,可谓普天同庆,举国狂欢。俗语云,"有钱没钱,回家过年",即使是沦落风尘的烟花女子也不例外。小说《海上繁华梦》中描述上海一些青楼女子除夕祭祀的场景道:"客堂内摆起两张台子,台上设着许多供品,系着一条红呢台帏,中间安置香炉、蜡竿,蜡竿上插一对堆花看烛,台角两旁缚着两根六七尺长的甘蔗,用红绿纸封裹,好像旗杆一般。"⑥当然,在这种喜庆热闹的气氛中,也少不了浓郁的商业色彩,而且这些物件都还有它们独特的寓意,甘蔗扎在床前是"生意上的口谶,叫节节高",红纸就是"满堂红",蜡烛则是吃年夜饭时来点的。一切都图一个欢乐吉庆,即使是风尘贱业,也期望来年生意红红火火,百尺竿头,更进一步。

《海上繁华梦》也写到了上海殷实人家除夕年夜饭中的菜谱:"共是八个碟子,六碗

---

① 杨文渊主编,《上海公路史》第一册《近代公路》,人民交通出版社,1989年版,第23—24页。
② 〔日〕峰源藏著,葛正慧译注,《清国上海见闻录》,蒯世勋等编著,《上海公共租界史稿·清代上海日侨杂记》,上海人民出版社,1980年版,第623—624页。
③ 张仲礼,《近代上海城市研究》,上海人民出版社,1990年版,第629页。
④ 唐振常主编,《近代上海繁华录》,商务印书馆国际有限公司,1997年版,第85页。
⑤ 邓大情,《近代小说中的上海民俗》,《南昌教育学院学报》,2011年第26卷,第8期,第19—22页。
⑥ 海上漱石生,《海上繁华梦》,上海古籍出版社,1991年版,第586页。

正菜,正中一只火锅,乃是蛤蜊三鲜,有的是蛤蜊、鱼圆、肉圆、虾圆等物。"①"八"和"六"都是传统的吉祥数字,意味着发财、顺利。她们还把蛤蜊叫作"元宝",鱼圆等叫作"团团圆圆",同样图个吉利。在年初一早上起床时,上海人要喝一杯"元宝茶",茶中除了要放上等的茶叶外,还要放上两枚青橄榄。大年初一的早上,亲朋故旧、邻里街坊,拜年时的第一句话就是"恭喜发财"。

  从文化渊源上来说,上海沿承着吴越文化到六朝以后的江南文化,再到近代以来海派文化的发展线路。在婚嫁的习俗上,上海地区杂糅了中原习俗、本土风味和西方文化的若干因子。据上海方志如民国《嘉定县续志·风俗》记载,当时的婚俗主要有"文定""行盘"和"迎娶"三个环节,而不同于"纳采""问名""纳吉""纳征""请期""亲迎"等中国古代传统的婚俗。小说《九尾狐》中写了两次婚礼,第一次是写蔡谦良纳金巧林为妾,场面极其热闹,不但有一班"极考究的灯担堂名"唱昆曲,而且还请来了时兴的"髦儿戏"助兴。第二次则写到杨四迎娶黛玉的场面,先写发嫁妆:"即听外面连放了三个铳,鼓乐喧天,知是嫁妆发来了。走出去一看,果然见单、关二人领着进来,后面的嫁妆陆续搬到厅上,足足摆了一厅。"再写新人进门:"不一回,大门外面轰轰的放炮三声,和着那人声、锣声、鼓乐声,一霎时嘈嘈杂杂,闹成一片,看那执事人等已拥着花轿进门了……花轿一进了门,直抬到厅前停下,待候相三请已毕,新人出轿,自有喜娘搀扶,立在毡单上,与杨四交天拜地,红绿相牵,双双送入洞房,竟与娶妻一般无二。"再写到洞房的礼仪:"仍说现在杨四、黛玉进了洞房,一样挑方巾,坐床撒帐,诸多礼节,一件不缺,都称黛玉之意。"比之蔡谦良的更为热闹。为了庆祝婚礼,杨家还请来了丹桂园的戏班来演戏,家中布置一新:"看那戏台已经搭好,甚是宽阔,比谦良家里的天井要大出一倍来,即武戏亦可以做得。上面是五色天幔,地上铺着五彩洋毯,两边出将入相的戏房挂着大红绣花门帘,四面挂灯结彩,上上下下密密层层,照耀俨同白昼。"②不难看出,作者笔下的两场婚礼,有一个共同的特点就是竭尽热闹奢华。通过这些弥漫着铜钿气味的仪式,不仅要向世人宣示这些婚姻的合法性,更是意图借隆重、热烈的仪式来提升女方本来就低微卑贱的地位,由此获得他人的艳羡和尊重。就男方而言,也借此凸显自己的财力和势力,昭示自己非同寻常的影响力。

  小说《新上海》中也写到了上海滩上达官贵人丧礼的盛况。庞大的出殡送葬队伍,除了传统的金鼓、金锣、开道神、数十对执事衔牌,以及和尚、道士、营兵之外,接着出场的则是西洋乐队、四五十个穿着统一服装的洋学生、三四百幅挽联和祭帐、五六十个由冬青翠柏扎成的花圈等等,正如小说中的人物梅伯感叹之言:"上海的出殡,竟奇极了!不新不旧,不中不西,亦新亦旧,亦中亦西。说他是新派、西派,他倒有和尚、道士、尼姑、

---

① 海上漱石生,《海上繁华梦》,上海古籍出版社,1991年版,第586页。
② 〔清〕梦花馆主,《九尾狐》,上海古籍出版社,1997年版,第29—30页。

香亭、执事等类;说他是旧派、中派,他倒有洋乐、学生、花圈等类。"①这种中西合璧、铺张奢靡的丧葬场面出现在上海滩,不是绝无仅有的个例,而是有钱有势人家的一贯做派,连小说中的人物都感叹道,"这还不是最盛的殡仪呢。前年子虹口康抚台家出一次殡,费到二万多金呢,比了今朝热闹过一倍还不止。"②之所以如此,是因为在上海这样一个商业化都市中,以财富的多寡作为衡量一个人成功与否的标准,已经成为社会各界认可和接受的价值取向之一。其对社会风尚的导向之一就是上流社会竞相炫耀财富、夸饰奢豪,底层社会则以貌取人、以衣品取人,即使是洋场上不名一文的瘪三,也要置备一套笔挺的西装、会几句蹩脚的洋泾浜英文,以备不时之需。

小说《海上繁华梦》中写到了上海盂兰盆会的热闹场景:

> 光阴荏苒,已至中元,各行号并各处公所举行盂兰胜会,香烟缭绕,钟鼓叮当,甚形热闹。南市的各药材行除建醮外,更有赛灯之举,扎齐各种绸绢灯彩,并向宁波都天会中赁来无数香亭、龙船、台阁等物,定期在沪南里外马路、里外咸瓜街及城厢一带游行,轰动了合上海的红男绿女争先快睹,举国若狂。③

上海的盂兰盆会,和龙华烧香、城隍庙祭祀、大王会等一样,是一种民间宗教信仰的活动,它们涉及佛教、道教以及民间宗教中的许多神灵,典型的包括如来、观音、地藏、关帝、八仙、城隍神、黄道婆、天后等。到了晚间,家家焚纸箔,以悼亡者。街心筑木台,延僧坐台上,诵盂兰盆经。从上面的材料可以得知,上海的盂兰盆会的出资方,除了"各处公所"之外,主要是"各行号",也就是各商家店号,类似于今天大型活动的商业赞助。无利不起早,这样的商业赞助,在活动举办的过程中,既可以展示自己的雄厚财力,又可以借此推广自己的品牌,扩大自己的知名度,可谓一箭双雕。而且,盂兰灯会上满目繁华,争奇斗艳,诸如凉伞灯、九连灯、九节黄龙灯、七节青龙灯等各种花式层出不穷。看灯之余,还可以看戏,其吸引力非比寻常。可以说,由商家资助的盂兰盆会,已不仅仅局限于一场一年一度的大型宗教民俗活动秀,而是逐渐成了一种全民参与、举国若狂的娱乐活动,乃至文化搭台,经济唱戏的商业活动。

因缘际会,十九、二十世纪之交,上海不仅成为近代中国的金融中心,商业中心,某种程度上也成了近现代文化的中心,其影响力还辐射到了全国其他许多地方。因此,商风熏习下的上海,不仅在文化内涵上成为其他地方学习和借鉴的对象,在制度和器物方面也成为取资和效仿的楷模。

所以,全国其他许多地方学习上海出版新刊物、兴建新学堂等各种举措,推行教育文化的革新,不仅购买上海出版的各种书刊报纸,而且纷纷来到上海采购相关商品,包括印刷报纸书刊的机器,开办新学堂的各种教学用具等。李伯元在《文明小史》第四十

---

① 〔清〕陆士谔,《新上海》,上海古籍出版社,1997年版,第42页。
② 〔清〕陆士谔,《新上海》,上海古籍出版社,1997年版,第80页。
③ 海上漱石生,《海上繁华梦》,上海古籍出版社,1991年版,第792页。

四回中,写到安徽省城风气逐渐开通,除官办的蒙小学堂外,还有很多民办的,并且还有人设立了一处藏书楼,几处阅报会。以为交换智识,输进文明起见,又有人从上海办了许多铅字机器,开了一个印书局。此外又办了些铅字机器,在芜湖办了份报纸叫《芜湖日报》。办报人为了寻求保护,还拉来了一个洋人做股东,这也是从上海租界办报中学来的经验。

  由于上海在开办新式学堂的潮流中得风气之先,许多外地的学堂也经常到上海来采办教科仪器以及教学书籍等,小说《黄绣球》中写到黄绣球、毕太太她们兴办新学即是如此。小说中还揭露了当时官办学堂中的黑幕,一些官员趁着去上海采办教学设备之机大发昧心财:"如今只要沾着是官绅当中的人,谁不吃心很重?但拿官办学堂来讲,派一个委员,采办书籍仪器,看是无甚好处可以赚钱,不知竟是个优差。在上海听见,苏州办武备学堂的时候,堂中的提调大人,托人到上海买一个中号地球仪,实价不过四五十番,买的人先开了二十三元虚账送到苏州。那提调报销册子上,却又加上些。你们猜猜看,他加上多少?死命地一开开了四百两的账!这是什么良心?"①

  金融业是海派文化的重要组成部分,它与这座城市的文化以及百姓的生活休戚相关。按照档案文献研究专家邢建榕先生的观点,近代上海历史上许多文化事件的背后都有金融之手在推动。

  被誉为"中国摩根"的著名银行家陈光甫,早在1923年就将自己的私人藏书悉数捐出,在上海银行内开辟了一间图书阅览室,供员工借阅,1927年正式成立上海银行图书馆。为实现图书馆以介绍西方思想文化为主、向公众开放的设想,1948年陈光甫将其改名为海光西方思想图书馆,设在番禺路209弄16号,并邀请著名学者林同济主持馆务。除在国内搜集善本佳椠,陈光甫还花大量外汇直接从国外购入哲学、经济、文学名著,德文版的马克思《资本论》也在其列。与此同时,该馆还每半月举办一次报告会,请社会各界知名人士做演讲。因为海光图书馆藏书丰富、名贵,就成了"学者之家",曾经吸引了大批像周谷城、顾颉刚等知名学者前往读书和做研究工作。海光图书馆和陈光甫一手创办的上海银行、中国旅行社,被他视为自己一生事业的"三大杰作"之一。

  同样出自银行家之手的还有合众图书馆。创办者之一叶景葵是近代金融界当之无愧的元老,他掌管的浙江兴业银行是我国金融史上最早实行董事长制度的银行。虽然长期与金钱打交道,叶景葵骨子里却充满了文人气质。据记载,为赞助筹建合众图书馆,他捐献了价值5万元的股票基金和三万多册藏书。图书馆位于长乐路746号,为方便阅读和整理图书,更为了保护图书免遭不测,叶景葵干脆在图书馆旁边另建小屋居住,整日与书相伴。

  金融界人士不仅有开办图书馆这样的善举,而且还富有其他的闲情雅致。上海市档案馆藏有梅兰芳先生1935年旅苏期间寄回国内的一封亲笔信函,是写给上海著名银

---

① 颐琐,《黄绣球》,第二十回,光绪卅三年新小说社版单行本。

行家、金城银行总经理周作民先生的。该信简要地记录了梅兰芳1935年赴苏演出的情形,这次演出在苏联掀起了"中国京剧热",在梅兰芳艺术生涯中具有相当重要的意义。邢建榕先生认为,梅兰芳之所以写信给周作民,是因为在他访苏的准备过程中,曾得到了周作民的大力帮助,出于答谢,梅兰芳先生才远隔重洋,亲笔致函。

事实上,梅兰芳身边有许多金融界的朋友,包括冯耿光、史量才、张公权、钱新之、陈光甫等。由陈凯歌执导,黎明、章子怡领衔主演的电影《梅兰芳》中有一位冯六爷,他的原型即是冯耿光。冯耿光是金融界的"不倒翁",曾担任中国银行总裁、新华银行董事长、中国农工银行董事长。据说梅兰芳每当遇到经济问题,冯耿光都能出手相助,毫不含糊。20世纪30年代后,冯耿光常住愚园路,梅兰芳经常去冯家,冯府就成为"梅党"在上海的聚集地。

据邢建榕先生研究,银行家们对梅兰芳的关怀不仅限于经济上的资助,还在艺术创作上为其出谋划策。梅兰芳《牢狱鸳鸯》这出戏,便是中国银行总文书、人称"吴二爷"的吴震修从前人笔记中找出来、由齐如山执笔、经梅党诸人精心打磨上演后大受好评的。另一部梅兰芳久演不衰的戏《霸王别姬》,在剧本的创作过程中,同样倾注了吴震修大量的心血。这部戏先是由齐如山执笔,初稿完成后,场次很多,要两天才能演完。吴震修认为戏份太长,可压缩到一天。但齐如山不乐意,两人为此发生争执。吴震修干脆将本子带回家,亲自操刀,将本子改得人人叫好,齐如山十分叹服,两人由此交情日深。[①]

第五节　租界、商场、交易所、企业等与商业投机

如前文所述,上海的商业空间,除了以金融业为统领的银行外,还有租界、商场、交易所、企业、店铺、摊点等林林总总的各种商业活动得以进行的物理空间和社会空间,它们共同构成了上海滩资本逐利的广阔空间。在这一喧嚣、混乱和芜杂的空间中,形形色色的资本拥有者,纷纷以商人的面貌出现,为了各自的利益,殚精竭虑,无所不为。他们不仅是商业空间里的主角,也是文学空间中的常客。这一时期中,以上海印象和商业文化叙事为主题的旧海派文学书写中,各色商人们的所作所为、所思所欲、所忧所虑,也就成了作家们笔下反复渲染、一再描摹的情节和形象。

租界无疑是作家们津津乐道的话题之一。租界的出现,把上海分成了"两个世界"——华界与洋界,传统与现代,文明与落后,南市与北市,既有物理空间的意义,也有社会空间的意涵,可谓五味杂陈,一言难尽。朱维铮先生曾经指出,"19世纪60年代以后,华洋杂处的喧闹租界,已夺去了旧城的名称,被当作'上海'的主体,而上海县城倒被

---

① 李婷,《近代金融怎样影响海派文化》,《文汇报·文化》,2015年2月6日。

看作'上海'边缘的一个华人聚落,以至于人们习惯地将它叫作'南市'。概念无非是事实的表征。这个概念的置换,真实的内涵不仅是旧上海的式微和'新'上海的暴发,更在于体现了中世纪城市没落和近代化都市兴起的交替过程。"①这个各方面都畛域分明的二元结构,在商业功能的分野与诱惑力上也是一目了然。

上海市面上,商业兴旺的标志之一是万商云集,无珍不具:

> 走进东辕门,只见设着无数的摊子,都是做小生意的,有卖玩具的,有卖糖食的,有卖熟食的,有卖水果的,有卖洋货的,有卖香烛的,热闹异常。从头门望进去,直到庙场,密密层层都是摊子。②

而且分类聚居,体现了行业集中的特点。《沪游杂记》介绍上海"各货聚市"的情况说:

> 上海货物皆有聚市之所,如绸缎在抛球场路南及东门内外;沙缎蟒袍在盆汤弄;丝茶栈居二摆渡者多;洋布呢羽在大马路、抛球场及东门内;衣庄在大东门内彩衣街东街;洋广杂货在棋盘街及四马路;古玩玉器在新北门内;眼镜在新北门内;照相楼在二、三马路……酒馆、戏馆、茶馆宝善街一带居多。③

> 到了棋盘街,一看两旁洋货店、丸药店,都是簇新的铺面,玻璃窗门,甚是好看。再朝南走去,一带便是书坊,什么江左书林、鸿宾斋、文萃楼、点石斋,各家招牌,一时记不清楚。④

这种按行业分类聚集的店铺、门市,其实也是租界空间商业功能的分野与诱惑力二元结构的体现之一。但是,任何一家菜馆店铺、摊点、门店,或者商场、企业、公司,乃至交易所,其成长与发迹都不是田园牧歌和都市言情的浪漫媾和,中间都充满了艰难跋涉、辛酸血泪,以至于投机和尔虞我诈。《二十年目睹之怪现状》写到了李雅琴办洋货店的发迹史:

> 到了十二三岁上,便托人荐到一家小钱庄去学生意。这年把里头,他的娘就死了。等他在钱庄上学满了三年,不过才十五六岁,庄上便荐他到一家洋货店里做个小伙计。他人还生得干净,做事也还灵变,那洋货店的东家,很欢喜他;又见他没了父母,就认他做个干儿子。在那洋货店里做了五六年,干老子慢慢地渐见信用了;他的本事也渐渐大了,背着干老子,挪用了店里的钱做过几票私货,被他赚了几个。干老子又帮他忙,于是娶了一房妻子,成了家。那年恰好上海闹时症,他干老子自己的两个儿子都死了;不到一个月,他干老子也死了,只剩了一个干娘。他就从中

---

① 朱维铮,《晚清上海文化:一组短论》,《复旦学报》,1992年第5期。
② 〔清〕陆士谔,《新上海》,上海古籍出版社,1997年版,第65页。
③ 〔清〕葛元煦,《沪游杂记》,上海书店出版社,2006年版,第106页。
④ 〔清〕李伯元,《文明小史》,花山文艺出版社,1996年版,第130页。

设法,把一家洋货店,全行干没了过来,就此发财起家,专门会做空架子。那洋货店自归了他之后,他便把门面装潢得金碧辉煌,把些光怪陆离的洋货,罗列在外。内中便惊动了一个专办进口杂货的外国人,看见他外局如此热闹,以为一定是个大商家了,便托出人来,请他做买办。①

这位李雅琴本来是一个专以机敏阴险应人,而又能自泯其迹的著名大滑头,出身极其寒苦,出世就没了老子。他母亲把他寄在人家哺养,自己从宁波走到上海,投在外国人家做奶妈。等把小孩子奶大了,外国人还留着她带那小孩子。他娘就和外国人说了个情,要把自己孩子带出来,在自己身边。外国人答应了,便托人从宁波把李雅琴带到了上海。李雅琴既天天在外国人家里,又和那小外国人在一起,就学上了几句外国话。母亲去世后,李雅琴在钱庄学徒期满,被荐他到一家洋货店里做个小伙计,由于聪明勤快,受到老板青睐,被收为义子。义父一家过世后,李雅琴继承了全部财产,盘了一家洋货店后就此发家。后来就专门做投机生意,"专门会做空架子","把门面装潢得金碧辉煌,把些光怪陆离的洋货,罗列在外。内中便惊动了一个专办进口杂货的外国人,看见他外局如此热闹,以为一定是个大商家了,便托出人来,请他做买办。"居然一帆风顺地混了好几年,又捐了一个四品衔的同知,戴了一个蓝顶子充官场。可谓心想事成,如愿以偿。

我们看到,李雅琴本人的私德不无可圈点处,但其在上海滩从一个孤儿到一个巨富和高官的发家经历,则确实充满了曲折和艰辛,可见在洋场混迹的不易。正是在这种商风熏习之下扭曲荒诞的世界里,李雅琴的投机事业由商业领域扩展到权利领域,将投机的水准发挥到极致,也就不足为奇。

《海上花列传》开篇写道作者花也怜侬在梦境中由云端跌落地上的落脚点就是华洋分界之处的陆家石桥。主人公洪善卿,是一个小商人,一个居住和经营在南市(上海县城)的杂货铺小老板,却经常到"北市"(租界)来吃花酒结交生意的。因为租界不仅有发达繁华的娱乐设施,如茶馆、妓院、书场、公园、戏院、百货公司,而且管理制度也远较华界的传统县城更为完善。尤为重要的是,租界的这些优长,吸引了上海滩大批的达官显宦和富商巨贾,租界成为商业从业人员的出没和集散之地,营商的环境与氛围十分合宜。王莲生、罗子富、黎篆鸿、齐韵叟、李实夫、李鹤汀等辈,都是活跃在四马路租界中、集官商于一身的人物。他们既有官员身上的追逐权力的贪婪,也有商人精打细算的狡诈。他们在上海的妓院里追欢买笑,心甘情愿地充当瘟生嫖客,把被妓女"砍斧头"(敲诈)当有趣,把被商人利用当作自己的位高权重、德隆望尊。王莲生在妓院鬼混多时,起初与苔芳里的妓女沈小红交好达四年之久,产生龃龉后,王又姘上了祥春里的倌人张蕙贞。为了争夺王莲生,沈小红居然开出全武行,大庭广众之下对张蕙贞大打出手,意在

---

① 〔清〕吴趼人,《二十年目睹之怪现状》,第七十九回《论丧礼痛砭陋俗　祝冥寿惹出奇谈》,上海古籍出版社,2005年版,第434页。

使其难堪,当众出丑。然而却弄巧成拙,进一步加快了王莲生的离心倾向。本来王沈二人关系渐有回暖迹象,却不料沈小红得意忘形,私下里又与唱戏的武生小柳儿私通,被王莲生撞个正着,最终导致王沈彻底分手。这些绅商与风尘女子之间本没有什么真情,一切不过是逢场作戏,或者纯粹就是一场滥情面具笼罩下的皮肉交易。

《海上繁华梦》里的谢幼安,"出落得一表人才,堂堂非俗。而且资质甚是聪颖,读书一目数行。因此才名藉甚,远近皆知。"①他把自己风流倜傥和漂亮的外表,当作奇货可居,并以此渔色,纵横海上妓院,骗吃骗喝,骗财骗色,简直无恶不作。

妓女在一般人的认知中是下贱卑俗的代名词,而一般意义上的"做生意",虽然不见得多么为人所称道,但至少没有赋予被轻贱的道德色彩。《海上花列传》中对生活在租界里风尘女子的描写,还原出了她们的商人本质。书寓中的倌人,是很少自轻自贱,视自己为妓女的,她们称自己的生活方式为"做生意",客人的多少就是生意"好"或"不好",或"有没有生意"的标志,甚至将此"生意"等同于一般意义上的"生意"而不觉有什么不体面的。因而妓院也就成为一个生意场,他们自身也具备了浓郁的商人意识。赵二宝曾嘲讽她的舅舅洪善卿:"他看不起我们,我们倒也看不起他!他做生意,比我们开堂子做倌人也差不多!"她们心狠手辣,砍客人"斧头"时毫不手软。她们精明、势利,借假"从良"风俗,对到妓院来消费的"功架"不高的"瘟生"嗤之以鼻,对"功架"高的客人则主动投怀送抱,她们没有廉耻羞恶,也没有多少道义和理想色彩可言。妓女与嫖客之间的关系,除了个别如陶玉甫和李漱芳是出自真情之外,其他基本上是以金钱维系的生物关系。盗亦有道,风月场上的这种畸形男女关系,恪守的一个基本的商业信条就是"钱货两清",两不相欠,所谓"老实说,倌人末勿是靠一个客人,客人也勿是做一个倌人;高兴多走走,勿高兴就少走走,无啥多花枝枝节节啘!""堂子里做个把倌人,只要局票清爽了末就是了。"真是直接爽快,一语中的。"苟且猥亵的关系中,看出男女最原始,最素朴的欲望和挣扎;在声色脂粉的阵仗里,见证寻常夫妇的恩义与勃谿。"②这是近代上海租界商业环境下,沦落风尘的底层妇女日常生活的真实写照。她们冷漠、贪婪、无耻,在灵与肉、情与色的交易场上,如鱼得水,风生水起,不仅进行着商业上的投机,而且也充满了情感上的投机。

姬文在《市声》中写到范慕蠡、刘浩三、杨成甫等一批有志于振兴实业,企图与外国人抗争,为国人扬眉吐气的实业家:范慕蠡是华发铁厂的小老板,秀才出身的刘浩三,曾在国外留学三年,杨成甫也是留学东洋归来的留学生,加上另一位扬州籍的富豪兼实业家李伯正。他们或者如刘浩三、杨成甫那样,是学有专长的技术人才,或者如范慕蠡、李伯正,是集实业家与商人于一身的豪富。他们曾经一起筹划兴办新的公司或企业,如新法耕田公司,虑及地处一隅,辐射能力有限,所以又计划成立负贩团,

---

① 孙家振,《海上繁华梦》,第一回《谢幼安花间感梦 杜少牧海上游春》,上海古籍出版社,1991年版,第4页。
② 施丽琼,《论张爱玲与〈海上花列传〉》,《曲靖师范学院学报》,2001年第5期。

以期扩大影响:

> 慕蠡、浩三、成甫同到虹口,进了厂,有人领着到三间公务厅坐下。一会儿伯正踱了出来,慕蠡指给成甫和伯正会面。成甫见伯正衣冠朴素,一股善气迎人,不觉暗暗佩服。慕蠡把负贩团的章程给他看。伯正却从头至尾看罢,沉思一会道:"兄弟的意思,这事不要限定方隅。总之我们为公益起见,只要工艺发达,就是大家的幸福。限了方隅,倒不能发达了。为什么呢?我国的工艺,本是幼稚,聚各省的精华,还敌不过人家一部分。倘然限定某府某县,这到底有没有学习工艺的人呢?即使有了,也寥寥无几,不成一个局面;倘然没有,这局面撑持不起,更是坍台。所以我说要普通办法。工艺的范围,虽然极大,但是成物不易,不愁资本周转不来。还有一个法子,起先是奖励粗的,以后便挑选精的。那粗糙的工艺品,经我们提倡,有了销场,自足立脚。再有精致的出来,渐渐可行销外国。将来粗糙的销场日少,人都想做精致的。暗中和那教育一般,还怕工艺不发达么?只是这注本钱,却要耗费不少。就同赈济似的,不能指望人家归还。久而久之,总能收得回本钱,利息是没有的了。诸君以我这话为然,我便捐二十万银子。再由会中各位商界热心人捐助;有五十万银子,也够几年开支的了。"慕蠡、浩三、成甫都拍手称快。当下约定日期,由他们四人出名,印发传单。①

如李伯正所言,这批实业家虽是兼有商人牟利的动机,但在彼时列强瓜分豆剖、民族危亡迫在眉睫之际,也暂时搁置了大发横财的欲望,专意为振兴我国的工艺技术奔走,"为公益起见,只要工艺发达,就是大家的幸福"。为此,就必须从无到有,从小到大,由粗到精,一步步做起,而且身体力行,率先垂范,"诸君以我这话为然,我便捐二十万银子,再由会中各位商界热心人捐助"。

事实上,在当时的上海滩兴办实业,升斗小民是办不了的,能够和敢于尝试的必然是像李伯正、范慕蠡这样有恒产,或者是通过经商发家致富的人。有资料显示,当时上海滩上另一位富有传奇色彩的实业家陆伯鸿,曾经创办了我国第一家民营钢铁厂,其过程也是一波三折,起伏跌宕。陆伯鸿祖籍四川,生于1875年,是天主教徒。他对中西文化都有较深造诣,饱读诗书,中过秀才,也能讲一口流利的法语。他曾赴英国、意大利、瑞士等国考察过西方科技,所以他办的实业,几乎都打上了西方科技的烙印。1906年,陆伯鸿出任由上海城厢内外工程善后总局总董李平书等创办的电灯公司经理,短时间内迅速转亏为盈,此后便财源滚滚,成了"最易获利之企业"。

1911年11月,陆伯鸿在时任沪军都督府民政总长李平书的敦促下,为了与法人抗衡,筹集股本银20万两,购地25亩,办起了南市电车厂,并派人从比利时进口钢轨,向德国购进马达车等种种设备。1913年初,南市外马路开出了第一辆中国人的自办电

---

① 〔清〕姬文,《市声》,第三十四回《扶工业高人远见　派捐资财虎潜逃》,《中国近代文学大系》第2集·第7卷·小说集五,上海书店出版社,1992年版,第215—216页。

车。翌年,华商与法商就电车合作事项达成协议,双方各置路轨,互相行驶。当年乘客即多达四百八十万人次,第二年增为七百八十七万人次。不仅赚取了巨额利润,还昭显了华人自办电车的能力。

陆伯鸿还任过华商电气股份有限公司总经理、闸北水电公司经理、全国民营电业联合会委员长、上海航业同业公会执委等要职,一时名扬沪上。而且,作为天主教徒,陆伯鸿也是慈善事业的热心参与者,他办的慈善事业集中在医疗、教育两方面,约有十几个机构。其中,建于1912年的新普育堂规模较大,内设学校、工场、医疗、养老、育幼、残疾、疯癫各部,先后收养人次数以万计,施医给药者则多达二百一十万人次,常年开支约20多万元。

第一次世界大战期间,他曾以和兴实业公司的名义筹集巨资,在浦东周家渡购地20多亩,筹建和兴化铁厂。彼时内忧外患,困难重重,公司几经停产,数次歇业,到1935年7月,陆伯鸿再度集资40余万元,以新和兴钢铁有限公司的牌子,第三次开厂投产。月产量增为900多吨,最高达1 200多吨。一度销路甚好,获利颇丰。1937年12月,陆伯鸿被杀身亡,他的实业梦也就此画上了句号。①

这些实业家,不论是文学书写中的人物如范慕蠡、刘浩三、杨成甫等,还是现实生活中的人物如陆伯鸿等辈,其实都有许多共同之处。他们同处于19世纪末、20世纪初这一特定的历史时空,面对国族家邦生死存亡的危局,每一个有血性和责任心的中国人都不会袖手旁观,独善其身,而是义无反顾地站在时代的风口浪尖,以自己的实绩,肩负起复兴种族邦国的重任,这一点来看他们,理所当然地获得尊重。不过,也毋庸讳言,作为工商业者,他们的价值取向和职业定位决定了他们必然要追逐由资本带来的利益,而且要力图实现利益的最大化,这就不可避免地涉及商业领域中的某些具体操作方式,一定程度上的投机行为几乎是题中应有之义。水至清则无鱼,人至察则无徒,这种投机,如果是基于通行的商业规则,或者是约定俗成、心照不宣的潜规则,只要不践踏人间法律,不违背公序良俗,似乎也无可厚非。

《二十年目睹之怪现状》中也曾提到"制造局":

> 一时饭罢,大家坐到院子里乘凉,闲闲地又谈起制造局来。我问起这局的来历。佚庐道:"制造局开创的总办是冯竹儒,守成的是郑玉轩、李勉林,以后的就平常得很了。到了现在这一位,更是百事都不管,天天只在家里念佛。你想那个局如何会办得好呢?"我道:"开创的颇不容易。"佚庐道:"正是。不讲别的,偌大的一个局,定那章程规则,就很不容易。冯总办的时候,规矩极严,此刻宽得不像样子了。据他们说:当日冯总办每天亲巡各厂去查工,晚上还查夜。有一夜极冷,有两三个司事同住在一个房里,大家烧了一小炉炭御寒。可巧冯总办查夜到了,吓得他们甚么似的,内中一个,便把这个炭炉子藏在椅子底下,把身子挡住。偏偏他老先生又

---

① 沈宗洲,《中国民族工商业百年史话:瑰丽的海》,北京出版社,2004年版,第177—180页。

坐下来谈了几句天才去。等他去后,连忙取出炭炉时,那椅面已经烘的焦了;倘使他再不走,坐这把椅子的那位先生,屁股都要烧了呢。此刻一到冬天,那一个司事房里没有一个煤炉?只举此一端,其余就可想了。这位总办,别的事情不懂,一味地讲究节省,局里的司事穿一件新衣服,他也不喜欢,要说闲话。你想赵小云坐马车,被他看见了,他也不愿意,就可想而知了。其实我看是没有一处不靡费。单是局里用的几个外国人,我看就大可以省得。他们拿了一百、二百的大薪水,遇了疑难的事,还要和中国工师商量,这又何苦用着他呢!"①

这里小说中的制造局是专门用来制造枪炮、船舰等军用装备的兵工企业,自然是官办企业,其实也就是江南机器制造总局(简称江南制造局,或上海机器局)的缩影和写照。众所周知,江南制造局,是晚清洋务运动中的头面人物曾国藩和李鸿章成立的近代军事工业生产机构,为晚清中国最重要的军工厂,也是清政府洋务派开设的规模最大的近代军事企业。小说中方佚庐指出了制造局里管理水平落后、管理人员无知的惨淡局面。其最大的弊端一方面是在不该节俭的地方锱铢必较,以致新入职的学生每个月只有几吊钱的薪水,逼得赵小云这样的顶级技术人才,不得不私下里利用公家的材料制售精美绝伦的模型火车,甚或兼职、跳槽,以牟取谋生之资;而另一方面是无一处不靡费,而且人浮于事,贪污贿赂几成风气,上上下下只是敷衍了事,虚与委蛇:

> 轮船到了黄浦江,你要他驶到南头,最少要加他五十两。到了码头上,看煤的人来看了,凭你是拿花旗白煤代了东洋可介子,也说你是次货,不是碎了,便是潮了,挑剔了多少;有神通的,花上二三百,但求他不要原船退回,就万幸了。等到要起货时,归库房长夫经手,不是长夫忙得没有工夫,便是没有小工,给你一个三天起不清;轮船上耽搁他一天,最少也要赔他五百两,三五已经去了一千五了。好容易交清了货,要领货价时,他却给你个一搁半年,这笔折息你和谁算去?他们是做了多年的,一切都熟了,应酬里面的人也应酬到了,所有里面议价处、核算处、库房、账房,处处都要招呼到。见了委员、司事,卑污苟贱的,称他老爷、师爷;见了长夫、听差,哈腰打拱的,和他称兄道弟。到了礼拜那天,白天里在青莲阁请长夫、听差喝茶开灯,晚上请老爷、师爷在窑姐儿里碰和喝酒。②

泊岸、验货、起货、领货价,其中的每一个环节,几乎都离不开金钱的贿赂与通融。吃回扣几乎成了公开的秘密:

> 官场中的事情,只准你暗中舞弊,却不准你明里要钱。其实用买办倒没有弊

---

① 〔清〕吴趼人,《二十年目睹之怪现状》,第三十回《试开车保民船下水 误纪年制造局编书》,《中国近代文学大系》第2集·第5卷·小说集三,上海书店出版社,1994年版,第205—206页。
② 〔清〕吴趼人,《二十年目睹之怪现状》,第六十二回《大惊小怪何来强盗潜踪 上张下罗也算商人团体》,《中国近代文学大系》第2集·第5卷·小说集三,上海书店出版社,1994年版,第460—461页。

病,商家交易一个九五回佣,几乎是个通例的了。制造局每年用的物料,少说点,也有二三十万,那当买办的,安分照例办去,便坐享了万把银子一年,他何必再作弊呢。虽然说人心没餍足,谁能保他?不过作了弊,万一给人家攻击起来,撤了这个差使,便连那万把一年的好处也没了,不比这个单靠几两银子薪水的,除了舞弊,再不想有丝毫好处,就是闹穿了,开除了,他那个事情本来不甚可惜。这般利害相衡起来,那当买办的自然不敢舞弊了。谁知官场中却不这么说,拿了这照规矩的佣钱,他一定要说是弊,不肯放过,单立出这些名目来,自以为弊绝风清,中间却不知受了多少蒙蔽。①

于此,我们不仅看到了商业资本无孔不入的巨大能量,以及官商勾结所产生的广阔利益空间和深不可测的人性黑洞,也窥见了晚清官僚体系中深入骨髓、病入膏肓的腐败现象。

如果说上海的银行、工厂、企业等大型商业空间吸引的是资本实力雄厚的中上层富裕阶级,那么店铺、商场,或百货公司这样的商业空间吸引的则是大批中下层普通消费者,亦即市民阶层中的绝大多数。譬如四大百货公司先施、永安、新新和大新,包括整幢大楼中的舞厅、楼顶酒吧、咖啡馆、饭馆、旅馆,以及常有大型表演的游乐场,不仅是当时大批普通市民购物的消费空间,同时也是休闲和娱乐的场所。在这些林林总总的商业空间中,销售者把空间作为商品象征性价值的展示平台和表达方式,而对消费者而言,他们每天都把自己的生活空间符号化,在都市商业空间中,我们有的是"商品陈列的消费,消费的商品陈列,记号的消费,消费的记号"。②

上海的百货公司,顾名思义,经营的商品范围可以说百物俱全,无所不包,从本土的商品到舶来的洋货,包括布匹、五金、玻璃、茶酒、调料、食品、陶瓷、钟表、洋铁皮、洋油、洋皂、洋烛、橡皮、西药、颜料、呢绒、服装、鞋袜和化妆品等,应有尽有,但主要是日常生活用品。上海最早的百货店源自早期的洋广杂货铺,据估计,1925年时上海百货行业的户数达400家左右,比1894年以前增加2倍以上。③ 百货业主要分为批发业(东洋庄、西洋庄、华洋杂业)和零售业(小百货商店)两种业态,上海较早的百货业东洋庄有盈丰泰、德盛仁、义生荣等几家,主要是针棉织品、化妆品、橡胶制品、搪瓷制品及玩具、文具等百货。上海的大型百货公司始创于20世纪初,1904年英国的惠罗公司率先在南京路创立分公司,成为上海最早的大型百货公司。

先施公司是上海大型百货公司中,由国人最早创办的一家。创办人马应彪是广东中山人,澳洲侨商。先施公司于1917年10月正式开张,股本200万港元,在南京路、日升路(今浙江路)路口建造五层大楼,商场面积达1万多平方米,员工达300多人。这家

---

① 〔清〕吴趼人,《二十年目睹之怪现状》,第六十三回《设骗局财神遭小劫 谋复任臧获托空谈》,《中国近代文学大系》第2集·第5卷·小说集三,上海书店出版社,1994年版,第462—463页。
② 迈克·费瑟斯通著,刘精明译,《消费文化和后现代主义》,译林出版社,2000年版,第151页。
③ 上海百货公司等编,《上海近代百货商业史》,上海社会科学院出版社,1988年版,第30页。

商场按各类商品不同的特点,将1万多种货物分设为40个左右的门类商品部。此外,还将屋顶辟为先施乐园,有苏滩、本滩、大鼓、京剧以及魔术等演出剧目,与当时附近的楼外楼、天外天、新世界、大世界等游乐场相媲美。而且,还设有东亚饭店、东亚酒楼,设施豪华,不逊于当时上海旅馆业中第一流的远东饭店、一品香饭店。①

永安公司的创办人郭乐也是澳洲侨商,辛亥革命后筹设上海永安公司。他们招股200万港元,也在南京路、日升路(今浙江路)转角,在筹建中的先施公司对面兴建大楼,于1918年9月正式开张,较先施公司晚了近一年。整个商场共有4个楼层,营业面积6 000多平方米,亦设40多个分类商品部,经营万余种商品,营业人员400多人。

新新公司的发起人刘锡基,原是先施公司的司理,因权力和利润分配等问题与公司产生矛盾而脱离该公司。曾先后在南洋兄弟烟草公司和广东银行的支持下,筹办新新百货公司,在南京路、贵州路路口,即先施公司西首,建造七层大楼。公司于1926年1月开张,经营范围同先施公司、永安公司大致一样,但经营实力稍逊。

大新百货公司也是由广东籍的澳洲侨商蔡昌创建的,位于上海南京路、西藏路和六合路的交汇处,1936年1月正式开张营业,是上海四大百货公司成立最晚的一家,但规模宏大,楼高10层,营业面积1.7万多平方米,从业人员有800多人。其面积之大,设备之先进,管理之新颖,使其超过其他诸家,成为上海四大百货公司之冠,也成为当时全国百货业之冠,即使在远东也是屈指可数,一时独占鳌头,风光无限。

四大百货公司的创始人,几乎都有粤籍澳洲侨商的背景,他们在海外生活、创业的经历,以及地处东南沿海的生存环境,使他们具有比一般商人宏阔开放的视野,在经营的手段与策略上也远较传统商人老练圆熟。譬如,他们在经营的规模上就彻底抛弃了那种小门脸、小店铺的小家子气,出手便是高大宏伟、气派非凡的高楼大厦,一上来就先声夺人,从气势上给人以强烈的震撼之感,使消费者觉得在这样的商业空间做一回消费者是一种莫大的荣幸,也是人生最大的荣耀。而且,这些百货公司的经营者们,并不仅仅局限于日用消费品的买与卖,而是将日用品消费和餐饮、娱乐、休闲等其他的消费内容也羼杂其中,为消费者提供一种全方位、立体式的消费与服务,使得身临其境的消费者们有一种宾至如归的主人翁之感,而这一理念正是西方商业销售领域中"顾客是上帝"的翻版。自然,百货公司这样的新型经营业态,对古老的中国来说,无论如何都是一桩新鲜事物,必然对每一个阶层的消费者都有强烈的吸引力,贫富丰俭,各得其所,即便是普罗大众也可以买一点诸如肥皂、火柴、锅碗瓢盆之类简单实惠、经济适用的日用品,毕竟柴米油盐酱醋茶是每一个人的生存刚需。可以说,四大百货公司,不仅为商家和实业家们自己开创了新的利润空间和逐利平台,也为普通消费者提供了新的商业消费空间,丰富了中国城乡居民的生活内涵。同时,这些百货公司对于维持上海的中心城市功能、产业结构的均衡、财富的再分配,以及就业等方面,都发挥着重要作用。

---

① 朱国栋、王国章,《上海商业史》,上海财经大学出版社,1999年版,第112—140页。

《新上海》还写到了上海滩上拍卖行的景况,这是此前不曾有过的新型经营业态:

> 只见一个人高高地站在凳上,手里拿着件白狐嵌蓝缎面子的袍子,把袍子里外都翻给人家瞧,口里喊道"白狐缎面袍子,十四两",人丛里就有人接口道"十五两"。那人便接喊"十五两,十五两",见里面一个外国人,高高地坐着,手里头拿着一个木鱼槌似的东西,不住地作势向下敲,却没有敲着桌子。①

上海开埠后,不仅是首屈一指的商业都会,也是金融业高度发达的金融中心,如前文所述,遍布上海滩的中外银行无处不在,其形形色色的金融业务几乎渗透到市民的各个阶层,影响着市民生活的方方面面。《海上繁华梦》中极写卖彩票的店铺之多:

> 但见那彩票店连一接二地开得如鱼贯一般,足足不下百十来家。招牌上的店名,一家家讨着谶语,多是必得、必中、必定中、必得财、必得彩、同发财、鸿福来、鸿运通、鸿运来、同得利、大有利、万倍利等字样,不知买了哪一家好,没了主意。②

这些彩票经营的从业人员,未必是专业知识扎实深厚的专业人员,但却是最敬业的投机商人,他们自己未必笃信购买彩票可以实现一夜暴富的黄金梦,却以美丽的店招和言辞,希望和怂恿别人购买彩票,小本谋大利,四两拨千斤,俯仰之间实现自己的财富梦。作为小商人,他们最大的愿望就是从买彩票的顾客身上赚取一定数额的佣金。

更多、更大的投机在股票交易所。炒股犹如赌博,赌的是自己的判断力和运气。在这里,股市风云变幻,人心水火异数,天堂与地狱毗邻,生死与荣辱结伴。实现了财富梦、瞬间暴富的幸运儿不是没有,但梦碎交易所、黯然退场、铩羽而归的倒霉蛋也是车载斗量。股市和交易所就是一个硕大无朋的舞台,每时每刻都在上演着财富人生的悲喜剧。《交易所现形记》描写了证券交易的狂热,为我们了解彼时上海滩经济活跃、万商云集,贸易、投资频繁且广泛,参与者众的金融投机活动,提供了一个生动的文学读本:

> 市场上的经纪人栏里,顿时人声鼎沸,大家伸着手嚷:"三元买进!四元买进!五元买!"有的见过是进不着,连呼七元、十元、十五元!倒吓得台上的拍板员没手洒锣鼓,急得两眼发昏,觉得这情形从来未曾有过,要想拍下板时,瞧瞧买卖两方,数目相错还远。买的方面已肯出到一百六十四元,卖的方面还嚷着一百九十九元卖出,不敢乱拍。后来总算两方慢慢接近,拍板员乖巧,见这辈经纪人、代理人嚷了好久,有些乏了,呼声稍低,买的方面,呼着八十一元,卖的方面恰巧有一位朋友嚷着八十三元,拍板员知道时机已到,不敢疏懈;连忙拿出奶娘肚里力气,高唤了"八十三元,八十三元"两声,拼命把那块檀树做的木板,高高举起,向下面一块板上一拍。只听得啪的一声,顿时场中静了下来。③

---

① 〔清〕陆士谔,《新上海》,上海古籍出版社,1997年版,第65页。
② 海上漱石生,《海上繁华梦》,上海古籍出版社,1991年版,第339页。
③ 江红蕉,《交易所现形记》,中国书店出版社,2015年版,第25—26页。

交易所里追逐财富梦的人们万头攒动、人声鼎沸的情景跃然纸上。"股市有风险，入市需谨慎"，这句耳熟能详的股市箴言，不仅适用于今天的股市，其实放在一百年前的上海股票交易所也同样适用。借用托尔斯泰先生的名言，"幸福的家庭都是相似的，不幸的家庭各有各的不幸"，《交易所现形记》的作者江红蕉正是出于这样的目的写了五个股市的故事，讲述了五个炒股人的悲欢离合和不同的命运，用血淋淋的事实和略带告诫的语气，苦口婆心，试图向读者传递这样一个信息："自从交易所风行以来，家破人亡的正是不知凡几呢。"[①]股票交易并非发财捷径，而是误人的歧途、杀人的迷药。

小说第三回《订婚继卷小姐多情　谋事委屈姨丈落拓》中许翯如因股票蚀本而吞鸦片自杀，幸而发现及时，在儿子许介眉、女婿朱钦铮，及西医潘笏臣等人的竭力抢救下生还，后改做空头开始翻本赢钱。

第四回《卫冰子一味搭架子　戴叔达两次吞生烟》中国民党元老戴叔达官场失意，试图在生意场上有所作为，便投资交易所，却时乖运蹇，屡次失手，心灰意冷之际两次吞鸦片自杀，终于如愿以偿，结果了性命。

第五回《荡产丧生名医末路　停辛仁苦账席抗颜》中以行医为生的南浔人金慈鸿是又一位吞鸦片烟丧命的投资失败者。本来他经济状况尚可，看见别人炒股赚钱，心有所动，故而也存心在股票上狠赚一笔，然后告老还乡，最终却亏损二十余万元，不得已吞生鸦片而亡。

第七回《毛拭圭妓院发威风　陈佩霞花丛做瘟客》中，王妈的儿子在商业学堂念书，与同学合买股票失利，最终在家中上吊自杀。

不同于第七回中王妈的儿子在家中上吊自杀，第十四回《有利能图大家作弊　无机可投相率关门》中西医潘笏臣妻子拿私房钱炒股亏损一两万余元后，选择用丝巾吊死在交易所栏杆上，算作对股票和交易所的无声抗议吧。

五个故事中，除了第三回中的许翯如生还后侥幸翻盘，终于死里逃生外，其他的四个人都死于炒股带来的困局，无一幸免。作者将股市视作洪水猛兽、误人的歧途和杀人的迷药，略显偏颇，但不失为用心良苦的劝世良药。股市的诱惑与风险是千真万确的客观存在，生死祸福，全在于自己的一念之差，一旦进入其中，就要恪守规约，愿赌服输。输赢背后其实是人性背景下天使与恶魔的交战，考验的是人心深处对贪婪与豁达的取舍。

第六节　公园、戏院、妓院、跑马场等娱乐空间与都市欲望

老海派文学中关于上海印象与商业文化叙事的书写与想象，充满了对上海的批判

[①] 江红蕉，《交易所现形记》，中国书店出版社，2015年版，第2页。

与揭露。一方面是因为上海这样一个杂糅了东西方多元文化的东方都市,在与异质文化的碰撞和交融中,不可避免地吸收和融合了许多西方文化的因素,同样不可避免的是也摒弃了自身许多不合时宜的因子,这就势必引起守旧、恋旧人士的反感与抵触,反映在作品中自然也就少不了相应的情绪和态度。另一方面,随着列强强势文化和巨额资本的大规模涌入,人对财富、权利、名声、情色等的各种欲望被极大地激发出来。人的欲望是无穷的,而可供追逐和分配的资源却是有限的,这就注定了不可能人人都如愿以偿,相当一部分人在竞争中被排除在角逐圈之外,从而丧失了竞争的资格,沦落为人群中的失意者。此外,人的禀赋也总是存在着一定的差异,在对资源的攫取过程中,总会出现由于此一先天因素所导致的占有量不均。人心不足蛇吞象,极少有人愿意心甘情愿地屈居落败者的地位,即便是头破血流、遍体鳞伤,也决不罢休。这样,在欲望与能力、机会、运气诸种因素之间,总是会产生张力与矛盾。如此,对上海商风熏习下种种欲望的书写也就成了这一时期文学书写的主题之一。

公园、戏院、妓院、番菜馆、跑马场等,除妓院外大都是开埠之前不曾出现的新的商业经营业态和商业空间,同时也是新的休闲娱乐空间。在这些空间中,上海各阶层的市民得以不同程度地满足了各自的欲望,同时又制造和产生了新的欲望。某种程度上,上海印象中的商业文化叙事也就成了欲望书写或欲望叙事。依据丹尼尔·贝尔的观点,所谓欲望,是指一种已经超过了绝对的生存或生理需要,仅仅为了满足个人优越感,能够提升个人地位的水涨船高、永无止境的东西。在欲望那里,社会也不再是有着共同目标的人的自然结合,而成了单独的个人各自追寻自我满足的混杂的场所。①

《市声》中的实业家兼商人范慕蠡、李伯正,在苦心经营实业与商业之余,又共同出资修建了一座商业公园:

> 原来这商业公园,也是慕蠡创议,和李伯正二人出资创立的。购了三十亩地,逐渐经营。凿了一个大池,种了许多荷花,养着无数游鱼。池塘四围,都有小石,叠出了幽岩深谷的样儿。最妙是水中间棋布星罗的几个小岛,上面也种有松树、冬青、竹子。有一只小船,好驾着上去。池中还有一方亭子,特派两个仆役在里面做菜烹茶。这亭子四时相宜,十分高爽。池外疏疏落落有几处茅屋竹篱,夹着几处华丽的屋宇。秋光野色,令人有山家之乐。华屋云开,尤有俯视一切之气概。这屋内除了吃茶饮酒外,不收客人分文,只禁止攀折花木,毁坏器物。不但富商大贾,常借这里宴会,就是那些贫民,也有来登楼远眺,临水观鱼的。慕蠡又请海内外的名家题了若干字画。伯正又把家藏的几件古玩和字画:董香光、米南宫这些人的真迹,捐入了好些。连一班名士好古雅的人,都来赏玩不已。传单发出去,人人都愿到场。②

---

① 〔美〕丹尼尔·贝尔著,赵一凡等译,《资本主义文化矛盾》,生活·读书·新知三联书店,1989年版,第34页。
② 〔清〕姬文,《市声》,第三十四回《扶工业高人远见 派捐资财房潜逃》,《中国近代文学大系》第2集·第7卷·小说集五,上海书店出版社,1992年版,第216页。

表面看起来,这个公园的修建只是为了给富商大贾提供一个宴会、休闲、游玩的去处,因为这个公园占地面积广大,竟有三十亩之广,在寸土寸金的上海,这无疑是一个财大气粗的象征。这里不仅有池塘、花草、假山、亭台、游鱼,景致优美宜人,而且布置精美,错落有致,竹篱茅舍,华屋丽宇,秋光野色,山家之乐,一时俱集。除了一掷千金的豪富大家,附庸风雅的文人雅士、不名一文的平民百姓,都可到此领略玩赏,一时之间确实吸引了许多人前来光顾。而事实上,这个商业公园的修建,在满足了一般的顾客休闲娱乐的欲望之外,更为两位出资人范慕蠡、李伯正实现更大的商业抱负,提供了一个传递信息、聚集民意、了解商情的平台,在逐利动机的驱使之下,不仅满足了不同消费群体娱乐休闲的欲望,而且还发掘了更大规模、更深层次的欲望。在商风熏习的语境中,自我认同的意义基础和价值前提被淡化,即便情感也是模糊不定的,只有欲望是真实的。这种欲望在不断地满足和不断地产生的轮回中,也变成了日常凡俗生活的鸡零狗碎,生活的目的和意义就简化为最大限度地满足个人欲望,并继续制造和刺激新的欲望。这既是关于每个个体自身的一种言说,也逐渐成为其实现自身价值的方式之一。持续制造和满足各种欲望,也就成为人们主要的生存目的,也构成了该时期上海印象商业文化叙事及其文学书写的主要内容。

同样,《海上繁华梦》中所描写的上海的又一著名公园愚园,也是这一欲望书写的又一文本:

> 少牧道:"愚园在甚么地方?这里去有多少远近?那边的景致可还好么?"志和道:"愚园在静安寺西面,这里去虽有十里之遥,马车只消半点多钟。那园基乃是申园、西园与品泉楼三处的旧址。本来甚是冷落,自从洋人筑了马路,有人在珍珠泉左近开了一所品泉楼茶馆,更有人造了一所洋房,取名申园,卖些茶点洋酒,渐渐有人前往游玩。后来日盛一日,有人又把品泉楼的房屋翻造起来,并将地址放大,种些花木,建了一个西园,抢夺申园生意。不料那边究竟是个僻静所在,除是夏天,喜欢凉爽的人多到那里去纳凉,若是春冬两季与那阴雨天时,有什么人前去?渐渐开销不住,前年遂归并了一个主人,大兴土木,造了无数亭台,取名愚园,气象一新。园中回廊曲折,复室幽深,又有荷池、假山、四面厅、新厅、戏台,真是步步引人入胜。那戏台上,每逢夏日,演的是髦儿戏,很有几个有名女伶。如今天气尚寒,游人还少,没有开锣。这新厅乃在园外,从月洞门出去,收拾得甚是精致。四面厅坐在厅中,四面的景致多可瞧见,更造得十分合趣。我们今日就在那里摆酒,好也不好?"①

小说中的愚园,位于静安寺西面,乃是在三座旧园申园、西园与品泉楼茶馆的基址之上新建而成的,"园中回廊曲折,复室幽深,又有荷池、假山、四面厅、新厅、戏台,真是

---

① 孙家振,《海上繁华梦·初集》,第七回《开豪宴浪子挥金 题妙曲可人如玉》,上海古籍出版社,1991年版,第64—65页。

步步引人入胜。"在新主人的筹划与精心建造之下,愚园气象一新,成了吸引游客的重要户外景观之一。尤为重要的是,这里的戏台在夏日时还上演"髦儿戏"。所谓"髦儿戏",是全部由青年女演员组成的戏班或演出的戏,清同治、光绪年间出现于京沪等地,多演唱京剧。裕德菱《梨园佳话·馀论·女伶》云:"女剧,沪上谓之髦儿戏。髦,盖髺也。昔时妇人拖长髺而作男子冠服,致足笑人,故有此称,非时彦之谓也。"也有人说是因创始班主名李毛儿,亦称"毛儿戏"。精致玲珑、风光旖旎的园林建筑,青春靓丽、明媚可人的年轻优伶,不仅创造了优美的休闲娱乐空间,也为广大游客提供了老少咸宜、趋之若鹜的情色消费髦儿戏,开辟了又一个新型参与度极高的商业消费空间,也为园主带来了滚滚财源,在满足了园主财富欲望的同时,也为创造和产生下一个新的欲望提供了契机。

食色,性也。人类的各种欲望,尽管在表象上五花八门,千奇百怪,其实归结起来无非是饮食男女。《海上繁华梦》中以许多笔墨和篇幅写到了四马路上的番菜馆——西餐厅:

> 说那一品香番菜馆,乃四马路上最有名的,上上下下,共有三十余号客房。四人坐了楼上第三十二号房间,侍者送上菜单点菜。幼安点的是鲍鱼鸡丝汤、炸板鱼、冬菇鸭、法猪排,少牧点的是虾仁汤、禾花雀、火腿蛋、芥辣鸡饭,子靖点的是元蛤汤、腌鳜鱼、铁排鸡、香蕉夹饼,戟三自己点的是洋葱汁牛肉汤、腓利牛排、红煨山鸡、虾仁粉饺,另外更点了一道点心,是西米布丁。侍者又问用什么酒,子靖道:"喝酒的人不多,别的酒太觉厉害,开一瓶香槟、一瓶啤酒够了。"侍者答应,自去料理,依着各人所点菜单,挨次做上菜来。
>
> 少牧问子靖道:"这四马路番菜馆共有几家?"子靖道:"现在共是海天春、吉祥春、四海春、江南村、万年春、锦谷春、金谷春、一家春,连这一品香九家。尚有杏花楼并宝善街指南春、胡家宅中和园、荟香村,也有大餐,那是广东酒馆带做的。其余外国人吃的真番菜馆,英界是大马路宝德,西人名廿七号,泥城桥西堍金隆、五马路益田,法界是密采里。虽也有中国人去,却不甚多。"少牧道:"那宝德等的价目,可与一品香等一般?"子靖道:"这却大不相同。中国番菜馆是每菜价洋一角,也有一角五分的、二三角的;外国番菜馆是每客洋一元,共有九肴,吃与不吃,各随各便。"幼安道:"闻得虹口尚有一家礼查,不知也是大菜馆不是?"戟三道:"那是一所西国客馆,如华人客栈一般,平时兼卖洋酒,并不是番菜馆儿。"幼安道:"原来如此。"①

据此可以看出,仅四马路一条街就有九家专业的番菜馆,加上其他几家兼做西餐的粤菜馆,及"外国人吃的真番菜馆",则四马路上的西餐厅不下十数家,至于上海全城的番菜馆更不知凡几了。这些西餐厅,丰俭不同,价格各异,可以满足不同消费水准的顾客。遍布上海的番菜馆,绝对是开埠以来才出现的新事物,新的商业空间。"中国番菜

---

① 孙家振,《海上繁华梦·初集》,第三回《款嘉宾一品香开筵 奏新声七盏灯演剧》,上海古籍出版社,1991年版,第24—25页。

馆始于一品香,开设四马路中,当时人鲜过问。近数年间,华人颇亦乐尝西味。故踵开海天春、一家春、江南春、万长春、吉祥春,诸馆均分间设座,陈列雅洁。礼拜六礼拜日,坐客常满。定价每人大餐一元,坐茶七角,小食五角,外加烟酒堂彩,中外名酒皆备,尽有召妓侑酒、歌管并陈者,更有携眷同啖者,习染西俗,此亦一端。"①到番菜馆消费的,外国人不必说,华人消费者则呈现出别样的意涵。西餐作为西方文化的重要组成部分,对于一部分喜欢追新逐异、尝新猎奇的人士来说,自然是探究与追慕的内容之一。穿西装、品西餐,在开埠后的上海滩,无疑是新派人物的必然选择,这不仅是一种态度,也是一种身份,更是一种时尚,因而西餐厅的风行上海滩,走俏华界洋派人士圈,也就顺理成章。描写上海繁华的小说,几乎每一部都写过西餐厅,到"一品香"番菜馆吃大菜成了小说中人物活动的重要舞台,和场景描摹的标配。换言之,番菜馆几乎成了洋场的标志,凡涉足洋场者必定要光顾,否则就不算到过洋场。孙宝瑄的《忘山庐日记》、王同愈的《栩缘日记》、何荫柟的《锄月馆日记》等,多次提及上海的多家番菜馆,诸如一品香、吉祥春、一家春、万家春、江南春、海天春等等。陈伯熙在《上海轶事大观》中则对中餐馆有很详细的记载:"沪上菜馆林立,山珍海味极海内外之精华……酒馆业初唯有徽州、宁波、苏州三种,后乃有天津、金陵、扬州、广东、镇江诸馆,至四川、福建馆,始于光复后盛行沪上。"②在这些中西餐馆中,可以会友、谈心、谈生意、赌博、拉皮条,同时又是野鸡、暗娼出没,钓鱼拉客的地方,空气中的每一个分子都荡漾着荷尔蒙的气息。可以说,上述种种表象的背后,无一不是各种潜在的欲望在兴风作浪,翻云覆雨。

戏园是又一个兼具情色的娱乐和商业消费空间。同跑马场、番菜馆、交易所等西化色彩浓郁的商业空间不同,戏园在上海出现得较早。但开埠以前,上海戏曲市场并不发达,有资料显示,上海城内最早的戏园是在小东门的三雅园,演出的主要是昆曲。《上海轶事大观》中说:"吴中当乾、嘉、道、咸时盛行昆腔,上自王公士夫,下至走卒皆酷嗜之,沪地亦然。咸、同时戏园中多演昆曲戏。"③开埠后则打破了昆曲一家独大的局面,"自上海开埠,北剧南来,内廷供奉也,山陕名角也,络绎津、沪,声名鹊起,而京班之名,乃普遍于扬子江以南"。④北方地方剧种,特别是京剧,纷纷南下,与昆曲形成了分庭抗礼、并驾齐驱的格局,满庭芳、筱丹桂的开设更是领风气之先。继此之后,海上戏园相继开设,除了京戏馆外,上海还有外国戏园,虹口的广东戏园,英租界、美租界有绍兴戏园,闸北有江北戏园等,一时沪上梨园甲天下,南腔北调,笙歌处处。

同公司、企业、商场、妓院和番菜馆等形形色色的商业空间一样,戏园的园主或老板也是以牟利为鹄的商人。为了吸引顾客,获得利益的最大化,戏园的老板必须动用各种手段。从园址的选择、内部的设施、舞台和座位的布局陈设,到剧目的安排、演员的阵

---

① 藜床卧读生编,《新辑上海彝场景致·中国番菜馆》卷1,光绪二十年,上海管可寿斋石印本。
② 陈伯熙编,《上海轶事大观》,上海书店出版社,2000年版,第187页。
③ 陈伯熙编,《上海轶事大观》,上海书店出版社,2000年版,第456页。
④ 姚公鹤,《上海闲话》,《上海滩与上海人丛书》第1辑,上海古籍出版社,1989年版,第122页。

容,以及园内的服务、往来的交通等等,都是刺激消费、吸引顾客必须考虑的因素。有的戏园老板还注重名人效应,不惜花费重金,邀请名家名角驻园演出。《海上繁华梦》好几个章节都写到了谢幼安与杜少牧流连于戏园的情形:

> 锦衣本是轿子来的,因见幼安与少牧两个俱是步行,吩咐轿夫将轿先抬至丹桂戏园,另外给了一角洋钱,令唤三部东洋车来,与幼安等一同登车而去。
>
> 到得园门,冶之马车甚快,先已来了。五个人挽手进内。早有案目动问:"五位是看正桌还是包厢?"冶之道:"包厢可有全间的么?"案目道:"全间的俱定去了,只有末包里头尚可坐得三四位人。"志和道:"既然没有全间,不如就是正厅上罢,五个人恰好一桌。"案目道:"正厅前三排桌子,也已坐满的了。爷们今日不曾早来定个座儿,只好对不住些,第四排上可好?"志和皱眉道:"前边当真没有,就是第四排将就些些,只要是一张全桌子儿。"案目答应,领至里头,向座客千央万恳,央得一张桌儿,让五人坐下。泡上茶来,另外装了四只玻璃盆子,盆中无非瓜子、蜜橘、橄榄等物。
>
> 案目随手送上戏单,各人接来一看,见是小九龄的《定军山》,飞来凤、满天飞的《双跑马》,三盏灯、四盏灯的《少华山》,汪笑侬、何家声的《状元谱》,周凤林、邱凤翔的《跪池三怕》,七盏灯的《珍珠衫》,赛活猴的《全本血溅鸳鸯楼》。其时已是八点半钟,台上三盏灯、四盏灯正演《少华山》,那种悲欢离合情形,难为他年纪虽小,偏是描摹尽致。接下来《状元谱》,演陈员外的汪笑侬,出身本是个直隶举人,佯狂玩世,隶入梨园,与前在宝善街留春园、后在六马路天福戏园的老生汪桂芬(即汪大头),同出京伶程长庚门下。虽喉音略低,而吐属名隽,举止大方,自与别的伶人不同。况演坟丁的小丑何家声、演陈大观的巾生小金红、演安人的老旦羊长喜,皆是第一等做工。台下边的看客,无一个不齐声喝彩。①

其中提到的程长庚、汪笑侬、汪桂芬等,都是梨园界声名赫赫的大明星。汪笑侬(1858—1918),是出生于北京的满族人。本名德克金(亦作德克俊),字润田,号仰天;又名僻,字舜人,号孝侬,别署竹天农人。他出身官宦家庭,自幼聪颖好学,光绪五年(1879)中举,曾做过河南太康知县,但他无意追求功名,转而投身戏曲界。他潜心学习,成绩斐然,做功细致、逼真,取汪桂芬、谭鑫培、孙菊仙之长,融合徽、汉二调,自成一派,是当时誉满京城的京剧名家,汪派的创始人,也是京剧改良的先驱。他的拿手戏《战长沙》《文昭关》《取成都》等,悲慨苍凉,声闻遐迩,为业内所称许。

而程长庚则更是京剧界的泰斗,是汪笑侬、汪桂芬、谭鑫培、孙菊仙和杨月楼等名家的前辈。程长庚(1811—1880),名椿,字玉珊,安徽省潜山市人。幼年曾在徽班坐科,道光二年(1822),随父北上入京,开始崭露头角。曾历任三庆、春台、四喜三班总管,及三

---

① 孙家振,《海上繁华梦》,第三回《款嘉宾一品香开筵 奏新声七盏灯演剧》,上海古籍出版社,1991年版,第26—27页。

庆班主。与张二奎、余三胜并称为"老生三鼎甲",而程为其首。程长庚擅演的剧目主要有《群英会》《战樊城》《捉放曹》《击鼓骂曹》《法门寺》《文昭关》《状元谱》《战长沙》《华容道》《天水关》等老生戏。他的唱腔脱胎于"徽调",取法于楚调,兼收昆曲、山陕梆子诸腔之长,融汇为"皮黄调",却以徽音为主。他的唱和念法,柔寓于刚,发声吐字,字正腔圆,不事花哨,直腔直调,沉雄爽朗。他以匠心独运的唱腔艺术,声容殊众的老生艺术,因人施教的育才艺术,以德孚众的治班艺术,技艺超群的导演艺术,在中国京剧史上铸起了一座丰碑,被誉为"京剧之父"。这些京剧大师的惠顾惠演,使得戏园里戏台下的看客"无一个不齐声喝彩",具有极大的票房号召力。

这些戏园在满足了园主自身的财富欲望之外,也为各色的看客们提供了休闲娱乐的消费空间。在这个空间中,看客们可以与三五故旧或红颜知己结伴而行,亦可与达官贵人、富商巨贾联翩而至,在鉴赏演员们的精彩表演和优美唱腔之际,拉近彼此的距离,增强相互的感情,其交友的功能是不言而喻的。此外,在这样轻松愉快的空间之中,观众们或许可以暂时忘却滚滚红尘中的蝇营狗苟与尔虞我诈,与剧中的情节产生某种共鸣,进而感悟人生也未尝不可:

> 其时酒已半酣,自鸣钟已敲十点,做影戏的问可要开演,幼安说就此开演甚好,遂叫车夫把灯烛熄灭,撤去残筵,又在布帷上面喷湿了水。演戏的把电光运动,照耀得满室生明,在布帷里一套一套搬演起来。起初几套影片,多是些外国景致,后来有几套打仗片子,真个是炮火连天,看了时令人心惊目眩。幼安等个个赞好。又有一张跑马片子,马蹄得得,仿佛有声。一张救火片子,火光熊熊,宛然在目。一张海水中西人洗浴片子,那大水奔腾之势,恍如身历其境一般,众人更拍手叫绝。末后有两张簇新上海堂子里的影片,一张乃是摆酒,一张乃是碰和。一样搳拳叫局,抹牌数筹,娘姨装烟,相帮上菜,惟妙惟肖。幼安看了,点头说道:"这真是电光石火,瞬息即逝。看了这两套影片,大可唤醒孽海痴迷。"少甫道:"本来浮生若梦,为欢几何!你说他石火电光,比评得真是不错。"①

此处情节中影戏的内容当是默片时代的电影,虽异于传统的戏曲表演,场面更逼真,情景更刺激,但实质上并无大的不同,都是以吸引观众为鹄的,心有戚戚者自然会感同身受。所以,谢幼安、杜少甫都感慨不已,在瞬息即逝的电光石火之间,感到了浮生若梦,由此可以"唤醒孽海痴迷"。失之东隅,收之桑榆,谢、杜二人本来到上海是来猎艳寻芳,满足自己情色欲望的,却不料无意之间对人生有了些许禅悟和感慨,不能不说戏曲的教化功能无处不在,商家也在无意中客串了一把教师爷的功能。

在三四十年代走俏文坛的施蛰存笔下,对剧场中这种欲望的描写更臻于极致:

---

① 孙家振,《海上繁华梦·二集》,第二十九回《谢幼安当筵解梦 杜少牧孽海回头》,上海古籍出版社,1991年版,第655页。

怎么,她竟抢先去买了票了吗?这是我的羞耻,这个人不是在看着我吗?这秃顶的俄国人?这女人也把眼光盯在我脸上了。是的,还有这个人也把衔着的雪茄烟取下来,看着我了。他们都看着我。不错,我能够懂得他们的意思。他们是有点看轻我了,不,是嘲笑我。我不懂她为什么要抢先去买票?

她难道不知道这会使我觉得很难受吗?我是一个男子,一个绅士,有人看见过一个男子陪了一个女子——不管是哪一等女子——去看电影,而由那个女子来买票的吗?没有的;我自己也从来没有看见过……

我脸上热得很呢,大概脸色一定已经红得很了……但她为什么把两张戏票都交给我?

啊,这是 circle 票!为什么她这样阔绰?

我懂了,这是她对于我两天前买楼座票的不满意的表示。这更是侮辱我了。我决不能忍受!我情愿和她断绝了友谊,但我决不能接受这戏票了!不,我不再愿意陪她一块看电影了。什么都不,逛公园,吃冰,永远不!①

在这里,一对欲望中的情色男女,在电影院为了谁先买票竟致浮想联翩,以为女性先买了票就是对自己的不满与轻贱,而男人失去了优先购票权就是失去了彼此平等的人格,将一场风花雪月的罗曼蒂克,彻底扭曲成了赤裸裸的情色消费,人格也就被置换成了金钱价值。在这里,男人由于感到自己被女人所轻视而觉得屈辱羞愧,觉得自己的人格受到了极大的威胁和挑战,是因为他已经把人格等同于富有和购买力,觉得自己缺乏足以显示他身份和魅力的金钱。接下来的情节中,男主人公把对欲望对象的恐惧转变成一种变态的恋物癖,竟对着女伴的手帕想入非非:

哦,好香,这的确是她的香味。这里一定是混合着香水和她的汗的香味。我很想舐舐看,这香气的滋味是怎样的,想必是很有意思的吧?我可以把这手帕从左嘴唇角擦到右嘴唇,在这手帕经过的时候,我可以把舌头伸出来舐着了,甚至就是吮吸一下也不会被人家发现的。这岂不是很妙?好,电灯一齐熄了,影戏继续了。这时机倒不错,让我尽量地吮吮一下吧……这里很咸,这是她的汗的味道吧?但这里是什么呢,这样地腥辣?……恐怕是痰和鼻涕吧?是的,确是痰和鼻涕,怪黏腻的。这真是新发明的美味啊!我舌尖上好像起了一种微妙的麻颤。奇怪,我好像有了抱着她的裸体的感觉了……②

而这种恋物癖折射的是一种强烈的混合着自卑感的占有欲,以及不可遏制的生物冲动,剧院这一商业空间则是激发这种欲望的始作俑者。

声色犬马等同于醉生梦死、骄奢淫逸,是不求上进、自甘堕落的代名词,向来是主流

---

① 施蛰存,《巴黎大戏院》,载于润琦编,《施蛰存代表作》,华夏出版社,1998年版,第38页。
② 同上。

价值观所口诛笔伐的对象之一,白居易在《悲哉行》中就用"朝从博徒饮,暮有倡楼期。……声色狗马外,其余一无知"斥责那些游手好闲、只知吃喝玩乐的纨绔子弟;李清照在《金石录后序》中认为自己与丈夫沉溺于搜罗金石书画而自得其乐,远胜于富家子弟的"声色狗马之上";鲁迅则在《诗歌之敌》中直接将御用文人目为声色犬马:"豢养文士仿佛是赞助文艺似的,而其实也是敌。宋玉司马相如之流,就受着这样的待遇,和后来的权门的'清客'略同,都是位在声色狗马之间的玩物。"①上海开埠后,赛马作为英国的国粹,被引进中国。道光三十年(1850),一批英国人成立了跑马总会,在花园弄(南京路)与界路(河南路)的拐角处(俗称抛球场的丽华公司原址)开辟了上海第一个跑马厅。现在人民广场的旧址,曾经是上海最大的跑马场,占地数百亩。跑马场带有浓厚的殖民文化色彩,具有多重身份和功能,不仅是一个驰马角胜的体育竞技场,也是一个各方势力较力的权力场,一个挥金如土、吃人不吐骨头的销金窟,更是一个满足和制造各种欲望的巨大商业空间。

《海上繁华梦》写到主人公到跑马场看赛马的情形:

> 自己到了初四饭后,与幼安在四马路马车行中,叫了一部木轮的皮篷马车,这车价甚是便宜,连酒钱只花了两块洋钱,一样如飞地到跑马场来。但见场上边人山人海,那马车停得弯弯曲曲的,不知有几百部儿,也有许多东洋包车在内。车中的人,男的、女的、老的、小的、村的、俏的,不知其数。还有些少年子弟,坐着脚踏车在场边兜圈子,瞧看妇女吊膀子的。又有些乡村男女,与着一班小孩子们,都在场边搭着的木板上头,高高坐着,真正看跑马的。至于那些大人家出来的宅眷,则是坐在马车上瞧……

> ……只听得耳朵边一阵喧哗,场上的人万头攒动。远远瞧见跑马厅上跑出八匹马来。起初原是一线齐的,不到半圈,渐渐分出先后。跑至十分之七,只有一匹黑马与一匹黄马在前。及至一圈跑到,乃是黄马第一。骑马的人,身穿红衣黑裤,头上戴的帽子,只因离得尚远,看不清楚。②

看赛马成为上海滩上的一种新时尚,每逢赛季到来,各界人士不分国籍、不分肤色、不分性别、不分贫富、不分尊卑、不分宗教信仰,像过节、赶集一样,从四面八方围聚到跑马场边观赏跑马盛况,赛马会成为举城若狂的"狂欢节"。到了上海没去看跑马,就仿佛今天到了西班牙却没看过斗牛,到了印尼巴厘岛没看过斗鸡一样。当然,观赏性只是跑马的一部分特质,更重要的是它巨大的商业空间,门票收入、赌马佣金、车马交通,以及跑马场周边的餐饮、住宿、百货、服装,乃至风月场所等许多行业,都随着跑马业的兴盛而风生水起,蔚为壮观。正如竹枝词中的歌吟,"春江春赛自年年,跑马西商赌万钱。寄

---

① 鲁迅,《鲁迅全集》(第7卷),《集外集拾遗·诗歌之敌》,人民文学出版社,2005年版,第249页。
② 孙家振,《海上繁华梦·初集》,第八回《看跑马大开眼界 戏拉缰险丧身躯》,上海古籍出版社,1991年版,第74页。

语游人须快睹,今朝已是第三天。""沙逊怡和与裕泰,十次飞跑九次赢。买票诸君知道否,勿兰今日最传名。"①参与赛马和赌马的从业人员,背后其实是沙逊、怡和、裕泰各大实力雄厚的老牌洋行或财团的实力比拼,是一场以体育竞技形式出现的博彩业豪赌。特别是"大香槟""大皮赛",以及赌马彩票的出现,强烈地刺激着冒险家和一般升斗小民期望咸鱼翻身的欲望,吸引着各路赌客们蜂拥而至。《香国谐闻·宝气珠光聚一团》写道:

> 南平安里林兰香校书年当瓜破,貌比花媽,善度大小各曲,并皆佳妙。以是马樱树下尽多访艳人来。闻有某豪客兑赠精圆珠子若干颗及零星珍宝无算,价值之昂数以千计。兰香因倩扎珠花,人连日在院扎成珠蝴婕两只,宝气珠光夺目晶莹。此人又代办八嵌兜一只,兜上遍缀珠条,每珠一颗值价八元之谱,预备看跑马之需。兰香何幸得此佳客!一时同院诸姊妹俱艳美不置,而兰香亦欣欣得意云。②

烟花女林兰香的恩客为其花费巨资置办的珍珠首饰,目的就是为了在看跑马时一展芳容,可见赛马会对娱乐业的带动与影响何其巨大,对其他相关行业的影响亦可由此略见一斑。

"赛珍会"是当年张园举行的一种西式的赈灾义卖活动,包天笑《味莼园赛珍会杂咏》七首绝句专咏其事:

> 白罗帕子绣芙蓉,兜卖人前晕玉容。三字温存做好事,语音清脆是吴侬。
> 酣紫娇红贮碧筠,茶阑酒幕小逡巡。不看花面看人面,珍重罗巾扣一轮。
> 万能电气倡西欧,火灶风铃太自由。蓦地忽闻狮子吼,教侬一步一回头。

《九尾龟》也写到了此一情景:

> 过了一天,却却的张园赛珍会已经开常。贡春树和吕仰正两个,少不得也要买两张入场券,进园游览。……两个人慢慢地走到安垲第来。只见那安垲第中间,陈列着许多东西,都是些泰西士女在那里四处兜揽生意。那安垲第的两旁,隔作十几处,好像是十数间厢房的一般,却是十三国领事的夫人,分厘列货地在那里掌柜。安垲第前后,又有许多欧美各国的女士,也有设着博彩摊的,也有卖点心食物的,大半都是些少年貌美的人,一个个都打扮得金钻照眼、锦绣流光。两人一路走来,东看看,西看看,真有些应接不暇的光景。出了安垲第,又到老洋房去看了一回。都是陈设的珠玉绣货、古玩字画,陈设得五光十色,光怪陆离。③

《九尾龟》是小说,属于虚构文学的范畴,而包天笑的《味莼园赛珍会杂咏》七首则是

---

① 陈无我,《老上海三十年见闻录》,顾炳权,《上海洋场竹枝词》,上海书店出版社,1996,第 433 页。
② 澄江一蝉编,《香国谐闻》,鸣琴书社,1920 年,第 131 页。
③ 〔清〕张春帆,《九尾龟》,第一八八回《悯哀鸿仁人兴义举 泛明湖好景入诗囊》,齐鲁社,1993 年版,第 731—732 页。

纪实，但二者同时提到的张园赛珍会，其具体的实际情形彼此大致相差不远。这种赛珍会是一种由西方人主办的、通过义卖方式进行赈灾的社会公益活动。为了助兴和烘托气氛，通常也会举办各种文艺表演，如皮影戏、杂技、戏剧等，动物园趁机在此展出各种珍奇动物，各展台也出售各式各样、千奇百怪的小物件和纪念品；晚间则施放绚丽多彩的烟火，吸引众多游人，把带有经贸博览会性质的赛珍会推向高潮。赛珍会一般由年轻漂亮的女性担任司仪或服务生，她们年轻靓丽的姿容、亲切甜美的风姿、巧笑顾盼的气质，对任何阶层的人士无疑都具有极大的吸引力。特别是许多有一定身份和地位的男性，在漂亮女性面前总是试图展示自己的绅士风度，在饱览姹紫嫣红的各色西洋美女之余，侠肝义胆的豪情油然而生，慷慨解囊也就水到渠成。崇高与卑鄙不过一步之遥，即便是这样的空间，也不乏充满欲望、怀揣猎艳寻芳之心的利禄之徒，硬生生把赛珍会演化成了羼杂情色的风月场所。

交易所和赛马场、番菜馆，以及新式的公司、企业一样，既是巨大的商业空间，也是诱惑激发人的财富、情色、权利等欲望的空间。《上海人的人生问题》中的姜达道，把"上海人的人生问题"，归结为"及时行乐"，具体的步骤有所谓三点：第一，以夜以继日的方式补救光阴的不足，以便延长行乐的时间；其次，用吸鸦片烟来补救前一种方式"夜以继日"所形成的精神不足；再次，以举债补救吸鸦片造成的经济亏空；最后，通过买彩票得头彩来还本付息。前因后果，环环相扣，形成了一个完整闭合的循环链条。① 归结起来，就是醉生梦死，为欲望而生，为欲望而死。而这一切欲望的满足与新生，几乎都发生在戏园、烟馆、妓院、番菜馆、游乐场和交易所等娱乐空间与商业空间。

贪财好色、喜新厌旧、好逸恶劳、贪生怕死等等，这些与生俱来、亘古不变的人性，其自然属性无疑是普遍的，也是共同的。除此之外，它也具有社会历史性，与特定时空下的政治、经济、文化、历史等诸多因素密切相关。特别是近代以降，人类文明水平的普遍提升，物质生活的极大改善，也导致了精神领域内人类欲望和需求的极大释放与满足。上海开埠后，西风东渐，西方的物质文明随着枪炮和贸易，以不同的渠道与方式逐渐渗透到社会生活的各个阶层和角落。而商业资本的大行其道，又使得上海滩上的商业空间大为拓展，随之而来的欲望空间也水涨船高，并以前所未有的速度攻城略地，且呈一发不可收拾之势。生活在这一时期上海的每一个人，都沉溺在种种欲望泥淖中，在纷扰喧嚣的市声中苟延残喘，时时刻刻在上演着千篇一律的活剧，而文学则不失时机地成了记录者，连篇累牍，积案盈箱，成为回顾这一时期上海印象的活标本。

---

① 胡寄尘，《上海人的人生问题》，《小说世界》第12卷第8期，1925年出版。

第七章 上海印象中的商业伦理

商业伦理也是一个老话题,是随着商业活动的风行,并在经济和社会活动中日渐步入舞台中心后出现的话题之一。不同于商业法规通过刚性的强制手段来保证商业活动在合理的轨道和区间运行,最终实现合法合理的商业利益,所谓商业伦理,顾名思义,是凭借柔性的道德自律和理性自觉的社会整体氛围,来维护和实现整个商业体系的正常运作,确保商业活动中的每一个从业者都能获得利益的最大化,而这种利益不仅合法,而且合情、合理。这就势必会形成一套完整的行为范式、价值理念,借此约束商业活动中的失范行为,并对由此而产生的不当赢利给予一种强烈的道德谴责和舆论监督。在形成约束机制的同时,其实也暗含了激励机制,对于符合商业伦理的商业活动和从业人员,无形中会给予一种精神层面的嘉勉与赞赏,从而也确保了其所获利益的正当性与合理性。

这种商业伦理的形成及其在社会、人群中的认同接受,是一个长期的漫长的过程,一旦形成,就会渗透到社会阶层的毛细血管中,成为历代相传的文化基因,具有历久不衰的生命力,也势必成为社会中大多数人恪守信奉的行为准则。毕竟,这种柔性的约束规则,比起法律法规那些硬邦邦的刚性戒律,实施起来的成本要低得多。而且,商业伦理的有效实施与合理运行,还可以降低市场中的不确定性,降低交易成本,促进商品的流通,维护市场的繁荣。因此,其重要性不言而喻。

上海开埠以后,迅速崛起为商业都市,成为近代东方商业文化的代表性城市之一。在这一过程中,西方强势资本的介入,与西方思想价值观念的剧烈冲击,发挥了至关重要的作用。特别是对我国传统商业伦理精神的冲击是前所未有的,促使其发生了巨大的变化和重要的转型。譬如,古人讲究"君子一言既出,驷马难追""重然诺,轻生死""口不二价"等依靠个人道德情怀和人格魅力维系的诚信理念,演进到具有浓郁西方契约精神色彩的"重合同,守信用"价值观,确保了商业行为建立在更规范、更可靠的伦理精神基础上;价值追求上,无论是"端木生涯""陶朱事业",还是"白圭仁术",或多或少都具有儒家"济世利民""达则兼济天下"的色彩。而马克斯·韦伯认为,那些具有新教伦理精神的西方企业家常常把"获利作为人生的最终目的","把更多地赚钱作为人生的天职",更多的是看重个体价值的实现。受此影响,近代以降的商业主体,在继续秉持了传统的经世济民、家国情怀之外,也注重个人发家致富和创家立业的功利追求。在面临"三千年未有之大变局"的情势下,上海的商业从业人员,与国人一道,在自己以儒学为底色的传统文化精神的价值体系中,逐步融入了具有鲜明民族色彩的家国情怀和科学理性等新的内容,实现了东西方文化、传统农业文明与商品经济法则的有机结合。

第一节 传统商业伦理的历史演进

一、传统文化与商业伦理

我国传统文化中,儒墨道法等诸子百家都曾贡献过自己的智慧,也都在不同程度上影响着传统文化的整体走向与整个价值体系的完整型塑。其中,儒家思想的地位与影响举足轻重,历来为人所保重珍视。作为儒家思想的创始人,孔子思想的核心"仁""义""信"等理念,影响所及,也渗透到了商业领域。所谓"仁者,爱人","仁"既是一种形而上的价值理念,要求每个社会成员对自己的同类,不论血缘远近,不论贫富贤愚,都要不分差等,无条件地施以温情和关爱,是一种发自内心的善行,一种源于良知的道德自觉。同时,"仁"也是一种具体的行为准则,"己欲立而立人,己欲达而达人""出门如见大宾,使民如承大祭""居处恭,执事敬,与人忠","仁"泛化在日常生活的每一个细节中。"仁",没有强制性,"己所不欲,勿施于人",是一种推己及人的"恕道",类似于孟子的"老吾老以及人之老,幼吾幼以及人之幼"。仁者必须具备自律精神,"克己复礼为仁",不加节制,放纵自己,是不可能达到"仁"的境界的。

"义",是在孟子手中提炼出来的儒家思想的又一核心范畴。《说文解字》卷十二"我部"曰,"義,己之威仪也。从我、羊"。古人把"羊"作为和善的象征。"我"本来是指一只有棱有角,还具有锯齿状的刀刃的兵器,后假借作第一人称的代词,指自己。因而有的学者认为由"羊"和"我"构成的"义"的意思是像羊一样与人为善,一切好事、善事应从"我"做起。于是把一个人对另一个人做好事、肯牺牲的精神称为"义"。"义"与"仁"一样,都是一种道德自律。由法律、法规等硬性方式强制实施的行为,是一种必须遵守的规约,一旦违反,就势必受到某种惩戒或处罚,付出看得见、摸得到的代价。相对于此,"义"与"仁"则是一种显示个人修养、个人素质,展现人格魅力的纯粹道德自律,可以遵守,也可以不遵守的柔性规训。前者是责任,是本分,而后者是义务,是奉献。如果确实遵守且践行了这种规约,必然会树立起道德的高标,成为道德楷模。反过来说,也只有道德楷模可以做到"义"与"仁",才能达到一种傲视众侪、独步云端的境界,"孔子曰:'能行五者于天下,为仁矣。''请问之?'曰:'恭、宽、信、敏、惠:恭则不侮,宽则得众,信则人任焉,敏则有功,惠则足以使人。'"(《阳货》)一般人是做不到的,"若圣与仁,则吾岂敢"。因而必须大声疾呼,反复倡煽,所以,儒家人士才不得不感慨地说,"立人之道,在仁与义"。也因此,他们才不遗余力地主张"见利思义""见得思义""不义而富且贵,于我如浮云"。呼吁"杀身成仁""舍生取义"。"仁"与"义"的实现,是必须生死以之,付出生命的代价。可见,达到"仁"与"义"的境界是多么的不易与艰难。

"子以四教,文、行、忠、信"。除了"仁"与"义"等核心范畴外,儒家思想还主张"诚""信"。"人无信不立",强调人与人之间要讲信任,守信用,存信义。不可夸夸其谈,言而无信,必须要做到"言必信,行必果"。孟子说"诚者天之道,思诚者人之道",认为诚实是自然"天道"的显现,而追求诚实,则是"人道"的体现,要求人们忠于自己内心的本性,顾及社会与他人的存在,积极承担相应的社会责任和道德义务,并将自己的言行与之结合,实现"天道"与"人道"的完美结合。"诚""信"成为儒家人格教育的重要内容与核心范畴。作为商人,"贾而能诚,斯为良贾"。诚实守信,童叟无欺,是商业从业人员的基本行为准则,做到这一点,才算得上一个真正的好商人——"良贾"。

"中庸"也是儒家思想中的重要理念,被奉为儒家的道德标准。《中庸》原是《礼记》四十九篇中的第三十一篇,相传为战国时期子思所作。宋代从《礼记》中抽出,与《大学》《论语》《孟子》合为"四书"。"中庸之为德也,其至矣乎,民鲜能久矣",所谓"中庸",北宋程颐以"不偏之谓中,不易之谓庸。中者天下之正道,庸者天下之定理"来解释中庸。及至南宋朱熹作《中庸章句》,并释为"中庸者,不偏不倚,无过不及,而平常之理,乃天命之所当然,精微之极致也。""中者,不偏不倚、无过不及之名。庸,平常也。"通俗地讲,"中庸"就是待人接物保持中正平和,因时、因物、因事、因地制宜,做到不偏不倚,一以贯之。

除了儒家思想外,道家思想作为传统文化的重要组成部分,在中国人的精神生活中,也曾产生同样的影响和作用。

中国商人就是在这样的文化环境和文化土壤上生长出来的,他们骨子里浸淫、传承的必然是传统文化的基因和血脉,因而他们尊奉和恪守的商业伦理势必打上传统文化的深刻烙印。概而言之,有以下数端:

首先,基于"仁者"之心的"大商"思想。"仁者"之心就是以人为本,推己及人,大爱无疆,没有差等,善待每一个社会成员,所谓"仁者,爱人",不仅做到对他人情感交流上的和蔼亲切,而且在实际利益上也有看得见摸得着的眷顾与让渡。做到这些,就不仅笃信了儒家的价值理念,也在行动上践行了这一理念,做到了知行合一,也就成为真正意义上的"儒商""大商","不以仁政,不能平治天下""行仁政而王,莫之能御也",由此而实现"经世济民""富国兴业"的理想。

其次,源自"德者"之心的义利观。孔子说"德者本也",孔门"四学"中,"德行"居其一,是修德养性的重要途径和方式。所谓"德",即"得"也,人按照良知、规律、真理的指引,依道而行,就不会迷失本心和自我,不会作奸犯科,不会坑蒙拐骗,不会见利忘义,如此便可求仁得仁,求利得利,这便是"得"和"德"。但"得"和"德"不是终极目的,而是通往更远大目标"齐家治国平天下"的途径,这才是真正的"得",也是真正的"大德"。基于此,商人们尽管不一定最终会成为匡扶圣主、经邦济世的文臣武将,但总体的趋势上是向着这一目标一道迈进的。因而他们的价值取向,基本上是与传统儒家的价值观携手而进、同向并行的。所以,他们信守"财自道生、利缘义取"的核心经营理念,推崇"君子爱财取之有道"的行为准则,不取不义之财,"以义制利,则利不变害""义然后取,人不厌其取",[①]将其奉为自己的职业本分,终生恪守而不逾矩。

第三,本于"道义"的诚信观。儒家也把诚信作为重要的道德规范加以反复倡导,孔子说"自古皆有死,民无信不立";[②]"子以四教:文、行、忠、信",[③]"人若无信,不知其可也",[④]"言必信,行必果"。孟子说"诚者,天之道也;思诚者,人之道也";[⑤]《中庸》指出:"唯天下之至诚,为能经纶天下之大经,立天下之大本,知天下之化育。"道家的庄子更是把"无行则不信,不信则不任,不任则不利"[⑥]作为人们安身立命的基石。对于"诚信"的推阐,可以说已经到了无以复加的地步,其重要性由此可见一斑。受此影响,自古以来大部分商人都把"诚信为本、信誉至上"奉为圭臬,崇尚"至诚至上,货真价实,言不二价,童叟无欺"的商业道德,视品牌如眼睛,把信誉当生命。诚信是一种无形资产,价值连城,有之,遨游商海无往而不利,无之则举步维艰处处碰壁。在具体的商业活动中,他们无一例外地以诚信对待员工、顾客、供应商和经销商等合作伙伴。信誉为商人之魂,与儒学的信奉者们一样,大部分商人也是"志于道,据于德,依于仁,游于艺",不过这个"艺"在商人们这里应当置换成"商业行为"而已。这种基于传统儒家道义精神基础之上的诚信,与具有现代色彩的契约、法制精神相结合后,更是犹如弯刀遇见葫芦瓢,可谓珠联璧合,形成了商场上制胜的铁律,受到中外人士的认同和遵守,不能不说是传统文化在新的时空下焕发出了新的生机和活力。

第四,恪守"中庸"处世之道。权,即权衡;变,即变更、变化。"通权达变",就是在复杂的事物面前,既要坚持原则,维护大道,又要根据具体的实际情况,一切从实际出发,按照事物本来的是非曲直加以权衡,做出合理的应对措施,实现利益的最大化,将危害损失降低到最低限度,所谓"两害相权取其轻,两利相权取其重",不胶柱鼓瑟,不固执己见。这与"中庸"思想的内涵是一脉相承的,不偏不倚,执两用中,适其时、取其中、得其宜、合其道,讲求合理适度。具体到商业活动中,从业人员必须根据瞬息万变的商场情势,敏锐地把握市场动态,及时调整自己的战略和战术,做到以不变应万变,气定神闲,指挥若定,不孤注一掷,不赶尽杀绝,给自己和对手留有足够的转圜余地。如此,才能在商海中劈波斩浪,成为战无不胜攻无不克的商场常胜将军。即使在商场之外的博弈中,

---

① 《论语·宪问》。
② 《论语·颜渊》。
③ 《论语·述而》。
④ 《论语·为政》。
⑤ 《孟子·离娄上》。
⑥ 《庄子·盗跖》。

做到通权达变,执两用中,也不失为一种游刃有余的为人处世之道。

最后,和合为本,同归大道。"和合"是中华优秀传统文化中的又一重要思想,孔子说"礼之用,和为贵",①"君子和而不同",②"和"即指和谐之意,是多样性的统一,"和而不同"蕴含着承认差异,强调和合的辩证思维。孟子认为,"天时不如地利,地利不如人和"。③ 老子讲"道生一,一生二,二生三,三生万物。万物负阴而抱阳,冲气以为和"。④ 老子所谓的"和"就是道、太极,孕育生生之意。由此传统文化养料而孕育出来的商业伦理原则,便是构建企业和谐融通的制度秩序和人际关系,避免和减少社会与企业发展中的冲突与矛盾,注重社会结构、企业制度的改革和创新,树立和而不同、合作共赢的经营理念,讲求以和为贵,一团和气,和气生财,和谐共存,共同发财,最后达到共同富裕,实现儒家梦寐以求的所谓"大道":"大道之行也,天下为公,选贤与能,讲信修睦。故人不独亲其亲,不独子其子,使老有所终,壮有所用,幼有所长,矜、寡、孤、独、废疾者皆有所养,男有分,女有归。货恶其弃于地也,不必藏于己;力恶其不出于身也,不必为己。是故谋闭而不兴,盗窃乱贼而不作,故外户而不闭。是谓大同。"⑤这不仅是儒家的理想境界,也是商业活动及其从业人员的最高境界与终极价值指向。

二、传统商业伦理视野中的商业奇才——以司马迁《货殖列传》为例

《货殖列传》是司马迁《史记》中为先秦春秋末期至秦汉以来从事"货殖"活动的商业奇才——商贾专门立的传,如范蠡、子贡、白圭、猗顿、卓氏、程郑、孔氏、师氏、任氏等,不仅介绍了他们的言论、经历、业绩、社会经济地位,以及他们所处的时代氛围、经济状况、营商环境,而且还提出了许多重要的商业思想。司马迁肯定追求财富和利益是人的天性使然,"天下熙熙,皆为利来;天下攘攘,皆为利往"。由此推动了商业的发展和经济都市的出现。正如《周书》所说,"农不出则乏其食,工不出则乏其事,商不出则三宝绝,虞不出则财匮少。"农、工、商、虞在社会经济结构中的地位不同,承担的社会角色也各不相同,彼此是一种相互依存、和谐共生的命运共同体。但传统的观念一直奉行"农本商末"的思想,十分重视农业生产,轻视乃至忽略商业活动。他对这种"重本抑末"的行为是持反对意见的,认为农工商虞都是国家发展的重要支柱,无分本末。为此,他竭力抬升商人的地位,主张让商人自由发展,充分发挥其在生产与交换领域中的重要作用。看重工商业活动对经济社会发展的作用和重要性,也肯定工商业者追求物质利益的合理性与合法性。此外,他还突出强调了物质财富的占有量最终决定着人们的社会地位,而经济的发展则关乎国家盛衰等经济思想和物质观。

---

① 《论语·学而》。
② 《论语·子路》。
③ 《孟子·公孙丑下》。
④ 《道德经·第四十二章》。
⑤ 《礼记·礼运》。

如同他的《史记》为后世史学撰著开辟体例、奠定型则一样,司马迁《货殖列传》中的商人及其商业思想,也成为后来商业从业人员的楷模和范式,成为他们追随和仿效的对象。

其中,《货殖列传》提到的第一个成功商人是赫赫有名的范蠡。范蠡不仅是富可敌国的成功商人,也是春秋时期功勋卓著的政治家、军事家和经济学家。据《史记·越王勾践世家》,他字少伯,华夏族,原本是楚国宛地三户(今河南淅川县滔河乡)人。虽出身贫贱,但是博学多才,与楚宛令文种相识、相交甚深。因不满当时楚国政治黑暗、非贵族不得入仕而与文种一起投奔越国,辅佐越国勾践,卧薪尝胆,终雪会稽之耻。《货殖列传》中记载他的从商事迹云:

> 昔者越王勾践困于会稽之上,乃用范蠡、计然。……范蠡既雪会稽之耻,乃喟然而叹曰:"计然之策七,越用其五而得意。既已施于国,吾欲用之家。"乃乘扁舟浮于江湖,变名易姓,适齐为鸱夷子皮,之陶为朱公。朱公以为陶天下之中,诸侯四通,货物所交易也。乃治产积居,与时逐而不责于人。故善治生者,能择人而任时。十九年之中三致千金,再分散与贫交疏昆弟。此所谓富好行其德者也。后年衰老而听子孙,子孙脩业而息之,遂至巨万。故言富者皆称陶朱公。①

范蠡到达"陶"地后,充分利用了其位居"天下之中"、交通便利的区位优势,按照计然之术(根据时节、气候、民情、风俗等,人弃我取、人取我予,顺其自然、待机而动等)积极从事贸易活动,几年间便成为巨富。归纳其成功经验,大略如下:

正确选择商机和营商环境,据时而动,不打无准备之仗;尊重市场规律,得失均衡;同时要有耐心,如同张网捕猎,须等待最佳时机,方可有所收获;经商同打仗一样,需要平时就做好战备工作,一旦临战,不至于赤手空拳;日常居家也要做到有备无患,"知斗则修备,时用则知物,二者形则万货之情可得而观已。"这样,平时就多留意"时"和"用"二者的关系,对各类货物的供需情况和行情才能看得清楚。有了商机,须以迅雷不及掩耳之势果断出手,因为商机如同战机,瞬息万变,稍纵即逝,讲究的是一个"快"字,犹救火,追亡人,刻不容缓,时不我待。

贵出贱取的销售策略。贵出如粪土,当商品价格涨到最高点时,要果断出手。贵上极则反贱。贱取如珠玉,当商品价格跌落到最低点,要像珠玉一样买进,贱下极则反贵。

合理控制价格,做到农商双赢。范蠡以为,"夫粜,二十病农,九十病末,末病则财不出,农病则草不辟矣。上不过八十,下不减三十,则农末俱利"。农业社会,粮食生产和经营是极其重要的商业行为,粮食价格的合理与否,直接关系到农、商和国家的利益。价格过高,商人的利益受到损害,就不会经营粮食商品;反之,农民的利益受到损害,就不会去发展农业生产。二者均受害,就会影响国家的财政收入。最好的办法就是由政

---

① 〔汉〕司马迁,《史记·货殖列传》(点校本二十四史修订本),中华书局,2013年版,第3925—3926页。

府把粮食价格控制在合理的区间,如石粮八十和三十钱之间,这样农商皆可同时获利。

范蠡还主张要合理地贮存经久耐用的商品,"积着之理,务完物,无息币。以物相贸易,腐败而食之货勿留,无敢居贵。"加速资金周转,保证货物质量。同时薄利多销,逐十一之利,不牟求暴利。这些举措,无疑与中国传统文化中经商求诚信、求仁义的原则是一脉相承。故此,范蠡被后人尊称为"商圣",许多商家皆供奉他的塑像,尊之为财神,顶礼膜拜,不遗余力。

子贡是孔门弟子,《货殖列传》共记载了十七个人的经商活动,子贡列在第二位,云:

> 子赣既学于仲尼,退而仕于卫,废着鬻财于曹、鲁之间,七十子之徒,赐最为饶益。原宪不厌糟糠,匿于穷巷。子贡结驷连骑,束帛之币以聘享诸侯,所至,国君无不分庭与之抗礼。夫使孔子名布扬于天下者,子贡先后之也。此所谓得势而益彰者乎?[①]

他本名端木赐(前520—前456),复姓端木,字子贡(古同子赣),以字行,华夏族,春秋末年卫国(今河南鹤壁市浚县)人。孔子"受业身通"的得意门生,列入孔门十哲之一,孔子曾称其为"瑚琏之器"。

子贡在孔门弟子中以言语闻名,善于雄辩,反应敏捷,具备很好的经商天赋和个人条件,且有济世之才,干练通达,勇于任事,曾任鲁国、卫国之相。子贡不仅在学业、政绩方面有突出的成就,而且还在理财经商上也有着卓越的成就,曾经经商于曹、鲁两国之间,富致千金,为孔子弟子中首富。《论语·先进》载孔子之言曰:"回也其庶乎,屡空。赐不受命,而货殖焉,臆则屡中。"是说颜回在道德上差不多完善了,但却穷困潦倒,连吃饭都成问题,而子贡不被命运摆布,猜测行情,且每每猜对。《史记·仲尼弟子列传》亦载"子贡好废举,与时转货资……家累千金",能够依据市场行情的变化做生意,"臆(预测)则屡中",以成巨富。《论衡·知实》载:"子贡善居积,意贵贱之期,数得其时,故货殖多,富比陶朱。"由于子贡善于经营,所以他非常富有。《仲尼弟子列传》载:"七十之徒,赐最为饶益""常相鲁卫,家累千金"。子贡不只是为了发财致富而经商的单纯商人,而是与一定的政治目的相联系。他是孔子周游列国经济上的重要支持者,诸侯不但需要他的货物,也需要他的政治识见和才学,商业活动成为他宣传政治主张和展示外交才干的重要途径和平台,"子贡结驷连骑,束帛之币以聘享诸侯。所至,国君无不分庭与之抗礼。"越王勾践甚至"除道郊迎,身御至舍"。子贡通过经商才达到如此显赫地位,而且"使孔子名布扬于天下者",孔子及其学说能够传诸四海、名扬天下,子贡居功至伟,因而成为孔子的代言人和杰出的外交家。"端木遗风"垂诸后世,为华夏商界所推崇。可以说,子贡是深受儒家思想浸淫,且身体力行践行儒家政治理念和道德规训的成功商人,目之为儒商的始祖亦不为过。

[①] 〔汉〕司马迁,《史记·货殖列传》(点校本二十四史修订本),中华书局,2013年版,第3927页。

计然是司马迁《货殖列传》中又一位浓墨重彩为之立传的商业理论家。据《史记》集解、《文选》注及《太平御览》等文献所引材料,计然的生平大致如下:他的生卒年代不详,是蔡邱濮上(今河南商丘民权县)人,晋国的逃亡公子,姓辛氏名文子。外表貌似平庸愚钝,但自幼非常好学,通览群书,能够做到见微而知著。他博学多才,天文地理无所不通。其行浩浩,其志泛泛,为人低调,才冠当世,不肯自显于诸侯,故不彰名于时人。但私下里所利者七国,天下莫知,故称曰"计然"。他时常遨游海泽,号曰"渔父"。曾经南游越地,范蠡知其贤,卑身以师事之,向他学习治国理财之道。计然著作有《文子》《通玄真经》等。如前所述,陶朱公范蠡之所以富可敌国,就是将计然的经商策略活学活用的结果,"计然之策七,越用其五而得意。既已施于国,吾欲用之家。"所谓"七策",即:

> 知斗则修备,时用则知物,二者形则万货之情可得而观已。故岁在金,穰;水,毁;木,饥;火,旱。旱则资舟,水则资车,物之理也。六岁穰,六岁旱,十二岁一大饥。夫粜,二十病农,九十病末。末病则财不出,农病则草不辟矣。上不过八十,下不减三十,则农末俱利,平粜齐物,关市不乏,治国之道也。积著之理,务完物,无息币。以物相贸易,腐败而食之货勿留,无敢居贵。论其有余不足,则知贵贱。贵上极则反贱,贱下极则反贵。贵出如粪土,贱取如珠玉。财币欲其行如流水。①

具体而言,就是下述诸端:

1. 需求决定于经济周期论,"知斗则修备,时用则知物,二者形则万货之情可得而观已。""故岁在金,穰;水,毁;木,饥;火,旱。旱则资舟,水则资车,物之理也。六岁穰,六岁旱,十二岁一大饥";

2. 价格调控论,"夫粜,二十病农,九十病末。末病则财不出,农病则草不辟矣。上不过八十,下不减三十,则农末俱利,平粜齐物,关市不乏,治国之道也";

3. 实物价值论,"积著之理,务完物,无息币";

4. 贸易时机论,"以物相贸易,腐败而食之货勿留,无敢居贵";

5. 价值判断论,"论其有余不足,则知贵贱";

6. 物极必反论,"贵上极则反贱,贱下极则反贵";

7. 资金周转论,"贵出如粪土,贱取如珠玉。财币欲其行如流水"。

计然帮助勾践治理越国,他的"七策"只用了"五策",就使得越国在十年之内富国强兵,报仇雪耻,灭了吴国,驰骋中原,"遂报彊吴,观兵中国,"成为声势烜赫的"春秋五霸"之一。而范蠡用之,不数年间,则富甲天下。伟大的经济学家,或者成功的商业巨子对国家和个体的影响力,于此可见一斑。计然的这一套完整的商业理论,远在两千多年前的春秋时期就已如此成熟,不能不说是我国商业理论发达的一个重要标志,即使置诸世界商业理论之列,也毫不逊色。

---

① 〔汉〕司马迁,《史记·货殖列传》(点校本二十四史修订本),中华书局,2013年版,第3924页。

司马迁在《史记·吕不韦列传》还为我们提供了先秦战国时期另一位大商人吕不韦的发迹变泰史,使我们得以见识两千年前富商巨贾们在政商两界纵横捭阖、呼风唤雨的巨大能量,和游走于欲望、权利与财富之间的波谲云诡、惊心动魄。

> 吕不韦者,阳翟大贾人也。往来贩贱卖贵,家累千金。①

吕不韦(? —前235),姜姓,吕氏,名不韦,卫国濮阳(今河南省濮阳县)人。他是战国末年商人、政治家、思想家,秦国丞相,传为姜子牙23世孙。作为商人,吕不韦无疑是成功的,他的发财经历,我们不得详知,但奔走四方,通过不断的"贩贱卖贵",赚取巨额差价则是确定无疑的,正是通过这种方式,他成了"家累千金"的大商人。虽然彼时商人依然是不受主流社会尊崇的职业和阶层,但由于手握巨资,家给丰饶,正如晁错在《论贵粟疏》里说的那样:"而商贾大者积贮倍息,小者坐列贩卖,操其奇赢,日游都市,乘上之急,所卖必倍。故其男不耕耘,女不蚕织,衣必文采,食必粱肉;无农夫之苦,有阡陌之得。""衣必文采,食必粱肉",沃甘餍肥,使奴唤婢,个人的物质生活还是十分优渥的。"因其富厚,交通王侯,力过吏势,以利相倾;千里游遨,冠盖相望,乘坚策肥,履丝曳缟"。更高层次的商人,则是凭借自身的雄厚财力,走上层路线,"交通王侯",不仅广结善缘,积累人脉资源,而且还通过与上层人士的交往联络,抬高身价,扩大自身的声誉,巩固自身的地位,将"乘坚策肥,履丝曳缟"的局面常态化、固态化,最终实现安富尊荣、风光无限的利益最大化。因此,吕不韦的过人之处不在于天才的敛财功能,而在于作为商人的远见卓识。他不是鼠目寸光、小富即安的普通商人,仅仅满足于做一个广有资财的陶朱公,"小人物钓鱼虾,大人物钓天下",而是有着乃祖姜太公般的识见和欲望,企图一本万利,谋取更大的利益,这个领域就是政治权利的角逐与操弄。在他的视野之内,欲达此一目的的最大筹码便是奇货可居的落魄公子,身为秦质子的异人:

> 秦昭王四十年,太子死。其四十二年,以其次子安国君为太子。安国君有子二十余人。安国君有所甚爱姬,立以为正夫人,号曰华阳夫人。华阳夫人无子。安国君中男名子楚,子楚母曰夏姬,毋爱。子楚为秦质子于赵。秦数攻赵,赵不甚礼子楚。
>
> 子楚,秦诸庶孽孙,质于诸侯,车乘进用不饶,居处困,不得意。②

安国君是秦昭王的次子,昭王四十二年递补前年死去的其长兄即前太子而成为新太子,子楚是新太子安国君二十多个儿子中的一个。子楚的生母夏姬并不受安国君的宠爱,不可能为自己的爱子出人头地来吹枕边风;安国君的宠妃是华阳夫人,与子楚也没多少直接瓜葛。而子楚本人,则是以质子的身份留置在赵国首都邯郸。当时的国际形势是,秦赵之间经常处于战争状态,关系十分紧张,且一般是秦国主动进攻赵国的时

---

① 〔汉〕司马迁,《史记·吕不韦列传》(点校本二十四史修订本),中华书局,2013年版,第3025页。
② 〔汉〕司马迁,《史记·吕不韦列传》(点校本二十四史修订本),中华书局,2013年版,第3025—3026页。

候多,因此子楚在赵国得不到礼遇也就不难理解,"车乘进用不饶,居处困,不得意",生活都成问题,性命也很难保证,说不定哪一天赵国君臣为了泄愤,而把秦国攻赵的不满迁怒于子楚,将其杀戮也未可知。可以说,此时的子楚,在母国并无实力雄厚的政治奥援,在敌国也不受尊重和善待,一般人看来,政治上几乎没有什么前途,犹如一支业绩平平的垃圾股,没有什么投资价值。

可是吕不韦独具慧眼,偏偏就把目光盯上了落魄公子子楚,认定为"奇货可居",从一开始就将子楚定位为可以带来丰厚利润的"奇货",决定在其身上下大赌注,"吾门待子门而大",目的性和指向性十分明确,商人以逐利为本的精明老辣和老谋深算可谓一览无余。

毕竟这次投资是一次巨大的冒险,按照风险越大,收益也越大的商业逻辑,吕不韦与他的合作伙伴子楚精心筹划,将每一个步骤和细节都仔细考量,反复权衡,力求做到算无遗策,万无一失。他对子楚分析了他的政治处境,因势利导提出了应对之策,即交通恩宠日隆的华阳夫人,为未来的荣登大宝抢得先机。"子贫,客于此,非有以奉献于亲及结宾客也。不韦虽贫,请以千金为子西游,事安国君及华阳夫人,立子为嫡嗣。"吕不韦心甘情愿地为子楚的未来,其实也是自己的未来,做出了第一份风险投资,他的万贯家资此时终于派上了用场,"必如君策,请得分秦国与君共之。"一个利益共同体和命运共同体,就此以一种商业投资的方式形成。

接下来就是具体的运作,以孔方兄为先导,披荆斩棘,所向披靡:

> 吕不韦乃以五百金与子楚,为进用,结宾客;而复以五百金买奇物玩好,自奉而西游秦,求见华阳夫人姊,而皆以其物献华阳夫人。因言子楚贤智,结诸侯宾客遍天下,常曰"楚也以夫人为天,日夜泣思太子及夫人。"夫人大喜。不韦因使其姊说夫人曰:"吾闻之,以色事人者,色衰而爱弛。今夫人事太子,甚爱而无子,不以此时蚤自结于诸子中贤孝者,举立以为嫡而子之,夫在则重尊,夫百岁之后,所子者为王,终不失势,此所谓一言而万世之利也。不以繁华时树本,即色衰爱弛,后虽欲开一语,尚可得乎?今子楚贤,而自知中男也,次不得为嫡,其母又不得幸,自附夫人,夫人诚以此时拔以为嫡,夫人则竟世有宠于秦矣。"华阳夫人以为然,承太子闲,从容言子楚质于赵者绝贤,来往者皆称誉之。乃因涕泣曰:"妾幸得充后宫,不幸无子,愿得子楚立以为嫡嗣,以托妾身。"安国君许之,乃与夫人刻玉符,约以为嫡嗣。安国君及夫人因厚馈遗子楚,而请吕不韦傅之,子楚以此名誉益盛于诸侯。①

这是一盘大棋,主棋手不言而喻当数吕不韦,公子子楚既是棋手,也是棋子,而且是不可或缺的重要棋子,无子楚不成棋。因此,作为必要的前期投资,花在子楚身上的钱也是必不可少的,吕不韦不惜重金对子楚进行全面包装,他必须广泛结交各路人物,在

---

① 〔汉〕司马迁,《史记·吕不韦列传》(点校本二十四史修订本),中华书局,2013年版,第3025—3026页。

诸侯中获得名声，积攒人脉和人气，以为日后的政治盟友进行感情投资。效果是显著的，子楚由名不见经传，一下子闻名遐迩，在诸侯中声誉日隆了。吕不韦自己不仅指挥若定，还必须亲自出马，以重金购置奇物玩好，携而入秦，并通过"曲线救国"，迂回战术，先游说华阳夫人的姐姐，以此为接近华阳夫人的津梁，为子楚延誉，并为之建立情感联络热线而煞费苦心。其中，华阳夫人之姐也是一个重要人物，没有她的穿针引线，将吕不韦入情入理的分析及其策略传递给夫人，则一切都将成为泡影。情理、事理，再加上钱能通神的巨大魅力，吕不韦可谓马到成功，心想事成，华阳夫人不仅认可，而且还接受了这一事关多人未来人生走向的筹谋，进而身体力行，成功游说安国君同意立子楚为嗣，为了铆定这一来之不易的胜利成果，"乃与夫人刻玉符，约以为嫡嗣"，空口无凭，将这一约定以"刻玉符"的方式文本化、固定化了。吕不韦还借此机会，获得了大笔经费，成为子楚的老师，子楚也"以此名誉益盛于诸侯"。一石数鸟，初战告捷。

如果认为吕不韦的欲望是一个无底洞，那么子楚被内定为储君，成为未来秦国政坛主政者的接班人不过是万里长征迈出的第一步，以后还有很长的路要走。更大的算计在后面：

> 吕不韦取邯郸诸姬绝好善舞者与居，知有身。子楚从不韦饮，见而说之，因起为寿，请之。吕不韦怒，念业已破家为子楚，欲以钓奇，乃遂献其姬。姬自匿有身，至大期时，生子政。子楚遂立姬为夫人。①

吕不韦在敲定了子楚的太子地位后，采取偷梁换柱的方式，把自己的血脉根植于秦国的龙脉谱系中，成功地改换了大秦帝国王室未来的血统，也把自己未来的荣华富贵维系在了一起。这个以子楚儿子身份现身的孩子，就是大名鼎鼎的嬴政——混一六合、一统天下的秦始皇。吕不韦在庄襄王（即子楚）元年，如愿以偿地当上了丞相，并被封为文信侯，食河南雒阳十万户。庄襄王即位三年后，薨，"太子政立为王，尊吕不韦为相国，号称'仲父'。"即位之初，吕不韦的亲生骨肉嬴政，不仅仍然尊其为相国，而且事之以父，既在政治上获得了背书，也在情感上获得了认同，算得上风光无限。

《左传·襄公二十四年》谓："豹闻之，'太上有立德，其次有立功，其次有立言'，虽久不废，此之谓不朽。"吕不韦在商业上和政治上的一再得手，激起了他更大的欲望：

> 当是时，魏有信陵君，楚有春申君，赵有平原君，齐有孟尝君，皆下士喜宾客以相倾。吕不韦以秦之强，羞不如，亦招致士，厚遇之，至食客三千人。是时诸侯多辩士，如荀卿之徒，著书布天下。吕不韦乃使其客人人著所闻，集论以为八览、六论、十二纪，二十余万言。以为备天地万物古今之事，号曰《吕氏春秋》。布咸阳市门，悬千金其上，延诸侯游士宾客有能增损一字者予千金。②

---

① 〔汉〕司马迁，《史记·吕不韦列传》（点校本二十四史修订本），中华书局，2013年版，第3030页。
② 〔汉〕司马迁，《史记·吕不韦列传》（点校本二十四史修订本），中华书局，2013年版，第3030—3031页。

他不只是试图追求与"四公子"齐名的一种俗世认同,而是以著书立说的方式,以期垂诸后世,获得声名的不朽。正如唐人孔颖达在《春秋左传正义》中对"三不朽"分别做出的界定:"立德谓创制垂法,博施济众";"立功谓拯厄除难,功济于时";"立言谓言得其要,理足可传"。"三不朽"中,"立德"有赖于见仁见智、众口难调的外界评价,"立功"需要跻身垄断性和风险性极强的官场,这些往往非一介书生的能力所及,但吕不韦自信已经功成名就;于是,文人每以"立言"为第一要务,以求不朽。曹丕《典论·论文》所谓"盖文章经国之大业,不朽之盛事。年寿有时而尽,荣乐止乎其身,二者必至之常期,未若文章之无穷。是以古之作者,寄身于翰墨,见意于篇籍,不假良史之辞,不托飞驰之势,而声自传于后"。他罗致门客编纂《吕氏春秋》其实就是基于这样的动机,而且也同样是自信满满,"布(《吕氏春秋》于)咸阳市门,悬千金其上,延诸侯游士宾客有能增损一字者予千金"。

一个商人,从商业投机转向政治投机,短短十数年间,摇身一变,成了一人之下万人之上的宰相,不仅实现了财富梦,而且还实现了权力梦。吕不韦的成功,也许是多种因素综合作用的结果,但其中作为商人的机敏、精明、算无遗策的筹谋、果敢决断的行事风格,以及开阔恢宏的视野与老辣独到的远见,恐怕才是他成功的不二法门。

犹如先秦诸子们的学说成为后世学术的滥觞一样,这一时期的商人及其商业活动、商业理论、商业伦理,也足以成为后世相关行业及其职业生涯的型则和范式,成为渗透在他们精神血脉中的文化基因,型塑着他们的一切。

第二节 传统价值导向下的上海商业伦理

人类社会在漫长的进化发展过程中,逐渐从野蛮蒙昧演进到文明开化,社会生活、经济活动、价值伦理、精神文明等各个领域都从无序步入有序,在所有社会成员的共同参与下,形成了一整套完整的、具有普适性的规训与原则,诸如诚实、勇敢、善良、正义、公平等。这些无形或有形的规则,为大多数社会成员所认可、接受和遵从,成为维系社会正常运转的保障。就我国而言,五千年的文明史,从先秦到汉唐,到宋元明清,一直到近现代,商业领域中不可避免地也要经历沧海桑田的巨变。特别是近代以降,"三千年未有之大变局"的出现在华夏大地上,降临在每一个人的头上。数千年基于农耕生产方式的社会形态,在漫长的儒家帝制社会文化环境之下自发地形成的一套传统商业伦理,不得不面对巨大的外来冲击而有所改观,以期适应新的商业运作模式,进入新的工商社会。

这种社会转型所带来的巨变和阵痛,古今一理,中外皆然。十七、十八世纪的欧洲,思想领域内经过文艺复兴、宗教改革、启蒙运动等,社会经济领域内也发生了工业革命、地理大发现等重大事件,整个西方社会也正经历着与未来中国一样的深刻巨变。在经济领域,以亚当·斯密、大卫·休谟为代表的英国(苏格兰)思想家,成为现代市民社会的代言者。他们的著作《国富论》《道德情操论》和《人性论》,试图为现代资本主义工商社会和市场经济提供有力的学理支持和完美的理论阐释,其中他们最关心的问题就是在传统商业伦理与现代伦理之间进行调和,力求找到一条适合于当代社会的商业伦理之路。

亚当·斯密的宏文一方面论述了不同于以往古典社会的资本主义市场经济,在新的社会氛围下的合理性,这种新的经济运行模式和运行机制,也决定了国民财富的产生机制和性质;另一方面,也论述了基于人性论、且与传统社会及基督教密切相关的道德伦理因素在现代财富积累与市场经济运行机制之间的作用。休谟《人性论》关心的,也是为以资本主义市场经济为核心的现代社会提供一种道德性基础,为市民社会的政治与经济秩序寻找一个人性论的道德根基。马克斯·韦伯在《新教伦理与资本主义精神》一书中,从个人事业到经济制度等多个层面,探讨了资本主义文明这一现代现象得以产生和发展的环境要素,也揭示了新教伦理与现代理性资本主义发展之间的生成发育关系,及其对资本主义社会各种欲望的遏制功能和伦理作用。①

无论如何,在这种新形势下,割断历史与超越历史都是不明智的。比较合理的做法是在旧有的基础上,吸取有益的成分,然后融入新知,新旧结合,既赓续传统的内涵,又汲取现代的新知,最终实现由古到今、由传统到现代的转变与嬗替。

钱锺书先生说过,"东海西海,心理攸同;南学北学,道术未裂。"尽管中西古今之商业伦理的发展路径和变化幅度有所不同,但某些普适性极强的价值理念还是会跨越时空,超越族群,具有很大的相似性,儒家传统的商业伦理与现代西方商业伦理在某些层面也有着一定的契合性。诸如诚实守信、公平交易、先义后利、以人为本等,时至今日,也仍然是全球共同遵守的商业伦理底线,不容亵渎和践踏。近代以降,中国开始逐步走出闭关锁国的藩篱,在同异质文明的交流碰撞中,也不可避免地接受新的理念,商业伦理方面亦是如此。开埠以来的上海,在这一大趋势的裹挟与推动下,自然也不能例外。其商业伦理中在赓续千年固化的旧德行的同时,也自然而然地吸纳和融汇有益的因素,在新的时空下,在传统的土壤上绽放出新的花朵。

一、诚实守信

诚实守信向来是中华民族的传统美德,孔子云,"人无信不立",为人处世要做到"言必信,行必果"。孟子说"诚者天之道,思诚者人之道",认为诚实是自然"天道"的显现,而追求诚实,则是"人道"的体现。譬如日月运行,春夏秋冬,时令节序的更换轮替,都准确无误,分毫不差,这便是"天道"的体现,当然也是诚信的体现。作为万物灵长的人类,

---

① 〔德〕马克斯·韦伯,《新教伦理与资本主义精神》,生活·读书·新知三联书店,1987年版,第87页。

认同诚实守信,就是"人道"的体现,做到言行合一,才能实现"天道"与"人道"的完美结合。自古以来,诚实守信的例子不胜枚举。李白《长干行》其一曾写道,"长存抱柱信,岂上望夫台"。"长存抱柱信"出自《庄子·杂篇·盗跖》的一个凄美的爱情故事,"尾生与女子期于梁(桥)下。女子不来,水至不去。尾生抱柱而死"。说的是一个叫尾生的痴心汉和心爱的姑娘在桥下约会,可心上人迟迟没来赴约,不幸的是大水却涨上来了,这个痴情汉为了信守诺言坚持不肯离去,最后竟然抱桥柱溺亡。此事《汉书》《艺文类聚》等书均有记载。《史记·苏秦传》更以"孝如曾参,廉如伯夷,信如尾生"誉之。三国魏嵇康《琴赋》"比干以之忠,尾生以之信"。《玉台新咏·古诗八首》"朝登津梁上,褰裳望所思。安得抱柱信,皎日以为期?"汤显祖《牡丹亭》"尾生般抱柱正题桥,做倒地文星佳兆"。历代文人墨客对此反复歌咏,不绝如缕。尾生成为中国历史上第一个有记载的为情而死的青年,后人遂用"尾生之信""尾生抱柱"等喻指人坚守信约,忠诚不渝。尾生所抱的梁柱,也和他一道成为守信的标志。

李白诗中"岂上望夫台"的望夫台,也是关于信守承诺、忠于爱情的典故:传说赤壁大战后,刘备娶了孙权的妹妹孙尚香,夫妻双双住在东岳山麓。二人相亲相爱,如漆似胶。这时,益州刘璋请刘备入川襄助,谋士庞统也力主入川,夺取益州,以图大业。刘备忍痛割爱,告别新婚夫人,率兵入川。离别时,二人依依不舍,约定归期,洒泪相别。刘备入川后,孙夫人愁思万缕,时常派人打探丈夫的行踪和音信。每当天高气爽,晴明佳日,便登高远眺。望郎心切,尚嫌山低,她就派人垫石为台,以期看见丈夫凯旋的身影。天长日久,石台被踏出一道深深的脚印。这双脚印,历经千年风吹雨打,至今仍然依稀可辨,此石便为望夫台。

作为商人,"贾而能诚,斯为良贾"。收入冯梦龙《醒世恒言》十八卷的小说《施润泽滩阙遇友》曾记载了一个诚实守信的商人故事。写明嘉靖年间,苏州府吴江县盛泽镇,有一人姓施名复,字润泽,夫妻两口,开着两张绸机,靠养蚕织绸为生。一天施复卖绸回来,途中拾到六两银子。他满心欢喜,边走边盘算:用拾到的钱再买一张绸机,一年便可多得很多钱。将进家门时转念又想,这银子若是小本生意人丢的,全家将无法度日,甚至会家破人亡。于是他又回到拾银子的地方等到了失主,将银子归还了失主。失主朱恩也是个养蚕织绸的小生产者,对施复感恩不尽。六年后,盛泽镇一带缺桑叶,施复和村里人结伴去太湖对岸购买,途中巧遇朱恩,朱恩把自己多余的桑叶全部送给了施复,并帮他送回家。而村里的其他人渡太湖买桑叶遇风浪全部罹难。施复的生意越做越大,后成了开二三十张织机的业主。作品反映了晚明之际小工商业者恪守内心的戒律,诚实守信,拾金不昧,不贪图意外之财,在彼此困顿之际施以援手的高风亮节,歌颂了小工商业者之间的友谊,表现了新的经济业态萌芽时期的社会风貌,为后人了解和研究这一时期的商业文化叙事提供了借鉴和参考价值。

上海滩被称为"五金大王"的叶澄衷,他的发家致富经历颇具传奇性和励志性,但其诚实守信的商业品格应当是成功的关键因素。叶澄衷(1840—1899),原名叶成忠,浙江省宁波府镇海县庄市人,是著名的宁波商帮的先驱和领袖。他出生在一个穷苦的农民家庭,甫一出生,便遭受乱离之世,成为列强入侵的直接受害者。他6岁丧父,9岁读私塾,仅半年即因家贫辍学,11岁就佣于庄市横河堰榨油坊当帮工,一年的报酬仅得钱一缗,另加柴薪一捆。14岁那年,他在乡邻和寡母的帮助下,离开家乡到上海谋生,在法租界一家杂货店当学徒。17岁开始自棹小舟,来往于黄浦江中做小生意,并向外轮兜售吃食百杂,供应外轮所需物品,且粗通英语,由此而结识了一些外国人,在商贩中获利独丰。由于他在经营中价格适中,口不二价,再加上聪明机智,勤勉诚实,逐渐为自己赢得了口碑和信誉。叶氏的诚信,不仅受到同人同行的称赞,而且也博得外商的好评与信赖。就在这一年,他的命运发生了转机。有一天,有一位外商乘他的小舟过渡到十六铺彼岸,上岸时忘带了一只手提的小皮包。叶氏发现后,那位外商已经远去。叶氏拉开皮包一看,里面有很多现钞与支票,于是便决定在十六铺守候,等他来取。天色向晚,那位外商才急急忙忙前来向叶氏打招呼,寻找那只公文皮包。叶氏一看确是那位外商,就将此包完璧奉还。那位外商拉开皮包发现分文未动,感动之余,就将一叠厚厚的钞票送给叶氏以表酬谢,叶氏婉言谢绝。原来这位外商是英国火油公司负责人,是中国部经理。叶氏敦诚朴茂,诚实不贪,使得这位外商大为感动,遂聘请叶氏去管理火油仓库,并请一位中文教师和一位英语教师,帮助叶氏学习文化。由此,叶氏对西方商界有了比较全面的了解,在经营五金及火油等商业领域中也有了强大的奥援和靠山。随后他的商业帝国开始加速运作,在不长的时间内实现了跨越式发展,成为沪上商界的风云人物。

据史料记载,同治元年(1862),在外商襄助下,他在虹口开设老顺记商号,经销五金零件。由于经营有方,不数年,总号移于百老汇,并在长江中下游各商埠遍设分号,遂成巨富。继则投资金融业,在上海、杭州、镇海、芜湖、湖州等地开设票号、钱庄,鼎盛时竟达108家。又相继开办上海燮昌火柴厂、纶华缫丝厂。除此之外,还涉足火油、军需、钢铁、煤炭、航运、地产等九个行业,一百多家企业,据有关部门估计,其总资产额达800万两银洋。1896年盛宣怀筹办成立中国通商银行,叶澄衷被指派担任总董,势力渗入近代银行业。成为巨富名流后,叶氏热心社会公益与慈善事业,在家乡和上海设立慈善救济机构,多次出资赈济浙、鲁、豫直等省灾区,受清廷嘉奖,并捐得候选道员加二品顶戴。1899年病重念及少时失学之痛,决定捐道契25亩、现银10万两兴建中国第一所私立新式学校(1901年建成,取名澄衷学堂,即今位于虹口区的澄衷高级中学)。是年11月,叶氏在上海病故。

朱葆三比叶澄衷小八岁,生于1848年的浙江定海,1926年过世。与叶氏一样,也是近代上海工商界领袖、上海总商会会长,商界的翘楚之一。

朱葆三早年家境尚可,其父朱祥麟时任乍浦都司,定海营游击,虽是下级军官,但小有薄俸,维持一家生机尚不太难。朱葆三14岁时,其父身染沉疴,终于不治。孤儿寡母生活难以为继,顿时陷入困顿,迫于生计,不得不到上海谋生。

同治元年(1862),朱葆三到上海协记吃食五金店当学徒。他看到十里洋场,华洋杂处,洋行势力很大,倘若会说几句即使是"洋泾浜"式的英语,与洋人做生意也会大有益处。于是,他萌生了学英语的念头。与此同时,他还自学了珠算、语文、商业尺牍等相关商业知识,试图通过勤勉努力提升自身素质,为将来鏖战商场集聚能量。他求知若渴,好学不倦,兼之诚实厚道,得到了店主的赞赏,夸他"勤敏朴诚,殊于常儿"。1864年17岁的时候,他被店主破格升任为总账房和营业主任。三年后,又升任为经理。七年间,朱葆三从懵懂的乡村少年,成长为上海滩商家独当一面的行家里手,这与他勤奋、诚朴的品格和进取精神是密切相关的。

不久,"协记"因店主去世而关门歇业,对于重情重义的朱葆三而言,顿失依傍,一时彷徨无计,不知计将安出。他感念店主多年来对他的栽培、提携之恩,即使自己羽翼渐丰,也不忍另攀高枝,舍店主而他就。生活还得继续,1878年,朱葆三用自己多年辛苦的积蓄做资本,在上海新开河地区开设了专营大五金的"慎裕五金店",取义"吃剩有余",真正自立门户,自己做了老板。

他广结善缘,精心编织了一张经商关系网。作为乡谊兼前辈,叶澄衷是他仰慕的对象,也是他着意罗致的关系之一。结识叶澄衷后,在叶氏的帮助下,他将店铺搬至繁华的福州路叶氏产业大楼内,将业务进一步扩大到五金机器进口贸易。商场中多年的摸爬滚打,朱葆三已是驾轻就熟,在他此后的苦心经营之下,五金店生意兴隆,财源更是滚滚而来,其地位和声誉也随之扶摇直上。英商平和洋行招聘买办时,头号人选即是看中了朱葆三,他的四个儿子,后来也都在洋行中长期担任买办。不仅如此,他还与政界人物联络,曾在上海县署中任主簿的湖南湘潭人袁树勋就是其中之一。20世纪初,袁树勋在政界行情看涨,先后出任苏松太道、江苏按察使、顺天府尹、民政部左侍郎、山东巡抚、两广总督。袁任苏松太道时,朱葆三忍痛割爱,将手下得力的财务总管顾晴川推荐给他,担任道台衙门的会计员兼银库出纳,为朱葆三日后在金融界呼风唤雨埋下了伏笔。

和任何追求财富梦的人一样,一旦开启了财富之旅,便永不止息,一发而不可收。朱葆三精心打造的商业帝国染指的领域极多:金融业,诸如中国通商银行、浙江实业银行、浙江兴业银行、四明银行、中华银行、江南银行;保险业,如华安保险公司、华兴水火保险公司、华成保险公司、华安合群人寿保险公司等;交通运输业,如宁绍轮船公司、长和轮船公司、永利轮船公司、永安轮船公司、舟山轮船公司、大达轮埠公司以及法商东方航业公司等;公用事业,如上海华商电车公司、定海电器公司、舟山电灯公司、上海内地自来水厂、汉口自来水公司、广东自来水厂等;工矿企业,如上海绢丝厂、上海华商水泥公司、柳江煤矿公司、长兴煤矿公司、大有榨油厂、海州赣丰饼油厂、龙华造纸厂、日华绢丝厂、上海第一呢绒厂、中兴面粉厂、立大面粉厂、和兴铁厂、宁波和丰纱厂、同利机器纺织麻袋公司以及马来亚吉邦橡胶公司等;联办中国红十字会、四明公所、上海商业学院、上海公立医院等25个慈善公益事业。

没有人能够随随便便成功,朱葆三成功的秘诀之一,是以传统文化中的诚实守信作为为人处事的准则,"一言既出,驷马难追","三杯吐然诺,五岳倒为轻",守信用,讲义气。以此来广泛结交社会各界人士,协调多方关系。朱葆三曾为宁波籍同乡作保推荐者不计其数,而为人赔保险累资巨万,但他在所不惜。他每每为人排难解纷,言出立断,让人都有"朱先生公正,不会欺负我们"的安全感。这种崇尚信义的品质被人们交口称赞,由此而被中外人士所推崇。这种由诚实守信而凝聚的无形资产,成为他在商场上战无不胜的秘密武器。

二、重义兴利

中国人传统的义利观,通常是将二者对立起来,有义则无利,趋利则舍义,二者犹如鱼与熊掌,不可得兼。尤其是宋明理学把义利的对立与天理、人欲的对立直接联系起来,欲"存天理",便要"灭人欲""存义去利"。"圣人讳言利"成为至理名言,"凡一言利,不问为公为私,概斥之为言利小人",[①]也成为重农轻商、重本抑末的代名词。进入近代以来,在西方文化的冲击下,发生了一些新的变化,特别是以曾国藩、李鸿章、张之洞、左宗棠等为代表的洋务派人士,以自强求富为期许,力倡言利、重利、生利、兴利的价值导向,创办了一系列资本主义性质的近代军事工业和民用企业,如规模最大的近代军工企业上海"江南制造总局"、最大的民用企业上海"轮船招商局",以及1862年在北京设立的京师同文馆,成为中国最早的官办新式学校。一时间富强、足民、富民、重商、振商、恤商、保商、利农,成为现实生活中绅商政要的必然要求和重要的话题之一。一些有识之士纷纷对此发表看法,譬如,王韬强调"收曲商之利""商富即国富"[②]的主张。对于商业与商人的价值与作用,明显是比较高的,不再以传统的农本商末之论视之,而是把"商富"提高到了"国富"的高度。另一位思想界陈炽则说:"若生财之道,则必地上本无是物,人间本无是财,而今忽有之,农也,矿也,工也,商也。为华民广一分生计,即为薄海塞一分漏卮;为闾阎开一分利源,即为国家多一分赋税;为中国增一分物业,即为外国减一分利权;此伊古圣王生众食寡、为疾用舒之大道也。天生民而立之君,百姓足,君孰与不足。天无私覆,地无私载,日月无私照,养民之道,富国之源,可百世以俟圣人而不惑也。"[③]认为生财致富绝非个人小事,而是事关国计民生的大事,对内可以增加国家税收,增强海防;对外可以减弱外国的势力。因此,生财致富,不仅是"养民之道",更是"富国之源",主张财富至上的味道是十分明显的。郑观应对此也持相同主张,他说:"以农为经,以商为纬,本末具备,巨细毕赅,是即强兵富国之先声,治国平天下之枢纽也。日鳃鳃然忧贫患害,奚为哉?"[④]"旧惶惶然忧贫患寡,而不知大利所在,即在便国便民之中

---

① 丁凤麟、王欣之编,《薛福成选集》,上海人民出版社,1987年版,第612页。
② 〔清〕王韬,《代上广州府冯太守》,《弢园文录外编》卷10,光绪二十三年(1897),上海长州王氏本。
③ 赵树贵、曾丽雅编,《陈炽集》,中华书局,1997年版,第149页。
④ 〔清〕郑观应,《盛世危言·农功》,光绪二十二年石印本。

也"。① 农与商不是截然对立的本末关系,而是互为经纬、相互依存的关系,农商皆备、皆强,才是富国强兵的先声,治国平天下之枢纽和气象,而秉国者忧贫患寡,惶惶然不可终日,殊不知路就在脚下,国、民两便就是最大的利益。薛福成屡次论及要"兴我贸易,藏富于商民"。② 认为物阜民丰、安居乐业,国家府库才能充盈,综合国力才会强盛。他认为,"彼此可共获之利,则从而分之;中国所自有之利,则从而扩之;外洋所独擅之利,则从而夺之","三要既得,而中国之富可期"。③ 藏富于商民,假以时日,自然就可以富国,而实现这一目标的途径便是通过大力发展资本主义工商业,积极开展对外贸易。这样,外洋、国家、商民都可从中获利,一举数得,是一种利国利民的善举。魏源也曾指出:"《周官》保富之法,诚以富民一方之元气,公家有大征发、大徭役皆依赖焉,大兵灾、大饥馑皆仰赖焉。"④国家保富的目的在于急需之时,如大征发、大徭役,乃至大兵灾、大饥馑之际可以派大用场。因此,国家应采取有力的赋税政策和措施来实现保富的目的,并分析说:"赋民者,譬植柳乎,薪其枝叶而培其本根;不善赋民者,譬则剪韭乎,日剪一畦,不罄不止。……彼贪人为政也,专富民,富民渐罄……"⑤培根固本式的良法善政有利于富民富国,而割韭菜般的巧取豪夺,只能使财富日蹙,国家日贫。所以,"赋民者"在课取赋税时一定要注意保富,这样才可以细水长流,长治久安。这些观点可谓一针见血,振聋发聩,在社会各界,尤其是商界引起震动是不言而喻的。

可以说,近代上海的民族工商业在外国资本的强大挤压和剧烈冲击下,生存的空间是非常逼仄狭小的,但在上述风会和价值导向的引领下,上海滩的十里洋场,华洋各界的商界精英们创造了一个又一个的财富神话,书写了数不清的商业传奇,成为这篇土地上人们至今依然津津乐道、历久不衰的话题。他们的商业活动,在秉持了传统讲求"大义"的基础上,在新的形势下言利、兴利的种种举措,也具有了强国富民、维护民族尊严的意涵。

前已述及的叶澄衷、朱葆三等人,是上海滩商界的领袖级人物,但绝非凤毛麟角,相似的声名和地位其实还可以拉出一个长长的名单,譬如"火柴大王"刘鸿声、"面粉大王"荣德生,四大"颜料大王"贝润生、周宗良、吴同文和邱氏兄弟(邱倍山、邱渭卿),以及虞洽卿、郭乐、王开、黄楚九、李平书、严信厚、沈敦和、冼冠生、祝大椿、徐润、周祥生、吴蕴初、陆费逵、陈光甫、项松茂、叶鸿英等等。

刘鸿生(1888—1956),是浙江定海(今舟山)人,出生于上海,是近代著名实业家,以经营煤炭起家。他的父、祖,都是上海滩的生意人,祖父刘维忠在上海宝善街开设"丹桂茶园",父亲刘贤喜在招商局的轮船上做总账房,家境尚属饶裕。刘鸿生先后就读上海

---

① 〔清〕郑观应,《盛世危言·邮政》,光绪二十二年石印本。
② 丁凤麟、王欣之编,《薛福成选集》,上海人民出版社,1987年版,第543页。
③ 同上。
④ 〔清〕魏源,《魏源集》,中华书局,1983年版,第72页。
⑤ 同上。

圣约翰中学和圣约翰大学,受到了良好的教育。1909年,他进入英商开平矿务局,任上海办事处推销员,为开平煤打开销路。此后,直到1919年,一直与外商联合做煤炭生意,是一个从事十年买办生涯的商人,获利颇丰,人称"煤炭大王"。此后,又投资水泥、火柴、纺织、航运、保险等行业,经营领域遍布轻重工业、运输业、商业和金融业,创立了近代中国数一数二的民族企业集团,到1931年投资额已达740余万元,成为集"煤炭大王、火柴大王、毛纺大王、水泥大王"等于一身的"企业大王"。

刘鸿生身处乱世糟糕的营商环境中,却能在较短时间内实现财富梦想,固然离不开自身的聪明才智和犀利独到的商业眼光,更重要的是他在追求利益的同时,没有放弃对道义的坚贞和守望。做煤炭生意时,为了开拓上海、苏州、无锡、宜兴、常州、镇江、南通以及江阴至浦口一带地区的市场,他除了刻苦钻研精通业务知识,深入实际了解和掌握市场行情之外,还采取诸多措施努力为客户提供便利,譬如创办煤炭化验室和锅炉技术室,并聘请了一批技术专家,负责对煤炭进行化验和为用户检查锅炉设备,受到广大用户的欢迎。为了保证及时向备用户供应煤炭,他在浦东购地建造了煤炭专用码头,作为煤炭堆栈。他还采取薄利多销、贴补佣金、跌价竞销、赊销等多种办法,不断拓展业务范围。他千方百计提高质量、降低价格、讲求大义、信守诺言,使用户感到踏实放心,无须担忧上当受骗。为用户排忧解难,"处处为用户着想",一直是刘鸿生奉为座右铭的格言。

荣德生(1875—1952)是江苏无锡人,名宗铨,字德生,号乐农氏居士,是中国著名的民族资本家、慈善家和民族实业家。从事于纺织、面粉、机器等行业凡60年,享有"面粉大王""棉纱大王"的美誉。

1890年,荣德生进上海通顺钱庄习业。三年后,随父至广东充任三水县厘金局帮账。此后,任广生钱庄无锡分庄经理。1899年下半年,应邀任广东省河补抽税局总账房。1901年,与兄荣宗敬等人集股在无锡、沪上等地合办保兴面粉厂、振新纱厂、福新面粉厂等,并任经理、总经理、公正董事等职。1915年4月起,与兄宗敬先后在上海、无锡、汉口等地创办申新纺织一厂至九厂,并任无锡申新三厂经理。至1931年,荣氏兄弟共拥有12家面粉厂和9家纱厂,与其兄宗敬一起,人称"面粉大王"和"棉纱大王",成为中国资本最大的实业家之一。1938年起,主持荣氏企业,先后在重庆、成都、宝鸡、广州等地兴建6家新厂,积极支援抗战。抗战结束后,1945年11月,在无锡成立天元实业公司,并创办大元麻纺织厂、开源机器厂、江南大学等。

荣德生商业上的成功,与他谨遵大义、恪守传统的立身治家之道密不可分,他曾说过:"古之圣贤,其言行不外《大学》之明德,《中庸》之明诚,正心修身,终至国治而天下平,亦犹是也,必先正心诚意,实事求是,庶几有成。"与儒家"己欲立而立人,己欲达而达人"的思想如出一辙。他注重"人"的作用,坚持以德服人、以诚待人的原则,视人为生产力之第一要素,重视加强人事管理。他说:"余在工厂所经营,所请人非专家,以有诚心,管人不严,以德服人,顾其对家对子女,使其对工作不生心存意外,即算自治有效。自信可以,教范围各厂仿行。"(《采农自订行年纪事》)以此来调动雇员的积极性,协调雇主与雇员之间以及雇员内部的关系,便于形成同心同德、风雨同舟的利益共同体。这种做法的效果是明显的,荣家的"兵船牌"面粉享誉海内外,曾是上海面粉交易所的标准粉;"人钟牌"棉纱是申新纺织公司的主要商标品牌,被奉为当时上海棉纱交易所的标准纱。他所创办的公益工商学校,是培养荣氏企业集团员工的摇篮,著名学者孙冶方、钱伟长都曾是该校的高才生。荣德生老先生还以一些对联作为修身励志的箴言,譬如"意诚言必中,心正思无邪""发上等愿,结中等缘,享下等福;择高处立,就平处坐,向宽处行"。

三、爱国敬业

在商言商,买低卖高、将本求利,是商人的本分,没什么羞与人言之处。唯利是图、锱铢必较也几乎是商人的共同性格。但这并不意味着商人可以没有家国情怀,可以不问世事,可以不关心政治。开埠以来的上海,商人中具有政治热忱和爱国情操的人,可以说是屡见不鲜。面对西方列强经济与文化的双重夹击,大部分商人勇敢面对蚕食鲸吞和瓜分豆剖的空前危机,表现出了前所未有的爱国主义精神。可以说,浓郁强烈的爱国主义因素,是贯穿于近代以来上海商界与商业从业人员中的一条精神主脉。这种因素,不仅流贯于商人们的商业活动中,也体现在他们所从事的社会活动和对整个政治风貌的影响上。

开埠以来的半个多世纪里,上海逐渐成为对外贸易以及国内埠际转口贸易的中心,贸易额几乎占到全国的一半以上。此外,上海也是全国的金融中心,外资和华资银行云集上海。上海商业、商人的发展速度与集聚财富的规模,更是名列前茅,经济实力也显得十分雄厚。一些大商人的投资领域,涉及交通、金融、商贸、保险、工矿等众多行业,而且扩展到全国各地的许多大中城市。例如严信厚、严于均父子的投资领域,包括纺纱、煤矿、银行等十多个行业,范围遍及上海以外的大江南北,如南方的杭州、宁波、汉口、广州、福州、香港、汕头、厦门、景德镇,北方的北京、天津、河南,甚至远在东北的锦州等许多城市。这样的豪富大贾,在近代的上海如过江之鲫。他们的兴衰成败,直接影响了全国各地的市场行情和行业景气指数,可以说具有举足轻重的影响。

在民族危亡、国难深重之际,上海商人身处抗击西方经济掠夺、军事进攻和文化渗透的第一线,身不由己地负起了救亡图存、抵御外侮的历史责任。"商战"就是他们在当时的时代背景下迫不得已的应对之策,许多爱国商人不仅汲汲于一己身家的增减赢缩,而且以极大的爱国热情,将目光投注于家国、族群的生死存亡,投身于保家卫国的时代行列。

1901年,上海各界在张园举行集会,抗议沙俄趁八国联军侵华之际,出兵侵占我国东北地区,一些商人即踊跃参加,另有许多绅商"以不得与闻为憾,纷纷投函、欲签名与列者,不下数十起"。① 1903年,上海商人更积极参与这场反帝拒俄爱国运动,呼吁"凡我商人,宜发爱国之热忱,本爱国之天良,届期多来聚议办法,勿失商家体面为要"。② 上海商界中的有识之士还呼吁:"发爱国之血诚,视国事如家事,爱国土如家产,勿任他人妄割取一寸之土.妄侵窃我一毫之权。"③ 此后,沪上商界又参与了反对法国侵占广西的运动。1905年,沪上商人又率先发起抵制美货运动,受到全国各界的积极响应,体现了上海商界的巨大影响力。

　　近代与西方的经济冲突中,抵制洋货这种抗争方式,未必是最佳的策略,但却是有效的策略,至少可以在短期内收到立竿见影之效,使其商品无法销售而大量积压,造成严重亏折,导致经济上的巨额损失,从而起到鼓舞士气,提振信心的效应。但任何出自自愿基础之上的交易都应该是平等的、相互尊重的,也是互惠互利的。如果一方觉得不合理、不划算,可以通过某种都认可的机制或途径,以协商、谈判的方式加以妥善解决,撕破脸皮,以互殴的丛林法则来解决,逞一时之快,只能是成事不足败事有余,其弊端是明显的。杀敌一千,自损八百,让别人吃亏,自己也会蒙受损失,商战这把双刃剑杀伤力还是很强的。

　　当然,具体事情具体分析,不可一概而论。1905年的抵制美货和1915年反对"二十一条"的抵制日货,是近代史上两次著名的商战,也是沪上商人参与度极高、展示沪上商人爱国热情的两次商战。

　　抵制美货运动中,上海商人不仅扮演了首倡发起的重要角色,而且还承担了联络和领导者的重任。其缘由在于,1904年美国政府在有关排斥华工的旧约期满时,拒绝清政府的修约要求,引起中国人民的极大愤怒,最终导致国人群起抵制美货。碧荷馆主人的长篇小说《黄金世界》即以此为背景,小说中的主人公夏建威、朱怀祖就是抵制美货运动的倡导者和参与者。上海商界于1905年5月10日召开由各业商董公司共同参加的特别大会,商议应对之策。会上,有商领提出若两月内美国仍然拒绝修约废例,则全国抵制美货。此一倡议得到了各业商董的一致认同,会上还公议分别致电清政府外务部、商部,及南、北洋大臣,要求拒不签订续约。同时,又致电全国21个重要商埠的商会,呼吁各地商人届时共同采取行动。汉口、杭州、苏州、天津、湖南、广东等地商界纷纷响应,全国范围内掀起了一场轰轰烈烈的抵制美货运动。1905年8月11日天津《大公报》发表的文章指出:"自抵制美约之问题出现以来,民气之发达光芒万丈,亘耀全球……各省各业,无不各自聚会,实行抵制。"100多个城市相继成立了"拒约会""争约处"或"抵制美货公所"等团体。上海商界在这次规模浩大的运动中,体现了非凡的号召力和影响力。

　　抵制日货的行动也由上海商界率先发起,1915年3月18日,上海商界联合各界人

---

① 《中外日报》,1901年3月18日。
② 《苏报》,1903年4月30日。
③ 同上。

士约3万人集会,提出抵制日货的具体措施,此举同样得到了全国各地爱国商人的积极响应和支持,迫使袁世凯政府未敢接受丧权辱国的"二十一条",避免了使中国沦为日本附庸的命运。

上海商人还敢于领风气之先,在中国最早成立了商人自己的社团——商会,来维护自身的利益。此举不仅有利于促进资本主义工商业在近代中国的发展,也有利于加速中国社会的近代化进程。早在1895年,郑观应提出以应对西方为目的的"商战"之际,就意识到了建立商会对于发展商业的重要性,主张成立商会。商会对内可以在商人之间联络沟通,互通信息,对外可以与各国交涉办理商业事务,是一种行业性、专业性和事务性极强的自治性质的社团。上海商人在1902年2月22日成立了上海商业会议公所,设总董5名,总理1名,副总理2名,另有13名议员,通过公推互选的民主程序产生,当选者均为上海实力雄厚的工商各业中的头面人物。此后,清政府颁布《简明商会章程》,规定:凡属商务繁富之区,不论系省垣或城埠,均应设立商务总会,商务发达稍次之地则设商务分会,以前所设与商会类似的商业会议公所一律改称商会。遵此,上海商业会议公所于1905年5月改称上海商务总会。有资料显示,至1921年,全国各地共成立商务总会50多个,分会800多个。商会的成立,在联络各业、启发智识、调查商业、备部咨询、维护公益、改正行规、调停纠纷、代诉冤屈等方面发挥了不可替代的积极作用,成为近代中国影响巨大的民间行业团体。

上海商人还最早成立了商团,用武力来保护商人的生命财产安全和其他切身利益,同时,还部分地承担了维持治安、缉拿盗匪、维护社会秩序的职责。商团的成立,首开近代中国商人创办准军事团体之先河。

上海商人出于爱国之诚的政治热情,并不亚于"以天下为己任"的知识分子,他们的社会身份和经济地位决定了他们不可能远离政治,所以关心政治,乃至参与政治,对他们而言也就没什么稀奇。某种程度上,其实也是一种对自身利益的自我保护使然。譬如他们对争取路权的抗争,对国际商会界开展的外交活动,对君主立宪请愿活动的参与,参加辛亥革命,提倡和实践上海地方自治等各项活动的热情参与,几乎都是基于同样的背景,出于同样的动机和目的。昔日居于"士农工商"四民之末的商人,此刻终于从幕后走向了前台,成为一股最具经济实力、影响也十分巨大,不可忽视的民间力量。[①]

第三节 揭露与批判视角中的商业伦理

"无商不奸",大多数商人一直以来都背负这个"奸商"的恶谥。唐白居易《议盐法之

---

① 朱英,《商业革命中的文化变迁——近代上海商人与海派文化》,华中理工大学出版社,1996年版,第125—176页。

弊论盐商之幸》中说,"今若刬革弊法,沙汰奸商,使天下无侥幸之人,上得折毫之计,斯又去弊兴利之一端也"。① 明谢肇淛《五杂俎·地部二》曾指出,"今之茶,什五为奸商狃狯私通贸易,而所得之马又多疲病残疾,不堪骑乘者。"是说彼时边陲茶马贸易中,商人走私茶叶,所贩卖之马匹质量低劣,不堪骑乘,是不折不扣的奸商行径。清代文献中也有许多关于奸商的记载,兹举一例,"向来八旗甲米,俱按四季支放。米石既多,奸商趁机囤积,放完之后,抬价居奇"。②

"无商不奸"其实是后人杜撰的,原意为"无商不尖"。出典为旧时米店商家以升斗作量器,由于一般市井细民财力单薄,购买力较弱,不可能大量囤米,每次大概只购买几升或一斗米左右,有的贫寒人家甚至家无隔夜粮,故有"升斗小民"之说。卖家在量米时会以一把红木戒尺之类的东西削平升斗内隆起的米,以保证分量准足。银货两讫成交之后,商家会另外在米筐里氽点米加在米斗上作为饶头,如是,已抹平的米表面便会鼓成一撮"尖头",以示尽量让利之意。后来商家去掉"尖头"不再让利,"无商不尖"也逐渐演变成"无商不奸"。商人所谓"奸",对中小商人而言无非是以次充好、质次价高、缺斤少两、强买强卖、偷漏税款等等下三滥勾当,而大商人则利用官商勾结的权利股份,使用大肆囤积居奇、巧取豪夺、欺行霸市、哄抬物价、制造黑市、操纵市场等不正当手段牟取利益。中国商人长期位居四民之末,沦为下九流,于此不无关系。

近代以来的上海,不是所有的商人都具有仁心善意和爱国情肠,总有一些人见利忘义,种种为人所不齿的行为,在人欲横流的上海滩无时无刻不在反复上演。在上海印象的商业文化叙事中,这些行径也一再受到揭露、批判和挞伐。

一、欲望张力下的道德沦丧

上海在近代神奇般地崛起为东方的商业都市,吸引了大批之外人士麇集于此,也形成了光怪陆离的市民社会,商人在其中的巨大影响力让人刮目相看。小说家们借助文化和文学想象,从地域角度构建了上海这座城市的文学形象,反映了这座城市的文明与文化。他们从自身的观察和感觉出发,展示着各自对上海的认知与理解。通常而言,对于这座被连篇累牍的广告、指南和传闻反复指称为"东方巴黎""人间天堂""冒险家的乐园",甚或"穷人的地狱"的都市,这座集繁华都市、东方巴黎、极乐世界、世外桃源、海上乐园、不夜城、繁华地、安乐窝、销金窟、醉梦乡、富人的天堂、穷人的地狱、文明的窗口、罪恶的渊薮、经济中心、黑色染缸、冒险家的乐园、帝国主义侵略中国的桥头堡、中国工人阶级的大本营③等各种自相矛盾特点于一身的城市,作家们大多采取写实或隐喻的方式,主要从揭露和批评的旨归出发,呈现上海都市的种种恶之花,特别是在商风熏习

---

① 〔唐〕白居易,《白氏长庆集》卷71,《白氏文集》卷第46,四部丛刊影日本翻宋大字本。
② 《户部漕运全书》卷60,《京同粮储》,清光绪刻本。
③ 熊月之,《历史上的上海形象散论》,《史林》,1996年第3期。

之下的各种腐败、堕落,及道德沦丧。

上海的崛起,源于通商,兴于商业,商人在其中所发挥的作用功不可没。按照商人所创造的社会财富和价值、他们在社会中的地位声望,以及对社会风尚的影响力而言,可以说,商人阶层是社会主体之一,而且是十分重要的主体之一。姚公鹤曾对此分析说,"惟就上海论,既为通商大埠,则农人自不能占有势力。然工与商则固上海所恃以发达商务之两种人物也。且论工商互为成货通货之因果,则工界势力似必驾商界而上之。乃就上海现势观之,则短衣窄袖之工人,其势力万不若长袍短褂之商人为巨",①商人的地位与影响于此可见一斑。这些商人在完成了财富积累艰苦漫长的过程后,不仅实现了财务上的自由,也获得了出人头地、在人前炫富的机会。一方面,"饱暖思淫欲"的人性弱点使然,另一方面也是为了交通权势人物,为了攫取更大的财富进行铺垫和前期投资,商人们选择与官府的结交也就顺理成章,则权利、金钱和美色的联袂登场也就水到渠成。商人、官员、绅士等纷纷现身风月场所,眠花宿柳、狎妓嫖娼也就成了众多绅商、官僚们的生活日常。霍塞在《出卖的上海滩》中指出,"也许我们不妨说,上海的不道德行径在全世界是独特的。不知什么缘故,它同这个地方的气氛、同它露骨的个人主义和贪欲是协调的。也不知什么缘故,上海绅士如果在业务上显露本色而在私生活是个假圣人,是不合逻辑的。就是这座放荡城市的这种精神支配了上海绅士,并使上海仕女往往很难保持其仕女的身份",②可谓一针见血。霍塞此处的"绅士"其实就是兼有商人、官员和读书人身份的嫖客,而"仕女"则是指书寓、长三、幺二等地位较高的妓女。

关于上海的娼妓业,也是伴随着工商业的发展同步而行的,但不同时期的发展,各有不同:"道咸之交,妓寮皆在城中。虹桥左侧,鳞次以居""咸丰癸丑(咸丰三年)以后,妓院渐移城外,环马场既建,阛阓日盛,层楼复阁,金碧巍峨,又得名花以点缀其间,于是趋之者若鹜。庚辛(咸丰十年、十一年)之交,江浙沦陷,士女自四方至者云臻雾沛,遂为北里巨观""同光间沪城之妓,皆在老北门一带,沉香阁东,最著为老朱庄""光绪初,租界工商日益发展,繁华景象,日盛一日。各种娼妓,遂群居于租界了。同治初元,东南兵乱,僦居者众,贸易繁盛,利市三倍,以故贵郎游冶,动掷千金"。③ 由此可知上海开埠以来色情业的发展概况。

《上海通史》指出,"旧式妓业以士子为主要服务对象,因而妓院也就成了那些风流文士吟风弄月、诗酒唱和之所,晚清上海妓院,特别是那些豪华妓院的主顾则主要是商贾,妓院的功能因之发生变化,逐渐成为集色情、社交等多项功能于一体的消遣娱乐场所"。④ 可见商人已经成为豪华妓院的主要消费群体了。《海上花列传》《海上繁华梦》

---

① 姚公鹤,《上海闲话》,《上海滩与上海人丛书》第一辑,上海古籍出版社,1989年版,第43页。
② 〔美〕霍塞著,纪谦译,《出卖的上海滩》第十三章《上海绅士》,商务印书馆,1962年版,第205页。
③ 王书奴,《中国娼妓史》,团结出版社,2004年版,第286页。
④ 熊月之主编,《上海通史》第5卷,《晚清社会》,上海人民出版社,1999年版,第370页。

《花月痕》《海上名妓四大金刚奇书》《青楼梦》《九尾龟》《九尾狐》《歇浦潮》《新歇浦潮》《负曝闲谈》《市声》等等,许多涉及商业文化叙事类似的所谓"狭邪小说"文本中,都描写到商人、官员和绅士们的狎妓冶游。

小说《市声》的上海华发铁厂老板范慕蠡,原本约定与小商人钱伯廉、申张洋行买办周仲和一起到无锡去贩蚕茧,可是一到苏州,由于误了班船,只得暂寓苏州客栈,却在茶馆中碰到了旧相识妓女周翠娥,"慕蠡合翠娥重寻旧梦,不知不觉,睡到次日晌午才起。陶安来探望过两次,哪里敢惊动他。无锡、常州的船一起开完了,他还未起哩!幸而陶安有主意,没先买票,晓得慕蠡极少也要住三五天的。"①范慕蠡在周翠娥处一口气住了十多天,好容易等到发愿肯动身去无锡时,人家已占了先机,茧价已经涨到无利可图了,因贪恋烟花而错失商机。范慕蠡的另一位商业伙伴钱伯廉,亦是眠花宿柳的老手,"伯廉有的是钱,除是天天嫖赌吃喝,也没别的正经"。②

第二十七回《谈交易洋行爱国 托知音公馆留宾》有一个情节:

> 本来堂子里如何好亵渎大人,只是上海和别处不同,外省官府来到此地,总不免要走动走动,也没人来挑剔的。再者,此地的大注买卖都要在堂子里成交,别处总觉得散而不聚哩!③

原来二品衔直隶候补道鲁国鳌,也因办军装到上海来的,上海的捐客黄赞臣觉得有利可图,得信就主动到寓所拜访鲁国鳌。为了攀谈方便,黄赞臣将其带到了一个所谓的"清净之所",即住在三马路的倌人谢湘娥处。可知堂子这种风月场所,已经成了官绅和商人们社交、谈生意的重要场合。所以,官员是除了在商人之外,上海妓院中的又一个重要消费群体,《九尾龟》中借秋谷之口介绍上海嫖客的情形道:

> 现在上海的客人,大约要分两种,一种是官场,一种是商界。论起来,自然是商界的客人好做,既肯花钱,又不闹什么嫖劲,倌人们看着银钱面上,也不得不敷衍他些。④

不难看出,商界的客人因为财大气粗,出手阔绰,"钱多人傻",属于优质客户,故而深受妓家的欢迎。这些商人、官员,无不在清末民初社会转型时期展示了近代上海这个群体道德沦丧的一面,即便是外地有头有脸的乡绅官僚一到上海,便迅速被玫瑰色的梦幻所囿猎,沉溺其中而不能自拔。《海上花列传》中的王莲生、罗子富都是官员,却乐意被妓女玩弄于股掌之上,心甘情愿地被商人利用,并乐此不疲,因此而觉得自己的权势

---

① 〔清〕姬文,《市声》,第四回《话蚕桑空谈新法 查帐目访悉弊端》,《中国近代文学大系》第2集·第7卷·小说集五,上海书店出版社,1992年版,第25—26页。
② 〔清〕姬文,《市声》,第三回《办棉花赚利壮腰缠 收茧子夸多合股份》,《中国近代文学大系》第2集·第7卷·小说集五,上海书店出版社,1992年版,第23页。
③ 〔清〕姬文,《市声》,第二十七回《谈交易洋行爱国 托知音公馆留宾》,《中国近代文学大系》第2集·第7卷·小说集五,上海书店出版社,1992年版,第171—172页。
④ 〔清〕张春帆,《九尾龟》,上海古籍出版社,1994年版,第141页。

地位受到了尊重。《九尾龟》中的康已生花钱买官,做官敛财,聚敛了巨额财富后,跑到上海,抛弃结发之妻,娶了堂子里的倌人为妾。结果康府淫风大炽,女性们乱伦、通奸、上台基、勾引戏子等等,个个伤风败俗,人人寡廉鲜耻,硬生生把康公馆打造成了一个淫窟。《海上繁华梦》里的潘少安,利用自己风流倜傥和漂亮的外表纵横海上妓院,骗吃骗喝骗财骗色,简直无恶不作。

此时,娼门中赌博、吸毒之风也已十分盛行,目的都是通过为嫖客提供娱乐消遣而诱使其大肆消费,从而为妓家创收,娼妓本人亦由此博取缠头之资。乾嘉承平日久,六博风气,渐传播于歌楼画舫间,是很值得我们注意的。据《画舫余谈》说:"曲中习尚叶子戏,曰成坎玉,曰碰十壶。姊妹往来,每多为此。后又为投琼、有赶洋、跳猴、掷八叉、夺状元诸名色。行之既久,又生厌,乃兴押宝。押宝者,豫以青蚨一枚,藏小方盒中,平放案上,前后左右,任人射之,但得宝字方者胜。其局则曰宝局。盒则曰宝盒。别将作过之宝字方向录于片纸,以为此对,则曰宝篇,穷日继夜,其风甚行。近又有所谓摇摆法,用玲珑骰子四颗,覆于器而摇之,计其点数,定青龙、白虎、朱雀、玄武四门。一日之间,输赢无算。盖因有如清游,假此为买笑地者。呜呼,家无儋石储,而一掷百万,世岂鲜牧猪奴哉!花骨头之为祸,烈于水火,顾安得铁蒺藜碎之!"李斗《扬州画舫录》也说:"画船多牙牌叶格诸戏,以为酒食东道。"①

《二十年目睹之怪现状》第九十六回《教供辞巧存体面 写借据别出心裁》云:

> 继之道:"……这里上海有一个富商,是从极贫寒、极微贱起家的。年轻时候,不过提个竹筐子,在街上叫卖洋货,那出身就可想而知了。不多几时便发了财。到此刻是七八家大洋货铺子开着,其余大行、大店,他有股份的,也不知多少。生下几个儿子,都长大成人了。内中有一个最不成器的,终年在外头非嫖即赌。他老子知道了,便限定他的用钱,每月叫账房支给他二百洋钱。这二百块钱,不定他两三个时辰就花完了,那里够他一个月的用?闹到不得了,便在外头借债用。起初的时候,仗着他老子的脸,人家都相信他,商定了利息,订定了日期,写了借据;及至到期向他讨时,非但本钱讨不着,便连一分几厘的利钱也付不出。如此搅得多了,人家便不相信他了。"②

一个富商的子弟,因为终年在外非嫖即赌,其父不得已限制其花销用度,这个不成器的儿子就在外举债挥霍,结果弄到声名狼藉,没人相信他,终致无钱可借。赌博危害之烈于此可见一斑。

《画舫余谈》也谈到鸦片的泛滥:"今所行鸦片烟……不知何时流入中国。价值昂贵,嗜之者谓可助精神,利百疾,吞吸无厌。历三二年后,耸肩伸颈,面若死灰。……屡

---

① 〔清〕捧花生,《画舫余谈》,嘉庆二十三年戊寅。
② 〔清〕吴趼人,《二十年目睹之怪现状》,《中国近代文学大系》第2集·第5卷·小说集三,上海书店出版社,1994年版,第735—736页。

奉严禁，买卖均有科条，其实私相授受者，殆终不免。少年子弟，流连平康，珍如慎恤。诸姬亦间以娱客，罔知利害。"沿及清代，鸦片流毒已遍及全国，其患甚大。到乾隆时期，沿江沿海坊曲中的嫖客妓女，都以阿芙蓉为唯一消魂荡魄之具了。①

《官场现形记》第三十回《认娘舅当场露马脚　饰娇女背地结鸳盟》写一个副将衔的游击、在江阴带炮划子的哨官冒得官，因为克扣兵饷，被上头查了出来，把他的差使撤去，他就跑到南京来另觅生路。因做错事被主人骂了一顿，闷极无聊之际便到烟馆里吃烟：

  这日冒得官走到烟馆里面，值堂的是认得他的，连忙让出一张烟铺，请冒大爷这边来坐。冒得官有事在心，闷闷不乐，便没精打采地躺了下去。值堂的又赶过来，替他烧烟。抽不上三四口，忽然烟榻前来了一个彪形大汉，虽然是面目黧黑，形容枯槁，却显出一副雄赳赳、气昂昂的神情。冒得官亦不理他。②

烟馆成了失意官员排遣郁闷、转换心情的精神疗养院，烟枪一端，百虑皆消。《二十年目睹之怪现状》第九十六回《教供辞巧存体面　写借据别出心裁》的那个个富家子弟，不仅嫖赌，也是烟馆里的常客：

  他一走走到一家烟馆里，是他们日常聚会所在，自有他的一班嫖朋赌友。他先把缘由叙了出来，叫众人代他想个字眼。一个道："这有甚么难！只要写'等父亲死后'便了。"一个说："不对，不对。他原是要避这个'死'字，不如用'等父亲殁后'。"一个道："也不好。我往常看见人家死了父母，刻起讣帖来，必称孤哀子，不如写'等做孤哀子后'罢。"③

此时烟馆遍及各地，官民各界到烟馆吸毒以为消遣，已经成为日常生活的常态，上等的烟馆设备齐全，服务周到，便成为主顾们经常光顾之地，烟馆生意也因此红火兴隆，财源滚滚。而其坏人之心术、伤风败俗之危害，已如病入膏肓，无可救药了。

妓女作为妓院里的主要从业人员和重要组成部分，无疑是处于社会阶层的最低端，是被迫害、被压迫的一个阶层，也是属于被同情的一个阶层。但身处龌龊之所，要想做到出淤泥而不染，不是一件容易的事，更多的时候，是这些可怜之人，被环境所同化，自觉地认同和接受了环境强加给她们的角色和身份，以商人的嘴脸和手段，与加害她们的人合谋，再去联手加害其他的人，道义、理想、尊严等高贵的理念在她们的身上已经荡然无存了，终于把自己变成了可恨之人，也终于把自己修炼成了一朵娇艳欲滴的恶之花。烟馆、赌场等藏污纳垢之所亦可作如是观。

---

① 王书奴，《中国娼妓史》，团结出版社，2004年版，第268—270页。
② 《中国近代文学大系》第2集·第4卷·小说集二，上海书店出版社，1995年版，第471页。
③ 〔清〕吴趼人，《二十年目睹之怪现状》，《中国近代文学大系》第2集·第5卷·小说集三，上海书店出版社，1994年版，第738页。

二、无所不用其极的商业欺诈

商界中的黑白、正邪之争其实一直是个常态,如第二节所述,商界既有正能量维度上的诚实守信、重义轻利和爱国敬业,必然也会有言而无信、见利忘义,乃至卖国求荣的不耻之举,它们都以一种奇特的方式,和谐有序地共存于商场或商海中,彼此在博弈中荣辱与共。某种程度上,商界就是个大染缸,形形色色的骗子无处不在,五花八门的骗术令人眼花缭乱。

《二十年目睹之怪现状》中的虚拟主人公"我"——"九死一生",作为初出茅庐,涉世未深的幕友,在幕主吴继之手下料理一些文书杂务,第一次比较正式的和商家接触,是到祥珍珠宝店代继之夫人为人家即将出脱的翡翠镯子估价。事毕与掌柜闲谈,得知珠宝店被人设计坑骗了近两万两银子,后经继之点破,原来是珠宝店的东家为了侵吞掌柜和伙计中彩票的奖金,自编自导的骗术,兹不避冗长,抄录如下:

> 掌柜道:"话长呢。我家店里后面一进,有六七间房子空着没有用,前几个月就贴了一张招租的帖子;不多几天,就有人来租了,说是要做公馆。那个人姓刘,在门口便贴了个'刘公馆'的条子,带了家眷来住下。天天坐着轿子到外面拜客。在我店里走来走去,自然就熟了。晚上没有事,他也常出来谈天。有一天,他说有几件东西,本来是心爱的,此刻手中不便,打算拿来变价,问我们店里要不要。要是最好,不然,就放在店里寄卖也好。我们大众伙计,就问他是甚么东西?他就拿出来看。是一尊玉佛,却有一尺五六寸高;还有一对白玉花瓶;一枝玉镶翡翠如意;一个扳指。这几件东西,照我们去看,顶多不过值得三千银子,他却说要卖二万;倘卖了时,给我们一个九五回佣。我们明知是卖不掉的。好在是寄卖东西,不犯本钱的,又不很占地方,就拿来店面上作个摆设也好,就答应了他。摆了三个多月,虽然有人问过,但是听见了价钱,都吓得吐出舌头来,从没有一个敢还价的。有一天,来了一个人,买了几件鼻烟壶、手镯之类,又买了一挂朝珠。还的价钱,实在内行;批点东西的毛病,说那东西的出处,着实是个行家。过得两天,又来看东西。如此鬼混了几天。忽然一天,同了两个人来,要看那玉佛、花瓶、如意。我们取出来给他看。他看了,说是通南京城里,找不出这东西来。赞赏了半天,便问价钱。我们一个伙计见他这么中意,就有心同他打趣,要他三万银子。他说道:'东西虽好,哪里值到这个价钱?顶多不过一个折半价罢了。'阁下,你想,三万折半,不是有了一万五千了吗?我们看见他这等说,以为可以有点望头了,就连那扳指拿出来给他看,说明白是人家寄卖的。他看了那扳指,也十分中意。又说道:'就是连这扳指,也值不到那些。'我们请他还价。他说道:"我已说过折半的了,就是一万五千银子罢。'我们一个伙计说:'你说的万五,是那几件的价;怎么添了这个扳指,还是万五呢?'他笑了笑道:'也罢,那么说,就是一万六罢。'讲了半天,我们减下来,减到了二万六,他

添到了一万七,未曾成交,也就走了。他走了之后,我们还把那东西再三细看,实在看不出好处,不知他怎么出得这么大的价钱。自家不敢相信,还请了同行的看货老手来看,也说不过值得三四千银子。然而看他前两回来买东西,所说的话,没有一句不内行,这回出这重价,未必肯上当。想来想去,总是莫名其妙。到了明天,他又带了一个人来看过,又加了一千的价,统共是一万八,还没有成交。以后便天天来,说是买来送京里甚么中堂寿礼的,来一次加一点价,后来加到了二万四。我们想连那姓刘的所许九五回佣,已稳赚了五千银子了,这天就定了交易。那人却拿出一张五百两的票纸来,说是一时没有现银,先拿这五百两作定,等十天来拿。又说到了十天期,如果他不带了银子来拿,这五百两定银,他情愿不追还;但十天之内,叫我们千万不要卖了,如果卖了,就是赔他二十四万都不答应。我们都应允了。他又说交易太大,恐怕口说无凭,要立个凭据。我们也依他,照着所说的话,立了凭据。他就去了。等了五六天不见来。到了第八天的晚上,忽然半夜里有人来打门,我们开了门问时,却见一个人仓仓皇皇问道:'这里是刘公馆么?'我们答应他是的。他便走了进来,我们指引他进去。不多一会,忽然听见里面的人号啕大哭起来。吓得连忙去打听,说是刘老爷接了家报,老太太过了。我们还不甚在意。到了次日一早,那姓刘的出来算还房钱,说即日要带了家眷,奔丧回籍,当夜就要下船,向我们要还那几件东西。我们想明天就是交易的日期,劝他等一天。他一定不肯;再四相留,他执意不从,说是我们做生意人不懂规矩,得了父母的讣音,是要星夜奔丧的,照例昨夜得了信,就要动身,只为收拾行李没法,已经耽搁了一天了。我们见他这么说,东西是已经卖了,不能还他的,好在只隔得一天,不如兑了银子给他吧。于是扣下了一千两回佣,兑了一万九千银子给他。他果然即日动身,带着家眷走了。至于那个来买东西的呢,莫说第十天,如今一个多月了,影子也不看见。前天东家来店查账,晓得这件事,责成我们各同事分赔。阁下,你想那姓刘的,不是故意做成这个圈套来行骗么?可有个甚么法子想想?"

我听了一席话,低头想了一想,却是没有法子。那掌柜道:"我想那姓刘的说甚么丁忧,都是假话,这个人一定还在这里。只是有甚法子,可以找着他?"我说道:"找着他也是无用。他是有东西卖给你的,不过你自家上当,买贵了些,难道有甚么凭据,说他是骗么?"那掌柜听了我的话,也想了一想,又说道:"不然,找着那个来买的人也好。"我道:"这个更没有用。他同你立了凭据,说十天不来,情愿凭你罚去定银,他如今不要那定银了,你能拿他怎样?"那掌柜听了我的话,只是叹气。我坐了一会,也就走了。①

祥珍珠宝店的老板为了贪图一个标的两万银子的"九五回佣"——一千两银子,居

---

① 〔清〕吴趼人,《二十年目睹之怪现状》,第五回《珠宝店巨金骗去 州县官实价开来》,《中国近代文学大系》第2集·第5卷·小说集三,上海书店出版社,1994年版,第28—31页。

然被一个古董商人设计用假古董骗取了两万两的真金白银。而骗子的骗术也未必有多高明,只不过花的时间长一点,迂回的圈子兜得大一点而已。先是以房客的面目出现,挂出"刘公馆"的幌子并天天坐轿出去拜客虚张声势,意在招摇、炫示自己的不凡身份地位,不给人留下骗子的印象。进而通过攀谈逐步接近店家掌柜,待到熟识之际,就开始抛设饵料以售其奸。他寄卖的古董质量一般,但开价却高得离谱,在内行看来简直是天方夜谭。但架不住骗子抛设的饵料确实诱人:寄卖,无须本钱,不占地方;又有"九五回佣"——一千两银子的好处,何乐而不为呢?这只是骗术的开端,接下来才是高潮迭起,异彩纷呈。等到潜在的买家(实际上是骗子的同谋)出现的时候,祥珍店的老板已经快忘记这桩生意了。这个买家业务水准之精湛,连店主和伙计都不得不佩服,叹为观止,而他出价的方式也是十分老到,不是一步到位,而是欲擒故纵,从最初的一万五,到最后的两万四,一点点诱骗对方入彀,而且以五百两银子的银票做定金,约定十天后交割,到期如不践约,情愿舍弃定金。看起来合情合理,其实是暗伏杀机。接下来,在约定交割日期的前两天,以房客面目出现的骗子才使出最后的王炸,他以奔母丧为名要退房并索要寄卖的古董,他料定祥珍店主为了五千两银子的赚头是不会放弃这只已经煮熟的鸭子,所以,如愿以偿地卷了一万九千银子开路了,不由得感叹商界的骗术无奇不有!祥珍珠宝店商人明明看出骗子的货色一般,开价也不靠谱,但最后还是为了牟利,竟然忘记了"害"亦在其中。商界的龌龊并不止此,第七回《代谋差营兵受殊礼 吃倒账钱侩大遭殃》写道:

> 继之道:"这么说,我倒不能不告诉你了。这个人姓钟,叫作钟雷溪。"我抢着说道:"怎么不'钟灵气',要'钟庆气'呢?"继之道:"你又要我说故事,又要来打岔,我不说了。"吓得我央求不迭。继之道:"他是个四川人,十年头里,在上海开了一家土栈,通了两家钱庄,每家不过通融二三千银子光景;到了年下,他却结清账目,一丝不欠。钱庄上的人眼光最小,只要年下不欠他的钱,他就以为是好主顾了。到了第二年,另外又有别家钱庄来兜搭了。这一年只怕通了三四家钱庄,然而也不过五六千的往来。这年他把门面也改大了,举动也阔绰了。到了年下,非但结清欠账,还些少有点存放在里面。一时钱庄帮里都传遍了,说他这家土栈,是发财得很呢。过了年,来兜搭的钱庄,越发多了。他却一概不要,说是我今年生意大了,三五千往来不济事,最少也要一二万才好商量。那些钱庄是相信他发财的了,都答应了他。有答应一万的,有答应二万的,统共通了十六七家。他老先生到了半年当中,把肯通融的几家,一齐如数提了来,总共有二十多万,到了明天,他却'少陪'也不说一声,就这么走了。土栈里面,丢下了百十来个空箱,伙计们也走的影儿都没有。银庄上的人,吃一大惊,连忙到会审公堂去控告,又出了赏格,上了新闻纸告白,想去捉他;这却是大海捞针似的,哪里捉得他着?你晓得他到哪里去了?他带了银子,一直进京,平白地就捐上一个大花样的道员,加上一个二品顶戴,引见指省,来到这里候

补。你想市侩要入官场,哪里懂得许多?从来捐道员的,哪一个捐过大花样?这道员外补的,不知几年才碰得上一个,这个连我也不很明白;听说合十八省的道缺,只有一个半缺呢。"①

这个四川人钟雷溪,是个在上海开了十多年土栈的小商人,最初来往的钱庄不过一二家,每家不过通融二三千银子光景,由于能够按时结清本利,一丝不欠,渐有信誉,来往的钱庄也多了起来。钟雷溪趁热打铁,扩大了门面,对外举动也阔绰了,年终结账,略有盈余,业内信誉因之再起。来往的钱庄有十几家,交易的额度最少也要一二万才好商量。他老先生到了半年当中,把肯通融的几家,一齐如数提了来,总共有二十多万,然后人间蒸发,拍屁股走人了。他带了银子,一直进京,平白地就捐上一个大花样的道员,加上一个二品顶戴,引见指省,似乎就要走马上任了。发迹的缘由和路数,离不开一个"坑骗"。

第十二回《查私货关员被累　行酒令席上生风》中还写了一个用棺材贩私货的例子,其所用的骗术更令人匪夷所思。奸商们采取欲擒故纵的策略,预先派出眼线,虚假举报有人利用棺材贩运私货,诱骗官府通关时严查扶棺之行人,结果弄巧成拙,棺材里搜出的居然是真正的死尸,哪有什么私货?假丧主倒打一耙,闹了个天翻地覆,不亦乐乎,最终逼迫官员道歉赔偿,方才了事。其后数天,每天都有棺材出现,而官员们都成了惊弓之鸟,明知是私货,也不敢查验,任凭其恣意妄为而无所措手足。

《商界现形记》二集四卷十六回,署"云间(即松江华亭)天赘生"撰,宣统三年(1911)四月由上海商业会社刊行,主要叙述清末上海商界尔虞我诈、龌龊污秽的故事。小说中写到的商人,大都不是十分成功的商界精英,而是处于商业资本积累的起步阶段,属于空手套白狼的中下层商人,所以他们对于金钱的追逐更具疯狂性和贪婪性,逐利的手段也更形而下之。像周子言、陈少鹤、杜筱岑、林幼竹、马扁人等,都是上海滩商界的荡子。

周子言行三,人称周三,是个名声儿溥溥的商人,具体所从何业不详,只消有钱赚他就做,哪怕上万银子的大宗儿,他也挤得上去拿得出来。他也没有什么招牌、字号。烟间、堂子,这两种去处,就是他办事的所在。后来在新马路荣华里,租了一所双开间,一侧厢的石库门房屋,谋算在宅前挂个名头响亮的公司牌子,既体面,将来失火了,也可坑保险公司一万八千银子的保险费。

陈少鹤是巨富崇茂钱庄老板之子,是一个吃喝嫖赌抽五毒俱全的浪荡公子,父亲热衷期间即狂嫖滥赌,甚至不惜花费万金巨资迎娶碧玉楼的妓女谢秋云,受到其父托孤的老挡手方端伯的劝阻,竟然大发雷霆将其逐出钱庄,然后换上迎合自己的杜筱岑,接下来就开始恣肆妄为,大肆挥霍,一个月之内就将其父留下的家私荡掉了三分之一。

杜筱岑是崇茂钱庄的账房先生,和方端伯是同事,但没有方的地位高,却比方会来

---

① 〔清〕吴趼人,《二十年目睹之怪现状》,《中国近代文学大系》第2集·第5卷·小说集三,上海书店出版社,1994年版,第41—42页。

事,善于察言观色,溜须拍马,在方被少掌柜驱逐出去后,取代了方的位置,也成为少掌柜为非作歹的帮手。

一望而知,马扁人这个名字本身即显示出作者的命意,就是一个彻头彻尾的骗子。在发挥出大手笔行骗手段之前,马扁人的经历行状就已经令人十分侧目,则他后来的所作所为也就其来有之。马扁人不知何方人士,对张三说是广东人,同李四说又是河南人了,对赵五说是江西人,和王六说又是湖北人了,真所谓东西南北之人,是个穷汉却是真的。穷到极点的时候,只得将身上一件衬衣来当了二百文钱,吃了五大个面饼,将就度过了半天饥荒。幸而逢到熟人祁茂承,二人叙起旧来。原来马扁人与祁茂承相约到上海去聚首,再做一番事业。岂知命该落薄,回到家中生了半年的病,接着内人又病了半年,一个孩子跳起来死了,内人重又复病,颠颠倒倒直到如今,弄得吃光当尽。其妻子家在安庆,年轻时有个恋人尤士春,是少年英俊,年纪不过二十多岁,已在五大中丞幕里办折奏。与马扁人成婚后,其妻仍与尤士春藕断丝连。马扁人不以为非,竟然声称自己是最和通的人,由"公德心"出发,"断不肯把自己妻子据为己有,并且要找一个人养活他,博他的欢喜"。绞尽脑汁,终于想出一条"又大方、又体面、又沾了实惠、又得了名誉",妙不可言的绝计——"鼓吹文明,力持新法",具体而言是"就不过在内人跟前,说男女是平权的,夫妻是平等的,人人各有神圣不可侵犯的自由天权。我最讨厌的老生常谈,说什么夫刚妻柔、夫唱妇随、天字出头、夫是主;妇人无专制之义,惟酒食是议,唯井臼是职种种。方法千变万化,终要说得男子是天神一般的尊贵,女子比着奴隶还不如。……为因我是专讲新法,破除旧俗,第一个关键是公德"。① 其用意不言自明,其用心不可谓不良苦。等到如愿以偿后,还恭维尤士春"文旌枉过、辉生蓬荜",并且引经据典、振振有词,严肃地教导尤士春道,"古人云:'书有未曾经我读,事无不可对人言。'老先生博极群书,浸淫典籍、儒理禅宗、九流三教无不贯通。只怕没有读过的书,要是不曾做出来,至于事无不可对人言,这件事原非说不得的事。并且小可原是公德心最热、金钱主义程度极高的,老先生何必遮遮掩掩,做这些张致耶?男女的爱情又非老先生特创,是世界上普通的事,从今而后老先生请勿如是,大大方方地来来往往岂不有趣?岂不官面?这才是大丈夫的行径。就是贱内偶有不到之处,老先生尽管要这么便这么,要那样便那样,务求达其目的而后已,幸勿以不是自己所有,拢统浅就。常言道:租田不比自产。又道:借他人的老婆窝勿热的脚。老先生务必去其旧思想,浸入新知识,尽教算——自产,尽教——窝得脚热。小可之所以有望于老先生者皆为此也,唯老先生明察而熟图之。"② "小可原是公德心最热、金钱主义程度极高的",真是寡廉鲜耻,无以复加。其人格不可谓不卑污,其下作不可谓不无耻。不过,付出总有回报,马扁人与尤士春成了最知己的朋友。不多几天,就被举荐到一个厘金卡子上去当个司事,转辗到了京里,刹那

---

① 〔清〕云间天赘生,《商界现形记》,第九回《林幼竹欢场觅协理 马扁人异地遇良朋》,宣统三年四月上海商业会社刊行。

② 同上。

间十三、五年了,倒也积了三、五吊银子。最冤枉的是遇着了一个上海滑头骗子,银子、衣裳首饰,甚至家常的穿着也赔贴得精光。走投无路之际得着一个信息,尤士春在儿制台那里,因此去投奔他,不意落了个空,说九江去了。正在进退维谷,四顾周章,遇着了祁茂承。从此,开启了他人生的第二个"黄金之旅"。

　　原来祁茂承正在发起一件事业,要开办一家仁实银行,自己拿出一百万银子做东钱。再招一百万股份,达二百万银子即可开场。但无论如开银行的本钱,还是股份钱,没有一分钱是他自己的,都是拉大旗作虎皮,靠招摇撞骗得来的,如今已经招来一二十万银子了,远不足预期之数,所以还要继续行骗。马扁人就是祁茂承拉来行骗的合伙人。

　　为了出入上海滩的上流社会,交接高端人士,也是为了增加行骗的可信度,必须给马扁人置办一套体面的行头,具体的办法从祁茂承的相好坤伶余桂芳身上下手,手段无非是一个字——骗:"祁茂承教导马扁人哄钱的法子,就是想到新发明的赛珍珠,一个计较居然如愿以偿。花了二元洋钱的本钱,哄了三百五十元的钞票。恭喜马扁翁拿到三百五十元之后,不到三个钟时间,只见他焕然一新。"①众所周知,民间下层社会是一个藏污纳垢的所在,既有对上流社会流风余韵的仰慕,也保有底层社会鲜活丰富而又百态丛生的原生态,荒凉、粗粝、生猛,乃至肮脏、龌龊。但底层社会不等于没有道德,没有规范,恰恰相反,"礼失求诸野,政失问于民",民间是社会的神经末梢,民间同样也有自己的一套伦理规则,况且盗亦有道。通常而言,"不踢花子碗,不坑婊子钱",是黑白两道、三教九流都恪守的道德底线,在凉薄的时世里尚不失为最后一丝人性的温柔。余桂芳虽非烟花,但当时戏子和妓女其实并无太大的区别,世人亦常将其相提并论,"婊子无情,戏子无义",而祁茂承、马扁人,连这一点最后的底线都抛诸脑后,则其行径已大非人类了。

　　祁、马二人"七腾八倒,东吹牛皮,西说大话,自有一班想发财的老官们信以为真。就连大名鼎鼎的牛楚公,也在股东之列,如何不高兴?还只怕一时头里股份招足之后,插不进去,坐失机会。并且这事情办起来非常之体面,直要禀请商部注册。各股东的名字,一齐送到部里存记","于是那些小商人、小经纪着实高兴。都拿着辛苦钱凑出来,朝着祁茂承的腰袋里送。不知不觉竟集了一万几千的股本"。② 不日之间,又选举定了二十四位职员名目,陈少鹤、杜筱岑等均在列,勉强把"仁实公司"的招牌挂了起来。由于诱以厚利,且愿意吸收任何小额存款,开张第一个月,各项存款竟非常之多,就是贫户里头差不多也有五、六千两银子。贫户且有这许多,富户里头至少也得一百倍呢。正是众擎易举,集腋成裘了。公司似乎有飞腾之象,牛楚公做了总董,祁茂承做了总理,马扁人

---

①〔清〕云间天赘生,《商界现形记》,第十回《女艺员重义轻财　假名士寡廉鲜耻》,云间天赘生,《商界现形记》,第九回《林幼竹欢场觅协理　马扁人异地遇良朋》,宣统三年四月上海商业会社刊行。

②〔清〕云间天赘生,《商界现形记》,第十四回《谈来历史要实希奇　吞到药丸果然灵验》,云间天赘生,《商界现形记》,第九回《林幼竹欢场觅协理　马扁人异地遇良朋》,宣统三年四月上海商业会社刊行。

第七章 上海印象中的商业伦理

做了协理,商议发行钞票。公司的另一位重要人物华艮心暂时离开,要到无锡去入幕,却使公司大局大受影响,外界纷传"仁实公司总理,昨天已不知去向。据闻亏损有三百万之谱,今日已停止交易。市面震动云。"①以至于总公司支持不住倒闭下来,这里的分公司自然也只好拉倒,累及了许多的人,商场上大失其信用,终被外人耻笑,一场大骗局,一场财富梦,就此画上了句号。

《发财秘诀》中的乡民区丙,由行商变成了坐贾后,为了赚钱,在亡命之交阿巨的诱惑下,竟然当了汉奸:

> 阿巨道:"我们且不要叙这些闲话。今有一注横财,特来送与区兄,不知肯受不肯?"区丙讶道:"甚么横财?"阿巨移近一步,说道:"近来外国人,因为广东官府不许他们进城,彼此闹翻了。此刻英吉利派了兵船来,打算要攻打广州城,你知道么?"区丙道:"我也听见有这句话。但不知真不真?"阿巨道:"怎么不真?此刻统兵大元帅是伯爵额尔金,我已经投到他的部下充当探子,就住在元帅的坐船上。广东的情形我本来熟悉,只有近来官场的举动,怎样的布置防备,不得而知。官府又悬了赏格捉我,此时还未销案,我自己不能入内地;就是到了内地,官府的事也无从打听。所以特在大元帅前保举了你,不知你肯做不肯?"区丙闻言,心中一想,省城店里,本来有许多衙门里的人来做主顾,这件事只怕还办得到。因问道:"不知肯做便怎样?"阿巨道:"你若肯做,我再一力在大元帅面前保举你,每月坐支薪水五十两,以后探事,每件事酬银五十两,你愿意吗?"区丙道:"我就是探着了事,往哪里去报呢?"阿巨道:"你若肯做了,就回省城去,只做坐探,探着了事,只要写起来,我那里天天着人到你店里走一次,有便交他带来就是了。"区丙道:"我怕写不好,识字又不多,恐怕要写别字,怎样好做?"阿巨道:"这有甚要紧?你只管写了来,莫管他别字不别字,好在拿得来,是我经手。"区丙道:"既承关兄如此关切,我如何不做?但是这件事做下来,不知能赚多少钱?"阿巨道:"每月坐得五十两,其余每件事五十两,看你的本事去探访罢了。"区丙大喜,即与阿巨约定,即日动身,回到省城,住在店里,专意招接衙门的主顾,打听些海防洋务的事情。②

"于是几时佛山办团练,几时黄埔修炮台,虎门添了若干兵,四方炮台添了几尊炮"等事无巨细,都变成了卖钱的情报,通过阿巨送给了外国人。这一次做汉奸,卖国求荣,虽未曾调查得他赚了多少,然而想来也必不菲的了。无知复无耻的无良商人,为了赚钱真是无所不用其极。

---

① 〔清〕云间天赘生,《商界现形记》,第七回《杜筱岑兴高采烈 林幼竹丧气垂头》,云间天赘生,《商界现形记》,第九回《林幼竹欢场觅协理 马扁人异地遇良朋》,宣统三年四月上海商业会社刊行。

② 〔清〕吴趼人,《发财秘诀》,第三回《开店铺广交亡命 充汉奸再发洋财》,天津古籍出版社,1986年版,第22—23页。

海上说梦人朱瘦菊的《歇浦潮》,是又一部描摹上海市井社会和商业叙事的力作,在《新申报》连载五年后于1921年5月出版全书,时限上虽已略微超出了本文论列的时间范围,但因其所写内容仍多为清季且多涉及商界之事,故约略提及。朱瘦菊说:"纵目社会,在在黑幕高张,商界则机诈万端,女界则怪态百出,政界则蝇营蚁附,军界则虎噬狼吞。""信义两字,何须计及,廉耻一道,久已无存。"命意在于揭露和批判商业经济萌发和转型时代,都市生活中日益泛滥的经济纠葛与无所不在的商业诈伪,以及在这个过程中凸显出来的个体在人情、人性方面的沉溺、挣扎和纠结,挖掘出其中的人性之恶,以期"唤醒痴迷,挽回末俗"。从达官富贾、"革命"党人,到妓女无赖,三教九流,种种畸形人物皆须眉毕现,荒唐故事可谓俯拾即是。如一批横跨政商两界的洋场阔佬,在夷场声色犬马,挥金如土,而他们的女眷们也在背地里与戏子、恶少偷期密约,翻云覆雨;道貌岸然的士绅汪暂子成立了"旧学维持会",却拮据寒伧,竟然强迫女儿抱着牌位成亲,同时遍征歌颂女儿贞烈的诗文,不惜以女儿的终身守寡为代价,换取节妇的"美名",目的就是为了吞没未过门女婿寄存的五万块钱;在政治舞台上投机失败的军政府所谓"革命"党人,躲到租界中干起了拆白党的勾当,甚至不惜出卖同志的生命换取悬赏的金钱;嗜钱如命的不法商人钱如海,为了骗取巨额保险赔款设计纵火焚烧假烟土,却殃及无辜。最为出乎意料的是账房先生杜鸣乾的黄雀在后,就在钱如海睡梦中遭电击猝死之后,杜鸣乾趁势讨好钱夫人,并最终将钱的巨额赔款纳为己有,却又引起了杜氏兄弟的觊觎与争竞。正如有论者所指出的那样,"这时分,中国人长久信仰的儒教在上海人心里已消失殆尽,急于求胜的上海人已不在乎人格的完善,机会均等、尊卑无分的上海人也已不在乎君臣父子的差异与尊严了。"尔虞我诈,纷纷扰扰的民初乱象于此略见一斑。①

三、上海印象中商业伦理的下行走势及其表现

人类社会生活和经济生活的大部分空间,除了由国家强制力保障其正常运行外,通常还由伦理、道德、习俗、惯例等柔性规训加以维持,以期实现社会管理成本的最小化和社会效益的最大化。商业伦理道德就是人类社会在长期商业活动实践中,以无意识的方式逐渐形成的协调商业活动中各自利益关系的柔性规则,它具有绵远悠长的影响力和穿透力,构成了代有沿革的商业文化的一部分,也是一定时空下影响特定人群文化人格的重要因素。

有学者认为,资本主义在其发生发展的历史过程中,繁荣发达的商业活动起到了至关重要的作用,商业活动的动力不仅仅源自新教伦理和个人主义,也不仅仅是时代和环境因素综合作用的结果,其中人们对财富疯狂的占有欲,以及瘟疫般泛滥的奢靡之风,

---

① 海上说梦人,《歇浦潮·前言》,上海古籍出版社,1991年版,第2页。

都曾经是资本主义商业兴旺发达及其体系形成的十分重要的推动因素。①

应该指出,时空不同,商业发展的模式也千姿百态,但万变不离其宗,背后的价值追求和逐利本性依然是亘古不变的商业逻辑。以牺牲自然环境和社会道德为成本追求经济繁荣的商业活动,为现代商业伦理所不允许,势必遭到唾弃和鄙视。不可否认的是,商业活动的无孔不入,商业社会的产品创新也造就了低阶文化的风靡走俏,进而腐蚀人们的心智。这些商业伦理,不仅是经济学家关心的问题,也是文学热衷表现的主题之一。

20世纪以美国为代表的西方文学中,有大量作品涉及商业伦理问题——德莱塞的《金融家》(*The Financier*,1912)中描写的银行业与证券业的内部交易以及政商勾结;辛克莱的《屠场》(*The Jungle*,1905)中企业社会责任的缺失,菲茨杰拉德的《了不起的盖茨比》(*The Great Gatsby*,1925)中的贩卖私酒与黑市交易,斯坦贝克的《愤怒的葡萄》(*The Grapes of Wrath*,1939)中加州农场主对移民工人的剥削,阿瑟·米勒的《都是我的儿子》(*All My Sons*,1947)中商业合伙人的责任划分,《推销员之死》(*Death of a Salesman*,1949)中洛曼为获得保险赔偿而采取的自杀行为,马拉默德的《店员》(*The Assistant*,1957)中犹太店主对待顾客和员工的方式,兰德的《阿特拉斯耸耸肩》(*Atlas Shrugged*,1957)中的理性利己主义经济观,海勒的《第二十二条军规》(*Catch-22*,1961)中辛迪加的投机倒把行为,冯内古特的《上帝保佑你,罗斯瓦特先生》(*God Bless You, Mr. Rosewater*,1965)中现代慈善业的举步维艰,马梅特的《拜金一族》(*Glengarry Glen Ross*,1983)中的公司内盗和欺骗顾客,德里罗的《白噪音》(*White Noise*,1985)中商业广告对消费者心理的操控,以及《地下世界》(*Underworld*,1997)中企业对环境的责任等,采取不同视角,对当时的社会经济背景和商业氛围,从商业伦理的立场出发进行了广泛的关照。②

开埠以来的上海,经历了从海滨渔村向通都大邑的转变,也经历了从农耕文明向工商文明的蜕变。在这一过程中,习习商风之下,不同地域、不同文化背景的人群,在神通广大的商业伦理的熏陶之下,塑造出了新的市民性格类型和价值取向。美国城市学家R.E.帕克曾说过,"城市改造着人性",并且,"城市环境的最终产物表现为它所培养出的各种新型人格"。③ 在商业伦理左右下的价值观念、文化心态、人格品性等方面,上海的市民阶层表现出别具一格的"海派"特点,而这种特点迥异于传统和内地其他地域的市民阶层。一方面,他们恪守诚实守信、义利并重和爱国敬业的伦理准则,精明、现代、时尚、务实,代表了一种先进向上、朝气蓬勃的积极气象,引领上海社会步入向上一路。另一方面,他们也在不同程度上呈现出奢靡、势利、虚荣、冷漠、小家子气等为人所诟病的

---

① 〔德〕维纳尔·桑巴特著,王燕平、侯小河译,《奢侈与资本主义》,上海世纪出版集团,2005年版,第259页。
② 李峰,《商业伦理批评:美国文学研究的新视角》,《外国语文研究》,2018年第1期。
③ 〔美〕R.E.帕克等著,宋俊岭等译,《城市社会学》,华夏出版社,1987年,第265页。

不良品格,某种程度上拖累着上海商业伦理步入下行走势。这些在老派文人们笔下也都有不同的指斥。在上海住过的丰子恺在一篇散文中说,"上海住家,邻人都是不相往来,而且敌视的","我觉得上海虽热闹,实在寂寞"。北方的高长虹,后来曾在海派画报《良友》上发表东西,但1926年他说过:"我实在诚恳地厌恶上海的小商业的社会。它已经不是乡村了,但又没有走到城市,它只站在歧路上徘徊。乡村的美、都市的美,它都没有,所以只显现出它的丑来。"出生在上海邻省的周作人1926年直截了当地称上海只有"买办流氓与妓女的文化,压根儿没有一点理性与风致"。几乎可以充当北京代言人的老舍,说他"不喜欢上海,当然不常去,去了也马上就走开"。钱锺书曾大发连珠妙语道:"说上海或南京会产生艺术和文化,正像说头脑以外的手足或腰腹也会思想一样的可笑。"①尽管所批评的内容未必客观全面,也未必是不可改易的定谳,但言之凿凿,却也不可小视。

上海的奢靡之风,不限于绅商、官僚、倡优和高等文人墨客之间,即在一般普通市民之间也屡见不鲜,"以钱为胜,甚厌绸布而喜呢绒者,虽有节衣之布告、布衣之大会也,不问也。至于宴会,向只六簋、八簋,今用山珍海味,甚有除鸡、除肉等名称,而燕窝、鱼翅,犹粗鄙品也。"②生活之奢靡可见一斑。《申报》曾批评上海人此种陋习道,"一耻衣服之不华也,衣服取人,古今同慨,金玉其外者,往往败絮其中;一耻不乘肩舆也;一耻狎妓么妓也;一耻肴馔之不贵也;一耻坐只轮小车也;一耻无顶戴也;一耻戏园末座也"。③

《九尾狐》写蔡谦良家婚礼的排场:

> 众人同黛玉到新房中看了一看,果然金碧辉煌,异常华丽。居中是红木大床,湖色绉纱帐子,挂着许多绣件,花花绿绿,煞是好看。一面摆着妆台,台上陈设的无非是自鸣钟、洋镜等物,一面排着两口衣橱、两幢裙箱、夹箱。里面放着一只大理石八仙桌、一只红木榻床,上面挂着大着衣镜,光华夺目。其余茶几、单靠、方凳、衣架、面架等类,无一件不是红木的。还有壁上的对条书画,梁上的花篮方灯,样样全备,色色精工,说不尽的好处,写不尽的奢华,真不愧为豪富之家,令人见之生美。④

《二十年目睹之怪现状》第七十八回也详细描绘了一个富家"大出丧"的奢华场面:

> 只见当先是两个纸糊的开路神,几几乎高与檐齐。接着就是一对五彩龙凤灯笼。以后接二连三的旗锣扇伞,衔牌职事,那衔牌是甚么布政使司布政使,甚么海关道,甚么大臣,甚么侍郎,弄得人目迷五色。以后还有甚么顶马、素顶马、细乐、和尚、师姑、道士,万民伞、逍遥伞、铭族亭、祭亭、香亭、喜神亭、功布、亚牌、马执事等类,也记不尽许多。还有一队西乐。魂轿前面,居然用奉天诰命、诰封恭人、晋封夫

---

① 吴福辉,《老中国土地上的新兴神话——海派小说都市主题研究》,《文学评论》,1994年第1期。
② 储学洙编,《南汇县二区旧五团乡志》卷13,《风俗》,民国二十五年(1936)铅印本。
③ 《申江陋习》,《申报》1873年4月7日。
④ 〔清〕梦花馆主,《九尾狐》,上海古籍出版社,1997年版 第17页。

人、累封一品夫人的素衔牌。魂轿过后,便是棺材,用了大红缎子平金的大棺罩,开了六十四抬。棺材之后,素衣冠送的,不计其数,内眷轿子,足有四五百乘。①

《歇浦潮》写到了官僚魏文锦的奢靡生活:

> 原来文锦原籍四川,也曾进过学,他父亲本是有名盐商,手头多几个钱儿,文锦纳粟得了湖北候补道,在张文襄幕内当差有年,却从来未补到实缺。文襄去任,文锦逍遥汉皋,娶了个妓女为妾。继见湖北候补员愈聚愈多,有几个竟弄得贫无立锥,自己不免灰了这做官的念头,便带着如夫人乘轮来沪,在白克路租了一所高大洋房作为公馆。除自己带来的长随仆人以外,又添用许多下人,进出都是马车,异常阔绰。当地绅商知道他是张文襄手下红员,很有人去巴结他,俊人、如海等便在这时与他相识。文锦日日与官场征逐,他那位如夫人也结识了几家公馆中的姨太太,打扮得花团锦簇,终日吃大菜,看夜戏,应酬得十分忙碌。如夫人的姿容本生得美丽,兼之衣饰豪华,举止疏放,因此便有许多游蜂浪蝶飞绕左右,把她当作目的。讲到她的人品,在湖北原是规规矩矩的,不知怎的一到上海便染了一班公馆中姨太太的通病,居然也拈花惹草起来,文锦却不知不觉。②

与奢靡相伴的就是虚荣。班固曾批评司马迁《货殖列传》的一大欠缺是"崇势利而羞贫贱",似乎太史公颇有点嫌贫爱富的嫌疑,其实不然。司马迁表达的是一种价值观,是对创造和积累财富能力的认同,而非一般意义上的嫌贫爱富,趋炎附势。上海印象中的商业文化叙事,许多文本中呈现出来的,其实是对旧上海各个阶层对虚假繁荣趋之若鹜的嘲讽。而现实社会中,旧上海确实弥漫着浓郁的奢靡、势利、虚荣之风。许多阶层喜欢维持一种虚假繁荣和面子上的红红火火,这样就觉得面上有光,就此也就得到了某种地位,获得了他人的尊崇。职是之故,虚荣之风方能大行其道。"只重衣衫不重人""笑贫不笑娼",此种风习在清人笔记中也有反映,"申江之习专取外观,新交因狐裘而订,不问出身;旧友以鹑结而疏,视同路人。遂令舆台隶卒而上友官绅,寒士贫儒褴褛而自惭形秽。""盛服而出,识与不识尽寒暄,殊觉可厌"。③ 鲁迅也曾批评道,"如果一身旧衣服,公共电车的车掌会不照你的话停车,公园看守会格外认真地检查入门券,大宅子或大客寓的门丁会不许你走正门。所以,有些人宁可居斗室,喂臭虫,一条洋服裤子却每晚必须压在枕头下,使两面裤腿上的折痕天天有棱角"。④ 穿衣戴帽也就有了身份符号的意义,即便是"经济困难的人们,为了虚荣关系,挨着苦痛,也来挣这空面子,甚至债台高筑,身为债奴,还要摆着空城计,拼死力去敷衍"。⑤ 衣食无着,也要遍身罗绮。据

---

① 〔清〕吴趼人,《二十年目睹之怪现状》,上海古籍出版社,2005年版,第431页。
② 朱瘦菊(海上说梦人),《歇浦潮》,第八回《惑雌黄莲心忍苦 窥秘密梅子留酸》,上海古籍出版社,1991年版,第105页。
③ 〔清〕葛元煦,《沪游杂记》第1卷,清光绪二年(1876)刊本。
④ 鲁迅,《上海的少女》,《鲁迅全集》第4卷,人民文学出版社,1981年版,第563页。
⑤ 李震方,《服装问题之我见》,《笑报》1929年11月1日。

此将形形色色的人分为不同的等级：白相人、漂亮人、起码人和蹩脚人，公认为前两种人是上等人，而后两种人则是等而下之的下流人。表现在日常行为上，就是重外表、重形式，而不顾内容和内涵。比如，看戏观剧，只要演员颜值高，服饰漂亮，剧场装潢富丽堂皇，哪怕内容再糟糕也无所谓；买时尚杂志，只要封面精美，印刷考究，才不管内容到底是什么；到医院就诊，也要先探问下大夫是否留洋，是否有博士文凭，如果是戴过方帽子的"海龟"博士，诊金多高、技术多差，都不在话下。

与此相对应的，是一种纯粹从利益出发的斤斤计较和精致细腻的算计，"老门槛""划算不划算"，都已经是耳熟能详的口头禅，无非是体现做人的精明和智慧，特别是白吃、白喝、白看、白玩等方面的事情上。基本的目的就是少花钱或不花钱，却能满足自己的某些小需求、小愿望，总之就是只占便宜不吃亏。上海的某些小报，如《笑报》《上海常识》《上海小报》等，专门传授这种窍门和技术。种种陋习，固然是一众升斗小民身处狭窄逼仄社会空间之下的不得已之举，透露着在各路高人重重挤压之下夹缝中求生存的不易和螺蛳壳里做道场的无奈，是一种生存智慧和生存哲学的升华，却也处处显着小家子气的精明和慧黠。青年男女之间的婚嫁，理论上是爱情水到渠成的结晶，但在从前的某些旧上海人看来，也无异于是一场生意或投资，攀龙附凤，趋炎附势，只要对方有钱有势，竟可以不问其品行节操。

在商风的熏习之下，谋生动机与功利原则，已然成为社会行为与人际关系的主导性原则。一般市民人格中，人际交往中重义轻利的传统伦理价值观念，一再受到商业社会中无处不在的功利价值观的冲击，并逐渐被其所替代。这种现象背后，事实上是商业伦理和商业逻辑在发挥着强大的导向引领作用。上海，确实是一个具有巨大魅力的奇异的魔都，人员五方杂处，商业经济空前繁荣，多元文化在此激荡、碰撞、交流、融合，形成了一个硕大无朋、熔冶一切的洪炉，来自不同地域人们的传统文化和生活方式，无论如何眷恋故土的清风明月和淳朴厚道的风土人情，都在此重新回炉、重新铸造，从而以一种海纳百川、细大不捐的气度，形成了近代上海大都市商业消费社会中新的共同的市民人格。不可否认的是，在揭露与批判视角下，许多旧上海共有的、消极负面的特质，诸如奢靡、势利、虚荣、冷漠等，这些商业伦理笼罩之下的价值取向和市民人格，某种程度上不仅导致了整个上海社会道德水准和文化人格处于下行趋势，而且也影响和拖累了上海市民伦理价值的平均水准。

第八章　上海印象中的商业法规

第一节　晚清时期上海近代商事立法的背景

一、鸦片战争后中国和上海的社会经济环境

鸦片战争后,随着《南京条约》等一系列不平等条约的陆续签订,古老中国逐渐被西方的坚船利炮强迫纳入世界资本主义体系,中国面临"数千年未有之变局",这一论断无论对中国面临的国际环境,抑或对中国自身机体来讲,都是不容否定的客观现实。"天朝帝国万世长存的迷信受到了致命打击,野蛮的、闭关自守的、与世隔绝的状态被打破了。"①随着半殖民地半封建化程度的日益加深,和历次累积的巨额赔款以及越来越捉襟见肘的财政开支,使得清王朝债台高举,不堪重负,已经濒临崩溃边缘。在此亡国灭种危机迫在眉睫的情势之下,晚清朝廷不得不调整统治策略,逐渐抛弃"农本商末""重本抑末"的治国理念,开始采取一定的措施来挽救危亡。"重商言利"就是这种情形之下的一种新的风气,商人已经不是传统观念中"四民之末"的贱民,而是肩负着"商战"使命,与洋人争利、为强国富民而不惮风险和劬劳,努力奔波的志士。因商风渐炽,加之近代工业的兴盛,晚清至民初,商人的数量激增,各地各埠,特别是像上海、广州、苏州、成都等沿海沿江大城市,商人日益活跃。官营、私营工商企业不断地增长,不仅表现在设厂数量和投资金额的增加,而且表现在投资的领域和范围也更为广泛多元。除传统缫丝、棉纺织、火柴等行业有较大增幅外,其他涉及国计民生的轻重工业等行业也逐渐成为商人投资的对象。可以说,近代中国半殖民地半封建的社会性质,必然体现在经济结构和阶级结构的巨大变化上。

---

① 《马克思恩格斯选集》第2卷,人民出版社,1959年版,第2页。

19世纪50至70年代,是中国的民族资本主义工商业诞生的初步阶段,此后直到民国初年,民族资本主义工商业较前一时期有较大发展。有资料显示,1900年以前,民族资本主义工商业企业约为156家,总资本5 000余万元;而1901至1911年之间,全国资本主义工商企业达到340多家,总资本超过1亿元,数量和资本额是过去20年的两倍多。其中,民间商办企业1900年以前仅为121家,约占资本总额的40%;1901至1911年之间,商办企业达到277家,占资本总额的60%。[①]

上海开埠以来民族工商业的发展,在总体节奏和幅度上大致与全国同步,但也有自身明显的轨迹和特色。

1844年时,在对英贸易中,上海的进口贸易还只占到全国的12.5%,1849年外贸总值比1844年增加了两倍,已占到了40%;出口贸易也从1844年的11.1%上升到了1849年的37.1%。至1855年时,上海的进出口贸易总额已将近超过广州1倍,由此成为全国进出口贸易的领头羊。与此同时,资本主义工商业、金融业也得到了一定的发展。外国洋行从开埠之初的11家,到十年后的1854年,已发展到120多家,1876年前后达200余家,至"一战"前夕,更是达到1 145家之多。大量的外国资本通过洋行进入中国,催生了新型资本主义经济关系的产生,促进了近代上海工商业和对外贸易的发展,至20世纪30年代,上海无可争议地成了全国的经济中心和金融中心。[②]

正是在这种急速的发展中,清末商人的地位也有较大改善,商人的共同意识和商人团体逐渐形成、发展,并拥有一定社会话语权,发挥了巨大的社会影响力。

甲午完败以及《辛丑条约》的签订,使中国的殖民化程度进一步加深,更在社会上激发了一股"商战自救""实业救国"的声势。在中外双重势力压迫下的中国民族资产阶级和资本主义工商业,一路踉跄,步履维艰,他们代表着当时先进生产力的发展方向,也代表着一种比封建专制、闭关锁国更为先进的思想理念。随着经济和社会地位的变化,中国民族资产阶级在政治、经济等方面必然会有更多更大的诉求,并期望以一种法律的形式固化自己的现有成果,以期摆脱封建主义和外来势力的压迫,进一步发展自己的利益。因此,近代以降,西方列强经济文化势力的不断入侵渗透,中国社会经济和社会的巨大变革,以及民族工商业迅猛发展的社会环境,迫切呼唤一个合适的法制环境,以便各种经济商务活动的有效开展。所以,清末民初之际的商事立法,也就成了顺应时势之举。

二、外部因素

不言而喻,近代中国的对外开放局面,是一种被迫之下的无奈之举,每次战败后签订的条约几乎都是不平等的,每次列强所获得的不仅是通商所需的口岸,更附带获得了

[①] 严中平,《中国近代经济史统计资料选辑》,科学出版社,1955年版,第93页。
[②] 练育强,《近代上海的经济发展与经济立法》,《企业经济》,2010年第4期。

许多经济、政治,乃至军事、文化上的特权。而这些口岸并不是当时中国外贸所需要的,而是列强根据这些不平等条约强制中国开放的。不平等条约影响下商业活动的新情况、新秩序,以及西方经济文化的种种影响,形成了彼时中国及上海商事立法的外部因素。

在失衡的条约制度下,列强的资本势力获得了疯狂涌入的机会。西洋的商品长驱直入,大肆倾销。为了加强资本输出,又在华广设洋行。二次鸦片战争后,在华的洋行迅速发展,据晚清时期海关关册不完全统计,至1894年洋行数量已较为可观,已达580家。① 甲午战争之后,外国资本势力的胃口越来越大了,它们对中国的欲望,已不只限于攫取一般的经济权益,而是企图要瓜分中国,建立各自独占的市场和自己的殖民地。除了输出商品外,更加强资本输出,包括大量设厂、修建铁路、夺取矿权,并设立外国金融组织,直接将外国资金作为贷款融入中国经济中,作为争夺势力范围、控制中国财政和政局的工具。

尽管这些条约和殖民经济的渗入带有强烈的不平等性和侵略性,但客观上说,它们却为中国本土资本主义经济的发展提供了一个国际化契机,不仅激发了中国本土资本主义经济的成长,也促使中国逐渐形成买办制度和买办阶层。西方资本主义经济在当时大行其道,严重影响着中国的政治、经济、法制,乃至文化等领域,这种失衡条约制度下的殖民贸易新秩序,正是列强们孜孜以求的。

在这种新秩序之下,通过有关开放通商口岸、片面最惠国待遇、协定关税、划分势力范围、公使干预、"领事裁判权"和"治外法权"等规定,列强们基本满足了对华经济控制和维护市场竞争中处于有利地位的要求,故而他们在此期间督促晚清政权进行商事立法的努力与意愿并不强烈。随着西方资本与中国本土经济的深度融合,原先条约框架下已达成的默契及由此获得的经济特权,在新的形势下已经渐渐显得不合时宜,因此,中国政府建立一套类似于西方、系统而完善的近代商事制度,也就成为当务之急。

有鉴于此,对西方列强而言,为了鼓励本国殖民资本的对华输出,以及保护在华经济特权利益,解决西方资本势力在中国面临的"法律缺失"危机,促使晚清政府构建起与其在华殖民经济侵略状况相适应的商事法律制度,其必要性和紧迫性也就尤为强烈。

揆诸晚清社会现实,在华外商对中国商事法典的期待,是推动这一立法进程的重要因素之一。某种特定的时空下,蛋糕的大小是一定的,有人分得多,就势必有人分得少。西方列强为了保证其本国在华企业的商品销售,就必须压制中国官僚资本和民族资本的发展。为达到这样的目的,就必须有一套完美的说辞或者规则,让多拿的人心安理得,让少拿的人明知吃了亏还有口难言,这便是西方人制定的游戏规则。同时,西方列强既要鼓励本国资本的对华输出,又要防范本国在华资本的风险,确保本国资本的安

---

① 许涤新、吴承明主编,《中国资本主义发展史》第二卷(《旧民主主义革命时期的中国资本主义》),人民出版社,2003年版,第91页。

全，一个完善且有效的商事法律机制是必不可少的。但是，类似的规定在既有的商约和中国现行法典中均较少涉及，法律缺失，商事立法基本上处于真空状态。中国传统法典中这种明显的立法空白，以及民事责任刑罚化的不合时宜内容，对于列强进一步扩大在华经济利益无疑是不利的。所以，他们双管齐下，一方面继续夯实既有不平等条约中已经攫取的经济特权，另一方面也开始敦促晚清政府按照自己的意愿，模仿西方商法制度和法典立法模式，为他们量身定做一部满足其在华投资需要的商事法典，谋求构建一套系统的近代商法制度，打造新型的中国法律制度的保障体系。[①]

三、内部因素

中国近代商事立法变革以及法典化进程的启动和进展，其内部主要因素是晚清中国的经济，以及当时占支配地位的生产方式，即经济基础条件主导作用下的结果。为了自保，晚清政府不得不应对"商战"的需求。与此同时，在新的形势下，洋商、华商与政府实际上已经形成了一个密不可分的利益共同体，一荣俱荣，一损俱损，可谓休戚相关。除此之外，还有其他一些诸如政治意识形态、收回治外法权目的以及国际外交关系变动等原因，都引起并推动了中国近代法制及商事立法的进程。

由于西方资本主义经济势力的强势介入，旧有的商业业态、经营模式及其从业人员结构都发生了巨大变化。19世纪70年代之后，中国近代民族产业开始兴起，这昭示着新型的民族资本主义经济力量即将登上历史舞台。惜乎他们生不逢时，当时的社会环境，特别是法律环境，对他们来说是十分险恶的。首先，占主导地位的传统法律体系，面对"三千年未有之大变局"严重滞后，根本找不到有关保护近代民族经济成长的内容。其次，在失衡的条约机制下，华商只能托庇在洋商的羽翼下，借用洋商的名号，与洋商合股或附股于洋商，才能获得只有洋商才有的某种特权，华商进一步发展可谓举步维艰。再次，外国的商法规则，是一种反映近代商品经济的规律和发展要求，具有极强实践性和可操作性的法律机制，但仅仅适应于涉外诉讼中。为了能够保护自己既得利益以及求得更大发展，本土新型商人及其代言人主张参照西方商法模式，引进西方商法制度，期待拥有自己的商法，并意图以此作为防身利器和护法天尊，来对抗政府的困商虐行，敦促政府能真正担负起"恤商惠工"的责任。

经济基础的巨大变化自然会带动上层建筑的联动反应，外国资本的大举进攻，改变的不仅是中国的社会性质和中国经济结构，也导致了社会阶级结构的深刻变化，引发了包括政治革新、变法修律、思想文化形态等的社会面貌特征的相应转变。新的经济因素和利益群体的出现，要求有相应的法律机制予以保护，这种需求不仅来自本土，也来自列强。他们的对华资本输出，既要有利可图，也要安全稳妥，将风险降到最低、最小。因而，建立一套与他们接轨的新型法律体系，以避免本国资本在中国所要面对的法律危

[①] 任满军，《晚清商事立法研究》，中国政法大学，博士论文，2007年3月，第34—40页。

机,也就成了列强们念兹在兹的大事体之一。

国门洞开之后,晚清政府朝野上下的官僚们也并不全是尸位素餐的酒囊饭袋,面对外资涌入和洋货倾销所带来的经济利益大量流失,一些有识之士开始反思造成这种局面的原因,以试图寻找出御侮救亡、富国强兵的道路。譬如,龚自珍、林则徐、魏源,主张为了"制夷",就必须"师其长技",学习其先进的战舰、火器和练兵之法,是为强兵之术。但"强兵"设若没有强大的经济基础的支撑,没有"国富",也是纸上谈兵,反之亦然。

所以,要发展民族工商业,就成了一些开明官僚绅士大声疾呼的中心论调之一,"治国以富强为本,而求强以致富为先",①扶植民族工商业是当务之急。此外,一些思想家如郑观应则明确主张"习兵战不如习商战",②王韬也讲"通商可以御侮",③要求清政府实力推行"商政",独任商民。为了保护商民,为"商政""商战"服务,政府应当制定配套的商事法律法规,设立专门的工商业管理机构,"不立商部,何以保商? 不定商律,何以护商?……假设无商,何以为税? 假设无税……何以为国?""不立专官、定专律,则商情终抑,而商务必不能兴",④再三致意专门的法制建设与管理机构,反复强调"商情""商法"的重要性,集中表达了他们要求制定商法、坚持"商战"的强烈要求。力主"商战"、制定商法的呼声已经为商法及其法典建设营造了必要的社会舆论氛围。⑤

在华洋商为了弱化投资风险,保护其在华商业与投资的权益性,也呼吁建立相应的法律保护机制。1899 年,英国的"中国协会"上呈给英国外交部的备忘录中就强烈建议英国外交部"应当要求中国政府立刻实现施行一部国际性法典的承诺,而且要求它采取步骤建立一个国际性的或混合的法庭来适应这部法典"。⑥ 这些建议在后来的《辛丑条约》《中英续议通商行船条约》以及《中美通商行船续订条约》等协定中,逐步得到了实现。

本土新型华商出于"保利"与"防官"的动机与保护自身经济利益目的,也期望建立完善的商事法律体系。

除了"保利"外,新型商人力图建立本土商法的另一个目的则在于"防官"。当时现实情况是政府与商民之间,缺乏基本的信任,官府涉及任何关于商业活动管理的举措,都会引起商民的怀疑乃至反感,被认为是图谋诓骗和意图渔利,根由在于历朝历代由来已久的腐败吏治。官吏们在执法中假公济私、贪污受贿、敲诈勒索、中饱私囊的种种行径,早使这些新式商人心惊胆战。因此,他们看来,商事立法至关重要,是"保商之政"的重要举措,宜速议定,俾资遵守。同时也寄托着理顺官商关系、防止官吏的过度管控,并使之依法履行护商、恤商职责的希望,所以国家应"仿西法颁定各商公司章程,俾臣民有

---

① 〔清〕马建忠,《适可斋记言》卷 1,光绪二十二年南徐马氏刊本。
② 〔清〕郑观应,《郑观应集》,光绪二十一年(乙未 1895)本。
③ 〔清〕王韬,《弢园文录外编》,上海书店出版社,2002 年版。
④ 〔清〕陈炽,《续富国策》,朝华出版社,2018 年版。
⑤ 任满军,《晚清商事立法研究》,中国政法大学,博士论文,2007 年 3 月,第 24 页。
⑥ 帅天龙,《清末的商事立法》,徐学鹿编,《商法研究》第 1 辑,人民法院出版社,2000 年版,第 53 页。

所遵守,务使官不能剥商"。① 他们迫切希望依照西方商法模式,建立一个具有保商、防官功能的近代商法体系。

在官方与商民博弈中居于强势地位的晚清政府,也寄希望于法律保障体系来维护自身的权利垄断与确保财税收入。海量战争费用、巨额战争赔款及列强对华的疯狂掠夺,掏空了晚清政府的国库,逐步把清政府推向源竭流断的财政危机。开辟新的财政来源,迅速摆脱财政危机,就成了摆在晚清政府面前的一道难题。他们意识到,"必先富而后强",必须鼓励私人兴办企业,通过"官督商办"与"官商合办"的途径,发展新型民族资本主义经济,并与洋务工业协调发展。到19世纪末,中国本土的资本主义经济力量有了空前发展,晚清政府对此喜忧参半。一方面他们看到了这种新型的经济方式能给自己提供更多的财政收入,另一方面这种经济方式也动摇威胁着自己的政权基础和权力垄断。晚清官场上的能臣如李鸿章、张之洞等人,对此都有剀切的建言。李鸿章曾指出:"泰西各邦,皆有商律保护商人,盖国用出于税,税出于商,必应尽力维持,以为立国之本。"②张之洞针对新式华商附股于洋行或直接假冒洋行的情况,也曾痛切地指出"华商或附洋行股份,略分余利,或雇无赖流氓为护符,假冒洋行,若不急加维护,势必至华商尽为洋商之役而后已"。此种情况的普遍存在,意味着大清政府的财政将要蒙受不可估量的巨大损失。为此,他与李鸿章一样,也主张速定商法,"中国商业之不振,大率由于商学不讲,商律不谙,商会不举。"③"中国定有商律,华商有恃无恐,贩运之大公司可成,制造之大工厂可设,假冒之洋行可杜"。④ 这样,不仅堵塞了漏洞,也开辟了新的财源,政府的财政税赋收入必然会增加。由此可见,清政府主张编定商法的目的在于增加政府财税收入,一目了然。

他们也认识到,必须用一系列成龙配套、专门的法律制度来控制和引导这种新的经济力量,将商权限制在自己可以掌控的范围之内,"国家所宜与商民公之者,利;所不能听商民专之者,权","无国法岂能抽厘捐,非国家担保,岂能借洋债"。张之洞还进一步论证国法的现实作用,"方今中国诚非雄强,然百姓尚能自安其业者,由朝廷之法律系之也"。⑤ 所以,清政府意图制定商法,渡过眼前财政危机的意愿与动机只是问题的一个方面,更大的目的在于加强行政控制,以确保自身的权利垄断不受威胁。

清政府主张制定商法的另一个直接原因就是意图借此收回治外法权,"诚以修订全国律例,乃更定商律之提纲,更定商律,为收回治外法权之要领"。⑥ 清政府欲实行"新政",变法修律,而制定商法便是这场修律运动的开始。

---

① 〔清〕郑观应,《盛世危言》,光绪二十一年(乙未1895)本。
② 朱英,《论清末的经济法规》,《历史研究》,1993年第5期。
③ 〔清〕盛宣怀,《愚斋存稿》(第七卷),上海人民出版社,2018年版。
④ 朱寿朋编,《光绪朝东华录》第4册,中华书局,1958年版,第4763页。
⑤ 〔清〕张之洞,《张文襄公文集》,中国书店出版社,1990年版。
⑥ 朱寿朋编,《光绪朝东华录》第5册,中华书局,1958年版,第5341页。

四、商事立法的具体活动及法律思想资源

这些立法活动,不是无源之水无本之木,而是在一定的法学思想和法学资源的浸淫熏陶和指导之下的结果。这种思想和资源,既有本土固有的传统承继因革,也有对西方相关领域资源的学习和借鉴,通过舶来和移植,注入新的内涵,化西为中,为我所用。

传统农业国在"重农抑商"政策指导下的经济立法,显然不利于商品经济的发展。大多数时期,国家实施专营禁榷制度,以法令形式禁止私人经营某些有关国计民生的特定商品,譬如盐铁铜等,一方面可以稳定市场秩序,另一方面,像桓宽《盐铁论》所言,则是与商民争利,"笼天下盐铁之利,以排富商大贾",这算得上是中国古代商业法制的核心内容之一。外贸管制制度,也是中国古代商业立法的基本内容。到了近代国门洞开后,外贸管制无法坚持,于是便对外贸商人征收关税。显然,我国传统外贸管制制度已成为中国近代商法的制度渊源之一。这些针对商业活动以管控为主的法律内容,在历代法典中颇为丰富,且一直传承因革,直到大清王朝,在近代商法形成过程中产生重大的影响作用。

另外,在业界通行已久、流传甚广的许多商风商俗也是中国固有的商法资源,它们集中体现在商业组织的行规号规之中,这些行业内部的各种规矩在其行业内具有普遍约束力。"行规多属外部之关系,而内部事件则莫重于号规"。[①] 这些行规号规和商事惯例与当时法律是并行不悖的,并且很多时候,在官方法律覆盖不到的地方,代行了法律的职责。由此表明,固有商业习惯也是近代商法的本土法源。这些本土固有的传统法律资源,有的仍然具有强烈的生命力,经过变迁和发展,直接成为近代商法的可靠资源;有的一直活跃在民间商界的各个层面,譬如某些非常接地气的商业习惯,在参与移植外来商法资源时,起到了缓和西方商法与中国当时社会现实之间冲突的作用。

本土资源在储备上的不足与自身先天缺陷的现状,使得清政府不得不审时度势,基于自己的利益需要,并在有识之士的呼吁、列强的压力等内外因素的推动下,对舶来的西方商法,参酌变通,加以合理改造,俾资己用。可以说,移植外法,编译外国先进、成熟的商事法典和商法论著,是晚清政府系统地输入西方商法和商法理论的又一重要渠道,是催生中国商法的切实可行的途径,也是加速本国法制建设、实现法律与国际接轨的有效方式之一。它们不仅直接地为中国的商事立法提供了完整的法典范式,而且也为系统地移植西方商法制度进行了初步的理论论证。

光绪二十九年(1903),沈家本、伍廷芳等人奉旨拟定《钦定商律草案》时,就曾"先将各国商律摘要译录,以备参考之资"。[②] 并且,起草《钦定商律草案》时,在日本法学家志田岬太郎的帮助下,更是参照了其日本商法,该草案中的五编目次以及编名,和日本当

[①] 《湖南民情风俗报告书·湖南商事习惯报告书·附录一》,湖南教育出版社,2010年版。
[②] 《大清法规大全》(第六册),考正出版社,1972年版,第3021页。

时刚颁行的新商法是完全一致的。①

1862年,晚清政府设立了北京同文馆,开始了译介外国法律和法学著作的初步尝试。1880年,在北京同文馆任职的法国人毕利干将其《法国商法典》译成中文简本,即《贸易定律》,惜未能引起足够重视。1903年商部设立,商部内置有律学馆,专职翻译搜集外国商法资料及其相关法律。同时政府又设有中外法制调查局,负责调查各国的法律制度。1904年修订法律馆成立,至辛亥革命的短短七年时间里,该馆就翻译了十几个国家的几十种法律和法学著作,包括日本明治商法、日本票据法、德国海商法、德国破产法、美国破产法、日本学者加藤正治的《破产法论》等有关商事的法律和法学著作。② 其中由南洋公学译书院初译、商务印书馆编译所补译、并由商务印书馆于1906年出版的《日本法规大全》,它几乎涵盖了近代日本所有的法律法规,是最为突出的,并由此在中国引发了学习日本法律的热潮。③ 与此同时,民间也在进行着这项工作,但远未能与官方比肩,限于篇幅,恕不辞费。④

总而言之,既有本土的固有资源,又有国门洞开之后从西方直接移植、稍作更改的舶来品,再加上对某些西方资源进行中国化改造后的变种,近代中国社会法律资源的这种丰富性和多元性,为催生中国近代商法提供了有力的学术奥援和丰富的学理支撑。⑤

第二节　商会的出现与民间商事立法的初步尝试

一、商会组织的出现与民间商事立法的意义

我国商会是近代资本主义和民族资产阶级发展到一定阶段的产物。随着殖民化程度的进一步加深,近代中国社会的阶级结构和经济结构都发生了前所未有的巨变,中西方商业交往的日益频繁,"商战"思想的普遍蔓延,商人地位的日渐凸显,都为商人的组织化团体——商会的出现提供了适宜的土壤。清末民初之交,社会各界呼吁成立商会的声浪越来越高,康有为、郑观应、张之洞等人都曾有过相关的言论。清末状元、实业家张謇著有《论商会议》一文,力主成立商会,认为"不会则商无效能之地,各行省宜有总会,各府宜有分会。分会有长,长考俯辖之县最王之长、最良之产,与风尚之华朴,民俗之勤惰,工作之精粗,市情之消长,各列为表,度其所宜兴宜革宜变之故,斟酌其如何革

---

① 〔日〕松波仁一郎著,秦瑞玠等译,《日本商法论》,中国政法大学出版社,2005年版,第14页。
② 李秀清,《中国近代民商法的嚆矢》,《法商研究》,2001年,第6期,第128页。
③ 邹振环,《影响中国近代社会的一百种译作》,中国对外翻译出版公司,1996年版,第220页。
④ 任满军,《晚清商事立法研究》,中国政法大学,博士论文,2007年3月,第33页。
⑤ 任满军,《晚清商事立法研究》,中国政法大学,博士论文,2007年3月,第14—40页。

如何兴如何变之办法，闻于总会。总会有督，督考长之所考，而决其行止，闻于总督、巡抚，总督、巡抚为之主持保护，主持二事：一为之筹督成效，一为之考察盈虚。保护二事：一宽初办之税捐，一禁官吏之侵扰。而其要有二，宜朝廷主之：一立简易法，一备补助费。简易法曰：凡事听民自便，官为持护，……凡与商务为表里，无一而不兴也。补助费曰：仿德日章程，由各省总会会同督抚，量集公司！……补商力初办之不足，助商力已办之不给。"①

1904年1月11日，即光绪二十九年十一月二十四日，商部拟定《商会简明章程》条，奏请朝廷批准。该章程倡言，"纵览东西诸国，交通互市，殆莫不以商战角胜，驯至富强。而揆厥由来，实皆得力于商会。商会者，所以通商情保商利，有联络而无倾轧，有信义而无诈虞，各国之能孜孜讲求者，其商务之兴如操左券。中国历来商务素未讲求，不特官与商隔阂，即商与商亦不相闻问。……计近数十年间，开辟商埠至三十余处，各国群趋争利，而华商势涣力微，相形见绌，坐使利权旁落，浸成绝大漏卮。……现在体察情形，力除隔阂，必先使各商有整齐划一之规，而后臣部可以尽保护之力。则今日当务之急，非设立商会不为功。"直陈商会的重要性及成立的必要性。

该章程共26条，涉及商会的宗旨、设立、组织结构、职能、议事、经费等。其第一款中明确了"保商""振商"的宗旨，要求"在各省各埠设立商会"，"以为众商之脉络"。并要求自此以后，各地的商业公所及商务公所等名目的组织，均统一以商会名之。该章程经朝廷批准后，正式颁布施行，成为我国最早的一部商会组织法规，为商会的发展提供了法律依据和保障，在提高商人地位、保护商人利益和促进商会迅速发展上，居功至伟。

上海商会组织的出现，无疑是在相同的背景之下。1902年2月22日，上海商会的前身——上海商业会议公所正式成立，到会各帮董事70余人作为公所会员，议定6条章程，公举严信厚为总理。其成员的地域分布以浙籍宁波商人居多数，其次为粤、闽、苏、皖、赣、晋、川等，从业范围包括金融业、纺织业、茶业、五金业、交通运输业、电讯业等20多个行业或企业。进入该组织决策层的则主要是汇业、钱业、丝业、茶业、五金洋货业等五大行业。其所定章程6条，即明宗旨、通上下、联群情、陈利弊、定规则、迟通负。表达了当时上海商界中人发展"商务"的强烈愿望，以及迫切希望尽快消除官商隔阂的要求，反映了上海商界中人追赶时代潮流的创新与竞争意识。根据商部衙门颁行的《商会简明章程》，上海商业会议公所于1904年5月正式改组为上海商务总会，其章程中明确宣称要贯彻三点宗旨，即"联络同业，启发智识，以开通商智"；"调查商业，研究商学，备商部咨询、会众讨论"；"维持公益，改正行规，调息纷难，代诉冤抑，以和协商情"。②

刚刚崭露头角的晚清中国的商会组织，是民间商事立法活动的主要策划者和推动者。作为商人的自治团体和商人阶层的代言人，商会广泛参与了当时光绪朝政权的政

---

① 〔清〕张謇，《张謇全集》，第2卷《经济》，江苏古籍出版社，1994年版，第11页。
② 朱国栋、王国璋，《上海商业史》，上海财经大学出版社，1999年版，第121—124页。

治、经济等诸多管理事务。基于强烈的社会责任感和使命感,也出于维护自身经济利益的考量,商会自发组织召开商法大会,自行开展商事习惯调查和编订商法典草案,希望以此来维护自身利益,彰显自己的社会影响力,发挥民间组织和社会力量的作用,应当说是一次了不起的尝试。

二、上海商法大会与实地调查、法案草案

商人及其团体商会,自发组织和参与商事立法的活动,某种程度上是受了当时日本类似情形的影响。1890年,日本旧商法典出台后,引起商业界的强烈回应,被迫延期实施。此后,民间商业团体东京商工会议所发挥了重要作用。1891年,针对旧商法典,商工会议所提出了"商法及商法施行条例修正案",其要点主要是优先适用商业习惯、消除有关商号规定、合资公司负责人的无限责任等方面。① 此后,该所又在此修正案基础上,提出了多条包括商法和关于商法施行条例在内的新的修正案,在后来的官方商律立法中,这些修正案得到了广泛采用。

晚清政府先后颁行的《钦定大清商律》《破产律》以及配套法规,由于种种原因,实行效果很不理想,使得新兴的民族工商业者颇感失望。前述远在天边的日本在商法典编纂过程中商人曾经广泛参与的先例,以及当时近在眼前的中国商事立法中参照、模仿日本商法典的客观事实,使中国民族工商业认识到,商法典的制定,不能无视商人的感受,不能不顾商人的实际需要,必须要得到商人的谅解与支持。而商人自己,自然责无旁贷,应当积极行动起来,参与为官方的商事立法活动,为其贡献自己的智慧和力量。②

因此,1906年11月,预备立案公会在上海成立,来自苏、浙、沪工商界的头面人物如张謇、徐润、荣德生等,发挥了巨大的影响力,他们主张自行拟订商法典草案。他们认为,"由商人自为,较之出于政府更便调查,有推行之利而无隔膜之弊"。③ 同时决定,"各埠商会分任调查,以本国之惯习,参各国之法典,成一中国商法,庶足以资保护"。④ 之后,两次商法大会、立法实地调查、商法法案草案的起草等工作,几乎同步进行。

第一次商法大会于1907年11月19至21日在上海愚园如期召开,大会由上海商务总会、预备立案公会和商学公会倡起。14个省份和海外华人共有80多个商会派代表参加,实际到会代表143名,另有30多个商会致函赞同并祝贺大会顺利召开。上海商务总会会长李云书在大会致辞中明确宣布"联合全国商人自选商法草案,要求政府施行",是大会的宗旨和任务。⑤ 会议关注的重点有以下诸端:确定商法草案提纲结构;调

---

① 赵立新、毕连芳,《近代东亚的社会转型与法制变迁》,中国社会科学院出版社,2006年版,第189页。
② 任满军,《晚清商事立法研究》,中国政法大学,博士论文,2007年3月,第134页。
③ 《论商法起草特开大会事》,《申报》,1907年11月21日。
④ 天津市档案馆等编,《天津商会档案汇编》(1903—1911),天津人民出版社,1989年版,第284页。
⑤ 《商法特会第一日记事》,《申报》1907年11月20日。

查各埠商业习惯;俟商法草案由各埠商会审议通过后,再行禀报农工商部,"公订以商法草案,以便俟将来联名禀部,永远遵守",①并决定委托由"预备立案公会主讨论编纂之任"。②

编订《商法调查案》草案过程中的一个重要步骤,是商人决定自行组织各地商会调查本埠商业情势,并择要寄往上海,以资法典草案的编写。会后,各地商会即按照会议要求,对本地的商业情势进行调查,整理后寄送上海,由上海预备立宪公会负责筹备商法典的编纂工作。也就是说,商人自行组织商事情势调查,是由商会组织的独立的民间集体行动,其宗旨和目的是明确的,就是要从实际出发,编纂一部符合中国社会商业活动实情的商法法典。在此宗旨指导下,至1909年2月,《公司法草案》编写完毕,草案并附立法理由书,及浅说共计40万字;同年12月,《商法总则编》也告完成,附理由书,近10万字。

第二次商法大会于1909年12月19日再次在上海愚园举行,由各省商会派代表出席,计有十四省及东西南洋华商侨寓之三大埠商会共80多家。距上次大会,整整过去了两年。在前次大会及两年来工作的基础上,本次大会的主要任务是重点对已编辑完成的商法典草案进行讨论。上海商务总会总理周金箴首先代表上海商务总会和商学公会致辞,并阐明大会宗旨和议程安排,即"联络友谊,藉此筹商我商业上改良进步之策",③以及讨论通过公司法草案和商法总则草案。上海商务总会、预备立宪公会、商学公会分别向大会报告了两年来的主要工作情况。大会重申商法对商业活动的重要意义,期望大会能顺利讨论通过商法草案,并呈报政府颁行,庶几早受法律保护之利益。

针对《公司法草案》,与会代表主要集中在公司责任形式和股东出资履行两个方面。经过热烈讨论后,决定大致维持原案。随后,大会对《商法总则编草案》进行了审议。由于总则编于会前甫告完成,未及函寄各商会事先征求意见,加之大会会期短,时间仓促,无法详细讨论,故大会决定在闭会后,由各商会以信函形式将其意见汇寄上海,再由编辑员汇总修正后,直接报部呈请颁行。

会议委托编纂委员秦瑞玠、孟绍常在完成商法草案修改后,作为会议代表,将草案呈报农工商部和修订法律馆。当《商法调查案》报送农工商部时,恰逢其也在修订《钦定大清商律》中的公司律部分,于是该调查案中的大量精髓性文本获得采纳,定名《改定大清商律草案》。

商法大会是中国新兴民族工商业者,以独立的民间身份参与晚清商事立法和清末变法修律运动的一次尝试,反映了他们参与政治的强烈愿望。期间,他们从商人的立场和角度,充分地阐述了他们的商法思想和法典路线,从而向晚清政府表达了商人

---

① 《商法特会第二日记事》,《申报》1907年11月21日。
② 天津市档案馆等编,《天津商会档案汇编》(1903—1911),天津人民出版社,1989年版,第285页。
③ 《申报》,1909年12月20日。

们对于商法制度及商法典的构想和要求,这对于后来的官方商事立法有着积极的参考价值。①

三、《商法调查案》的主要内容及编纂原则

《商法调查案》实际上由两部分组成,包括《商法总则调查案理由书》和《公司律调查案理由书》。作为商事立法基础的商事习惯或情势,是纷纭复杂商事的具体呈现,也是解决商事纠纷时的依据,因此,由上海总商会和上海商会从光绪末年至该书出版近三十年的时间内,针对全国各地律和法院有关商事习惯问题咨询答复辑录而成的《上海商事惯例》,也就作为《商法调查案》的重要附件而被收存。

《商法总则调查案理由书》共七章84条,依次为商人、商人能力、商业注册、商号、商业账簿、商业雇用人和代理商。第二编《公司律调查案理由书》,包括《叙例》和《公司释义》,分六章334条,依次为总纲、无限公司、两合公司、股份有限公司、股份两合公司和罚例。其中第二和第四章十分重要,论列也极为详细。第二章《无限公司》又细分为公司创办、公司内部之关系、公司对外之关系、股东退股、公司之解散和清理等六节。第四章《股份有限公司》又分创办、股份、股东总会、董事局、监查员、会计、公司债、更改定章、解散和清理等十节。②

从每一章节的具体结构来看,一是具体条文,其中《商法总则》84条,《公司律》334条,总计达418条,均是对《钦定大清商律》的修正和补充。二是新制定条文的"理由",即对每一条文背后法意的阐释与说明,属于核心内容。

《商法调查案》中的"理由",在对每一条条文所包含的法意进行说明的时候,均按照"比较各国"的原则,参照比较了世界许多国家,特别是英美等欧洲发达国家的相关的法律规则,在参照比较、权衡利弊得失、考查历史沿革等基础上,详细说明了参酌他国法律条文的理由,并根据我国国情及商业活动的具体实际,从中采择最适合于我国工商业发展状况的条文,既不能"仅拘本国之旧制","且亦不能偏信外国一二国之立法",③避免圆凿方枘、扞格不入的弊端。

因为与日本为近邻,文化、经济、国情等方面有许多相近之处,其商法修正的时间也不过十年,新旧法之间的沿革删存之迹比较清晰,而且体系完备,足资考镜。其中,"故自与各国逐一比较之后,始觉日本法可采处实多"。④取自德国新商法者也不少,因"德国法为日本法之母,其美备而可采者亦甚多"。⑤如《调查案》第一百四十三条、二百一十三条、二百四十五条、二百六十七条等,俱采择自德国法。

---

① 任满军,《晚清商事立法研究》,中国政法大学,博士论文,2007年3月,第136—141页。
② 张家镇等编,《中国商事习惯与商事立法理由书》,中国政法大学出版社,2003年,第1页。
③ 张家镇等编,《中国商事习惯与商事立法理由书》,中国政法大学出版社,2003年,第86页。
④ 同上。
⑤ 同上。

《商法调查案》是由各地的商会组织出面,在深入调查各个行业的商业习惯的基础上编订而成的。除了"比较各国"之外,另外一个重要原则是"参酌习惯"。众所周知,我国商业历史悠久,积习较多。且地域辽阔,各地风俗不同,商风亦然。所谓"参酌习惯",就是按照我国实情,从实际出发,充分考虑我国由来已久的种种商业习惯,这样立法才有现实针对性。譬如,《商法总则调查案理由书》和《公司律调查案理由书》中关于"无限公司"的规定,由于无限公司与我国传统的合伙组织也有很大的相似之处,[①]因而这两部分可沿袭、参酌的商业习惯较多;而关于"股份有限公司"等的规定,由于股份有限公司的概念和实际操作引进时间不过数十年,并无多少习惯可以吸收,故参酌习惯条例相对较少。

更多的时候,《商法调查案》是综合运用"比较各国"和"参酌习惯"的原则,做到既与外国商法相近,又与中国商习相合,实际上体现的是一种杂收并蓄、兼容并包的文化心态。如关于"商号",第二十五条规定,"商人得用其姓或姓名及不论何种名称,作为商号"。欧美各国崇尚个性独立,"任个人而排众数",商人亦然,商号多以个人为单位,而非以家族为单位。所以,比较起来,欧美没有相当于日本旧商法之"屋号"与我国彼时所行之所谓"堂号",其商号必以姓或姓名为之。而对于我国及日本,或者本于家族主义,个人鲜自独立而沿有堂名,或者基于封建积习,商人不能称氏而致有屋号。故本条采用日本主义,无论商人之姓名或其余名称,均得以之为商号。[②] 再如关于公司的条文,"东西各国,商法规定公司种类立法上有二大别。其一为大陆主义,其一为英国主义。大陆主义之中,可细分为二类。其一规定合名、合资、株式及株式合资之四种。此最居多数,在欧洲如法、德、意、比、西、葡诸国商法及瑞士债务法采用之。其二,规定合名、合资及株式之三种公司,而无株式合资公司。此在欧洲惟匈、荷二国行之。若英国主义,则七人以下为组合,七人以上为公司。公司之种类颇多,性质又极其复杂……"[③]

此外,关于商业雇佣人、无限公司、股份有限公司和其他类型公司的规定中,还有如关于无限公司的合并、无限公司的清算等条文,都有此种兼顾"比较各国"和"参酌习惯"的做法。[④]

四、《商法调查案》的立法意义

法律是国家意志力的体现,因而《商法调查案》不是一种严格意义上的立法行为,毕竟作为商人,或者商人的自治组织商会,都没有代行国家立法权的资格,没有制定正式意义上法律的权力。所谓的"民间商事立法",从本质上讲,充其量也只可算作商事法律

---

① 张家镇等编,《中国商事习惯与商事立法理由书》,中国政法大学出版社,2003年,第303页
② 张家镇等编,《中国商事习惯与商事立法理由书》,中国政法大学出版社,2003年,第35页
③ 张家镇等编,《中国商事习惯与商事立法理由书》,中国政法大学出版社,2003年版,第92页。
④ 王雪梅,《论清末的〈商法调查案理由书〉》,《四川师范大学学报》(社科版),2005年7月,第32卷第4期。

的草案或建议稿,而非正式的法律文件。

《商法调查案》的立法意义首先在于商人法律意识的萌发和提高,是商人真正走向独立化与政治化的重要起点,也标志着一种官民结合新型立法体制的创新。

列强入侵形成的近代国家民族危亡的局面,东西方文化的交流,以及近代法学观念的引入,改变了长期以来商人们的地位和对政治权利消极淡漠的精神状态,使得他们意识到了自身利益、自身诉求与权利之间的微妙关系。基于此,商人们更为积极地寻求表达自己声音和要求的渠道,而编纂自己的商法典,就给他们提供了千载难逢的良机。"商法既为保护商人,推广贸易之用,则编纂商法之事,自于商人之利害较切。商人们虽无制订法律之权,然依商事惯习而类编法规,以相约束,至得政府认可,而进为全国商法法典则固。……民法渊源罗马,自古由国家制定,而商法则仿于地中海之商业惯例。……全由商人以私人之劳力而编定。商法之编定,由商人自为较之出于政府更便调查,有推行之利而无隔膜之弊"。① 对于商人编定商法草案的可行性和合理性进行了大胆的呼吁。

《钦定大清商律》和《破产律》颁行后,其种种弊端遭到了商界的一致诟病乃至批判,更是反证商人自订法典的必要性,彰显了商人法律意识的觉醒与提高。"商法须由商人自行编订方可通行。往者政府所颁商人通例及公司律、破产律三编,一般社会不尽遵行者,亦以编订之初,出于商部一二人之手,未能与我国商人之习惯相吻合也。此商法所以必须自行编辑也。"② 商人们自觉于商事习惯调查以及商法典草案的编订,以创制自己的商事制度和商法典,自行构建商法制度体系,正是这种意识提高的一种显著表现。

其次,"参酌中西、模范列强",推动外来法律本土化进程。

晚清商事立法活动,是在国门洞开之后,中外经济、文化交流日益频繁的情形之下进行的。一方面,在中国传统法律体系中完整、成熟的商业法律严重缺失,在向西方学习的过程中难免带有仓促性和应急性,由于缺乏相应先进的商法理论支持,同时又未能有效注入中国固有的商事法制的传统,也未能吸收各埠流行的商业习惯,因而效果欠佳。另一方面,晚清政府为了摆脱捉襟见肘的财政困境,企图废除治外法权和商事管理权,而不得不急切地向西方先进法律主动靠拢,以期"中外通行",与国际接轨,得到列强的认同,从而能跻身于近代的世界先进法律体系之中。因而也就不可避免地拙于对西方商法精神理念的深刻理解,也未能充分参酌中国商情,"志田案"的编纂和《钦定大清商律》的颁布,由于社会适应性的缺乏,受到不同程度的批评便是明证。

在这种情形下,商人及其商会,按照"证以各国学理,参以中国习惯"的立法思路,"参酌中西、模范列强",进行商习调查并自编商法典草案,不仅是可行的,也是必要的。虽不太圆满,但大致上解决了商事立法领域中,固有传统资源和外来规则之间的分离状

---

① 《论商法起草特开大会事》,载于《申报》,1907年11月22日。
② 《敬告各埠讨论商法草案与会诸君》,载于《申报》,1907年11月23日。

态,推动了西方法律在中国的本土化进程。

商人阶层不仅是商业活动的参与者,他们对中国的传统商业各种固习的感受自然是他人无可比拟的,同时,他们也是商法规则的践行者,而近代以来新崛起的商人尤其如此。《商法调查案》及其立法理由书,以及为此而进行的全国大规模的商事习惯调查,是中国有史以来第一次大规模、有组织的民间商事立法运动,"参酌中西、模范列强",不仅参酌西方商法理论,而且还容纳了中国各主要商埠的商业积习,真正做到了"证以各国学理,参以中国习惯",从而在较大程度上避免了清政府功利性商事立法的缺陷,从而在推动外来法律本土化进程中有着道夫先路的意义。

第三,确立了新的商法典范式。

《商法调查案》奠定了中国近代部门商法的新型法典体例,使《公司法》《商法总则》的篇章结构更趋于合理科学。如前所述,《商法调查案》与《钦定大清商律》"志田案"相比,具有诸多的创新之处。譬如《商法总则》中未置有"法例"之章节,调查案编辑员经过详细考证认为:"盖论法典编纂之体例,固有可不必冠以此等条文者,德国新商法第一章即规定商人之资格,而于商法之适用如日本商法第一条至第三条所定,则分别归入商法施行法及商事契约编订之。……故拟从德国新商法及日本法新民法主义,定以商人一章,为商法总则之首"。① 可见,调查案之商法总则中,无"法例"章节,主要是基于对日本新商法典体例的修正,且仿效德国新商法体例而成的,无疑是一种法典体例上的创新之举,值得鉴赏。

再如,对公司种类进行了重新确定,且以此作为章节编排的纲领目次。《商法调查案》之公司法编,既集前者之优先,又酌于中国商情:草案共计为六章,第一章总纲,第六章为罚则,其余的第二至第四章分别依次规定了无限公司、两合公司、股份有限公司和股份两合公司。较之先前的"志田案",公司分类上完全能为中国商人所接受。编辑员是在比较各国公司立法的种类,评析各自优缺之处,并结合中国《公司律》的不足,而重新确定公司之四种类型。《商法调查案》采用了日、德等国商法典体例,以公司种类各占一章,其下分节,规定四种公司的各自情形;而前冠以总则,后附以罚则,综合规定四类公司形成的共同内容,并前后结构完整,简洁明了,次序井然。无疑,这四种公司形式应均是商人们可接受的,从而具有可行性,这种公司法体例编排方法,一直为后来民国公司法所沿袭。

综上所述,《商法调查案》系统地表达了商人们对商法制度及其法典的理性追求,为其后确立了新的商法典范式。"《商法调查案》成书已久,原系两编,第一编曰《商法总则》,第二编曰《公司律》,经前清农工商部修正字句,奏交资政院,议未决而国体变更。民国初建,百废待举,商法繁重,未之能及也。三年一月,农商总长张君謇取前农工、商部所定稿审视之,改《公司律》曰《公司条例》。三月复改《商法总则》曰《商人通例》,先后呈请大总统公布施行。于是《商人通例》《公司条例》乃成为中华民国之法律矣"。② 其

---

① 张家镇等编,《中国商事习惯与商事立法理由书》,中国政法大学出版社,2003年版,第1页。
② 张家镇等编,《中国商事习惯与商事立法理由书》原序,中国政法大学出版社,2003年版,第1页。

影响力之巨大深远,于此可见一斑。①

第三节 国家层面的商业立法及其影响

一、官方商业立法的制度保障与组织准备:商部与商会

民间商事立法的意义与影响无须评价过高,实事求是地说,即便取得一定的进展或成绩,也不过是一种民意的表达和舆论的呼吁,且不具备法律的约束力和强制力,面对纷纭复杂的商业活动也总是杯水车薪,力有不逮。而国家作为官方象征的同义语,才是商事立法的权威主体,较之民间立法才更具法律效力和执行力,其覆盖面与影响也更全面和深远。晚清朝廷经历了甲午战争、戊戌变法、庚子之变等一系列惊心动魄的巨变,早如惊弓之鸟,政局已经岌岌可危。晚清统治集团为收拾人心,外应列强,为气息奄奄的政权续命,不得不宣布预备立宪和变法修律,并一再申明要兼采西方律法,以期中西法律衔接,一体遵守。陈旭麓先生指出:"一种求生本能或者王朝自救意识,终于把一个油干灯枯的颠顶王朝推上了改革之路。"②中国近代史上,作为清王朝回光返照的一缕余晖,这场以移植西方法律来改造中国传统法制方式进行的法律革新运动,终于犹抱琵琶半遮面地揭开了神秘的面纱。

商部与商会是以官方商业立法的制度保障与组织准备的身份和面目出现的。商会的出现要早于商部,而商会正式身份和法律地位的获得,则是商部成立之后的事。清光绪二十九年七月十六日(1903年9月7日)商部成立,掌商务及铁路矿务等事宜。置尚书、侍郎、左右丞、参议等官,分保惠、平均、通艺、会计四司,各有郎中、员外郎、主事;另有司务所,设司务。1904年1月11日,商部拟定《商会简明章程》条,奏请朝廷批准。要求此后各地的商业公所及商务公所等名目的组织,均统一以商会名之。该章程经朝廷批准后,正式颁布施行,成为我国最早的一部商会组织法规,为商会的发展提供了法律依据和保障。光绪三十二年九月二十日(1906年11月6日),将工部并入商部,改称农工商部。

西方国家商会的产生,因"欧洲之中古,商事法律缺而不定,商人惧保护之不固也,结成团体,以互相维持"。③以欧美和日本各国为例,其功能主要有四个方面:联结众商,以增强自卫和自治能力;促进工商业之发展;传播工商业之科学知识;参与国家的工商业行政管理和立法工作。晚清商会的功能,较之西方,基本上大同小异。郑观应更看

---

① 参见任满军,《晚清商事立法研究》,中国政法大学,博士论文,2007年3月,第145—149页。
② 陈旭麓,《近代中国社会的新陈代谢》,上海人民出版社,1992年版,第233页。
③ 杨志洵,《欧洲商会权限略说》,《商务官报》,光绪三十四年第1期。

重商会的教育功能,他认为中国最迫切需要的是"开商智",所以,商会应开办商业和技术学堂、工业工场、免费发行直至县一级的商报、展览地方产品和进行研究中心。而官方的着眼点则是建立工商业活动中的法律权利和责任体系,将商会办成控制地方商业团体、并在执行商部指示的一个地方行政和政治机构,其目的在于对国家经济的振兴与管理,"剔除内弊""考察外情"。因此,商会的领袖,作为官方的代理人和领导者,必须有能力向官员阐述商人权利,同时传达政府政策,并使这些政策能被其商人同事和伙伴接受,发挥上传下达中介人的作用。但商会酝酿和建立时的实际情势与官方的预设多少有些出入,因为此时许多自治会和预备立宪研究团体活跃于上海、天津、广州等商业发达的大商埠。虽然商会从未变成立宪派的摇篮,政治上也并不激进,但许多商会成员却变得愈加坚持己见。从商人的角度而言,建立商会制度的目的,主要在于获得良好的商业环境,实现商业利益。所以,商部对于商会的功能与作用的要求,也就不得不做出某些调整。商部认为,商会的作用应该是广泛的:改善商情;调查商务,编纂统计调查资料并报商部以做参考;办劝业会并设商业和技术学堂;通过地方当局向商部传达商人之意见,以尽保护之力;向地方和中央转达商人的意见等。民初《中华全国商会联合会章程》中,商会的作用则在以下诸方面:调查商情;发展商业;振兴商学;维持商务;辅助商政;议订商律、商税和议结对外商约;裁判商事;竞赛商品;其他商务。①

以"保商振商"为原则的清末《奏定商会简明章程》,商会的具体作用是:

考察商情商务。该章程第八款即规定:各地商务分会或总会,每年应当将各地商务情形汇总上报商部,诸如商务繁盛或衰败的原因,进出口增多或减少的原因,以及有没有种植或者制造新商品等情形,特别重要的紧急事项应随时电禀。第二十六款规定:凡是商人有发明创造,如独出心裁制造出新机器,或者编辑确实有用的新书,或者是将中外原有的货品改制精良,均允许报明商会核准,禀告商部,在一定年限内给予保护,并且也予以奖励。② 这是为了鼓励发展商务,对"专利"做出的具体要求。

规范经营行为。该章程为了维护商家利益,在许多方面都做了具体规定,如关于商家注册、防止商业欺诈、维持市场秩序等。譬如,为了防止商业欺诈,商会拥有对合同、文契等契约的管理权限,凡是商家可以用来做凭证的,如订货的合同、放债出入的文契,以及抵押称贷的券据,都应到商会注册,由商会在凭证上盖明图记,用以彰显诚信,杜绝谎言欺诈、作伪的弊端。③

代行申诉职责。该章程第七款明确规定:对于凡是商人不能申诉的事项,商会的总协理应该进行详细的实际考察,考察属实的事项,应向当地政府代为秉公申诉,以求获得公正合理的处理,进而维护商家利益。如果没有得到公正处理,或者是权力范围所

---

① 虞和平,《商会与中国早期现代化》,上海人民出版社,1993年版,第113页。
② 彭泽益,《中国工商行会史料集》,中华书局,1995年版,第977页。
③ 彭泽益,《中国工商行会史料集·奏定商会简明章程第十九款》,中华书局,1995年版,第974页。

不能及的事项,应该立即禀告商部查核办理。①

处理商事纠纷。对于华商之间、华洋之间的商事纠纷,章程第十五款规定:华商之间的纠葛,可以先告知商会,由总理定期邀集各会董秉公处理,并当众公断。若双方不服,可允准其禀告地方官核查办理。②关于华洋之间的商事诉讼规定:若双方在交涉上意见不合,商会应允其各自推举公证人一人,秉公处理,斟酌两方行为剖析公断。若仍未谈妥,则由双方公证人一起推举众望所归的权要人士来裁判。若仍不谐,可继续上告至地方官或者领事,直至由总理禀告并呈报商部,由商部会同外务部一起处理。③

《奏定商会简明章程》对商会的职能只是做了大致的规定,1915年的《商会法》有所进步,对商会职能的规定更为具体、细致和明确,但已超出了本书的论述范围,故不赘言。④

二、官方商事立法的具体举措

基于上述各种内外因素与严酷现实的考量,清政府于1902年设立商务大臣,并派往各地,专门负责商务。1903年设立商部,陆续制定颁行了一系列振兴商务、奖励实业,带有资本主义性质的章程法令,初步建立了近代商业法规体系。

晚清修律时期官方的商业立法大致可以分为两类:

1. 带有纲领性、综合性的意涵,可以指导商业活动全局的立法。譬如光绪二十九年(1903)颁布的《钦定大清商律》,是清政府颁布的第一部商事法律,包括《商人通例》和《公司律》两部分,试图以法律形式确认自由经商,保护集资创办各种公司的行为。类似的立法还有《商律草案》,亦称《志田案》,由修订法律馆聘请日本法学博士志田岬太郎协同起草,共分五编,全律共计1 008条,体例严谨、逻辑缜密、内容周详,由于主要参照或照抄日本商法,该草案中的五编目次以及编名,和日本当时刚颁行的新商法是完全一致的,⑤故与旧中国实际之处多有扞格。由于该律按商法典的规模和正式要求编纂,因而起草时间较长,直到辛亥革命爆发,仍未全部定稿。1914年颁行的《改订商律草案》,由农工商部拟订,共分总则、公司二编。总则编下设7章86条;公司编下设6章281条。内容较前更为完备详尽,后由北洋政府略加修改,改为《商人通例》和《公司条例》。

此外,还有光绪三十二年(1906)颁行的《破产律》,颁行仅一年多即告废止。后修订法律馆聘请日本法学士松冈义正起草了《破产律草案》,共337条,辛亥革命爆发时仍未颁行。《公司注册试办章程》于光绪三十年(1904)颁布,主要是对申请公司注册的程序规定。《商标注册试办章程》和《商标注册试办章程细目》,颁布于光绪三十年(1904),其

---

① 彭泽益,《中国工商行会史料集·奏定商会简明章程第七款》,中华书局,1995年版,第973页。
② 彭泽益,《中国工商行会史料集·奏定商会简明章程第十五款》,中华书局,1995年版,第974页。
③ 彭泽益,《中国工商行会史料集·奏定商会简明章程第十六款》,中华书局,1995年版,第974页。
④ 李姣,《中国近代商会立法与治理》,华中师范大学,硕士论文,2013年4月,第25—26页。
⑤ 〔日〕松波仁一郎著,秦瑞玠等译,《日本商法论》,中国政法大学出版社,2005年版,第14页。

中章程28条,细目23条,内容较为详赡。

2. 具有局部、专门性质的立法,规定了各个专门行业以及奖励实业的法规,主要以章程、条例为主体,涉及交通运输、银行、保险、采矿等行业,以及商会及奖励实业的法规。譬如,1903年12月颁布、由商部制定的《铁路简明章程》。1910年4月奏准颁行、邮传部修订的《大小轮船公司注册给照章程》。关于银行业,官方立法较频,随着管理部门户部机构职能的调整,先后进行了多次相关法规则例的制定颁布,分别是1904年3月,户部草拟了《试办银行章程》;1908年,户部改为度支部后,户部银行亦改称为大清银行,并拟定了《大清银行则例》;其后由度支部奏准颁发了《银行通行则例》;1909年2月、1910年4月度支部又先后颁布了《通用银钱票暂行章程》及《奏定币制则例》。这些章程、则例的制定颁布,对于规范银行业的操作运营有很好的保障作用。

保险业方面,1907年徐锐拟定了《中国振兴商务大公司节略》,其中《保险业章程》成为中国近代史上第一部保险业的单行法规;1907年7月,盛宣怀也向清政府奏请《保险业章程》,但均因辛亥革命爆发而搁置,未能颁布施行。采矿业方面,清政府先后于1898年10月、1904年3月和1907年,三次制定、颁布了《矿务铁路公共章程》《矿务暂行章程》,及更为详尽完备的《大清国矿务正章》,共15章74款。

关于奖励实业的法规,主要有1903年12月商部颁布的《奖励华商公司章程》;1907年农工商部颁布的《改定奖励华商公司章程》;同年,农工商部还颁发了《华商办理实业爵赏章程》及《出洋赛会章程》等。[①]

上海的商事立法活动同样具有自己的显著特色,主要体现在租界和华界不同利益诉求主体,在商业活动中为维护各自的权益而进行的立法活动。

自1845年英租界设立后,近代上海经济及商事立法的早期现代化也表现于租界内,主要包括:第一,土地管理。土地是财富之母,离开土地,任何经济或商务活动都是空中楼阁,因而土地管理至关重要。这方面的法规主要有1845年的《土地章程》、1854年的《上海英法美租界租地章程》、1869年的《上海洋泾浜北首租界章程》和1893年的《新定虹口租界章程》。法租界的土地管理法规还有1866年7月由法国沪案善后委员会颁布、并于1869年经驻华各国公使批准的《法租界公董局组织章程》,以及1869年10月法国总领事核准的《法租界公董局警务路政章程》。此外,1914年2月15日公共租界还颁布了《工部局买地章程》。这些章程规定了租界内的土地从土地产权的获得、转让、登记的实体及程序性要求,并同时对土地的用途做出了明确规定。第二,金融管理。这方面的法规主要有《上海证券物品交易所整设委员会简章》16条,主要规定了设立上海证券物品交易所整设委员会的目的、委员会的组成、委员会议、专任委员以及各种支出。《上海证券物品交易所证券现期买卖申请规则》20条,主要就证券现期买卖申请书、证据金、佣金、经手费、交易时间以及交割等事项

---

① 隋亮,《论晚清修律时期的商业立法》,《北方论丛》,2010年第3期。

做出了规定。

近代上海华界的经济立法,体现在地方政府核准和施行的经济法规方面,主要包括:

第一,规范经济组织的规章。如1882年公布了上海历史上第一个股票公司章程《上海平准股票公司章程》。此章程共18条,涉及的内容有股数、公司工作人员、红利分配、股票买卖手续和违禁事项等。清光绪十年(1884),上海县还核准了旧棉花业的业规,并要求成员们都"恪守遵办,以垂久远,而联友谊"。此业规共有"章程10条",其中包括旧棉花业的经营地、开会时间、经费使用、入行手续以及违禁事项等。

第二,规范市场行为,及对外贸易、进出口行为的条例规章。主要目的是打击以假乱真、以次充好的不法行为。对于进口船商不按时足额完税,或者牙人、官员"任意多索,留难留报,扰累客商"的行为进行查究打击。[①]

较之租界的商事立法行为,上海华界的类似行为明显不够严谨规范,且不成体系,很多体现近代经济制度和商业制度的法规,如商事法律中的商行为法、保险法、海商法、票据法、证券法、商业合作社法;财政管理中的决算法、税法、公债法、会计法;金融管理中的信贷、结算、外汇、现金管理法等,均无所涉及。

三、《钦定大清商律》

1904至1907年间,晚清官方第一阶段的商事法典性立法成果主要有两部分,即由商部拟定、奏请颁行的《钦定大清商律》和《破产律》,及其相关的配套法规,主要如《公司注册试办章程》《奖励公司章程》《商会简明章程》《试办银行章程》《商标注册暂拟章程》《商部商标注册局办法》《改订商标条例》和《呈请专利办法》等。

《钦定大清商律》包括《商人通例》和《公司律》两部分。

《商人通例》共九条,基本摘抄于日本和德国当时的有效商法典,其内容要点如下:

明确商人资质。其中第一条给商人作了一个法律定义:商人即从事商务贸易、买卖贩运货物等商业行为的人。明确了商人的基本自然条件,但确立商人身份的依据却是"经营商务贸易、买卖贩运货物"等商业经营行为。第二至第四条规定了不同性别商人的年龄限制,男性商人须成丁后,即年满十六周岁才可成为商人;而女性商人的条件较为细致繁杂;对于由于各种变故而造成从商男子不能尽养家职责,又无父兄,且子弟未成年的家庭,包括妻及满十六岁守贞不字之女在内的女眷,如能自主从商,有资格成为商人,但必须报商部备案;对于已婚妇女,须其本夫书面同意,亦须呈报商部才可成为商人,但其丈夫必须作为她的连带责任人,"唯钱债纠葛亏折等事,本夫不能辞其责"。[②]

---

① 练育强,《近代上海的经济发展与经济立法》,《企业经济》,2010年第4期。
② 《大清法规大全》第6册,考正出版社,1972年版,第3022页。

商号自由命名。《商人通例》第四条规定："凡商人营业，或用本人真名，或另立店号某店某堂名字样，均听其便"，明确了商号命名自由选择的权力。按照传统，商铺字号是商店的名称或招牌，《老残游记》第三回："即到院前大街上找了一家汇票庄，叫个日升昌字号，汇了八百两寄回江南徐州老家里去。"《官场现形记》第三一回："而且他南京有买卖，上海有买卖，都是同人家合股开的。便有他现在南京一爿字号里做挡手的一个人，其人姓田，号子密，是徽州人。"商家在店铺开张之日，都想起个冠冕堂皇的名字，即字号或称商号，希望店铺兴旺发达，财源广进。一般来说，旧时店铺字号的选词用字，多是在仁、信、义、德、兴、盛、聚、道、恒等吉祥的字眼上打圈子，即为常见的伦理字，表明商家宣导"信义坦诚"之商风和希望永恒发财的心理状态。这些大抵是几百年沿袭下来的，是一种古老的文脉传承。作为商事登记注册的主要事项，也是商人身份的表现形式和区别标志。

建立财务管理制度。《商人通例》第六至第九条，分别规定了商事流水账、年度资产损益表、商业文件备存期、商事账簿编制等事项。特别是关于商事账簿的编制，《商人通例》强调，包括商事流水账、年度资产损益表在内的商事账簿制度，是近代商业活动中的一种财务管理制度，是业主把握经营状况和财务收支情况的依据，它反映了该从商主体的资产运营情况，是体现资金信用和商事交易行为能力的表现，当然也是国家对商人进行税收稽查的凭据。因此，任何商业活动的主体，都应有完备详瞻的账簿制度。

《公司律》分十一节，共一百三十一条。十一节的内容依次是公司分类及创办呈报法、股份、股东权利、董事、查账人、董事会议、股东会议、账目、更改公司章程、停闭和罚则。各节的内容详略不一，前三节内容比较重要，规定的也比较详细。如第一节的主要内容有：公司的法律定义；四种公司形式（合资有限公司和股份有限公司、合资公司和股份公司）及其各自注册程序和条件要件。第二节股份，主要内容涉及股本缴纳、续缴、共有、转让及股东地位等事项，重点在第三节股东权利各事宜，规定股东会议所议事项须会前半月布告；股东会的年度会议和特别会议；股东会议记录及其决议侵权的补救；备置股东名册；股东查阅账簿及公司资料权利（部分秘密资料则不可查阅）。后三节更改公司章程、停闭和罚则则相对比较简略。①

《公司律》同前述的《商人通例》一样，旨在建章立制，就制度构成而言，《公司律》所确立的核心内容主要有以下几方面：

有限责任制度。万事开头难，筹办公司首重股款募集，是为公司启动运营的第一步。西方新型的有限责任形式自然成为上海滩商人的理想筹资模式，"考西人定例，公司分为二等。一曰有限公司，一曰无限公司。所谓有限公司者，凡执有股份票之人，遇公司当亏欠累累之际，除每股预定额付若干外，便可脱然无累。若无限公司，至资本荡尽而犹不足，债主仍须向各股东催索，直至一无蒂欠而后已，犹华人之合会。……西人

---

① 《大清法规大全》第 6 册，考正出版社，1972 年版，第 3021—3033 页。

近来所设大半皆有限公司,俾人之无后患之虑,招股自易,入股自多,所以所设公司可日增一日,而商务亦日大一日。中国虽亦有仿而行之,则尚如晨星之可数,而风气终未大开,商务所以终未能起色"。①《公司律》的编纂颁布,打破了传统无限责任对公司设立构成的巨大资金和道德阻碍,也消除了出资后对于未来无限责任的忧虑,可以说从法律上满足了商人扩大经营规模、获取更大利益的需求。同时,对于激发商人的投资热情,推动国内近代公司的迅速发展,无疑也具有极大的促进作用。所以,许多公司在其创办章程和招股章程中,都会明确宣称其有限责任的性质,以此作为吸引投资人投资入股的手段与诱惑之一。可参阅小说《商界现形记》第40—46页有关公司成立的情节。

公司分权治理机制。公司分权治理机制是《公司律》中系统设置的经营管理的新模式。所谓公司分权治理机制,从人员构成和配备而言,由所有者和经营者两大部分人员组成,前者包括股东或出资人,以及利益的代言人董事会。后者通常是受所有者雇佣,为公司提供服务的高级专业管理人员。他们共同组成的管理机构,对公司的经营活动进行管理,实行所有权与经营权分离。这是因为,公司物质资本所有权主体众多,有的出资人难以亲为管理。同时企业规模扩大和市场复杂性,公司出资者难以适应这种专业性要求,"这就迫使物质资本所有者放弃对企业的直接占有和控制,而把经营权委托给具有经营能力的经理,于是便出现了所有权和经营权的分离。"②《公司律》将公司内部治理权限主要赋予了董事局和股东会议。《公司律》首次以法律形式确立了股东会议、董事局、总司理以及查账人的公司分权治理模式,初步满足了新兴工商经济的法律需要,从而为其后公司分权治理机制的发展构建了一个法律框架,有利于新型公司形式企业的成长,虽未必尽善尽美,但在当时社会及商业环境中已属难能可贵。

公司产权制度。晚清政权及其官僚,出于自救意识和自保目的,对于西方先进的股份制企业制度学习和模仿,在《公司律》的第30条、第35条和第44条等条款中,分别明确规定了股东的股权,"无论官办、商办、官商合办等各项公司及各局(凡经营商业者皆是),均应一体遵守商部定例办理","附股人无论华商洋商,一经附搭股份即应遵守该公司所定规条章程","附股人不论职官大小或署己名或以官阶署名,与无职之附股人,均只认为股东一律看待,其应得余利暨议决之权以及各项利益与他股东一体均沾,无稍立异"。股东出资形成公司独立财产,又以股权的形式分配给股东,并以法律形式将股权平等原则固定下来,落实到法律文件《公司律》中。这种做法,对于规范股东投资行为和管理者的经营管理行为,以及进一步激发股东的投资热情,无疑起到了积极作用。

政企分离制度。《公司律》第30条规定"无论官办、商办、官商合办等各项公司及各局(凡经营商业者皆是)均应一体遵守商部定例办理"。即使是官股,也只能作为出资股份中的成分,政府也只是一个普通股东,并不享有特权。《公司律》的颁行,意在以法律

---

① 〔清〕邵之棠编,《皇朝经世文统编》卷63《论商务以公司为最善》,光绪二十七年上海宝善斋石印本。
② 中国法制出版社编,《商法论文选萃》,中国法制出版社,2004年版,第297页。

形式来约束政府行政权力对企业的宏观控制,并限制政府权力对企业内部管理决策的介入。这是一种导向作用,《公司律》颁布后,政企分离的态势愈发明显。这种政企分离制度的立法意图,矛头所向,直接针对洋务运动后期愈演愈烈的政企合一、政企不分的局面。这是由于政府为了强化官督的权力,直接派员控制企业,参与企业的决策、经营和管理,逐步形成了政企合一的局面。这种模式是一把双刃剑,它可以依靠政府的权利加持和政策优惠来拓展业务,同时又不可避免地干扰和妨碍企业的正常运营,及其在市场上的独立发展,必然会导致相关企业的破灭与败亡。此种情势之下,政企分离制度不失为一剂不算苦口的良药。①

四、农工商部《改定大清商律草案》

光绪三十二年九月二十日(1906年11月6日),商部改组,将工部并入商部,改称农工商部。光绪二年五月,农工商部借口修订法律馆编订商法典尚需时日,呈奏要求对《钦定大清商律》的《公司律》部分重加修订,作为暂行章程,奉旨依议。获得谕准后,便在其后数月之内,督饬司员加速拟办。针对《钦定大清商律》的主要缺陷,"故此次于总则篇规定商人及商人能力、商业注册、商号、商业账簿、并雇佣代理商各章;于公司编则分无限公司、两合公司、股份有限公司、股份两合公司四种,于其成立、变更、解散,分别订定,博取东西各国成例,而统之以总纲,终之以罚则"。②

据中国社会科学院近代史研究所和经济研究所库藏的《改订大清现行商律草案》印本,该草案《总则编》分七章计八十六条,依次为商人、商人能力、商业注册、商号、商业账簿、商业使用人。《公司编》设六章凡二百八十一条,依次为总纲、无限公司、两合公司、股份有限公司、股份两合公司和罚则。该草案是在对《钦定大清商律》和《商法调查案》修订基础之上而成的,吸收和借鉴了其中许多有益的成分,并且仍然遵从"比较各国"和"参酌习惯"的原则。

譬如关于商人身份的取得,《改定大清商律草案》中的商人有两种,一种是法定商人,即为从事该案所详列的十余种商业活动的人。第二种是注册商人,除了前述十余种商业行为之外的人,可以通过注册而获得商人身份,否则不能成为该草案中规定的商人。但注册与否,听凭个人意愿,而没有采用西方商法中强制注册的做法,这与中国传统上没有强制注册成为商人的习惯相一致。"参酌习惯",吸收中国传统商业积习的做法在《公司编》中体现更多。譬如关于无限公司的成立、合并及债务的依据,该案第九条规定"凡二人或三人以上者创办无限公司,须公司订定议据,联名签押"。第五十八条规定,"因合并而消灭的公司,所有一切权利义务应归合并后存续或另立的公司承顶。""我中国商惯习于商店移转其所有主,亦往往于成交而后登报声明,向有出入账面以后,概

---

① 任满军,《晚清商事立法研究》,中国政法大学,博士论文,2007年3月,第66—75页。
② 中国第一历史档案馆藏,《清档案·录副奏折》,第54—68号。

由某号收付,一切与某人无涉云云。"① 及斟酌损益国外相关立法的惯例,也吸收参照了中国本土的商事习惯。

同时,《改定大清商律草案》,依据"比较各国"的原则,也借鉴了西方最新的商事立法成果,按照商法总则和公司律的两编模式来编纂和结构整个草案。

其中,商法《总则编》有七章,分为商人、商人能力、商业注册、商号、商业账簿、商业使用人、代理商,参阅了日本新商法典,其章目与《商法调查案》基本一致。与日本新商法典的章目名称相比,多"商人能力",而少"法例"一章,其余章目也完全一致。②

《公司律编》共分六章,分为总纲、无限公司、两合公司、股份有限公司、股份两合公司和罚例。各章详略不一,譬如第二章目下设六节,分别为公司创办、公司内部之关系、公司对外之关系、股东之脱退、公司之解散和清理。第四章股份有限公司最为详瞻,与《商法调查案》近乎完全一致,亦分十节,即创办、股份、股东总会、董事局、查察人、会计、公司债、更改章程、解散和清理。而《商法调查案》也是依照日本商法典的部分编目而成,与日本商法典的源流关系一目了然。此外,也吸收借鉴了德国商法的若干成分。

《改定大清商律草案》在文本上采取商法总则和公司法两编的结构体例,制度创新上也有许多可取之处,是对此前商法各项成果的完善和总结。对于晚清商法法典建设而言,《改定大清商律草案》的现实意义有如下数端:

1. 公司法人概念的明确揭橥

《改定大清商律草案》之公司编第三条则明确,"凡公司均认为法人",从而正式提出法人概念。较之《钦定大清商律》《公司律》及《商法调查案》,是一种明显的进步。对法人身份的获得及其应有的权力地位,都做了详细的阐释。对于商法制度的发展而言,也算得上是一大理论贡献,堪称商法典建设进程中又一重大立法成就。

2. 商事法典编排体例的定型

《改定大清商律草案》是对晚清时期商法总则和公司律的体例编排的总结,也基本厘定了民国时期商人通例和公司法的篇章结构,具有承前启后的地位,并成为后来之两编商事单行法典的模本。1914年张謇任农商总长时,便取《改定大清商律草案》略加修订,呈请总统颁布施行,是为《商人通例》和《公司条例》。

3. 商业立法本土化进程的继续推进

此前的《商法调查案》,广罗各埠商行惯习、参酌西方先进法理、联系商人的直接商法要求,反映和体现了当时商情的实际,其编纂是推动西方商法本土化的起点。《改定大清商律草案》在此基础之上,又对之进行考证,并广为采择,加强了外来商法制度在中国的社会适应性。《改定大清商律草案》也是对颁行的《钦定大清商律》的修订稿,是综合社会各界对该律的批评意见后进行修改的,在很大程度上避免或弥补了《钦定大清商

---

① 张家镇等编,《中国商事习惯与商事立法理由书》,中国政法大学出版社,2003年版,第176页。
② 王健编,《西法东渐——外国人与中国法的现代化》,中国政法大学出版社,2001年版,第192页。

律》的缺陷。可以说,《改定大清商律草案》实质上是对《钦定大清商律》和《商法调查案》两个修订商法具体主张的参酌修正,是官方与民间两个层面上的商法思想的结合,更是广大商民与农工商部在修订商律的立法行为中的合作,同时也是对引进的西方商法和商法典本土化道路上的继续推进。①

五、影响

《钦定大清商律》的颁行,"志田案"、《商法调查案》和《改定大清商律草案》的制定,1907—1909 年商会自行组织的民间商习惯调查,以及 1907—1911 年由宪政编查馆、修订法律馆组织的官方民商事习惯调查,共同构成了晚清商业立法进程中的重大事件,都具有里程碑式意义。

但是,也必须清醒地看到,中国商法及其法典建设进程是在晚清"三千年未有之大变局"的屈辱时代中开启的,本身就背负着富国强兵、救亡图存的使命。那种特殊的历史环境,不仅为中国商法法制建设提供了动力源,为其奠定了基本的发展方向,也决定了其发展过程的曲折性。《钦定大清商律》以及《破产律》相继颁布施行,后来的《商法调查案》《改定大清商律》又对其进行修订完善。每一部法律文本或法典的编纂,都是踵事增华、承上启下的结果。其成败得失,虽然也成为过眼云烟,但对后来的相关立法活动和法制建设不无启示和借鉴意义。商事立法应当立足本土,具有国际视野,注重商事习惯调查,务使外来制度和本土资源有机结合。② 商法建设虽然官方是主导,但同时也应发挥商业从业人员及其组织参与的积极性,形成"官民合作"的良性运行机制。③

---

① 任满军,《晚清商事立法研究》,中国政法大学,博士论文,2007 年 3 月,第 153—157 页。
② 任满军,《晚清商事立法研究》,中国政法大学,博士论文,2007 年 3 月,第 175—177 页。
③ 本章节写于 2020 年 2 月 9—18 日(农历庚子年正月十六—二十五)。

第九章　上海印象中的商业运营模式

第一节　传统商业运营模式的历史回顾

传统商业的运营模式自然不是一挥而就的，必然有其自身的发展历程和特点。最初的商业活动通常局限在很小的范围内，部族内部之间的物物交换是比较常见的。其后，随着生产力的发展和人口数量的增长，需求进一步扩大，这种古老原始的商业活动有逐步升级的趋势，交换的内容、频次和交换活动的空间都不断扩大。起初，这种商业活动有可能是农民为了生存需求偶尔为之的举动，交换的内容无非是以自己多余的剩余产品，换回自己紧缺的其他生活必需品，而且也是在农闲时的季节性活动，属于附属性的活动，是副业而非主业。形式上也一般是以流动性为主，肩扛手提，售完即止，这便是负贩或行商的雏形，是一种流动性的商人。当然，商业从传统的农业、手工业生产中剥离出来，成为一个独立的社会行业，还有待生产力的发展和社会分工的进一步扩大。经常而稳定的运输工具的出现，为商业活动的独立呈现提供了技术上的支持，譬如车马、舟船的熟练而广泛的运用，使得大批量地运输货物和商品成为可能，也使得专门从事销售活动人员的大批出现成为可能，坐贾的出现可谓呼之欲出。其实，坐商的前身是行商，从行商到坐商，是与城市的成长步调一致的，坐商就是取得了集镇、城市居留权的商人，他有固定的居所和一定的经营场所，譬如店铺、货栈、仓库之类，且大多数是零售商，批发商当属凤毛麟角。较之行商，坐商的经营成本和风险要大得多，当然利润和收益也大得多。

无论行商还是坐商，交易和服务的对象都是消费者，不同行业和不同地域之间的消费者为了满足各自不同的消费需求，就必须跨越地域，跨越行业，才能实现自己的目的。而商人也必须与时俱进，适应这些消费者的不同需求，为他们提供自己的优质服务，以此来获得利润谋求发展，进一步扩大自己的商业空间和生存空间。这样，集市贸易的出现也就水到渠成。集市与城市的发展是相互促进、共同进步的，集市贸易的兴旺，促进了城市的繁荣和人口的聚集,而城市的繁荣又反过来吸引更多的人口聚集,更大规模地扩大消费能力和提高消费水平。故此,城市,城与市之间的关系,就如同鸡与蛋之间的关系一样,孰先孰后,殊难定谳。

商业企业的出现,是较为晚近的事情。西方的商业企业大致出现在中世纪的晚期,15世纪左右,意大利、德国、英国等商业发达的老牌欧洲国家,都出现了家族式的商业企业,如米迪西家族、富格尔家族和威耳赛尔家族等。家族史商业企业的出现,一方面形成规模效应,有助于降低经营风险;另一方面,可以利用家族的声望这种无形资产,在商业领域中获得垄断地位,在竞争中居于领先地位。对于东方的中国而言,商业企业的出现则更为晚近,差不多要到十九、二十世纪之交,列强叩关国门洞开之后。而且当时大部分是官办企业,或是官督民办的商业企业,而真正民办的商业企业尚处于襁褓之中,基本上不成气候。

商业行会是一种行业自治性质的组织模式,目的是维护商业从业人员自身的合法权益,诸如公平交易权、合理纳税权、人身安全权、谋求法律保护等,是一种商业成熟阶段的产物。譬如上海的茶商行会、广州的十三行和牛庄的钱业公会等。这种行会关注的主要限于商业领域,除非特别原因,不大关心商业以外的事情。而西方的商业行会除了关注商业事物外,还兼顾政治领域的事物,像工商业政策和贸易政策的制定,对商民们的管理权等,意大利威尼斯和热那亚的公共会社,以及英国的行会均属于这一性质。[①]

进入资本主义社会后,工业革命的成功极大地提高了社会生产力,商品的生产和销售也出现了前所未有的新局面,由此也带动了商业的极大繁荣,重商主义在西方大行其道。重商主义的实质在于通过商业模式把工业成就的果实嫁接到政治领域中去,通过增加国民的纳税能力实现国家利益的最大化。首先是由国家掌控绝大部分的物质财富(货币收入是物质财富的表现符号),也就是税源;其次是保持相当数量的人口规模,作为生产的劳动力资源,这样才可以保证生产出市场所需求的商品;最后是商人通过各种经营方式去进行商业活动,把各种前期投入变成货币,成为国家税源和取之不竭的提款机。

作为老牌资本主义国家的英国,可以说是重商主义的发祥地。在不到一百年的时间内,它通过阶级垄断和民族垄断两种方式,成功地把英国变成了"日不落帝国"。当然,非国教的清教徒如科布登和布莱特等所鼓吹的自由贸易和新兴的工业联盟的合作,对于大英帝国的进一步繁荣兴旺也功不可没。

一、行(xíng)商

行,读音有二,即 xíng 与 háng。故行商,亦有两个读音,且不同的读音有着不同的

[①] 〔德〕马克斯·维贝尔,《世界经济通史》,上海译文出版社,1981年版,第172—200页。

寓意：行商(xíng shāng)，寓指外出流动经营的小型个体商贩，包括帮客、厢客、边客、摊贩、商行等，以零售为主，是"坐商"的对称；《水浒传》中武松的哥哥武大郎，每天挑担上街以卖炊饼为生，是一个典型的行商。行商(háng shāng)，多指昔时获准从事粮食、渔盐、布匹、茶酒等贩卖活动的大商人、业务员，有时也指某些具有商业组织性质的商人团体，如盐帮、粮帮等等，通常都是批发商，已经属于坐商了。清中叶，经营对外贸易的机构被称为"行(háng)商"，是清政府特许的专营进出口贸易的中国商人，比如广州的十三行。

行商(xíng shāng)的最大特点在"行"，居止不定，行踪飘忽，宋张世南《游宦纪闻》卷八所谓"仕宦之身，天涯海畔；行之身，南州北县"。唐韩愈《祭湘君夫人文》："居民、行商不来祭享，辄敢以私钱十万修而作之。"即此之谓也。行货曰商，坐货曰贾。

行商(háng shāng)中的帮客，也叫"帮会"，是携带着货物长途贩运的商业团队，许多是以地域或乡谊关系，通过亲朋好友的介绍而联结成帮的，如京帮、津帮、川帮、陕帮、徽帮、闽帮、山东帮、山西帮、泾阳帮、宁波帮等；有些则是因所贩运的货物种类而结成的，如盐帮、粮帮等；也有因运输工具而结帮的，如车帮、船帮、马帮、驼帮。每一队帮客中，都由首领指挥一切，帮内都有各自的规矩。陕西省汉江、丹江船运发达，旧时多有船帮。帮内讲江湖义气，提倡有福共享、有难同当。船帮忌讳颇多，例如忌言"沉"，所以船帮首领不可姓陈；忌言"翻"，因而吃鱼时忌将鱼肉翻身；为了避免联想到船底朝天，忌讳倒扣放置碗、盆；为了不致联想到船破，忌讳吃饭使用破碗。再譬如山西旅蒙晋商驼道上的驼帮，就是山西商人以骆驼为主要运输工具，在草原沙漠地区开辟长途贩运的史诗性壮举，它将古代中国的官道、驿道和自辟商道以一种独特的方式串联起来，对当时技术条件下的各种交通线路和运输工具进行了创造性的改造和综合性的利用。驼帮内部的组织规矩十分严整：

> 驼队的组织单位，按照从小到大的数序是"链—把—房—运"。七到十峰骆驼，就可以算作一链；两链凑一把，安排一名专职驼夫，俗称"骆驼把式"。每一把里面，体质最好的骆驼被安排在队伍的首尾两头，并拴挂驼铃。十把为一顶房子；房子无论多少，只要骆驼总数凑够一千峰，就是一个运。组织驼队运送物资，俗称"拉骆驼"，驼队的总负责人叫领房掌柜或驼队班头，俗称"驼头"。队伍还要以一顶房子匀一只狗的配比，带数头獒犬，安排专职驯狗把式，俗称"狗爷"，负责在路上防狼和夜间戒备。①

吴沃尧小说《发财秘诀》虽开篇以香港这座城市为背景，但后来人物活动的舞台和场景完全转移到了上海。小说写到广东省中南海县张搓乡的乡民区丙，用二钱银子，买了大大小小二三百个料泡，懵懂之间运到香港，以每个一银圆或五银圆的高价卖给外国

---

① 秋原，《清代旅蒙商述略》，新星出版社，2015年版，第106页。

人,第一次就赚了五百多块银圆:

  区丙贩了料泡到香港去,在马路旁边憩下,手中拿着一个,不住地哜嘣哜嘣呼吸着。这是他们贩这个东西的规矩,教人家听见了,好来买的意思。在香港的广东人见了,都笑道:"这个人该死,香港地方能有几个小孩子,却带了这个东西来卖,怕不蚀了盘缠也。"区丙站了一会,见没人照顾,便捐起竹筐,望热闹所在走去,走了一天,却只没人请教,不觉心中懊悔。到了明日,又捐起来往外走。行行去去,去去行行,不觉到了一个所在。只见两面都是洋楼,静悄悄的,路少行人。他心中暗想:"昨日走了一天热闹地方,不曾发得利市,今日怎么走到这里来,想是更没有生意的了。但不知走过了这一条路,那边可还有人家?"心中想着,信步行去,口中仍是呼吸着那泡儿,哜嘣哜嘣地作响。

  忽然迎面来了一个外国人,看见区丙,便立定了脚看他。区丙胆战心惊低着头,只管向前走去。那外国人嘴里叽里咕噜地叫了一句话,区丙不懂得,只不敢理睬他,仍向前去。那外国人赶了上来,一把拉住。吓得区丙放下竹筐,唇青面白,不住地瑟瑟乱抖。那外国人低下头,在筐里拣了一个顶小的,对区丙又叽咕了几句。区丙不知是甚么意思,接过那泡儿,衔着小管,一阵呼吸。那外国人在他手里取去,又叽咕了几句。区丙暗想:"莫非他要买么?这个顶小的,在乡下只卖得一文钱一个,卖给他不可卖贵了,恐怕他打听出来,说我欺他。"然而苦于不知这"一文钱"三个字外国话怎生说法,无奈只得和他做手势,伸出一个指头来。那外国人看见,就在身边摸出一元洋钱给他。区丙大喜,口中连说多谢多谢。那外国人交了洋银,拿起那泡儿一吹,只听得"嘣"的一声,那块底上的玻璃破了一大块,以后再吹就不响了。外国人把他摔在路边,又拣了一个,给了一元洋银,又拿起一吹,依然破了。外国人很以为奇,摔了破的又拿起一个,对着区丙叽咕。区丙此时福至心灵,知道是问他的吹法,他便接在手里,呼吸了一会又鼓动两腮,以示呼吸之意。外国人又拿出一元洋银,买了一个,衔着小管,用力一吸,嘣的一声又破了。外国人不由分说,拉了区丙就走,区丙吓得魂不附体,死命挣住不肯行。那外国人见他害怕,便用手向前一指,脸上带着笑容,又叽咕了几句。区丙见他并无恶意,方敢捐起竹筐跟着他走。

  到一条路上,见一座洋房,层楼高耸,四面都是门户。外国人站住了,对着区丙做手势,叽叽咕咕又说了几句话。区丙看他的手势,猜度他的意思,料着是叫他在此等候,便放下竹筐,站住了脚,那外国人便走到洋房里去。区丙在外,抬头从门口望进去,只见里面立的、坐的、行动的、对谈的,有好几十个外国人,原来是一所外国人的总会。区丙初到香港的人哪里得知?等了半晌,只见起先那外国人带着两个外国人笑语而出,指着那料泡说了好些话,又拿起一个,递给区丙,做一做手势。区丙会意,便呼吸起来。那两个外国人见了,各以为奇。于是每人出了一元洋银,各买了一个,放到嘴边哧嘣一声,两个都碎了。三个外国人一齐呵呵大笑。那两个又各出一元洋银买了两个,仍只吹得一下都破了。①

初尝胜果,喜不自胜。如此贩了三四遍,他的洋钱已经积了三千多了,最后获利不下六七千。其后又以四五文的本钱贩运一千多窑货小人儿到香港地区售卖,售价两元,获利三千多。三个月后,两注生意居然赚了大约不止五万两的银子,一举从穷措大而步入有钱人的行列。区丙发财后置买了田产,开办了门店,渐由行商变成了坐贾。

二、坐贾

坐贾亦称坐商,是行商(xíng shāng)的对称。所谓"商之为言商也,商其远近、度其有亡、通四方之物,故谓之商也。贾之为言固,固有其用物以待民来,以求其利者也。行曰商,止曰贾"。清黄生《义府·诸贾人》亦曰:"卖买居邑,即坐贾;商以取利,即行商。"一般认为,租赁固定场所开展商业运营的个体商人为坐商或坐贾。与行商相对,坐商的特征是具有固定的经营场所,一般长期经营,通常不需要像流动商贩一样到处运输、吆喝、兜售,而是凭借自身货物的品种、质量、价格,以及服务态度等优势吸引顾客,坐等顾客光顾。《宋史·食货志下八》云:"居者市鬻,谓之住税,每千钱算三十,大约如此。然无定制,其名物各随地宜而不一焉。"坐商缴纳的住税,成为国家财政的重要来源之一。而且据宋范成大《五题南塘客舍》诗:"君看坐贾行商辈,谁复从容唱《渭城》。"这一时期商人的地位似乎明显高于戍守边关的军人。宋苏洵《申法》:"先王惧天下之吏,负县官之势以侵劫齐民也,故使市之坐贾,视时百物之贵贱而录之。"坐贾还成为帮助政府抑制贪官污吏鱼肉百姓的得力助手。张择端《清明上河图》中汴河两岸万商云集的繁华景象中,绝大多数是坐商。孟元老《东京梦华录》对于北宋东京汴梁商业的繁华有较详细的描述,据卷二《东角楼街巷》条:"自宣德东去东角楼,乃皇城东南角也。十字街南去姜行。高头街北去,从纱行至东华门街、晨晖门、宝箓宫,直至旧酸枣门,最是铺席耍闹。宣和间展夹城牙道矣。东去乃潘楼街,街南曰'鹰店',只下贩鹰鹘客,余皆真珠匹帛香药铺席。南通一巷,谓之'界身',并是金银彩帛交易之所,屋宇雄壮,门面广阔,望之森然,每一交易,动即千万,骇人闻见。以东街北曰潘楼酒店,其下每日自五更市合,买卖衣物书画珍玩犀玉。至平明,羊头、肚肺、赤白腰子、奶房、肚胘、鹑兔、鸠鸽、野味、螃蟹、蛤蜊之类讫,方有诸手作人上市买卖零碎作料。饭后饮食上市,如酥蜜食……向晚卖河娄头面、冠梳额抹、珍玩动使之类。"这里的"界身"和"铺席",无疑都是坐贾或坐商,其行业之齐全,品种之繁富,令人叹为观止。周邦彦《汴都赋》也曾赞叹道:"其中则有安邑之枣,江陵之橘,陈夏之漆,齐鲁之麻;姜桂藁谷,丝帛布缕,鲐紫鰕鲍,酿盐醢豉;或居肆以鼓炉橐,或鼓刀以屠狗彘。又有罽无闾之珣玗,会稽之竹箭,华山之金石,梁山之犀

---

① 〔清〕吴趼人,《发财秘诀》,第一回《辟香港通商初发达 卖料泡穷汉得奇逢》,天津古籍出版社,1986年版,第10—12页。

象,霍山之珠玉,幽州之筋角,赤山之文皮,与夫沉沙栖陆,异域所至,殊形妙状,目不给视。"可谓琳琅满目,无奇不有。唐宋及其以后,城市经济发展,坐商的行业越来越多,作用越来越明显,明顾起元《客座赘语》中说:"薪粲而下,百物皆仰给于贸易。"明代冯梦龙小说《张廷秀逃生救父》中的木匠张权,在苏州阊门外开店后,便"去那白粉墙上,写两行大字道江西张仰亭精造坚固小木家伙,不误主顾"。①《李道人独步云门》中金大郎开的药铺门前有一个白粉招牌,上面写着"积祖金铺出卖川广道地生熟药材",②这些也都是坐商。坐商对于促进经济的发展,满足百姓日常生活需要,发挥着举足轻重的作用。

明清时期,商品经济继续发展,商人队伍持续扩大,商业活动日益频繁,封建社会呈现出持续繁荣的景象。清朝入主中原后,也采取了许多有助于经济发展的措施。譬如,在基础设施方面,朝廷多次下诏督促地方政府兴建和修缮驿路、桥梁、河道、航道、码头、渡口等。顺治元年(1644)规定,"凡直省桥梁道路,令地方各官以时修理,若桥梁不坚完,道路不平坦,及水陆津要之处应置桥梁而不置者,皆交部分别议处"。雍正三年,因夏季雨水过多,京师附近地区道路积涝,行旅维艰,物价腾贵,令"各地方官悉心筹划","设法修理,使行旅无阻,不可借端科派,以使民之政,转致累民。"乾隆十五、十六、二十六、四十一、四十五、五十五各年,也都下令"各省道路桥梁间有损坏者,著地方官查明修理,以利行旅"。③ 一些地方官还恢复或重建了一批市场,以便商民交易。康熙年间,河南灵宝县(今灵宝市)知县江繁"捐资解俸",在该县西关旧集市遗址上重设集市。由于地处通往山西的孔道,很快就兴盛起来。"雍、冀二州之商贾,拥牛车而迈往者,莫不辐辏于此焉",④商民立石碑,表示对县官的敬意。安徽天长县(今天长市)龙兴集,"原有民舍兵废,鞠为茂草。知县郑仁宪辟除成肆,远近交易称快"。⑤ 湖南黔阳县(今洪江市)城有一条河街,商人与居民遍布两岸。水火之灾时有发生,民与商皆被其害。一些绅商倡议改街建市,在高处筑店屋,获官方批准。但部分人却犹豫不决,知县"委曲开陈利害,旋亦感悟,相率而就"。街市"顿改旧观。历年既久,商贾云集,货物辐辏,水害既避,火灾无闻。街以前屏山带河,动登临之兴,街以后长城傍郭,怀安土之思,熙熙攘攘,商民称便"。⑥

此外,针对市场管理、交易规矩、民族边贸、内河内海航运、若干商品如盐茶铜铁等方面的管理,都有相关的管理措施与办法。这些政策举措与管理,尽管主要目的是维护封建国家的政权统治和社会安定,但客观上有利于商人经营,也有利于商品经济的发展。

---

① 〔明〕冯梦龙,《醒世恒言》卷20,《张廷秀逃生救父》,中华书局2009年版,第261页。
② 〔明〕冯梦龙,《醒世恒言》卷38,《李道人独步云门》,中华书局2009年版,第573页。
③ 〔清〕昆冈等撰,《钦定大清会典事例》卷932《工部·桥道》,清光绪二十五年(1899),京师官书局石印本;鄂尔泰等修纂,《世宗宪皇帝实录》卷132《雍正十一年六月庚午》//《清实录》第7册,北京:中华书局,1987。
④ 〔清〕江繁,《创立西关集市序》,〔清〕周淦等修,李镜江等纂,乾隆《灵宝县志》卷5《艺文》上,清光绪二年(1876)刊本。
⑤ 〔清〕江映鲲修,张振先等纂,康熙《天长县志》卷1《疆域志》,清康熙十二年刻本。
⑥ 〔清〕姚文起修,危元福纂,乾隆《黔阳县志》卷4,城池,街巷,清乾隆五十四年刻本。

较之对内贸的劝诱、奖掖，清初政府对海外贸易的管控是严厉的。为了管理沿海贸易、对外贸易和征收关税的便利，清政府于康熙二十四年（1685）分别在江南、浙江、福建和广东四省设立了海关。特别是粤海关的设立，使得广州的行（háng）商制度应运而生。"康熙二十四年开南洋之禁，番舶来粤者，岁以二十余艘为率，至则劳以牛酒，牙行主之，所谓十三行也。"行商经营的业务活动范围，除了评估进出口货物的价格和承揽进出口货税之外，还代外商收购丝茶，以供出口；在对外商的进口货物"代为运往各省发卖"的同时，他们还要充当外国商人的"保商"。嘉庆十八年（1813），正式批准"总商"的设置，"着照该监督所请，准于各洋商中身家殷实、居心诚笃者，选派一二人，令其总办洋商事务，率领众商，公平整顿。其所选总商，先行报部存案"。在这一制度下，行（háng）商不仅操控垄断经营进出口货物的贸易，而且还代表清政府与外商交涉，对外商进行严格的管制，成为亦官亦商的特权商人。

三、集市

集市，又称市集，古代也叫"墟市""集墟"。"集"含"人与物相聚会"之意。主要指在商品经济不发达的时代和地区，普遍存在的一种定期或不定期聚集进行的商品交易活动或商业运营形式。明蒋一葵《长安客话·狄刘祠》："京师货物咸趋贸易，以席为店，界成集市，四昼夜而罢，俗呼狄梁大会。"往来于集市的，不仅有本地人，也有外地人。彼此各自带来自己的货物，依据等价交换的原则，互通有无。

集市的发展，到明清时已经十分成熟，全国各地都有不同时日、不同内容的集市出现，不同程度上满足了消费者的生活和生产需求。这些集市，从时间上看，有日集，即天天有集，久集成市。到集市交易俗称"上集""赶集"，到集上随便看看称"逛集""赶闲集"。也有间日集，即每隔数日举行一次的集市，如三、六、九，即每月逢农历初三、初六、初九、十三、十六、十九、二十三、二十六、二十九即为集日。还有按照节日聚集的集市，如端午集、中秋集、腊月集等。也有早市或"鬼市"。早市每天一早开市，交易只有2~3个小时，一般以蔬菜、瓜果、食品为主要交易内容。旧时有些地方天不亮成市，天明不久即散集，俗称"露水集""鬼集""鬼市"。因为每个摊位都点着一盏煤油灯、蜡烛、豆油灯什么的，远远望去，那灯影忽明忽暗，影影绰绰，犹如鬼影，故名之为"鬼市"。交易的内容通常都是古董字画、珠宝玉器、陶瓷、家具、文房四宝、铜器、玉器、竹雕、奇石、古籍善本、钱币、鼻烟壶、香炉、紫砂、象牙雕、连环画、烟标、火花等旧货，可谓五花八门，包罗万象。

鬼市的形成，主要是由于国势的衰落，很多达官显贵的家道也是江河日下，一些破落的富商巨贾或官宦僚佐的后代，依然游手好闲，在生活穷愁潦倒之际，为了度日或换取烟资、酒资、赌资或嫖资，就偷偷变卖家中的古玩。这是有失身份的举动，他们爱慕虚荣，讲求脸面，为了不抛头露面，所以趁天未破晓，路上行人稀少之际，到背暗的角落里出卖衣物。也有小偷为了销赃，或来路不明的物件，趁着天未亮掩人耳目，也跑到这里脱手货物。富家子弟有眼无珠，或者崽卖爷田，只要能够应急，给钱就卖；销赃的为了尽快脱手套现,也不会索价太高。因为都有着不可言说的秘密,交易双方都心知肚明,所以也不必打听货物的来历,一手交钱,一手交货便是。原本值 50 两银子的东西,也许 2 两银子就出手了。故此有些人专门到鬼市去淘宝买便宜东西,叫作"赶鬼市"。北京西城老皇城根底下、天津南开区的天宝路、西安小东门城墙根底下都曾经是有名的鬼市。

从交易的内容来看,粮食市、蔬菜市、禽蛋市、骡马市、猪羊市、木材市、烟草市、药材市、丝绸市、棉花布匹衣服市等,还有更为细致专业的米市、茶市、香市、花市等。中国历史上,曾因大米集中交易而形成了"四大米市"。江西九江、江苏无锡、安徽芜湖、湖南长沙或湖北沙市这四大米市均在江南(沙市位于长江以北),又被称为"江南四大米市"。明代张岱《陶庵梦忆》中曾记载了西湖香市的盛况:

> 西湖香市,起于花朝,尽于端午。山东进香普陀者日至,嘉湖进香天竺者日至,至则与湖之人市焉,故曰香市。然进香之人市于三天竺,市于岳王坟,市于湖心亭,市于陆宣公祠,无不市,而独凑集于昭庆寺。昭庆寺两廊故无日不市者,三代八朝之古董、蛮夷闽貊之珍异,皆集焉。至香市,则殿中边甬道上下、池左右、山门内外,有屋则摊,无屋则厂,厂外又棚,棚外又摊,节节寸寸。凡胭脂簪珥、牙尺剪刀,以至经典木鱼、孩儿嬉具之类,无不集。此时春暖,桃柳明媚,鼓吹清和,岸无留船,寓无留客,肆无留酿。袁石公所谓"山色如娥,花光如颊,温风如酒,波纹如绫",已画出西湖三月。而此以香客杂来,光景又别。士女闲都,不胜其村妆野妇之乔画;芳兰芗泽,不胜其合香芫荽之薰蒸;丝竹管弦,不胜其摇鼓欲笙之聒帐;鼎彝光怪,不胜其泥人竹马之行情;宋元名画,不胜其湖景佛图之纸贵。如逃如逐,如奔如追,撩扑不开,牵挽不住。数百十万男男女女、老老少少,日簇拥于寺之前后左右者,凡四阅月方罢。恐大江以东,断无此二地矣。崇祯庚辰三月,昭庆寺火。是岁及辛巳、壬午浙饥,民强半饿死。壬午虏鲠山东,香客断绝,无有至者,市遂废。辛巳夏,余在西湖,但见城中饿殍异出,扛挽相属。时杭州刘太守梦谦,汴梁人,乡里抽丰者多寓西湖,日以民词馈送。有轻薄子改古诗诮之曰:"山不青山楼不楼,西湖歌舞一时休。暖风吹得死人臭,还把杭州送汴州。"可作西湖实录。

《新上海》中描写"走进东辕门,只见设着无数的摊子,都是做小生意的,有卖玩具的,有卖糖食的,有卖熟食的,有卖水果的,有卖洋货的,有卖香烛的,热闹异常。从头门望进去,直到庙场,密密层层都是摊子"。① 这是描写上海城隍庙庙会时集市的情形。

作为传统的农业大国,农村集市历史久远,至少可上溯至秦汉时代,但它的大规模的发展则是在明清时期,这无疑是商品经济发展的产物。农村集市既是生活资料市场,也是生产资料市场;不仅为满足小农衣食日用方面的各种需求服务,同时也担负着保证小农经济生产与再生产正常运行的职能。其最基本的功能和作用就是在小生产者之间

---

① 〔清〕陆士谔,《新上海》,上海古籍出版社,1997 年版,第 65 页。

进行有无调剂、余缺调剂,满足小农的生产和生活需求。集市的时间、空间分布都明显地反映出它与小农的生产与生活的密切联系。①

四、商业企业

　　现代意义上的商业企业(Merchandiser),其基本特征是以商品的购买、运输、存储、销售为主要的业务形式,将生产领域中创造的商品使用价值,转移到消费者手中,完成商品物理空间的转移和价值形态的变化,实现商品由生产领域向流通领域转移的过程,以满足消费者的需求。在这一过程中,生产企业将自己在生产过程中所创造的一部分价值,让渡给商业企业,即生产企业以生产价格卖给商业企业,商业企业再以批发或零售价格卖给消费者,其中的价格差额便是商业企业的利润。因此,商业企业比生产企业更接近于市场,对市场的敏感度更高。

　　商业企业通常又可以分为批发企业和零售企业两种。批发企业(Wholesaler)从生产企业或者其他批发企业那里购买商品,然后再把商品转售给零售企业或者其他批发企业。零售企业(Retailer)从生产企业或者批发企业那里购买商品,然后再将商品转售给消费者。有的零售企业也提供一定的服务。无论批发企业还是零售企业,都是一种中介机构,是生产者和消费者之间沟通的津梁。

　　就我国而言,成规模、成建制的商业企业的出现,一般当在明清之际。由于生产力水平的不断提高,经济繁荣的程度也远较前代要高出许多。因此,这一时期的仍以传统面目出现的那些坐贾或坐商,在经营的规模和范围,所掌控资金的多寡方面,都不可与前代等量齐观。清代商业从业人员之数量庞大,可以说已经发展到了中国封建社会的顶峰。其社会构成涵盖各个等级和各个职业人群,上至皇帝、宗室贵族、官僚缙绅、绅衿,下到凡人、雇工人和贱民,无所不包。官、吏、士、农、工、医、星相、兵、僧道等,以及流犯、乞丐等无业人员,都是产生商人的沃土。清代具有一定商业信誉的字号招牌也已纷纷出现。康熙时徽商陈某经营布业及染坊,创立万孚、京梓、惇裕、万森、广孚等五家商号。五号"皆殚尽心血,操成一店",店屋及"重造字号五个,计值万金"。徽商和晋商及其名下的商业企业即商号店铺,如大盛魁、元盛德、天义德、胡庆余堂、胡开文墨业、张小泉、王致和等,更是声名远扬,成为业界的翘楚,至今仍为人所津津乐道。这些商业企业的资金来源,形式多样,有独资、合伙、合资、连财合本、领本、托本、附本、贷本等。既有独资经营,也有合资、合作经营。合资经营的传统由来已久,春秋时管仲与鲍叔牙就是如此,鲍让利于管的佳话至今传诵不绝。唐初张建的《算经》中曾有明确的合伙记载。

　　小说《金瓶梅》中西门庆的许多店铺就是一种合资经营的商业企业,他的缎子铺就是和乔大户合伙开的。因为二人是儿女亲家,关系比较融洽。西门庆临终前曾经这样

---

① 方行、经君健、魏金玉,《中国经济通史·清代经济卷》,中国社会科学出版社,2007年版,第1108页。

吩咐过女婿陈敬济："我死后,缎子铺是五万银子本钱,有你乔亲家爹那边,多少本利都找与他。"可知这家缎子铺规模不小,股本银五万,乔大户在里面占有一定的比例。乔大户不仅投入了资本,还派自己的外甥崔本参与缎子铺的经营管理。而且,乔大户用合同的形式与西门庆明确约定了缎子铺利润的分配方案:"当下就和甘伙计批了合同,就立伯爵作保。得利十分为串,西门庆三分,乔大户三分,其余韩道国、甘出身与崔本三分均分。"免得到时口说无凭,引起矛盾。

　　清代合伙经商已经是一种非常普遍的现象,有的是以人力资本、货币方式入股,有的以货物、设施等入股,有的则是以品牌字号、客户资源等无形资产入股。所占股份的比例大小不一,所获利润的多寡也就各有差等。清代晋商最大的商号大盛魁的股权方式与经营模式,于此可见一斑。

　　大盛魁在康熙年间通过随军贸易起家,极盛时有员工六七千人,商队骆驼近二万头。而且几乎垄断了整个蒙古牧区市场,蒙古的王公贵族及牧民大多都是它的债务人。到1949年前夕,大盛魁这个延续近300年的老字号,终于分崩离析,彻底画上了句号。

　　大盛魁的繁盛,与其特殊的股权结构密不可分。大盛魁商号是股份制,却没有标明有多少财股,只有明确的干股。干股的名目非常复杂,有人力股、银股、官股、账期身股、永远身股、财神股,甚至还有狗股等。商号实行股权激励机制,伙计们按照各自对商号的贡献,获得人力股,所谓"出资者为银股,出力者为身股";大盛魁对认为需要结交的官员,会主动向对方赠送官股;蒙古的王公、活佛是当地权势人物,也需要搞好关系,大盛魁象征性地收取对方千百只绵羊,赠送对方银股。这些拿干股的人,都不是大盛魁的股东。① 至于财神股和狗股的设立,则是一种虚拟的励志故事,用以激励后继者们牢记创业始祖的艰辛和不易,励精图治,层楼再上。此外的意义,就是名正言顺地预留一部分账外资金,以应不时之需。当然,也算得上是一种颇具神秘色彩的企业文化,以此为自己的商号蒙上一层神圣性和合法性的光环。

　　大盛魁的从业者分为几种情况,一为有股份,有90多人(约30多个人力股,即顶生意的);二为无股份,吃劳金,有千余人;三为学徒,有千余人。还有大量临时雇工,总数约5000人,分为外工、短工、月工、日工、包工、小工等,工种多为骆驼、马、羊、铁、皮、绳、伙夫,……大盛魁的财东,即主要的出资人,稍次一级的大掌柜和店伙,三分之二是山西祁县人。该商号三年分红一次,盛时每股分红可达一万余银两。

　　明清时期,独资和合伙商业活动及店铺(商业企业)的资本组织,基本与近代以来资本主义的企业形态类似。品牌字号等无形资产和劳动力资本的出现,丰富了资本类型,合营制商号的利润分配中还出现了股息和花红,也意味着新的赢利方式的可能性。尤为重要的是,经营方式的多样化,委托经营的出现,所有权和经营权

---

① 秋原,《清代旅蒙商述略》,新星出版社,2015年版,第163页。

分离的发展,经营者地位的确定和提高,都显示出传统店铺字号向商业企业制度的演进。①

五、商业行会

　　前述的行商、坐贾、集市、商业企业等,都是传统的商业运营模式,而商业行会则是一种管理模式,是一种组织,是对各种商业行为的调节和管理。大致说来,牙行是商业行会的前身,如车行、脚行、米行等,这类牙行多以商品命名,《湖南省例成案》户律,市廛及街巷部分,就提到乾隆二年的"各色牙行除绸缎、油、铁、布、炭、楠竹、皮帽各行",还有"烟、靛、茶麻、广福杂货、沙糖、瓷器、西货各行"等。牙行的职责与功能无外乎在交易中扮演中介人、经纪人的角色,促成交易,收取佣金,并代行政府的部分市场管理职责,如代缴税金,平准物价,监督度量衡;维护社会治安,对往来的商人、船户、脚夫、车户进行管理,监督其经济活动中的违法行为等。在此基础上,明清之际,商业行会开始出现了。传统商业行会是由同一个城市中同业行帮结合组成,是一种介于官府和商民之间、商品生产者与经营者之间,具有为商业活动提供服务、咨询、沟通、监督、自律、协调功能的民间性社会中介组织。

　　同业性质的行会,是清代商业行会组织的基本形式。例如钱庄业中上海的南市钱业公所和北市钱业会馆;药业中苏州的太和公所;广州布业中的南海布行会馆纯俭堂等,都属于这一类型。

　　更多的是按照地域划分帮口,组织商业行会,清代的许多行会即是如此。在内地的一些中小城市,外省籍商人大多各按本籍组成商帮会馆,如粤商的岭南会馆,闽商的天后宫,赣商的豫章会馆,楚商的禹王宫,陕商的三元庙,豫商的中州会馆等。

　　在商业发达的城市,某些大型商帮行会组织内部,又按照地域进行更细致的分帮分业,如在汉口,江西各商帮还分别建立有南城公所、抚州会馆和临江会馆。这类会馆公所,最初建立的目的是为了维护远离乡土从事省际贸易的行商坐贾的切身利益,后来逐步发展成为在政治、经济和社会各方面很有影响的重要组织。

　　在同一城市里,这两类商业行会并存。海关的调查资料表明,上海除了十六个商帮会馆外,还有二十五个同业公所。重庆既有八个属于省籍的商帮会馆,又有十二个同业公所。梧州既有按商帮籍贯组成的三个会馆,又有按行业组成的十个同业行会。在同一城市里,商业行会采取不同的组织形式,固然反映了商业资本在营运上分工的发达,同时也是行会商人为了争夺商业利润,对市场分割直接造成的后果。

　　行会主要通过行规的强制性作用,从流通环节上调剂商品的交易,限制彼此的无序竞争。为了控制当地市场的交易,行会通常采取地方保护主义,竭力限制外来商贩;有些中介商的行会对外来客商贩运到埠的大宗商货,不许有关同业"私买私卖",必须投行

---

① 方行、经君健、魏金玉,《中国经济通史·清代经济卷》,中国社会科学出版社,2007年版,第1309页。

入店发卖。同时,为排除内部的竞争,行会通常采取制定度量衡标准,并由行会共同校准,不许同业私自增减轻重出入;划一货价银码,只能由行会定期公议,酌量增减价目。此外,还规定结账日期及抽取行用标准的限制,以及对帮伙(客师)学徒和主雇关系的种种约束。

商业行会与官府是一种相互为用的关系,官府利用行会组织包办厘捐(即厘金),负责认捐包缴,然后由各业行会按所定厘捐核额向同行摊征,或按各行店营业额分别认缴,定期收解厘捐局,保证了封建政府财政税收的稳定。行会从中取得各种特权,进一步扩大了它在政治上和经济上的权力,对有关本行业的买卖经营的控制愈益加强。官府还利用行会组织管理城市工商业者,负责"约束",使其起着保甲稽查的作用,借以巩固城市封建统治。

清代末期,中国社会处在半殖民地半封建演变过程,当时的行会组织亦发生变化。光绪二十九年底(1904年11月),清朝政府商部奏准仿照欧美、日本资本主义国家的商会组织,颁布《商会简明章程》,明令各省城市旧有商业行会、公所或会馆等名目组织,一律改组为商会。此后,商业行会逐步改变了传统的封建性质,具有了资产阶级组织的鲜明特色。

第二节　东西合璧、多元共生的商业运营模式

清代乾隆年间,由于运河及浏河淤塞,海运漕粮改用上海作为出海口,上海在南北货物贸易中的地位开始上升,十六铺一带商船云集,豫园附近会馆林立。但与"扬州画舫""西湖繁盛"和"秦淮风月"等其他江南商业名都比起来,还是逊色许多。1842年开埠后,百年来上海的商业才有了突飞猛进的发展,一举成为全国乃至远东地区的商业中心。它曾经聚集了全国三分之二的外贸、一半以上的内贸、百分之八十的轮船吨位等。作为商业中心,上海的商业运营模式有自身的特点,概而言之,就是多元共生、中西合璧,既有官商,也有私商;既有走街串户的零售担贩,也有铺面轩敞的富商巨贾;洋货与国货并陈,外贸与内贸竞胜,批发与零售共在,独资与合股兼营。

一、经营主体:私商与官商

开埠以来的上海商业,其经营主体绝大部分属于个体私营,涵盖了各行各业,从业人员五花八门,各自所拥有的资本额度大小不一,占有的市场份额也各有差等。官营的工商业企业,如轮船招商局、铁路总公司、电报局、上海机器织布局、江南制造局等,虽然从数量上看所占比例甚小,但无论其资本额度、市场份额、从业人员的地位、所发挥的作

用等方面,都是私营商业所不能比拟的。

私商:生产力、生产方式和生存方式发展的阶段性和区域性不平衡,一直是一种常态,最先进的与最落后的始终呈现着并立、共存的局面,诸如刀耕火种与机械化生产、牛车木舟与汽车轮船、茹毛饮血与煎炒烹炸等。近代以来的上海,在商业运营模式方面的情形亦可作如是观,而事实上也确是如此,各种不同的形式交汇共生在同一方时空中。既有现代企业形制的大型公司、商场,也有传统的游商摊贩、贩夫走卒,可谓百业杂陈,争荣竞胜。

上海都市商业中的摊贩贸易,由于所需资金不多,所谓小本生意,前期的设备投入也基本可以忽略不计,门槛比较低。而且在人口数量巨大,且居住相对集中的都市,无疑是一个巨大的消费市场。对于普通底层劳工阶层来说,从事摊贩贸易,虽不至大富大贵,但不失为一种谋生方式,所以从业人员甚众,构成都市贸易中庞大且集中的商贸主力军。他们的经营方式主要分为定点式和流动式两种类型。

定点式摊贩之所以是"定点",就在于其交易场所的固定性。他们通常选择人烟辐辏的公共场所,如车站、码头、剧场、庙宇等附近,或者在城内马路街道、大小弄堂巷口,找到一个合适位置,摆摊设点,从事与居民生活起居密切相关的衣食住行等百行百业的服务,诸如饮食、修理、文娱、日杂等营业性活动,大部分当属第三产业中的服务业。这种摊位的设备大都较为简陋,或用木板、箩筐、挑担、桌凳、黄鱼车等充作陈列商品的展台,或直接将一块垫布匀铺地面,即所谓地摊。摊位的位置一经确定,除非特殊情况,便长时间固定不变。经营场所固定化、经营门类多样化,是他们的行为特点与活动方式。在大街小巷、民居里弄,随处可见他们忙碌勤劳的身影。这些本小利微、地位卑下的私营摊主,虽然不是主旋律,却也是上海都市商业活动协奏曲中必不可少的一个音符和音区。

与上述固定摊贩一样,流动式摊贩作为上海商业社会商业活动中的从业人员,也是分散的,他们的境遇较之固定摊贩更为不堪,因为付不起固定摊位的费用,就只得走街串巷、流动不息,以时间成本来换取空间成本,良好的脚力和善于吃苦的耐力,是他们必备的生存技能。所以,他们频繁奔走于以老城厢为依存的传统商业中心地区,和以租界新区为依托的新型商业中心地段。这批人数众多的私营小手工商业者,与他们的固定摊贩同胞一样,以肩挑手提、背货负物的形象示人,周旋于市井街巷,为居民提供包括售卖瓜果蔬菜、鲜鱼肉蛋,以及餐饮、百货、收卖旧货、修理等各种日常服务。有时,为了吸引顾客、招揽生意,他们利用肉、竹、木制、金属类等各种材质自制的吹奏或打击乐器,在发出各种足以耸动人们耳目视听的各种声响后,再伴以抑扬顿挫、韵律固定的叫卖声,借此兜售自己的商品和服务,呈现着都市商贸红火繁盛的浮世绘万象。

至于"精益""鸿翔""老正兴""稻香村""雷允上""亨达利""天晓得""宝大祥"等,这些沪上大名鼎鼎的店铺,则是已经完成了资本的原始积累,从行商成功晋级到了更高的层级——坐商或坐贾。不言而喻,坐贾或坐商的所有权性质,自然也是私营者居多。他们的经营业态和运作模式,是那些走街串户的游商摊贩所不能望其项背的。譬如,老正兴起源于上海,是我国饮食行业中久负盛名的老字号饭店。传说最早的老正兴是由无锡人蔡正仁、卓人兴于清末同治年间在上海合伙开办的。蔡、卓二人先是在上海街头摆摊,只经营卤肉豆腐、炒鱼粉皮、炒肉百合等家常便饭,两人又集资合开饭馆,取二人名字中的"正"和"兴"字,组成店名叫"正兴馆",以经营河鲜海味菜肴为主,曾被人们誉为"饭店之王",也是从行商变为坐贾的典范。后因一些同行群起仿冒,才在"正兴馆"的前面加了一个"老"字,叫"老正兴",并冠以"同治"二字。

官商:外来势力的剧烈冲击,使得清季朝廷中的有识之士逐渐意识到"古今国势,必先富而后能强,尤必富在民生,而国本乃可益固"。[①] 洋务运动的领袖人物李鸿章痛感洋纱洋布的大量进口、畅销中国,进而导致中国白银不断外流的境况,他说:

> 自各国通商以来,进口洋货日增月盛,核计近年销数价值已至七千九百余万两之多,出口土货年减一年,往往不能相敌。推原其故,由于各国制造均用机器,较中国土货成于人工者省费倍蓰。售价既廉,行销愈广,自非逐渐设法仿造,自为运销,不足以分其利权。盖土货多销一分,即洋货少销一分,庶漏卮可期渐塞。查进口洋货,以洋布为大宗,近年各口销数至二千二三百万余两。洋布为日用所必需,其价又较土布为廉,民间争相购用,而中国银钱耗入外洋者实已不少。[②]

职是之故,李鸿章率先于1882年向朝廷奏议建立上海机器织布局,以便为军事工业发展提供必需的资金。其实上海机器织布局的筹建工作早在1870年代就已开始了,前四川候补道彭汝琮率先提出建造计划,并预先募集商股,请李鸿章代为奏请朝廷。李鸿章随后选派郑观应等人会办局务,和彭汝琮共同操办建厂事宜。经过勘察,上海机器织布局于沿黄浦江岸杨树浦处,购地三百余亩作为工厂用地。1880年10月,上海机器织布局在《申报》刊登招股广告,两个月后招到股本30万两,次年4月股本达50万两。1889年12月24日上海机器织布局在杨树浦初步建成试车,28日正式开车。开工的第一年,产销情况就颇令人满意。年终结算时,除去一切开支外,仅织布部分的利润就达到每月白银12 000两,盈利达20%。纺纱部分获利更多。企业的经营状况良好,1893年开始发放股息,红利高达二分五厘。

类似的还有轮船招商局、铁路总公司、电报局、江南制造局等,都是官办,或官督民办、具有浓厚官方色彩的近代工商业企业。这些官营,或准官营的工商企业,对于我国近代民族工商业的发展起到了引领和导向作用,在维护国家尊严、捍卫民族独立,以及带领中国走向世界、与世界文明接轨等方面,也进行了一些有益的尝试。

---

① 〔清〕李鸿章,《李鸿章全集》第10卷,《试办织布局折》光绪八年三月初六日,安徽教育出版社,2008年版,第63页。

② 同上。

二、经营规模：小店铺与大商家

上海各类商业实体的经营规模差异十分巨大，有门脸狭窄、本金额度微小、专意经营烟酒日杂用品的小店铺，也有财大气粗、实力雄厚的大商家。

这些小店铺，其渊源可追溯到开埠前的杂货店，主要是经营针头线脑、烟酒茶糖等日用百货，一般资金额度都不是很大，用以满足一般引车卖浆、贩夫走卒之流的基本生活需求。开埠后，随着洋货的不断涌进，这些杂货店也开始经营洋货，出现了广货店、京广杂货铺与洋广杂货铺。再后来，从洋广杂货铺中分化出了以经营洋货为主的华洋杂货业(批发)和百货商店(零售)。

据业内人士所言，这类小杂货店虽然已经升到了坐商的位阶，不再是游走不定的游商，但资本一般都很小，大约十几两到几十两银子而已，且多数为独资创设，即使有合伙经营的，合伙人也不过一、二人。绝大多数都是夫妻店，或子女协助经营，或兼收一两名学徒，很少雇用店员，家店合一，努力减低人力资源成本。这类小杂货店约每隔二三十家住户设有一爿，营业时间一般是全天候式的，基本上不打烊，终年无休。经营的商品，也都是本地所产手工业和农副业产品，如棉纱线、扎辫线、扎肋带、扑粉、扇子、小草纸、灯笼、灯芯、灯油以及日用小五金、零星食品等类。以零售业为主，具有资金少、周转快的特点。这些杂货店后来有的逐步放弃了吃食等零星商品，开始经营手工业品与手工艺品等高档商品，成为京货店和洋广杂货店。有的则继续维持原来的经营业态，经营各种较低档的商品，形成后来遍布村镇街头巷尾的烟纸杂货店。

19世纪六七十年代，在上海大东门和新北门一带，出现了许多丝线店，如洪顺裕、义兴、蔡成永、信成盛、张兴记、周宏来、源兴祥、天成源、祥泰义、纶华泰、信成，连同租界昼锦里的祥升、祥茂等，已有数十家的规模，经营范围包括丝线、扎辫线、排须缎带、帐帘及刺绣用品。还有三四十家从事香粉专卖的店铺，如月中桂、戴春林听记、仲记、蒋记、尧记、公记、景凤春、蟾宫桂、龙泰祥、万花楼、百花洲等。这两类店铺率先从杂货店中分离而出，形成规模经营，成为专业门店。①

小京货店和广货店就是从杂货店分离出来，逐步成为专业商店的。事实上小京货店经营的货物主要是本地及苏杭高档手工艺品，而真正来自北京的朝珠、鼻烟壶、翠翎等却很少，名为"京货店"，其实是一种经营策略和广告手段。以位于小东门的王源丰为例，1880年前后，不过是一家单开间门面的夫妻小店，所售商品有土布包袱、高丽布、毛巾、扎脚带、鞋带、扎辫线、扑粉等，兼营洋货，包括洋烛、洋油、洋针、颜料等，并出售棉纱线。②类似的除王源丰外，还有租界抛球场(河南路的福州路至宁波路)的恒昌，河南路的何元通，二洋泾桥(延安东路四川路口)的锦章，石路(福建路)西的舒三泰，以及租界

---

① 上海百货公司等编著，《上海近代百货商业史》，上海社科院出版社，1988年版，第15页。
② 同上。

宝善街(广东路、河南路一带)的联广胜、敦本、天元成等数十家经营玛瑙、珊瑚、翡翠及朝珠顶戴等朝服上装饰品的大型京货店。

小京货店的出现早在开埠前就已有萌芽,而广货店的出现略晚于小京货店,开埠后广东商人陆续到上海开店经售广货及由广州进口的部分洋货,称之为广货店。店址多集中在租界的河南路、棋盘街一带,如广升祥、全亨、悦生、有隆、华彰、泰隆、致宝长、广同昌、广利安等十余家。广货店的资本来源,迥异于多数由小杂货店发展而来的小京货店,有些是官僚地主和买办商人所开设,也有的是小本经营,不过资本数量和经营范围都较小京货店要丰裕得多,一般都雇用职员和学徒,有的还雇用经理打理店中具体业务。在经营管理上较小京货店健全,设有一般进销账册,店面装饰已开始用橱窗,注意商品陈列,也讲究美观大方。所经营的商品一般有制作精巧、作工精良的玻璃器皿、骨梳、广灯、铜纽扣、鸦片枪、旱烟筒、鸡毛帚、红木算盘、茶桶和各种广式化妆用品等。资金庞大的商户则兼营洋灯、桅灯、保险灯、手帕、木纱团、洋袜、洋布洋货等,零售的毛利一般都在20%以上。

这些商家的经营规模随着上海商业发展的速度,基本上是呈现一种上扬势头,逐渐由小变大,由少变多。洋广杂货铺的出现,就是这种趋势的极好体现。它们分独资、合伙两种,或由小京货店、广货店的大户改组而设,或由买办官绅投资兴办。比之小京货店和广店,其资本更为雄厚,商业利润也更为可观。主要是从事批发业,以洋货为大宗,早期有玻璃、钟表、洋铁皮、洋油、洋皂、洋烛、橡皮、电料等。清末转向批零分工和专业化经营,如五金、玻璃、钟表、电料等专业店及针棉织品、化妆品商店等。洋广杂货铺的经营地相对集中于租界商业区的南京路、河南路、棋盘街、五马路(广东路)。批发店集中在南京路(恒昌生、兴昌祥、全昌盛)、河南路(全亨、悦生、华彰、泰隆)、汉口路(永安、广同昌、致宝长)一带。西商洋货行以亨达利最著,华商所开"则以悦生、全亨为翘楚。洋广各货俱备,此外大小各铺,南北市亦不下百十家"。[①] 甚至出现了类似连锁经营的大型家族集团商号,如裁缝出身的何宝林在南京路先后开设洋广杂货铺有何瑞丰、何保丰、何兆丰、何怡丰、何衡丰等数家分店,成为清末上海百货商业中开设分店最多、资本积累最快的大型零售商店。

中西合璧,土洋兼容,既有老字号,也有新公司;既有以经销环球百货为特色的惠罗公司、丽华公司,及包括永安公司、先施公司、新新公司、大新公司在内的四大公司,也有保持传统特色的绸缎局、银楼、扇庄、古玩行、鞋帽店等。从小京货店、广货店到洋广杂货店的过渡,从小店铺到大型家族集团商号的衍变,这些都象征着开埠以来上海商业经营规模的迅猛发展,与近代上海居民构成五方荟萃、华洋杂居的整体进程大体一致,也赋予了上海的商业空间以全新形象。[②]

---

① 〔清〕葛元煦,《上海繁昌记》卷二,和刻本,东京藤堂苏亭翻刻,第18页。
② 罗苏文,《路、里、楼——近代上海商业空间的拓展》,《史林》,1997年第2期。

三、经营内容：洋货与国货

各家商号，无论大小，所经营的商品，在当时环境下，无非是国货与洋货，有的专营国货，有的专营洋货，也有兼而有之的，更多的是后者。

上海较早从事洋货经营的商号，可追溯到对日贸易的华商字号——东洋庄，譬如盈丰泰、德盛仁、义生荣等几家经营百货商品。光绪年间开设的盈丰泰是其中规模最大、实力最强的一家，早年经销的日货有针棉织品、化妆品、橡胶制品、搪瓷制品以及玩具文具等百货商品，如洋伞、洋火（火柴）、自鸣钟和丝布等。到1920年左右，盈丰泰积累的资金达白银30万两。经营百货商品的东洋庄，"一战"前据估计约有四五十户，第一次世界大战期间至二十年代初，东洋庄已发展到近百家之多。①

开埠后，上海与西洋欧美各国的经贸活动突飞猛进。19世纪末，纺织品中的棉货，是华商向欧美等国进口的重要洋货之一，营业额几乎占到半数以上。由华商订购的其他进口洋货比例则更大，有些竟占75%。由于洋货充斥，以至"沪上地仅弹丸，而南北异物远莫能致者皆备"，上至"观星镜、显微镜、寒暑针、风雨针、电气秘机、火轮机器、自鸣虫、鸟能行、天地球之类，下至灯瓶、盂碟、一切玩具"，一应俱全。② 外洋果品更是"奇形诡状"，"目不能识，口不能名，偶询之西人，其名辄至五六字，聱牙棘舌，亦不能以中国文字记"。③ 西风东渐，社会上一部分人士崇洋思想浓厚，兼之西洋商品在造型、质地、工艺等方面的确令人叹服，故流风所向，国人无不以购用洋货为摩登时尚。于是，西洋货中的高档化妆品、针棉织品及呢绒等大行其道，几乎独霸我国市场。美国的棕榄香皂、棕榄霜、白玉霜、金头香水、丝带牌牙膏等；法国的巴黎香水、和贝于香水、西蒙香粉，以及德国的4711香水等等，更是上流社会红男绿女趋之若鹜的奢侈品。针织品中如英国的丘泼而夫内衣、洛士利汗衫、埃罗衬衫；法国的382美发汗衫；德国的礼和汗衫，以及英国的培脱斯培呢帽、塔牌手帕、德国的谦信热水瓶、泰隆洋伞、美国的开瑞丝袜等都曾经作为身份和地位的象征，在中国的发达地区和上流社会中风行一时。"一战"后西洋庄业务经营摆脱战争影响，逐渐有所发展，商户数量有所增加。据《上海市场》记载，截至1925年的在册会员有116户（包括部分以零售为主的商家如永安、先施等）。西洋庄一般资本在5000两银子左右，投资者都为同业内资本家和高级职员。20世纪初期，该行业大户每年营业额在一两百万两之间，中户约有四五十万两，小户也在一二十万两左右。一般大路货的毛利率大体为3%～5%，花色货为20%～30%，如果拥有独家紧俏的断档商品，就会有数倍的利润。④

特别是随着进口贸易的不断发展，上海租界里产生了一批专卖洋货的清洋布店、洋

---

① 上海百货公司等编著，《上海近代百货商业史》，上海社科院出版社，1988年版，第180—184页。
② 〔清〕王韬，《瀛壖杂志》，光绪元年刊本。
③ 同上。
④ 上海百货公司等编著，《上海近代百货商业史》，上海社科院出版社，1988年版，第198、205页。

广杂货号、西药店、钢铁五金号和颜料行等。

以新兴的洋布商业为例,1858年,上海登记在册的洋布店为14家,到1884年,增加到了25家,26年间增长了78.6%,年均增长率约为3%。这些洋布商号有的开在华界,有的开在租界,而且成立了同业组织"振华堂洋布公所",进行行业管理。从发展的趋向看,"这时的棉布业以法租界方浜东路和金陵东路以及英租界南京路一带为发展地区,大东门内外及关桥、豆市街等处已入停滞状态"。① 而且,位于租界的洋布店号通常资本较为雄厚,多为业中的大户,多数为经营规模较大的原件批发和零匹批发店。相较而言,开设在华界的洋布店则资本占有量较小,多数是经营规模较小的零售店,兼营零匹批发业务的尚属凤毛麟角。② 嗣后,上海棉布零售店的发展十分迅猛,1918至1920年间,发展到了142户,大部分集中在租界。到1932年,租界内的棉布店号多达366家,占全市棉布店号573户的63.8%,雇用人数占全行业的65%,营业额几乎占全市布店营业额的80%,③租界的洋布店行业占据绝对的优势。④

就五金行业而言,19世纪50年代,比较出名的洋商有英商祥生茂洋货店和美商丰裕洋行两家,主要经营各色洋酒、洋烛、洋糖、洋伞等杂货,兼营洋铁。德商可炽煤铁号则以经营洋煤和洋铁为主。他们都设有门市,雇用中国职员,进行批发和零售业务。19世纪70年代,经售五金器材的洋行除丰裕之外,还有元亨、隆泰、美查、倍亨、泰昌、赟锡、派利、昇泰、福利、天裕、亨达利、岸利布、万隆、隆茂洋行等十多家,经营螺丝、铁管、铁板、玻璃、马口铁、青铅以及各种五金工具等。

作为传统农业大国,我国的商品生产与流通,与西方列强相较,自然不可等量齐观。特别是开埠后受其冲击之大,前所未有。民族资本工业的产品,不必说工艺技术,即使所用原材料在很大程度上也是依赖进口的,例如60支以上袜子、汗衫、手帕等,所用细纱都需向英、日等国进口,42支以下原料也大都从上海的英、日等国厂商购进;所需辅料如颜料、烧碱、漂粉等化工原材料,则几乎都从英、德、美、日等国进口,⑤因此根本上不可能生产出纯粹的国货。当然,也不是说绝无仅有,针棉织品、日用化妆品、搪瓷钢精、热水瓶、玻璃器皿及其他日用工业品等类也有一些质量上乘的国货佳品,也有许多商号经营销售这些国货。譬如,号称上海百货业"四大公司"之一的新新公司在其开业广告上就倡明,"本公司统办环球日用货品,推销中华特产国货,搜奇集异,无美弗臻,十色无光,有陈皆集"。⑥ 新新公司一改先施、永安主要经营洋货的做法,打出倡用国货的旗号,将公司的经营宗旨定位在推销国货精品上。为保证公司货源充足,早在筹建期

---

① 《中国资本主义工商业史料丛刊·上海市棉布商业》表列资料,中华书局,1979年版,第26页。
② 《中国资本主义工商业史料丛刊·上海市棉布商业》表列资料,中华书局,1979年版,第27—30页。
③ 《中国资本主义工商业史料丛刊·上海市棉布商业》表列资料,中华书局,1979年版,第135页。
④ 潘君祥、陈立仪,《近代上海商业略论》,《史林》,1989年第1期。
⑤ 《中国实业志》(江苏省),1933年版,第八编,第257—258页。
⑥ 《上海新新有限公司开始营业广告》,《申报》,1926年1月25日。

间,新新即派采购人员向上海各洋行采办各种消费奢侈品等洋货,并分赴全国各地收购土特产品和手工艺品等大量国货。

开埠以来,由于远洋和内河航运业的发展,上海得以与更多的贸易口岸联结,譬如,通过长江口岸的镇江、汉口,以及广州等地,上海的货物可以北销到苏北、皖、鲁,西达皖、赣、两湖、河南、闽粤,甚至远达川、黔、晋、陕等地,埠际商业范围逐步地推广到西南和西北边陲。同样,更多的地方土特产,也得以长途贩运来沪销售,以至出口了。各地的应时土特产来沪运销的机会也就更多了,以水果鲜货为例,当时"轮舟由粤至沪仅五、六日耳,羊城土暖,瓜果早熟,轮舟载运极便,沪市正月见黄瓜,四月见西瓜,鲜果如荔枝、龙眼、黄皮果、芒果、香蕉、羊桃、波罗蜜、椰子、柑子等莫不先时而来。若北地苹婆果、雪梨、葡萄、闽中青果、福橘、甘蔗,秋冬间捆载入市,则高如山阜焉"。① 销往东北的通海土布,原由山东商人到该地批发经营,但在19世纪下半叶,"凡属运销东北各处的货物,具已改从上海出口,从此山东客人,对于通海营业,反渐减少,大家逐步趋向于上海"。② "鼎茂""天茂""天和"等通海土布中的稀布名牌布完全集中于上海,再由北方客人收买。③

四、运营方式：对外贸易与对内贸易(零售、批发)

开埠后的上海,经济形势发生了急剧的变化。首先是对外贸易的飞速发展。以茶叶为例,1851年从广州出口的茶叶仍有62 468 000磅(1磅约为0.45千克),而从上海出口的仅36 723 000磅;到1852年则已转为广州36 127 000磅,上海57 675 000磅。④ 1847年,上海进口外国船舶102艘,载重26 735吨,1855年已达437艘,157 191吨。1853年以后,上海的对外贸易已从开埠初期不足全国外贸额的10%猛增至占全国的一半以上,超过广州而雄踞全国第一。⑤ 自此,上海的对外贸易额基本上都要占到中国对外贸易额的50%~60%,由此也带动了国内贸易。上海的进口商货,除少数留存本埠消费,大部分都经上海转销国内各地;上海的外贸出口货,一半以上是来自国内其他口岸的转口货物。⑥ 从19世纪70年代起,上海进出口的商品品种和数量不断增加。以进口商品而言,从70年代初的90多种增加到20世纪以后的1 000多种;以出口商品而言,除少数接近产地的城市有直接出口外,大部出口产品都不同程度地要运往上海出口。1894年,上海从国外进口货物总值9 326万海关两,其

---

① 〔清〕葛元煦,《沪游杂记》卷二,上海书店出版社,2006年版。
② 林举百,《近代南通土布史》,南京大学校报编辑部,1984年版,第29页。
③ 潘君祥、陈立仪,《十九世纪后半期上海商业的演变》,《历史研究》,1986年第1期。
④ 张仲礼,《近代上海经济和文化发展的特点》,《社会科学》,1993年第9期。
⑤ 黄苇,《上海开埠初期对外贸易研究》,上海人民出版社,1961年版,第71页;罗志如《统计表中之上海》,国立中央研究院社会科学研究所,1932年版,第90页。
⑥ 张忠民,《上海经济的历史成长：机制、功能与经济中心地位之消长(1843—1956)》,《社会科学》,2009年第11期。

中 67%，6 261 万海关两货物转运至国内其他通商口岸；出口总值 5 842 万海关两中，来自国内其他通商口岸，通过上海转口的有 2 095 万两。① 正是上海在埠际贸易中的特殊地位逐步促进了近代上海进出口贸易总汇地位的确立。从 19 世纪 70 年代至 20 世纪 30 年代，上海的对外贸易总值增加了 11 倍，年贸易值占全国比重最高达 65%，最低也在 44% 左右。近代上海外贸的发展使上海日益与国际接轨，扩大了上海经济与世界经济的联系，外贸在近代上海经济中的主导地位贯穿始终。它带动了对内贸易及商业的发展，推动了交通运输电讯业的发展，金融业也随之兴旺起来，近代工业也逐渐得到了发展。就是说，它使近代上海经济各个部门产生了连锁变化，大大地推进了上海城市经济的近代化。②

国内贸易中最重要的是埠际贸易，亦即上海与国内各口岸的埠际贸易，其范围大体在福州以北、山东以南的沿海区域，涉及必经上海口岸之内地各省区的土货出口和洋货输入。上海的埠际贸易总值 1913 年为 4.25 亿海关两，1921 年为 6.47 亿海关两，1930 年已达 9.44 亿海关两。1860—1930 年的 70 年间，在国内埠际贸易额总值中，上海平均要占到 68%。沪产的火柴、皂烛、搪瓷、纺织品、药品、水泥、橡胶、面粉等几十种轻工日用产品，一半以上都是运销内地市场，上海埠际贸易在全国始终处于重要地位。③

无论外贸还是内贸，都有批发、零售，或批零兼营的经营业态。根据有关统计，上海的批发商业和从业人员约占全国批发商业总数的三分之一。就上海行业内部而言，批发商约占全市商业总户数的 18%，从业人数的 26%，而其资本则要占全部资本额的 59%。在部分与外贸有关的行业里，从事批发的大商户在行业内部更占有优势地位。例如在化学原料、颜料、钢铁、新药等四个行业里，批发商虽只占户数的 11%，但其资本却占 68%。④

近代以来，上海的这些百货批发业，通常都设在靠近黄浦江外滩各水路码头，既便于客户船运进出，又与福州路旅馆区相邻，能就近解决客户食宿。而且，批发业的特点是网点分布宜集中，便于调剂，却无须讲究店堂，故设在里弄，比租赁沿街房屋更经济实用。因此，有资料显示，至 20 世纪 40 年代，设在里弄里的批发商户计 185 家，占会员店总数的 58.92%，尤其在金陵东路东段形成经营中心区（占里弄字号的 43.78%），设在大楼里的仅 7 家，⑤这是该业分布上的明显特点。⑥

---

① 上海社会科学院经济研究所、上海市国际贸易学会学术委员会编著，《上海对外贸易》上册，上海社会科学院出版社，1989 年版，第 28 页。
② 张仲礼，《近代上海经济和文化发展的特点》，《社会科学》，1993 年第 9 期。
③ 郑友揆、韩启桐，《中国埠际贸易统计 1936—1940》，中国科学院，1951 年版，第 3—4 页。
④ 陈立仪、潘君祥，《试论上海近代商业的特点及其发展原因》，《上海社会科学院学术季刊》，1987 年第 1 期。
⑤ 据 1942 年会员表整理，引自上海百货公司、上海社会科学院经济研究所、上海市工商行政管理局编，《上海近代百货商业史》，上海社会科学院出版社，1988 年版，第 209—212 页。
⑥ 罗苏文，《路、里、楼——近代上海商业空间的拓展》，《史林》，1997 年第 2 期。

五、资金结构：独资与合股

独资

上海商业店铺、企业的资金来源与资金构成，大致说来，包括自有资本、借贷、合股等形式，亦即独资与合股两大基本分野，这与上海开埠以来生产和消费的日益资本主义化和社会化的趋势是一致的，在这一趋势下，市场在资源配置中越来越发挥着重要的作用。作为流通领域重要组成部分的商业，自然与这样趋势的变化亦步亦趋，呈现着非同寻常的密切关联。当然，中国古老的自然经济不会自发生长出具有完全近代资本主义性质的生产、消费和流通体系。因此，在西方列强的冲击下，中国经济身不由己地被裹挟着前进，而自身的传统性和泥土性不可能在朝夕之间荡然无存。商业店铺和企业在资金结构上的种种差异，就是这种传统性的体现。可以说，独资经营的店铺大都带有典型浓郁的传统小农经济乡土气息，资本额度不大，经营范围比较狭窄，家店不分，商民一体。相较而言，通过借贷，或者募集资金合股经营的店铺或企业，无论在经营规模、资金占有额度、所获利润的多寡与社会经济效益的广泛性等方面，都明显具有近现代资本主义商业企业的特征。

考察沪上店招文字，即可略见一斑。传统独资的商家店铺，一般以老板名字命名之，以示独家所有，譬如素以制售专治喉咙疾患的六神丸而闻名的"雷允上"，以红顶商人胡雪岩为名的"胡庆余堂"，专营眼镜的"吴良材"眼镜店等著名店铺，均是如此。当然，这些店铺形成品牌效应后资金累积雄厚，又吸收其他资金扩大规模走上合股经营之路，为了维持品牌效应，仍然沿用旧称，资金的结构已经发生了变化，但至少在创始之初是独资经营。

19世纪50年代以后，上海有不少在华洋行中充当代理人、替洋行收购土产或推销洋货的买办，以自己的名义和自己的资本，在洋行之外开设了商业机构，从事自己的商业活动，成了中国人自己独立经营的新式商业。譬如，仁记洋行买办徐萌生开设谦泰利炒茶栈，怡和洋行买办徐惠人开设顺利五金号，礼和洋行买办虞芳山投资棉布号，平和洋行买办朱葆三创办慎裕五金号等。宝顺洋行帮账徐润，1860年在温州办润立生茶号，向上海贩运茶叶；1861年又开设宝源丝茶土号、立顺兴川汉各货号，及宝源祥茶栈。以后徐润在各地增设的条号有十余处，在上海设有元吉绸庄、成号布庄和通源杂粮土号等。这些以个人名义开设的商号，创始之初，一般都是独自经营的。可炽煤铁号的龚少蓉、昇昌煤铁号的周舜卿、源昌煤铁号的祝兰舫、怡昌铁号的唐晋斋，以及最早在1886年开设的欧源记五金号投资人、1879年玻璃洋铁铺投资人蔡振茂等，以上各店开设时的原始资金都不大，数百至千余银两，大多是依靠自己积累和亲友借垫而来。[①]

[①] 上海社会科学院经济研究所主编，《上海近代五金商业史》，上海社会科学院出版社，1990年版，第63—71页。

独资经营的商家,在激烈的市场竞争中,总是显得势单力薄,生存的压力和风险都很大。所以,若要在竞争中处于不败之地,扩大规模、强健自身是不二选择,而合资经营则是走向强大、强壮的必由之路。

合股

上海商家有的店招名号中,凡其中嵌有"同""合""聚""公""协"等字样的,大都表明该店是合资经办,体现同心协力之合作经营理念。譬如开办于1912年的同义合五金店,最初投资的资金额度为4 000两银子,分别由新顺泰五金店职员应文卿、源裕钱庄股东钱凤卿和隆泰钱庄股东王章卿分别投资2 000两、1 400两和600两,业内人员50人;开办于1905年的五金零售店新同昌,开设时资本为1 700两银子,分别由永同昌股东黎润生投资220两、招商局轮船买办吴灼堂投220两、陈广昌鸦片店老板陈立卿投220两、永同昌五金店投820两,及其他业外人员投220两,从业人员61人。[①]

这些合股经营的店家有很多成为业内的佼佼者,如广荣泰五金号,其主要创始人何氏丽生、季三、季芳三兄弟,原籍广东,于1904年来上海,一道进新同昌五金号学生意。期满后继续在该号服务前后共达十七年,积累了经营五金商品的丰富经验。1920年,由何丽生的岳父拉拢亲友29人集资共9 000余元,于1921年创设广荣泰五金号。经理何丽生管钱,副理何季三和何季芳分管业务和对外联系,从业人员多为广东同乡。除经营五金外,还兼营广东香香元纱、袜子、毛巾、香水、煤炉等杂货,实系一家五金洋杂货店。最初是亏本生意,1932年"一·二八"战争前后,转向直销洋货,经营品种主要是建筑用品,如铁铰链、插销、窗钩、门锁等,以及泥木匠工具、油漆等,最多的时候,各货花色品种有5 000种之多,逐渐形成为上海五金零件商业中,以经营建筑营造专业用品为特色的大商家。广荣泰货物品种花色齐全,质量优质上乘,价格合理公平,保证服务信誉,成为沪上五金零件业中的著名商店。[②]

集资合股经营,在大型工商业的创设兴办过程中是一种比较常见的做法,像张謇的大生纱厂和盛宣怀的轮船招商局这些具有官督商办或官商合办的商业企业,都是如此。

张謇(1853—1926),字季直,号啬庵,祖籍江苏常熟,生于江苏通州海门长乐镇。是清末状元,中国近代著名的实业家、政治家和教育家。

光绪二十二年(1896)初,受张之洞委派,张謇在南通州设立商务局,并试图通过官招商办、官商合办来集股筹款创办大生纱厂。一些高官如江宁布政使桂嵩庆、铁路督办盛宣怀等均曾答应出资赞助,但是当大生纱厂动工后,桂嵩庆、盛宣怀均未践诺,一时资金告急。同年11月,张謇通过曾任两江总督兼南洋商务大臣的刘坤一,将光绪

---

① 上海社会科学院经济研究所主编,《上海近代五金商业史》,上海社会科学院出版社,1990年版,表列资料整理,第117页。

② 上海社会科学院经济研究所主编,《上海近代五金商业史》,上海社会科学院出版社,1990年版,第276—278页。

十九年(1893)张之洞搞"洋务"时用官款向美国买来办湖北织造局时,搁置在上海的一批已经锈蚀的官机作价 50 万两入股,作为官股。盛宣怀趁机分肥,便把这批机器价款与张謇对分,各得 20 400 锭,作价 25 万两官股,另集 25 万两商股。官股不计盈亏,只按年取官利,因而变成"绅领商办"性质。光绪二十四年(1898),大生纱厂正式破土动工,次年建成投产。但运营资金捉襟见肘,仅有数万两,不得已以高利向钱庄借贷。最后决定破釜沉舟,转变经营策略,由部分试投产转入全面投产,用棉纱的收入来购买棉花,维持运转。幸而形势逆转,大生纱厂终于生存了下来。随着资本的不断积累,张謇又在唐闸创办了广生油厂、复新面粉厂、资生冶厂,修建了港口、发电厂、公路等。还与乃兄共同创办大赉、大丰、通遂、中孚等数家资产几十万元以上的公司,使南通成为中国早期的民族资本主义工业基地之一。

另一家洋务运动时期在上海设立的轮船招商局,也是具有官方背景、大型合股经营的商业企业,是近代中国第一家资本主义性质的近代航运企业。1872 年 12 月,李鸿章为了通过招商以收回外溢之利权,奏请朝廷试办轮船运输公司,并将其命名为"轮船招商局"。开局时的资本来源主要是来自李鸿章奏请朝廷拨借的资金,约合规平银 12.3 万余两,实收商本只有 6 万两(含李鸿章的私股 5 万两)。故其所有制是名副其实的官办或官督商办企业,督办等职均由官员兼任。第一任总办朱其昂,以商本官办为轮船招商局的制度,在他制定的"条规"中载明:每股定为 100 两白银,年息 1 分,年终凭股票按数支取。"局中银两,无论何项人等均不准挪移分文。倘有私相揭借,即行革职。"①但认股者寥寥,一年中所招到的商股,仅 47.6 万两,尚不足预定招股的半数,所拥有的轮船也仅有四艘,运输能力有限,开办第一年就亏损了 4 万余两。

盛宣怀接手轮船招商局的经营权后,一改朱其昂商本官办的制度,主张商本商办。1873 年 7 月,官办的轮船招商公局基本按盛宣怀所拟《轮船招商章程》的主张,进行了第一次改组,更名为轮船招商总局,任命原怡和洋行买办唐廷枢为总办,徐润、朱其昂、盛宣怀为会办。唐廷枢与徐润上任后,带头向招商局投资,仅徐润一人即入股 48 万银两,并动员其亲戚朋友投资约 60 万两。在他们的带动下,上海的中小商人纷纷入股,很快解决了招商局的筹资困难。1874 年,按照西方资本主义企业模式改组后的第一年,招商局在支付贷款利息与股东红利后仍盈余 14 185 两白银。后来,主要由盛宣怀执掌轮船招商局,自同治十一年(1872)开办日起,至光绪二十八年(1902)交卸之日,任职达三十年,"光绪二十八年宣怀丁忧,北洋大臣奏归北洋督办,立即派员到沪接收,交代之日所有各口岸码头栈房轮船房屋产业以及所有银两共总计值银二千万两。……实收华商资本二百万两,所交者实值资本二千万余两,已不止十倍。……并将官款和华洋各债一概清"。②盛宣怀为招商局的成功经营,立下了汗马功劳。在他卸任及去世后,盛家

---

① 聂宝璋,《中国近代航运史资料第 1 辑(1840—1895)》下册,上海人民出版社,1983 年版,第 777 页。
② 《轮船招商局节略》,上海图书馆藏《盛宣怀档案》,档号:047960。

依然是轮船招商局最大的股东,其子孙也长期担任董事长的职务。①

第三节　上海作为商业中心的特点与由来

开埠以来的上海,在近百年的时间内,形成了多元化、门类齐全的产业结构,商业贸易、金融业以及服务业等第三产业,成为上海经济中最重要的组成部分。因此,上海不仅是一个繁华的商业都市,而且也是一个工业城市,是集商业贸易中心与工业中心、金融中心为一体的经济中心。上海不仅是全国的经济中心,同时也是国际资本在中国以及远东的汇聚点,是世界市场的东亚枢纽。作为商业中心与经济中心,上海城市与生俱来的国际视野,开放包容、兼收并蓄、海纳百川的城市精神,以及充满竞争意识和创新意识的文化品格,使得上海一直居于领风气之先的标杆位置。当然,这些特点的形成,是各种因素如时势际遇、区位优势、营商环境等综合作用的效果,考察与总结这些由来,正是我们今天的职责。

1. 国际性

上海开埠之后,西方各国,特别是最主要的资本主义强国的商人纷纷涌入上海开设洋行,对外经济联系特别广泛,同世界大商埠伦敦、纽约、巴黎、汉堡、东京、大阪有着密切的联系。这些国家后来又开办各种工厂企业,把在本国的生产、经营和管理模式移植到了上海,在上海首先建立了第一批资本主义性质的新型企业,随后上海商人也相继仿效,创办了第一批近代民族工商业企业,如洋布业、五金业、颜料业、西药业等,都是上海最早出现的新式工商业行业,其所经营的商品,也都是由西方国家输入的。

以金融业为例,来自世界各国的洋行多如牛毛,在租界内还有几百家报关行,为来自全国各帮客商及世界各地客商服务,其势力所及,不仅遍及全球各大金融中心,而且还涵盖长江、内河及沿海其他口岸,甚至深入到内地的穷乡僻壤和边陲地区。租界还是数以亿计的国内外游资和各类交易所如金业交易所、证券交易所、棉纱交易所、面粉交易所等的集中地区。民国以降,上海的外汇和金银完全开放,游资可以自由买卖黄金白银。由于国际市场价格和汇率的变动激烈,许多外国银行都用买进卖出的方法进行投机操纵,使租界成为黄金外汇投机的中心,经常造成对市场的冲击。

2. 开放性

上海从僻处江南一隅的小渔村突变为经济与商业中心,显示了强烈的海纳百川和兼收并蓄的包容性。作为典型的移民城市,开埠以来到1949年的近百年间,其人口的80%以上是移民,或者来自于苏、浙、皖、闽、赣、鲁等十几个省份,或者来自于英、法、美、日等近40个国家,外国侨民最多时达15万人。这就使得近代上海商人的

---

① 苗青,《盛宣怀与近代上海社会》,上海师范大学,博士论文,2010年5月,第11—27页。

交往对象更为广泛,不仅包括国内的各地商人,而且跨越族际、国界,直接与世界各国的商人保持着密切的商业往来,而且深受西方商业文化的影响,使其自身的商业文化表现出强烈的开放性。这些来自不同国家、不同种族、不同民族、不同地域的人们,将各地不同的文化带到上海,使上海文化带有很高的异质性。五方杂处、东西荟萃,在上海得到了完美的体现和诠释。教堂与梵刹隔街相对,高楼大厦与石库门交相辉映,京昆雅韵同交响音乐和谐共鸣,马路、电车、电灯、电话与土路、轿马、油灯、竹笛糅合并存。上海人衣着时尚,追求新奇,长衫旗袍和西装革履竞美,引领国内时装潮流;饮食上讲究品质,融合中餐和西餐、本邦菜和外地菜精华,不断推出新品。来自不同国家,不同族裔和不同地域的商人们,他们的文化背景也千差万别,他们将其原有的文化基因带到上海,同时又在上海这一新的商业世界中相互整合变异,以适应新形势的需要。这一特点不单是由于上海商人的文化融合杂交所致,它同时也是近代资本主义商业文化的一个比较普遍的特征,使得沪商文化的多元开放性,较诸同时期其他地区的商业文化更为显著。因此,在这一整体文化氛围下,上海的风俗习惯也是如此,呈现出中西合璧、土洋杂糅的特点。19世纪末20世纪初,光绪、宣统之交,在上海这座商业都会里,既盛行证婚、主婚、致辞、筵宴等程式的文明婚礼仪式,又有诸如放定、纳彩、迎娶、拜堂等传统的婚礼仪式;丧仪既有传统的哭丧、守孝等旧礼,又有追悼会、默哀等新仪式。凡此种种,都体现了商风熏习下,上海商业文化汇集百家、中外杂陈、新老交替、高度相容的开放性和包容性。

3. 竞争性

上海是移民城市,移民分主动移民和被动移民两种,而在近代移居上海的商人,显然是属于主动移民。他们与被动移民的最大不同之处在于,他们不是逼上梁山,不是为了逃债、避难或出于其他不可逆转的因素影响,不得已选择暂居上海,而是出于发财致富、建功立业、实现人生梦想的宏愿,才主动离开故土。之所以如此,就是因为他们看中了上海这方土地上的财富梦和玫瑰梦,才义无反顾,决意到上海这一经济中心开拓和发展自己的事业,并决心在竞争激烈的上海商场成就一番事业。特别是那些原本并无多少资产,决心在上海闯天下的这部分人,更需要具有相当的开拓进取的竞争精神。这需要有一定见识、胆略和新思想才能做出的决断。我们知道,近代上海示人的形象一直具有两面性,既是传统的,也是现代的;既是文明的发祥地,也是罪恶的渊薮;既是经济商业中心,同时又是藏污纳垢之所。外省人自然会有前途未卜、忐忑不安的感觉,这也是十分正常的心理状态。即使如此,他们仍然勇敢地踏入上海这块陌生的土地,在远离故乡的新环境中开辟新的事业。如果没有开拓进取的竞争精神,是很难做出这一选择的。因此,从整体上看,近代上海的大多数商人,其敢于开拓、勇于进取的竞争意识和竞争精神,作为一种品行和特质,较诸其他地区的商人更为突出。

所以,竞争性也是近代沪商的一大特色。纵观百年来上海的商界,十里洋场中,那些在事业上取得成功的富商大贾,几乎无不具有这一特点,无不是竞争力惊人的超人。

众所周知,资本主义经历了自由竞争和垄断两个阶段,任何一个阶段都是在无情的竞争中获得发展的。"物竞天择,适者生存",弱肉强食的丛林法则,乃是资本主义社会的一个明显特点。没有竞争意识的商人,在资本主义社会中几乎没有立足之地,难以生存和发展。上海开埠之后,国门洞开,随着大批西方列强们的商人抢滩登陆的,不仅有许多闻所未闻的新器物、新风俗和新的生活方式,同时竞争意识也被随之引入上海。近代的上海已是一个竞争十分激烈的商业社会,而上海滩上土生土长的土著商人们,面临的竞争对手就不单单是自己的同胞——同业华商之间的竞争,又增加了虎视眈眈、竞争力更为强劲的外国商人。面临着西方各国商人咄咄逼人的气势,上海商人要想在新的形势下生存发展,有效地维护自己的切身利益,也必然学会并参与竞争。竞争意识的有无,也被视作能否救亡立国的重要因素之一,"竞争者,实为立国之基础,而挽回国势之要务也"。[①] 究其原因,一方面是沪商受西方商风的影响,在亡国灭种危机的情势之下不得不奋起反击,绝地求生,萌生出同样强烈的竞争意识和竞争精神。另一方面,也是因为沪商文化的交融特征,使沪商具有不囿成俗、灵活多变的创新性格,在很大程度上率先摆脱传统行会制度的束缚,通过竞争求得生存与发展。通常而言,传统封建社会的中国商人为保护其既得利益,一般都通过成立同业公所或同籍商人会馆等行会性质的组织,并制定严格的行规,既限制同行业内部的竞争,又防止其他行业的渗入,实行垄断式经营的消极方式,将竞争消弭于无形之中。[②] 在新的形势下,这种带有浓郁传统文化乡愿气质的竞争方式已经丧失了继续存在的文化土壤和社会基础,不得不让位给新的机制和新的法则。

竞争必然有输赢胜负。所以,在竞争极其激烈残酷的商业社会,尤其是在资本主义性质的商业竞争中,一夜暴富和破产跳楼,都是常态,不足为奇。即使是以多价善贾而闻名于世的犹太商人和阿拉伯商人,也不乏经营不当而败走麦城、血本无归者,但这并不影响他们精通商道的整体形象。上海商人亦如此,尽管商海遨游也有许多折戟沉沙者,但上海商人及整个上海商界总体上强烈的竞争性还是不容小视,仍然不失为优秀商人群体的杰出品格。

4. 创新性

打破陈规,通过不断创新以达到出奇制胜、追求卓越的效果与目的,可以说是任何领域都需要具备的一种优良品质,在商业活动中尤其如此。上海的商业界,在"海派"文化的浸淫下,有一种与生俱来的创新开拓意识。陈旭麓先生曾经指出,"海派"文化的特征之一就是求新、创新,"第一是开新,开风气之先,它敢于延纳新事物来变革传统文化"。[③] 因此,上海商人和整个上海商界的创新意识和创新性,与"海派"文化的这一特征可谓一脉相承,渊源有自。

---

① 《申报》,1906年1月3日。
② 朱英,《论近代上海商人文化的特征》,《社会科学研究》,1998年第5期。
③ 陈旭麓,《论"海派"》,载《中国传统文化的再估计》,上海人民出版社,1987年版,第367页。

1920年，改组后的上海总商会，在由新一代企业家出身的领导人带领下，采取了许多措施，推动和促进工商业界的改革与创新。首先是引进先进的管理理念。例如，泰罗制度是当时资本主义近代企业的科学管理方式，最早由上海著名的企业家穆藕初引入中国。穆藕初留美学习期间，曾与泰罗等人就科学管理问题进行过多次讨论，较为熟悉西方资本主义国家的先进管理方式。回国后，兴办德大和厚生两家纱厂，并与人合作将泰罗所著《学理的管理法》一书译成中文，率先在自办的两家企业推行"泰罗制"，效果良好。在他的示范和带领下，其他企业也开始重视引进西方的先进管理方法。与此同时，许多企业制订了新的经营管理制度，例如上海美亚绸厂拟订的各项管理制度就十分周密严格，"务使上下左右咸明其职守范畴，贯彻其义务权利。处处有条例为凭依，有规程为准绳"。①

其次是引用新型优秀管理人才。上海的许多企业都不惜花费重金，聘请受过新式教育的专业技术人才负责企业的经营管理，有的甚至还聘用外国专家和技师，极大地充实和加强了企业的技术力量，增加了产品的技术含量，提高了产品的附加值。有资料显示，1934年，中国征信所曾对上海的91家中小企业进行了调查，通过对其高层管理人员的学历情况进行调查发现，在担任经理和厂长的118人中，在本国大专院校毕业，或有过海外留学经历的技术人员37人，占总人数的31.4%。至于在那些大型企业中，此一比例就更大。②

第三是培养创建新的商业文化生态。作为上海工商界的社会团体，上海总商会在培养创建新的文化土壤与商业生态方面也是值得大书特书。譬如设立商品陈列所，定期或不定期举办各种商品展览会，在观摩、比较中互相借鉴，互相学习，激发彼此的竞争意识；而且还走出国门，组织国货产品参加国际比赛，借此推动工艺改良，提高产品质量，增强国际竞争能力；不仅如此，上海总商会还从文化建设的高度出发，注重培养新的文化生态，它们开办了商业图书馆和商业补习学校，还创办了《总商会月报》，这些举措既增进了工商业者的专业知识，又使其开阔了视野；同时还积极发挥舆论引领和业界指南的作用，有针对性地发表大量文章，引导工商界摆脱传统观念的束缚，掌握近代科学技术和工商管理知识，使上海广大的工商业者受益匪浅。

此后，上海工商各业比较普遍地出现了改良国货，尊重技术，用先进设备，追求创新的趋向和风气。上海《申报》于1920年8月24日的一篇"专评"，也反映了上海商界的这一发展趋向："无论何种事业，皆当随世界新趋势而进，若不问世界之趋势若何，仍以数十年前之旧脑筋、旧眼光办理数十年后之新事业，未有能立足于世界者也。商业一事，息息与世界大势相关，又况乎上海之商业更与世界商业密接，故为商会领袖者，须有世界之新学识、新经验，又能有热心、强力之做事，而后才能竞争于商战潮流之中，商业

---

① 张仲礼，《近代上海城市研究》，上海文艺出版社，2008年版，第76页。
② 张仲礼，《近代上海城市研究》，上海文艺出版社，2008年版，第75页。

渐有起色之望。"①

上海的工商企业在引进先进的设备、优秀的管理人才和先进的管理理念,以及营造良好的文化土壤与商业生态等许多地方,都显示出了强烈的创新性和创新意识。这些都是一个企业能够充满生机,获得不断发展的重要前提,也使得产品也拥有更强的竞争力,得以在竞争激烈的市场上立于不败之地,自然能够取得良好的经济效益。

要而言之,上海成为近代中国的经济与商业中心,不是偶然的,是多种主客观因素综合作用的结果。这些因素,无外乎天时、地利与人和。

1. **天时**:闭关锁国政策失败、对外开放提上日程。

两千年的中国封建社会,自给自足的小农经济一直占据主流地位,固着在土地上的人们,安土重迁的执念理所当然地盘踞在脑海中挥之不去。广袤的国土,虽然有漫长的海岸线,面临着浩瀚的太平洋,但却很难成为起锚扬帆、走向世界的启航地。严格的海防海禁,阻断了与世界文明的接触与交流。清代中叶,直到乾隆执政的中后期,锁国政策依然固若金汤。1792年,英国特意派遣马戛尔尼使团访华。此时,英国已在18世纪60年代发生了工业革命,资本主义生产完成了从工场手工业向机器大工业过渡的阶段,资本主义正处于上升阶段,迫切需要开辟新的市场。人口众多、疆域辽阔的中国,无疑是一个尚未开发的潜在市场。英国人希望能够通过与清朝建立外交关系,扩大双方的贸易,以促进英国经济的发展。

马戛尔尼使团带着国书和送给乾隆皇帝的礼品,经过礼仪之争后,历尽曲折终于在热河避暑山庄谒见了乾隆皇帝。在完成了所谓的进贡和祝寿礼仪后,马戛尔尼使团提出了通商的要求,但被乾隆以"天朝物产丰盈,无所不有,原不借外夷以通有无"的理由拒绝了。闭关锁国的政策,趋于登峰造极。

马戛尔尼作为此次访华的带头人,虽未完成英王希望与中国通商的使命,但也由此窥见了这个老大帝国的底牌,他在《马戛尔尼航行中国记》中这样写道:"清政府好比是一艘破烂不堪的头等战舰,它之所以在过去一百五十年中没有沉没,仅仅是由于一班幸运、能干而警觉的军官们的支撑,而她胜过邻船的地方,只在她的体积和外表。但是,一旦一个没有才干的人在甲板上指挥,那就不会再有纪律和安全了。"果然,半个世纪后,英国人的军舰远涉重洋,兵临南京城下,屈辱的《南京条约》的签订,标志着锁国政策的彻底失败。故此,鸦片战争以后,上海作为五口通商之一的对外开放,虽然是一种屈辱的、被迫性质的开放,却也给上海走向世界,扩大同国际经济的联系提供了新的契机。从此,外资洋商,纷至沓来,洋行公司等纷纷设立,海外贸易和国内埠际贸易空前繁荣。大量移民的涌入为上海带来了丰富的人力资源、智力资源和资金来源,交通运输业、金融业和门类齐全的近代工业体系的建立,都是这一开放局面引领和带动的结果。

---

① 朱英,《商业革命中的文化变迁——近代上海商人与"海派"文化》,华中理工大学出版社,1996年版,第110—118页。

2. **地利**：独特的地理位置和区位优势，是上海作为商业中心的地利因素。

上海滨江带海，位于太平洋西海岸，中国沿海南北海岸线的中点，又适居长江流域的入海口，具有优越的地理区位，是一个良好的江海港口。对于加强国际交流，发展外向型经济来说，上海距离美国和欧洲，东西航路里程几乎等距。同时，以上海为圆心，对北起日本、南至南洋诸岛的东北亚和东南亚诸国形成一个扇形的辐射面，是居于远东贸易的中心位置之一。这种河海水路的运输便利条件，对上海数量巨大的转口贸易提供了极大的便利。就对内贸易来说，上海又尽占水上运输的优势。黄浦江的优良港湾，吴淞江等大小内河水道将上海与太湖流域、长江三角洲紧密连成一片；广阔的经济腹地，赋予了上海开展贸易、发展经济的巨大潜在空间。向南，有可以联结浙闽、两广及台湾地区的南洋航线；向北，则有通向天津、与牛庄相通的北洋航线；向西，则有横贯东西的长江黄金水道，以及密如织网的内河航道，除了太湖流域、长江三角洲之外，又将上海与苏、浙、赣、鄂、川等内地省份连为一体。水运成本低、燃料省、运载量大、航道通过能力强，便于集散物资和商旅往来，对于商品流通和商业的发展有着极大的作用。

众所周知，长江流域雨量丰沛，物产丰饶，向来都是我国最为富庶的区域。该流域的粮食产量约占全国之半，稻谷产量更是占到全国的70%，其丰富的农产品和土特产品出口都要在上海运输中转。此外，在长江流域还蕴藏着赣钨、湘锑、滇锡等丰富的矿产资源，储量与产量都十分巨大，且其产品的绝大部分都由上海出口。同时，长江流域发达的农业和手工业产品生产，又使这一地区成为机制工业产品最重要的消费市场，使上海在国内埠际贸易中获得了巨大的内销腹地；上海的进口商货，大部分都经上海转运行销国内各地，而外贸出口的货物，约有一半以上是来自国内其他口岸的转口货物，这就使上海在对外贸易中处于十分重要的地位。这一切都得益于上海独特的地理位置和区位优势。①

3. **人和**：良好的营商环境和商业生态，诸如门类齐全的轻工体系、发达的交通运输业与金融电讯业、充沛的人力资源、素质精良的商业从业人员等，都是上海成为经济和商业中心的人和因素。

1852年，美商旗昌轮船公司在沪成立，成为我国最早的外商轮运公司；1872年，我国第一家近代轮运公司轮船招商局也在沪开办；1871年，上海海底电缆就可以同世界主要金融市场和商业中心直接取得联系；20世纪二三十年代，沪宁和沪杭铁路相继通车，民用航空业在上海开始起步，发达、便捷的电讯、交通运输业对上海商业的发展起着保证和促进作用。

为近代新式商业服务的金融保险业也日臻完善，在上海的大小外资和华资银行，到民初达到数百家，汇丰银行、法兰西银行、德意志银行、中国通商银行等各大银行差不多

---

① 上海社会科学院经济研究所，上海市国际贸易学会学术委员会编著，《上海对外贸易》上册，上海社会科学院出版社，1989年版，第28页。

都在上海设有办事机构或总部,这些银行在上海的国际和国内埠际贸易中发挥着重要功能。

上海也拥有棉纺、面粉、火柴、卷烟、机器、食品、橡胶、化工等70多个门类齐全而发达的轻工业行业,这些同样也是上海近代商业发展的重要因素。它们在原材料、燃料、辅料、设备、劳动力等各方面的需求,都促进和带动了商业有关行业的发展,而且在取代和抵制洋货输入和扩大埠际贸易中,也具有十分重要的作用。

构成上海商界各种特色的核心因素是素质优良的商业从业人员队伍。上海特有的虹吸效应,吸引着大批怀揣财富梦想的优秀商业人才汇聚上海,譬如善于经营的徽商、精于计算理财的晋商、通晓外语并善于同外商交往的粤商、长于钱业精于汇划的绍兴宁波商人、与南洋华侨关系密切的闽商等,都以上海为圆心,不断将其活动的半径延伸到内地以至国际,开拓新的市场,营造新的财富增长点。他们结帮行贾,互相依傍;建立各种会馆公所,彼此信息共享、资金互助、人才互荐,结成了牢固的利益共同体,使得上海的商业渠道向多层次、多渠道发展,建立了众多横向联系,促进了商品流通。

他们也不断地改善服务态度,提高服务水准。"和气生财""买卖不成仁义在"等旨在提高服务质量的口号,成了商界普遍遵循的准则和格言。不少精明的商家在提高服务质量的同时,十分重视提供各种温暖贴心、精准到位的技术服务。譬如,新通贸易公司为了加强与德商西门子的竞争,广泛吸收技术人才,对自己推销的机电设备、电话设备,主动帮助用户设计、施工和安装,并指导维修;恒源祥绒线店为扩大经营,还专门聘请了绒线编结师,向顾客义务指导编结技术,并附送竹针以招徕顾客等。[①]

这些良好的营商环境和商业生态,对于上海商业中心地位的确立与维护,都是至关重要,不可或缺的因素。[②]

[①] 陈立仪、潘君祥,《试论上海近代商业的特点及其发展原因》,上海社会科学院学术季刊,1987年第1期。
[②] 此章节内容写于庚子年春节正月初五日至十四日(2020.1.29—2.7),时新冠疫情期间,政府呼请民众杜门不出,不活动,不聚会,以绝传染途径。故借此以消永日,权记之。

第十章　上海印象中的商业文化叙事美学

近代中国面临的所谓"三千年未有之大变局",固然充满了痛切与悲苦,乃至屈辱与辛酸,成为民族发展史上不堪回首的痛苦经历。但换一个视角来看,又未尝不是一个千载难逢的机遇:中国逐渐走出封闭保守、妄自尊大的迷局,进一步与世界主流相融合趋同,从而浴火重生,实现新的突变与崛起。在这一剧烈的变动中,上海由于地理位置的特殊性,可谓首当其冲。开埠以来,通商口岸的确立与开发,租界的开辟与扩大,西方生产方式、生活方式、管理制度和价值观念的强势入侵,以一种粗暴的方式促进了上海的近代化转型;同时,由于以租界为核心的上海社会结构,以一种迥异于传统中国社会的模式和制度来维持租界的运作和管理,较之于晚清阴晴不定的政治、社会环境,上海租界是一个相对安全和稳定的小环境,由此吸引了大量的人力、物力、财力,为上海的发展储备了丰厚的物质基础和人力、智力资源。此外,晚清上层社会的一批有识之士开展企图挽救危局的各种自救运动,譬如洋务派股肱人物李鸿章、左宗棠等人在上海开办了江南制造局、轮船招商局、上海机器织布局等一系列民用、军事工业。他们还组织各界力量发展社会事业,譬如开办学堂、建立医院、兴建工厂等,它们也推动了上海的发展。凡此种种,使得上海在数十年间迅速成为以商业和文化为标志的国际化大都市,也由此形成了诸如绅商、银行家、工业资本家、政府机构官员、小知识分子、产业工人、职员,乃至大批心怀各种动机、各种目的到上海的流动人口等规模庞大、层级混杂、需求各异的商业和文化消费群体。

这种生活空间环境的变迁,改变的不仅是大众的生产、生活方式,城市社会文化心理也随之发生改变。传统儒家"重义轻利"的价值取向被"重利""求富"取代,由"重农抑商"向重商弘商转变,现代社会的商业逻辑逐渐成为社会各阶层的普遍共识和认知。随着国门洞开,自由平等、主权在民等西方现代价值观念的传入,那种根深蒂固的"天朝上国"观念也开始动摇,对于中国传统文化落后的根源开始检讨、反思,并积极向西方启蒙运动以来的文化、思潮靠拢,并驾齐驱的企图昭然若揭。所有这些新的变化,必然会直接或间接地影响到城市文化、文学的发展,以及审美情趣的变化。

就上海印象中的商业文化叙事而言,从其生产过程、传播过程到接受过程,基本上与社会生活的变迁是同源的,也是大致同步的。不言而喻,上海文化消费和文学消费的主体是占人口绝大多数的升斗小民和普罗大众,而非凤毛麟角的精英阶层,其自身的文化水准、鉴赏品位和个人偏好,直接影响了这一领域中文学叙事和文学书写的价值走向与审美趣味。如此,以大众性、商业化、通俗化、娱乐化为标志的市民文学,如小说、戏曲、白话文、画报等大行其道也就不足为怪。正如布尔迪厄所言:

> 文化生产场每时每刻都是等级化的两条原则之间斗争的场所,两条原则分别是不能自主的原则和自主原则(比如"为艺术而艺术"),前者有利于在经济政治方面对场实施统治的人,后者驱使最激进的捍卫者把暂时的失败作为上帝挑选的一个标志,把成功当作与时代妥协的标志。①

布尔迪厄敏锐、准确地把握到文学审美与外在"场域"的关系,亦即文学鉴赏与社会环境的关系。他认为那些明目张胆地服从外部需要的作家,更能说明场施行的效果:"外部需要有政治的、保守主义者的或进步主义者的权力施加的,还有经济权力方面的,它能直接或通过公众或报纸等的成功发挥作用。政治论战的逻辑还与许多自诩科学的分析纠缠不休,以致忽略了它提出的表现和统治者,包括银行家、工业家、商人或他们在政界的代表时做出表现时的差别,特别是当这些人影响到文化财富的偶然生产者之时。"②他的这种"文学场域"理论,对于不同场域间文学之间的矛盾、斗争及根源,进行了全面、科学的阐释。

上海本土和流寓上海的大量文人墨客,成为商业文化叙事这一领域显现或潜在的从业人员;商业社会无限的金钱诱惑,成为海量创作的巨大推动力;数量庞大的市民大众,不仅成为文学艺术创作的风向标,也为文化发展和文学生活提供了广阔的消费市场空间。

第一节 商业文化叙事的主题选择

1902年11月,梁启超在自己创办的《新小说》杂志上发表《论小说与群治之关系》一文,在该文中他提出了"今日欲改良群治,必自小说界革命始,欲新民,必自新小说始"的口号,成为"小说界革命"的先声。他首先打破了千百年来鄙薄小说的传统偏见,将其地位提高到经史、语录、律例之上,强调了小说对于社会改革和社会进步的积极作用。他认为小说具有"浅而易解""乐而多趣"的艺术特点,看到了小说具有"支配人道"的"熏""浸""刺""提"等四种艺术感染力量。因此,他主张小说界革命,将小说创作纳入社

---

① 〔法〕布迪厄著,刘晖译,《艺术的法则:文学场的生成和结构》,中央编译出版社,2001年版,第265页。
② 〔法〕布迪厄著,刘晖译,《艺术的法则:文学场的生成和结构》,中央编译出版社,2001年版,第269页。

会改革的轨道,并为小说作出新的分类,为新小说的创作题材揭示了广泛而现实的内容范围。在他看来,我国的古典小说,制造状元宰相、才子佳人、江湖盗贼、妖恶狐鬼的故事,都与腐败的封建观念相联系,必须抛弃。而"今日欲改良群治,必自小说界革命始;欲新民,必自新小说始"。虽不无偏激之处,但揆诸当日现实,也确实切中肯綮。《官场现形记》《二十年目睹之怪现状》《老残游记》《孽海花》等近代最著名的代表作都是在1902年以后问世于上海的。上海印象中的商业文化叙事,在主题的选择与确立上,其实就颇具梁氏所倡言的"小说界革命"的色彩与意味。彼时的作家们痛感迫在眉睫亡国灭种的危机,也看到了西方列强入侵所带来的经济掠夺造成民生凋敝的恶果,更痛心西方文化的渗入对古老道统的强烈冲击与人心不古,所以在他们的创作中,主体的选择与确立上也就有意无意、自觉不自觉地打上了时代的烙印,成为那一特定历史时空下上海社会生活的记录与折光。因此,揭露与批判是这一时期以上海为背景的文学创作的总体走向,商业文化叙事自然也不例外。其苦心孤诣不难自明,小说"如空气,如菽粟,欲避不得避,欲屏不得屏,而日日相与呼吸之餐嚼之矣",作者希图借助小说这种喜闻乐见、贤愚皆宜的传播载体,表达自己警世醒民、经邦济世的愿望和心声。

一、租界:腐败、启蒙与革命

租界的出现,是近代列强入侵所带来的怪胎之一,如同在铁板一块的古老土壤上强行移植某种繁殖能力极强的异域物种一样,短时期内会迅速打破特定区域内的生态平衡,租界对近代中国,尤其是上海的影响是空前的。这种资本主义的文明形式,对千百年来传统农耕文明的冲击是全方位的,不仅带来国人生产方式、生活方式的改变,更重要的是对人们思想观念的影响。可以说,上海租界迥异于古老的传统村落、市镇,"杂糅"了工业与农耕、现代与传统、西方与东方、科学与蒙昧等价值内涵,形成了一种奇特的、新异的、混合型的都市生存空间。人们对于这种新变的态度是五味杂陈的,一方面惊异于其所带来的舒适、繁华与规则,称其为"东方巴黎""经济中心""文明的窗口";另一方面对于由此而产生的欲望、投机与肮脏又不胜其烦,说它是"黑色染缸""罪恶的渊薮""地狱上的天堂",可谓爱恨交加,毁誉参半。在此情境之下,随着民族主义思潮的兴起,以及租界中种种乱象的滋生,租界的合法性与道义上的公正性也就饱受质疑,成为中国激进知识群体念兹在兹的一个话题,也成为小说家笔下常写常新的主题之一,许多以呈现上海印象为旨归的商业文化叙事作品,都以租界作为小说人物活动的重要舞台和情节展开的主要背景。

《上海游骖录》题"我佛山人著",实即吴趼人。成书于清光绪三十三年二月(1907年3月)至四月,曾在《月月小说》第6~8号"社会小说"栏目中连载。小说叙述了江西秀才辜望延,因不满当地官兵镇压乡民,被诬为革命党逮捕。家人辜忠设计将其救出,逃往上海,借住小商人堂兄辜望廷的店中。望延购读《革命军》等书后,向往加入革命党,但经人介绍所识之革命党人,其举止吐属,均不似有志之士。辜望延深感失望,"不觉把投入革命党人的心思渐渐消灭下去。"幸得友人李若愚开导,才略感振作。不久,辜望延接到家乡来信,知官府正在把他作为革命党行文追捕,乃决计东渡日本,想到那里去读几年书长点见识,学了本事回来,要设法联络大众百姓,把好官留下,把坏官赶走。

小说故事情节发生和展开的背景,除了开头提及的江西以外,就是上海了。作为配角的人物,辜望廷的意义在于他的商人身份,以及他在物理空间上的上海租界,这些因素确保了我们讨论的上海印象中的商业文化叙事不至于成为牵强附会的凿空之论。而且,从主题上来看,作者在书末的《著者附识》中说:"以仆之眼观于今日之社会,诚岌岌可危,固非急图恢复我固有之道德,不足以维持之。非徒言输入文明,即可以改良革新者也。意见所及,因以小说体一畅言之。虽然,此特仆一人之见解耳。一人之见,必不能免于偏。海内小说家,亦有关心社会,而所见与仆不同者乎,盍亦各出其见解,演为稗官,而相与讨论社会之状况欤?"①由此可知,其写作目的,是借小说体畅言其对社会改革的意见,这种"出其见解,演为稗官"的写法,使小说的情节构思和形象塑造,带有强烈的表现功能,而不同于作者其他对现实生活进行具体真实描绘的写实之作。作者还表明自己的思想态度,不仅宣传自己的社会政治见解,还希望能参与不同见解的讨论。

小说中,新交李若愚告知辜望延革命党人均不可靠,只需五十元,就能成为革命党人,为了使之信服,与之订下了"试验"革命党之计。当晚李若愚在一家妓馆约了屠牖民、屠莘高、王及源、谭味新等几位革命党来聚会,客人到齐后,李若愚先说了一番"鬼话":

> "兄弟前几天奉了一个札子。"及源道:"腐败!腐败!"味新道:"奴隶,奴隶!"牖民道:"阁下向来是清朝忠臣,奉札得差,自是意中事。但不知是谁给的?"若愚道:"是两江端制军的,委兄弟在上海开办一个官书局,并向上海道处指拨六万银子,作为开办经费,专聘通人编辑、翻译各种教科书。书一出版,即由江督咨行学部立案,通饬各省学堂,一体购用。"及源吐出了舌头道:"这才是专利呢!每一部书,不知要印多少才够。"若愚道:"这件事本是兄弟上的条陈,所以端制军就把这件事委了我。兄弟前天去见过瑞观察,瑞观察也答应了款子。此刻房子也看定,在老牖桥北。机器也是现成的,不过要添些铅字罢了。"味新道:"作新社的日本人,我和他相好,若要买铅字,兄弟可以帮忙。"若愚道:"这些都容易,只有请人极难。"……一会又说道:"不知你们四位可肯帮忙,屡次要求教,又恐怕宗旨不对。"味新道:"这有甚么宗旨不宗旨?只要有了钱,立宪我们也会讲的。"及源道:"莫说立宪,要我讲专制也使得,只要给的钱够我花。"若愚道:"好在是官款,将来又用压力行销,不怕生意不兴。纵使生意不兴,还可以求上头津贴。诸位倘肯帮忙,每位每月暂送五十金,等试办几个月后,再商量添送,如何?"味新道:"教科书也没有甚么立宪不立宪,不过不要犯了'革命'字样罢了。"若愚道:"不独编书,还打算出一部杂志。要力排革命,歌颂

---

① 〔清〕吴趼人,《上海游骖录》,江西人民出版社,1988年版,第545页。

朝廷的。"及源道："若说歌颂朝廷，别处人都可以，不必我们。湖南人是不可少的。你想自咸、同以来，唯有湖南人圣眷独隆，差不多遍地都是红顶子。"屠牖民道："且不必谈这些，倒是你肯不肯就？"及源道："有甚么不肯？不过，我打算借三个月薪水过年，不知可办得到？"①

这里，李若愚与辜望延试验革命党人真假的妙计，其实"卑之无甚高论"，不过以利相诱而已，开办官书局，虽名义上为了训导乡民、开启民智，实际上书局是不折不扣的经济实体，需要大笔启动资金、厂房、设备、人员等，目的无非还是为了赢利。正是在巨大利益诱惑面前，才使得一班假革命党人王及源（谐"忘其源"）、屠牖民（徒有名）、屠莘高（徒心高）、谭味新（谈维新）等人贪婪无度、吃相难看的嘴脸暴露无遗：只要有了钱，"宗旨""信念""良心""道德"，都可以出卖；只要有了钱，什么都可以谈，革命、立宪、专制，乃至颂圣也未尝不可，没有任何底线和操守，哪里是什么匡扶江山社稷、解民倒悬、救民于水火的革命党人，完全是一副欺世盗名、唯利是图的市井混混和流氓恶棍的嘴脸。

辜望延之所以背井离乡、亡命海上租界，根本的原因在于他骨子里企图通过革命拯救贫弱国族的一片热心，而这种热心所受到的打击是沉重的，他在流亡的路上不得不重新思考到底该怎样革命。对于辜望延来说，他久居乡村的生活空间，闭塞落后的文化环境，都使得他不具备会自动在脑子里产生出答案的文化资源。即便到了上海这样的通都大邑，也仍然需要通过与别人的交流才能获得契合其思想实际的思想武库，通过他人的启迪来实现自身的感悟。他对李若愚说："如此说来，中国是没有指望的了？"李若愚道："若要有望，除非设法制造出四万万个道德心，每人派他一个。"务要使道德普及，人人有了个道德心，则社会不改自良，并非要扭转一切习惯，处处要舍己从人的。而精神之发生，教育最为紧要，所以学堂的讲堂上，实是精神发生之地。总之，德育普及，并不是死守旧学，正是要希望道德昌明之后，不为外界所动，然后输入文明，方可有利无害。辜望延由此大受启发。回到店中，堂兄告知辜望延，狗官已将辜望延作为革命党开报上去，不免要来捉拿。辜望延只好乘船去日本避祸，欲做新的更大图谋。

《孽海花》中无锡的薛淑云，曾奉了出使英、法、意、比四国之命，但由于身体欠佳，一病经年，未能成行放洋，来沪后驻节天后宫，还须调养多时再行启程。另一位人物王子度，原是做参赞，陪同淑云一同出洋的。二人胸罗匡济之才，面盎诗书之泽，俱是当世通才，深知世界大势，气味甚是相投。二人商量，拟假座味莼园，邀曾经出洋者作一谈瀛会，借此聚集冠裳，兼可研究世局，以期"借他山攻错之资，集世界交通之益"。② 出席此次谈瀛会的有日本出使大臣、前充德国正使、前充美日秘出使大臣、前充德国参赞、前奉

---

① 〔清〕吴趼人，《上海游骖录》，第七回《革命党即席现奇形　李若愚开诚抒正论》，江西人民出版社，1988年版，第522—524页。

② 曾朴，《孽海花》第十八回，《游草地商量请客单　借花园开设谈瀛会》，《中国近代文学大系》第2集·第6卷·小说集四，1992年版，第154页。

旨游历法国、前奉旨游历英国、前充英法出使大臣及前奉旨游历各国、现充英法意比四国参赞等多人,其中自然少不了本书的主角驻俄公使金雯青,他们都是游历外洋、通晓华夷事务的重要人物。席间大家所谈论的问题涉及日本汉学、海外地理、日朝争端、边境形势、中俄关系、外交政策、强国之术、兴办海军等,其中自然会有人谈到实业:

> 忠华道:"练兵固不可缓,然依弟愚见,如以化学比例,兵事尚是混合体,决非原质。历观各国立国,各有原质,如英国的原质是商,德国的原质是工,美国的原质是农。农工商三样,实是国家的命脉。各依其国的风俗、性情、政策,因而有所注重。我国倘要自强,必当使商有新思想,工有新技术,农有新树艺,方有振兴的希望哩!"仁甫道:"实业战争,原比兵力战争更烈,忠华兄真探本之论。小弟这回游历英、美,留心工商界,觉得现在有两件怪物,其力足以灭国殄种,我国所必当预防的,一是银行,一是铁路。银行非钱铺可比,经其规制,一国金钱的势力,听其弛张了;铁路亦非驿站可比,入其范围,一国交通的机关,受其节制了。我国若不先自下手,自办银行,自筑铁路,必被外人先我着鞭,倒是心腹大患哩!"①

平心而论,这批久历外洋的人物,其眼界和识见确实要比一班足不出户却自以为无所不知的昏聩官僚们高出许多,见解也算得上宏通,"农工商三样,实是国家的命脉","我国倘要自强,必当使商有新思想,工有新技术,农有新树艺,方有振兴的希望哩"不能不说是洞见,至于铁路、银行等涉及国家命脉的行业,就更加需要国家出手方可不被外人先我着鞭,以致成为心腹大患。

也有的人看到了问题的根本:

> 台霞道:"西国富强的本原,据兄弟愚见,却不尽在这些治兵、制器、惠工、通商诸事上头哩,第一在政体,西人视国家为百姓的公产,不是朝廷的世业,一切政事,内有上下议院,外有地方自治,人人有议政的权柄,自然人人有爱国的思想了;第二在教育,各国学堂林立,百姓读书归国家管理,无论何人不准不读书,西人叫作强逼教育,通国无不识字的百姓,即贩夫走卒也都通晓天下大势。民智日进,国力自然日大了。又不禁党会,增大他的团结力;不讳权利,养成他的竞争心。尊信义,重廉耻,还是余事哩。我国现在事事要仿效西法,徒然用心那些机器事业的形迹,是不中用的。"②

治兵、制器、惠工、通商诸事都是末,而政体——主权在民的民主制度才是西方国富民强的根本,国家是人民的公产,而非一家一姓的私产,人人都有参政议政的机会和权利,爱国的思想自然深入人心。其次,重视"强逼教育",即义务教育,提高国民的文化水

---

① 曾朴,《孽海花》,第十八回《游草地商量请客单 借花园开设谈瀛会》,《中国近代文学大系》第2集·第6卷·小说集四,1992年版,第159页。
② 曾朴,《孽海花》,第十八回《游草地商量请客单 借花园开设谈瀛会》,《中国近代文学大系》第2集·第6卷·小说集四,1992年版,第159—160页。

平,增进民智,使得一般平民百姓如贩夫走卒者也都通晓天下大势,国力自然日渐强盛。

各人所言,虽不免纸上谈兵之讥,略显空疏,但也不得不佩服其眼界之宽、识见之精,对国家、民族未来的隐忧情见乎词。

《官场现形记》中,庐州尹子崇,是绰号琉璃蛋徐大军机的女婿,以郎中身份在京供职,为了开矿之事找到芜湖道,试图打通关节。自述当初他创办这个善祥公司的时候,说明白招股六十万,先收一半。但自从开创到如今,所有的官利一齐都没有付,原本打算等到公司获利之后,补还他们。目前三十万银子已经用完了,股东未见分文红利,故此下余的一半股份,人家都不肯往外拿。尹子崇已经经手垫了好几万银子下去,但其岳父有信来叫他回京,不愿让他再经手此事,所以他想急于脱身。事实上,尹子崇不过是想把矿高价卖给外国人开采,自己从中渔利:把公司卖给外国人,至少也得他们二百万银子;除掉归还各股东股本30万银子外,自己很可稳赚一注钱财。所以他一方面打着军机大臣岳父的旗号,在洋人和抚台大人面前卖弄,一方面自己死乞白赖,用尽手段,意图得逞。而洋人也不是省油的灯,早已看出尹子崇拉大旗作虎皮的伎俩并不灵光,所以也心怀鬼胎,也想通过此事谋取好处。双方达成协议,签字为凭:由尹子崇进京运动其岳父帮忙促成此事,将安徽全省的开矿权都卖给洋人,若成功,洋人付给尹子崇辛苦费10万银子,若不成,尹子崇非但要负担洋人这趟进京的盘缠,而且洋人这趟由上海到安徽的盘缠以及到了这里几多天的浇用,也都要尹子崇承担。两天后同洋人回到了上海,收到洋人银子,把那张签的字交给洋人。洋人又领他到领事跟前议了一回。等到这笔昧心钱到手之后,无非在上海四马路狂嫖滥赌,竭力报效好几万银子,而且还意欲在上海纳妾,后来由于岳父病危而暂时作罢。① 进京后,在其内弟的帮助下,偷天换日,上下其手,居然骗得老军机在洋人的买矿合同上签了字,他也如愿以偿地拿到了大笔酬劳银子,重新回到了上海。虽然有人举报,到底还是不了了之。

官场之腐败、黑暗于此可见一斑。

二、洋行:市场、商业与投机

商业与金融业是一对孪生姐妹,商业的繁荣必然会催生金融业的兴盛,反过来金融业对商业又有巨大的反哺作用,为商业活动的顺利开展提供必要的货币支持和资金保障。上海作为19世纪中晚期崛起的近代中国最大,乃至远东地区最大的国际金融中心,其金融业的发达自是题中应有之义。有资料显示,清道光二十七年(1847),英国丽如银行率先在租界设立机构,19世纪50年代设立的又有麦加利等4家英资银行。同治四年(1865),汇丰银行在上海设立分行。咸丰年间,山西票号在上海设分号。银行、票号等金融机构的发展,形成上海多种金融机构并存的局面。到19世纪80年代,上海

---

① 〔清〕李伯元,《官场现形记》,第五十二回《走捷径假子统营头 靠泰山劣绅卖矿产》,《中国近代文学大系》第2集•第4卷•小说集二,上海书店出版社,1994年版,第862—880页。

已有外资银行 11 家、票号分号 24 家、汇划钱庄 62 家。货币市场活跃,金融业务庞大,金融业在上海商业活动中居于举足轻重的地位。洋行的陆续进入,也把有价证券交易带到了上海滩。19 世纪 60 年代,随着上海商贸活动的发展,西商证券交易在上海已经异常火爆。随后,专门经营西商证券业务的洋行、交易所相继建立并不断增加,其中影响较大的有"上海股份公所"(1891)、"上海众业公所"(1901)、"上海取引所股份公司"(1918)等。金融业的发展,其作用是双重的,它加快了工商业的融资速度,为上海经济发展提供了资金保障。但同时,也蕴含了极大的金融风险,为商业投机、诈骗等经济犯罪创造了机会和空间。当然,客观地说,也为文学书写提供了丰富的素材资源,洋行、交易所等金融领域中的活动成为许多商业文化叙事中展现时代背景、推动情节发展、塑造人物形象的重要内容。阿英在《晚清文学史》中曾指出:"大概是由于智识阶级和商人不大接近,而商人又被派作四民之末,历来写商人的小说是很少见的。在晚清,只有一部姬文的《市声》,还有一部《胡雪岩外传》,只是私生活记录。其他如《商界现形记》一类的著作,实际上是无足称的。至于那些名为写商人,实际只写妓院生活的,就更没有把它作为写商人小说看的可能了。"①从总体上看,阿英先生所言并无不妥,中国古代小说的发展,依据题材或主题,有许多类型,诸如历史小说、社会小说、言情小说、公案小说、武侠小说、英雄传奇小说、世情小说等,确实很少有人提及商业小说,但不能因此就说没有商业文化叙事,其实仔细梳理,商业文化叙事的作品也是一个丰富的宝藏,有待进一步挖掘研判。近现代通俗文学涉及商业活动的小说比例很高,这和城市商业的繁荣、商人数量的增加有着极大的关系。

李宝嘉的《官场现形记》中,多次提到上海的洋行。山东巡抚衙门洋务局里的一个候选通判陶子尧,是洋务局老总的舅爷,由于心血来潮,有一天斗胆给抚院大人上了一个筹办洋务的条陈,虽然东拼西凑,狗屁不通,却歪打正着,得了抚院的青睐,被委以重任,带了 2 万银子赴上海置买机器,"办机器只要到上海,甚么瑞记洋行、信义洋行,那行里的买办,卑职都有朋友同他们相好。只要托了他们,同外国人订好合同,签过字,到外洋去办,不消三五个月,就可以来回"。②陶子尧初到上海,不明就里,稀里糊涂地被上海滩上的一班奸商如仇五科、刘瞻光、魏翩仞所围猎,"要办机器就要找到洋行,这些洋行里的康白度,那一个不吃花酒?非但说请你,还得你请他,他请你,一半是地主之情,一半是拉你的买卖。你请他,是要劳他费心,替你在洋人跟前讲价钱,约日子。只要同你讲得来,包你事事办得妥当。而且又省钱,又不会耽误日期,岂不一举两得呢?"③不过,他们所言也未必不是实情,商务场上,吃饭应酬不仅可以拉近彼此距离,消除隔膜,

---

① 阿英,《晚清小说史》,人民文学出版社,1980 年版,第 64 页。
② 〔清〕李伯元,《官场现形记》,第七回《宴洋官中丞娴礼节 办机器司马比匪人》,《中国近代文学大系》第 2 集·第 4 卷·小说集二,上海书店出版社,1994 年版,第 91 页。
③ 〔清〕李伯元,《官场现形记》,第七回《宴洋官中丞娴礼节 办机器司马比匪人》,《中国近代文学大系》第 2 集·第 4 卷·小说集二,上海书店出版社,1994 年版,第 97 页。

增进友谊,而且可以借此互探对方的底牌,做到知己知彼,方能百战不殆。但魏翩仞之流绝非良善之辈,出于好心解人之困,他们的目的在于以此方式和手段骗取不义之财。仇五科、魏翩仞连哄带骗,把陶子尧带到洋行,交了一万一千两定金,签了购买机器的合同。不久以后,上峰却打来电报,指示陶子尧退掉机器,归还公款。但洋行既有合同在手,如何肯按陶子尧的要求毁约退款?只得通过诉讼,赔偿违约金。陶子尧趁机假冒已经代垫2万元,总共4万元货款,意图假洋行之手,联合仇五科、魏翩仞,合谋再诈官银2万,后来到底如愿以偿。小说对洋行的描写,似乎并不负面,虽无直接的赞词,但所写洋行办事之注重契约、讲求规则、效率迅捷,还是不难发现这些长处。此外,洋行在商业活动中提供资金周转、充当交易媒介的作用也隐约提及。倒是一班本土的官僚和市井闲人,把洋行当作招牌和道具,通过精心策划,布置圈套,以售其奸。

江红蕉(1898—1972)的《交易所现形记》,是一部专门以交易所为描写对象的商业文化叙事作品,它以上海1921年的"信交风潮"为蓝本,将上海滩乃至各地的交易所、信托公司在金融风潮之中的波澜起伏及主动、被动卷入风潮的各色人物的命运纳入笔下,描述得颇为生动传神。这部小说也是民国初期第一部反映中国现代金融业的小说,再现了经济波浪和金融风潮所带来的商圈百态。

小说不满于人们对金融交易的疯狂痴迷态度,所以对交易所的混乱、人们急于发财的嘴脸等描写也多持鄙夷态度:

> 原来那几天市场上人,愈加拥挤,市场壁角里,却时常有几个矮子,鬼鬼祟祟地画什么表。待人家走过去看时,他就跑开了。大家见这情形,与外面的风声,很是斗笋,一窝蜂招呼经纪人,几月期买进若干股,某月期买进多少股。市场上的经纪人栏里,顿时人声鼎沸。……(拍板员)拼命把那块檀树做的木板,高高举起,向下面一块板上一拍。只听得啪的一声,顿时场中静了下来。①

商业经济的繁荣促进了金融市场的火爆,不仅为实体的工商业提供了充足的资金和金融服务,也为一般的升斗小民提供了投资的机会。所以,不少普通市民也投身其中,期望一夜暴富,实现自己的财富梦。作家原本受"鸳鸯蝴蝶派"名家包天笑、毕倚虹影响而步入文坛,是鸳鸯蝴蝶派作家中的佼佼者。作者体察到了城市的经济动态和社会心理,以鸳鸯蝴蝶派作家惯用的敏感细腻笔触,用具体而鲜活的文字如实表现于小说之中,既为读者提供了鲜活的现实生活图景,又为普罗大众的日常生活走向提供了可资借鉴的模本。作者是苏州的才子文人,进入上海后,受到上海江风海韵和欧风美雨的熏陶,虽然熟谙城市的商业环境和市场逻辑,并且也逐渐适应了商业化的文化生存模式,但是他对商业贸易本身仍旧持谨慎的保守态度,对商人则并无太多好感。因此,在他的笔下,交易所几乎就是一个激发人的贪欲的罪恶渊薮,也是一个投机、瞒骗和痴心妄想、

---

① 江红蕉,《交易所现形记》,中国书店出版社,2015年版,第25—26页。

歇斯底里的巨大赌场。总之,作者对交易所的态度既是暴露的,也是批判的。

此外,陆士谔的《新上海》《社会秘密史》,包天笑的《上海春秋》,以及《黄金世界》《商界现形记》《胡雪岩外传》《二十年目睹之怪现状》《市声》等,都有类似洋行或交易所的情节和描写,所持态度也半斤八两。

三、风月场所:欲望张力下的情色交易

标准的上海情色风月场所非妓院和堂子莫属,准风月场所则有舞场、烟馆、台基、花烟间、赌场、总会、舞厅、书场、戏馆、茶馆、游乐场、燕子窝等。有材料显示,洋场的堂子,同治年间有1500家,1869年有数千家,加上无名号的所谓烟花间,妓女不下万余人。1871年英租界有堂子72家,法租界有250家,赌场已无法统计。据1872年《申报》的记载,烟馆共1700家。①

这些各式各样的风月情色场所,成为当时上海社会生活的一个重要方面,也成为文学叙事中历久不衰的母题之一。1892年,文艺期刊《海上奇书》开始连载韩邦庆的《海上花列传》,这部小说专门以十里洋场的妓院生活为描写对象,笔触所及,广泛描写了官僚、名士、商人、买办、纨绔子弟、地痞流氓等人的狎妓生活以及妓女的悲惨遭遇。内容虽以写妓院生活为主,而旁及官场和商界,反映了上海城市的部分社会面貌,展示了当时贫富悬殊、贵贱分明的社会生活画面。鲁迅认为其"记载如实,绝少夸张,则固能自践其'写照传神,属辞比事,点缀渲染,跃跃如生'之约者矣"。②由于它是用吴语方言写成,故胡适称赞它是"吴语文学的第一部杰作"。③在此前后,《品花宝鉴》《花月痕》《青楼梦》《九尾龟》《九尾狐》《新茶花》《人间地狱》《海天鸿雪记》《海上繁华梦》《海上尘天影》和《海上名妓四大金刚传奇》等一大批专门以妓院生活为主要表现对象的所谓"狎邪"小说也先后进入文化市场。由于兼具了公共性和私密性,妓院这种风月或准风月场所,作为一种都市娱乐空间,为各行各业、形形色色的人提供了表演的舞台,他们的"冶游"生活,他们的情色交易,以及市井小民的悲欢离合、爱恨情仇和当时弱肉强食、尔虞我诈的社会情状,都纷纷涌入作者笔底,成为绝佳的小说素材。此外,还有一批社会黑幕小说或谴责小说,如《官场现形记》《文明小史》《孽海花》《负曝闲谈》《二十年目睹之怪现状》《梼杌萃编》《现身说法演义》等,对妓院或者妓女题材也多有涉及。

上海因商而兴,是闻名遐迩的商业都市和商业中心,商人以其所创造的社会财富和对社会的贡献、作用,作为主流社会主体之一,应当是无可置疑的。姚公鹤分析洋场社会说:"惟就上海论,既为通商大埠,则农人自不能占有势力。然工与商则固上海所恃以发达商务之两种人物也,且论工商互为成货通货之因果,则工界势力似必驾商界而上

---

① 周武、吴桂龙,《上海通史·晚清社会》,上海人民出版社,1999年版。
② 鲁迅,《中国小说史略》,百花文艺出版社,2002年版,第206页。
③ 胡适,《古典文学研究论集(下)》,上海古籍出版社,1988年版,第1222页。

之。乃就上海现势观之,则短衣窄袖之工人,其势力万不若长袍短褂之商人为巨。"①所言不无道理。

包天笑的《上海春秋》,受《二十年目睹之怪现状》的影响,随手掇拾,披露上海十里洋场的千疮百孔的内幕。其中写了一对兄妹的发迹史,哥哥叫陆荣宝,是从事制衣业的商人,妹妹叫小妹姐,是堂子大姐出身的鸨母。他们都是农家子弟,本来是苏州荡口乡人。小妹姐生得白嫩俏净,因为做不惯种田事业,到上海城里来一个书寓人家帮佣度日。由于面相好,又肯吃苦,伺候周到,不仅受到主人的青睐,连来往的客人也都十分称赏,因此一个月可以赚到三块钱的工钱,而当时苏州城里用个小大姐,工钱和饭钱加起来也不过二三百文。小妹姐在上海如鱼得水,不久把自己的哥哥陆荣宝也带到了上海,进了周司务的成衣店。和他妹妹一样,陆荣宝服务十分周到,又有了妹妹的奥援和她传授的心法,大家都瞧得起他,他也福至心灵,渐渐地玲珑起来,不到两年,自己就自立门户,开了一家裁缝店,而且财运亨通,四五年后就发达了起来。

他的妹妹事业也很兴盛。因为她的特殊身份,在婚姻上高不成低不就,后来做了富商巨贾们的姘头,很是聚敛了不少财富。到了三十多岁的时候,虽然风韵尚存,但是她决不愿意正式嫁人,索性买了许多女孩子,教养三五年,便四千五千块钱的身价卖出去。这种赚钱的生意做了,别的生意再也不想做。而且她在自身资源的开发上,也更加大刀阔斧,与多位男人有染,赚钱速度也快了许多,不到几月,手中就积蓄了三四万块钱。这时连荡口老家的老娘也搬到上海来了,住在堂子里打打杂差当一名老妈子。小妹姐和陆荣宝,在数年之内从乡下的卑微移民变成了上海滩上的财富达人,成功地实现了自身的转型。

纵观他们的"成功"之路,最重要的无非还是利用了上海这个商业都市的开放和情色市场的发达,通过自身的服务和情色交易,完成了资本的原始积累。从道德和伦理的角度看,是先有了小妹姐利用色相建立了人脉网络,开拓了市场,然后才有陆荣宝的进城和后续的发达,最初的第一推动力仍然离不开情色的背景。即使在二人下一轮财富快速积累的过程中,也还是伴随着情色交易的原始荷尔蒙。

换一个角度看,陆氏兄妹移民上海,不论其背后的真实动因究竟是战乱,抑或其他缘由,其实也是百年来上海城市化和移民潮的一个缩影,考察其详细过程,恐怕也是探究上海城市成长和发展的一个有效途径。不过,细察当初作者的命意,其实是和《二十年目睹之怪现状》等诸多同类小说一样,作者不厌其烦,辛苦记录了上海滩光怪陆离的各种"怪现状",其大旨在暴露和批判。至于笔者,无意追究社会转型期每一位成功人士的道德原罪,也无意批判某些古老的道德准则是否落伍或迂腐,只是尽自己的本分,尽量进行客观的考察和接近还原本相的描述和分析而已。

妓院、堂子,既是风月场所,可以进行娱乐消遣,同时也是商务和交际场所,可以进

---

① 姚公鹤,《大上海小人物志》,《力报》,民国三十七年(1948)9月1日。

行交易、会友、宴客等各种活动。包天笑说:"上海这个时候,民国三、四年,正是吃花酒最盛行的时代,谈商业是吃花酒,宴友朋是吃花酒,甚而至谋革命的也是吃花酒,其他为所爱的人而捧场的,更不必说了。即使不吃花酒而在什么西菜馆请客,也要'叫局',所谓叫局者就是叫妓女侑酒的通称。"① 万变不离其宗,每一种活动其实都是欲望的宣泄和展示,离不开色相和荷尔蒙这道主菜,其他都是辅菜和配料。妓女爱钱,嫖客爱色;妓女有色而无钱,色可以卖钱,嫖客有钱而无色,钱可以渔色。某种意义上,嫖客与妓女结交的过程,就是一段都市消费娱乐生活的经历,一场欲望张力下的情色交易,在孙家振《海上繁华梦》中,这种交易得到了极好的表现。

《海上繁华梦》中仅娱乐名目就有数十种,就大类而言,一是涉及口腹之欲,如一品香吃大菜、聚丰园小酌、四海升平楼吃茶、雅叙园天津馆子小酌、愚园请客、四如春吃饺子、安恺第大洋房泡茶、福安居吃茶、四如春吃点心等;二是涉及耳目之娱,如丹桂园看戏、逛张园、游龙华寺、大仙戏园看戏、也是园赏荷花、小广寒点戏、老旗吕广东堂子开厅、看电光活动影戏、看胡家宅髦儿戏、斗蟋蟀、逛城隍庙、看新戏、张园海天胜处看髦儿戏等;其他抽烟、赌博等活动如华众会打弹子、宁波总会碰和、夏夜张园纳凉、致真楼照相、棋盘街买彩票、第一楼开烟灯、虹口赌台赌钱、公一马房叫橡皮轮马车、亨达利洋行买首饰等。

以杜少牧为例,他本与巫楚云相厚,后被潘少安横刀夺爱,不得已转向颜如玉。第一次在如玉处住夜下脚,就给了三十块钱。与如玉相处短短两个月期间,所费甚巨:

> 少牧见车夫略略收拾好了,懒洋洋坐下凳去,在身边取出一大沓的账来。多是各店家发来的发票,送在栈房里头,由栈房里账房先生交与车夫,带给他。藏在身畔从没有看过的,数一数,共十三张店票,还有一张栈房里的房饭单子,五十三张一品香等番菜馆里的签字单,另外车夫去抄来的几篇局账。少牧一张一张看个明白,见最大是嘉纶绸缎庄取的绸缎,因有如玉穿的衣料在内,共有一百九十八两几钱银子;还有震泰昌如玉去取的外国衣边绣货等物,计洋一百七十六元有零,却也不小;其余是全亨洋货店洋伞、丝袜、汗衫、丝巾,计洋四十余元;中西药房香水、花露水、香肥皂、口香糖等,也是四十余元;大吉庐扇子店玉带扇一柄,是替如玉买的,六十元;锦润堂雕毛扇一柄、全牙三十方茄排骨折扇一柄,是自己用的,全玻璃四十方油单一柄,是如玉的,全牙四十方油单扇三柄,是送与房间里人的,共洋四十八元有零;补云山房笺对店六角锦裱冷金琴对三副、卍字锦裱高天地头生纸屏条二堂、全绫裱邱梓琴画仕女立轴一幅、全绫裱金免痴画兰花立轴一幅,连润笔在内,共洋三十元有零;扬清荷兰水公司荷兰水洋廿元零;公一马车行马车洋八十多元;聚丰园菜洋四十元零;老泰和、新泰和菜洋各二十元有零;栈房里的王成衣工洋二十元有零;杨庆和银楼如玉镶了两只嵌宝金戒指、一副落苏珠金圈,兑了一头风凉押发簪

---

① 包天笑,《钏影楼回忆录·九五》,中国大百科全书出版社,2009年版。

并骑心簪等,多记在少牧账上,一百二十余元。并将拢来一算,竟有英洋八百余元之多。加上房饭钱,除起初付过外,尚少洋四十余元。如玉处的局连酒,共须洋三百八十余元。又潘少安名下赔账三十多元,那是与少安吃醋时亲口允许下的。其余别的地方,尚有一二台酒、一二十个局的,也有二三台酒、二三十个局的,又是二百元光景。算巫楚云只有调头的那天吃了台酒,连着未曾调头之前叫过十一个局,最是小些,却一并结算起来,堂子里又须七百元上下。那五十三张大菜馆里的签字单,有大有小,最大是一品香五十多元,最小是金谷香不到二十元,共约二百元左右。通共算时,必须一千七八百块洋钱方够开销。另外还有各戏馆的戏钱,与堂子里手巾洋钱、节盘的脚钱、车夫的工钱,又是一百数十元,不在其内。①

这些不菲的费用,全都是杜少牧花费在相交的烟花女子颜如玉身上的。从中不难看出,杜少牧以金钱为手段,为自己营造出了一个短暂的玫瑰梦,从衣食住行,到日常用度,再到娱乐交际,每一项活动,每一个细节,从头到脚,每一个毛孔里无不渗透着浓浓的铜臭味。在杜少牧看来,只有如此,方可赢得美人的芳心,最终如愿以偿,抱得美人归。但事实上却是竹篮打水一场空,当资财耗尽,千金散去,南柯梦醒时分,一切又都褪去了玫瑰色的薄膜,恢复到了原本的荒凉与坚硬。就颜如玉而言,坠落烟花风尘不是她的错,迎来送往,倚门卖笑似乎也不必苛责,毕竟一个柔弱女子在庞大的社会机器面前,不过是一只待宰的羔羊,除了逆来顺受、委曲求全之外,别无他策。或许她本性纯良,若处在一个正常的生存环境,她也许可能成为贤妻良母,也许可能成为受人景仰的节妇烈女。不幸的是烟花行当选择了她,这个职业的生存环境和生存规则决定了她不可能洁身自好,不可能出淤泥而不染。她必须接受和认同环境授予她的生存策略和技巧,并且把它运用得精熟老道,乃至青出于蓝而胜于蓝,成为业界的翘楚。如此,她才可能活得风生水起、潇洒滋润,才能在肮脏的原野上开出绚丽的恶之花来。所以,她的虚情假意,她的烟花伎俩,以及她的种种周旋与应酬,也就找到了合理的解释。无论是对潘又安,还是对杜少牧,她都不可能付出真情。她只有利用自己的色相,在多个男人之间周旋,才有可能获得更多的钱财和资源,像奢侈品如嘉纶绸缎庄的绸缎,震泰昌里的外国衣边绣货,全亨洋货店的洋伞、丝袜、汗衫、丝巾,中西药房的香水、花露水、香肥皂、口香糖,大吉庐扇子店的玉带扇,以及各店铺的雕毛扇、茄骨折扇、全玳瑁油单扇,锦褾冷金琴对三副、全绫褾仕女立轴、兰花立轴,荷兰水、成衣费、嵌宝金戒指、落苏珠金圈、风凉押发簪并骑心簪等,才能实现自身价值的最大化。委身于任何一个男人,都意味着断了自己的多种财源,这无异于作茧自缚,自断生路,是断不可为的。杜少牧自以为颜如玉对他是一片真情,意欲娶其为妾,实在是一厢情愿,自作多情。

总之,杜少牧之与颜如玉的交接,就是一场欲望张力下的钱色交易,谈不上任何感

---

① 孙家振,《海上繁华梦》,第二十八回《现开消挖肉医疮 假缠绵推心置腹》,齐鲁书社,1995年版,第197—198页。

情,最多也就是滥情、畸情或孽情。这也是商风笼罩下上海商业叙事与文学书写对世情、世相的必然反映。

第二节 地域视野中的上海背景

作为空间地理的上海和文学地理的上海并不完全等同,但文学地理的上海势必包蕴和依托上海这一特定地域空间的历史文化现象,以及由此而衍生出来的作家群体审美趣味和个性审美追求。众所周知,上海作为近代东西方文明剧烈冲突的产物,兼具了传统"大一统"文化和以资本为导向的西方文化的双重特质,殖民化和现代化的错综倒置,工业文明和商业流通的交相为用,更加剧了这种文化杂糅的复杂性和多元性。如此,上海商业文化叙事的文学表达,也就不能不反映和体现这种复杂和多元性,则作为地域文化特征的上海,也就显得至关重要,不可或缺。"对于上海这样特别受各个时代文学家重视的都市来说,对它的每一部分、每一景点,甚至每条街巷的识名性描写,都能够激发起读者的一种文化记忆,包括历史记忆与文学记忆。"[①]李欧梵也曾指出,晚清的通俗小说"只要牵涉维新和现代的问题,几乎每本小说的背景中都有上海。而上海的所谓时空性就是四马路,书院加妓院,大部分鸳鸯蝴蝶派小说的故事都发生在四马路,因为当时生活在上海的作家大都住在那里,晚睡迟起,下午会友,晚饭叫局,抽鸦片,在报馆里写文章,这是他们的典型生活。从这个方向重新勾画中国的现代性问题,就会关涉晚清小说所真正代表的那个层次——都市小说读者的世界,他们的世界也正是小说文本试图展示的世界"[②]。这表明,晚清小说的开篇方式和背景设置,基本上取决于现代文化与上海租界时空、租界市民的共存互依关系,其中上海租界的作用不言而喻。其实,即使故事发生的核心地域不在上海,叙事中也偶尔可以窥见上海或模糊或清晰的影像,与上海有某种剪不断,理还乱的渊源。譬如陈森《品花宝鉴》(1852)的故事背景是北京,魏秀仁《花月痕》(1878)的故事背景是并州(太原),俞达《青楼梦》(1888)的故事背景是吴中,"虽意度有高下,文笔有妍媸,而皆摹绘柔情,敷陈艳迹,精神所在,实无不同,特以谈钗黛而生厌,因改求佳人于倡优,知大观园者已多,则别辟情场于北里而已"[③]。这些作品,在叙事情节、主旨趣味和人物塑造方面,共同开启了嗣后以上海租界为主要叙事背景的文学书写的先河。1893年《海上花列传》出版,随后邹弢的《海上尘天影》(1896)、孙家振的《海上繁华梦》(1903、1906)、李伯元的《海天鸿雪记》(1904)、张春帆的《九尾龟》(1906—1910)、梦花馆主的《九尾狐》(1908—1910)等作品相继问世,以

[①] 朱寿桐,《都市写作的背景意义与识名现象》(刘永丽《被书写的记忆:20世纪中国文学中的上海》序言),中国社会科学出版社,2008年版,第14页。
[②] 李欧梵,《中国现代文学与现代性十讲》,复旦大学出版社,2002年版,第16页。
[③] 鲁迅,《鲁迅全集》第9卷,人民文学出版社,2005年版,第271页。

上海租界为语境的都市情色书写与商业文化叙事,不仅反映了租界的世态世相,也成为新的叙事内容和书写方式繁荣的重要标志。至于那些社会、政治、狭邪、黑幕、公案、侦探之类的文学叙事,把上海当作思想资源、题材来源,人物调配和叙事空间的故事背景,几乎是司空见惯的了。

韩庆邦的《海上花列传》、邹弢的《海上尘天影》、孙家振的《海上繁华梦》、李伯元的《海天鸿雪记》、张春帆的《九尾龟》等,这些清末的狎邪小说,基本上是以上海租界为背景空间的。

李伯元的《海天鸿雪记》第一回写道:

上海一埠,自从通商以来,世界繁华,日新月异,北自杨树浦,南至十六铺,沿着黄浦江,岸上的煤气灯、电灯,夜间望去,竟似一条火龙一般。福州路一带,曲院勾栏,鳞次栉比。一到夜来,酒肉熏天,笙歌匝地,凡是到了这个地方,觉得世界上最要紧的事情无有过于征逐者。正是说不尽的标新炫异,醉纸迷金。①

《海上花列传》开篇交代故事发生的背景时写道:

这书即从花也怜侬一梦而起。也不知花也怜侬如何到了梦中,只觉得自己身子飘飘荡荡,把握不定,好似云催雾赶地滚了去,举首一望,已不在本原之地了,前后左右,寻不出一条道路,竟是一大片浩渺苍茫、无边无际的花海。

看官须知道"花海"二字不是杜撰的。只因这海本来没有什么水,只有无数花朵,连枝带叶,漂在海面上,又平匀,又绵软,浑如绣茵锦簇一般,竟把海水都盖住了。

花也怜侬只见花,不见水,喜得手舞足蹈起来,并不去理会这海的阔若干顷,深若干寻,还当在平地上似的,踯躅流连,不忍舍去。不料那花虽然枝叶扶疏,却都是没有根蒂的,花底下即是海水,被海水冲激起来,那花也只得随波逐流,听其所止。若不是遇着了蝶浪蜂狂,莺欺燕妒,就为那蚱蜢蜉螂虾蟆蝼蚁之属,一味地披猖折辱,狼藉蹂躏。惟天如桃,秾如李,富贵如牡丹,犹能砥柱中流,为群芳吐气;至于菊之秀逸,梅之孤高,兰之空山自芳,莲之出水不染,那里禁得起一些委屈,早已沉沦汨没于其间!

花也怜侬见此光景,辄有所感,又不禁怆然悲之。这一喜一悲也不打紧,只反害了自己,更觉得心慌意乱,目眩神摇;又被罡风一吹,身子越发乱撞乱磕,登时闯空了一脚,便从那花缝里陷溺下去,竟跌在花海中了。

花也怜侬大叫一声,待要挣扎,早已一落千丈,直坠至地,却正坠在一处,睁眼看时,乃是上海地面,华洋交界的陆家石桥。②

---

① 〔清〕李伯元,《海天鸿雪记》,江西人民出版社,1989年版,第191页。
② 〔清〕韩邦庆,《海上花列传》,第一回《赵朴斋咸瓜街访旧 洪善卿聚秀堂做媒》,《中国近代文学大系》第2集・第3卷・小说集一,上海书店出版社,1991年版,第164页。

《海上繁华梦·初集》第一回写道:

> 从来俗语说得好:"酒不醉人人自醉,色不迷人人自迷。"可知"酒""色"二字,虽是误人,实是人自己误的。然而繁华之地,偶一不慎,最易失足。即以上海一隅而论,自道光二十六年泰西开埠通商以来,洋场十里中,朝朝弦管,暮暮笙歌,赏不尽的是酒绿灯红,说不了的是金迷纸醉。在司空见惯的,尚能心猿紧缚,意马牢拴,视之如过眼烟云,漠然不动;而客里游人以及青年子弟,处此花花世界,难免不意乱心迷,小之则荡产倾家,大之则伤身害命。何况人烟既盛,良莠不齐,诈伪丛生,是非百出。所以烟花之地,实又荆棘之场,陷溺实多,误人匪浅。①

除此之外,《海上繁华梦》还以一首七律概述了上海的繁华声势:"沧海桑田几变更,繁华海上播新声。烟花十里销魂地,灯火千家不夜城。车水马龙游子兴,金樽檀板美人情。闲来编作新书看,绮梦迷离细品评。"②

《孽海花》第一回也写道:

> 如今先说个极野蛮自由的奴隶国。在地球五大洋之外,哥伦布未辟,麦哲伦不到的地方,是一个大大的海,叫作"孽海"。那海里头有一个岛,叫作"奴乐岛"。地近北纬三十度,东经一百八十度。倒是山川明丽,花木美秀;终年光景是天低云黯,半阴不晴,所以天空新气是极缺乏的。列位想想:那人所靠着呼吸的天空气,犹之那国民所靠着生活的自由,如何缺得!因是一般国民,没有一个不是奄奄一息,偷生苟活。因是养成一种崇拜强权、献媚异族的性格,传下来一种什么运命,什么因果的迷信。因是那一种帝王,暴也暴到吕政、奥古士都、成吉思汗、路易十四的地位,昏也昏到隋炀帝、李后主、查理士、路易十六的地位;那一种国民,顽也顽到冯道、钱谦益的地位,秀也秀到扬雄、赵子昂的地位。而且那岛从古不与别国交通,所以别国也不晓得他的名字。从古没有呼吸自由的空气,那国民却自以为是:有"吃",有"着",有"功名",有"妻子",是个"自由极乐"之国。古人说得好:"不自由,毋宁死。"果然那国民享尽了野蛮奴隶自由之福,死期到了。去今五十年前,约莫十九世纪中段,那奴乐岛忽然四周起了怪风大潮,那时这岛根发发摇动,要被海若卷去的样子。谁知那一般国民,还是醉生梦死,天天歌舞快乐,富贵风流,抚着自由之琴,喝着自由之酒,赏着自由之花,年复一年,禁不得月啮日蚀,到了一千九百零四年,平白地天崩地塌,一声响亮,那奴乐岛的地面,直沉向孽海中去。
>
> 咦,咦,咦!原来这孽海和奴乐岛,却是接着中国地面,在瀚海之南,黄海之西,青海之东,支那海之北。此事一经发现,那中国第一通商码头的上海——地球各国人,都聚集在此地——都道稀罕,天天讨论的讨论,调查的调查,秃着几打笔头,费

---

① 孙家振,《海上繁华梦》,第一回《谢幼安花间感梦 杜少牧海上游春》,上海古籍出版社,1991年版,第3页。

② 同上。

着几榜纸墨,说着此事。①

小说《二十年目睹之怪现状》中不仅强调了租界的发展变化,还生动地描述了租界中的风习民情的特点:

> 上海地方,为商贾麇集之区,中外杂处,人烟稠密,轮舶往来,百货输转。加以苏扬各地之烟花,亦都图上海富商大贾之多,一时买棹而来,环聚于四马路一带,高张艳帜,炫异争奇。那上等的,自有那一班王孙公子去问津;那下等的,也有那些逐臭之夫,垂涎着要尝鼎一脔。于是乎把六十年前的一片芦苇滩头,变作了中国第一个热闹的所在。
>
> 唉!繁华到极,便容易沦于虚浮。久而久之,凡在上海来来往往的人,开口便讲应酬,闭口也讲应酬。人生世上,这"应酬"两个字,本来是免不了的;怎奈这些人所讲的应酬,与平常的应酬不同,所讲的不是嫖经,便是赌局,花天酒地,闹个不休,车水马龙,日无暇晷。还有那些本是手头空乏的,虽是空着心儿,也是要充作大老官模样,去逐队嬉游,好像除了征逐之外,别无正事的。所以那"空心大老官",居然成为上海的土产物。这还是小事。还有许多骗局、拐局、赌局,一切稀奇古怪,梦想不到的事,一切都在上海出现。于是乎又把六十年前民风淳朴的地方,变了个轻浮险诈的逋逃薮。②

这些小说的作者,不约而同地都将小说故事情节的发源地和人物活动的主要舞台设置为上海,即便不事先点出,作者也会在文本叙述中提及,并加以渲染,不时流露出强烈的上海地域认同和浓郁的本土意识。

这种突出和强调上海地域特征和本土意识的做法,似乎不是一种作家率意而为的行为,而是一种刻意的文化自觉,是一种悠久绵长的文化传统潜移默化的结果。我们知道,中国文学向来肩负着"载道""传道"的职责,宣扬和传播主流意识形态的核心价值理念,不仅是官方政治权力的强烈要求,也是文人自觉自愿的价值认同和心悦诚服的使命意识。所以,从西周春秋时期的《诗经》的"美刺""兴观群怨""事父事君",到秦汉时期的"成孝敬,厚人伦,美教化",到唐宋时期的"文以载道""歌诗合为事而作""问道合一",再到明清时期"不关风化体,纵好也徒然""警世""醒世""型世""有补于世",一直到清末民初梁启超"小说界革命"所倡言的小说功能"熏浸刺提",从诗歌、散文、小说、戏剧等,几乎所有的文学体裁都无一例外地承担了文学自身审美功能和抒情功能之外的职责。就小说而言,读者耳熟能详的四大古典名著《水浒传》《三国演义》《西游记》和《红楼梦》,或从妖魔乱世、怪象纷呈等灵异、不祥之事导出

---

① 曾朴,《孽海花》,第一回《恶风潮陆沉奴隶国 真薄幸转劫离恨天》,《中国近代文学大系》第2集·第6卷·小说集四,上海书店出版社,1992年版,第5—6页。
② 〔清〕吴趼人,《二十年目睹之怪现状》,第一回《楔子》《中国近代文学大系》第2集·第5卷·小说集三,上海书店出版社,1994年版,第1页。

"历史本事",或从天地洪荒、鸿蒙初辟说起,《红楼梦》故事的起始时空更是远溯至女娲炼石补天的大荒山无稽崖青埂峰下。但不论是历史演义、神魔鬼怪、英雄传奇,还是才子佳人,无不寄寓着浓浓的劝诫和教化意味,在离奇荒诞、跌宕起伏的故事情节和人物刻画过程中,不动声色地完成着"载道"功能。这种传统,到晚清时期并没有随着时代的变迁而有所消歇,而是在新的时空下,接受了新的时代元素,焕发出了新的生机。这一时期,上海印象中的商业文化叙事,将文本的大背景设置为上海,正是对这一传统的继承和弘扬。

《海上花列传》《市声》《二十年目睹之怪现状》《商界现形记》《黄金世界》《海上繁华梦》《发财秘诀》等以上海故事为中心的小说自不待言,如前所述,就是并非以上海故事为中心的《孽海花》,在开头也要打出上海的幌子,"那(孽)海里头有一个岛,叫作'奴乐岛'。地近北纬三十度,东经一百八十度。""原来这孽海和奴乐岛,却是接着中国地面,在瀚海之南,黄海之西,青海之东……""那中国第一通商码头的上海。"《官场现形记》结尾写到甄阁学到保定探望病危的哥哥,病人临终前做的荒诞梦:先是到了一个充满狼虫虎豹等猛兽的深山老林里,连着猫、狗、老鼠、猴子、黄鼠狼,统统都有;至于猪、羊、牛,更不计其数了,完全是一个弱肉强食、尔虞我诈,想逃也逃不出的畜生世界。接着梦见的地方,"竟是一片康庄大道,马来车往,络绎不绝,竟同上海大马路一个样子。"在这里,这个即将撒手人寰的病人来到了官衙,看到了议事的官僚们,正在校订一部教科书,前半部分是指摘他们做官的坏处,好叫他们读了知过必改;后半部分是教导他们做官的法子。但不幸的是一场突如其来的大火,将这部书烧得只剩下前半部,不成其为教科书,补出后半部亦非一朝一夕之功,只得先把现存的前半部印出来,虽不能引之为善,却可以戒其为非。况且从前古人以半部《论语》治天下,就是半部亦何妨。隐约之间,作者似乎把肃清官场积弊,重振乾纲,打破专制,一扫中国积贫积弱局面的希望寄托在了上海这片土地上。

这些小说大都以堂皇迷离、离奇怪诞的非现实情节和色彩开篇。传统话本和章回体小说开篇前的"楔子"或"入话",看似游离于正文之外,可有可无,实则是正文的铺垫和过渡,与正文一道构成一个有机整体。这些小说正是承继了传统话本和章回体小说这一叙述功能,或建构"草蛇灰线""穿插藏闪"的情节预言,或提点本事神秘虚幻的渊源,或接榫主题的思想意涵,或强调小说的教化功能,带有浓厚的"寓言"或"隐喻"的性质,是对古老传统的接响和延续。

这种对上海地域背景的看重与描述,不仅为读者提供了新的看点或买点,刺激了读者的阅读和购买欲望,而且,上海背景的设置,不单是异质文化输入的必然选择,也是小说叙事策略的客观情势使然。同时,上海作为中国近代最大、最繁华的通商口岸,也是东方与西方,古老与现代,文明与落后的冲突场与交战地,是近代中国社会器物、制度、文化剧烈变动最生动活泼的教科书,也是最丰富完整的活化石,欲考察近代以降的各种变迁,上海是一个绕不过去、不得不说的话题资源。

包括商业文化叙事在内的中国传统小说,在题材选择、主题设定、情节叙述、人物塑造、语言风格等诸方面,在上海开埠以来很长一段时间内,都延续着古老的中国传统和中国气派,帝王将相、才子佳人、神魔鬼怪、公案黑幕之类可谓连篇累牍、积案盈箱。其功能指向,如前所述,也大抵不出道德劝诫、泻导人情、喻世醒世,乃至张皇鬼神,称道灵异者也所在多有。开埠后,随着西学东渐,西方的文学观念渐为中土人士所接受与服膺,文学除了承担"载道"的社会功能外,更多地回归到文学本体,肩负起抒情达意、审美愉悦的职责。传统观念中,小说乃末流,是街谈巷议、道听途说的产物,本不为士大夫阶层所瞩目,经梁启超"小说界革命"之鼓吹与抑扬,"小说为文学之最上乘"的观念,在上海租界西化的世俗氛围下,对西方把小说当作高尚文体的思想,始逐渐为人所认同,小说也逐渐取得了与传统诗文并驾齐驱的地位。

这一时期的小说反复渲染上海的地域背景,其实是以租界为底色的。租界这一特定时空,可以说聚集了小说繁荣的所有因素。就小说的生产者而言,从各种渠道汇集到上海的报馆、书局、学校、图书馆等文化机构的各种背景和不同文化程度的文人群体,成为小说创作的显在或潜在作家,专业作家也由于现代稿酬制度的催生而层出不穷。传播方面,几乎更不成问题,成熟的出版制度和运作良好的出版机构,以及发达的新闻资讯传播途径,都使得新的创作以最快的速度与读者见面。消费方面,数百万文化水平参差不齐的普通市民就是一个巨大的消费市场,他们有一定的文化水平,也有一定的阅读鉴赏能力,但他们的欣赏趣味不同于一小部分小众化的士大夫、高级知识分子或白领等精英阶层,那种带有烟火味的市井生活,诸如狭邪、侦探、武侠、言情、谴责、社会、黑幕、军事、历史等新旧小说门类,是他们所喜闻乐见的。

除此之外,上海租界背景语境下的读者消费群,不同于内地或他处读者的地方,还在于一些新的、前所未有的因素开始出现,诸如维新、立宪、革命、科学、自由、平等、女权、改良群治等观念,以及马路、洋车、电灯、电话、洋行、商场、买办、自来水、华达呢、水门汀等器物、制度和文化,也为上海的作者和读者所熟知和接受。正是从这个意义上说,这种对以租界为底色的上海地域背景的看重与描述,为读者提供了新的看点或买点,进一步刺激了读者的阅读和购买欲望。徐念慈对1907年前后购买小说的人群进行过分析,指出"今之购小说者,其百分之九十出于旧学界而输入新学说者",[①]这类人当然以引领新思潮的上海租界为多。

我们看到,在光怪陆离、令人惊异的租界里,梦幻般的繁华异景、荒诞不经的奇闻逸事无时无刻不在上演着,挑战着国民的视觉神经,触碰着他们柔软敏感的心理,增长着他们狭窄短浅的见识,更新着他们老旧沉浮的信息储存。

王韬曾对上海租界繁盛的情色风月场所进行了描写:"沪上租界,街名皆系新创,如兆富里,兆贵里,兆荣里,兆华里,东昼锦里,西昼锦里,教坊咸萃于此。此外如日新、久

---

① 徐念慈,《余之小说观》,载《小说林》1908年第9、第10期。

安、同庆、尚仁、百花、桂馨各里,亦悉系上等勾栏所居,俗称板三局,一时杨柳帘栊,笙歌若沸,枇杷门巷,粉黛如云。当此二分月上,歌舞场开,十里香迷,烟花薮启,色烂银花,可号长春之国,光摇火树,真成不夜之天,羡景色之撩人,觉风光之假我,莫不尽态极妍,驰芳南部,争怜献媚,斗艳西方。斯固寻乐之窝,而为销金之窟也欤?"①这种"粉黛如云""十里香迷"的空前盛况是以前不曾有过的。

黄式权在《淞南梦影录》中也记载了19世纪80年代上海租界的豪奢淫冶风气:"以佻达为风流,以奢豪为能事。金银气旺,诗酒情疏。求如昔之月地花天,唱酬风雅者,盖已可望而不可即矣。"时有诗云:"申江好,小县作名邦。买卖生涯推第一,风流泽薮叹无双。豪杰望风降。""申江好,行乐易忘归。处处珠围兼翠绕,家家燕瘦又环肥。金尽手犹挥。"②冶游之风在中国,只有那些看破红尘,或者是已经臻于人生巅峰,抑或在红尘竞奔中丧失了晋身之阶、对自己不再抱有希望的士人,才毫无节制地放纵自己,沉溺于声色犬马中乐不思蜀。文人士大夫纵或有之,但毕竟碍于礼教,也总是犹抱琵琶半遮面,羞羞答答,遮遮掩掩,要收敛得多。而租界里的情色消费则大张旗鼓,理直气壮,并以此种消费能力和水准作为傲人的资本。《海上花列传》中豪富大家黎篆鸿吃花酒叫局,一出手就是六个,而小土鳖李实夫起先不肯叫局,在黎篆鸿的讥笑戏弄下勉强叫了几个,还是被其抢白,"黎篆鸿拿局票来看,见李实夫仍只叫得三个局,乃皱眉道:'我看耐要几花洋钱来放来哚箱子里做啥!阿是来哚我面浪来做人家哉?'又怂恿李鹤汀道:'耐再叫一个,也坍坍俚台,看俚阿有啥面孔!'李实夫只是讪笑"。③这一切皆拜上海背景下的租界语境所赐。

《海上繁华梦》初集第八回《看跑马大开眼界 戏拉缰险丧身躯》写道:

> 只听得耳朵边一阵喧哗,场上的人万头攒动。远远瞧见跑马厅上跑出八匹马来。起初原是一线齐的,不到半圈,渐渐分出先后。跑至十分之七,只有一匹黑马与一匹黄马在前。及至一圈跑到,乃是黄马第一。骑马的人,身穿红衣黑裤,头上戴的帽子,只因离得尚远,看不清楚。④

不消说,跑马这种娱乐方式是随着列强而来的舶来品,老中国虽或有之,如一般大众耳熟能详的"田忌赛马",曾经在上流社会的贵族中间流行过一阵子。时过境迁,到晚清时,随着帝国综合国力的每况愈下和八旗子弟的日渐式微,这种既可以当作训练骑兵马上作战、提高快速反应能力的准军事活动,又可当作强身健体、快慰身心的体育娱乐活动,已经同清王朝一样,日薄西山,趋于没落了。作为西洋一景的跑马活动,应该算得

---

① 〔清〕王韬,《海陬冶游》附录卷上,载《中国香艳全书》第4册,北京:团结出版社,2005年版,第2460页。
② 〔清〕葛元煦、黄式权、池志澂,《沪游杂记 淞南梦影录 沪游梦影》,上海古籍出版社1989年版,第141页。
③ 《海上花列传》,第十五回《屠明珠出局公和里 李实夫开灯花雨楼》,《中国近代文学大系》第2集·第3卷·小说集一,上海书店出版社,1991年版,第266页。
④ 海上漱石生,《海上繁华梦·初集》,上海古籍出版社,1991年版,第74页。

上一种新的娱乐方式了,虽也是有钱有闲人士的专利,但却是普罗大众的狂欢,人人都可以围观,人人也都可以下注,至于输赢胜负,就看个人的运气和造化了。

《海上花列传》第六回《养囡鱼戏言微善教　管老鸨奇事反常情》写仲英携妓游洋行的情形道:

> 小妹姐带了银水烟筒,三人同行,即在东合兴里弄口坐上马车,令车夫先往大马路亨达利洋行去。当下驰出抛球场,不多路到了。车夫等着下了车,拉马车去一边伺候。仲英与雪香、小妹姐趱进洋行门口,一眼望去,但觉陆离光怪,目眩神惊,看了这样,再看那样,大都不能指名,又不暇去细细根究,只大略一览而已。那洋行内伙计们将出许多顽意儿,拨动机关,任人赏鉴。有各色假鸟,能鼓翼而鸣的;有各色假兽,能按节而舞的;还有四五个列坐的铜铸洋人,能吹喇叭,能弹琵琶,能撞击金石革木诸响器,合成一套大曲的;其余会行、会动的舟车狗马,不可以更仆数。①

洋行的"陆离光怪",各种机巧古怪、造型材质各异的器玩,不要说对其原理、功能略知一二,即使名称也说不上来,这使得一班见多识广的烟花女子颇有些"目眩神惊",甚至手足无措,"又不暇去细细根究,只大略一览而已",只得藏拙守愚,铩羽而归。

《海上繁华梦》中写到了张园等场所的杂技表演:

> 外国人做的戏术本来好的甚多。记得从前有个美国人叫卑士姆,有个俄国人叫柯萨克,他两人出得好一手戏法,真个是神出鬼没,曾在圆明园路外国戏馆与张家花园里做过,可惜现在都回国去了。张家花园还做过大木人戏,招帖上叫"傀儡戏",也甚好看。虹口马戏场隔壁,前年到过一班东洋戏,那拆梯子、走钢丝许多绝技,虽然中国竿技也有这套功夫,却哪里能及得他来。②

这些外国人的所谓"奇技淫巧"显然也是此前国人不曾见识过的,其稀奇性自不待言。

《官场现形记》第三十三回《查账目奉札谒银行　借名头敛钱开书局》写到某省的藩台为了调查下属有无赃款存在上海外国人开办的银行里,亲自到上海银行查账的情形,兹不避冗长,迻录如下:

> 回到公馆,过了一夜。第二天一早,就想到汇丰家去查账。起身梳洗之后,便吩咐套马车。穿好行装,带了翻译,两个人同上了马车,一直往黄浦滩而来。未曾上车的时候,车夫就问:"到哪里去?"藩台说:"汇丰银行。"马夫说:"今天礼拜,银行是不开门的。"那翻译因是省里带来的,在内地久了,也忘记礼拜不礼拜,被马夫一句话提醒,他亦恍然道:"不错,礼拜日外国人是不办公事的,去也是白去。不如大

---

① 〔清〕韩邦庆,《海上花列传》,《中国近代文学大系》第2集·第3卷·小说集一,上海书店出版社,991年版,第202—203页。
② 海上漱石生,《海上繁华梦》二集,上海古籍出版社,1991年版,第605页。

人到别处拜客,明天一早再去不迟。"藩台道:"……我到他门口飞张片子,我总算到过的了。就是他不办公事,料想客人总好见的。我昨天就到此地,今天还不去拜他,被外国人瞧着也不好。况且我今天见了他,先把大概情形告诉了他,明天再去查账也就容易些。"翻译道:"礼拜关门,连客也是不见的,不如明儿一块去的好。"藩台道:"你们这些人,多走一步路都是怕的。横竖坐马车,又不要你跑了去,多走一趟也不难。"翻译也不敢说别的,只好跟了他走。

一霎时走到汇丰银行门口,果见两扇大门紧紧闭着,投帖的人叫唤了半天,亦没有一个人答应。投帖的无奈,只得走到马车跟前,据实回复。藩台道:"既然没有人,留张片子就是了。"投帖的又跑回去,拿张片子塞了半天,亦没有塞进,只好蘸了点唾沫,拿张片子贴在门上走了。藩台自己觉着无趣,又怕翻译笑他,说他不懂外国规矩,同到公馆,坐定之后,便对手下的人说道:"外国人礼拜不办事、不会客,我有什么不晓得的。不过上头委了我这件事,照例文章总得做到。将来有账查得到,固然是有面子,即使查不到,我们这里到底来过两趟,总算是尽心的了。"他如此说,手下的人只好连连答应称"是"。

到了第二天,便是礼拜一,银行里开了门。他老人家仍旧坐了马车赶去。未曾到银行门口,投帖的已经老早地拿着名片想由前门闯进去,上了台阶,就挺着嗓子喊:"接帖"。幸亏没有被外国人碰见,撞见一个细崽,连忙挥手,叫他出去,又指引他叫他走后门到后头去。等到投帖的下了台阶,藩台也下了马车了。投帖的上前禀明缘由。藩台心上很不高兴,自想:"我是客,我来拜他,怎么叫我走后门?"原来这汇丰银行做中国人的买卖,甚么取洋钱、兑汇票,账房、柜台统统都设在后面,所以那细崽指引他到后边去。当下藩台无奈,只得跟了投帖的号房走到后面。大众见他戴着大红顶子,都以为诧异。说他倘然是来兑银子的,用不着穿衣帽;如果是拜买办的,很可以穿便衣,也用不着如此恭敬。

其时柜台上收付洋钱,查对支票,正在忙个不了,也没人去招呼他。号房拿了名片,叫唤了几声"接帖",没有人理他,便拉住一个人,问:"外国人在那间屋里住?"那人道:"我是来支洋钱的,我不晓得。你去问他们柜上罢。"号房无奈,站在柜台边望了一望,都是忙碌碌的,不好插嘴,急的藩台骂:"没中用的王八蛋!连帖子都不会投,还当什么号房!"号房急了,随检了柜台上一个鼻架铜丝眼镜的小伙子先生,问他:"外国人在哪里?我们大人要拜他。"小伙子先生望了他一眼,并不理他,仍旧低下头,手摸算盘,跌跌挞挞算他的账去。号房没法,只得又捡了一个嘴上两撇鼠须的老头子先生,照前问了一句。毕竟老头子先生古道可风,回问了声:"你们是哪里来的?要找外国人做甚么?"号房还没有回答他来的是藩台大人,那老头子先生手里早拿了一管笔,一叠支票,一张张地往簿子上自己去誊清,再问他话也听不见了。号房急得要死,藩台瞧着生气。

正在走投无路的时候,忽见里面走出一个中国人来,也不晓得是行里的什么人。藩台便亲自上前向他询问，自称是江南藩司，奉了制台大人的差使，要找外国人说一句话，看一笔账。那人听说他是藩台，便把两只眼拿他上下估量了一番，回报了一声："外国人忙着，在楼上，你要找他，他也没工夫会你的。"此时翻译跟在后头，便说："不看洋人，先会会你们买办先生也好。"那人道："买办也忙着哩。你有什么事情？"藩台道："有个姓余的道台在你们贵行里存了一笔银子，我要查查看，到底是有没有。"那人道："我们这里没有甚么姓余的道台，不晓得。我要到街上有事情去，你问别人罢。"扬长地竟出后门去了。

其时来支洋钱取银子的人越聚越多，看洋钱的丁零当啷，都灌到藩台耳朵里去。洋钱都用大筐箩盛着，豁琅一摜，不晓得几千几万似的。整包的钞票，一叠一叠地数给人看，花花绿绿，都耀到藩台眼睛里去。此时藩台心上着实美慕，想："我官居藩司，综理一省财政，也算得有钱了，然而总不敌人家的多。"正想着，忽听翻译说道："啊唷，已经十二点半钟了！"藩台道："十二点半钟便怎样？"翻译道："一到十二点半，他们就要走了。"藩台道："很好，我们就在这里候他。他总得出来的。等他们出来的时候，我们赶上去问他们一声，不就结了吗。"正说着，只见许多人一哄而出，纷纷都向后门出去，也不分出哪个是买办，哪个是账房，哪个是跑街，哪个是跑楼。一干人出去之后，却并不见一个外国人。你道为何？原来外国人都是从前门走的，所以藩台等了半天还是白等。直等到大众去净之后，静悄悄的鸦雀无声。翻译明知就里，也不敢说别的，只好说："请大人暂回公馆吃饭。过天托人找到他的买办，问他一声，或者就托他代查。大人犯不着亵尊，自己一趟趟往这里来。"藩台看此情形，也觉无味，只得搭讪着说道："我同余某人并不是冤家，一定要来查他的账。不过我不来两趟，上头总说我不肯尽心。如今外国人不见我，这事便不与我相干，我回省也有得交代了。至于买办那里，你们明天顺便去问一声也好。我们的事情，凡是力量可以做到的，无不样样做到。他不理你，那却无法了。至于当差使，也说不到'亵尊'二字。外国人瞧不起我们中国的官，也不自今日为始了。这件事我碰着了，倒还是心平气和。"说罢，拉起衣裳一直出来上马车赶回公馆。

翻译当天果去托人找着了买办，提起前情。买办道："不要说难查，就是容易查，他有银子尽着他存，他爱存哪里就哪里，总不能当他是赃款办。幸而你们大人没有来见外国人，倘若见了外国人，被外国人说笑上两句，那却难为情呢！"翻译听了无话，回来回了藩台。于是藩台才打断了查账的念头，只想拿话搪塞制台。不敢说洋人不见，他造了一篇谣言，说问过洋人，簿子上没有余某人的花户，所以无从查起。①

这位省级地方大员，为了稽劾同僚的贪腐行为，受上峰派遣，远路迢迢赴上海洋人开的银行查账，却不知该到哪家银行去查，因为上海滩上的银行有数十家，家家都办理

---

① 海上漱石生，《海上繁华梦》二集，上海古籍出版社，1991年版，第536—541页。

中国人的业务,隐约只记得汇丰银行一家,就断定要到汇丰去查。这位藩台老爷带着翻译,坐着马车,兴冲冲向黄浦滩进发,却被车夫告知:周日银行不办公。煞有介事地跑了一趟,结果一事无成。第二天再去,却被银行伙计带到后门,藩台大人觉得十分委屈,"我是客,我来拜他,怎么叫我走后门?"原来按照规矩,汇丰银行办理中国人的业务,账房、柜台统统都设在后面,所以要带他到后边去。工作时间,大家都忙着各自手头的事情,无暇理会一个不相干的人,藩台觉得受到了冷遇,不禁勃然大怒,只得亮明身份,表明来意,试图以官威慑人,结果仍然无人理睬,最后只得灰溜溜地打道回府。不难看出,藩台大人作为省级地方大员对洋务的陌生与隔阂,他可能熟知的是钱庄、当铺、银号等这些古老、传统的金融业态模式,而对新兴的银行和新的金融知识完全是两眼一抹黑,甚至都不熟悉西人周末休息这种最一般的生活习俗。这些地方高官,应当说是帝国的精英了,但即便是这些人,对西学的知识都基本上是零,更遑论其他的一般士庶黎民?

上海地域背景的一再出现和反复强调,不单是纯粹出于商业利益的考量,为了刺激、吸引读者的阅读和购买欲而提供新看点、新卖点,更多的也是出于文学叙事策略本身的需要。众所周知,像上海这样一个华洋杂处、鱼龙混杂,相对自由开放的所在,各种文化、各种习俗和各种思想都有各自延展的空间和载体。突如其来的异质文化以一种不容分说的态势,强势植入老旧沉闷的土地,强烈冲击着固有的传统和观念,以致传统道德全面崩溃、价值体系基本失范、灵魂变异屡见不鲜,在繁华风光之外,摩登淫冶、虚幻混沌、腐败糜烂也成了上海的标签。光怪陆离、五色斑斓的上海社会世相百态,滋养和培育了作家们的灵感和想象力,不仅为他们提供了许多活色生香的题材来源。为了满足读者需求,也为作家们在人物调配、叙事空间等方面提供了宝贵的素材支撑。同时,上海中西交融、洋风炽盛所孕育出来的维新、立宪、革命等观念,也成为作家们关注时代主题的重要思想资源宝库。

上海是个海,上海有多大,海水有多深,不知道。作为第一商埠,上海的常住人口和流动人口数量都极其庞大。这些流动人口的背景、身份、职业、社会地位等都不尽相同,但有一点是共同的,就是他们没有传统的那种安土重迁的乡土观念,忽来忽走,来去自由,人身依附相对来说较为松散,大部分人、大部分时间无须仰人鼻息,也不必看人脸色,而且消磨多余时间的公共娱乐消费场所丰富,因而他们的尊卑等级观念也较为淡薄,这一点在商人和文人身上体现得较为明显。反映在以上海作为故事背景和叙事空间的文学叙事中,作家编织故事情节和人物关系时,就有极大的自由拓展的空间和余地,可以让笔下的人物随意聚散,并在各种娱乐消费空间随时组合人物关系。譬如《黄金世界》中,主人公夏建威,本是南直隶应天人氏,是在美国纽约经商的富豪;朱阿金和陈氏夫妇、何图南和儿子何去非是广东人,都曾被拐骗到古巴等地当劳工;朱怀祖、张氏本是浙江舟山人,南明皇族后裔,后因战乱流落到南海的某个孤岛上,后来又到英伦留学;还有家住黄山,客游沪渎的神秘女装苏隐红等。他们彼此间素不相识,却都为了一个共同目标——抵制美货而聚集上海,苦口婆心,四处奔波,最终无功而返。

《发财秘诀》中的区丙,是广东南海县(现为南海区)张搓乡以小负贩糊口的一个人。九江乡人关阿巨,因为在广东闹了劫案,逃到澳门;香港的花雪畦,因为偷窃被游街示众,没办法生存,不得已逃到上海,在区丙儿子阿牛的资助下返回香港,靠拐卖人口牟取暴利。陶庆云原是广东洋行里的小职员,后借机来到上海,居然混成了洋行的买办,摇身一变成为高级白领,魏又园亦如此。同乡舒云旃在上海投靠洋人,靠炒卖地皮发财。"说话之间,陆续又来了四个客。一个复姓端木号叫子镜,人家问他贵姓,他却只说是姓木;一个姓言,号能君;一个便是庆云的老兄秀干;还有一个,雪畦见了,不由得心惊胆战的,不是别人,正是在澳门阉猪的蔡以善。雪畦一见了便手足无措起来,只得佯作不相识,一一由庆云介绍了,彼此列坐谈天。雪畦一一请教,才知道秀干已得了关上事情,言能君是合隆木号的东家,端木子镜是巡防局的百长,蔡以善在近今洋行写字楼办事。"①这一帮狐朋狗友,为了发财,齐聚上海滩,各自凭借坑蒙拐骗的绝技,呼风唤雨撒豆成兵,演绎了一出出惊世骇俗的活剧。

李伯元的《海天鸿雪记》、吴趼人的《上海游骖录》、姬文的《市声》、孙家振的《海上繁华梦》等长篇小说,无不体现了上海背景在人物设置、情节结撰、场景切换等叙事策略和手段上的便利。这一切,皆拜上海租界的文化语境、读者接受视野、作家知识结构等因素所造成的上海背景所赐,这一背景也直接影响了许多小说的创作、传播和消费。②

作为地域背景的上海,之所以在商业文化叙事以及其他相关叙事中反复呈现,确实是上海都市空间独特的人文景观和杂交糅合的社会生活习俗所决定的。如前所述,上海作为中国近代最大、最繁华的通商口岸,是东方与西方,古老与现代,文明与落后的冲突场与交战地,是近代中国社会器物、制度、文化剧烈变动最生动活泼的教科书,也是最丰富完整的活化石。特别是这一时期的作家们,都曾经历过新旧转型、东西方文化剧烈冲突这样的过程,内忧外患的社会现实,迫使他们从天朝上国的迷梦中苏醒过来,必须"睁眼看世界",对上海乃至这个千百年来的古老国度所发生的一切,抱着一则以喜一则以惧的犹疑态度,从个体的视角做出自己的观察和判断。这种判断有辛酸,有沉痛,也有反思,当然也有猎奇、迷恋和不觉悟。可以说,上海的地域背景,为这一时期的商业文化和其他类型的叙事,提供了文学书写的物理时空,譬如上海滩的标志性建筑租界、四马路、外滩、味莼园和静安寺等。

福州路,俗称四马路,原是通向黄浦江的四条土路之一,"沪北热闹之区,向以宝善街为巨擘。四马路虽各衖本,妓家栉比,而马路中并无店铺。迨光绪六、七年间,始有华众会、弹子房、及已开之聚丰园酒馆等家。嗣后,逐渐争开,翻造店面,今则销金之窟,惟四马路为最多矣。每当日方过午,游人争集,北向楼台,名花媚客。所有一层楼华众会、五层楼升平楼等烟茶酒俱备之馆,坐客常满。其他天乐窝、小广寒等书场,锣鼓喧天,令

---

① 〔清〕吴趼人,《发财秘诀》,第七回《洋奴得意别有原因 土老赴席许多笑话》,天津古籍出版社,1986年版,第52—53页。

② 李永东,《论上海空间对晚清小说创作的影响》,《社会科学战线》,2011年第9期。

人生厌。凡东西荟芳、合兴等里,妓女之为客传唤侍酒者,率坐蓝呢中轿,进出参差。路中之携名姬坐马车而招摇过市者,衔尾而来,如云如水。夕阳西下,地火通明,人海人山,尤觉络绎不绝,恐西天不夜城无此繁盛。直至夜间十一二点钟,游客渐散,市声始静。"[1] 19世纪50年代初,外滩至界路(今河南中路)一段,筑成泥沙石子马路,早期称劳勃三渥克路,因附近设有基督教伦敦会传教机构,故称布道路,又称教会路。清咸丰六年(1856)向西延伸至第二跑马场(今湖北路)。清同治三年(1864)修筑全程,次年命名为福州路。清末民初该马路及附近地面报馆书局林立、茶园妓寮遍地,如胡祥翰所记"光绪初则上等勾栏皆集于四马路、宝善街间之兆富、兆荣……桂馨各里及六马路之宝树胡同、松盛胡同"。[2] 因为"报馆书局林立、茶园妓寮遍地",福州路既可以称之为上海滩的文化区,亦可称之为红灯区,是文人狎客、行商坐贾、地痞流氓等三教九流时常光顾的地方。《二十年目睹之怪现状》有近二十次提到四马路,在开篇第一回的楔子中,即提及"上海地方,为商贾麇集之区,中外杂处,人烟稠密,轮舶往来,百货输转。加以苏扬各地之烟花,亦都图上海富商大贾之多,一时买棹而来,环聚于四马路一带,高张艳帜,炫异争奇。那上等的,自有那一班王孙公子去问津;那下等的,也有那些逐臭之夫,垂涎着要尝鼎一脔。于是乎把六十年前的一片芦苇滩头,变作了中国第一个热闹的所在"。明白无误地指出了四马路作为烟花场所在上海的地位和影响。第六十六回《妙转圜行贿买蜚言 猜哑谜当筵宣谑语》,作家谈到某洋行买办舒淡湖去四马路对过的波斯花园找"一家甚么报馆的主笔"侯翱初,企图"行贿买蜚言",利用侯翱初手中的舆论话语权,捏造舒淡湖的上司——洋行总办意欲迎娶的姨太太金红玉的绯闻,使得总办看报后得知欲纳之妾品行有亏,自己决定不再谋娶金红玉。这样,舒淡湖既可以在上司面前保住了办事得当的面子,又可以侵吞金红玉托他代转总办的两只价值二百多洋钱的金镯子。小说的这一情节,算是多少顾及到了四马路文化场所的属性:

> 舒淡湖一跃而起,匆匆梳洗了,藏好了两只金镯子,拿了一百元的钞票,坐了马车,到四马路波斯花园对过去,找着了《品花宝鉴》上侯石翁的一个孙子,叫作侯翱初的,和他商量。这侯翱初是一家甚么报馆的主笔,当下见了淡湖,便乜斜着眼睛,放出那一张似笑非笑的脸来道……[3]

张园,又称"味莼园","在静安寺斜桥之西,园本西人格农所建,清光绪十年为无锡张叔和所得……初地二十亩,历年展拓至七十亩……每当西人赛马及星期六、星期日、中西令节日,园中车水马龙,颇极一时之盛"。[4] 张园也是上海吸引各色游客的地标性建筑之一,李伯元在《文明小史》第十六回写姚老夫子带着徒弟及贾子猷兄弟三人到上

---

[1] 藜床卧读生编,《新辑上海舞场景致·四马路》卷2,光绪二十年(1894)上海管可寿斋石印本。
[2] 胡祥翰,《上海小志》,《上海滩与上海人丛书》,上海古籍出版社,1989年版,第36页。
[3] 〔清〕吴趼人,《二十年目睹之怪现状》,《中国近代文学大系》第2集·第5卷·小说集三,上海书店出版社,1994年版,第487页。
[4] 胡祥翰,《上海小志》,《上海滩与上海人丛书》,上海古籍出版社,1989年版,第22页。

海后就嘱咐他四人,"你们四个人,都是初到上海夷场上的,风景也不可不领略一二。我有一个章程,白天里看朋友、买书,有什么学堂、书院、印书局,每天走上一二处,也好长长见识。等到晚上,听回把书,看回把戏,吃顿把宵夜,等到礼拜,坐趟把马车,游游张园。什么大菜馆、聚丰园,不过名目好听,其实吃的菜还不是一样。至于另外还有什么玩的地方,不是你们年轻人可以去得的,我也不能带你们走动。"《海上繁华梦》第八回《看跑马大开眼界　戏拉缰险丧身躯》也写道:

> 进得园门,下车向别处闲走了一回。那些看跑马的马车,一部部也都来了。少牧要在安垲地大洋房内泡茶,幼安嫌他太觉热闹,一定要到老洋房去。因至老洋房坐下,园丁泡上茶来。这老洋房的面前,乃是一方空地,约有三四亩田开阔,四边种些树木。前面是个荷池,左旁是通安垲地的一条马路,右旁是条花径。花径里边,曲曲折折的有两三条小桥、三四座茅亭,那景致倒还幽净。老洋房的隔壁,是全玻璃窗的两间花房,那花房中种着无数外国花草,姹紫嫣红,甚是好看。①

《孽海花》第十八回《游草地商量请客单　借花园开设谈瀛会》提及张园说:

> 离上海五六里地方,有一座出名的大花园,叫作味莼园。这座花园坐落不多,四面围着嫩绿的大草地,草地中间矗立一座巍焕的跳舞厅,大家都叫它作安垲第。原是中国士女会集茗话之所。②

作为上海滩重要的公共空间,张园免费对外开放,因而吸引着士女、商贾、情侣、狎客等到此会集茗话。当然它也是各路志士仁人聚集会合的场所,他们经常在这里举行各种政治集会、演说,如1902年8月13日的中国教育会欢迎吴稚晖归国大会;1903年4月25日、4月27日的抗议俄国侵占东北千人大会,及1913年的宋教仁追悼大会等。上述《孽海花》中,便是一帮富有忧患意识的官员和知识分子们,借助张园这个所在举行"谈瀛会",意欲"借他山攻错之资,集世界交通之益","借此聚集冠裳,兼可研究世局"。因而张园在近代上海也具有了某种政治色彩。

《海上花列传》提及静安寺道:

> 罗子富和黄翠凤两把马车驰至大马路斜角转弯,道遇一把轿车驶过,自东而西,恰好与子富坐的车并驾齐驱。子富望那玻璃窗内,原来是王莲生带着张蕙贞同车并坐。大家见了,只点头微笑。将近泥城桥堍,那轿车加紧一鞭,争先过桥。这马见有前车引领,也自跟着纵辔飞跑。趁此下桥之势,滔滔滚滚,直奔静安寺来。一转瞬间,明园在望。……园中芳草如绣,碧桃初开,听那黄鹂儿一声声好像叫出江南春意;又遇着这天朗气清、惠风和畅的礼拜日,有踏青的,有拾翠的,有修禊的,有寻芳的,车辚辚,马萧萧,接连来了三四十把,各占着亭台轩馆的座儿。但见钗冠

---

① 孙家振,《海上繁华梦·初集》,上海古籍出版社,1991年版,第75页。
② 曾朴,《孽海花》,《中国近代文学大系》第2集·第6卷·小说集四,上海书店出版社,1992年版,第153页。

招展,履舄纵横,酒雾初消,茶烟乍起,比极乐世界"无遮会"还觉得热闹些。①

静安寺的历史比较起来略显悠久,据香山李朝觐于光绪九年十月作的《重修静安寺记》,"寺始大帝赤乌中,实从沪滨迁此,子唐为永泰禅寺。静安者,宋祥符元年所易名也。更元历明。逮国朝乾隆初,歙人孙思望出醵钱重修。寺百余年至今,几再废矣"。②清同治元年(1862),租界筑跑马道至静安寺,由跑马场至寺一段遂成为上海的繁华地段,也成为权豪势要挟妓冶游的必选之地,更是商业文化叙事中频频提及的上海滩标志性建筑之一。③

据相关史料,清道光二十五年(1845)十一月上海道宫慕久将"再行晓谕"《上海租地章程》之告示送交巴富尔。告示称:"兹就上海民情地势,前议杨泾浜以北、李家厂以南地基租给英商建房居住",④此后这片地区便被称为租界。"租界中往来孔道,西人俱以地名之。曰浙江路、河南路、湖北路、南京路……厦门路、扬子路,五花八门,莫可辨认,盖蕞尔弹丸,而十八省舆图已备于此矣"。⑤ 西方强势文化的介入,打破了传统利益格局的平衡,也改变了相当一部分人的生存状况和生活方式,特别是租界的划定和设立,更加剧了这一态势。因此,在这一时期以上海为背景的商业文化叙事中,很多作家们都把批判的锋芒指向了租界,认为租界周遭四马路、洋泾浜、宝善街等一带地方,虽然是最繁华,最摩登,最海派,但也是最罪恶的渊薮,是近代国人眼中的"首恶之区"。李伯元在《文明小史》中,叙述了贾氏三兄弟第一次在上海逛街所到之处便是英法租界地面:"跟着姚老夫子朝南,到了棋盘街,一看两旁洋货店、丸药店,都是簇新的铺面,玻璃窗门,甚是好看,再朝南走去,一带便是书坊,什么江左书林、鸿宝斋、文萃楼、点石斋各家招牌,一时记不清楚。"⑥可知此时租界已经完成了在上海本土的跑马圈地,成了上海最主要的商业区,也是上海摩登和繁华的标志性都市空间之一。陈无我在《老上海三十年见闻录》里曾记录了旧上海英租界的茶坊、烟间、药肆,"二十年前,初到上海之人,咸谓上海有一奇事,即狂啄鸦片。是人不能一日舍粟菽,上海则土店多于米店,烟馆多于饭馆,所有烟间,皆高大其室宇,精洁其器具"。⑦ 这一切带给上海,继而带给中国的混乱和伤痛,都是令国人刻骨铭心的惨痛记忆,而这些变化的根源都在于租界的设立和扩充。《二十年目睹之怪现状》三十五回《声罪恶当面绝交 聆怪论笑肠几断》中,写沪上一班自命风雅的伪名士六月十三日要开竹汤饼会,"出门坐了车,到四马路,入荟芳里,到得

---

① 《海上花列传》,第九回《沈小红拳翻张蕙贞 黄翠凤舌战罗子富》,《中国近代文学大系》第2集·第3卷·小说集一,上海书店出版社,1991年版,第222—223页。
② 上海博物馆图书资料室编,《上海碑刻资料选辑》,上海人民出版社,1980年版,第1页。
③ 罗紫鹏,《近代小说中的上海》,苏州大学,硕士论文,2012年4月,第13—33页。
④ 汤志钧主编,《近代上海大事记》,上海辞书出版社,1989年版,第24页。
⑤ 黄式权,《淞南梦影录》,(《上海滩与上海人丛书》),上海古籍出版社,1989年版,第117页。
⑥ 〔清〕李伯元,《文明小史》,中华书局,2002年版,第104页。
⑦ 陈无我,《老上海三十年见闻录》,上海书店出版社,1997年版,第10页。

花多福房里时,却已经黑压压地挤满一屋子人",①其地点也在租界里的四马路,其实不过是附庸风雅,假充斯文,"一个姓梅的,别号叫作几生修得到客;一个游过南岳的,叫作七十二朵青芙蓉最高处游客;一个姓贾的,起了个楼名,叫作前生端合住红楼,别号就叫了前身端合住红楼旧主人",他们把杜甫的别号叫玉溪生,颜鲁公的墨迹居然写的是苏东坡的《前赤壁赋》,杜少陵居然是杜甫的老子,奇谈怪论,令人喷饭。租界聚集的就是这样的一批人物,作者机锋所向,不难看出。

《二十年目睹之怪现状》第九十一回《老夫人舌端调反目 赵师母手版误呈词》写新任江西巡抚赵啸存的夫人陆蕙舫,前往上海道衙署拜访海关道叶伯芬沿途的所见:

> 到了这天,诰封夫人、晋封一品夫人、赵宪太太陆夫人,在天妃宫行辕坐了绿呢大轿登程。前头顶马,后头跟马;轿前高高的一项日照,十六名江西巡抚部院的亲兵;轿旁四名戴顶拖貂佩刀的戈什,簇着过了天妃宫桥,由大马路出黄浦滩,迤逦到十六铺外滩。转弯进了小东门,便看见沿路都是些巡防局勇丁,往来梭巡。这一天,城里的街道,居然也打扫干净了,只怕从有上海城以来,也不曾有过这个干净的劲儿。②

其行走路线,正是从租界向东拐弯出来,由北到南走完外滩,再向西进城门入华界的。

《孽海花》第三回《陆孝廉访艳宴金阊 金殿撰归装留沪渎》也写到主人公金雯青陪友人陆菶如同游外滩的情形:

> 二人送景亭(即冯桂芬)出房,进来重叙寒暄,谈及游玩,雯青道:"静安寺、徐家汇花园已经游过,并不见佳,不如游公家花园。你可在此用膳,膳后叫部马车同去。"菶如应允,雯青遂吩咐开膳,一面关照账房,代叫皮篷马车一部。二人用膳已毕,洗脸漱口。茶房回说,马车已在门口伺候。雯青在身边取出钥匙,开了箱子,换出一身新衣服穿上,握了团扇,让菶如先出,锁了房门,嘱咐了家丁及茶房几句,将钥匙交代账房,出门上了马车。那马夫抖勒缰绳,但见那匹阿剌伯黄色骏马,四蹄翻盏,如飞地往黄浦滩而去。沿着黄浦滩北直行,真个六辔在手,一尘不惊。但见黄浦内波平如镜,帆樯林立。猛然抬头,见着戈登铜像,矗立江表。再行过去,迎面一个石塔,晓得是纪念碑。二人正谈论,那车忽然停住。二人下车,入园门,果然亭台清旷,花木珍奇。二人坐在一个亭子上,看着出入的短衣硬领、细腰长裙、团扇轻衫、靓妆炫服的中西士女。③

---

① 〔清〕吴趼人著,张友鹤校注,《二十年目睹之怪现状》(上册),人民文学出版社,1959年版,第287页。
② 〔清〕吴趼人著,张友鹤校注,《二十年目睹之怪现状》(上册),人民文学出版社,1959年版,第694—695页。
③ 曾朴《孽海花》,《中国近代文学大系》第2集·第6卷·小说集四,上海书店出版社,1992年版,第22—23页。

外滩位于黄浦江畔,即外黄浦滩,全长 1.5 千米,南起今延安东路,北至苏州河上的外白渡桥,东面即黄浦江,西面是旧上海金融、外贸机构的集中地。清道光二十五年(1845)十一月,通过《上海土地章程》把外滩以西的 830 亩土地划为英租界。此后,殖民当局便在李家庄(又名李家场,今圆明园路西南、北京东路近外滩的一段)建造英国领事馆(今外滩 33 号)。不久,英国领事馆的南边沿黄浦江一线,陆续出现沙逊、仁记、宝成、旗昌、天长等洋行,其他国家的洋行、商行、总会、报社等亦开始在此云集,外滩成为全国乃至远东的金融中心。自此,外滩成为上海十里洋场的真实写照,也是旧上海租界区以及整个上海近代城市开始的起点。

第三节　商业文化叙事审美维度的另类呈现

上海印象中的商业文化叙事,在文学表达方面有自己独特的审美维度和美学特征。当然,这种维度和特征不是无源之水无本之木,而是与它所反映和所依存的社会生活密切相关的,吕西安·戈尔德曼曾指出,"小说的社会学会涉及的最首要的问题,却是小说形式本身和使它得以发展的社会环境的结构之间的关系,也就是作为文学体裁的小说和现代个人主义社会之间的关系问题"。[①] 换句话说,文学表达的叙事方式、审美维度和美学特征,并非一个超然物外、独立自主的体系,而是直接或间接地受制于社会空间的影响,甚至可以说,小说叙事形式是社会空间的某种折射和变形,二者之间实际上形成了一种同构关系。也就是说,以上海为背景的商业文化叙事,某种程度上是对都市空间和市民文化心态的一种迎合,或者迁就。这种同构在表现形式上是丰富多彩的,既与传统息息相关,也与现代血肉相连;既关注社会现实生活,也着眼市民精神空间;既有宏大叙事,也有烟火尘屑。具体而言,就是在叙事美学特征上的旧瓶再装新酒,传统杂糅现代;题材的选取上物理空间与精神空间并重;叙事的切入点小大由之。

一、旧瓶再装新酒,传统兼容现代

章回体是明清以来中国传统中长篇小说常用的重要结撰方式,也是小说外在形态呈现的重要方式,譬如读者耳熟能详的《水浒传》《三国演义》《西游记》《红楼梦》《金瓶梅》《儒林外史》等,莫不如此。其特点是将全书分为若干章节,称为"回"或"节"。少则十几回、几十回,多则百余回。每回前用单句或两句对偶的文字作标题,称为"回目",概括本节的故事内容,比如《三国演义》第一回"宴桃园豪杰三结义 斩黄巾英雄立首功"。

---

① 〔法〕吕西安·戈尔德曼著,吴岳添译,《论小说的社会学》,北京:中国社会科学出版社,1988 年版,第 10 页。

每回开头以"话说""且说"等起叙,每回末有"欲知后事如何,且听下文分解"之类的收束语,一回叙述一个较完整的故事段落,有相对独立性,但又承上启下。这种形态的渊源可以追溯到古老的民间说书艺术,其中"讲史"是最为通行和最受欢迎的一个门类。"讲史"就是说书的艺人们讲述历代的兴亡和战争的故事,譬如《金相平话五种》《五代史平话》《大宋宣和遗事》等。讲史一般都很长,艺人在表演时必须分为若干次才能讲完,每讲一次,就等于后来章回体小说中的一回。在每次讲说之前,艺人要用题目向听众揭示主要内容,这就是章回体小说回目的大致起源。章回体小说中经常出现的"话说"和"看官"等字样,正可以明确看出它与话本之间的继承关系。以章回体形式结撰的中长篇小说,具有浓郁的民族风格和民族特色,是我国叙事文学发展成熟的重要标志。它们体量庞大,容量惊人,便于反映波澜壮阔的社会生活和隐微曲折的世态人情,也便于折射人性世界的幽暗和深邃,是世界文学史上内容和形式完美结合的典范之一。

历史总是不以人的意志为转移的,总是按照自身的逻辑有条不紊、按部就班地不断向前演进,文学的发展亦是如此。进入19世纪中晚期,清王朝天朝上国的迷梦,因列强的坚船利炮而土崩瓦解,一批"睁眼看世界"的有识之士开始直面现实,试图挽狂澜于既倒,扶大厦之将倾,依靠一己之力改变老大帝国积贫积弱的局面,"文学改良""小说界革命"便是这种尝试的一部分。他们看到了小说这种通俗易懂、老少咸宜的文学表现形式和信息传播方式,具有"浅而易解""乐而多趣"的艺术特点,以及巨大的感召力和影响力,提倡用小说"借阐圣教",用小说鼓吹"爱国之思",行"劝惩之意"。正是在这样的特定语境和历史时空下,晚清以来上海印象中的商业文化叙事与旧海派文学的联袂登场,既是一个顺应时代大势的历史事件,也是一个顺应叙事文学表达发展逻辑必然的文学事件。

就形式而言,章回体无疑是古色古香、不折不扣的传统叙事文学的表达方式,但这并不影响其对新内容的表现,旧瓶也可以装新酒。改良、维新、革命;马路、电灯、洋车、公园、戏院;股票、公债、洋行、公司、交易所、董事、理事、经纪人、跑马场、百货公司、招待所、番菜馆等,这些新的器物、新的场所、新的职业,乃至新的理念,无疑都是从前社会中不曾有过的新事物,当然也是此前文学叙事中不曾表现过的新事物,而现在居然都堂而皇之地成了新的文学作品中司空见惯的点缀。大桥式羽(陈蝶仙)的小说《胡雪岩外传》写富商胡雪岩的家庭生活,极尽铺张、奢侈,特别是写到其私家园林内部陈设的豪华富丽:

> 这日正是十二月下旬天气,雪岩把正楼打扫干净,居中摆下座极大的圆桌。这桌子中心却特为挖空了,用一架古铜的宫熏补在中间。四围设下十四个座儿。每一个座儿旁边都有一架宫熏、一盆子大梅桩。又四角排列下四架立台。这立台又是与众不同,下座是古铜铸成一只三脚蟾,从背上插起一支铜杆,是做成夔龙样子,把尾巴弯将转来,挂下一张明角灯球,下面坠着七八两重猩猩红金丝大穗,便觉古

雅异常。又用四座大着衣镜屏作了围屏。正中敞梁上挂下一座十五副的水法塔灯。到上灯时节,楼窗四面一齐点上五色磁壳的檐灯。楼里面各灯点上,映入镜屏里面,真觉月宫里也没这样的好看景致。

雪岩上来,便叫丫头们把德律风的十二扇风门打开,先打了报钟过去。不一刻,那十三处的钟都陆续先后回报转来。因便打话过去,请各姨到来共宴。一刻百狮楼的回电转来,说有事,恕停一会子来席。随后各姨回电。都说来了。①

"德律风"即英文电话 telephone 的音译。

陆士谔著《新中国》写道:

这里就是昼锦里,不过场面比从前大不相同了。两旁店铺,轩昂齐整,竟同从前的抛球场差不多,见地中方方一大块,用铁栏转着。那铁栏做得非常的精致,铁栏上竖着块很大的铜牌,上有字道:"商办上海电车公司第三站"。②

王锡麒《北行日记》也写道:

出城乘东洋人力车,游洋场,宝善街一带车声隆然,往来雷动,泰西十七国货物,麋集鳞聚,惊心炫目,应接不暇。晚则煤气火灯千百万盏,如列星。洋楼有高三层者、四层者、五层者,金碧迷离,境各异态;珠宫贝阙,谅不是过。花月胜场,所在皆有,妖姬艳服,巧笑工颦。市肆之盛,各埠第一。千两黄金一浪头,大腹贾瞬将变为小乞儿,诸寓公何以善其后也。③

胡雪岩豪宅中装饰的这些中西灯具、电话等现代设施,昼锦里的电车公司,以及东洋人力车、洋场、煤气灯、大卖场和四五层高的洋楼,显然是以前中国社会不曾有过的新鲜事物,也是从前商业文化叙事中不曾有过的新景象。章回体小说的古老形式容纳了这些颇具异域风情的新事物,可以说是旧瓶装新酒的一个新的范例。

《红楼梦》脂批本曾经说过,"事则实事,然亦叙得有间架,有曲折,有顺逆,有映带,有隐有见,有正有闻,以至草蛇灰线、空谷传声、一击两鸣、明修栈道、暗渡陈仓、云龙雾雨、两山对峙、烘云托月、背面傅粉、千皴万染诸奇。"草蛇灰线、烘云托月、背面傅粉等这些传统章回体中长篇小说惯常使用的表现手法,在新叙事内容的反动之下,也有了新的变异。按照约瑟夫·弗兰克的小说空间理论,作家在创作时,为了在表现形式上有所创新和突破,试图通过频繁穿插、重复叠加等技术手段,将叙事的时间线索转换为空间形式,淡化和消融时间的次第感,以便改变传统的线性静态叙述方式,突出和强调在先前历时性叙事中所难以达到的共时性空间效果。就作家本身而言,他作为创作主体,通常

---

① 〔日〕大桥式羽,《胡雪岩外传》,第八回《德律风传儿女话 侵晨雪请高堂安》,中国书店出版社,2015年版,第42页。
② 〔清〕陆士谔,《新中国》,上海古籍出版社,2010年版,第36页。
③ 〔清〕王锡麒,《北行日记》,陈左高辑《晚清二十五种日记辑录》之一,收入上海人民出版社编《清代日记汇抄》,上海人民出版社,1982年版,第332—333页。

表露出对空间与结构的浓厚兴趣与个人偏好,有意忽略,乃至采取必要的手段刻意对抗、弃绝承前启后的时间逻辑。就读者而言,作为接收主体,读者需要更新自己的阅读方式,只有将小说视为一个整体来进行全方位观照,才会获得新的阅读快感和阅读经验。① 韩邦庆的《海上花列传》可以说较好地体现了这一理论。他在小说开篇前的《例言》中曾经指出:"全书笔法自谓从《儒林外史》脱化出来,惟穿插藏闪之法,则为从来说部所未有。"②

所谓"穿插之法",是指"一波未平,一波又起,或竟接连起十余波,忽东忽西,忽南忽北,随手叙来并无一事完,全部并无一丝挂漏,阅之觉其背面无文字处尚有许多文字,虽未明白叙出,而可以意会,此穿插之法也"。简而言之,就是小说在结撰情节、叙述故事和刻画人物的过程中,将诸多事件线索迭合、绾结的一种连缀方法,也就是多种线索、多个情节和多个人物,差不多同时铺排,同时布置,将众多头尾完整的故事拆开,让它们在时间上平行发展、齐头并进。作者试图把几个不相干的故事里的人物进行合传,然后再彼此呼应、互为穿插,重要人物则交替出场。

作者摒弃了像《儒林外史》那种纯以一人一事为起结、以因果关联为理论依据的单一的顺时线性叙述模式,而是另择符合生活自身逻辑的"折叠式"结构,把不同地点发生的不同事件并置于笔端,类似于现代传媒技术手段下把不同的画面置于同一屏幕之上,令人产生一种纷至沓来、目不暇接的视觉效果。作者如同一个充满好奇心,又喜欢恶作剧的小男孩,兴致勃勃地把一件家具的十几个抽屉都一一打开,却按捺住探寻的欲望,暂时不去仔细检视其中会有什么样的奇珍异宝,待到所有抽屉都打开后,再回过头来一一检视,检视完毕后将其按部就班地仔细关闭。

就《海上花列传》叙事结构本身来看,赵朴斋兄妹在上海滩的遭际无疑是全书情节结撰的总线索,这一点曾经得到鲁迅先生和胡适博士的肯认,鲁迅认为全书"大略以赵朴斋为全书线索",③胡适也称"主脑的故事是赵朴斋兄妹的历史,从赵朴斋跌跤起,至赵二宝做梦止"。至于"罗子富与黄翠凤的故事,王莲生与张蕙贞、沈小红的故事,陶玉甫与李漱芳、李浣芳的故事",④都是作者相机织入这条主干之内的。尽管作者描写赵氏兄妹的篇幅,在全书所占比例不超过八分之一,他们的命运沉浮也并不足以构成左右整部作品情节走向、推动小说进程的能量,但他们的价值和意义却不可忽视。可以说,赵氏兄妹就是那个小男孩打开的第一个抽屉,也是他检视完毕每一个抽屉后最后关闭的那一个。这一点,从小说最后结尾的时候,仍以赵二宝南柯一梦的遭际为最后收场即可洞悉无遗。至此,在作者的叙事策略中,赵氏兄妹作为结撰全文线索的使命才功德

---

① 〔美〕约瑟夫·弗兰克等著,秦林芳译,《现代小说中的空间形式》,北京:北京大学出版社,1991年版,第95页。
② 〔清〕韩邦庆,《海上花列传》,《中国近代文学大系》第2集·第3卷·小说集一,上海书店出版社,1992年版,第162页。
③ 鲁迅,《中国小说史略》,人民文学出版社,1975年版,第234页。
④ 胡适,《〈海上花列传〉序》,《胡适古典文学研究论集》,上海古籍出版社,1988年版,第1220页。

在此背景下,王莲生和沈小红的闺房勃豀,陶玉甫与李漱芳的深情款款,罗子富和黄翠凤之间的尔虞我诈,以及朱淑人与周双玉的恩怨纠葛,才是作者浓墨重彩着意描摹的重头戏,不仅在内容,更在故事间的筹措上,都显示出作者老谋深算,用心良苦。

而所谓"藏闪之法"则是指"劈空而来,使阅者茫然不解其如何缘故,急欲观后文,而后文又舍而叙他事矣,及他事叙毕,再叙明其缘故,而其缘故仍未尽明,直至全体尽露,乃知前文所叙并无半个闲字,此藏闪之法也"。[①]"藏闪"法就是盘马弯弓,引而不发,叙事劈空而来,又自刹住,转言他事,"正面文章如是如是;尚有一半反面文章,藏在字句之间,令人意会"。有经验的读者可能都有一个共同的体会,就是喜欢一些扑朔迷离、紧张刺激的文字读物,譬如侦探、悬疑小说之类。因为在整个阅读过程中,读者似乎和作者一道经历了波谲云诡、起伏跌宕的探险破案之旅,在情感上和智商上都受到了某种陶冶和启迪,因而阅读的兴趣和体验也就非同寻常,因而刻骨铭心。所以,文似看山不喜平,老到的作者总是喜欢在表达的方式和手法上炫技,借此刺激和增强读者的阅读欲望。《海上花列传》的作者韩邦庆就是这样的一个高手,他往往于不动声色间暗藏玄机,重要关节处语焉不详,吞吞吐吐,欲说还休。因此读者必须明察秋毫,如同福尔摩斯探案般地精心留意书中每一个看似不经意的细节,每每需要通过回溯式的阅读来填补情节的罅隙,使得人物和情节之间形成一个完整的闭合式的链条。

沈小红与戏子小柳儿的暧昧,就是作者成功运用"藏闪"法的一个例子。第九回《沈小红拳翻张蕙贞　黄翠凤舌战罗子富》中,王莲生与张蕙贞到明园游赏,碰见武小生小柳儿,"然又来了一个俊俏伶俐后生,穿着挖云镶边马甲,洒绣滚脚套裤,直至前轩站住,一眼注定张蕙贞,看了又孜孜地笑。看得蕙贞不耐烦,别转头去。王莲生见那后生大约是大观园戏班里武小生小柳儿,便不理会。那小柳儿站一会,也就去了"。随后不多时沈小红即坐车来到静安寺,大兴问罪之师,"只见沈小红早上楼来,直瞪着两只眼睛,满头都是油汗,喘吁吁地上气不接下气,带着娘姨阿珠、大姐阿金大,径往前轩扑来,劈面撞见王莲生,也不说什么,只伸一个指头照准莲生太阳穴狠狠戳了一下。莲生吃这一戳,侧身闪过一旁。小红得空,迈步上前,一手抓住张蕙贞胸脯,一手抢起拳头便打。蕙贞不曾提防,避又避不开,挡又挡不住,也就抓住小红,一面还手,一面喊道:'耐哚是啥人嗄!阿有啥勿问情由就打起人来哉嗄!'小红一声儿不言语,只是闷打,两个扭结作一处",[②]众目睽睽之下上演全武行,将张蕙贞暴打一顿。原来沈小红是王莲生的相好,两人已交往数年,算得上是老相识了。后来两人由于琐事而产生龃龉,王莲生就抛弃了沈

[①]〔清〕韩邦庆,《海上花列传》,《中国近代文学大系》第2集·第3卷·小说集一,上海书店出版社,1992年版,第162页。

[②]〔清〕韩邦庆,《海上花列传》,《中国近代文学大系》第2集·第3卷·小说集一,上海书店出版社,1992年版,第223—224页。

小红,转嫖了张蕙贞。沈小红气不过,得着消息便亲自出马,当众要了张蕙贞的好看,同时也给了王莲生一个大大的难堪。那么沈小红是如何迅速得知王莲生和张蕙贞同游静安寺的消息的呢?到三十三回《高亚白填词狂掷地　王莲生醉酒怒冲天》中,王莲生由于醉酒暂宿沈小红荟芳里的别榻之上,"王莲生鼾声虽高,并未着(目忽);听阿珠说,诧异得很。只等阿珠下楼,莲生急急起来,放轻脚步,摸至客堂后面,见亭子间内有些灯光。举手推门,却从内拴着的。周围相度,找得板壁上一个鸽蛋大的椭圆窟窿,便去张觑。向来亭子间仅摆一张榻床,并无帷帐,一目了然。莲生见那榻床上横着两人,搂在一处。一个分明是沈小红,一个面庞亦甚厮熟,仔细一想,不是别人,乃大观园戏班中武小生小柳儿"。①无意间撞破了机关,发现了沈小红的秘密。则当日何人告密,洪善卿、张蕙贞又何以在王莲生面前一再提及沈小红为坐马车用项很大,一切谜团的谜底至此都大白于天下,真正应验了那句俗语,所谓"婊子无情,戏子无义"。

第五十四回《负心郎模棱联眷属　失足妇鞭棰整纲常》中,王莲生的侄儿被逐出王公馆,与此同时,王莲生的新相好张蕙贞却被王鞭棰痛殴,看起来是风马牛不相及之事。其实,其中蹊跷直到后来的第五十七回《甜蜜蜜骗过醋瓶头　狠巴巴问到沙锅底》中,读者可能才恍然大悟:

> 王莲生去后,善卿径往双珠房间。阿珠收拾既毕,特地过来问善卿道:"王老爷为啥气得来?"善卿叹道:"也怪勿得王老爷!"阿珠道:"王老爷做仔官末,该应快活点,再有啥气嗄?"善卿道:"起先王老爷阿是一径喜欢个沈小红?为仔沈小红勿好末,去讨仔个张蕙贞,陆里晓得张蕙贞也勿好!难末为仔张蕙贞勿好,再去做个沈小红。做末来浪做,心里末来浪气。"阿珠道:"张蕙贞啥个勿好?"善卿道:"也不过勿好末哉,说俚做啥?"阿珠乃说出前日往王莲生公馆听张蕙贞被打一节。善卿亦说道:"险个!王老爷打仔一泡,勿要哉。张蕙贞末吃个生鸦片烟,原是倪几个朋友去劝好仔,拿个阿侄末赶出,算完结该桩事体。"阿珠亦叹道:"张蕙贞也忒啥个勿争气!拨沈小红晓得仔,故末快活得来,要笑煞哚!"②

原来是因为沈小红"红杏出墙",王莲生才讨好张蕙贞,意图让新欢为自己争气,在沈小红面前扬眉吐气,却不料一蟹不如一蟹,张蕙贞也是吃里爬外的主,暗地里跟王莲生的侄儿私通。王莲生口口声声抱怨张蕙贞"勿好""勿好",究竟"啥个勿好"呢?答案至此才终于水落石出。作者运用"藏闪"之法的成功,又可于此再见一斑。

无论是"穿插"法,还是"藏闪"法,都是对读者阅读能力的挑战和考验。读者的视野不能仅仅停留于文本表面,还要注意在更广阔的层面上关照其内在的"藏闪"之法。只

---

① 〔清〕韩邦庆,《海上花列传》,《中国近代文学大系》第2集·第3卷·小说集一,上海书店出版社,1992年版,第401—402页。

② 〔清〕韩邦庆,《海上花列传》,《中国近代文学大系》第2集·第3卷·小说集一,上海书店出版社,1992年版,第581页。

有在反复回溯式的阅读中记住那些"游离于叙述过程之外的各种意象和暗示、象征和联系",①并通过反刍,"把独立于时间顺序之外而又彼此关联的各个参照片段在空间中熔接起来",②这样才能形成对文本意义的宏观把握和整体性认识,也对作者的创作命意和思想内涵有更深入恰切的了解。③

二、胸怀邦国社稷,情系市井苍生

刘勰在《文心雕龙·乐府》篇中指出,"若夫艳歌婉变,怨志决绝,淫辞在曲,正响焉生!然俗听飞驰,职竞新异,雅咏温恭,必欠伸鱼睨;奇辞切至,则拊髀雀跃;诗声俱郑,自此阶矣"。④ 大意谓,艳歌和怨诗,或者音调婉转缠绵,或者辞藻决绝分裂,由于其中含有不雅正的歌词,所以不可能产生雅正的音乐。但一般世俗人们欣赏音乐,如醉如痴,心情飞动,主要的目的在于追求新奇。而温和庄重的古雅乐曲,听了以后却令人昏昏欲睡;而新鲜奇幻的歌词,却令人欢呼雀跃,击节赞叹。刘勰是分析当时不同内容的乐府诗,读者会产生不同的欣赏效果,强调的是题材内容对诗歌艺术效果的决定性影响。文艺理论一般都是通用的,以之运用于小说也未尝不可。对于近代以降以上海为背景的商业文化叙事而言,作者欲借他人酒杯,浇自己心中块垒,表达自己对人、对事,以及对社会的看法和见解,合适的题材选择当然也就十分重要。而这一时期的作家们正是在这一领域表现出了不同流俗的独异识见。

开埠以来,上海处于急剧变化的前沿,异质文化的强势介入,使得赓续千百年来的生产方式、生活方式和对事物的认知方式,在数十年之内发生了空前未有的巨变。面对纷至沓来的新变,作家们和普通百姓一样,"初则惊,继则异,再继则羡,后继则效",在迷茫中失去了前进的方向,因而在选择什么样的题材内容来反映这种"三千年未有之大变局",就令作家们颇费思量。面对亡国灭种的民族危机,传统文化分崩离析的惨况,以及黎民百姓、升斗小民朝不保夕的艰难时日,作家们在痛定思痛之后,在小说题材的选取上,还是秉持了一贯的忧国忧民传统,既胸怀江山社稷,又情系市井苍生,既关注宏大叙事的社会物理空间,也执念于普罗大众的精神炼狱。笔底下既谈得起风云,也少不了风月的吉光片羽。可谓五色杂陈,斑斓多彩,在读者面前呈现出晚清社会鲜活生猛的浮世绘。

吴沃尧的《新石头记》就是一部命意新奇的新小说,它以《红楼梦》为依托,假借其中耳熟能详的人物宝玉、薛蟠和焙茗,以"补天"为依归,试图写出中国的"前世""现

---

① 〔美〕约瑟夫·弗兰克等著,秦林芳译,《现代小说中的空间形式》译序,北京:北京大学出版社,1991年版,第4页。
② 〔美〕约瑟夫·弗兰克等著,秦林芳译,《现代小说中的空间形式》译序,北京:北京大学出版社,1991年版,第6页。
③ 仇昉,《近代狎邪小说艺术史论》,扬州大学,博士论文,2008年6月,第151—153页。
④ 〔梁〕刘勰,《文心雕龙》,人民文学出版社,1962年版,第102页。

世"和"来世"三世,思考的是中国在现今世界上如何自立于世界民族之林的大问题,属于不折不扣的宏大叙事。小说中宝玉耳闻目睹了清末现世的种种怪现状,除了缠小脚、吸鸦片、吃花酒、逛窑子的传统老把戏之外,又有新兴时髦的花选、跑马、游园、听戏、观剧等名目。宝玉翻阅了"十分合意"的各式新报纸如《时务报》《知新报》《清议报》等,参观了"制造局"中的民用企业如炼钢厂、轮船厂、热铁厂和锅炉厂,以及军工企业炮弹厂、水雷厂、洋枪厂和大炮厂等,也领略了新奇的轮船、火车、电报、电话、自来火、自鸣钟、吕宋烟、留声机等洋人的新器具、新玩意。不仅如此,还看到了无处不在、到处泛滥的洋货,"十家铺子当中,倒有九家卖洋货的。我们中国生意,竟是没有了","外国人尽着拿东西卖给中国人,一年一年的,不把中国的钱都换到外国去了么?"觉察出了贸易逆差带给中国人的影响。其中单就"外国来的纸卷香烟"一宗,就每年送掉四百万两银子,贸易问题,即使揆诸今日,也是一个事关国运的头等大事。外国的大炮、军舰也自由出进,随意停靠在我国港口的码头上。一批专靠外国势力、吃洋饭的洋奴、买办,诸如柏耀廉(不要脸)、包妥当之类,也堂而皇之地招摇过市,依仗洋人横行乡里,鱼肉同胞。

小说也写到了传教士、教民和义和团。最后,贾宝玉做了一个意味深长的梦,梦中他到了上海,只见上海与以前大不相同了:"治外法权也收回来了,上海城也拆了,城里及南市都开了商场,一直通到制造局旁边。吴淞的商场也热闹起来了,浦东开了会场,此刻正在那里开万国博览大会"。博览会上,"各国分了地址,盖了房屋,陈列各种货物。中国自己各省也分别盖了会场,十分热闹,稀奇古怪的制造品,也说不尽多少。"

此外,像梁启超的《新中国未来记》、蔡元培的《新年梦》,署名"旅生"的《痴人说梦记》、署名"守一"的《痴人说梦》、碧荷馆主人的《新纪元》、陆士谔的《新中国》等,以及目为"理想小说"的《乌托邦游记》和"立宪小说"的《未来世界》等,都在中国局势越加窳败的情况下,开始勾画一个他们未曾经历的时代和社会。半殖民地化了的中国,其种种怪现状在这些小说中得到了充分的暴露,作者关注宏大叙事的社会物理空间,以及作者的批判立场、对新中国未来的美好设想和心系江山社稷的家国情怀于此可见一斑。

对普罗大众、市井苍生精神空间的关注,是这一时期老海派文学表达的又一题材领域。布尔迪厄曾经指出:

> 文化生产场每时每刻都是等级化的两条原则之间斗争的场所,两条原则分别是不能自主的原则和自主原则(比如"为艺术而艺术"),前者有利于在经济政治方面对场实施统治的人,后者驱使最激进的捍卫者把暂时的失败作为上帝挑选的一个标志,把成功当作与时代妥协的标志。①

---

① 〔法〕布尔迪厄著,刘晖译,《艺术的法则:文学场的生成和结构》,北京:中央编译出版社,2001年版,第265页。

布尔迪厄认为,两条原则之争,实际是"社会艺术"与"为艺术而艺术"之间的矛盾,尽管两者的价值指向不尽相同,但它们的共同之处在于彻底否定世俗的成功和资产阶级文艺、资产阶级艺术无视"不计利害"的价值,承认世俗的成功。通常说来,精英文学在文学场中一般更受青睐和推崇,相对而言,通俗文学则有点相形见绌。一方面是由于精英文学的价值预设更能得到主流社会的认同,易于形成共鸣。另一方面,通俗文学之所以通俗,既要考虑其题材偏好,也要顾及其表达形式。不言而喻,那种以占人口绝大多数的人群作为潜在的阅读对象的文学作品,必然体现出贴近其生活现实和价值取向的题材偏好,表达上也必然是喜闻乐见的文学形式,譬如色情、谋杀、情变、才子佳人、落难公子、发迹变泰、封妻荫子、行侠仗义、神仙道化之类的通俗小说之所以走俏,在民间草根阶层大行其道,原因恐怕就在于此。不同于精英小说总是以高人一等的精英面目出现,主张启蒙民众,排斥商业化,惯用单线叙事,注重形而上思辨,通俗小说一般都秉持大众立场,对读者只停留在教化和"劝善"层面,而且严重依赖商业化市场,大多喜欢章回体多线叙事,注重故事情节。因此,除了对家国情怀的宏大叙事情有独钟之外,对普罗大众、市井苍生精神空间的关注,也就成了这一时期老海派文学表达比较偏好的题材领域之一。

姬文的《市声》里,就描写了一个所谓的"粪太太",我们来看看她的发家史或发迹史:

> 且说这粪太太姓包,嫁的丈夫姓阿,是个种庄稼的出身,名唤大利。那时英、法诸国,初到上海来开码头,人烟稠密。只是一桩极不妥当的事,那大家小户出的粪,竟没摆布。外国人生来就有洁癖,别的事都不大肯请教中国人,只这出粪的事,除却中国人,没第二国的人能够担当。当下便出了许多晓谕各乡的告示,招募乡人,到租界来担粪。不但溏干各色,上好粪料,情愿奉送,而且还要重重地给那担粪人一注赏钱。阿大利时来运来,首先挑着粪担,到租界出粪。外国人见他为人诚实,就派他做了个粪头,叫他到各乡招人来挑粪。
>
> 包氏既嫁了过来,夫妻两口儿,倒也十分恩爱。包氏劝丈夫道:"你有这条好路,为什么让人去做。我们何不开他一个粪厂,专门收粪,贩给乡下,不是大大的利息么?"大利道:"粪厂如何开法?"包氏道:"你去租他一个厂篷,打他几十个粪桶,雇人挑来。他们得的酒钱,我们提三成,作为开销之用。其余粪价,赚下来的,都是我们的好处。"大利大喜。于是竭力经营,果然把这粪厂开起来。包氏天天起早,到厂去查考那些粪担。自此赚的钱,一天多似一天。始而小康,继而大富。大利买田买房子不算外,又捐了一个同知衔的候选知县,都是靠着粪上得来的。包氏做了太太,却不肯忘本,每天清早,仍到厂验收粪担。凡遇乡绅酬应,请到大利,大利总说是务农出身,最犯恶人提起他收粪的事。有人故意呕着他顽,叫他什么粪大老爷,他便着急,送这人一块洋钱,求他下次不要再叫。后来知道他脾气的,趁便敲竹杠,

问他借钱,不借,便说要替他登报宣扬。大利急了,托中间人说法,送了几十块钱,方才了事。①

这位粪太太和自己的丈夫一道,利用上海开埠带来的商机,通过自己的勤劳和出色的商业头脑,始而小康,继而大富,实现了发家致富的梦想。在完成了资本的原始积累,并成功地完成了由满足温饱、又向自我价值实现的目标转型后,他们开始了人生的飞跃,"买田买房子不算外,又捐了一个同知衔的候选知县",从一个不名一文、卑微低下的担粪工,一跃而成为士绅阶层的一员,不能不说是人生旅途中的一个辉煌巅峰。事情还不止于此,阿大利此后每遇乡绅酬应的重大场合,总是忌讳别人提起他收粪的事,总说自己是务农出身。尽管作家在行文中对这位粪老爷和粪太太不无揶揄讥讽之意,但我们就事论事,这两位进城后靠粪发家的乡民,骨子里其实也有着深刻的尊卑意识,虽然已经富甲一方,跻身士绅阶层,但内心深处,还是缺乏一种理直气壮的自信,悔及曾经不体面的出身和职业。可见在上海这个刚刚萌生的城市里,即使是阿大利这样发迹了的成功商人,也不一定就能获得与金钱同等的尊严和尊重。

另一位和阿大利具有相似经历和境遇的是花匠王香大:

> 这花儿匠姓王名香大,有五个儿子:大的十六岁,次的十五岁。他自己种花,叫儿子提篮去卖。起初不过略沾微利,后来索性在租界上,开了一个花厂。各处弄子里卖花的,都来贩他的花,买卖兴旺起来了。连年发财,就捐了个三品衔的候选道。家里造了一座花园,取名趣园。落成的一天,请了许多绅士赏园吃酒。阿大利也在绅士之列,所以也请了来。②

正如本回回目所言"专利无妨营贱业　捐官原只为荣身",为了牟利,即使是为高端人士所不齿的"贱业"也不妨趋之若鹜,先发了财再说,然后为了洗刷自己,提高自身地位,花钱买官就成了荣身的必然选择。当然,捐了道台知县,也未必就真的走马上任为官一方,为的就是那一个身份和那一份风光无限的体面和尊崇。所以,他们并不熟悉官场的规矩和体统,甚至也分不清官员品秩的高低大小,以至于笑话迭出,被人耻笑而不自知。作者对他们的态度是矛盾的,一方面鄙视他们,竭尽讽刺挖苦之能事,一再渲染他们的无知颠顸,一方面又认识到发展实业的重要性,借书中人物之口表达对他们的理解和同情,"不要看轻了他,他倒是实业上发的财。他捐官是可鄙,他经营实业,这般勤苦,创成这个局面。将就些的人,哪里及的他来。"对他们的精神空间给予了一定的关注和理解之同情。

体面、尊严这样的高级词汇,始终是与等级、地位、尊卑等观念相提并论的,这是中

---

① 〔清〕姬文,《市声》,第十七回《专利无妨营贱业　捐官原只为荣身》,《中国近代文学大系》第2集·第7卷·小说集五,上海书店出版社,1992年版,第112—115页。
② 〔清〕姬文,《市声》,第十七回《专利无妨营贱业　捐官原只为荣身》,《中国近代文学大系》第2集·第7卷·小说集五,上海书店出版社,1992年版,第115页。

国传统社会价值体系得以维系的精神纽带。而在资本社会里,金钱和契约才是畅通无阻的硬通货,才是衡量一切价值的硬标准;当一个人拥有了足够额度的金钱,获得了比别人更多的物质财富,他就理当受到尊重。因此,十七八世纪自由资本主义上升时期,欧洲那些拥有祖传爵衔,却又阮囊羞涩的没落贵族,在金钱和财富面前,不得不向新生的资产阶级低下高贵的头颅。而在近代上海,则还不是这样,这些商人的精神世界暂时还是传统和现代同时并存的格局。资本主义金钱拜物教的魔力,要渗透到社会的每一个角落和细胞,尚需假以时日。

《老残游记》《官场现形记》《二十年目睹之怪现状》《黄金世界》《发财秘诀》《商界现形记》《海上花列传》,以及《海上繁华梦》等许多篇什,也不乏对草根阶层和市井苍生精神空间的关注,限于篇幅,不再赘述。

三、切入小大由之,叙事优游自如

这一时期,上海印象中的商业文化叙事在美学风貌上的成就,不仅体现在叙事手法上的新旧兼容,也体现在题材选择上的搭配得当,既有家国天下的大情怀,也有个人荣辱的小格调。而且,在具体叙事点的切入与转换上也能做到优游自如,小大由之,特别是在东西文化交融共生背景下,属意普通人的日常世俗生活、消费欲望、本能需求和世俗理想。作家们通过对普通人日常原生态生活的细节,以及因物质困境、物质欲求而产生的欲望浮沉的描述,来揭示普通人在社会转型期所承受的巨大却又无形的重荷,以此体现对普通大众生存状态的忧虑和悲悯。这种平面化的叙事形态,通常停留在对人物和事件的粗浅陈述,并不追究也不关心隐匿其中的深层次内涵。某种程度上,淡化并消解了文学的社会政治功用,而文学的世俗价值和日常美学属性却得到了进一步的强化。当然,这么说并不意味着作家们就放弃了对社会和人生的形而上追问,其叙事的批判锋芒和价值判断依然深蕴其中。

"食色,性也",先秦儒家对人的原始欲望的归纳和解释,今天看来,依然还是非常经典的论断。只不过后来随着儒家思想的日渐意识形态化,这一观点被遮蔽或无视,"存天理,灭人欲""饿死事小,失节事大"的论调甚嚣尘上,几乎把人的合理欲求和生存价值与意义对立起来,最终以个体的生命为代价去换取一个虚无缥缈的价值认可。直到明清时期,一些有识之士才开始揭露和批判这种以理杀人的残酷性和荒谬性。王守仁本有"不离日用常行内,直造先天未画前"的思想。王艮进一步提出"百姓日用即道",认为圣人之道,就在普通百姓的日常生活之中。圣人之道,不过要人人能知能行,不是故为高深玄妙,将一般的百姓排斥在外,如此便不是圣人之学,而是异端。王艮将他的学说普及到陶匠、樵夫、田夫,以及下层社会的任侠之士。饥餐渴饮,夏单冬棉,孝顺父母,友爱兄弟,都是至道,即使像僮仆那样率真自然的视听言动,亦是如此。李贽更是肯定"好货""好色"是人的合理欲求,清代大学者戴震也指出:"天理者,节其欲而不穷人欲也。是故欲不可穷,非不可有。有而节之,使无过情,无不及情,可谓之非天理乎?"他认为人不可无欲,但需要节制。

近代以降,随着上海都市空间和商业市场的逐步形成,以及西方文化观念的日渐渗透,资本主义世界的商业消费逻辑和强烈的个人主义思想,开始在主流社会生活中占据主导地位。物质财富、消费理想、身体感官、爱欲享乐等种种强调个人感性欲求的理念,受到商业逻辑的充分肯定,"消费"成为个体价值的重要体现,人们在无度的物质消费活动中获取自我身心的满足和愉悦。而且这种由消费刺激起来的欲望,犹如潘多拉的魔盒,一旦打开,就呈现出势不可挡之势,并随着消费活动不断膨胀、扩张,永无止境。由此,市民大众的某些传统生活理念也开始发生转变,他们不再满足于"曲肱而卧""箪食瓢饮"式的清苦生活,也不会像祖先们那样纠结于"天理人欲"之辨而放弃对物质生活的追求和享受。传统的物质观念已经被来势汹汹的消费逻辑冲击得溃不成军,人们的生活观念逐渐从节衣缩食、量入为出转向"消费",大家不会再为"礼"而节制,而是开始放逐自我的消费和种种欲望,对物质的依赖和关注已成为日常生活的必修课。这种消费逻辑强大的同化功能和空前的诱惑力,反映在商业文化叙事的文学表达上,就是使得社会生活的形而下意义获得了前所未有的合理性和合法性,日常生活的琐碎细节和大众个体的细微感受不再遭受排斥、遮蔽,与人相关的感官体验,连同商业化的日常生活,逐渐成为文学表现的重心。这样,这一时期商业文化叙事的文学表达,也就具有了市井生活中藏污纳垢般的琐屑无聊和凡庸乏味,也具有了凡俗美学摇曳多姿、隐显不定的黯淡光亮。①

李伯元的《文明小史》中,写到几个上流社会的高级白领,分别是发财洋行里的买办华总办、美国律师公馆里的翻译谈子英、姚文通老夫子等几人,在万年春番菜馆聚会吃西餐的情形。当把牛排端来后,姚文通按照传统观念不肯吃,康伯图劝解他说,"上海的牛肉,不比内地,内地的牛,都是耕牛,为它替人出过力,再杀它吃它,自然有点不忍。至于上海,外国人专门把它养肥了,宰了吃,所以又叫作菜牛,吃了是不作孽的"。② 由此看出,当时上海滩的高级白领是把西餐馆当作招待客商、朋友聚会的重要的、当然也是体面的场所之一。买办们是较早就接受西方餐饮习惯的,因为西餐在当时是一种比较时髦的饮食文化,不仅体现了主人自身的品位,也抬升了客人的身份,是一种皆大欢喜的生活图景。

《负曝闲谈》中的洋行买办江裴度,姨太太十分关心"替我买的东西在什么地方","就是外国缎子,颜色漂亮不漂亮,花头新鲜不新鲜"。③ 在这位事实上的花瓶姨太太的眼里,只有外国货才洋气,才时髦,才能在众人面前高人一头,也才会为他这个大买办支撑场面,花瓶的价值才得以展示得淋漓尽致。这种行止做派,作为当时上海滩的普遍风气之一,赤裸裸地体现了女性爱炫耀和相互攀比的心理,而这样做的前提则是洋人制造

---

① 参见李勇,《上海都市空间和通俗小说审美》,华中科技大学,博士论文,2015年5月,第98—111页。
② 〔清〕李伯元,《文明小史》,石家庄:花山文艺出版社,1996年版,第140—141页。
③ 〔清〕蘧园,《负曝闲谈》,《中国近代珍稀本小说》第17册,沈阳:春风文艺出版社,1997年版,第286页。

的舶来品。

在《痴人说梦记》中,贾希仙的叔父子明在海关做翻译,这样一个专门与洋人打交道的"西崽",其生活的西化色彩和洋场做派也就名至实归,"希仙跟着那人到了上头屋里,望见里面一色的外国桌椅,中间桌子上,蒙着一块雪白的洋布,那老爷靠在外国皮躺椅上,口中衔着一支吕宋烟,也不立起招呼,叫他在桌子旁边坐了。煤气灯照着满屋雪亮"。① 他们与洋人的交际来往,使得他们在生活时尚和衣装品味方面总能领风气之先,始终和主流社会保持同步。而且,不仅他们自身对西方优渥的物质生活趋之若鹜,就连他们身边的朋友、家眷也都受其影响,在物质享受的追求上与之并驾齐驱。

《二十年目睹之怪现状》中写到一个在上海一家洋行做"跑街"的绍兴人,某天跑到四马路的"野鸡店"去,妓女在交谈中问到了他的薪水:

> 当下桂花盘问他在上海做甚么生意,他也不隐瞒,一一地照直说了。问他一月有多少工钱,他说:"六块洋钱。"桂花道:"这么说,我的一个戒指,要去了你半年工钱呀!"他说:"不要紧,我同账房先生商量,先借了年底下的花红银子来兑的。"问他一年分多少花红,他说:"说不定的,生意好的年份,可以分六七十元。生意不好,也有二三十元。"桂花沉吟了半晌道:"这么说,你一年不过一百多元的进账。"②

这位洋行的"跑街",虽则半载的工资还赶不上不入流野妓的一只戒指,但也还是乐此不疲。洋行的跑街还算是比较体面的工作了,而当时不如洋行跑街收入的工人还比比皆是,以他们低廉的工资水平,能混顿饱饭吃就不错了。身体欲望的诱惑力之大,他们个人为了满足自身欲望的奋不顾身,都可以看出一般大众在欲望、金钱和个人境遇之间的巨大张力。

《海上花列传》中有一个场景也十分耐人寻味:

> 两人正待交手,只听得巧囡在当中间内极声喊道:"快点呀,有个人来浪呀!"合台面的人都吃一大惊,只道是失火,争先出房去看。巧囡只望窗外乱指,道:"那!那!"众人看时,并不是火,原来是一个外国巡捕,直挺挺地立在对过楼房脊梁上,浑身玄色号衣,手执一把钢刀,映着电气灯光,闪烁耀眼。

> 洪善卿十猜八九,忙安慰众人道:"勿要紧个,勿要紧个。"陈小云要喊管家长福问个端的,却为门前七张八嘴,嘈嘈聒耳,喊了半天喊不着。张寿倒趁此机会飞跑上楼,禀说:"是前弄尤如意搭捉赌,勿要紧个。"众人始放下心。忽又见对过楼上开出两扇玻璃窗,有一个人钻出来,爬到阳台上,要跨过间壁披屋逃走。不料后面一个巡捕飞身一跳,追过阳台,抢起手中短棍乘势击下,正中那人脚踝。那人站不稳,倒栽葱一跤从墙头跌出外面,连两张瓦甓琅琅卸落到地。周双玉慌张出房,悄地告

---

① 〔清〕旅生,《痴人说梦记》,《中国近代珍稀本小说》第15册,沈阳:春风文艺出版社,1997年版,第355页。
② 〔清〕吴趼人,《二十年目睹之怪现状》,上海古籍出版社,2005年版,第12页。

诉用双珠道:"弄堂里跌杀个人来浪!"众人皆为嗟讶。

　　洪善卿见双玉的吃酒客人业经尽散,便到她房里,靠在楼窗口望下窥觑,果然那跌下来的赌客躺在墙脚边,一点不动,好像死去一般。众人也簇拥进房,争先要看。惟吴雪香胆小害怕,拉住葛仲英衣襟,道:"倪转去吧。"仲英道:"故歇去末,拨巡捕拉得去哉口。"雪香不信道:"耐瞎说!"周双珠亦阻挡道:"倒勿是瞎说,巡捕守来浪门口,外头勿许去呀。"雪香没法,只得等耐。洪善卿因道:"倪去吃酒去。让俚哚捉末哉,无啥好看。"当请诸位归席。①

　　沉浸在风月欢场里的一帮欲望男女,本无暇顾及外部世界的风吹草动,但外国巡捕捉赌的突发事件,还是引起了他们的瞩目,这一场景中,次第出现了妓女、嫖客、巡捕、消防员、管家、赌徒等角色,俨然是上海市井社会生活的一次小型亮相。他们的夜夜笙歌,醉生梦死,以及他们的穷极无聊和冷眼旁观,也无不是上海日常生活的琐碎细节和大众个体细微感受的形象再现。在此之前,小说家描写风尘女子,或如唐传奇中红拂般孜孜从良之路,或如"三言二拍"中杜十娘般遭际的大起大落。韩邦庆在《海上花列传》中的这种"写实"风格,其实是晚清小说在直接触及社会问题时所作出的世俗化与凡庸化的表现,既不专事于"传奇",也不依附于政治,一心寻求在平静稳健的叙事中,开启了后来新海派文学专注于生活琐屑与凡庸俗世的书写倾向。②

---

① 〔清〕韩邦庆,《海上花列传》,第二十八回《局赌露风巡丁登屋　乡亲削色嫖客拉车》,《中国近代文学大系》第2集·第3卷·小说集一,上海书店出版社,1992年版,第363—364页。
② 曾攀,《跨文化语境与清末民初小说的上海叙事》,复旦大学,博士论文,2013年3月,第104页。

第十一章　近代上海通俗文学传播机制的商业化色彩

19世纪初中叶，上海开埠前，传统的以农业为主导的经济结构中，开始陆续出现一些近代商品经济的萌蘖，商业资本在经济较为发达的南方地区开始活跃起来，以后又蔓延到全国各地，使得原本从事传统产业的农业人口变成了商人，加入到商业活动从业人员大军中来，顺带的结果是商业市镇、都市的出现，及其规模的不断拓展。开埠以来，随着西方商业资本的强势介入，工商业取代传统农业和手工业，成为经济结构中举足轻重的产业，由此也推动了上海城市社会结构的转变，产生了一个涵盖广泛，占城市人口主体的市民阶层。市民阶层的成分构成是复杂和多元的，三教九流、五行八作、引车卖浆、贩夫走卒、士农工商等，可谓鱼龙混杂，泥沙俱下。他们的思想、情趣、性格、爱好各具千秋，但有一点是共同的：他们中大多数人文化水准较低，介于文盲和半文盲之间，有的只是粗通文墨，仅能记账、书写个人的名字，大部分目不识丁。此外，在上海滩这方华洋结合、五方杂处的天地中，由于接近或从事商业活动，而有更多的渠道得以方便地接受更多的来自另类民族的文化信息。尤为重要的是，商业的买办性质，商品流通领域中所呈现的无商不奸的商业谋略、战术、技巧，以及品类繁复、琳琅满目的商品与餍沃肥甘、极耳目之乐的享受方式，均以不可抗拒的巨大诱惑力刺激着他们的占有欲和享乐欲，使得他们对传统道德的信念开始崩溃，因而传统道德观的影响力在西方文化的冲击下，日渐式微。较之饱读诗书、满腹经纶的士大夫和面朝黄土背朝天的农民，他们更趋于务实和功利，在传统和现代之间的切换也更便捷，开始形成与以往传统中国人所不同的道德观、价值观，而他们自己的商业性、世俗性的精神生活需求却呈水涨船高之势。如此，市民大众的需求和走向就成了决定文化消费市场的风向标，大众化、通俗化、流行化等表征，也就成为文化形态应有内涵的必然逻辑。除了市民阶层作为精神文化的终端消费者直接影响和决定着文化消费市场总体走向以外，作为文化产品生产者的作家、出版社、报刊编辑也在引导着文化市场走向。而且，职业化作家创作群体的横空出世、传播媒介由传统向现代的转型、大工业生产的机械化操作方式、不同层次消费者的多样态市场需求等诸多因素，生产—传播—消费，形成了一个完整闭合的联动机制，左右着文化市场的商业性和快餐化的结构模式,市场自身的导向作用也会在思想价值、审美倾向、传播媒介等方面反作用于文学生产和传播途径。总之,这些现代性因素共同建构着这一时期上海的文学内涵和审美品位。

第一节 通俗小说繁盛的时代因素与文化生态

近代以降,中国社会开始步入全面动荡、急剧变化的时期,文化领域的变化虽不及政治和经济领域的激烈和血腥,但其震撼力与影响力也毫不逊色。亡国灭种的现实威胁,迫使朝野上下不得不思考国家和民族如何自立于世界民族之林、未来的走向与命运这样的宏大命题,特别是具有改革思想的开明士大夫和知识分子中的一大批心念苍生、忧国忧民之士,不计个人荣辱和成败得失,义无反顾,上下求索,在这方面做出了很多努力和探索。

清初思想家顾炎武等人曾提倡"经世致用",反对读书人坐而论道,空谈心性义理,要求文章须"有补于世",这一传统也影响了后世士林的价值取向。清中叶以后,士大夫阶层和知识界秉承前代的这一优良传统,注重研究实际问题,"开眼看世界",主动借鉴外国情况,用于推动国内政治生态和社会生态的改善。譬如奋战在禁毒第一线的主政大臣、时任湖广总督的林则徐,在和洋人打交道的过程中,认识到西方社会有迥异于本土的巨大社会经济实力、军事实力和文化实力,是一种不可小觑的巨大存在。知己知彼,方可做到百战不殆,因而了解这个存在也就成为必然。因此,他在魏源等人的协助下,组织翻译了介绍海外强国基本概况的地理著作《四洲志》,借此使相当一部分国人第一次知道了世界原来是这么大,国朝其实未必是世界的中心,还有英国、法国、葡萄牙、西班牙等这么多的国家,而且论综合国力,似乎又都比我们强大得多。由此而在国人心中形成的震撼和冲击,可想而知。

后来,魏源又将《四洲志》和历代史志等增补为《海国图志》,介绍世界各国的地理、历史、科学技术发展的情况,并痛感鸦片战争的割地赔款的屈辱教训,不再妄自尊大,睥睨四海,而是提出了"师夷长技以制夷"的主张,建议制造枪炮、轮船和其他机器工业产品,加强海防、抵御外侮。这一识见几乎代表了当时知识界对国家和世界认知的最高水准,因而也几乎很快就从局部一隅的微弱呼声,变成了当时朝野上下的基本共识之一。

1861年,冯桂芬在他的《校邠庐抗议》中提出"以中国之伦常名教为原本,辅以诸国富强之术"的观点。郑观应在《盛世危言·西学》中指出,"中学其本也,西学其末也,主以西学,辅以中学"。这些具有进步思想的新见解,成为其后不久"中学为体,西学为用"思想出现的前奏。第二次鸦片战争后的1898年,后期洋务派的领袖张之洞在《劝学篇·设学》中指出,"新旧兼学,四书五经、中国史事、政书、地图,为旧学;西政、西艺、西史为新学,旧学为体,新学为用。"这一著名观点,是在有识之士通过与西方世界的接触和了解后,并揆诸国土日丧、民不聊生的残酷社会现实而痛定思痛之余的血泪之思。面对西方列强的坚船利炮、高楼大厦和外滩的辉煌灯火,他们痛感自己的落后,意识到若不虚心向自己的敌人和对手学习,迎头赶上,则丧权辱国的惨况绝非明日黄花,有朝一日势必卷土重来,亡国灭种也绝非危言耸听。但在学习的方法和路径上,尚需斟酌。那就是不能放弃自以为优长的包括四书五经、经史子集在内,涵盖数千年古老中国道统、学统和法统在内的所谓"旧学"或"中学",在此基础上才可以谈"新学"或"西学"。西方的那些器物、制度和文化无论如何的先进,都不过是用来弥补"旧学"或"中学"的不足,是为我所用,以夏变夷,而非以夷变夏,局限性是不言而喻的。正由于此,洋务运动才以失败告终。但客观地说,作为一次自上而下的自强、求富和自救运动,他们的努力不能说全无功效,至少在启迪国人直面现实、奋起追慕先进文明的觉醒上,是功不可没的。更何况,他们创办的近代军工或民用企业,催生了中国民族工业的诞生,也促成了民族资产阶级和新的社会阶层工人阶级的诞生。

作为新兴势力的中国民族资本主义和民族资产阶级,与原来以官僚士大夫为代表的地主阶级改革派有一致之处,都要求变法和学习西方,都有对现代文明的向往之情,所以两者很容易结成统一战线联盟,从而在新旧世纪之交即在同光年间,汇成一股强劲的维新思潮。

此前洋务运动试图从器物方面改善中国的贫弱局面,但中日甲午海战的结局,使得这一迷梦也近乎破产。因为就当时中日军事实力的对比而言,中方似乎更占优势,1890年时,北洋海军二千吨位以上的战舰有 7 艘,总吨位 27 000 多吨;而日本海军二千吨位以上的战舰仅有 5 艘,总吨位约 17 000 多吨。但最终中方却以签订城下之盟、割地赔款而屈辱收场,器物的强大不是制胜的决定性因素,因而宣告了以器物改革为依归的洋务运动的失败。

而维新人士看到了这一点,转而从制度和文化方面寻求富国强兵的路径。他们以西方的进化论、民权论来作为思想武器,突破了洋务派所乐道的"中学为体,西学为用"的樊笼,倡议从政治、经济、军事等方面进行全方位的变革。梁启超、谭嗣同、严复等一批新型的知识分子,成为这一时期思想界杰出的启蒙良师。特别是严复《天演论》"物竞天择,适者生存"的进化论观点广为传播且深入人心,而卢梭的《民约论》(又译《社会契约论》,或称《政治权利原理》)中资产阶级天赋人权、自由、平等、博爱的思想学说,更成为思想界鼓吹变法维新,推翻清王朝的封建统治,谋求民权、改善民生,最终实现民族自强自立的有力思想武器。

虽然社会整体面貌的改观非朝夕之功,但不可否认的是,经过社会各界特别是知识阶层的大声疾呼和积极努力,西方文化对中国近代思想界的传播和浸淫,随着时间的推移,也慢慢产生了一定的效果,也导致了中国近代文学的一系列变化。梁启超"小说界革命"的影响及翻译文学的兴盛,是其中最为引人瞩目的一个重要因素。在此情势的烛照之下,许多新名词、新观点、新意境、新思想的大量涌现,以及民初以降话剧、电影的出现,新的艺术形式、表现方法与艺术理念的不断引进,对通俗小说的生产、传播与接受都有巨大而深远的影响。曾有论者对这一时期中西文化交融互动的现象做过恰切精当的评价:"中兴垂五十年,中外一家,梯航四达,欧和文化,灌输脑界,异质化合,乃孳新种,学术思想,大生变革。故其文光怪瑰轶,汪洋恣肆,如披王会之图,如观楚庙之壁,如登喜马拉山绝顶,遘天帝释与阿修罗鏖战,不可方物。极此以往,四海同文之盛,期当不远。"①洵为的论!

清朝统治者虽以少数民族身份入主中原,但他们对于教育重要性的认知一点也不逊色于前朝。入关后迅疾实施科举制和博学鸿词科考试,招徕"山林隐逸",借此来笼络汉族知识分子,扩大地主阶级联合专制统治的社会文化基础。在学校设置与科举制度方面,基本上是复制前朝的制度并加以进一步完善的。其中,社学和义学属于官方色彩浓厚的官学,招收的对象主要为"孤寒子弟",除了免费外,还给学生发放日常用品,主要是为封建社会培养"安身良民";而书院、私塾、义塾和家塾,则是带有私人性质的私学,大都由地主、商人,或市民、农民集资筹办,主要教学童识字写字、读书作文,学习的知识主要有日常生活和劳动知识等。

第二次鸦片战争后,在洋务运动和维新变法思潮的推动下,中国近代教育体系中出现了以新式学堂为载体的新的办学模式,譬如 19 世纪 60 年代,最早面世的京师同文馆、上海广方言馆、广州同文馆等外语学校,以及福建船政学堂等军事学校;70 年代之后,军事学校和科技学校大行其道,著名的有天津武备学堂、江南水师学堂、江南陆师学堂、天津西医学堂、上海电报学堂、湖北算术学堂、山海关铁路学堂、南京储才学堂、上海江南制造局工艺学堂等。当然,也有日后大名鼎鼎的京师大学堂。这些新式学堂办学的目的与旨归,仍然是"师夷长技以制夷",无外乎希望通过学习西方先进的科学技术来富国强兵。

进入 20 世纪,清政府先后采取措施,促进学校教育的发展。1901 年颁布了兴学诏书,1905 年又宣布废除科举制。与此同时,清政府通令全国兴办学堂。此前的光绪二十九年(1903),清政府就在全国范围内颁布实行了《奏定学堂章程》,即"癸卯学制",正式确定了新式学校的教育制度。此后,兴学之风大盛,各地各类学堂以惊人的速度迅猛发展。据《清朝续文献通考》记载,1910 年,全国各类大中小学校 42 696 所,学生 1 300 739 人,是 1905 年学生数的 5 倍,是 1902 年学生数的 186.7 倍。至 1909 年,全国共有高等学校 110 所,学生 20 672 人,师范学校 415 所,学生 28 572 人。② 据统计,仅 1902 至 1905 年三年时间内,全国各地学堂学生总数就由 6 912 人发展为 258 876 人,增加了 36 倍。③

---

① 黄人,《清文汇序》,载舒芜,《中国近代文论选》下册,人民文学出版社,1981 年版,第 494—495 页。
② 郑登云,《中国近代教育史》,华东师范大学出版社,1994 年版,第 159 页。
③ 周予同,《中国现代教育史》,上海良友图书印刷公司,1934 年版,第 127 页。

教育界出现的另一个新现象是留学热和留学生的大量涌现。光绪二十四年（1898）六月光绪帝明令全国派遣留学生。自此，留学遂成为一项国策。戊戌政变后，清政府下令废除维新之法，但留学政策得以保留。虽然大厦将倾，独木难支，在清王朝整体面临全面崩塌危机的前夕，犹如病入膏肓的绝症病人，任何进补都已无济于事，曲终人散只是时间的早晚而已。这种留学热和留学生的井喷式涌现，其动机不无可议之处，但"师夷长技"的表面功夫还是做得有模有样，"制夷"的目的则昭然若揭。留学的目的地，西洋自然是欧美列强中的佼佼者英国、美国等，东洋则是明治以来在与中国的较量中屡占上风的日本。光绪三十二年，仅留日学生人数就达到一万三四千人，并出现了秋瑾那样的女留学生。这些第一代中国留学生，通过在海外或短或长的学习，以一种新奇的眼光，浸淫和吸收各种新的思想和观念，尽管他们的头脑中依然残存着若干盘踞在中国人精神领域的陈腐教条，但他们的思维方式、行为方式、知识结构和精神空间都迥异于此前中国的士大夫和传统文人。他们的这些独特经历和卓尔不凡的识见，是构成日后小说创作乃至社会革命新变的重要潜在因素，作为未来小说创作的潜在从业人员，他们将从内容、形式、表达方式、思想内涵等方面为小说注入新鲜血液，开辟新的风格和新的气派，使中国近代小说的面貌与古代小说产生天壤之别。[①]

清朝的这一系列学校、科举制度，及近代以来教育体系的构建与修补完善，在扶大厦于将倾、为封建政权建设育才储才的同时，也为通俗小说培养了大批潜在的作者和受众，成为其后文化生产和消费的主要人群之一。

新的思想和观念，以及拥有这些思想观念的新的通俗文学从业人员，形成了这一时期庞大的创作群体，他们的许多新作必须有一个合适的方式、渠道和载体，才能够得以与受众见面，也才能够实现这种新思想观念的有效传播。这样，新的传播方式和传播媒介也就应运而生，这便是现代印刷业和出版业的大行其道。

一般认为，中国是在造纸术和印刷术领域中曾经处于领先地位的国度，宋元以降，特别是明清以来，刻书业的发展确实令人目不暇接，官刻、私刻、坊刻并行不悖，各行其是。苏州、杭州、北京、成都等都曾是享誉四海的刻书中心，他们当中的很多出品底本之优良，校勘之精湛，刻工之美观，价格之适中，成为读书人心目中梦寐以求、宝重珍爱的上品良椠，由此也保存了大批优秀的文化典籍，成为文化传承和保护的重要方式。但相较而言，十八、十九世纪后，尤其是步入二十世纪以来，随着西方在科技领域的不断领先，中国人引以为傲的造纸术和印刷术已经被人远远超越，而我们依然抱残守缺，浑然不觉，守着老古董而不思进取，不能不说这是一件令人尴尬的事。上海开埠后，西方的机制纸大量涌入，造纸厂和以机器为动力的印刷机构和企业也纷纷涌现，如墨海书馆、美华书馆和申报馆，以及拜石山房、同文书局和商务印书馆等，约50家左右。至此，中国传统的造纸业和刻印业受到极大冲击，几成溃不成军之势了。

[①] 参见丁合林，《近代小说传播研究》，河北大学，博士论文，2012年6月，第17—18页。

道光二十三年（1843）十二月，英国伦敦教会传教士麦都思（W.H.Medhurst）在上海创办的墨海书馆，被认为是鸦片战争后传教士在中国大陆地区最早设立的出版机构，也是上海最早使用机器铅印的出版机构。在1844至1860年间共出版各类书刊171种，属于基督教教义、教史、教诗、教礼等宗教内容的138种，占总数的80.7%；属于数学、物理、天文、地理、历史等科学知识方面的33种，占总数的19.3%。① 这家书馆的印刷机器系铁制印书车床，长约丈余，宽约三尺，以畜力作为推动机器的动力，当时人们引为奇观，有孙次公所作《洋泾浜杂诗》一首为证，诗曰："车翻墨海转轮圆，百种奇编宇内传。忙杀老牛浑未解，不耕禾陇种书田。"② 十九世纪六七十年代以后，由于有利可图，外国商人开始在上海经营出版业，其中规模较大的有《申报》馆及其附设的点石斋石印局、图书集成局、申昌书室和申昌书画室。国人自办的出版机构在原有的基础上，技术、规模、经营范围和营业利润等均有不同程度的扩大或提高，可以说民族出版业也得到快速发展。19世纪70年代后，上海民族工业中有2家印刷工业，80年代后增加很快，到甲午以前，有9家印刷机构出现。1912年陆费逵创办了以出版为主的中华书局，规模宏大。此外还有如启文社、新智社、点石斋书局、有正书局、文明书局、广智书局、新世界小说社等，辛亥革命后则有亚东图书馆、泰东书局、大东书局等。《国民日日报》1903年批评道："数年来，上海书局之设立较粪厕尤多，林立于棋盘街、四马路之两旁，莫不借输入文明之美名，而造出种种新名目、新样式、新装订、新纸张之书。呜呼，是社会之进步乎，抑退步乎？举全国之旧读书人，一至书肆眼花心迷，莫如孰优孰劣，孰可读孰不可读。而无道德心之中国书贾，从中大得获利之方法，或张大其告白，或修饰其门面，获利弥多而出版之书日众，出版日重而其足附输入文明之美名者几希。"③ 平襟亚在《六十年前上海出版界怪现象》一书中也描述了当时印刷出版业的概况，"墨海书馆关闭，美国传教士创设美华书馆于南门外，造铅字铜模，浇活字版印书籍，中国工人习这种印刷业者甚众。外国人又续开别处书店于南京路，中国人自设印书馆与报馆者亦渐起，始以印刷机、引擎、马达代替牛步，铅印事业日见发达，而申报馆之铅印书籍，亦陆续出版发行"。④ 由此可见上海当时的印刷出版业的兴盛局面。

这种新的技术、新的机构，乃至新的传播媒介的出现与大行其道，不仅为商业文化叙事的文学表达提供了物质基础，而且也为其传播提供了技术支持。各种因素综合起来，形成了一种合力，共同促进了这一时期通俗小说创作、传播与接受的勃兴，使小说一举而蔚为大观。

有资料显示，在通俗小说创作的数量上，自1840到1894年的55年时间，通俗小说

---

① 熊月之，《1842年至1860年西学在中国的传播》，《历史研究》，1994年第4期。
② 参见宋原放等主编，汪家熔辑注，《中国出版史料·近代部分》（第一卷），武汉：湖北教育出版社，2004年版，第199页。
③ 《新书评骘》，《国民日日报》，1903年8月15日。
④ 平襟亚，《六十年前上海出版界怪现象》，宋原放等主编，汪家熔辑注，《中国近代出版史料》（第三卷）上海书店出版社，2011年版，第267页。

作品有70余部,从1895到1911年的17年时间,通俗小说的作品总量就达550余部,几乎占自唐代至清末通俗小说总量的一半,[①]这个估计,多少有些保守。另据阿英先生在《晚清小说史》中的说法:"《中国通俗小说书目》(北平图书馆,一九三三)所收创作,亦只与《译书经眼录》数量相等。实则当时成册的小说,就著者所知,至少在一千种以上。"其实,据不完全统计,近现代通俗小说创作总数应该在两千部以上。

"文变染乎世情,兴废系乎时序","歌谣文理,与世推移",任何一种文学形式的产生、盛衰,都与特定时空的物质文化环境相关联,也都会随着宏观和微观环境的推移而与时俯仰,我国数千年文学发展的基本脉络和走向,可以说是这个规律的形象注脚和生动诠释。进入19世纪中叶和20世纪初以后,世界和中国都发生了深刻的变化,都面临着前所未有的变局。一度沉浸在天朝上国迷梦中的清王朝,依然陶醉在万国来朝的虚假繁荣中而沾沾自喜,洋人的枪炮声虽然震耳欲聋,但无论如何也唤不醒入梦太深、太沉的做梦人。"举世皆浊我独清,举世皆醉我独醒",好在世界之大,总有清醒之人,他们尽管名位不显,声名不彰,但以天下为己任的使命感永远是他们不变的情怀,他们也不惮成为在黄昏时啼叫悲鸣的夜莺,以搅扰昏睡者的清梦为己任。他们就是在亡国灭种危机面前胼手胝足、奔走呼号的志士仁人,林则徐、魏源、郑观应、王韬、梁启超、谭嗣同、吴沃尧、李伯元、张元济、史量才等,就是其中的杰出代表。他们不是一个人在战斗,他们是潜藏在地底的地火,他们也是屹立潮头,引领社会风向的弄潮儿。他们在各自的岗位上,各自为社会进步、民生福祉和国族复兴做出了自己的努力。可以说,在这批极富责任心的知识分子们勠力同心的鼓吹和襄助之下,营造出了晚清民初之际独特的时代氛围和文化环境,使得通俗文学成为与时代变革同步的重要社会力量之一,一定程度上推动了中国社会的近代化。

第二节　传播媒介与通俗文学的商业传播

如同一般商品的生产—流通—消费过程一样,文学的创作、传播与接受,也是一个完整封闭的链条,只有完成了这一过程,文学生产的最终价值才能获得,其社会效益和经济效益也才能得以实现。文学的传播不仅受到作家的创作倾向、创作内容乃至创作风格的影响,还要受到时代文化氛围、技术瓶颈、传播媒介与方式,以及受众的鉴赏水准等多方面因素的制约。不同的时代有不同的传播方式,上海开埠以来,特别是新的传播技术和传播媒介的出现,使得这一时期通俗文学,或曰商业文化叙事的传播局面有了不同于以往的巨大改观,基本上实现了带有现代色彩的工业化生产和商业化传播,因此考

[①] 郭志强,《中国古代通俗小说传播研究》,扬州大学,博士论文,2007年6月,第170页。

察此一时期传播媒介与通俗文学商业传播的关系也就显得十分必要。

纸业生产规模的扩大,印刷技术由传统的手工刻版到机器运作,使得大量的文学作品有了面世的机会,也有了面向更多受众,进一步扩大其影响力的机会,因此,报刊、书局、出版社、书坊等新的传播媒介和机制的出现,可谓恰逢其时,应运而生。

据上海书业商会统计,1906年上海共有商务印书馆、通社、启文社、小说林、彪蒙书室、广智书局、开明书店、新民支店、新智社、乐群书局、时中书局、昌明公司、点石斋书局、群学会、会文学社、普及书局、有正书局、中国教育器械馆、文明书局、东亚公司新书店、鸿文书局、新世界小说社等22个书局,而到1911年则达116个之多。① 又据陈平原先生《二十世纪中国小说史》(第一卷)和刘永文先生《晚清小说目录》可知,此一时期以小说命名的出版社近30家,大致以时间为序,有上海小说支卖社、振华小说社、岭南小说社、小说新书社、新世界小说社、乐群小说社、小说林社、小说图画馆、新小说社、香港小说编译社、小说保存会、近世小说社、艺大中外小说部、改良小说社、小说进步社、上海艺文小说部、醒世小说社、文明小说社、社会小说社、香港中国小说社、新新小说社、广东小说社、维新小说社、会同小说世社、古今图书小说社、大声小说社、时务小说社等。其中出版小说在20种以上的书局有商务印书馆、小说林社、改良小说社、上海书局、广智书局、群学社、新世界小说社、文明书局、小说进步社、申报馆、集成图书公司、有正书局等十几家。排在前三甲的是商务印书馆、小说林社、改良小说社,分别出版小说257、173和116部。②

近代书局的大量涌现及其周围出版人的聚合,在完成了从印刷技术到出版理念的自我转变的同时,也对通俗小说发展、传播,乃至繁荣发挥了不可替代的作用。书局的出现不是一个一无依傍的天外来客,其出现既有传统书业历史沿革的前世,又与西风东渐的近代社会背景密不可分,可以说是历史与当下共同结合的产物。通常而言,上海开埠以来的书局以商业营利为主要目的,以机器印刷为技术支撑,具有较为先进的出版理念,是该时期图书生产与传播的重要机构和媒介之一。

诞生于清光绪二十三年(1897),由夏瑞芳、鲍氏兄弟等人合办的商务印书馆,在近代出版业中声闻遐迩,在小说出版方面成就卓著,不仅出版了大量的小说单行本和小说类丛书,还推出了《绣像小说》和《小说月报》等专门性的小说杂志,其旗下的综合类杂志如《东方杂志》上也刊载了不少小说作品。此外,林琴南与魏易、曾宗巩等人的翻译小说也通过商务印书馆走向大众,让小说越来越贴近普通民众的日常生活,与草根阶层的悲欢离合息息相关。一时之间,商务印书馆成为小说传播的重镇之一,在业界的声望与影响可谓如日中天。

商务印书馆的创始人是夏瑞芳,但其灵魂人物却是后来加盟的张元济。张元济字

---

① 上海书业商会《图书月报》,1906年第1期,参见宋原放等主编,汪家熔辑注,《中国出版史料·近代部分》(第三卷)武汉:湖北教育出版社,2004年版,第509—514页。
② 陈大康,《中国近代小说编年·前言》,上海:华东师范大学出版社,2002年版,第7页。

筱斋,号菊生,浙江海盐人,出身于书香门第,光绪十八年(1892)进士,历任翰林院庶吉士、总理各国事务衙门章京。因参与维新变法而受到革职处分,且永不录用。罢官后张元济到上海辅佐盛宣怀筹办南洋公学书院,任公学总理兼译书院院长。他有强烈的家国情怀,关注国族和苍生的现状,也比较开明睿智,具有当时先进知识分子共有的远见卓识。他入职商务后,锐意革新,积极进取,延聘另一位才华横溢的新派人物蔡元培先生担任编译所所长,组建了强大的编辑团队,负责编订在当时市场上抢手的图书门类教科书,使得商务印书馆完成了机械复制——从最初的单纯印制出版物,到自编自印、自铸伟辞的历时性飞跃,实现了脱胎换骨般的提升,由此一跃而成为业界翘楚,成为影响中国近现代历史的重要出版机构之一,余波所及,至今不辍。

据上海古籍出版社出版、刘永文先生编著的《晚清小说目录》(2008年版)和《民国小说目录(1912—1920)》(2011年版)统计,清末民初(1920年止),剔除再版和多版等情况,商务印书馆总计出版小说462种。此外,还遴选出优秀之作,汇编成《说部丛书》,以广其传播范围,扩大其受众面积,增强其传播力度。

上海近代出版业中,与商务印书馆并驾齐驱的另一重要出版机构是1912年由陆费逵在上海创办的中华书局。该书局以出版教科书为主营业务,也因此而闻名海上和业界。在通俗小说出版和传播方面,除了办有专门的小说期刊——《中华小说界》之外,中华书局在民初也出版了不少单行本小说,初步统计约有146种。1916年,中华书局出版了一套包括刘半农、周瘦鹃、严独鹤、程小青等人在内,由多人合译的《福尔摩斯侦探案全集》。[①] 1914—1918年,中华书局又出版发行了《小说汇刊》和《清外史丛刊》两套丛书,译介外国文学作品,共收入73种译著。1917年,著名翻译家周瘦鹃的译作《欧美名家短篇小说丛刊》也通过中华书局得以面世,分上中下三卷,其中包括英、法、美、俄、德、匈牙利、西班牙、丹麦、瑞典、瑞士、荷兰、芬兰、塞尔维亚等12个国家和地区的近50篇短篇小说,[②]这是一次欧美文学的集体亮相和集中展示,这些作品的结集出版,为国人了解外国文学打开了一扇窗户,也对当时小说界的发展起到了推动和促进作用。

此外值得一提的是,有正书局在小说出版和传播方面的不俗业绩。有正书局光绪三十年(1904)由江苏溧阳人狄葆贤创办。狄葆贤初名葆贤、又名狄平子,别署平等阁主、慈石、楚卿、狄平等。早年中举,后留学日本,为康有为唯一的江南弟子,参与过康氏主持的"公车上书"。光绪三十年夏在沪创办《时报》,声称出版该报"非为革新舆论,乃系革新代表舆论之报纸"。主持该报笔政期间,采取多项措施,锐意革新业务:首创对开四版双面印刷现代报纸版面格式;设短小隽永的"时评"专栏;采取不同字号排印,凸显新闻内容的重要与否;附张刊登世界名著与流行小说。民国十年(1921),狄葆贤将《时报》转让给他人经营,始脱离报业。

---

① 沈倩倩,《中华书局外国文学译著出版研究(1914—1949)》,南京大学,硕士论文,2012年6月,第19页。
② 王智毅编,《周瘦鹃研究资料》,天津:天津人民出版社,1993年版,第324页。

有正书局和《时报》一样,都是狄葆贤的产业,两者是一根藤上结的两个瓜。《时报》的核心成员陈景韩和包天笑,同时也是有正书局发行的《小说时报》的主笔,更是有正书局发行单行本小说的重要撰稿人,后来又有毕倚虹加盟。包天笑《钏影楼回忆录》曾记载道:

> 原来狄平子是心醉于小说的,《时报》上就每天有长篇连载,自我来后,便急需办《小说时报》了,他本有一个有正书局的出版所,又有一个很好的印刷所,铅印石印齐备,办一个杂志,也较为方便。又有《时报》上,不花钱可以登广告。在筹办期中,登报征求小说稿,无论长篇短篇,文言白话,一律征收。那时译写小说的人,已经很多了。有的本有固定的职业,性之所好,以此作为文人的副业。有的竟是生计艰难,卖文为活的。一时投稿者实在不少。①

可以看出有正书局与《小说时报》一体同生、互为依傍的不寻常关系。《小说时报》存在了八年左右,共出版了30多期,发表各类小说近200篇,很多是当时的当行名家如包天笑、陈景韩、毕倚虹等人以通俗易晓的白话文来写作的,便于在普罗大众或草根阶层流中传播、流布,对于扩大小说的影响善莫大焉。某些篇什还有一定的社会影响,譬如包天笑创作的《一缕麻》就被梅兰芳改编成京剧,一再搬演,影响深远。②

近代印刷技术的革新,直接提升了通俗小说的出版量,是大量纸质阅读物得以面世的技术基础。而以通俗小说为内容的这些读物,因其引人入胜的故事情节和通俗晓畅的文笔,吸引了不同阶层、不同文化水准的庞大受众群体,所以也就产生了巨大的市场需求,以此牟利也就水到渠成,书局的出现可谓正当其时。各书局间的合作和竞争使小说市场处于持续扩张的状态。可以说,书局的出现为后来的小说市场注入了更加新鲜的血液,从商业角度确保了通俗文学传播的人员储备和机制建构。不难想象,设若缺乏书局的在场,按照某种惯性力量,在看不见的手的操作下,通俗小说出版的数量和质量肯定也会保持持续增长的态势,但势必是迟缓的,相应的社会影响也会因此而打了折扣。

社会和技术的进步不仅催生了书局这样大规模的文化传播机构和传播机制,而且也促进了报馆和报刊业另一业态的文化传播模式。率先进入这一领域的是创办于同治十一年(1872)的申报馆。申报馆的创始人是英商安纳斯特·美查,其与朋友集资合股1 600两白银,于同治十一年三月二十三日(1872年4月30日),正式成立申报馆。申报馆开业肇始,就十分注重新技术的引用和人才的延揽。

当时机器印刷在江浙、上海和中国香港一带尚属凤毛麟角,广泛推行更是痴人说梦,申报馆独出时流,始采用手摇机器印刷,继之以畜力(牛)为动力进行印刷,效率远在传统手工印刷数倍乃至十数倍。据《申报》自述:"中国之刷印尚藉人工,西人之刷印则

---

① 包天笑,《钏影楼回忆录》,大华出版社,1971年版,第358页。
② 赵圆苑,《清末民初上海地区书局与小说的传播研究》,上海师范大学,硕士论文,2014年版,第30页。

用机器。以机器代人工,则一人可敌十人之力。若改用牛,其费更省。今日上海、香港等处中西诸人以此法刷印书籍者实属不少。其功加倍,其费减半,而且成事较易,收效较速,岂非大有益世之举哉……试以本馆之新闻纸而论,每日八版,纸大且薄,若以人工刷印,力颇难施,因购机器全架,每日刷印四千张,仅用六人,不过两时有余,即能告竣"。① 可见所言不虚。

在笔政、编辑等专业人员的配置上,美查延聘举人出身的蒋芷湘担任《申报》总主笔,而由两位秀才钱昕伯与何桂笙协助其完成日常工作。一般来说,洋场才子大都是江南文人,他们文化底蕴比较深厚,传统人文修养功夫扎实,而且久居沪上,也熟悉上海滩受众的鉴赏趣味和时尚习俗,因而能够愉快胜任。他们意识到读者群阅读趣味的芜杂与多元,读者中虽然也不乏达官显宦,富商巨贾,贵胄名媛和饱学之士,但也有罢官废吏,贩夫走卒,落魄文人和升斗小民,可谓五花八门,众口难调。因此办报者就要为满足不同层次读者的需求而煞费苦心,既不能阳春白雪,也不能下里巴人,须介乎两者之间,兼顾各阶层的品位与需求。职此之故,他们认为小说,特别是老少咸宜、雅俗共赏的通俗小说,才是实现这一目标的不二之选。报载小说不仅是可以增加小说销量的促销手段,也是增加人气、扩大报刊知名度的活广告,算得上是一石二鸟,名利双收了。

所以,他们在新闻报道和商家广告宣传等主业之外,开始尝试连载像《谈瀛小录》《睡七十年》等翻译小说。1874 年,又开始尝试出版中国传统小说名著的单行本,如《儒林外史》之类,获利颇丰。为了进一步扩大小说和报纸的发行量,申报馆的主政人员,还在报上登载征稿广告,广泛搜求各种具有可读性的"新奇""艳异""幽僻""瑰诡",且"阐扬圣学,扶翼名教"②之作,但效果未能达到理想状态。据论者统计,从同治十三年(1874)底到光绪五年(1879)的 5 年间,申报馆搜访并出版的小说有 41 种,通俗小说有《红楼梦补》《西游补》《水浒后传》《快心编》《林兰香》《台湾外纪》《女才子》《雪月梅》《何典》《青楼梦》等,笔记小说有《秦淮画舫录》《吴门画舫录》《客窗闲话》《萤窗异草》《镜花水月》《印雪轩随笔》《夜雨秋灯录》《潜庵漫笔》《虫鸣漫录》《白门新柳记》《山中一夕话》等。③ 虽未能尽如人意,但这种努力,筚路蓝缕,道夫先路的开辟之功还是值得称道。

申报馆是开埠以来沪上独占鳌头的报业巨子,在其影响和带动下,上海的报业呈雨后春笋之势,迅猛发展。报刊逐渐走进千家万户,成为各阶层人士生活当中获取信息、消遣休闲的重要渠道之一,也是通俗文学得以迅速传播,为受众所理解和接受的重要媒介之一。与此同时,近代以来的许多报人都具备深厚的传统文化底蕴,如梁启超、邱炜萲、狄葆贤、吴趼人、黄人、王钟麒、黄伯耀、黄小配等,他们视野宏阔,思想开明,既是头脑敏锐、眼观六路的资深报人,也是学识精湛的作家或文学理论家。在西学东渐时代风尚的熏洗和感召下,作为时代精英,他们较之当时的一般民众和士林阶

---

① 《铅字印书宜用机器论》,载上海《申报》,同治十二年十月二十四日(1873 年 12 月 13 日)。
② 光绪五年闰三月十三日(1879 年 5 月 3 日),上海《申报》载"《笑史》即齐出售广告"。
③ 苏亮,《近代书局与小说》,华东师范大学,博士论文,2015 年 5 月,第 53 页。

层,更能深刻体认小说的社会作用和艺术功能,希望借助小说对民众进行启蒙和宣传,发挥其新民、新政的积极作用。当他们得以担任某一报刊的笔政,拥有一定的资源和话语权以后,他们的使命意识和岗位意识就会促使他们勇于实现这种担当和使命。在近代以降形成的文化环境和社会生态中,市民阶层数量庞大,他们的文化水准和阶层梯级所构成的对消遣娱乐性的精神食粮的鉴赏趣味及其巨量需求,刺激着老少咸宜、雅俗共赏的通俗文学作品的生产和登载量。大量刊载适应市民阶层且喜闻乐见的小说,重视报刊的销量,从而赢得市场,站稳脚跟,谋求合理的经济效益也就是名正言顺的事。而扩大版面满足小说刊载量的增长,以其通俗易懂的娱乐消遣作用作为促销手段,以便增强读者的吸引力,取悦庞大的市民受众,稳定固定的消费群体,也就是报业从业人员的必然选择。

  如此,报刊这种近代最为快捷、廉价的传播媒介,也就成了通俗小说的重要载体。文学性的报刊,或者各式综合性、专业性的报刊均纷纷登场,参与其中,一时间报界变得热闹异常。1897年6月24日李伯元在上海创办《游戏报》,被认为是近代"小报始祖"。这种小报篇幅短小,往往杂糅传统性、商业性与娱乐性等因素于一体,注重趣味性、消遣性。据统计,这种小报约有四十几种,除《游戏报》外,其中影响较大的还有《笑报》《奇闻报》《趣报》《采风报》《消闲报》《笑林报》《寓言报》《世界繁华报》等。

  据陈大康《中国近代小说编年》和郑方泽《中国近代文学史事编年》中的统计,从同治十一年(1872)到民国七年(1918),刊载小说的各类报刊约有250种,其中刊载小说20种以上的报刊也达到了17种之多。这其中就有《月月小说》《广益丛报》《大陆报》《小说时报》《小说月报》《绣像小说》《中外小说林》《小说林》《新小说》《新新小说》《东方杂志》等一批因登载通俗小说而声名卓著的报刊。可以说,报刊成了各类小说最主要,也是最重要的发布平台,短篇小说自不必说,即使是长篇小说也大多是走先在报刊连载,然后再出版单行本的路数,著名的"四大谴责小说"均是如此。著名作家吴沃尧的作品大部分都是在报刊上面世的,仅《月月小说》就发表了他的《两晋演义》《上海游骖录》《劫余灰》《发财秘诀》《云南野乘》等中长篇小说,和《预备立宪》《黑籍冤魂》《平步青云》《立宪万岁》《人镜学社鬼哭传》等几乎全部短篇小说。① 某种程度上,报刊在晚清时期事实上发挥了新小说理论与新小说实践的先驱作用。

  一般认为,韩邦庆于1892年2月在上海创办的《海上奇书》,是严格意义上的我国最早的文学期刊。该刊主要刊载韩邦庆个人的小说作品,他以章回形式连载他以"花也怜侬"笔名精心结撰的吴语方言小说《海上花列传》,开杂志发表方言小说之先河。《海上奇书》虽只出版了15期,但却首创了图文并茂、章回连载的体例和形式,这也对《绣像小说》等刊物和孙玉声、李宝嘉、张春帆等作家产生了较大影响。

  不过,此时韩邦庆的《海上奇书》登载小说,不过是偶一为之,并非常态。一直到十年

---

① 丁合林,《近代小说传播研究》,河北大学,博士论文,2012年6月,第23—28页。

以后的1902年11月,梁启超在日本横滨创办了《新小说》,才打破了这种局面。《新小说》创办之初,出于宣传变法维新的政治目的,当然首推政治小说,而且从理论上加以鼓吹,这便是以首开"小说界革命"之功而名闻天下的《论小说与群治之关系》一文。此外,还有夏曾佑的《论文学上小说之位置》、金松岑的《论写情小说于新社会之关系》等,均对晚清小说的兴盛起到了极大的推动作用。在《新中国未来记》的绪言中,梁启超曾说道"顾确信此类之书,于中国前途,大有裨助,夙夜志此不衰。……《新小说》之出,其发愿专为此编也"。① 此后,《新中国未来记》《痛史》《二十年目睹之怪现状》《九命奇冤》《黄绣球》《东欧女豪杰》《电术奇谈》《侠情记传奇》等8部中国小说陆续在《新小说》上连载。此外,它还将托尔斯泰、显克微支、萧伯纳、雪莱、歌德、席勒、拜伦等西方著名文学家的照片与其作品一起刊发,形成一种密集性轰炸效应。这种以报刊连载发行和传播小说的方式,是一种创举。它通过与商业手段的合作,实现了信息的快捷、有效传播,因而有利于小说的创作和接受。在其示范和带动下,清末民初出现了大批以刊载小说为主要志业的报刊。可以说,小说的载体越来越丰富,小说的舞台也越来越广阔。与《新小说》一道,《绣像小说》《小说林》和《月月小说》,被称为"晚清四大期刊",雄踞于上海文学刊物之首。

《绣像小说》是一种由上海商务印书馆发行、图文并茂的小说期刊,创办于1903年7月。线装本,逐回绣像,通俗美观,主编是小说家李伯元。1903—1906年,在3年左右的时间内共发行72期。该刊发表的作品,以章回小说为主,多半是描写时事,讥讽朝政,激励革新的血气文章。如忧患余生的《邻女语》、杞忧子的《苦学生》、壮者的《扫迷帚》等。著名的长篇小说如李伯元的《文明小史》《活地狱》,蘧园的《负曝闲谈》和洪都百炼生的《老残游记》都是在该刊率先连载发表,然后才出版单行本的。翻译方面则有奚若的《天方夜谭》等作品。除小说外,所刊内容还有弹词、戏曲和杂文。可以说,《绣像小说》是晚清上海最有成就、影响最大的一份小说期刊。

《绣像小说》创刊之初发表的《本馆编印绣像小说缘起》一文,是一篇堪与梁启超《论小说与群治之关系》相提并论的小说理论文章。该文与梁启超一样,看重小说对于政治的功用,认为小说家具有"醒民""化民"的能力与义务,"欧美化民,多由小说,抟桑崛起,推波助澜。其从事于此者,率皆名公巨卿,魁儒硕彦,察天下之大势,洞人类之颐理,潜推往古,豫揣将来,然后抒一己之见,著而为书,以醒齐民之耳目。或对人群之积弊而下砭,或为国家之危险而立鉴,揆其立意,无一非裨国利民"。因此,"本馆有鉴于此,于是纠合同志,首辑此编,远摭泰西之良规,近挹海东之余韵,或手著,或译本,随时甄录,月出两期。藉思开化夫下愚,遑计贻讥于大雅"。②

月刊《月月小说》,1906年11月1日创刊于上海,由群乐书局、群学社先后发行。汪惟农、吴趼人、许伏民、周桂笙等先后主编,陈冷血和包天笑等曾参与编译。与晚清民

---

① 梁启超,《新中国未来记·绪言一》,《饮冰室合集》第11册,原专集89卷,中华书局,1989年版,第1页。
② 《编印绣像小说缘起》,载阿英《晚清文学丛钞·小说戏曲研究卷》,中华书局,1960年版,第144页。

初许多报刊一样,《月月小说》也以"改良社会,开通民智"为使命担当,以倡导刊载历史小说、社会小说为己任,同时兼刊外国小说、论文、戏曲、诗词等,重在揭露社会弊端,提倡改良社会道德。其中较为著名者有吴趼人的《两晋演义》《劫余灰》《发财秘诀》《上海游骖录》,和外国历史小说《美国独立史别裁》,以及萧伯纳的一些戏剧作品等。《月月小说》对于短篇小说的推阐不遗余力,如前所述,仅吴沃尧一人就在该刊上发表了《人镜学社鬼哭传》《黑籍冤魂》《平步青云》《快升官》《查功课》《立宪万岁》《光绪万年》等多种短篇小说。天僇生的《学究教育谈》《孤臣碧血记》,陈冷血的《乞食女儿》《破产》,萧然郁生的《彼何人斯》《新镜花缘》等篇,也有一定的影响。不过,迫于商业利益的压力,《月月小说》也不得不在实际的编辑与发行过程中对自己的办刊宗旨有所修正,所以其所刊内容多属描写才子佳人或风花雪月的内容,实为鸳鸯蝴蝶派的滥觞和同道。

《小说林》是一种 32 开本的月刊,于光绪三十三年(1907)一月创刊于上海,次年十月停刊,共出版发行了 12 期。该刊由小说林、宏文馆有限合资会社发行,黄摩西、徐念慈、曾朴等人先后任主编,曾朴、吴梅、包天笑等为主要撰稿人。在晚清四大小说期刊中,《小说林》虽然只存在了不到两年的光景,是最短命的一种,但其宗旨为"输进欧美文学精神,提高小说在文学上的地位",且有切实的实绩,故在晚清小说史上,其价值与贡献并不逊色于其他三份小说期刊。《小说林》连载的长篇小说《孽海花》是当时最流行的长篇小说之一,与《二十年目睹之怪现状》《官场现形记》《老残游记》一道,被鲁迅并称为"四大谴责小说",影响十分深远。包天笑的《碧血幕》和李涵秋的《穷丐》等,也有一定的影响。《小说林》的翻译作品着重介绍像雨果《马哥王后佚史》《苏格兰独立记》《地狱村》,萧伯纳的《恺撒和克丽奥佩特拉》等世界各国的进步文学名著,推崇具有独立、民主的思想意识。此外该刊还刊登了大仲马、凡尔纳、雨果、狄更斯、司各特等人的照片,将西方这些声名卓著的大文豪推荐给中国读者。

《小说林》不仅在小说的出版、发行等传播与流通环节表现出色,在小说理论上也有不俗表现。在创刊号上,由主编黄人所撰的《小说林发刊辞》一篇,针对当时人们对小说太轻视和太重视的两种极端态度表示不满,他对新旧小说都不满意。他注重小说的审美功用,以小说为审美的读物,属于艺术的范畴。他指出"小说者,文学之倾于美的方面之一种也",并称"文学之有高格可循者,一属于审美之情操,尚不暇求实际而择法语也"。因此他不太重视小说教育人群、改造社会的功用,较之梁启超纯从小说有改良社会的作用立说有所增益和补正。徐念慈以"东海觉我"笔名撰《小说林缘起》,与黄人类似,同样秉持以审美观念看小说,他用黑格尔的美学理论以证明小说"殆合理想美学、感情美学而居其最上乘者"。同时,徐念慈对梁启超所谓小说具有熏、浸、刺、提的魔力也并不否认,立论则较黄人、梁启超更进一步,也更为圆润通达。此外,《小说林》开设的小说批评专栏《小说小话》,与《新小说》的《小说丛话》齐名,是同时代期刊中有影响的小说理论栏目,对于晚清小说理论的发展都有着重要的作用。

这些覆盖能力超强的大报副刊、小报、期刊与通俗小说形成了完整的、和谐共生的小说生态系统，彼此之间荣损与共，进退相协。报刊是通俗小说的载体，小说可以借此得以广泛传播、大量流传，近代通俗文学大部分都是通过报刊发表的。反过来，小说情节的可读性又吸引了读者，刺激了读者对报刊的购买欲，提高了报刊的发行量。报刊与小说相互援引，互助同生。无论是报刊，还是小说，其出版发行的目的，固然不排除开启民智、传播信息、消遣娱乐的倾向，但归根结底，还是出于商业利益的动机。报纸杂志不遗余力地推阐通俗小说，是迎合和满足市民大众文化消费需求的必然选择。而小说则依照读者的阅读趣味，不断调整内容和形式，以期赢得更多读者的青睐。

晚清与民初之交，大量以先进技术为依托的书局、报刊等，应当说是彼时最为先进、最为前沿的新型传播方式和媒介，对于小说的商业传播起到了推波助澜的作用。但不可否认的是，这些先进的传播方式和传播媒介，其覆盖的范围还相当有限，仅限于上海这样经济文化比较发达、配套设施比较齐全、市民文化水准相对较高的通都大邑。即便如此，小说的商业传播也大多仅限于上海核心城区的较高层面的市民阶层，稍微偏僻一点的远郊乡民或绅商，在信息接收的密度和频度上就远逊于租界和老城厢。譬如《海上花列传》第十五回《屠明珠出局公和里　李实夫开灯花雨楼》中的李实夫，本是一个乡下的土财主，因为向往上海城里的繁华生活，所以就随了自己的侄儿李鹤汀到上海冶游。由于久居乡下，不太熟悉上海的行情与风尚，闹出了好多笑话，被黎篆鸿、朱蔼人等一帮上海滩的大佬、巨富，以及屠明珠、林素芬、杨媛媛和孙素兰等海上名妓所耻笑，这应该不是一个个案。那么，如何改变这种由于信息不对称而产生的认知上的偏颇，更为重要的是，如何扩大这些新方式和新媒介的覆盖面，让更多受众获得自己需要的信息，进而实现商业利益的最大化，就成为当时很多业界人士关心的问题之一。其中，邮局和书籍出租的出现，可以说是一种新的努力和尝试。

我国近代邮政业的开办自然是随着鸦片战争的结束，西方文化的渗透而得以逐步发展起来的。有资料表明，1896年（光绪二十二年）3月20日，由光绪皇帝批准正式开办大清邮政官局。至辛亥革命前，建成了覆盖全国大部分地区与邮驿并行的近代邮政通信网络，传统的民信业逐步被取代。邮政业务也发展迅速，主要经营有信函、包裹、汇总及报纸邮递等。

在上海，近代邮政创办以前，邮政业务主要由官办的"邮驿""铺递"与民办的"信局"所承担。开埠以来乃至租界的设立，鉴于上海的特殊的地理位置和条件，近代的邮政业务开始进入本埠。相邻的沿海省份的民营信局纷纷将业务扩展到上海，甚至设立总号。1879年，上海开始设立邮政办事处。1897年，上海大清邮政局正式建立，同时在吴淞海关处开设下属的第一个邮政分局，此后城市乡村各处陆续增设邮局和代办所，建立起上海地区一整套完整的邮政网点。1899年，"上海大清邮政局"改名为"上海邮政总局"。

由于邮政的方便快捷，也提升了近代期刊的传播速度，不仅在国内得以迅速传递，甚至国外也毫不费力。当时，许多小说期刊都开办邮购业务。他们在公告中说明从邮局订购、邮递报刊的具体办法，以及包括价格、邮费、打折等在内的注意事项。如果读者在编辑总部所在的城市,则有专人送期刊上门,服务相当周到。邮政业务的出现,避免了报刊在传递过程中最后一公里的尴尬,保证了读者所需要的信息的即时性和完整性。

除此之外,书籍出租行业的出现也是通俗小说传播的一种新业态。不可否认,上海滩上市民阶层的贫富差距可能超出了一般人的想象。一般的普罗大众,大部分人并不具有文化消费的经济实力,即使是廉价的报刊和书籍对他们而言也仍然是一笔不小的经济负担,持续保持对某一报刊的追捧和关注,并进而拥有某一书报,无疑是一种不切实际的奢望。而他们又切切实实具备强烈的阅读欲望,如何满足这种阅读欲就显得十分必要,租书铺的出现可谓雪中送炭,恰逢其时。因为,"小说出租:选备各种小说贱价出租,取租费仅十成之一,从此诸君出一书之资,即能获十书之益,天下便利孰逾于此,谨告。"① 清诸明斋《生涯百咏》卷一《租书》写道:"藏书何必多,《西游》《水浒》架上铺;借非一瓻,还则需青蚨。喜人家记性无,昨日看完,明日又租。真个诗书不负我,拥此数卷腹可果。"② 租赁一本书的价钱只是完整书价的十分之一,这对于收入菲薄,而又喜欢读书阅报的市民来讲,无疑具有极大的吸引力。对于一般的商家来说,虽然出租通俗小说的收入未必有多么丰厚,但仍不失为一个增加收入的渠道。所以,从事这一行当的商家,也不只是专业的以此为生的租书铺或摊点,也有许多其他的店铺如馒头铺等也参与其中。小说出租不仅扩大了小说的传播范围,在一定程度上也增加了小说的发行量,而且也极大地满足了草根阶层的阅读需求,刺激和推动了通俗小说的创作、传播和接受。

书局、报刊、邮政业务和出租摊位等格局不一、水平参差的新型传播媒介与传播方式的兴起,改变了传统文学传播的模式与业态,也改变了传统文学的创作模式和接受方式。此外,大规模商业手段的介入,也推动了传统文学的生产、传播和接受向近代化,乃至现代化递嬗的步伐。这些新的变化对文学创作的主体——作者或作家的影响是深刻和持久的。他们一方面要持续提升自身的文化水准,保持对社会、人生和人性的高度敏感,成为有思想深度和人性温情的社会代言人;另一方面,他们也必须直面日益商业化的社会文化生态,接受市场的考验,游走在道义、良知和名利、欲望的两极,如何做到鱼与熊掌兼得而不失底线和体面,是每一个文学从业人员需要思考的问题之一。

第三节 商业化逻辑下传播主体与接受主体的新变

文学活动中,当作为生产者的作者或作家完成一部作品后,其使命就暂告一段落。在整个文学活动的闭合式链条中,与生产一样,传播与接受也充当和发挥着各自的角色

---

① 《时报》,1907年3月7日广告,见刘永文,《晚清小说目录》,上海古籍出版社,2008年版,第416页。
② 王利器辑录,《元明清三代禁毁小说戏曲史料》,上海古籍出版社,1981年版,第41页。

与作用。传播是途径、手段,接受才是终端和目的。只有当作品经过漫长曲折的传播渠道,最终为读者所接受之后,作者创造性劳动的价值才能得以实现,作品的社会价值和审美价值也才能功德圆满。

较之于传统社会,开埠以来上海的社会文化生态发生了极大的变化,作者和读者也都有迥异于前代的独特表征。就作为传播和接受主体的读者而言,他们在具体的接受方式上、审美的趣味上,以及在传播与接受效果的呈现上,都有各自不同的体现。

梁启超曾经大力鼓吹小说救亡启蒙的社会功能,某一阶段小说也确实承担起了这样的使命与功能,这从小报、专门刊登小说的刊物的大量涌现,以及政治小说、社会小说的连篇累牍即可略见一斑。但不可否认的是,在上海这个商业文化发达的都市里,小说的传播与接受不可避免地随着市场化的深入推衍,受到了商业化的浸淫与影响。因此,通俗小说尽管在市井小民和普罗大众中拥有不可小觑的影响力,但作为一种文学体裁,它的教育功能和劝诫功能是通过一种柔性方式实现的,毕竟不能与某种以国家意志形式出现的强力因素相提并论。所以,小说趋向于娱乐性与教育性并重,甚至仅仅黏滞于商业性而不能自拔,最终沦为感官刺激和低级趣味的帮凶,恐怕也是势所难免。

作者在整个文学活动中居于举足轻重的地位,他既是生产者,也是所有文学传播活动的发起人,不仅决定着文学传播的内容与质量、流量与流向,而且还决定着传播活动的存在与发展,从而在更深层次上影响和决定着文学活动的水准和地位。

开埠以来,在政治局势和文化生态的衍变下,传统文人阶层企图通过科举考试谋得一官半职,或者借此显亲扬名的机会大大减少。面对突如其来的巨大变局,他们安身立命的生存模式发生了急剧改变,不得不重新考虑日后的生存之道和自我实现的途径和方式。与此同时,在政治、经济、社会、文化等诸般因素的综合作用下,上海形成了一整套完善的制度和适宜于新型知识分子生存的文化环境。特别是随之而来兴盛的报刊业和庞大的阅读市场,以及报刊小说稿酬制的利诱,为小说作家解决了生计问题,使得上海成为职业文人理想的栖身之所,从而吸引了大批文人聚集于此。于是,这批文人顺势而为,在晚清到民初之交,在上海这块中西结合、新旧混杂的土地上涌现了不少产量惊人、风靡一时的小说作家,形成了一个活跃的作家群体。他们的背景各异,他们的诉求、学识、识见、审美趋向也不尽相同。既有以梁启超等为代表,表达对革新政治的热情和政治清明热望的政治小说作家,也有表达对现实政治极度痛恨的谴责小说的代表作家李伯元等,还有表达对政治的漠视与冷淡,另辟蹊径的言情小说、鸳鸯蝴蝶派的代表徐枕亚等人。

众所周知,梁启超是近代报刊界和小说界中的风云人物和开路先锋。作为维新变法的扛鼎和中坚,他以一个报人、政治家、政论家的身份创办了中国第一份专门刊载小说的期刊《新小说》,并且身体力行,率先创作出政治小说《新中国未来记》等。同时又以报刊理论中的政治宣传功能为出发点,倡言"小说界革命",并以报刊理论为参照系,提出了新小说理论,这一点是业界耳熟能详的。可以说,他是晚清到民初之交将小说创作实践与理论探索紧密结合,并以现代报刊为载体积极传播小说的第一人。

其后,资产阶级革命派阵营中也有一大批以小说为载体宣传革命的志士仁人,如黄世仲、陈天华等人。

黄世仲(1872—1912),广东番禺人,又名小配,号禺山世次郎。笔名有黄帝嫡裔、黄棣荪、世界一个人等。他不仅是资产阶级革命家、宣传家、小说家,也是著名的报人,曾在《天南新报》《中国日报》《世界公益报》《香港少年报》等10多种报刊担任主编或参加编辑工作。作为积极的革命宣传家和高产的小说家,黄世仲倾注心血、不遗余力,写下了《洪秀全演义》《陈开演义》《廿载繁华梦》(一名《粤东繁华梦》)《党人碑》《岑春煊》《黄粱梦》《宦海升沉录》《广东世家》《镜中影》等十余部小说。这些小说有的是历史演义,有的是针对现实的谴责小说,但都是有感而发,充满了强烈的民族思想和革命激情,对民主革命的主张和思想披肝沥胆地传播称扬,对晚清政界的腐败和维新党人保皇面目的揭露,无不用心良苦,表现了革命党人改造中国的决心和胆识,其启蒙救亡、许身家国的热肠跃然纸上,令人不胜钦佩。

《廿载繁华梦》和《宦海升沉录》是他的谴责小说中最有影响的作品,以袁世凯为描写对象的《宦海升沉录》(一名《袁世凯》)曾经得到阿英的极高评价:"这本书在当时的暴露官场小说里,是很优秀的。第一,在组织上,他用了一个很强的干线,沿着干线的发展,写了晚清十余年的中国军事政治,缺点是,袁世凯这个人物,被写得过于英雄。第二,一般的暴露官僚小说,只暴露他们的丑态,而《宦海升沉录》却把重心放在政治方面。第三,作者是把满、汉界线划清,极写清廷对汉人官员所能容纳的最高限度,以及他们是怎样的防范排斥。作者恭维袁世凯,其因当是在此。第四,文字很简练。有此四因,《宦海升沉录》便自有其独特存在的价值,而成为暴露官场小说另一倾向的代表了。"①

而以太平天国运动为题材的历史小说《洪秀全演义》(共五十四回,未完成,1908年在香港地区出版),则是当时革命派小说中当之无愧的扛鼎之作。作者试图破除历史上"成王败寇之谬说",不满于清政府所谓"发逆洪匪"的诬称,力诋清朝统治者及其政权,揭露"清廷无道,官吏贪庸"的嘴脸,以及他们绞杀这一运动的种种罪行。太平天国则成为作者眼中和笔下所称颂的革命义师,小说盛赞他们"戮力同心,共挽山河,救民水火"的种种业绩。全书以战争为描写对象,采取虚实结合的手法,多角度、全方位地展示出战争的全貌,对洪秀全、冯云山、石达开等一批核心人物进行了描写,共涉及大小80余战,却无雷同之处。当然,小说毕竟是文学,与历史的真相不可等量齐观。

黄世仲的小说创作成果及在当时社会上的影响力,堪与吴沃尧相提并论。他是当时资产阶级革命派中将报刊与小说创作、传播联系得最为紧密,作品数量最多,影响力最大的一位资产阶级革命宣传家。

陈天华(1875—1905)年寿虽短,只有30岁,但他宣传革命的成果与影响并不逊色,

---

① 阿英,《晚清小说史》,作家出版社,1958年版,第138页。

他的《猛回头》和《警世钟》等书,宣传反帝反清的思想,在当时也是脍炙人口,流布极广。尤其是他加入同盟会后,利用担任《民报》编辑的机会,创作了宣扬排满反清的政治小说《狮子吼》,以此来抒发革命理想,传达作者反清革命的政治观念,将报刊和小说创作很好地结合在一起,成为这一时期小说领域创作与传播并重的重要作家之一。

另一个小说创作群体是被鲁迅称为四大"谴责小说"的作家们:李伯元、吴沃尧、刘鹗和曾朴。

李伯元(1867—1906),名宝嘉,字伯元,号南亭亭长,笔名游戏主人、讴歌变俗人等。江苏武进人。早年丧父,由居官的堂伯抚养。1896年6月,他在上海创刊了《指南报》,其后又创办了《游戏报》(1897)和《世界繁华报》(1901)。其中《游戏报》被业界公认为"小报之祖",每期4版,约5 000字,文字、广告各占一半,内容有市井新闻、谐文、诗词、灯谜、碑传、楹联、酒令、论辩等栏目。这些小报"大抵记叙官场的笑柄、社会的趣事,以及歌楼舞榭、妓院娼寮、茶肆酒馆的新闻",①内容上具有极强的通俗性、娱乐性,且在编排上讲求文艺色彩。他规定,每期报纸都至少有一篇社论和8条消息,而这8条消息的标题,两两相对,分则为标题,合则为对联,因而深受普通市民和落魄文人的喜爱与追捧。在主持报刊笔政之余,他自己也进行了小说创作,并且在自己的园地上发表,他的成名作长篇小说《官场现形记》,就是从1903年4月至1905年,连载发表在《世界繁华报》上的,孙玉声回忆道:"《官场现形记》说部,刊诸报端,购阅者踵相接,是为小说报界极盛时代。"②李伯元的小说通过小报在市民中得到了广泛的传播,说明《世界繁华报》在小说传播中的作用不可低估。

1903年,李伯元受商务印书馆之聘,主编半月刊《绣像小说》。该刊经常刊载吴沃尧等人的作品,曾连载了刘鹗的小说《老残游记》,也连载了李伯元自己的创作,如《文明小史》《活地狱》《海天鸿雪记》《中国现在记》《醒世缘弹词》等十余篇小说与弹词。在李伯元的运作下,《绣像小说》成为晚清期刊中寿命最长久、品味最纯正的"四大小说期刊"之一。

吴趼人(1866—1910),名宝震,又名沃尧,字小允,又字茧人,一作趼人。广东南海人,因居于佛山镇,故又号我佛山人等。自1883年到上海后,即断断续续与报界接触。1897年开始在上海创办小报,先后主持《字林沪报》《采风报》《奇新报》《寓言报》等。1903年4月,《汉口日报》社任职期间,开始致力于写通俗章回小说,在梁启超主编的《新小说》杂志上发表。他用"我佛山人"为笔名,先后写出《痛史》《二十年目睹之怪现状》《九命奇冤》等大量小说,揭露和痛诋当时社会政治的黑暗腐败,官商勾结的贪婪残暴、营私舞弊等现象,成为文名极盛的多产、知名作家。1906年,他担任《月月小说》杂志总撰述,撰写《两晋演义》等历史小说,并从创刊号起在该刊上先后连载《两晋演义》

---

① 李锡奇.《李伯元生平的回忆》,《李伯元生平事迹大略》,载魏绍昌编.《李伯元研究资料》,上海古籍出版社,1980年版,第29—37页。

② 同上。

《劫余灰》《发财秘诀》《上海游骖录》等小说,以及其他大量的嬉笑怒骂之文。

  被称为晚清四大谴责小说之一的《二十年目睹之怪现状》,无疑是为吴趼人赢得盛名,并将其推向文学巅峰的扛鼎之作。这部带有自传性质的长篇小说,通过主人公"九死一生"从奔父丧开始,中间以其同乡兼同学吴继之提携下入幕及经商为线索,一直至其与吴继之经商失败为止,所耳闻目睹的近200个奇奇怪怪的小故事,勾画出中法战争后,至20世纪初的20多年间,晚清社会出现的种种怪现状,暴露了晚清官场的腐败,以及社会道德风尚的堕落。除官场外,还涉及商场、洋场、科场,兼及医卜星相,三教九流,所反映的社会生活比《官场现形记》更为广阔。胡适曾说"故鄙意以为吾国第一流小说,古惟《水浒》《西游记》《儒林外史》《红楼梦》四书,今人唯李伯元、吴趼人两家,其他皆第二流以下耳"。虽不无溢美之处,但大致不乖于事实。

  另一营垒中呈现出不同风格的小说家群体当数"鸳鸯蝴蝶派"。据说其得名于清之狭邪小说《花月痕》中的诗句"卅六鸳鸯同命鸟,一双蝴蝶可怜虫"。又因其刊物中以《礼拜六》影响最大,故又称"礼拜六派"。从文化基因的传承、题材选择的偏好及其审美风格的价值取向上,"鸳鸯蝴蝶派"与后来声誉鹊起的"海派文学"都有着剪不断理还乱的密切关系,某种程度上,前者可视作后者的远祖或滥觞。不同于以关注社会变革为旨归的维新人士和资产阶级革命派的小说家,鸳鸯蝴蝶派作家们的文学主张,是把文学作为游戏、消遣的工具,较多关注个人情感的方寸之地。他们作品的内容多走才子佳人路径,多以风花雪月、缠绵悱恻的言情小说为骨干,情调和风格偏于世俗、媚俗,主要作家有包天笑、徐枕亚、周瘦鹃、李涵秋、李定夷、陈景涵、恽铁樵、杨心一等。代表作有包天笑的《上海春秋》、徐枕亚的《玉梨魂》、李涵秋的《广陵潮》等。

  包天笑(1876—1973),江苏吴县人,初名清柱,又名公毅,字朗孙,笔名天笑、春云、微妙、迦叶、拈花、秋星阁主、钏影楼主等。他于1900年初涉报界,并开始从事文学翻译工作,最初以与人合译的《迦因小传》步入文坛。1906年定居沪上后,开始主编《小说时报》《妇女时报》《小说大观》《小说画报》等报刊。1922年,包天笑加入青社,与该社的社友周瘦鹃、许廑父、胡寄尘、许卓呆、范烟桥、毕倚虹等旧派小说主将成为同事。他后来回忆这一时期的生活时曾写道:"我在上海的时报馆当编辑的时候,同时也写小说,编杂志,一天到晚,就忙了那些笔墨上的事。那个时候,我正当壮年,精神很好,除了编辑报纸杂志以外,每天还可以写四五千字,在卖文上,收入很丰。那个时候,各女学校的教书已不去了,因为这个工作很苦,你倘然上两小时的课,就有一小时奔波在路上,租界华界,还要换车。而且课前还要预备,课后还要改卷。所得报酬,微乎其微,在史量才的女子蚕业学校,与杨白民的城东女学,算是半义务性质,每小时仅致酬半元;民立女中则每小时致酬一元,觉得不如安坐家中,写写小说,较为自由而舒服便利得多了吧?"①抗战胜利后他移居香港地区,1973年病逝,终年九

---

① 包天笑,《钏影楼回忆录》,大华出版社,1971年版,第375—376页。

十八岁。晚年花二十多年时间先后完成了《钏影楼回忆录》和《钏影楼回忆录续编》，合计五十余万字。他一生笔耕不辍，创作的小说主要有《留芳记》《上海春秋》《人间地狱续集》《一缕麻》《风流少奶奶》《碧血幕》《爱神之模型》《沧州道中》《布衣会》《活动的家》等。著名的翻译小说除《迦因小传》外，尚有《馨儿就学记》《孤雏感遇记》《埋石弃石记》《空谷兰》《梅花落》《千里寻亲记》等总计约200种，分别发表在《时报》《月月小说》《教育杂志》《中华小说界》《消闲月刊》《半月》《红玫瑰》《太平洋画报》《珊瑚》《上海生活》《申报》《南京晚报》《万象》《大上海》《大众月刊》《风雨谈》《茶刊》和香港的《大华》等多种报刊上，堪称著述丰赡。

鸳鸯蝴蝶派的另一位健将是声名与包天笑不相上下的徐枕亚。徐枕亚（1889—1937），江苏常熟人，名觉，字枕亚，别号徐徐、东海三郎、泣珠生等。早年就读于常熟虞南师范学校，旧学根基扎实，10岁就能作诗填词，在校期间已积诗八百多首，又试写短篇小说和杂文。1912年初赴上海，为《民权报》编辑。期间以骈文形式撰成书信体小说《玉梨魂》，小说的男主角是家庭教师何梦霞，女主角是美貌的寡妇白梨影。二人均颇具文才，白天在众目睽睽之下拘于礼节而音问难通，晚上却相思成疾，暗中书信往来。书信和诗词是他们传递情愫、沟通感情的最佳渠道，信使便是何梦霞的学生，即白梨影的儿子鹏郎。这种交往方式既有待月西厢的古典况味，又具有公然挑衅封建伦理、大胆决绝的现代色彩。然而，寡妇不可能再嫁！在封建礼教的重压下，二人只得劳燕分飞，有情人未能最终成为眷属。梨影便介绍自己的小姑筠倩与梦霞订婚，但何梦霞仍然暗恋着可望而不可即的梨影，筠倩也因此郁郁寡欢而夭亡。最后，梨影也染上时疫病故，何梦霞含悲忍痛，东渡扶桑学习军事，回国后，辛亥革命时在攻战武昌的厮杀中血染疆场。该小说每天一段连载于《民权报》文艺副刊，不仅促进了报纸的销量，还在读者群中赢得了一鸣惊人之效，尤其受到女性读者的青睐，产生了巨大的轰动效应。盖因其特殊的时代氛围，十里洋场，花花世界，女性自主意识和男女平等观念随着西风东渐，而为一部分传统闺阁女性所认同和接受。她们不满足于只读《红楼梦》和《西厢记》那种古色古香的才子佳人小说，她们要借助报刊等现代传媒，阅读具有现代色彩的爱情小说，沐浴现代爱情的阳光雨露和柔情蜜意。徐枕亚这种小说，其中的男女主人公都是具有现代装束和现代意识的青年男女，西装旗袍，马路洋车，偷期密约，幽会私奔，充满了新鲜的刺激感和魅惑力，正好满足了京沪等地青年闺阁女郎的需要，因而大行其道。故此，《玉梨魂》旋即以单行本行世，前后重版三四十次，风行海内外，并被搬上了话剧舞台和银幕。这些再版和改编，客观上使《玉梨魂》传播得更远，影响力与日俱增，从而成为鸳鸯蝴蝶派影响最大的代表作品，徐枕亚也由此一跃而为著名作家。

1914年，徐枕亚改任《小说丛报》主编，考虑到该书的市场号召力，遂将《玉梨魂》改为日记体，取名《雪鸿泪史》，在该刊连载后果然大受追捧，不负众望。此后二书并驾齐驱，久传不衰。徐枕亚是一个多面手，不仅工诗词，善书法，兼擅骈体文，而尤以小说名世。其著作除上述者外,尚有长篇小说十余部,如《余之妻》《双鬟记》《让婿记》《兰闺恨》《刻骨相思记》《秋之魂》等。另有杂著《枕亚浪墨》四集、《无聊斋说荟》《情海指南》《挽联指南》《近代小说家小史》,以及《悼亡词》一百首、《杂忆》三十首、《鼓盆遗恨集》等。此外还编有《无名女子诗》《谐文大观》《广谐铎》《锦囊》等。其小说不仅以缠绵悱恻、哀感顽艳著称,而且还以骈四俪六之文体为其显著特点,对鸳鸯蝴蝶派的形成和发展产生过相当大的影响,从而使徐枕亚成为该派的一个标志。

作家不仅是小说的生产者、创作者,也是文学传播的发起者,作家水准的高低,审美趣味的雅俗,决定了小说的内容质量和审美走向。犹如一场紧张激烈的接力赛,作家作为小说传播接力赛的第一持棒人,他的任务是在经过一段距离后如何迅捷准确地将接力棒交给下一位传递者——读者的手中。如此一来,读者的身价在这个接力赛中的地位就非同小可了。当然,在文学传播过程的每一个环节中,作为生产、传播和接受主体的每一位作者和读者,都不单单仅承担某一部分职责,更多的时候,他们实际上是身兼数职,既是作者,也是读者和接受者;既是生产者,也是消费者、传播者和接受者。因为高明的读者,在阅读和欣赏某篇或某部作品时,有可能会不由自主地进行二度创作,从而将原著的情节、人物、主题、情感升华为新的内容,赋予其新的内涵,获得独异于他人的审美体验,所谓"一千个读者就有一千个哈姆雷特",即此之谓也。在这里,读者俨然又成为作者,最后才成为接受者。

近代以降,特别是上海开埠以来,作为文学传播与接受主体的读者,可谓良莠不齐,鱼龙混杂。从达官显宦、富商巨贾、政府要员、上海闻人、海上寓公、买办官僚,到科场举子,村塾学究,一般的职员、店员,还有大量的学生群体,再到稗官、俳优、乌纱狂夫、业余民间艺人,乃至职业说话艺人,通俗叙事文学的传播者和接受者的范围,已经涵盖了整个社会的各个层次,且逐步走向了普适化、大众化和通俗化,甚至部分地出现了专业化的倾向。

为了叙述的方便,我们姑且将这一时期作为传播和接受主体的通俗小说读者群,按照其社会影响、经济地位等因素,大致分为权贵阶层、中等阶层和草根阶层几大板块,他们构成了一个近乎完整的金字塔,高耸于塔尖之上的权贵阶层是一小部分,构成塔基的则是无数挣扎在生存线上的最普通、最卑微,也是最具活力和潜力的草根阶层。居于塔身中间的那部分人,既有跻身权贵阶层的可能,也有坠入凡俗群体的机缘,一切取决于时势和个人的造化。

权贵阶层的构成,无非是在社会权力结构中可以呼风唤雨,调和鼎鼐,在资源占有和分配上可以制定游戏规则,巧取豪夺,决定别人命运的那部分人,譬如政界大佬、商界巨富、黑道老大之流。这部分人有钱、有权、有闲、有地位,作为权贵阶层,他们是一切资源的占有者和垄断者,卧榻之侧岂容他人鼾睡,决不允许别人染指和涉足,包括文化资源亦如此。但对于通俗叙事文学的掌控和占有,或许是不屑一顾,或许是鞭长莫及,总之是似乎有些力不从心。风行上海滩数百份大大小小的小报,或者专门刊载通俗小说的报刊,似乎找不到哪一家是由居于权利游戏金字塔尖的要人们所掌控的。但这并不排除他们对通俗小说的阅读、欣赏,乃至喜爱和追捧。在对于通俗文学,及对一切被正统人士认定是粗俗淫秽文化的接受上,上层政界和下层平民其实是半斤八两,没有多少区别的。通俗叙事文学作为市民茶余饭后的消遣读物,偏嗜和追逐其休闲性、趣味性,是人类共有的本能,也是人们对于娱乐欲望需求的基本满足。这一阶层的读者们,当然有更多的渠道和资源来满足自己的娱乐欲望,但通俗小说无疑是最方便,也是最经济的一种方式。他们阅读小说的动机和初衷,无非也是为了消闲娱乐。阅读小说固然是个人兴趣所在,但也不排除是权力阶层作为了解市民生活和文化消费的渠道,借此了解通俗叙事文化的社会功能及对政府权力的舆论影响,犹如先秦时期贵族阶层阅读由摇着木铎、到民间观风的蒙瞽而采集来的国风民歌一样,可以"观风俗,知厚薄",了解民生的苦乐,施政的得失。《金刚钻》报曾载道"听说党国元老吴稚晖就是有小报癖的,他老人家常喜闲逛马路,逛了一回,即在报摊上选购几张小报带回去,又听说溥仪也喜欢浏览小报,某家小报的订户册上,尚翻得出来"。① 袁世凯的二公子袁寒云寓居上海,对于上海的小报也十分热衷,作为《晶报》的主笔之一,"大小报纸,他皆一张一张看过",②是小报的忠实读者。除去这些头面人物之外,政界人物将小报作为日常生活消遣的,还所在多有,有资料显示,蒋介石麾下僚属中看小报的也大有人在,且蒋还与之多有轩轾,称"上海小报之潮,有增无减,足见上海文才之富,然无数小报中,能合所谓报之本旨者,固亦不少,而完全相反。背道而驰者,恐亦孔多"。③ 这些小报,大部分是以刊载通俗小说作为招徕读者、扩大发行量的主要促销手段。据此可见,权贵阶层,对于通俗小说及其载体市井小报,也是青眼有加的。

这种小报及其所揭载的通俗小说,在舆论场上的影响力自然无法与《申报》《大公报》这些业界巨头等量齐观,但因为其代表了基层民间的民意和诉求,尽管单打独斗,琐屑微弱,难成大气候,但涓涓细流难免汇成汪洋之势,故也不免引起权贵人士的惧悻和敬畏,进而有所收敛。有时他们也不得不惺惺作态,力图拉近与这些报刊的距离,融洽彼此的关系。一些政界要人、社会名流、实业家如吴铁城、潘公展、黄金荣、杜月笙等,偶尔会为某些报刊题词、题字,借此笼络感情。譬如,1926年8月2日《小日报》的创刊号上,就有潘公展的题词"小日报出世,小中见。日日新,报道一声来也。"出现在版面上,为其道贺。④

中等阶层的读者群,以知识分子和青年学生为主体。这里的知识分子其实还可以分为不同的层次,既有步入权力场域、可参与上层分肥系列的清华显要,也有身处下僚、

---

① 郑逸梅,《小报取材的趋向》,《金刚钻》,1923年10月15日。
② 丹翁,《寒云的报癖》,《晶报》,1929年9月6日。
③ 盼兮,《蒋总司令大谈上海小报》,《上海滩》,1928年11月4日。
④ 洪煜,《近代上海小报与市民文化研究(1897—1937)》,上海师范大学,博士论文,2006年4月,第108—111页。

自顾不暇的底层贫寒之士,自然也有游走于两者之间左右逢源、犹疑徘徊的小康人家。高级知识分子显然已经进入上流社会,上文已经约略讨论过,此处不赘。我们此处所要讨论的是剔除了委身于上流社会者后的知识分子群体。青年学生属于准知识分子,他们刚刚步入知识阶层,大部分人正处在社会等级阶梯上努力攀爬的起点,未来尚有不确定的多种可能性。这个读者群体在社会中虽然处于等级阶梯的中间地段,不具备生杀予夺、呼风唤雨之力。但他们毕竟是知识分子,属于人群中的精英群体,因而较之下层草根群体和普罗大众,在识见和视域上还是要明晰洞达、宏阔高远得多。中下层知识分子和青年学生在社会地位、价值取向和人生目标上有相近之处,这种相同或相近的人生境遇,使他们的审美趋向也有趋同之势。逍遥子说:"曹雪芹《红楼梦》一书,久已脍炙人口,每购抄本一部,须数十金。自铁岭高君梓成,一时风行,几于家置一集"。①江苏地方官谈及通俗小说在读者中风行、屡禁不止的状况时说道:"淫词小说,向干禁例。乃近来书贾射利,往往镂板流传,扬波扇焰,《水浒》《西厢》等书,几于家置一编,人怀一箧。原其著造之始,大率少年浮薄,以绮腻为风流;乡曲武豪,借放纵为任侠。而愚民鲜识,遂以犯上作乱之事,视为寻常。"②众所周知,《水浒》《红楼梦》等通俗小说都是鸿篇巨制,部头不小,且其价不菲,"每购抄本一部,须数十金",自非一般贩夫走卒、引车卖浆者流所能问津,"家置一编,人怀一箧"恐怕也是痴人说梦。况且,阅读这些大部头作品,不仅需要中等以上的文化程度,而且还需要大把的闲暇时间,同时具备这几种条件的,大概只有部分中下层的知识分子或者青年学生吧。

  作为现代文化巨擘的鲁迅先生,尽管被加封了许多桂冠和名号,但终其一生,他一直是以在野的身份,秉持民间知识分子的独立立场,始终与权力精英集团保持一种不合作的批判态度。在他成名前后,不仅身体力行创作大量小说,而且也是小说的热心读者,对于刊载大量通俗小说的报刊,他一直给予相当的重视,尤其热衷购买阅读。阅读小报可以说是他生活内容的一部分:"他晨间老闭户读线装书,午睡之后,便跑到横滨桥堍'摸摸野妈舞场'前的一爿报摊上,购得一束小报,再徐步北行而入内山书店闲坐。一方面他翻开小报阅读,一方面又和内山完造瞎三话四。"③可以说,鲁迅是积极的小说生产者、传播者和接受者。

  青年学生的最大特点在于年轻,他们热情,充满活力,对周遭的一切都有探索和了解的热望,尤其在对时代风尚的理解和追逐上,更是敏感而热烈。有需求就有市场,晚清以来的通俗小说,正是看准了这一读者群体的可塑性和强大的阅读能力,所以,才子佳人、武侠传奇、侦探破案、黑幕揭秘之类的通俗小说在报刊上大量刊载,也就不难理解了。"中等学校男女学生,读者尤多,女学生行经发行所前,每以铜圆三枚,购得一份,藏

---

  ① 逍遥子,《后红楼梦序》,丁锡根编著,《中国历代小说序跋集》,人民文学出版社,1996年版,第1175页。
  ② 转引自宋原放等主编,汪家熔辑注,《中国近代出版史料·近代部分》(第三卷),湖北教育出版社,2004年版,第540页。
  ③ 半老徐爷,《鲁迅与小报》,《光化日报》,1945年5月22日。

诸书包,掉头而去。"①当日情形,于此可见一斑。

　　青年学生和中层知识分子读者群,因其文化水准、知识储备与审美偏好,都优于一般的普通受众,故其对通俗小说的阅读接受,会更偏重于文化、审美需求。因此,文化意蕴丰厚、有一定的知识含量,且艺术价值较高的作品更会受到他们的青睐和重视,在他们的揄扬和引导下,其传播的范围和效果也就更广泛、更深入。作为人群中的精英,指导普通市民群众如何阅读也就成为他们的职责之一。小说理论家们粉墨登场、现身说法的机会也就应运而生。《新世界小说社报》1907年第六、七期连载无名氏的《读新小说法》就是这样的一篇佳构,其文前有小序云:

　　　　窃以为诸书或可无读法,小说不可无读法;小说或可无读法,新小说不可无读法。既已谓之新矣,不可不换新眼以阅之,不可不换新口以诵之,不可不换新脑筋以绣之,新灵魂以游之。读新小说,而不以读旧小说之法读,犹唐突吾新小说。

在正文中也一再指出:

　　　　以小说读小说,则思想所有之事,不必世界所无之事;小说又宜以非小说读。以非小说谈小说,则世界所有之事,不必思想所有之事;小说又宜以非非说读。
　　　　因其所有而有之,则万物莫不有;唯知幻观之无非实现也,方可读吾新小说。因其所有而无之,则万物莫不无,唯知实观之无非幻观也,方可读吾新小说。

不厌其烦地反复强调阅读新小说时方法的重要性,意在自抬身价,提高新小说的地位,吸引读者的注意力,加强小说的阅读效果,达到小说传播与接受的目的。

　　这位无名氏作者认为,阅读新小说必须具备一定的知识储备,譬如格致学、警察学、生理学、音律学、政治学、伦理学等,只有这样的读者才具备读新小说的基本资格。在谈到具体的读书方法时,又指出,新小说宜与经史子集相提并论,分别当作史读、子读、志读和经读。四部是举世公认的传统文化的典籍,是传统知识分子必须皓首穷经、熟读相参的精神武库,作者以新小说比之为四部,其自高身价的用心和努力不可谓不良苦。对于不同身世和身份的读者,该文作者建议,应当有针对性地读取相对应的小说作品,"《现形记》出,可令官场读;《发财记》出,可令志士读;《叩阍记》出,可令文人读;《双碑记》出,可令倩女读;《无名英雄》出,可令卖国奴读;《秘密使者》出,可令保皇党读;《茶花女遗事》出,可令普天下善男子、善女人读;而独不许浪子读,妒妇读,囚首垢面之贩夫读,称薪量水之富家翁读,胸罗'四书''五经'、腹饱'二十四史'之老先生读"。而且,不同的作品也要有相宜的阅读环境和氛围,"以论读地:其写恋爱也,宜对月读;其写高洁也,宜对雪读;其写富丽也,宜对花读;其写孤愤也,宜对酒读;其写道德也,宜整襟书斋危坐而读;其写义侠也,宜卓舟绝壁之下长啸而读;其写史乘也,宜倚红袖剪烛而同读,

---

① 啼红,《杂谈·刊物》,《小说日报》,1940年12月16日。

而决不可于市廛所会,嚣尘而瞎读;其写社会也,宜招同胞四万万人,登百尺台而宣读,而决不可于三家两舍,埋头缩颈而偷读"。苦口婆心,谆谆教导,字里行间明显带有知识分子高雅文人的理想化色彩。这篇《读新小说法》的文章结合了大量新小说创作与阅读实践的分析,指出了新小说丰富多样的内容和风格,堪与经史子集相媲美的多方面的积极作用,以及具有"以文学的而兼科学的""以常理的而兼哲理的"鲜明特点。看到了西风东渐情势下,新小说在新的时代潮流中,反映了新的科学、文明和社会思想。当然,作者对新小说也并不一味膜拜有加,对那些"托西籍以欺人,谈花酒之浪费"的"龌龊小说",则是持批判态度的。他希望将来"开小说学堂以教课""开小说科举以考试",再次显示出他对小说价值的高度推崇和重视。①

草根阶层读者群,以普通市民、落魄文人、产业工人、书坊或租书铺主人、职员、书商,以及许多烟花场所的从业人员等基层人士为主体。他们在整个由小说读者群体构筑的金字塔,乃至整个社会的资源占有和权利分配结构的金字塔中,都居于最底层,是构成金字塔基座的基本成分,其庞大的数量几乎占据了整个金字塔的三分之二。经济基础决定上层建筑,这一阶层的整体经济地位和社会地位决定了他们在审美领域也不可能占据上风,凤毛麟角式的出类拔萃者,并不能代表该阶层整体的审美水准和美学取向。而这一巨大的人群,在商业逻辑大行其道的上海滩,无疑是一个潜在的巨大市场——各类通俗文化的传播和接受市场。因此,那些以赢利为旨归、以传播知识和信息为形式或志业的报人、书商、出版家,发现了这一商机,纷纷瞄准了这一市场,满足和迎合他们的各类阅读需求,在娱乐别人的同时,也实现了自身利益的最大化,也算得上有的放矢,一石数鸟吧。

摩西曾经指出:"今之时代,文明交通之时代也,抑亦小说交通之时代乎!……海内文豪,既各变其索缣乞米之方针,运其高髻多脂之方略:或墨驱尻马,贡殊域之瑰闻;或笔代然犀,影拓都之现状。集葩藻春,并亢乐晓,稿墨犹滋,橐金竞贸。新闻纸报告栏中,异军特起者,小说也;四方辇至,掷作金石声,五都标悬,烁若云霞色者,小说也;竹磬南山,金高北斗,聚珍摄影,钞腕欲脱,操奇计赢,舞袖益长者,小说也;蚤发学僮,蛾眉居士,上自建牙张翼之尊严,下迄雕面粥容之琐贱,视沫一卷,而不忍遽置者,小说也。小说之风行于社会者如是。"②所谓"文明交通之时代",就是指上海开埠以来的近代社会,不仅是指新的印刷技术,新的传播媒介,更多的是指新的思想和新的识见。在这种新的历史时空下,通俗小说的作用显然恰逢其时,它可以满足不同阶层、不同对象对知识、信息和娱乐的需求,因而,"小说之风行于社会",也就实至名归。

许多报刊周围聚集了大量的小说作家,譬如《绣像小说》《月月小说》《新新小说》及《小说林》的周围,就有吴沃尧、李伯元、欧阳钜源、连梦青、曾朴、黄人、徐念慈,以及包天

---

① 黄霖、韩同文编,《中国历代小说论著选》(下),江西人民出版社,1985年版,第204—219页。
② 摩西,《〈小说林〉发刊词》,见陈平原等编,《二十世纪中国小说理论资料》第一卷,北京大学出版社,1989年版,第253页。

笑、徐枕亚、吴双热、周瘦鹃、陆士谔等人。他们都是具有新思想的知识分子或落魄文人，由于时势使然，金榜题名，光宗耀祖的热望已经基本上在他们的思想中淡化以至于消失了，在商风熏习下的上海滩，凭借自身的才华和机遇，寻找新的安身立命途径，是他们每个人必须面对的困境和抉择。写出来反映妓女生活的狎邪小说《品花宝鉴》的作者陈森，年近四十时，穷愁潦倒，贫乏不能自归，"固知科名之与我风马牛也"，"及秋试下第，境益穷，志益悲，块然魄磊于心中，而无以自消，日排遣于歌楼舞馆间，三月而忘倦，始识声容伎艺之妙，与夫性情之贞淫，语言之雅俗，情文之真伪"，在经历了数番挣扎之后才不得不走上小说创作之路；[①]马从善在《〈儿女英雄传〉序》中讲述作者文康的生平时写道，"先生少席家世余荫，门第之盛，无有伦比。晚年诸子不孝，家道中落，先时遗物，斥卖略尽。先生块处一室，笔墨之外无长物，故著此书以自遣。……且先生一身亲历乎盛衰升降之际，故于世运之变迁，人情之反复，三致意焉。先生殆悔其以往之过，而抒其未遂之志欤？"[②]创作此书的目的则是为了"唤醒痴人"，"维持名教"。

这一阶层的广泛参与，对于开拓通俗小说的普通消费市场，扩大小说的传播和接受范围，不消说是一个极大的利好。与此同时，也拉低了小说审美的底线，使其沿着通俗、凡庸、琐屑和芜杂的路线一路狂奔，越来越趋于通俗化和娱乐化。为了迎合与满足这种市场需求，小说创作的从业人员也不得不降低身段，逐渐放弃自己的文化使命意识，带给读者娱乐、新奇、刺激的阅读快感，成为小说创作的主要倾向。

别士在《小说原理》中说："综而观之，中国人之思想嗜好，本为二派：一则学士大夫，一则妇女与粗人。故中国之小说，亦分二派：一以应学士大夫之用；一则应妇女与粗人之用……今值学界展宽，士夫正日不暇给之时，不必再以小说耗其目力。惟妇女与粗人，无书可读，欲求输入文化，除小说更无他途。"[③]这样的说法在当时非常清醒，也非常理智，作者看到了目下作为精英阶层的学士大夫正处于日不暇给的时刻，已经无暇、也无力去耗费时日阅读小说了，小说的读者群体只剩下了"妇女与粗人"。而他们的阅读生平和接受能力，几乎不大可能阅读和接受高头讲章和微言大义，要想让这部分人接受某些新鲜信息或知识，除了明白显豁、通俗易懂的小说外，没有其他更好的途径。因此，如何迎合这部分人的阅读口味，就成了小说家的使命，"总而言之，没一个不宜看《月月小说》的。大约那《少年军》，是预备给杀仇保种的人看的；那《破产》《发财秘诀》，是预备给贪财忘义的人看的；那《美人岛》《失舟得舟》，是预备给有冒险性质的人看的；那《大人国》《新镜花缘》《未来世界》《乌托邦游记》《铁窗红泪记》，是预备给有高尚理想的人看的；那《俏皮话》《西笑林》《解颐语》，是预备给诙谐

[①] 陈森，《品花宝鉴序》，见陈大康编，《中国近代小说编年》，华东师范大学出版社，2002年版，第7页。
[②] 马从善，《〈儿女英雄传〉序》，见丁锡根编著，《中国历代小说序跋集》，人民文学出版社，1996年版，第1592页。
[③] 别士，《小说原理》，见陈平原、夏晓虹编，《二十世纪中国小说理论资料》第一卷，北京大学出版社，1989年版，第77—78页。

百出的人看的；那《岳群》《情中情》《左右敌》《劫余灰》《柳非烟》，是预备给爱情最深的人看的；那《大改革》《玄君会》《黑籍冤魂》《特别菩萨》，是预备给痴人看的；那《盗侦探》《红痣案》《三玻璃眼》《海底沉珠》《妒妇谋夫案》《上海侦探案》《巴黎五大奇案》，是预备给警察看的"。① 这种对小说内容、类型和读者身份的严格区分，是通俗小说商业化传播的内在需求。商业逻辑要求在最短的时间内，以最低的成本完成产品的生产、消费与利润的分配。这就意味着作为文化产品的通俗小说，也势必遵从这一逻辑和规则，也意味着作家不得不摒弃小说精雕细琢的创作过程，进而不得不放弃小说的灵魂，根据市场需求，将小说打造成适销对路的畅销货、抢手货，在最短的时间内以最强的力道满足读者的阅读欲求，从而实现最大的市场回报。在这一过程中，似乎所有人，包括作为生产者的作家，作为传播和接受者的读者，在完美的互动中都实现了自身的价值，满足了各自的需求。

传播媒介经营的商业化、生存发展及文化定位，显示出小说这一文学体裁的非官方性、民间化和通俗化，它与国家政治权力的部分媾和，其实也是一种商业逻辑趋势下的不得已之举，并非完全出自本心。由传统文人转型而来的小说作家群体，随着小说报刊独立的商业经营，而逐渐成为具有独立经济人格和价值观念的新型知识群体，也使小说报刊和小说本身，保持作为公共舆论的独立性、公共性及批判性，获得了物质基础和理论支撑。通俗小说的繁荣发展对市民文化公共空间的建构也产生了重要影响。作为通俗小说生产、传播与接受载体的各类报刊、书局、书坊、书铺等，其与生俱来的大众化和通俗化，弥合了平民大众对小说的疏离感，增强了对多元化大众市民文化的认同意识，也标志着市民文化公共空间由有钱有闲阶级的消闲文化向市民大众生活和消费文化的转轨，并开始了初步的尝试和探索。②

第四节　广告文化与商业文化叙事的传播路径

广告是随着商品经济的兴盛而大行其道的一种信息传播方式和手段，其宗旨在于广而告之，通过传播媒介向消费者或用户传递商品或服务信息，使更多的人了解和熟悉某些商品或服务的性能、质量、价格等，以便刺激购买欲望，实现商品的流通与销售，最终获得相应的利益。通常而言，除了带有公益性质的广告外，一般的商业广告是以付费方式实现的，目的是为了获取更大的商业利益。《简明大不列颠百科全书》(第15版)对广告的定义是：广告是传播信息的一种方式，其目的在于推销商品、劳务服务、取得政

---

① 别士，《小说原理》，见陈平原、夏晓虹编，《二十世纪中国小说理论资料》第一卷，北京大学出版社，1989年版，第322页。
② 洪煜，《近代上海小报与市民文化研究(1897—1937)》，上海师范大学，博士论文，2006年4月，第119页。

治支持、推进一种事业或引起刊登广告者所希望的其他的反映。广告信息通过各种传播工具,传递给它所想要吸引的观众或听众。广告不同于其他信息传递的形式,它必须由登广告者付给传播的媒介以一定的报酬。我国漫长的封建社会中,虽然以自给自足的自然经济为主,但在某些时期和某些地域,也有一定程度上的商品经济,也产生了一些颇具民族风情和民族特色的广告方式。譬如叫卖声、招牌、幌子、口号、楹联等,也有一些纸质的印刷品。"全聚德""六必居""同仁堂""朵云轩""老盛兴""杏花楼","孟尝君自店,千里客来投(旅店)","虽是毫发技艺,却是顶上功夫(理发店)",以及《水浒传》中景阳冈酒店前的酒旗等,都是传统的广告形式。

进入近代以来,除了报刊广告以外,其他广告形式如广播广告、霓虹灯广告、路牌广告、橱窗广告等相继出现,各类招牌广告更是争奇斗妍,引人入胜。

与诗歌、散文、戏剧等其他文学体裁一样,小说的创作目的也是为了通过广泛的传播渠道,将作者的思想、情感传递给广大的读者或受众,实现更大范围的文学传播和接受,进而实现传播效果的最大化以及商业利益的最大化。因此,作为一种商业行为,近代小说在传播与接受方面,也必须与时俱进,走市场化的道路,借助近代以来的多种方式,通过报纸期刊或者书籍等物质载体呈献给读者,努力促进文学空间传播的最大化。这种尝试和努力,不仅可以推动近代小说创作的繁荣和传播,而且还有助于促进文学市场的开拓,以及小说观念的变革。开埠以来的上海滩,是引领时代风向的弄潮儿,小说的传播自然也不会离开这些新型的信息传播方式和手段。

据范伯群先生研究,《海上花列传》的作者韩邦庆,是较早在报刊上登载广告来推销自己的小说作品的作家。前已述及,1892年韩邦庆创办了期刊《海上奇书》专门刊载小说,他的《海上花列传》就发表在该刊上。在刊物出版之前,从光绪十八年正月初六(1892年2月4日)起,至正月二十八日(2月26日),平均间隔为2天,在《申报》上连续刊登了11次广告,频率极高,为即将出版的《海上奇书》造势,其广告词如下:

标题:《海上奇书》告白:每月朔望出书一本,实价一角,《申报》馆代售。

内容:《海上奇书》共是三种,随作随出,按期印售,以副先睹为快之意。其中最奇之一种名曰《海上花列传》,乃是演义书体,专用苏州土白演说上海青楼情事,其形容尽致处俱从十余年体会出来,盖作者将生平所见所闻,现身说法,搬演成书,以为冶游者戒,故绝无半个淫亵秽污字样;至于法绘精工,楷书秀整,尤为此书余事。此外两种,一曰《太仙漫稿》,翻陈出新,戛戛独遗,不肯使一笔蹈袭《聊斋》窠臼;一曰《卧游集》,摘录各小说中可喜可诧之事,萃为一编,作他日游观之券。此《海上奇书》之大略也。定于二月初一日出售第一册。《海上奇书》每本实价一角。本埠由卖《申报》人代售。外埠售《申报》处均有寄售。大一山人启。[①]

---

① 范伯群,《〈海上花列传〉的广告案例》,载《书城》,2008年5月号,第37—38页。

这则广告中,作者揭示了小说出版的时间、售价和代售人。尤为重要的是,作者全面介绍了小说的内容、写作手法及创作的目的,"以为冶游者戒",劝世之意甚明,与梁启超一向鼓吹的小说具有醒世、启蒙、新民的功用相一致。彼时,苏州土白并未沦为下里巴人,能娴熟地操一口流利苏白,还是上流社会身份的标志之一,作者以此作为习练苏白的教科书,也是用心良苦。韩邦庆的这种做法,开了近代小说作者为了打开市场、扩大销路而在媒体上做广告的先河,意义非同寻常。不难看出作者洞悉读者心理,把握市场脉搏的功力十分老练精到。可以说,广告这种新的传播方式和传播手段,是扩大小说传播和接受范围,提高小说社会影响的一种巨大的推动力。

光绪二十八年十月一日(1902 年 10 月 31 日),梁启超在他所主持的《新民丛报》第 19 号上刊登了《新小说社征文启》,稍后又以《本社征文启》为题刊登在《新小说》创刊号上,以此向海内外广泛征求著译小说、戏曲、杂记及歌谣等文艺作品:

> 小说为文学之上乘,于社会之风气关系最巨。本社为提倡新学,开发国民起见,除社员自著自译外,兹特广征海内名流杰作绍介于世,谨布征文例及润格如下:
> 第一类:章回体小说在十数回以上者及传奇曲本在十数出以上者
>
> | 自著本 | 甲等 | 每千字酬金 | 四元 |
> | 同 | 乙等 | 同 | 三元 |
> | 同 | 丙等 | 同 | 二元 |
> | 同 | 丁等 | 同 | 一元五角 |
> | 译本 | 甲等 | 每千字酬金 | 二元五角 |
> | 同 | 乙等 | 同 | 一元六角 |
> | 同 | 丙等 | 同 | 一元二角 |
>
> 凡有惠寄此类稿件者,若能全书见寄最妙,不能则请先寄三回或三出以上,若本社不合用,即将原稿限五日内珍复,决不有误;若合用,则拟其酬金等第奉告。如投稿者或不满意于其等第,亦请速惠函,俾将原稿珍复。本社所最欲得者为写情小说,惟必须写儿女之情而寓爱国之意者乃为有益时局,又如《儒林外史》之例,描写现今社会情状,借以警醒时流,矫正弊俗,亦佳构也。海内君子,如有凤著,望勿闷玉。
> 第二类,其文字种别如下
> 一、杂记 或如《聊斋》或如《阅微草堂笔记》,或虚构或实事,如本报第一号"杂记"之类
> 一、笑话
> 一、游戏文章 不拘体格
> 一、杂歌谣 不必拘定乐府体格,总以关切时局为上乘,如弹词粤讴之类皆可
> 一、灯谜酒令楹联等类

> 此类投稿者恕不能遍奉酬金,惟若录入本报某号,则将该号之报奉赠一册,聊答雅意。其稿无论录与不录,恕不缴还。凡投稿诸君务请书明姓氏住址,俾得奉复。①

此则小说征文广告,开宗明义,称道"小说为文学之上乘,于社会之风气关系最巨",对小说所负有"提倡新学,开发国民"的职责给予了充分的肯定,因此,要面向社会,"广征海内名流杰作"。而且,也开出了详细的润格,便于刺激作者的创作欲。本则征文启事的意义还在于,一再强调小说的社会功用,虽写儿女情长,亦须"寓爱国之意者乃为有益时局",不图专为耸动视听,夺人眼目。至于像《儒林外史》那样"描写现今社会情状,借以警醒时流,矫正弊俗"之作,自然也是佳构。即便是俚辞俗语、杂歌谣谚,也须"以关切时局为上乘"。这是我国小说杂志中较早的一份宗旨明确、内容详备的征文广告,在小说商业化传播史上具有开创和示范意义。

1907年2月,《小说林》创刊号登载"募集小说"广告;1909年6月26日,改良小说社也在《申报》上登载"改良小说社征求小说广告";此外,《小说月报》《月月小说》等杂志也刊登了大量的征求小说的广告。借助广告这一新兴的传播媒介,小说以迅猛之势开疆拓土,攻城略地,占据了大众文化消费的半壁河山,成为绝大多数普通市民获取信息、消闲娱乐的主要方式之一。

报刊广告不仅是征集优秀之作的渠道,也是推荐名人名作和推销小说作品的重要平台。

《世界繁华报》1903年9月8日在第八九二号刊载《官场现形记》出书预告云:"南亭新著《官场现形记》:本报所撰《官场现形记》一书,虽甫成十二回,已得九万余言。颇为阅报诸君子所称许,来馆指购全书者,几无旦暮有。本馆特将前十二回先行刊印成书,以应远近之购取,定于重阳前出版,谨此布告,以慰殷盼。本馆谨启。"南亭亭长是小说家李伯元的别号,其所作长篇小说《官场现形记》以揭露清季官场黑暗为宗旨,长达数十万言,被鲁迅誉为清末"四大谴责小说"之一。

此后,光绪三十年(1904)十月三十日,上海商务印书馆在《申报》上登载"上海商务印书馆征文"启事,小说为三类征文中之一类,主要征求教育小说、社会小说、历史小说和实业小说等四类小说,并设置优厚润格。民国四年(1914),商务印书馆在印行《说部丛刊·二集·第一编》林纾的翻译小说《孝女耐儿传》时,特意附印了专为林译小说做的广告:

> 林琴南先生译《小说丛书十五种》,价值三十七元,全部十六元
> 各种书名及分册出售价目分列于下:
> 美洲童子万里寻亲记　三角

---

① 丁合林,《近代小说传播研究》,河北大学,博士论文,2012年6月,第87页。

孝女耐儿传（3册） 一元四角
双孝子喋血酬恩记 五角五分
英孝子火山报仇录（2册） 九角
以上伦理小说

恨绮愁罗记（2册） 六角
玉楼花劫（前编2册） 六角半
（后编2册） 五角半
大食故宫余载 六角五分
髯刺客传 四角
以上历史小说

电影楼台 三角
贼史（2册） 一元
冰雪因缘（6册） 二元
蛇女士传 三角五分
芦花余孽 二角五分
新天方夜谭 五角
脂粉议员 四角五分
天囚忏悔录 五角
橡湖仙影（3册） 一元二角
块肉余生述（4册） 二元二角
以上社会小说

金风铁雨缘（3册） 一元
十字军英雄记（2册） 九角
黑太子南征录（2册） 九角
以上军事小说

贝克侦探谈（初编：三角半；续编二角）
藕孔避兵录 六角
神枢鬼藏录 二角五分
歇洛克奇案开场
以上侦探小说

西奴林娜小传　二角五分
玉雪留痕　四角五分
洪罕女郎传（2册）　七角
迦茵小传（2册）　一元
红礁画桨录（2册）　八角
西利亚郡主别传　五角五分
玑司刺虎记（2册）　六角五分
剑帝鸳鸯　七角五分
以上言情小说

不如归　五角
离恨天　三角五分
以上哀情小说

鲁滨孙漂流记（2册）　七角
鲁滨孙漂流续记（2册）　五角五分
斐洲烟水愁城录（2册）　八角
雾中人（3册）　一元
以上冒险小说

吟边燕语　三角五分
蛮荒志异　六角
埃及金塔剖尸记（3册）　一元
三千年艳尸记（2册）　七角五分
鬼山狼侠传（2册）　一元
以上神怪小说

拊掌录　三角
滑稽外史（6册）　二元
旅行述异（2册）　七角五分
以上滑稽小说

爱国二童子传（2册）　七角五分
萨克逊劫后英雄略（2册）　一元
……

这一广告分门别类,将林纾的翻译小说十五种悉数罗列,几乎囊括了林译小说的全部,"价值三十七元,全部十六元",优惠力度近于50%,打折促销之意甚明。除了促销之外,其实也是一次林译小说成果的集中展示,对于提高译者声誉、扩大译作影响,功不可没。

《民国日报》1919年10月26日推出的两则广告同样也是靠名人效应以推销小说作品的,其中之一则广告云:

> 谯北杨尘因先生著社会小说《儒林新史》出版。《儒林外史》一书在吾国白话小说中价值不在《水浒》下,外史写明朝士人之卑鄙,百世而后读之犹有余臭,不谓近代文人之无耻,更有每况愈下者。谯北杨尘因先生善作小说,久已驰名,本其见闻而有新史之作。根据事实加以渲染,用笔深刻入微,淋漓尽致。有知出版界之罪恶,不知无耻文人之黑幕者,一读此书,必能详悉无遗。初二集每集十回,都十五万言,定价一元,另印样张,函索即寄。封面但杜宇先生绘,张丹斧先生书。本书撮要:时髦留学生;三十六种离婚;雪花粉之美术家;会场大博士;老学究办小学;投稿之秘法;女学生之交际法;广告之文学家;教员认白字;家庭革命;评剧家不听戏;大衣老爷;大文豪作黑幕书;(影戏)(跑冰)之结合;风雨表之天文博士;姨太太之女学生;抄袭家办报;博士之狗;寒暑表之卫生家;文坛之票友;女学生热心结党;函授学校;圈点大文家;公司学校;假棺材装死人;预约券;男女新剧家;文字奴隶;名士迷女伶;社会大家娶姨太太;蹩脚新闻记者;枕畔日记簿;做小说新法;不识字大文豪;字典之古文法;文人之官僚派;袖底之新情书;裸体之大画;闺阁之侦探;旧家庭与人物;小说家吃耳光;假钻石与美人;医院之情爱;寄信新法。门售七折,外埠邮票作九五折计算,寄费加一。总发行所:上海麦家圈交通路新民图书馆,分售处:本外埠各大书坊均代售。

杨尘因(?—1961),号雪门、烟生,安徽省全椒城仙鹤街人,约生于光绪十五年(1889)前后,清举人杨攀龙之子,著有章回体小说《新华春梦记》,民国五年(1916)春由上海泰东图书局出版。《新华春梦记》是一部描写袁世凯复辟帝制始末的历史小说,多以史实为据,以辛辣、诙谐的手法揭露了袁世凯强奸民意、卖国求荣的行径,以及筹安会的丑行。作家还用较多的笔墨描写了蔡锷讨袁之义举,以及蔡的爱情生活。由于《新华春梦记》揭露了袁世凯在新华宫内的丑恶生活,因之影响很大。吴稚晖在叙言中说:"杨子的《新华春梦记》史实甚详,可惜以稗史传。"鲁迅先生在《中国小说史略》中也提到过该书,蔡东藩著述的《民国演义》也引用了《新华春梦记》的大量史料。

相对而言,杨尘因先生在当时也是有一定影响的知名作家,上述广告借此名头,再加上将小说的主要内容撮述,试图以作家的名人效应和作品内容的奇异生新作为噱头来吸引读者的眼球,以期增加销量,扩大传播和接受的范围,并获得可观的经济效益。

通俗小说借助广告这种商业传播的手段,实现了自身传播方式的商业化。小说的

第十一章　近代上海通俗文学传播机制的商业化色彩

传播者不仅可以通过在报刊上刊载广告来征求小说稿件、推销小说作品,也可以借此平台来表达自己的小说理念。在清末民初的这一特殊阶段,上海报刊界在小说传播领域中的所作所为具有道夫先路,引领风气的作用。他们不仅主张新小说应当学习借鉴吾国优秀的小说遗产,还应当向域外的小说佳作汲取营养,丰富自己的创作手法和表达方式。《清朝野史大观》卷十一《清代述异》总结当时的情况说:"近日社会小说盛行,如《孽海花》《怪现状》《官场现形记》,其最著者也。然追溯源委,不得不以《儒林外史》一书为吾国社会小说之嚆矢也。"指出了当时被奉为"谴责小说"的渊源其实还是在《儒林外史》。作为近水楼台的本土资源,倘若不加以充分地利用,确有舍本逐末之嫌。但若仅止于此,又不免胶柱鼓瑟、鼠目寸光之讥,所以他们也主张借鉴翻译小说,《新小说》《月月小说》《小说林》等杂志先后登载广告,征求优秀的翻译小说。譬如 1907 年 2 月,《小说林》创刊号登载"募集小说"启事:本社募集各种著译家庭、社会、教育、科学、理想、侦探、军事小说,篇幅不论长短,词句不论文言、白话,格式不论章回、笔记、传奇。1908 年 8 月,《月月小说》第二十号也登载"月月小说编辑部告白":"历史・家庭・教育・军事・写情・滑稽,本社征求以上六种小说,无拘翻译撰著、段落章回各体,如有以稿见投者,请迳寄本编辑部审定,登载从丰致润,宗旨不合,恕不作复检还。"这些都是征集翻译小说的广告。①

平心而论,当时国门洞开,并非是国人主动为之,而是面临列强坚船利炮的不得已之举。在经历了一连串的震惊、错愕和无奈之后,举国上下不得不痛定思痛,开始面对和接受惨痛的事实,各种思路,各种办法纷纷出笼,"师夷长技以制夷"应当说是一种比较普遍被认可的态度和路径。应当说,通过翻译小说向西方先进文化学习,不失为一种明智之举。在报刊广告中大力提倡翻译小说,也就成为新小说家的必然选择,由此促成了晚清翻译小说的繁荣,故而以林纾为代表的翻译小说在彼时风行一时,就是基于这样的缘由和背景。据樽本照雄的统计,1911 年以前,创作小说是翻译小说的 1.27 倍,前者为 1 288 种,后者为 1 016 种。小说传播界的上述举措,也可以说是一种顺应时势的应时之举。

小说传播者也借报刊广告表达对小说主题类型的关注。1905 年,《小说林》社发表的《谨告小说林社最近之趣意》,其中把小说分为十二类,分别是:

  历史小说(志以往之事迹,作未来之模型,见智见仁,是在读者)[书目从略,下同]
  地理小说(北亚荒寒,南非沙漠,《广舆》所略,为广见闻)
  科学小说(启智秘钥,阐理玄灯)
  军事小说(尚武精神,爱国汗血,观海陆战史,奕然有生气)
  侦探小说(变形易相,侦探钩稽,为小说界新输入者)
  言情小说(疾风劲草,沧海巫山,世态写真,人心活剧)

---

① 刘永文,《晚清报刊小说研究》,上海师范大学,博士论文,2004 年 5 月,第 148—149 页。

国民小说(三色之旗,独立之门,洛钟其应,是在铜山之崩)
　　家庭小说(家庭教育,首重幼稚,卢叟柏氏,咸以小说著名教育界)
　　社会小说(有种种现象,成色色世界,具大魔力,超无上乘)
　　冒险小说(伟大国民,冒险精神,鲁敏孙欤?仅朴顿欤?燕行鼎足)
　　神怪小说(希腊神话,埃及圣迹,欧西古俗,以资博览)
　　滑稽小说(曼倩、淳于,著名昔史,诙谐谈笑,继武后尘)。①

　　由此看出,他们既注重社会小说、军事小说、历史小说、国民小说等能够对社会起到引领作用的小说类型,也看重冒险小说、侦探小说、地理小说和科学小说等可以激发国人精神、启迪智慧、开阔视野之类的小说类型,而且也不废那些具有怡情、诙谐,描摹世态人情的滑稽小说、言情小说、神怪小说和家庭小说。小说传播者的视野并不偏颇狭隘,还是比较宏阔通达的。

　　书籍翻版盗刻盗印,自古有之。到了晚清,虽然版权观念已相当普及,绝大多数清末民初小说也都标有"版权所有,翻印(刻)必究"之类带有警戒意味的字样防止盗版,也还有一些其他的防盗措施,譬如《申报》光绪二十年八月二十一所载:"兹点石斋复印,书面加'光绪二十年秋重印',另盖'双梧书屋鉴定'印章,末盖'原图原书翻印雷殛火焚'一戳,如无此二印章即系赝鼎。——《原底〈列国志〉出书并申明翻印》。"但仍有一些无良版商盗印他人著述牟利。1907年《小说林》杂志第三期上就曾登载特别广告:

　　本社所有小说,无论长篇短著,皆购有版权,早经存按,不许翻印转载。乃有□□报馆,将本社所出《小说林》日[月]报第二期《地方自治》短篇,改名《二十文》,更换排登;近又见□□报馆,将第一期《媛香楼传奇》直钞登载,于本社版权大有妨碍。除本社派人直接交涉外,如有不顾体面,再行转载者,定行送官,照章罚办,毋自取其辱。特此广告。

　　报刊广告也是小说版权保护措施之一,通过报刊广而告之,使得读者和业界同人都知晓某书作者为谁、何处出版,其价几何等,大家互相监督,众目睽睽之下,使盗版者有所忌惮而就此罢手也就不是不可能。《小说林》主持者徐念慈就此曾经建议道:

　　余谓不得已,只能改良书面、改良告白之一法耳。譬如一西译书,而于其面,书明原著者谁氏,原名为何,出版何处,皆印出原文,今名为何,译者何人。其于日报所登告白亦如之,使人一见而知,谓某书者,即原本为某,某氏之著也。至每岁之底,更联合各家,刊一书目提要,不特译书者有所稽考,即购稿者亦不至无把握,而于营业上之道德,营业上之信用,又大有裨益也。②

---

① 陈平原,《二十世纪中国小说理论资料》,北京大学出版社,1997年版,第173页。
② 觉我(徐念慈),《余之小说观》,转引自陈平原、夏晓虹编:《二十世纪中国小说理论资料(第一卷)1897—1916》,北京大学出版社,1997年版,第334页。

这段话虽是主要针对翻译小说而发,其实也适应于其他小说的创作与出版。这种措施必得借助报刊广告为之,方可收到立竿见影之效果。为此,徐念慈于光绪三十四年(1908)二月,在其主编的《小说林》第九期刊登了《丁未年小说界发行书目调查表》的广告,从发行者、书名、原著者、翻译者、出版时间、定价等六个方面,统计了光绪三十三年(1907)十数家报馆、书局、杂志社等出版的122种小说的情况。澄清各家小说版权的持有状况,有力地防备了别家再有盗版情况的出现,极大地保护了作者的版权和经济利益。①

当然,广告的主要宗旨还在于商业利益的追逐,这一时期关于小说的报刊广告,主要的目的也还在此。因此,通过广告预告新书、标明价格、宣示版权、公布稿费标准等,都是广告应当具备的基本功能。譬如小说丛报社在《申报》上刊登的广告:

> 铁冷之杰作《斗艳记》。铁冷著说部甚多,此书为第一杰作。内述美女多人,斗艳争妍,各有特色。情节则有哀有艳,可歌可泣。文笔清丽,兼收雅俗,可以共赏。材料十万余言,印成百页。封面为名画家杜宇手笔,艳丽绝伦,随书赠送杜宇裸美画一张,尤为社会中所罕觏,诚空前绝后之精致说部也。惟赠画三千部为限,限满即止。书已出版,定价六角。
>
> 《铁冷碎墨初编》,六角。
>
> 《铁冷碎墨续编》,六角。
>
> 《艳著求婚小史》,六角。
>
> 《官眷风流史》,六角。
>
> 《官场风流案》,四角。
>
> 《谐著俱内秘记》,二角。
>
> 上海小说丛报社经售。②

不仅告知了读者该书的作者、主要内容、篇幅、封面和售价等重要信息,还对作者及封面设计者的创作水准略作陈述和点评,便于读者了解信息后,做出自己的选择。

1906年1月29日的《时报》上登载小说林新书出售广告云:

> 《爱河潮》一元、《马丁休脱侦探案》三角、《侠奴血》(上)四角、《狸奴布》二角五分、《海天啸》二角、《孽海花》(一、二)一元、《秘密海岛》(全)一元二角五分、《黑行星》一角五分、《新舞台》(二)四角、《再生案》(一至五)四角五分、《又九十案》二角、《银行之贼》三角、《一封书》(全)六角六分、《日本剑》(上)六角、《玉虫缘》三角、《影之花》四角五分、《银山女王》(上中)八角、《女魔力》(上中)七角五分、《万里鸳》(全)一元二角、《离恨天》(上下)六角、《妒之花》四角、《车中美人》二角五分、《美人妆》二

---

① 苏亮,《近代书局与小说》,华东师范大学,博士论文,2015年5月,第198—199页。
② 《申报》,1917年6月18日。

角、《无名英雄》（全）一元二角、《小公子》（全）六角、《海外天》四角、《新法螺》三角。

上海棋盘街小说林启。

均是明码标价，毫不含糊。方便读者，特别是经济并不宽裕的读者事先准备书资，量力购买，不至于临场因囊中羞涩而尴尬局促。

报刊广告也是实施降价、打折、分期付款、赠送等具体促销手段的主要载体。

晚清民初之际，看戏、逛庙会、阅读通俗小说等，是大多数上海市民阶层主要的休闲娱乐方式，这也决定了通俗小说的通俗化和大众化，以及传播方式的商业化、市场化特质。另一方面，上海滩上的书局、报刊、杂志社多如牛毛，且大多是私营性质，资金方面基本上均处于捉襟见肘的状态，要想在激烈的市场竞争中赢得一席之地，维持生存和发展，势必要使出浑身解数。其中，扩大发行量，抢占市场份额，是不二之选。因此，为了争取和扩大各自的生存空间，书局、报刊、杂志社想方设法扩大报刊、书籍销售量，提高自己的知名度和社会影响力，也就成了当时许多从业者的必然选择，像商务印书馆、《申报》《时报》《小说林》《小说月报》等，无不如此。而以这些来吸引消费者眼球，刺激其购买欲的手段与方式，无非也就是降价、赠送、打折、分期付款等。

光绪十二年（1886）四月，点石斋在《申报》上刊登《石印有限书籍减价出售》广告称，该书局"近年来所印书籍日益加多，销路更期充畅，故愿将数种减价出售"，其中《三国演义》由原价二元四角，降为一元五角，几乎打了六折，不久就销售一空。书局不仅收回了印刷出版成本，而且还借此获得了不少盈利，同时也加速了书局资金的周转速度，可谓一举数得。

《小说时报》第二期所载降价广告称：

> 本报自出版以来未及一月已销行至二千余份，销数既多，本社成本亦较合算，故特格外廉价。自十月初三起一律每册售大洋六角，全年十册售大洋五元五角，已定全年者照价加册数算可也。再第二期不日出版，特此预告。①

而它第一期的实际定价为每册八角，订半年六册为四元五角，订一年十二册是八元。在上述广告中，则每册降为六角、全年十册售价则降为大洋五元五角，让利于读者，不失为一种灵活且双赢的营销策略。

光绪二十年（1894）正月，图书集成局刊登《〈花月痕〉减价出售》广告称：

> 《花月痕》一书字迹清疏，纸色洁白，早已风行海内，不胫而走，较外间翻印本字小而漫漶者，有上下床之别。现以工本业已收回，是以减价出售，以公同好，每部码洋四角。

《花月痕》小说原价为七角，以原价六折的售价四角降价销售后，数月即告售罄。降

---

① 《〈小说时报〉减价原因》，《时报》1909年11月16日。

价的真实目的,是迅速将资金回笼,以便嗣后的经营活动。果然,资金到手后,该书局迅即于当年十月将此书重印出售,在资本循环过程中,又一次大获其利。

光绪三十三年二月十一日(1907年3月24日),《时报》上刊发"奉送小说"即"买一送一"活动的广告:

> 凡购本局出版书籍一元者奉送小说一册,购两元者送两册,购十元者送十册。兹见将小说目录列下:《情魔》《地中秘》《青年镜》《极乐世界》《地心旅行》《妖塔奇谈》《回天绮谈》《女娲石》《怪獒案》《离魂病》《恨海》《未来战国志》《铁假面》,以上十三种任购书者自择,至四月初一日为限,限满即不奉送。上海棋盘街广智书局白。①

这种"奉送小说"的优惠活动,事先拟定享受优惠待遇的起码门槛,是读者必须购满价值一元的书籍,方可"奉送小说一册",多购多送,目的是鼓励读者消费,多多益善。

宣统三年(1911)闰六月初一,点石斋书局在《申报》上刊登了一则名为《爱读小说诸君注意,特别廉价又有赠品》的广告:

> 本局名家小说数十种,辞令之典雅,兴趣之浓深,早为爱读诸君所称许。当此学堂暑假,莘莘学子无不束装归里,以作此数日之闲人,但出门一步即火伞高张,汗如雨下,日长昼永,消遣殊难。惟借小说家言,奇奇怪怪之事,作炎天伏夏茶余酒后之资,则既可增长见识,又可解愁破闷,消夏妙品无过于此。兹本局为利便学界起见,特倡新例,自即日起至七月十五日止,凡在暑假期内,门庄来购者,一律照定价七折计算,满一元者则各折码洋二角之小说一种作为赠品,多则递加。邮局函购一律照送。

不仅降价促销,如上所述,读者还可以享受价外优惠,获得价值二角的小说以为赠品。而且此则广告将销售的对象定位为暑假期间的莘莘学子,故其情词婉变,体贴入微,既虑及炎炎夏日"火伞高张,汗如雨下,日长昼永,消遣殊难"之苦况,又倾力兜售以"奇奇怪怪之事"见长的"小说家言""增长见识,解愁破闷"之消夏去暑功能,设身处地,入情入理,不由得读者不动心。接下来的降价之举也就水到渠成,切中肯綮,非常洽切地迎合了年轻读者的心理,算得上是情感营销的高手。

1917年6月18日,《申报》登载天虚我生的打折优惠售书广告:

> 天虚我生之单行本:
> 《泪珠缘》,一至六集,二元三角。
> 《玉田恨史》,二角。
> 《间谍生涯》,三角。
> 《孽海疑云》,三角。

---

① 《时报》,1907年3月24日。

《自由花弹词》,三角。

《潇湘影弹词》,三角。

《诗词曲稿》(二册),八角。

《他之小史》,定价一角。

右八种均中华图书馆出版。

《梅林雪》,二角五分。

《郁金香》(二册),五角半。

《弃儿前集》(二册),五角。

《弃儿后集》(二册),五角。

《宝石圈》,一角五分。

《火中莲》,一角五分。

右六种均中华书局出版。

以上各书如向鄙人通函购取得照定价减收七折以答赏音,惟邮费须另加每册二分半,书价得用邮票代现。天虚我生启。

不仅如此,有的书局还采取购书赠送彩票的办法来达到促销的目的。譬如光绪三十四年(1908)八月十五日,广智书局刊登了一则名为《购书赠彩》的广告:

凡购本局出版书籍三角以上者,抽彩票一张,票内应得彩物,及时奉赠。购书六角者赠二张,购书三元者赠十张,以此类推。现洋交易,不折不扣。外埠因邮寄不便,恕不赠彩。共设彩票一万张,每号之中均有彩物。

告知广大读者,该书局"自中秋节日起至九月三十日止",在为期一个半月的时间内,开展购书赠彩活动。一万张彩票,共计让利2 130元,彩头为头等彩物十八开金标一枚,价值120元;二等彩物留声机一架,价值60元;三等彩物外国洋琴一架,值价30元;四等彩物千里镜一个,值价20元。重赏之下必有勇夫,在此活动期间,广大读者趋之若鹜,书局门前宾客盈门,火爆异常,效果十分明显。

光绪三十四年(1908)八月十九日《时报》第一版刊登一则购书分期付款的广告云:

购阅《说部丛书》按月缴银办法:本书十集计一百三十本,原定价洋四十元零二角五分,又加木箱一具价一元,凡现银购买全部者减价二十八元,并附赠袖珍小说全部计二十册。今为购阅诸君便利起见,另定按月缴银办法,分为甲乙两种,甲全部二十九元,先交定洋五元,以后按月交四元,至六个月为止;乙全部三十一元,先交定洋五元,以后按月交二元,至十三个月为止。本馆另有详细章程并订单格式,如蒙惠顾可以取阅。

上海棋盘街商务印书馆启。

为了扩大销售额,各路商家可以说挖空心思,怪招迭出。

通俗小说传播者的广告宣传也讲究一定的操作策略。至少在形式上是丰富多样、不拘一格的。有的在报纸杂志上辟出版面,专门开辟广告专栏,用以宣传和介绍小说家的新旧佳作;有的在随纸刊附送的单叶小说上登载广告;有的则在单行本的小说封底上介绍小说作品;有的小说家干脆现身说法,还在作品里不时地为自己的小说做宣传,类似于今天的植入式广告。譬如陆士谔在他的小说《新上海》中就如此:

> 我道:"我这种东西,算什么著述,不过乘着兴致,消遣消遣罢了。"梅伯道:"我不管你是著述不是著述,我倒很喜欢瞧呢。"我道:"你一定要瞧,我也没办法。这月里通只编得两三种,一种《新中国》,一种《玉楼春》,稿子幸都在这里。"说着,把稿子捡了出来。
>
> 梅伯逐一翻阅,他一目十行,何消片刻,全都瞧毕,指着《销魂窟》《玉楼春》两种道:"这种笔墨过于香艳,未免有伤大雅。"我道:"《新中国》呢?"梅伯道:"那是好极,不但体裁新奇,小说界中别辟一径,而且堂堂之阵,正正之旗,瞧了后使人顿生爱国的念头来。只是……"说至此,便截住不说。①

陆士谔是沪上小说名家,原籍江苏青浦(今属上海市)人,生于千年古镇珠溪镇(今朱家角)。名守先,字云翔,号士谔,亦号云间龙、沁梅子等。早年跟随名医唐纯斋学医,后来在沪行医,一边行医一边写小说,著有《医学指南》《加评温病条辨》等医书十余种,《清史》《剑侠》等说部百余种,如《销魂窟》《玉楼春》《新中国》等,其中《新中国》一书最为著名。全书以梦为载体,作者化身"陆云翔",以第一人称描述了自己梦中所见:上海的租界早已收回,法庭律师皆为华人,马路异常宽广,洋房鳞次栉比。虽然全篇只有2万字,最为神奇的是预言到了百年之后中国的强盛及世博会的举办。他写道:那年"万国博览会"在上海浦东举行,为了方便市民前往参观,在上海滩建成了浦江大铁桥和越江隧道,还造了地铁。"把地中掘空,筑成了隧道,安放了铁轨,日夜点着电灯,电车就在里头飞行不绝。"还有"一座很大的铁桥,跨着黄浦江,直筑到对岸浦东"。

《月月小说》也曾借助《小说林》的平台,在其上刊载广告,以扩大自己的影响:

> 本社所聘总撰述南海吴趼人先生、总译述上海周桂笙,皆现今小说界、翻译界中上上人物,文名籍甚,卓然巨子,曩者日本横滨《新小说》报中所刊名著大半皆出二君之手,阅者莫不欢迎。兹横滨《新小说》业已停刊,凡爱读佳小说者闻之,当亦为之怅然不乐也。继起而重振之,此其责,舍本社同人谁与归?商之二君,自三号以后,当逐渐增多自撰自译之稿,以飨读者诸君之雅。②

有的广告简洁明了,一目了然,仅开列书名、类型和售价,供读者选购,如上文所举《申报》登载天虚我生之打折优惠售书广告所云。有的则略显复杂,提供的信息量较大,

---

① 〔清〕陆士谔,《新上海》第五十九回,上海古籍出版社,1997年版,第274页。
② 《月月小说》第五号,1907年4月。

除书名、类型和售价等基本信息外,还对小说的内容、主题内涵、创作风格等,进行简洁明晰的评价和推荐,激发读者的购买欲望,譬如1906年4月29日《时报》上刊载的新新小说《新党升官发财记》广告词云:

> 小说一书亦有关于风化,未可谓为说部而忽之也。至能切中时弊,警觉劝导而造福社会者莫如《新党升官发财记》,是书于形式上之维新描写情状宛然若揭,使读者或惊或怒或歌或泣,洞悉世态之炎凉,人心之险诈。至笔墨之条畅犹其余事,真警世之钟也。去年虽载于本社《大陆报》小说栏中,但分期列入,阅者殊觉烦难。今特亟付手民刊成完本,以公社会,海内有志想必乐窥全貌也。定价大洋三角五分。上海四马路老巡捕房隔壁作新社告白。①

《时报》1906年3月17日上登载的侦探小说《二金台》再版广告云:

> 小说中最易启人智识者,莫如侦探一类,以其案情变幻,探者亦百出其计,以侦之诚,善于开阅者心思也。是书为英国小说名家所著,慈溪叶君启标笔述,事迹之离奇,译笔之精妙,久为阅者所称许,初版出书未久被毁而所购者纷纷不绝,特重加校印,洋装一册售洋三角。总发行所:上海东棋盘街通社久记启。

通俗小说的大众化、通俗化和商业化,决定和影响了小说传播者和接受者的文化品位和审美偏好,反之亦然,两者实际上是一个双向互动、和谐共生的命运共同体。因此,传播者在传播过程中就不得不讲究传播方式的趣味性和视觉美感,以此来吸引读者和受众的注意力。譬如,《小说时报》采用先进的印刷技术,精选纸张和字体字号,试图给读者带来新鲜舒适的视觉快感,同时采用大量铜版、珂罗版高清精美插画,有时甚至公开募集女性写真,使用名妓名优玉照作为封面女郎。包天笑曾说,"从前办那种文艺杂志,很注意于图画,尤其是小说杂志。小说时报除了在小说中偶有插图外,每期前幅,还有许多页铜版画图。这些铜版图,有的是各地风景,有的是名人书画,但狄平子以为这不足以引人兴趣,于是别开生面,要用那时装美人的照片。这种时装美人的照片,将向何处去搜求呢,当时的闺阁中人,风气未开,不肯以色相示人,于是只好向北里中人去征求了。"② 同时,内容上也十分注重和关注小说的趣味性,尽量登载情节起伏跌宕、新鲜刺激的小说来吸引读者。小说杂志力求在内容和形式上,都做到丰盈充实,尽善尽美,全力打造杂志自身的完美形象,从而增加读者的阅读期待,激发受众的消费欲望。

如《小说月报》第3年第7期上有一则《本社特别广告》:

> 本报自本期起,封面插画,用美人、名士、风景、古迹诸摄影,或东西男女文豪小影。其妓女照片,虽美不录。内容侧重文学,诗古文词,诸体咸备。长短篇小说,及传奇新剧诸栏,皆精心撰选,务使清新隽永,不落恒蹊。间有未安,皆从割爱。故能

---

① 刘永文,《晚清小说目录》,上海古籍出版社,2008年版,第412页。
② 包天笑,《钏影楼回忆录》,大华出版社,1971年,第359页。

雅驯而不艰深,浅显而不俚俗。可供公暇遣兴之需,亦资课余补助之用。比来销数日益推广,用特增加内容益事改良,虽资本较重,在所不计。倘蒙爱读诸君,时锡匡正,本社同人尤所深愿。敢布区区,诸希垂察。①

报纸杂志本负有传递信息、宣导教化、引领社会的使命和功能,而旨在推介商品和服务的广告,无论在传播的方式和对象,还是在受众群体的最终接受上,几乎都有很多的共同之处。为了让更多的受众接受自己的传播内容,就必须考虑到传播的有效性和商业性,讲究传播的艺术性、技巧性和收益性。而言过其实的溢美之词大概是比较常见的一种传播策略。晚清民初时期通俗小说的传播,在这方面都有很生动的体现。

刊载在《小说大观》上的《中华小说界》的广告,对《中华小说界》做了介绍:

宗旨正大 小说虽为消遣之品,本志处处必合改良社会、针砭风俗之旨,凡一切诲盗诲淫之作概不屡入。

材料丰富 每期短篇小说必有五六篇,长篇小说必在两种以上。此外,传记、笔记、新剧、谜语、诗词、歌曲无不美备。

文字优美 书中所录事迹既极有趣,文字亦非常优美,与贪多漫充篇幅者不同。

取价低廉 每册二角,全年减收二元。如一人一次定购五份者九折,十份者八五折,三十份者八折,取价之廉可谓无比。

形式精良 本志于内容既极讲求于形式,亦非常注意书面。五彩石印美人小影精美绝伦,书中插画亦多。②

再如侦探小说《纪克麦再生案》的广告词:

书中所叙纪克麦之狠毒阴鸷,几非人类所有。名探勒慈甫,屡濒于险,各探佐均为所杀,甚至爱妻亦丧于其手。辛由勒氏费尽机宜,并设诡计,使贼党内哄,始克弋获。叙事如抽蕉剥茧,妙绪环生,诚侦探小说中之宏著也。

其中,诸如"几非人类所有""精美绝伦""取价之廉可谓无比""宏著"等浮华夸大之词,亦屡屡出现。③

---

① 《本社特别广告》,载《小说月报》第3年第7期,1912年。
② 《〈中华小说界〉广告招登》,《中华小说界》第1年第1期,1914年。
③ 赵圆苑,《清末民初上海地区书局与小说传播》,上海师范大学,硕士论文,2014年4月,第89—99页。

结　语

　　在令人眼花缭乱、错综复杂的上海旧文坛梳理近代以降上海印象中的商业文化叙事，及其与旧海派文学的各种表征、衍进、关系等，并从中揭示出一二带有普适性或规律性的论断，并不是一件轻而易举的事情。行百里者半九十，走笔至此，回望已经走过的路，瞻前顾后势必也已没有退路，"路漫漫其修远兮，吾将上下而求索"，姑且勉力而为罢。

　　众所周知，1840年列强叩开的不只是有形的国门，更是开启了千年以来封闭保守的经济、思想和文化之门，就此开启了"三千年未有之大变局"。在这一情势下，仅从文学这一角度而言，原先固有的文学格局、文学观念，以及文学创作的内容、形式、主题、风格、审美习尚等，都迥异于以往。从前被视为"小道"，不登大雅之堂的小说，逐渐取代传统、正宗的诗文和八股制艺，登堂入室，反客为主，一跃而成为主流的文学体裁样式，其功能也今非昔比，居然承担了新民、新政、改良群治的重任。明清两代共544年，本书所述的近代(1840—1911)72年，仅占其中的八分之一，而这一时期所出的通俗小说数量竟有之前472年所出数量的3倍之多。据陈大康先生《中国近代小说编年》一书统计，在1840至1911年，72年的时间里，共出通俗小说1 653种，文言小说99种，翻译小说1 003种，共计2 755种，是一个非常庞大的存在。① 其中，上海由于其特殊的区位优势，在短短几十年内，迅速崛起成为中国乃至亚洲的重要经济文化中心之一，与之相关的商业文化叙事也就特别引人瞩目。考察这一时期上海印象中的商业文化叙事，及旧海派文学的成长历程，也就有了非同寻常的意义。

一、近代上海发展进程中强烈的商业精神

　　商业精神是构成商业文化的核心，它是人类在商品流通领域所创造的商业物质财富和精神财富的总和，涵盖商业物质文化、商业制度文化、商业行为文化和商业精神文化。上海自开埠以来迅速崛起，成为工业、商贸、金融和文化娱乐业高度繁荣的国际大

---

① 陈大康，《中国近代小说编年·前言》，华东师范大学出版社，2002年版，第1页。

都会,商业在上海经济发展中一直处于主导地位。大致说来,上海近代文化是基于工商业经济基础上产生出的现代文化形态,作为近代工商业经济的产物,上海市民社会在文化形态上必然带着鲜明的都市工业文化和商业消费色彩,具有强烈的商业精神和浓郁的商业化气息。

总体来看,上海人的商业精神体现在开放、竞争、包容、精明、务实、敬业等方面。

如前所述,开埠后的上海,其最大的特征之一就是无与伦比的开放性,她不仅是国内最大的对外贸易码头、金融中心,也是文化中心。数百家洋行、外资企业,数不清的工商企业,同世界大商埠伦敦、纽约、巴黎、汉堡、东京、大阪等保持着密切的联系,同时也与内地各个地方的重要商埠荣损与俱。其势力所及,不仅遍及全球各大金融中心,而且还涵盖长江、内河及沿海其他口岸,甚至深入到内地的穷乡僻壤和边陲地区。

上海从小渔村突变为具有世界性影响的经济与商业中心,是其包容性的最好体现。作为典型的移民城市,其人口的80%以上是移民,或者来自于苏、浙、皖、闽、赣、鲁等十几个省份,或者来自于英、法、美、日等近40个国家和地区,外国侨民最多时达15万人。这就使得近代上海商人的交往对象更为广泛,不仅包括国内的各地商人,而且还跨越族际、国界,直接与世界各国的商人保持着密切的商业往来,而且深受西方商业文化的影响,使其自身的商业文化又表现出强烈的开放性。五方杂处、东西荟萃,在上海得到了完美的体现和诠释。凡此种种,都典型地体现了商风熏习下,上海商业文化汇集百家、中外杂陈、新老交替、高度相容的开放性和包容性的特点。

上海是个海,海里有鱼虾,也有别的各种各样的奇珍异宝;海水很深,也很咸。在海里能否遨游,能否有所收获,收获多少,取决于识见、运气、自身的水性和游泳的技术。在其他条件都半斤八两的情况下,自身的水性和游泳的技术就显得至关重要。对于那些赤手空拳,却又怀揣财富梦想到上海滩闯荡的红尘男女们,具备开拓进取的竞争精神和竞争意识也就是题中应有之义。否则,无功而返,乃至折戟沉沙也几乎是司空见惯。不过从整体上看,近代上海的大多数商人,都兼具敢于开拓、勇于进取的意识和精神,在这一方面,较诸其他地区的商人还是令人称道的,甚至可以说竞争性也是近代沪商的一大特色。纵观百年来上海的商界,十里洋场中,那些在事业上取得成功的富商大贾,几乎无不具有这一特点。因为上海滩上略显厚道的土著商人们,面临的竞争对手就不仅仅是自己的同胞——同业华商之间的竞争,而且增加了虎视眈眈,竞争力更为强劲的外国商人。无竞争,不成功。"竞争者,实为立国之基础,而挽回国势之要务也"。①

竞争必然有输赢胜负。如果说敢于竞争、勇于竞争是一种胆略精神,那么遵守规矩、愿赌服输,就是一种风度气质。在竞争极其激烈残酷的商业活动中,血本无归、颗粒无收的商家犹如战场上铩羽而归的军人,如何打起精神,重振士气,继续投身下一场战

---

① 《申报》,1906年1月3日。

斗,是考验每一位商业从业人员心理素质和精神气质的考场和战场,上海商人及整个上海商界总体上的成绩似乎还不算太糟糕,否则也就没有了上海滩的光荣与梦想。

务实、敬业是上海商业精神的又一种体现。近代上海的商业市场上不仅百物荟萃,而且万商云集,商业从业人员的敬业精神和良好的业务素质都是有口皆碑的。上海独有的经济中心和商贸金融中心所具有的虹吸效应,吸引着各地长袖善贾的优秀商人不断向上海集中。譬如,善于经营的徽商、通晓外语并善于同外商交往的粤商、长于钱业精于汇划的绍兴宁波商人、与南洋华侨关系密切的闽商等,他们都是业界的翘楚精英。他们依靠自身的才干和良好的敬业精神、职业素养,形成具有一定影响的商帮及各种会馆公所,互通商情、互助资金、互荐人才,共同捍卫切身利益。他们八仙过海各显神通,有的精于鉴别商品质量;有的了解市场信息、善于判断市场动向;有的组织能力强,专门组织适销对路的商品,通过各种层次、各种渠道,多方建立各种横向、纵向联系,促进了商品流通。

他们崇尚"和气生财"、"买卖不成仁义在"等从商格言和信条,不仅完成一次性的买卖交易,而且还针对某些具体商品或服务,通过改善服务态度、提高服务质量等方式,获得顾客的满意,提高顾客的忠诚度,以此来扩大经营,以吸引更多的顾客。譬如前已述及的新通贸易公司,主动帮助用户设计、施工和安装,并指导维修;恒源祥绒线店,专门聘请了绒线编结师向顾客义务指导编结技术,并附送竹针;不少商家注重一专多能,"一招鲜,吃遍天",或者专售某一类商品做到备货充足,品类齐全,能满足某些客商的特殊需求;或者以销售一种或几种质优价廉的名牌产品,带动其他商品的销售,以此赢得良好的口碑。[①]

二、繁华与堕落共在、批判与期待并存的上海印象

上海是中国近代化和现代化的前沿与缩影,是复杂多义的都市空间。在世界性因素及其多元文化交互的历史语境中,近代文学作品中关于上海印象与商业叙事的书写,及所传达的思想观念,与知识分子的思想观念是一脉相承的。在他们身上,体现出来的是社会震荡和转型过程必然带来的人格性情的精神困窘、内心贫瘠和价值虚空。因此,在列强强势资本和欧风美雨殖民文化的共同作用下,知识分子对上海的情感也是爱恨交加,既充满了无情的批判和嘲讽,也给予了无限的憧憬和希望。上海印象的形成过程也就充满了知识分子自身认知的混乱与迷茫,形成了繁华与堕落共在、批判与期待并存的双重影像。

体现在作家们的笔下,就是出现了大量以揭露和批判为旨归的文本,一方面喋喋不休地在作品中渲染上海滩花花世界的繁华、奢靡、浮躁,于鄙夷中流露出艳羡;另一方面又毫不吝啬地表达对上海堕落、庸俗和龌龊商风世风的不满,从骨子里看到了卑俗和绝

---

① 陈立仪、潘君祥,《试论上海近代商业的特点及其发展原因》,上海社会科学院学术季刊,1987年第1期。

望。譬如李伯元的《官场现形记》、吴沃尧的《二十年目睹之怪现状》、曾朴的《孽海花》，以及邹弢的《海上尘天影》、张春帆的《九尾龟》、孙玉声的《海上繁华梦》和韩邦庆的《海上花列传》等。《二十年目睹之怪现状》对上海滩特有的洋奴买办、华界魁首、洋场才子、斗方名士和昏庸颟顸的官僚各色人等进行了尖锐苛刻的批判和揭露。《海上花列传》在对上海风尘世界的描摹和批判上，锋芒丝毫也不逊色于以社会批判著称的"谴责小说"，"叙男女杂沓之狭邪"，"摹绘柔情，敷陈艳迹"，①写尽了名士与倡优、文人与妓女之间相互欺骗、彼此倾轧的卑劣嘴脸。《孽海花》虽不以上海印象中的商业文化叙事为主要的书写指向，但其中的上海背景也如草蛇灰线，若隐若现，里边包蕴人物多达270多人，作家笔锋所及，举凡帝后嫔妃、王公枢臣，不同品秩的各级文官武将，既有专横跋扈的慈禧太后，昏聩的中枢忠臣李鸿章，也有迂腐愚昧的外交使节金雯青、崇尚空谈的中堂高扬藻等。此外还有洋奴、买办、商人、财主、妓女、市民、学生、士兵、华侨、革命者等，作家都作了生动细致的描摹，展示了不同阶层、阶级的面目，但锋芒所向，批判的基调是第一位的。

吴沃尧《发财秘诀》中的冷雁士先生，本来是个饱学秀才，为人热情诚恳，只因时运不济，落魄在上海，恰好遇了正要扩大客货店规模的花雪畦，需要操持往来书信之人，便出了八块洋钱一月，请了雁士做文案老夫子。花雪畦与陶庆云、陶俯臣、言能君、舒云旆、陶秀干、蔡以善等，都是上海滩上靠坑蒙拐骗等"发财秘诀"起家的商人，虽非富甲一方，但至少可以说是广有钱财吧。而冷雁士之所以不名一文，途穷日暮，正在于他性格刚强，胶柱鼓瑟，太过恪守礼义廉耻、道德操守所谓人间正道，故此"已无发财之望了"。冷雁士本来财禄不薄，自二十岁起即代人做枪手，润笔所入积算到二十六岁大约可有五千金，但由于是家中的长子，在父亲过世后不得不独立借贷承办丧事，为两个弟弟成家，供另两个弟弟读书，家累甚重。二十六至三十六岁之间，进学之后束修及润笔所入除了继续给剩下的两个弟弟娶妻成家所耗外，尚积攒了五千金。不料他的叔叔突然过世，办完叔叔的丧事后家资用尽，还欠了数百金外债。听说上海地方易于谋事，所以前年到此，以为比家乡略胜，谁知大失所望。

> 知微子站起来，大笑道："阁下是个读书人，岂不闻顺天者存，逆天者亡。二十年中坐致者，已达万金。天之待阁下者，不为不厚，阁下乃天与勿取，既不肯持此万金，去巴结贵人，从仕路上发财；又不肯经营商业，从权术上发财；更不肯重利盘剥，向刮削上发财；却如此浪用。兄弟既有五人，丧葬之事，何必一人担任？四个兄弟，各有各事，成家读书，与你何干？却一一都揽在身上。至于令叔一事，更为荒唐。山东与广东，相去何止千里？乐得佯为不知。押追家属，试问押死了令婶、令弟，可能伤及你一毛，却要你如此巴结？说到善堂一层，更是不知所谓了。天下穷人，不知其数，博施济众，尧舜犹病，你岂欲功迈尧舜么？若照你之所为，饿死就在目前

---

① 鲁迅，《中国小说史略》，杭州：浙江文艺出版社，2000年版，第208页。

也!"雁士大怒,道:"我来算命,你便和我算命罢了。谁叫你这种胡说?"知微子道:"阁下息怒。须知命可算,理是不可算的。阁下之命如此,行事又如彼。此刻虽是穷途落魄,也可作富家翁看的了。况你这手挥万金都用在伦常善事之上,还是一个高尚的富翁呢。难道定要被文绣,餍膏粱,才算富翁么?阁下如果一定要发财,在下也有一个秘诀,可以传授,但恐阁下不肯做罢了。"知微子附耳低声说道:"你若要发财,速与阎罗王商量,把你本有的人心挖去,换上一个兽心。"雁士闻言,登时满心透彻通明,深深一揖,奉上一角命金,出门佯长而去。从此入山,惟恐不深。①

作者借书中人物之口,指出冷先生"既不肯持此万金,去巴结贵人,从仕路上发财;又不肯经营商业,从权术上发财;更不肯重利盘剥,向刮削上发财,"已经断绝了三条发财之路。再加上他顾念兄弟、叔侄之情,乐善好施,为善堂捐款千金,就更是雪上加霜,拒财神于千里之外,所以,"饿死就在目前"!但也不是没有转机,他传授给冷先生、其实也是给所有读者诸君的发财秘诀,就是"速与阎罗王商量,把你本有的人心挖去,换上一个兽心"。可谓振聋发聩,作者愤世、骂世的强烈批判精神跃然纸上。

作家们在批判揭露的同时,也给予了自己对于未来微薄的希望,让漆黑一团的暗夜中隐约透露出一丝微弱的星光,虽然黯淡,毕竟聊胜于无吧。《二十年目睹之怪现状》中的蔡侣笙夫妇,清贫苦寒,落魄穷酸,却是市井上的老书生,蓬荜中的贤女子。自己穷得只住一间屋,却收留了丑笨的流浪女菊花,名为丫鬟,实际上情同骨肉,视如己出。后来菊花被侣笙夫妇认真当女儿嫁给了个木匠,出嫁之后菊花聪明了许多,而且还生了儿子。秋菊还知恩图报,在家里供着王端甫和"我"的长生禄位,旦夕香花供奉,朔望焚香叩头。

侣笙的妻子蔡大嫂,虽处荜门圭窦中,却是明理达意,识见高远,令人有"十步之内,必有芳草"之叹。侣笙本是仕宦书香人家的落魄书生,只能靠测字卖卜为生。沦落如此,却还狷介孤高,清廉自守,不降身辱志,不失书生本色,不肯轻易为人题字作诗,怕污了自己的笔墨,所谓"慷慨丈夫志,跌宕古人心",是他自身的绝佳写照。他日后做了官,也是受万民拥戴的清官。

《黄金世界》中的夏建威是旅居美国纽约多年的华裔巨商,因闻祖国有拒用美货、抵制禁约之举,遂变卖家资,远涉重洋,不远万里只身回到中国,积极为废约、拒用美货奔走,且殚精竭虑,不辞辛苦,虽历尽种种曲折而不悔。

三、知识分子的成长史和心灵史

从先秦开始,中国最早的知识分子——"士"阶层就已经出现并周旋于上层社会的权豪势要之间了,虽然并不掌握权柄、拥有对资源的分配权,但却依靠对知识的占有和

---

① 〔清〕吴趼人,《发财秘诀》,第十回《舒云游历举得意人　知微子喝破发财诀》,天津古籍出版社,1986年版,第75页。

阐释权,学有余力的那部分"士",就会不期而然地与权贵阶层媾和,轻车熟路地充当着启迪、规劝或教导权力阶层的角色。这是由于他们自身的经济文化地位使然,他们本身肩不能挑,手不能提,不事生产,不置产业,有时甚至"四体不勤,五谷不分",而勤学苦读修习得来的知识和技艺倘若不能在短时间内迅速变现,折算成等量的车马、仆从、威仪,以及良田广厦、娇妻美妾,乃至一言九鼎、经邦济世的权势声名,则其终了就是失意或者失败的人生。而实现这一切愿望,必须提供一个前提,如同皮毛之间的关系一样,"毛"一定要依附着某种"皮",其存在的价值和意义才能够彰显,所谓"皮之不存,毛将焉附"。所以,从古到今,历朝历代知识分子们的宿命就是"学成文武艺,货于帝王家","万般皆下品,唯有读书高","朝为田舍郎,暮登天子堂",这些几乎成了所有读书人的终极价值取向。如果不能成为权力机制中的一员,就退而求其次,以另外一种方式——道德文章——为主流机制尽职尽责,虽然在现世的权力分配和资源占有上未能得其所愿,但塞翁失马焉知非福,焉知山中宰相就不能流芳千古?《左传·襄公二十四年》云:"太上有立德,其次有立功,其次有立言,虽久不废,此之谓不朽。""三不朽"当中,总有一款适合你。

即以上海而论,千百年来知识分子的功业中也有许多可圈可点之处。譬如,魏晋时期华亭陆机精心结撰了我国第一部探讨文学创作内部规律、"论作文利害之所由"的名作《文赋》;晚年居于松江的元代诗人杨维桢写了想象奇异、诗风奇诡的拟古咏史《铁崖古乐府》,传诵一时;隐居吴淞的明代诗人高启,其诗文感时怀古,寓情于景,涵浑中见清逸,从容中现才情;明代戏曲理论家、奉贤柘林人何良俊,他的戏曲理论载于《四友斋丛说》第三十七卷,共30条,被后人辑为《何元朗论曲》,至今余响不绝;嘉定的李流芳,诗文、书画兼长,笔墨疏朗峻爽,风格清新自然;南明爱国诗人云间(今松江)人夏完淳的诗赋抒写国破家亡之痛,凄楚激昂,慷慨悲歌;清朝张南庄的小说《何典》,以鬼蜮世界展示人生事相,发人深省;龚自珍在上海完成了他以抨击封建专制、针砭社会时弊、强调个性为旨归的政论著作《乙丙之际塾议》,依然锋芒毕露,在思想史上闪耀着倔强的光芒。

列强的武力叩关,打破了清政府朝野上下"天朝上国"的春秋大梦,伴随着经济、商业上咄咄逼人的凌厉攻势,西方的文化渗透也毫不示弱,以一种润物无声的柔性方式,潜滋暗长地浸润着中国人的物质世界和心灵空间。面对民族危亡局势日趋严峻的情形,睁眼看世界的一批知识分子,率先开启了启蒙和救亡图存的义举,积极传播西方的先进文化,企图为命悬一线的古老帝国和传统文化寻找一线生机。

刘熙载在上海完成了《艺概》和《昨非集》的撰著,论文强调"循古尚正",推崇"自得尚真",此前他曾在上海龙门书院长期讲学达14年之久。浙江宁海人、数学家李善兰著成算学专著《方圆阐幽》,带到上海墨海书馆,受到了传教士的青睐,后来与之合作翻译了许多科学书籍,接触和吸收了大量西方的自然科学知识,后来成为北京同文馆算学总教习、中国近代著名的科学家。另一位著名学者王韬,也曾在上海墨海书馆长期任职,期间他除了翻译西学著作之外,还进行自我撰著,提出"与苟同,宁立异"的创作原则,强调"必先见我之所独见,而后能言人之所未言",反对拟古,注重创新,更在意发乎性情的自我表现。他也十分热心时政,积极赞同变法自强,强调"至今日而欲辨天下事,必自欧洲始"。

到咸丰初叶,与传教士合作翻译西书的还有龚自珍之子龚橙,魏源之侄魏彦,科学家张福禧、张文虎、舒高第、赵元益,文学家蔡敦复、古文家管同之子管嗣复等。冯桂芬、何咏、姚燮、汪燕山、宋小坡、张啸峰、赵烈文、周弢甫、郑观应等许多著名文人当时也都云集上海。① 梁启超于戊戌变法后,流落上海,他在其主持的《时务报》继续维新改良,并开创了上海报章文体,提倡"文体革命",要求文章"务为平易畅达",他的文章条理明晰,笔锋常带感情,尽显新文体的魅力。学问家兼革命家的章炳麟自1897年来上海后,一方面潜心向学,一方面热心政治,在上海的报刊上发表了诸多论析时政的文章,以古奥的言辞、尖锐的语气,针砭时弊,倡导革命,引起世人的瞩目。

这些都是当时活跃在上海滩上知识分子中的佼佼者。除此之外,还有一大批声望地位远逊色于他们的普通知识分子,如私塾先生、学校教员、青年学生、报刊记者、高级职员、中下层官吏等。设若清末世一直腐而不朽,垂而不死,苟延残喘,在下坡路上蹒跚缓行,这些沉郁下僚的下层知识分子或许也还有金榜题名、光宗耀祖的高光时刻,但这不过是一厢情愿的梦想,时代如果要抛弃你,向来都是突如其来,猝不及防,连招呼都不打。1905年9月2日,清政府发布"上谕",宣布"自丙午(1906)科为始,所有乡会试一律停止。各省岁科考试亦即停止"。至此,在中国历史上延续了1300年的科举制度正式废除,知识分子们飞黄腾达的晋身之阶,一日之间烟消云散。夷夏之防、名节之辨的道德约束,也在俯仰之间成为过眼云烟。知识分子该何去何从?一颗支离破碎、千疮百孔的心灵,该何处安放?一缕漂泊无依、浮躁飞扬的灵魂,又有何枝可依?

开埠后的上海作为繁华的工商业都市,对应着的是内地农耕文明的日益衰败,这使得晚近一代传统读书人以科举入仕为代表的价值诉求、修齐治平的传统大道与伦理德行,部分实现了向金钱拜物的经济和欲望的转变,大批文人不得不改变谋生方式,而上海经济发展又恰逢其时。这种新时空下知识分子的知识结构、观察视野和广泛的社会联系,再加上近代上海自由开放的政治文化环境,使他们能够得风气之先,有能力对国家政治、社会公共事务公开发表意见。在上海乃至整个中国的近代化、现代化转型的过程中,知识分子的精神面貌与心灵世界也发生着深刻的变化,他们的成长史和心灵史与国家民族的命运是同步的。可以说,一部上海发展史,也是一部知识分子的成长史与心灵史。

---

① 陈伯海,袁进主编,《上海近代文学史》,上海人民出版社,1993年版,第40页。

四、人性的幽灵

已故著名学者章培恒先生认为,中国文学发展到清初中叶时期,显然已经步入了近世文学的嬗变期或深化期。因此,强调人性的解放,自觉融入世界现代文学的潮流,广泛吸收各种积极有益的文学潮流和文学思想,高度重视文学的审美形式和艺术特征,应当成为此一时期文学的共同特征。① 他进一步指出,"因为每个国家或地区的文学虽各各具有自己的特点,但也必然存在着某种共同性;那是由人性的共同面所决定的。人性受自然条件、社会条件的制约。时代越早,自然对社会的影响越大,从而对人性的影响也越大,在不同的自然条件影响下的社会文化——包括文学——之间的具体差别也就越明显。但随着生产和技术的发展,自然对社会的影响相应减弱,不同国家和地区在经济上的共同性逐渐增加(这也就是经济全球化之所以可能的原因),文学的其他方面的共同性也相应强化,从而体现人性共同面的特色就愈益显示出来。就这一点来说,世界上自然条件互异的各个地区、国家的现代文学之间的共同性必然大于其古代文学、中世文学间的。换言之,任何一个国家、地区的现代文学,固然应有其自己的特点,但却不应在根本精神上异于世界现代文学的总体趋势"。② 章先生的本意是说,尽管云水相隔,世界各地的文学在根本精神上是共同的,那就是对人性的共同体认和推重,清末民初这一时期上海印象中的商业文化叙事,自然也不应异于世界现代文学的这个总体趋势。

受西方文化的影响,商风熏习下的上海商业文化,迥异于儒家文化强调在"礼"的规范下藐视个体的独立和权益不同,它更看重个人的价值与尊严,强调个性的张扬与追求。陈独秀曾经谈到东西民族之差异时说:"西洋民族,自古迄今,彻头彻尾,个人主义之民族也。英、美如此,法、德何独不然?尼采如此,康德亦何独不然?举一切伦理,道德,政治,法律,社会之所向往,国家之所祈求,拥护个人之自由权利与幸福而已。思想言论之自由,谋个性之发展也。法律之前,个人平等也。个人之自由权利,载诸宪章,国法不得而剥夺之,所谓人权是也。人权者,成人以往,自非奴隶,悉享此权,无有差别。此纯粹个人主义之大精神也。"③ 虽然开埠后,西方自文艺复兴以来如康德、叔本华、尼采、弗洛伊德、柏格森等人的人文主义思想尚未被全面完整地介绍给国人,但是他们那种重视人的价值和权益,突出个人的地位和作用,尤其注重强调自由、平等、博爱等近代人道主义,以及注重灵与肉的统一、理性与情感的统一的思想精髓,还是一鳞半爪地舶来到中国,逐渐地为新一代知识分子所吸收,成为他们在本土文化之外接纳的异质文化基因和精神养料。这就使得上海印象中的商业文化叙事具有了人性内涵,诸如在强调个体的自由独立、表现人性的丰富复杂、突出人生的世俗况味等方面,同时它们也影响着中国文学整体的嬗变与走向。

---

① 章培恒、骆玉明,《中国文学史》(新著),复旦大学出版社,上海文艺出版总社,2007年版,第389—399页。
② 章培恒,《关于中国现代文学的开端——兼及"近代文学"问题》,《复旦学报》(社科版),2001年第2期。
③ 陈独秀,《东西民族根本思想之差异》,《独秀文存》,安徽人民出版社,1987年版,第28页。

陈旭麓说过:"诚然,洋场的风情大都以商情为转移,出入其间的海派文化反应快,变化多,花样新,远不似京派文化的矜持与凝练,大大地发挥了商的灵活与多样。看来海派与市场结缘,文化与商品交流,不一定全是邪恶,其中也有积极的东西。"①他看出了商情对商业文化消费的决定作用,"洋场的风情大都以商情为转移"。虽也肯定了商风劲吹也可能带来积极的东西,但也毕竟指出了它"不一定全是邪恶"的主流。这个"恶",便是人性之恶,包括贪婪、狡诈、好色、趋炎附势、贪生怕死、欺软怕硬、明哲保身、落井下石、见利忘义等。

追本溯源,资源的有限性与人性欲望的无限性,以及个体禀赋的差异性,对于人类个体生存而言,永远是一个巨大的悖论,这就势必造成人在物欲与情欲的激烈交战中原形毕露,一败涂地。在上海这个名利场中,普罗大众、市井商贾和中下层知识分子疲惫而敏感的灵魂,无时无刻不在遭受无情的碾压,寻求心灵的释放和人性的欢愉成为市民生活的应有之义。在这些关于上海商业叙事和上海印象的文本中,无时无刻不闪现着人性的复杂与幽暗,呈现出一种光怪陆离、五色斑斓的光谱。

《二十年目睹之怪现状》中,旗人出身的苟才苟观察,卑俗龌龊,当初为了求官,四处钻营、行贿,弄到吃光当尽,穷到不名一文,同老婆合穿一条裤子,烧饼上的芝麻掉在桌缝里也要掌击拍出来吃掉,却还要在众人面前装排场、摆阔气。后来终于贿通了督宪亲兵,得了个营务处差事,阔了几年,而且弥补以前的亏空,添置些排场衣服,似乎风光无限。为了自己得缺、升官、固宠,无所不用其极,乃至跪求新寡的美貌儿媳去给上司做姨太太,进行性贿赂;巡抚言中丞为了巴结侯制军,居然愿意把自己的女儿嫁给制军的男宠——"兔爷"侯虎,真是无耻之尤。

《发财秘诀》中的花雪畦,本是香港街头的小混混,由于无所事事,到省城一家米店里做出店,因为勤快,每月还赚得五钱银子工钱。领了工钱就去赌博,被他赢了十多两银子,便触动了他的发财思想,期望到澳门去大赌一场,就此发财起家。谁知命运不济,血本无归。就此结识了阉猪的蔡以善,却兔子吃了窝边草,屡次偷了蔡以善代人阉的小猪去卖。后来被蔡告发,受到了游街示众的羞辱,省城无处存身,不得已回香港重操旧业,继续做米行出店。终于耐不住寂寞,又干起了"卖猪仔"——拐卖人口的行当!东窗事发后,为了躲避官府的搜捕,匆匆跑路到上海,"恰好这天有上海轮船开行,便检点行李,把历年积下的钱银算了一算,约有三千多元,一起打了上海汇单,上了轮船,径到上海"。②到上海后,投奔了同乡、台口洋行的副买办陶庆云及魏又园等人。自从与那一班人结交之后,每日领略些发财秘诀。便约了一个姓袁的同乡,合出资本开了一家米店。此后四五年间,无不赚钱,雪畦便把家眷接来上海。恰好这一年夏天,上海闹时症,姓袁的染了一病,死在店中。雪畦打发姓袁的后事既毕,先寻着原订的合同用火烧了,

---

① 陈旭麓,《说"海派"》,载马逢洋编,《上海:记忆与想象》,文汇出版社,1996年,第169—170页。
② 〔清〕吴趼人,《发财秘诀》,第六回《五木无灵少爷卖猪仔 一条妙计财主仗洋人》,天津古籍出版社,1986年版。

又寻出了好些股份票及钱庄存折之类,一股脑儿都收拾到自己腰里。然后发信到广东给姓袁的儿子,直等到半个月后,那儿子方才赶到。雪畦非但把合股的事赖过,还说姓袁的亏空了数百元,少不得父债子还。他儿子要争论时,又苦于没有证据,再加上一帮羽党如陶庆云、陶俯臣、言能君、舒云旂、陶秀干、蔡以善等辈,都帮着在场恫吓。姓袁的儿子没法,只有忍气吞声,扶了灵柩回去。雪畦就安安稳稳地吞没了这一注巨款,撤了那米店不做,另外开了一家字号,专做客货。这个花雪畦的无赖、奸诈、贪婪、阴毒,真是令人发指。归根结底,无非都是为了钱财。

> 闻诸某暴发家之言曰:"发财是极容易之事,世人自愚而不觉耳。"问何谓容易?则曰:"只需心狠、眼明、手快耳。眼明手快,关夫才智,或尚可学而致之。至于心狠,则关夫道德,此吾辈之所以终穷也乎。"①

"心狠"固然是发财秘诀之一,而且关乎道德,关乎良知,但究其原因,根底还在于人性中"恶"的因素——幽暗、贪婪使然。作家在揭示这些的时候,虽笔致略显粗糙浮露,但却是沉痛深挚、发人深省的。

五、海派文学的发轫与源头

上海开埠以来至辛亥革命前这一时段,大约七十年左右。在此期间,上海这个东海之滨名不见经传的小渔村变成了颇具异域风情的东方"魔都",传统的自给自足的农耕文明和温良恭俭、保守拘谨的东方伦理,在西方强势文化的冲击下迅速土崩瓦解。可以说,这一时期渗透着铜臭气息的商业文化叙事和上海印象,是嗣后大行其道的"海派文学"的远祖,无论在文化血脉、叙事传统,还是在叙事主题和审美风貌上,它们都是一脉相承,同根同源。

当然,"海派""海派文化"和"海派文学",已经是一个重大的文化、文学事件,它们都非凭空而来。按照事物自然发展的逻辑,任何事物都有一个发生、发展、鼎盛,以至于衰落、消亡的过程,"海派文化"和"海派文学"亦当作如是观。而从开埠以来至辛亥革命前这一时段大约七十年左右的时间,应当说是"海派文化"和"海派文学"的发轫期,这么说大致不乖于史实吧。

"海派"的意涵从最初指涉海上画坛艺事,扩大到京剧界,再推而广大至其他的艺术门类和文化领域,诸如生活时尚、城市人格、文章艺学等,最终成为概括整个上海近代城市文化的代名词。其中蕴含的种种欲说还羞的隐衷,似乎大部分都带有若有若无的讥讽与贬义,譬如,"海派"商人被用于指称工于心计、精打细算,热衷于"玩票"的上海商人;"海派"式的异端用以指称各种标新立异、想落天外的行为举止;投机取巧,见风使舵,卖文谋利,更被人们以鄙视的眼光定义为"海派"文人人格操守的标配;李代桃僵、虚

---

① 〔清〕吴趼人,《发财秘诀》,第八回《花雪畦领略狠心法 杭森娘演说发财人》,天津古籍出版社,1986年版。

荣浮夸的习性,也被目为标准的"海派"作风。沈从文则说得更为直白:

> "海派"这个名词,因为它承袭着一个带点儿历史性的恶意,一般人对于这个名词缺少尊敬是很显然的。过去的"海派"与"礼拜六派"不能分开。那是一样东西的两种称呼。"名士才情"与"商业竞卖"相结合,便成立了吾人今天对于海派这个名词的概念。但这个概念在一般人却模模糊糊的,且试为引申之:"投机取巧""见风转舵",如旧"礼拜六派"一位某先生,到近来也谈哲学史,也说要"左倾",这就是所谓"海派"。如邀集若干新斯文人,冒充风雅,名士相聚一堂,吟诗论文,或远谈希腊罗马,或近谈文人女士,行为与扶乩猜诗谜者相差一间。从官方拿到了点钱,则吃吃喝喝,办什么文艺会,招纳弟子,哄骗读者,思想浅薄可笑,伎俩下流难言,也就是所谓"海派"。感情主义的"左倾",勇如狮子,一看情形不对时,即刻自首投降,是指认栽害友人、邀功牟利,也就是所谓"海派"。因渴慕出名,在作品以外去利用种种方法招摇;或与小刊物互通声气、自作专利于己的消息;或每书一出,各处请人批评;或偷掠他人作品,作为自己文章;或借用小报,去制造旁人谣言、传述撮取不实不信的消息,凡此种种,也就是所谓"海派"。①

而"海派"中的开放包容、创新求变、与时俱进,以及它的商业化、市民化和异域化的卓异品质却常常被忽略不见。

"海派"色彩的文学也承受了同样的误解与批评。陈平原在谈到清末民初小说的繁荣状况时,特别强调了文学商品化倾向的重要作用,他说:"明清两代,作为物化形态的小说当然也进入商品流通领域,但作家并未直接介入,商品意识在绝大部分作家的创作中基本上不起作用;而清末民初,由于新小说市场的建立以及作家的专业化,商品意识迅速介入小说家的创作过程,并直接影响了这一时期小说思潮的演变。时人多埋怨由此引起的作家率尔操觚、粗制滥造。五四新文学先驱也指责清末民初文坛因实行拜金主义而日益堕落。其实,小说的商品化,既有负面的影响,也有正面的价值,尤其在这新旧小说急剧转换的时代"。② 尤其指出了商品意识在作家创作中所起的作用,言外之意是说作家们为了孔方兄"率尔操觚、粗制滥造"。接着又进一步借"五四新文学先驱"之口,批评这一时期的作家们"因实行拜金主义而日益堕落",几乎是毫无遮拦了。在此之前,鲁迅先生也有一段有名的话堪为先导:

> 北京是明清的帝都,上海乃各国之租界,帝都多官,租界多商,所以文人之在京者近官,沿海者近商,近官者在使官得名,近商者在使商获利,而自己也赖以糊口。要而言之,不过"京派"是官的帮闲,"海派"则是商的帮忙而已。但从官得食者其情状隐,对外尚能傲然,从商得食者其情状显,到处难于掩饰,于是忘其所以者,遂据

---
① 沈从文,《论"海派"》,载刘洪涛编,《沈从文批评文集》,珠海出版社,1998年版,第10—11页。
② 陈平原,《20世纪中国小说史》第一卷,北京大学出版社,1989年版,第65页。

以有清浊之分。而官之鄙商,固亦中国旧习,就更使"海派"在"京派"的眼中跌落了。①

对比"京派",鲁迅先生指出了"海派"文人"近商"的特点及其目的是"使商获利,而自己也赖以糊口",不过是"商的帮忙而已"。相较"从官得食者"的"京派"文人,因为其情状比较隐秘,所以可以在人前装清高、傲然;而"从商得食者"的"海派",由于其情状比较显豁,所以不容易掩藏自己为商帮忙的行藏,难免会得意忘形。二者之间就有了清浊高下之分,因为重官贱商的传统由来已久,故此,"海派"在"京派"眼中的行市跌落也就不难理解。老先生对二者都没有好感,但言辞之间,对"海派"的鄙薄似乎更甚于"京派"。

由此可知,"海派文学"招人物议由来已久,绝非空穴来风。而清末民初这一时期,上海印象中的商业文化叙事,正是嗣后"海派文学"的发轫和序曲,也是其并不遥远的源头。

这一时期,作为"海派文学"的前奏,与其后来三四十年代的高潮期一样,它们在文化生态的土壤上并无多大区别,可以说是同源同流,都是在发达繁荣的工业文明、商品经济和商业文化的背景下,以西方殖民话语诸如平等、自由、博爱、个性等观念为依归,通过文化叙事的方式表达对城市的认同,对社会的揭露和对人性的褒贬。这一点确实迥异于依赖农耕经济的宏大深厚背景,以传统的儒家"大一统"思想为武库的"京派文学"。作家们比较早走出了赖以金榜题名、出人头地的书斋,意识到了科第功名已经不是人生的唯一价值取向,也可以寄身于书店、报馆,或官办的杂志,甚或可以托身于学校、洋行、企业或者商铺。生存的空间扩大了,思想意识是更解放通达了,价值取向的定位也应该是更多元了,他们也不再是"两耳不闻窗外事,一心只读圣贤书"的腐儒或三家村的冬烘先生了。

在作品主题选择的偏好上,这一时期上海印象中的商业文化叙事与后来红红火火的新"海派文学"也有许多异曲同工之处,它们都偏重于繁华与堕落、揭露与警世、批判与艳羡的双重同体的主题模式和叙事策略。本土文化与异质文化,在经过一番激烈的勾兑厮和后,将屈辱与欢欣、接受与迎合、眼泪与笑靥、繁华与糜烂同时发生在同体的文化模式中,②由于环境突然变化导致的疯狂张力,双方都迅疾释放出追求生命享受和放纵自我的强烈欲望。而这些,一直是前海派文学书写中乐此不疲的主题,作家们带着爱恨交加的情感,对于上海发生的一切均以鉴赏和批判的眼光不遗余力地进行着书写,从韩邦庆的《海上花列传》、孙玉声的《海上繁华梦》,到曾朴的《孽海花》、吴沃尧的《二十年目睹之怪现状》,再到"鸳鸯蝴蝶派"和三四十年代的新海派,无一不是以上海为叙事背景,其中的人和事都充满了浓郁的上海风情和魔都况味,充满了对上海这座城市的文化认同和情感依赖。

---

① 鲁迅,《"京派"与"海派"》,载《鲁迅全集》第五卷,人民文学出版社,1981年版,第432页。
② 陈思和,《论海派文学的传统》,《杭州师范学院学报》,2002年1月,第1期。

市民化和商业化气息是清末民初上海印象中的商业文化叙事共同的特质之一。这一时期，上海开始形成了一个以新的工商业力量为主导、脱离原有中国社会、不大从属于统治集团的新的社会阶层，即市民阶层，但这一阶层的大部分是比较低端的乡村流动人口。随着工商业的繁荣和都市空间的进一步开拓，社会阶层结构开始出现新的变化，一个以广大市民为主体，包括职员、中小商人、公职人员、医生、律师、记者、中小学教员等的市民社会开始形成。就工人群体来说，产业工人依然数量庞大，构成这一群体的主流，但也有一些分布于电车、烟草、印刷、棉纺行业的技术工人，在行为方式、观念、趣味上较多地融入市民生活方式之中，改变了市民阶层的阶级结构，也提升了工人阶级群体的文化素质。中产阶级虽然在数量上无法比肩普罗大众，但由于在其所受教育、职业、收入、社会地位等方面自觉接受了资本主义工业社会的价值观念和行为模式，故而日常生活注重实用功利性与消费享乐需求，文化上则较多受西方影响。从文学上来说，清末民初的旧海派文学基本上是工业时代初期的市民文化代表，是在传统官方士大夫与知识精英主流意识形态之外，出现的一种适应新兴市民阶层大众文化的新兴都市文学，它表明了通俗文学强大的穿透力与雄厚的群众基础。海派文学自身也主动纳入都市商业文化规则之中，其发生动机与市俗化的写作导向，都具有明确的商业化标准化和量产化的特点，而这几者正是通俗大众文化产品的特点。这一时期，旧海派文学的从业人员大多是脱离封建时代科举轨道的改良式文人，他们出入于报馆书局，开办娱乐性的报刊，早期鸳鸯蝴蝶派即是中国第一批从事报刊文化生活的文学团体。海派作家群也大多凭借都市资本主义社会规则而确保自己的生存，其职业特性、生活方式、思维习惯乃至其人际交流，都带有市民特征。特别是稿酬制度的实施，为了增加收入，就不得不用广告等商业手段来提高声誉，扩大知名度，而风行各阶层的小报、书刊、杂志则是最好的载体。[①]

六、文学的现代性因素

工商业经济的深入发展带来了城市社会结构的转变，产生了一个涵盖广泛，占城市人口主体的市民群体。市民大众决定着文化消费市场的需求和走向，文化形态必然具有大众化、通俗化、流行化等内涵。作家、报刊编辑也在引导着文化市场走向。文学主要面向市场，必然在思想价值、审美趣味上以市场为导向。此外，作家职业化、传播媒介转型、工业生产的物质化操作方式、商业消费的多样态市场需求等因素，都在左右着文化市场的商业性和快餐化的结构模式，这些现代性因素共同形成这一时期的文学内涵和审美品位。

如前文所述，章培恒先生认为，已经步入近世文学嬗变期或深化期的清初中叶时期至清末民初文学，文学的现代性因素进一步增强。除了强调人性的解放，自觉融入世界

[①] 张鸿声，《都市大众文化与海派文学》，《郑州大学学报》（社科版），2000年9月，第33卷第5期。

现代文学潮流之外,还应广泛吸收各种积极有益的文学潮流和文学思想,并且也没有忽略对文学的审美形式和艺术特征的追求。关于人性方面的因素,笔者在上文已有过论列,此处不再赘言。至于在吸收域外有益养料,积极主动与世界文学接轨,以及对文学的审美形式和艺术特征的追求方面,则确有进一步阐述的必要。

首先是在理论和实践上,这一时期的学人和作家们确实做出了非凡的努力。1902年,戊戌维新变法失败后,梁启超比较早地意识到了启迪民众、开发民智的重要性,他在《论小说与群治之关系》中,有意识地把小说与当时的政治运动紧密联系起来,要求小说为改良主义政治服务,认为"小说为文学之最上乘",并归纳出其具有"熏、浸、刺、提"的艺术特点与感染作用,又把小说分为理想和写实两派(实即浪漫主义与现实主义)。1903年7月15日,狄葆贤在《新小说》杂志第七号发表《论文学上小说之位置》一文,指出,"吾昔见东西各国之论文学家者,必以小说家居第一,吾骇焉。吾昔见日人有著《世界百杰传》者,以施耐庵与释迦、孔子、华盛顿、拿破仑并列,吾骇焉。吾昔见日本诸学校之文学科有所谓《水浒传讲义》《西厢记讲义》者,吾骇焉。继而思之,何骇之与有?小说者,实文学上之最上乘也。世界而无文学则已耳,国民而无文学思想则已耳,苟其有之,则小说家之位置,顾可等闲视哉!"不仅展示了东西方各国重视小说的现状,开拓了本土作家们的视野,激发他们的职业荣誉感和自豪感,而且也阐述了小说的五大艺术特征,即繁、今、泻、俗、虚,以及小说的审美价值和艺术魅力。徐念慈1907年在《小说林》第一期发表的《小说林缘起》中,肯定"所谓小说者,殆合理想美学、感情美学而居上乘者",则是以黑格尔的描写理论来诠释小说的艺术特征。与徐念慈同一时间发表在同一刊物《小说林》上黄人所撰的《小说林发刊词》中也认为,"小说者,文学之倾于美的方面之一种也";夏曾佑1903年在《绣像小说》第三期发表《小说原理》指出了小说创作的"五难",算得上是甘苦之言,夏氏并且按照读者对象,指出了小说的两大派别,即"以应士大夫之用"的精英文学和"以应妇女与粗人之用"的通俗文学。此外,吴沃尧、王钟麒等人也发表了新的与小说相关的理论文章。综合来看,这些理论家们的许多观点大多是从异域中的文学观念中吸收过来的。

实践上,小说家们各显神通,有的注重"别求新声于异邦",着重于大量翻译引进域外的优秀作品,有的更在意自我创作。有资料显示,从光绪二十九年(1903)至宣统三年(1911),清王朝最后9年所出的小说总数占近代小说总数的88.78%,通俗小说占89.90%,翻译小说所占比例高达94.26%;若从光绪二十一年算起,则最后17年所出的小说占近代小说总数的94.47%,其中通俗小说占96%,翻译小说所占比例更高达99.30%。从1906年起,翻译小说每年以近百部的速度进入中国文化市场,仅翻译家林纾一人,就以一己之力,译介了171部欧美日各国小说,世界文坛大批知名作家如莎士比亚、大仲马、契诃夫、高尔基、巴尔扎克、塞万提斯、托尔斯泰、莱蒙托夫等的作品都被引进。这些世界名家名著的批量引进,对于开拓本土作家及其读者的视野,其影响与功德无疑是不可估量的。

这一时期的商业文化叙事,在审美形式和艺术特征方面取经异域的努力也是有目共睹的。众所周知,我国传统的小说形式,明清前一般是短篇文言居多,譬如南北朝时的《世说新语》和《搜神记》,唐传奇和宋话本(以《太平广记》为代表),明代的拟话本则以准白话为主(譬如"三言二拍"),明清以后则以长篇章回体白话为主,读者耳熟能详的所谓"四大名著"既是如此。清末民初之际,虽然章回体还是占据半壁江山,但报刊的出现,改变了小说的载体和传播方式,大量适应报章刊载的短篇小说开始出现,因为报刊的版面有限,尺幅之间容不得大块文章霸占版面,而且这时期读者群的生活节奏明显加快,属于快餐文化消费,这就势必要求文章短小精悍,内涵充盈,则短篇形制的大行其道就应运而生了。同时,也是西洋短篇小说大量输入中土所致。

在具体的表达技巧上,小说家们也受到域外同行们的很大影响。有的不再拘泥于章回体的僵死模式,开始那些老套陈旧的开头结尾的固定套语,相当一部分小说只分章节,并无对偶式的回目形式,结构上自由潇洒,而且融入了人物心理描写、自然环境景物烘托等具有本土色彩的表达手法。譬如吴沃尧的《九命奇冤》的倒叙手法,《二十年目睹之怪现状》以"九死一生"为结撰全文的线索,刘鹗在《老残游记》中有关风尘女子环翠的心理描写等,都是受到西洋小说技巧影响所积极进行的有益尝试。

此外,现代传播媒介如报刊新闻印刷事业的发达,导致小说在传播方式上出现了新变,据上海书业商会统计,1906年上海共有22个书局,而到1911年则多达116个之多。① 又据陈平原先生《二十世纪中国小说史》(第一卷)和刘永文先生《晚清小说目录》可知,此一时期以小说命名的出版社近30家,而陈大康先生《中国近代小说编年》之《近代刊载小说报刊一览表》统计了205种刊载小说的报刊,这些报刊的一半左右都在上海。印刷技术的发达,报刊、书局、出版社、书坊等新的传播媒介和机制的出现,不仅改变了小说的传播载体和方式,而且也是这一时期上海印象中的商业文化叙事与世界接轨、积极融入世界文学的努力和体现之一。

从鸦片战争后上海开埠到1911年辛亥革命70多年的时间里,上海印象中的商业文化叙事,在内忧外患、民族危亡空前危机的情势下,与整个国族家邦一样,经历了血与火的考验,历尽沧桑,劫后余生;它是一个由作家、读者、评论家、翻译家、出版家、研究者,以及文化生态环境、域外异质文明影响等诸多因素,相互影响、相互作用而构成的一个独立、完整、自成格局,而又动态开放的体系。它既承袭了绵远历史积淀下来的传统重荷,又吸收沐浴了域外异质文明的有益养料,弃旧图新,继往开来。在反顾逝去云烟的余响绝唱之际,需要的不是故步自封,不是抱残守缺,而是打起精神,再鼓余勇,不畏艰辛、无惧风雨,去迎接和开创属于自己的别样时代和空间。

周虽旧邦,其命维新!

---

① 上海书业商会,《图书月报》,1906年第1期,见汪家熔辑注,《中国出版史料·近代部分》(第三卷),湖北教育出版社,2004年版,第509—514页。

后　记

　　书稿最后一次修订完后,多少有点身心疲惫的感觉,于是决定回老家走一趟,权当休息。犹如长途跋涉后,终于可以找一个视野开阔的地方停下来,坐下去,放松身心,歇歇脚,喘喘气,喝口水,看看天际的雾霭流岚和周遭的野草闲花,好积蓄脚力继续接下来的行程。其实,行百里者半九十,歇息过后并没有信心满满继续跋涉的冲动,倒是或多或少有几分环顾四野,茫然不知所措的恍惚和失落。一直低头匆匆赶路,不知道错失了多少路上的风景,甚至有点怀疑,路途的那一端到底有什么景致值得自己耗费数载光阴,焚油继晷,去苦苦跋涉?

　　《传习录》曾载,一次王阳明与朋友同游南镇,友人指着岩中花树问道:"天下无心外之物,如此花树在深山中自开自落,于我心亦何相关?"王阳明回答说:"你未看此花时,此花与汝同归于寂;你既来看此花,则此花颜色一时明白起来,便知此花不在你外。"这是阳明心学的著名论点,也是禅宗的一个著名公案,类似的说法是,"不是风动,不是幡动,仁者心动。大小老卢,好与三十棒。只知穿靴,不觉袴绽。鸟啼处处皆相似,花落不闻流水声。"

　　《坛经》《天圣广灯录》《景德传灯录》《历代法宝记》等都有类似的记载。

　　主张"心外无物""心即是理",以"致良知"为宗旨,强调"知行合一"的阳明心学,算是中华文化中儒学之集大成者,与禅宗的"明心见性,直指人心"有同工异曲之妙。我们常常困惑于一些看似茫然的问题,诸如我是谁?我从哪里来?我要到哪里去?也常慨叹于时光的易逝和生命的短暂,"夫天地者,万物之逆旅也;光阴者,百代之过客也。"在心学看来,茫茫宇宙,大千世界,不会因某个个体的有无存废而受到丝毫的影响或改变,一切都是我们心造的幻象而已,所谓浮生若梦。心外无物,人在心在,我若去,世界寂灭,万象如风而逝。所以,我即心,心即我,从心来,随心灭,世界因心而生,心与世界因我而灭,如此而已。我们凡俗人生中的种种困惑与执念,亦可作如是观吧。

　　上海是个海,海有多大,有多深,不知道。置身其中,不停地游动,不停地浮沉就成了宿命。海阔凭鱼跃,天高任鸟飞,确实充满诗意,但诗意的背后其实是鲸鲵和鹰隼的追猎,激烈而暴力,一点也不诗意。鸦片战争后,上海正式开埠,历经百多年的沧桑,从一个人口五万人左右的滨海小城,发展成而今两千多万人的国际大都会,其中商业活动和商业从业人员居功厥伟。我所供职的上海商学院就是一所依托上海商业优势而创设的行业性高等院校。历届主校政者都一再强调,商学院姓"商",以"厚德博学　经世济民"校训为核心的商业文化,是办学的宗旨和灵魂。职是之故,学校多年来在商业文化建设方面用力甚勤,作为学校的员工,弘扬和传承商业文化,自然责无旁贷。拙著就是2018年校级"上商学者"项目之一《上海印象、商业叙事与海派文学》(项目编号18KY-SSXZ-05)的最终成果,去年又承蒙各位专家的厚爱,有幸入选学校"海派商业文化丛书"。敝帚自珍,不揣浅陋,也算是为学校商业文化建设尽的一点绵薄之力吧。

至于书稿本身的质量,在汲取、借鉴前贤时彦成果的同时,也试图呈现自己的一孔之见,"各照隙隅,鲜观衢路",但自忖学殖谫陋,不成体统,不值智者一哂,不敢妄自期许。值此书稿付梓之际,感谢学校多年来对我的栽培,感谢贺瑛副校长拨冗出席本书书稿的研讨会,感谢科研处老领导刘斌处长一直以来的鼎力支持。本人的业师、复旦大学古籍所的陈广宏教授、中西书局唐少波编审和兰州大学文学院魏宏远教授都曾给予过大力支持,心中长存感念。还要感谢复旦大学中华古籍保护研究院渊博精深、倜傥潇洒的王启元教授、上海社科院的刘奕研究员和上海商业发展研究院的冯淑君研究员。尤其要特别感谢的是上海科学技术文献出版社美丽温婉、周到尽责的李莺编审,作为责任编辑,李老师在书稿上花费了大量的时间和精力,为书稿的顺利出版功不可没。书稿撰写期间,所在学院的领导、同事和家人,都给予了极大的理解、包容与支持,本书的顺利问世,也有他们的一份功劳在内,在此一并感谢。

2021年9月3日于沪上五角场

主要参考文献

1. 罗兹·莫菲.上海——现代中国的钥匙[M].上海：上海人民出版社,1986.
2. 王德威.想像中国的方法：历史·小说·叙事[M].北京：生活·读书·新知三联书店,1998.
3. 李欧梵.上海摩登——一种新都市文化在中国[M].北京：北京大学出版社,2001.
4. 詹明信.晚期资本主义的文化逻辑[M].北京：生活·读书·新知三联书店,1997.
5. 巴赫金.小说理论[M].石家庄：河北教育出版社,1998.
6. 鲁迅.中国小说史略[M].北京：人民文学出版社,1975.
7. 章培恒,骆玉明.中国文学史新著[M].上海：复旦大学出版社,2007.
8. 黄霖.中国文学批评通史·近代卷[M].上海：上海古籍出版社,1997.
9. 孙逊.明清小说论稿[M].上海：上海古籍出版社,1986.
10. 陈伯海,袁进主编.上海近代文学史[M].上海：上海人民出版社,1993.
11. 范伯群主编.中国近现代通俗文学史[M].南京：江苏教育出版社,1999.
12. 阿英.晚清小说史[M].北京：人民文学出版社,1980.
13. 陈大康.中国近代小说编年[M].上海：华东师范大学出版社,2002.
14. 邵毅平.中国文学中的商人世界[M].上海：复旦大学出版社,2005.
15. 邱绍雄.中国商贾小说史[M].北京：北京大学出版社,2004.
16. 罗苏文.近代上海都市社会与生活[M].中华书局,2006.
17. 熊月之主编.上海通史[M].上海：上海人民出版社,1999.
18. 张仲礼主编.近代上海城市研究[M].上海：上海人民出版社,1990.
19. 吴小如.中国小说讲话及其它[M].北京：古典文学出版社,1956.
20. 鲁迅.鲁迅全集·第八卷[M].北京：人民文学出版社,1957.
21. 阿英.晚清文学丛钞·小说戏曲研究卷[M].中华书局,1960.
22. 黄霖,韩同文选注.中国历代小说论著选[M].江西人民出版社,1982.
23. 陈平原.中国小说叙事模式的转变[M].上海：上海人民出版社,1988.
24. 陈平原.二十世纪中国小说史（第一卷）[M].北京：北京大学出版社,1989.
25. 陈谦豫.中国小说理论批评史[M].上海：华东师范大学出版社,1989.
26. 陈平原.小说史：理论与实践[M].北京：北京大学出版社,1993.
27. 赖芳伶.清末小说与社会政治变迁[M].台北：大安出版社,1994.
28. 黄锦珠.晚清时期小说观念之转变[M].台北：文史哲出版社,1995.

29. 欧阳健.晚清小说史[M].杭州：浙江古籍出版社,1997.
30. 于润琦.清末民初小说书系[M].北京：中国文联出版社,1997.
31. 陈平原.二十世纪中国小说理论资料[M].北京：北京大学出版社,1997.
32. 鲁迅.中国小说史略[M].上海：上海古籍出版社,1998.
33. 郭延礼.中国近代翻译文学概论[M].武汉：湖北教育出版社,1998.
34. 胡从经.中国小说史学史长编[M].上海：上海文艺出版社,1998.
35. 王德威.被压抑的现代性——晚清小说新论[M].北京：北京大学出版社,2005.
36. 王文英,袁进.上海现代文学史[M].上海：上海人民出版社,1999.
37. 姚公鹤.上海闲话[M].上海：上海古籍出版社,1989.
38. 吴福辉.都市漩流中的海派小说[M].长沙：湖南教育出版社,1995.
39. 胡适.中国章回小说考证[M].安徽教育出版社,1999.
40. 陆扬.后现代性的文本阐释：福柯与德里达[M].上海：上海三联书店,2000.
41. 林薇.清代小说论稿[M].北京：北京广播学院出版社,2000.
42. 王书奴.中国娼妓史[M].上海：上海书店,1992.
43. 侯运华.晚清狭邪小说新论[M].开封：河南大学出版社,2005.
44. 袁进.近代文学的突围[M].上海：上海人民出版社,2001.
45. 阿瑟·阿萨·伯格.通俗文化、媒介和日常生活中的叙事[M].姚媛,译.南京：南京大学出版社,2006.
46. 戴维·英格利斯.文化与日常生活[M].张秋月,周雷亚,译.北京：中央编译出版社,2010.
47. 欧文·戈夫曼.日常生活中的自我呈现[M].冯钢,译.北京：北京大学出版社,2008.
48. 亨利·勒菲弗.空间与政治[M].李春,译.上海：上海人民出版社,2008.
49. 格利高里·厄里编.社会关系与空间结构[M].谢礼圣,吕增奎等,译.北京：北京师范大学出版社,2011.
50. 瓦尔特·本雅明.机械复制时代的艺术作品[M].王才勇,译.北京：中国城市出版社,2002.
51. 理查德·利罕.文学中的城市：知识与文化的历史[M].吴子枫,译.上海：上海人民出版社,2009.
52. 艾勒克·博埃默.殖民与后殖民文学[M].盛宁,韩敏中,译.沈阳：辽宁教育出版社,1998.
53. 安克强.上海妓女——19—20世纪中国的卖淫与性[M].袁燮铭,夏俊霞译.上海：上海古籍出版社,2004.
54. 叶凯蒂.上海·爱：名妓、知识分子和娱乐文化(1859—1910)[M].杨可,译.北京：生活·读书·新知三联书店,2012.
55. 卢汉超.霓虹灯外：20世纪初日常生活中的上海[M].段炼,吴敏,子羽,译.上海：上海古籍出版社,2004.
56. 费正清,刘广京编.剑桥中国晚清史(1800—1911)[M].北京：中国社会科学出版社,1985.
57. 唐振常主编.近代上海繁华录[M].北京：商务印书馆,1993.
58. 上海市文史馆编.旧上海的烟赌娼[M].上海：百家出版社,1988.
59. 忻平.从上海发现历史——现代化过程中的上海人及其社会生活[M].上海：上海人民出版社,1996.
60. 乐正.近代上海人社会心态(1860—1910)[M].上海：上海人民出版社,1991.
61. 李长莉.晚清上海社会的变迁——生活与伦理的近代化[M].天津：天津人民出版社,2002.
62. 叶中强.从想象到现场——都市文化的社会生态研究[M].上海：学林出版社,2006.

63. 罗苏文.近代上海都市社会与生活[M].中华书局,2006.
64. 程童一.开埠：中国南京路150年[M].北京：昆仑出版社,1996.
65. 孙康宜主编.剑桥中国文学史(1375—1949)[M].刘倩等,译.北京：生活·读书·新知三联书店,2013.
66. 陈平原.中国现代小说的起点——清末民初小说研究[M].北京：北京大学出版社,2005.
67. 吕文翠.海上倾城：上海文学与文化的转异(一八四九——一九〇八)[M].台北：城邦文化事业股份有限公司,2009.
68. 张鸿声.文学中的上海想象[M].北京：人民出版社,2011.
69. 陈惠芬.想象上海的N种方法[M].上海：上海人民出版社,2006.
70. 袁进.中国小说的近代变革[M].北京：中国社会科学出版社,1992.
71. 王旭川等.中国近代小说思想[M].上海：华东师范大学出版社,1997.
72. 胡适.胡适古典文学研究论集[M].上海：上海古籍出版社,1988.
73. 李必樟译编.上海近代贸易经济发展概况[M].上海：上海社会科学出版社,1993.
74. 孙燕京.近代租界[M].北京：中国华侨出版社,1992.
75. 费正清等.剑桥中国晚清史[M].北京：中国社会科学出版社,1996.
76. 费正清等.剑桥中华民国史[M].上海：上海人民出版社,1994.
77. 邱明正主编.上海文学通史[M].上海：复旦大学出版社,2005.
78. 来新夏.中国近代图书事业史[M].上海：上海人民出版社,2002.
79. 吴相.从印刷作坊到出版重镇[M].南宁：广西教育出版社,2002.
80. 陈玉申.晚清报业史[M].济南：山东画报出版社,2003.
81. 李明山.中国近代版权史[M].开封：河南大学出版社,2003.
82. 周振鹤编.晚清营业书目[M].上海：上海书店出版社,2005.
83. 史春风.商务印书馆与中国近代文化[M].北京：北京大学出版社,2006.
84. 张秀民.中国印刷史[M].韩琦,增订.杭州：浙江古籍出版社,2006.
85. 王建辉.出版与近代文明[M].开封：河南大学出版社,2006.
86. 陈庆德,马翀伟.文化经济学[M].北京：中国社会科学出版社,2007.
87. 仓理新.书籍传播与社会发展——出版产业的文化社会学研究[M].北京：首都师范大学出版社,2007.
88. 戚福康.中国古代书坊研究[M].北京：商务印书馆,2007.
89. 巢峰.出版论稿[M].上海：复旦大学出版社,2007.
90. 汪家镕.中国出版通史(清代卷)[M].北京：中国书籍出版社,2008.
91. 阿英.晚清文学丛钞·小说戏曲研究卷[M].中华书局,1960.
92. 阿英.晚清文艺报刊述略[M].北京：古典文学出版社,1957.
93. 王汎森.近代中国的史家与史学[M].上海：上海复旦大学出版社,2010.
94. 王汎森.中国近代思想与学术的系谱[M].石家庄：河北教育出版社,2001.
95. 陈正祥.中国文化地理[M].北京：生活·读书·新知三联书店,1983.
96. 戴均良主编.中国城市发展史[M].哈尔滨：黑龙江出版社,1992.
97. 史念海.中国古都和文化[M].中华书局,1998.
98. 施坚雅主编.中华帝国晚期的城市[M].叶光廷等,译.中华书局,2000.
99. 严中平等.中国近代经济史统计资料选辑[M].北京：科学出版社,1955.
100. 黄逸平著.近代中国经济变迁[M].上海：上海人民出版社,1992.
101. 姚遂主编.中国金融史[M].北京：高等教育出版社,2007.

102. 胡朴安.中华风俗通志[M].上海：上海文艺出版社,1988.
103. 阿英.小说二谈[M].上海：上海古籍出版社,1979.
104. 阿英.小说三谈[M].上海：上海古籍出版社,1979.
105. 阿英.小说四谈[M].上海：上海古籍出版社,1979.
106. 阿英.阿英文集[M].北京：生活·读书·新知三联书店,1981.
107. 阿英.晚清小说史[M].北京：作家出版社,1958.
108. 鲁迅.中国小说史略[M].天津：百花文艺出版社,2002.
109. 郭箴一.中国小说史[M].北京：商务印书馆,1998.
110. 陈平原.陈平原小说史论集[M].石家庄：河北人民出版社,1997.
111. 吴组缃等.中国近代文学大系·小说集[M].上海：上海书店,1991.
112. 韩邦庆.海上花列传[M].济南：齐鲁书社,1993.
113. 韩邦庆著.海上花开[M].张爱玲,注译.北京：北京十月文艺出版社,2009.
114. 韩邦庆著.海上花落[M].张爱玲,注译.北京：北京十月文艺出版社,2009.
115. 孙家振.海上繁华梦[M].济南：齐鲁书社,2008.
116. 熊月之主编.上海通史[M].上海：上海人民出版社,1999.
117. 霍塞.出卖的上海滩[M].纪明,译.北京：商务印书馆,1962.
118. 陈熙编.上海轶事大观[M].上海书店出版社,2000.
119. 陈无我.老上海三十年见闻录[M].上海书店出版社,1997.
120. 梅朋等.上海法租界史[M].倪静兰,译.上海：上海译文出版社,1983.
121. 上海通社.上海研究资料[M].上海：上海书店,1984.
122. 上海通社.上海研究资料续编[M].上海：上海书店,1984.
123. 钱化佛.三十年来之上海[M].上海：上海书店,1984.
124. 徐雪筠等译编.上海近代社会经济发展概况[M].上海：上海社会科学院出版社,1985.
125. 郑逸梅.上海旧话[M].上海：上海文化出版社,1986.
126. 上海市政协文史资料委员会.旧上海的帮会[M].上海：上海人民出版社,1986.
127. 上海市政协文史资料委员会.旧上海的外商与买办[M].上海：上海人民出版社,1987.
128. 上海市文史馆.旧上海的烟赌娼[M].上海：百家出版社,1988.
129. 张仲礼.近代上海城市研究[M].上海：上海人民出版社,1990.
130. 顾炳权.上海风俗古迹[M].上海：华东师范大学,1994.
131. 上海人民出版社编.清代日记汇抄[M].上海：上海人民出版社,1982.
132. 包天笑.钏影楼回忆录[M].太原：山西古籍出版社,1999.
133. 郑逸梅.书报话旧[M].上海：学林出版社,1983.
134. 薛理勇主编.上海掌故辞典[M].上海：上海辞书出版社,1999.
135. 阿英.晚清戏曲小说目[M].北京：古典文学出版社,1957.
136. 孙国群.旧上海娼妓秘史[M].开封：河南人民出版社,1987.
137. 顾炳权.上海洋场竹枝词[M].上海书店出版社,1996.
138. 郑祖安.百年上海城[M].上海：学林出版社,1999.
139. 市文史馆等.上海地方史资料[M].上海：上海社会科学院出版社,1982—1988.
140. 魏少昌编.鸳鸯蝴蝶派研究资料[M].上海：上海文艺出版社,1962.
141. 范伯群.中国近代通俗文学史[M].南京：江苏教育出版社,1999.

142. 《古本小说集成》编委会.古本小说集成[M].上海:上海古籍出版社,1992.
143. 《古本小说丛刊》编辑委员会编.古本小说丛刊[M].中华书局,1987.
144. 江苏省社会科学院明清小说研究中心文学研究所编.中国通俗小说总目提要[M].北京:中国文联出版公司,1990.
145. 朱一玄,宁稼雨,陈桂声编著.中国古代小说总目提要[M].北京:人民文学出版社,2005.
146. 陈大康编著.中国近代小说编年[M].上海:华东师范大学出版社,2002.
147. 韩锡铎,牟仁隆,王清原编纂.小说书坊录[M].北京:北京图书馆出版社,2002.
148. 陈大康.中国近代小说编年史[M].北京:人民文学出版社,2014.
149. 王继权等编.中国近代小说大系[M].南昌:百花洲文艺出版社,1988.
150. 朱一玄编.明清小说资料选编[M].天津:南开大学出版社,2006PH.
151. 陈平原,夏晓虹编.二十世纪中国小说理论资料(第一卷)1897—1916[M].北京:北京大学出版社,1997.
152. 樽本照雄.新编增补清末民初小说目录[M].济南:齐鲁书社,2002.
153. 叶德辉.书林清话 书林余话[M].长沙:岳麓书社,1999.
154. 周林,李明山主编.中国版权史研究文献[M].北京:中国方正出版社,1999.
155. 陈平原等编.二十世纪中国小说理论资料[M].北京:北京大学出版社,1997.
156. 上海博物馆图书资料室编.上海碑刻资料选辑[M].上海:上海人民出版社,1980.
157. 上海师范大学图书馆编.上海方志资料考录[M].上海:上海书店出版社,1987.
158. 上海市地方志办公室编.上海方志提要[M].上海:上海社会科学院出版社,2005.
159. 上海市文史馆,上海市人民政府参事室文史资料工作委员会编.上海地方史资料(一)[M].上海:上海社会科学出版社,1982.
160. 上海通社编.上海研究资料[M].上海:上海书店出版社,1984.
161. 上海通社编.上海研究资料续编[M].上海:上海书店出版社,1984.
162. 谭其骧主编.清人文集地理类汇编[M].杭州:浙江人民出版社,1990.
163. 汤志钧编.近代上海大事记[M].上海:上海辞书出版社,1989.
164. 唐国良编.近代浦东散记[M].上海:上海社会科学院出版社,2009.
165. 唐振常主编.近代上海繁华录[M].北京:商务印书馆国际有限公司,1997.
166. 屠诗聘主编.上海春秋[M].香港:中国图书编译馆,1968.

期刊论文

167. 袁进.试论近代作家的崛起[J].上海社会科学院学术季刊,2001(03).
168. 蔡景康.《小说丛话》论评[J].厦门大学学报(哲学社会科学版),1981(04).
169. 张旭东.上海的意象:城市偶像批判与现代神话的消解[J].文学评论,2002(05).
170. 任访秋.晚清文学革新与五四文学革命[J].文学遗产,1983(01).
171. 谢桃坊.中国白话小说的发展与市民文学的关系[J].明清小说研究,1988(03).
172. 王祖献.外国小说与清末民初小说艺术的近代化[J].安徽大学学报,1989(04).
173. 方正耀.晚清小说兴盛的原因[J].社会科学战线,1989(01).
174. 漆咏德.试论近代短篇小说的文体变革[J].湖北师范学院学报(哲学社会科学版),1991(03).
175. 郭延礼.近代资产阶级革命派的小说理论[J].文史哲,1992(05).
176. 陈大康.论通俗小说的双重品格[J].上海文论,1992(1).
177. 郭延礼.近代外国政治小说的翻译[J].齐鲁学刊,1996(04).

178. 夏晓红.晚清白话文运动[J].文史知识,1996(9).
179. 袁进.试论近代翻译小说对言情小说的影响[J].上海社会科学院学术季刊,1996(03).
180. 袁健.晚清白话短篇小说叙事体制的演变[J].明清小说研究,1996(02).
181. 欧阳健.晚清新小说的生成和价值内涵[J].吉林大学社会科学学报,1997(03).
182. 罗嘉慧.试论近代商品经济演化与近代小说的繁荣[J].中山大学学报(社会科学版),1997(04).
183. 王学钧.晚清"小说界革命"与小说市场[J].明清小说研究,1997(03).
184. 罗岗.性别移动与上海流动空间的建构——从《海上花列传》中的"马车"谈开去[J].华东师范大学学报(哲学社会科学版),2003(01).
185. 刘美景.中国近代短篇小说的时间(札记)[J].明清小说研究,1998(02).
186. 袁进.试论中国近代对文学本体的认识[J].江淮论坛,1998(04).
187. 方晓红.晚清小说与报刊媒体发展之关系[J].江汉学刊,1998(05).
188. 宋莉华.插图与明清小说的阅读及传播[J].文学遗产,2000(04).
189. 郭浩帆.《新小说》特色意义新探[J].明清小说研究,2000(01).
190. 陈大康.熊大木现象:古代通俗小说传播模式及其意义[J].文学遗产,2000(02).
191. 薛海燕.论中国女性小说的起步[J].东方论坛(青岛大学学报),2001(01).
192. 潘建国.小说征文与晚清小说观念的演进[J].文学评论,2001(06):86-94.
193. 郭浩帆.《新小说社征文启》及其价值和意义[J].济南大学学报,2001(03).
194. 郭延礼.明清女性文学的繁荣及其主要特征[J].文学遗产,2002(06).
195. 郭延礼.《中外小说林》及其理论与创作路向[J].山东社会科学,2003(02).
196. 郭浩帆.从"绣像"看《绣像小说》的近代色彩[J].齐鲁学刊,2003(05).

学位论文

197. 苏亮.近代书局与小说[D].华东师范大学,2015.
198. 丁合林.近代小说传播研究[D].河北大学,2012.
199. 张欣.时报馆与晚清小说传播研究[D].上海师范大学,2015.
200. 文娟.申报馆与中国近代小说发展之关系研究[D].华东师范大学,2006.
201. 邓大情.广州与上海:近代小说中的商业都会[D].上海师范大学,2010.
202. 王进庄.二十年代旧派文人的上海书写[D].华东师范大学,2007.
203. 赵元蔚.海派文学与消费文化[D].吉林大学,2008.
204. 罗紫鹏.近代小说中的上海[D].苏州大学,2012.
205. 张鸿声.文学中的上海想象[D].浙江大学,2006.
206. 李勇.上海都市空间与通俗小说审美 1890—1930[D].华中科技大学,2015.
207. 欧阳丽花.《海上花列传》的上海叙事[D].江西财经大学,2009.
208. 张艳梅.海派市民小说与现代伦理叙事[D].东北师范大学,2004.
209. 洪煜.近代上海小报与市民文化研究(1897—1937)[D].上海师范大学,2006.
210. 许峰.空间视野下的"现代"上海[D].上海大学,2012.
211. 曾攀.跨文化语境与清末民初小说的上海叙事[D].复旦大学,2013.
212. 孟兆臣.十九世纪末至二十世纪上半叶海上洋场小说研究[D].上海师范大学,2003.
213. 赵圆苑.清末民初上海地区书局与小说的传播研究[D].上海师范大学,2014.
214. 刘永文.晚清报刊小说研究[D].上海师范大学,2004.